신유식론(상)

New Mere Consciousness Doctrine (*Xin weishi lun*)

지은이 웅십력(熊十力, 1885~1968)은 중국근현대의 저명한 사상가로서, 현대신유학의 형이상학적 기초를 닦음으로써 현대신유가라는 새로운 학군을 형성하였다. 웅십력은 1885년 중국 호북성의 가난한 농가에서 태어났다. 처음에는 사회 혁명에 투신하였으나 회의를 느끼고, 34세 되던 1918년 학문의 길을 갈 것을 결심하였다. 36세인 1920년 구양경무의 남경내학원에 들어가 유식 불교를 공부한 것이 전환의 결정적인 계기가 되었다. 38세인 1922년 북경대학 철학과 교수가 되었으며, 이후 세상을 떠나는 1968년까지 수많은 사회·역사적 변화에도 불구하고 꾸준히 저술 작업을 계속하였다. 저서에 『불가명상통석(佛家名相通釋)』, 『중국역사강화(中國歷史講話)』, 『신유식론(新唯識論)』(문언본 및 어체본), 『독경시요(讀經示要)』, 『십력어요(十力語要)』, 『십력어요초독(十力語要初讀)』, 『최혹현종기(摧惑顯宗記)』, 『논육경(論六經)』, 『원유(原儒)』, 『체용론(體用論)』, 『명심편(明心篇)』, 『건곤연(乾坤衍)』 등이 있는데, 그 중 『신유식론』이 대표작이다. 유학의 인(仁) 사상을 유식 불교를 활용하여 설명함으로써, 서양 형이상학에 대응하려 하였다. 그 핵심은 본체와 현상이 둘이 아니라는 체용불이(體用不二) 사상이다. 『신유식론』의 이러한 사상은 이후 현대신유학의 방향과 틀을 결정하였으며, 당군의 · 모종삼이 그 대표적인 제자이다.

옮긴이 김제란은 고려대학교 철학과를 졸업하고, 동대학원 철학과에서 동양철학 전공으로 박사학위를 받았다. 박사학위논문 주제가 이 책의 저자인 웅십력에 대한 것으로, 『웅십력 철학사상 연구－동서문화의 충돌과 중국 전통철학의 대응』이다. 한림대학교 부설 태동고전연구소에서 한문 연수과정을 수료하였고, 현재 동국대학교 불교문화연구원 연구교수로 재직중이다. 저서에 『논쟁으로 보는 중국철학』(공저), 『역사 속의 중국철학』(공저), 『함께 읽는 동양철학』(공저) 등이 있고, 역서에 『중국의 과학과 문명』, 『현대신유학』(공역)이 있다. 「송대 성리학에 미친 불교의 영향」, 「명대 심학에 미친 불교의 영향」, 「현대신유학의 철학적 과제」 등 다수의 논문이 있다.

신유식론(상)

1판 1쇄 인쇄 2007년 10월 10일
1판 1쇄 발행 2007년 10월 20일

지은이 / 웅십력
옮긴이 / 김제란
펴낸이 / 박성모
펴낸곳 / 소명출판
출판고문 / 김호영
등록 / 제13-522호
주소 / 137-878 서울시 서초구 서초동 1621-18 (란빌딩 1층)
대표전화 / (02) 585-7840
팩시밀리 / (02) 585-7848
somyong@korea.com / www.somyong.co.kr

값 25,000원

ISBN 978-89-5626-280-2 94820
ISBN 978-89-5626-279-6 (전2권)

신유식론 (상)

新唯識論

New Mere Consciousness Doctrine(Xin weishi lun)

웅십력 저 | 김제란 역주

소명출판

역자 서문

내가 『신유식론』을 처음 읽은 것은 중국의 대표적인 현대신유학자인 웅십력 철학을 박사학위 논문 주제로 잡으면서부터이다. 당시 나는 '전통철학의 현대화'라는 문제에 관심을 가지고 현대신유학 공부를 수년간 해오고 있었다. 그 과정을 통해 동양의 전통철학—유학·불교·도가사상—은 결코 전적인 비판의 대상이거나 전적인 존중의 대상일 수는 없다는 생각을 하게 되었다. 대학의 〈신명심보감〉 같은 강의를 통해 강조되는 수신의 덕목은 보수의 다른 이름일 뿐이지만, 그렇다고 '진보적인' 칸트나 맑스, 『신약성서』를 무조건적으로 받아들이기에는 왠지 모를 거부감을 느끼고 있었다. 『판단력비판』이나 『신약성서』에서는 『맹자』나 『중용』을 읽을 때와 같은 신명이랄까, 감동이랄까 하는 것이 전혀 느껴지지 않았기 때문이었다. 결국 우리의 전통철학을 현대화하는 작업이 필요하다는 생각이 들었고, 앞서 그러한 작업을 한 일군의 학자들을 중국 근현대의 현대신유학자들에서 발견했던 것이다. 중국학자들이긴 하지만 우리의 현대철학을 해나가는 데 중요한 참고 자료가 될 수 있다는 생각에서, 나는 현대신유학자들 중 최초로 그 철학의 틀을 만들었다고 하는 웅십력 철학을 박사학위 논문 주제로 삼기로 마음먹었다.

그런데 실제로 이러한 문제 의식을 가지게 된 데는 더 깊은 개인적 체험이 있었다. 내가 대학을 다녔던 1980년대는 한창 민주화 운동과 학생 운동이 활발하던 시기였고, 당시 지식인 사회의 거의 모든 구성원들은 사회 혁명을 제일의 절대적인 가치로 삼고 있었다. 하루가 지나면 또 한 명의 열사가 탄생하고, 학생 식당에서는 유인물이 뿌려지며, 학생회관의 높은 옥상 위에서 빨간 확성기를 든 선배가 '독재 타도'를 외치며 투신하던 시대였다. 많은 동료와 선후배들이 공장으로 떠나며 혁명을 꿈꾸던 시기였다. 사회 변혁, 그것도 단 한 번의 항거로 이 사회의 모든 불의와 억압, 모순을 한꺼번에 뒤집어 바로잡겠다는 혁명에의 열정에 모두가 휘말리고 있었다. 이상을 추구하는 시대였고, 아름다운 청춘의 순수한 열정의 시대이기도 하였다. 그러나 그 뜨거운 열기에 개인적인 성향이나 인간 정신의 내면 가치들은 부차적인 것으로, 심지어 일종의 방해물이나 걸림돌로 치부되어 비판되는 어두운 면이 있기도 하였다. 어디까지나 전체적인 사회 진보, 역사 발전에 부합하는 것, 정치적으로 올바른 것만이 가치있는 것으로 받아들여졌고, 내면의 미묘한, 개인적인 차이들은 대의를 위해 희생되어야만 하는 소위 '거대담론의 시대'였다.

전형적인 소시민 중산층 부르주아지 출신이었던 나는 출신성분은 물론 취향이나 성향, 생활 방식, 사고방식 등이 이 진보적인 시대 조류를 따라가기 힘들었지만, 사회 정의와 사회 변혁의 당위성만은 부정할 수 없었다. 완전한 구경꾼은 아니었지만 그렇다고 주체는 못된 채 이 운동의 말미에서 허덕이며 겨우 따라가는 형국이었다. 한편으로 나는 자기를 준다는 구체적인 행위를 통해 생활 속에서 자기를 변화시켜 가자는 일종의 공동체 운동을 하는 사람들을 만나고 있었다. 공동체 운동 속에서 구체적인 생활의 변혁을 꿈꾸지만, 어떤 정해진 라인이나 방식은 없는 그런 '나이브한' 모임이었다. 각각 학생 운동과 공동체 운동을 거향하는 두 상이한 모임을 오고 가면서, 한동안 나는 여기 가면 이 말이 옳고 저기 가면 저 말이 옳은 것같은 의식의 분열 상태를 경험하고 있었다. 결국 사회 변혁이냐, 인간의 내적 변혁, 즉 수양이냐 하는 오랜 문제에 부딪혔던 것이다. 어느 것을 우선으로 해야 하는가 하는 문제는 오랫동안 나의 딜레마였고, 어떤 행동도 취하지 않는 자신의 소시민적 행태에 대한 좋은 변명거리가 되기도 하였다.

한참의 시간이 흐른 뒤 동양철학을 전공으로 정하고 『맹자』를 읽으면서 마침내 나는 이 오랜 문제의 해답을 발견하게 되었다. 전통 유학에서 말하는 '내성외왕(內聖外王)'이 바로 그 해답이었던 것이다. 유학에서는 내적으로 성인의 경지에 이를 만큼 도덕적으로 완성된 인간[內聖]이 외적으로 왕도정치, 도덕적 정치를 행하는 것[外王]을 가장 이상적인 치도로 삼았던 것이다. 인간의 내면적·도덕적 변혁[內聖]과 외적·제도적·사회적 변혁[外王]은 결코 둘 중 하나를 선택해야 하는 선택지가 아니라, 반드시 함께 가야할 공통의 필수지였던 것이다. 내면적·도덕적 변혁만을 강조하면 기존의 사회적·정치적 상황을 그대로 수용하게 되어 보수주의에 빠지고, 외적·사회적 변혁만을 강조하면 그 제도의 이상을 지켜줄 내면의 도덕적 힘이 없기 때문에 문제는 또 다른 형식의 틀을 쓰고 되풀이된다. 정치와 무관하게 순수 예술과 종교를 한다는 사람들은 자신도 모르는 사이에 가장 극도의 보수주의에 빠지기 마련이고, 제도의 변혁을 빌미삼아 권력욕이나 세속적인 욕망을 추구하는 사람들을 우리는 식상하게 보아왔다. 프롤레타리아 독재가 여타 다른 독재와 다른 점이 또 무엇이란 말인가? 결국 인간 내면의 변혁과 외적·사회적 변혁은 어느 하나도 빠져서는 안 될, 두 개의 수레바퀴와 같은 것이다. 『맹자』는 "有恒産者, 有恒心. 無恒産者, 無恒心[항상된 경제 수단이 있으면 항상된 도덕심이 있고, 항상된 경제 수단이 없으면 항상된 도덕심은 없다]"이라는 간결한 말로, 도덕심의 향상과 경제적 평등이 인간됨의 실현에 똑같이 중요한 두 기둥임을 표현하였다. 자기(다른 사람이 아니라!)의 내적인 수양, 공부를 통해 도덕적으로 자기를 완성해가고, 또 그 실현을 위한 전제 조건인 사회적·제도적 변혁을 위해 노력해가는 두 가지 길. 더욱이 이 두 가지 지향은 단순한 병렬이 아니라 유기적인 관련성을 가지고 있는 것이다. 도덕적인 자기 실현은 사회적 관계와 분리된 것이 아니며, 사회적 변혁의 노력을 통해 자기 극복과 변혁을 추구할 수 있는 것이다. 오랜 딜레마의 해답을 찾았던 기쁨을 어떻게 말로 표현할 수 있으랴! 누구든, 자기 삶의 장에서 이 두 가지 원칙만 지켜가는 한 그것이 어떤 방식이든 긍정될 수 있으리!

웅십력의 『신유식론』은 『맹자』의 현대적 해석이다. 웅십력은 자기 철학을 제시하기 위해 유식 불교를 끌어들였고 또 그것을 변형시켜 '본심(本心)'·'본체(本體)' 철학을 제시하였지만, 그 핵심은 바로 도덕심의 발현에 대한 이야기이다. 유식 불교는 서양 형이상학의 대체물이었으며, 유식 불교에 대한 비판은 서양 형이상학에 대한 비판이었다. 따라서 『신유식론』은 서양 형이상학을 비판하고 유학의 『맹자』를 현대적으로 재해석한 현대 전통철학의 명저라고 할 만하다. 내성과 외왕이 모두 중요한 것이기는 해도 전통철학은 모두 내성의 길을 통해 외왕의 길로 나아갈 것을 말한다. 두 가지 모두 중요하기는 해도 인간의 내면적·도덕적 변혁이 제도적·사회적 변혁보다 더 근원적이라고 인식하고 있는 것이다. 그 점에서는 『맹자』도 『신유식론』도 마찬가지이다.

이러한 문제 의식을 가지고 『신유식론』을 처음 손에 잡았던 때가 지금부터 거의 십오년 전이다. 첫 아이가 아직 뱃속에 있을 때, 서초동 국립도서관에서 난해하기 짝이 없는 『신유식론』의 첫 페이지를 읽었던 기억이 지금도 생생하다. 당시 나는 유식 불교는 커녕 불교에 대한 입문적인 지식도 거의 없다시피 했고, 어줍잖은 한문 실력에 의지하여 겨우 한 글자씩 읽어 나갈 수 있었다. 웅십력에 관한 박사학위 논문을 제출한 것은 그로부터 8년 뒤의 일이었다. 그러다가 본격적인『신유식론』번역 작업에 착수한 것은 5년 전인 2002년 학술진흥재단의 동서양 고전 명저 번역 지원을 받게 되면서부터이다. 따라서 이 번역은 오랫동안 숙제로 남아 있었지만, 역주 작업에 시간이 걸려 출간이 늦어졌다. 믿고 기다려 준 학술진흥재단의 여러 선생님들께 고마움과 미안한 마음을 함께 전한다. 부족한 이 번역이 나오게 된 데는 모교인 고려대학교와 동국대학교의 여러 선생님들, 선후배 동료 선생님들의 도움과 가르침이 컸다. 일일이 거론하기 힘든 많은 선생님들이 가르쳐 주시고 관심을 가져 주셨고, 자료를 구해주시고, 오역을 잡아주셨으며, 중요한 지적들을 해주셨다. 이 자리를 빌어 감사의 말씀을 드린다. 좋은 책을 만들기 위해 애써주신 소명출판의 김혜원 과장님께도 고맙다는 말씀을 드린다. 물론 가족의 정서적인 지지가 가장 큰 도움이 되었다. 뱃속에서 이 책을 함께 읽었던 딸아이는 이제 중학생이 되었고, 엄마와 딱지치기하기가 소원이었던 아들아이는 이제 의젓해져 엄마가 게으름을 부릴 때면 "엄마, 왜 논문 안 써?" 하고 질책한다. 고맙고 사랑한다는 말을 전한다.

그러나 무엇보다, 부족한 이 번역글을 돌아가신 청명 임창순 선생님께 바치고 싶다. 청명 선생님께서는 신문에 나오는 한자도 제대로 읽지 못하던 제자에게 한문을 가르쳐 주셨고, 더불어 학문하는 자세와 삶의 자세도 함께 가르쳐주셨다. 늦깎이이지만 학문의 출발점에서 나온 첫 열매를 선생님께 바친다.

2007년 8월

김제란

해제

웅십력과 『신유식론』

『신유식론』이라는 책

이 책은 중국근대사상사에서 가장 중요하면서도 가장 난해하다고 평가받는 저서 중 하나인 웅십력(熊十力, 1885~1968)의 기념비적인 저서 『신유식론(新唯識論)』(語體文本, 上中下 완간 1944)을 번역한 것이다. (개인적인 생각으로 중국근대사상사에서 가장 중요한 저서를 세 가지만 꼽는다면, 강유위의 『대동서』, 장태염의 『제물론석』 그리고 웅십력의 『신유식론』을 들 수 있다고 생각한다.) 이 책이 중요한 이유는 이 책을 바탕으로 하여 근대 이후 '서양문화의 도전에 대한 동양의 철학적 대응'이자 '전통철학의 현대화' 작업이라고 할 수 있는 현대신유학이 본격적으로 시작되었기 때문이고, 이 책이 난해한 이유는 그러한 작업을 전통철학 중에서도 불교, 그중에서도 서양 형이상학인 헤겔이나 칸트에 비견될 만큼 난해하고 심오한 동양 형이상학의 정수인 유식불교 사상을 변형하고 비판함으로써 수행하였기 때문이다. 따라서 웅십력의 『신유식론』은 말 그대로 '새로운 유식불교 사상'인 것이다. 이 『신유식론』은 동서문화의 충돌, 구체적으로 말하여 서양 제국주의가 물밀듯이 동양을 침범하는 '서세동점'의 시대에, 그러한 서양의 세력에 대항할 동양의 힘을 불러일으키기 위한 철학적 작업이었다.

'현대의 새로운 유학'이라는 의미의 현대신유학은 중국 근대 5·4운동 시기 이후 형성된 신유학 학파를 지칭하고, 전통철학, 특히 유학과 서양 근대문화를 결합하여 현대에 맞는 동양의 새로운 철학을 성립시키려 했던 사상이다. 우리가 이름이라도 한번 들어본 중국의 철학자들, 예컨대 웅십력은 차치하고라도(熊十力이 사람 이름이라는 걸 아는 사람은 공부하는 사람들 중에서도 열 명 중 한 명이 될까말까였다!) 양수명(梁漱溟)이나 풍우란(馮友蘭)·당군의(唐君毅)·모종삼(牟宗三) 등이 모두 현대신유가에 속한다. 중국 현대철학자인 이택후는 현대신유가에 대해 "신해혁명, 5·4운동 이래의 20세기 중국 현실과 학술적 토양에서 공자·맹자·정자·주자·육상산·왕양명을 계승·발전할 것을 강조하고, 그것을 중국철학, 또는 중국 사상의 근본 정신으로 삼는 동시에, 그것을 주체로 하여 서양 근대 사상(민주와 과학 등)과 서양철학(베르그송·루소·칸트·피히테 등)을 흡수하고 받아들이며 개조하여, 당시의 중국 사회·정치·문화 등의 현실적인 갈 길을 찾아내려 한 것이 현대신유가의 기본적인 특징이다"라고 설명하고 있다. 즉 서양 제국주의가 동양을 침범해 들어오던 위기의 시대에, 그 서양 세력에 맞설 힘을 동양의 전통철학에서 길어내겠다는 것이 이들의 생각이었다. 따라서 서양철학 개념이나 논리를 활용하여 세련화시키기는 할지언정, 그 소재는 어디까지나 유학, 불교, 도가 사상이라는 전통철학이 된다. 그러므로 『신유식론』을 읽다보면, 우리는 유식불교는 물론이거니와 전통철학인 공자·맹자·정자·주자·육상산·왕양명 철학의 창조적 계승이나 변형을 발견하게 되고, 서양철학인 칸트나 헤겔 철학에 대한 통렬한 비판과 베르그송 철학처럼 동양 사상과 유사한 철학에 대한 비판적 수용을 발견하는 기쁨을 누리게 된다.

그러나 세계화라고 불리우는 전지구적 자본주의화가 치열하게 진행되고 있는 21세기인 지금, 전통철학을 바라보는 우리의 마음은 착잡할 수밖에 없다. 일반인들의 전통철학에 대한 평가인 "공자왈, 맹자왈 하다가 망했다"는 결론을 가져온 우리 근대의 역사적 경험 때문이 아니더라도, 과연 무조건 "우리 것은 좋은 것이여!"라는 전제에서 전통철학을 수용하거나 찬양하는 것이 바람직한지, 과연 전통철학이 서양 제국주의에 대해 어떤 방식의 저항을 해왔으며, 또 할 수 있는지에 대한 의문이 드는 것이다. 이 의문은 "전통은 아무리 더러운 전통이라도 좋다"는 김수영 싯구에 나타난, 우리 자신에 대한 애정과는 별개의 것이다. 『신유식론』의 배경이 되는 근대의 주요한 과제인 '반(反)봉건·반(反)제국주의'를 동시에 염두에 둔다면 더욱 그렇다.

현재도 전통철학은 반(反)서양주의 내지는 지나친 서양 경도에 대한 비판의 역할을 하는 듯 보이지만, 실제로는 자본주의나 제국주의에 대항적인 역할을 못하고 도리어 그에 철저히 봉사한다는 비판적 측면이 있다. 즉 노사관계에서 화해 논리라든가 하여 사실상의 종속을 합리화시키고, 인간관계의 계급성조차 전통이란 이름 아래 합리화한다는 비판이 있다. 이러한 의미의 전통철학이 오늘날 유행하고 있는 것은 전통철학이 현실 문제에 대한 지적인 사기, 또는 도피 수단을 제공하기 때문이라고까지 비판된다. 공자와 맹자, 노자와 석가가 오늘 우리 문제를 해결한다고 보는 것은 아예 시대착오이며, 오늘의 문제를 신비화·단순화시킨다는 점에서 지극히 위험하다는 오리엔탈리즘에 근거한 비판이다. 실제로 전통철학이 배태된 역사적 토대가 봉건주의이기 때문에, 전통을 무비판적으로 받아들일 때 이러한 위험은 상존하기 마련이다. 따라서 전통철학에 접근하는 우리의 자세는 어디까지나 '비판적 계승'이어야 한다. 그를 위해서 전통철학에서 비판할 측면과 계승할 측면에 대한 명확한 구분이 필요한 것이다. 그렇다면 근대의 급박한 상황에서 전통철학에 바탕한 『신유식론』의 의미는 무엇인가? 전통철학에 대한 소위 '비판적 계승'의 의미는 무엇인가?

시대가 요구하는 새로운 철학이 과거 고전에 대한 재해석을 통하여 나온다는 것은 놀라우면서도 당연한 일이다. 서양 근대철학이 고대 그리스철학에 대한 재해석에서 시작되었던 것은 차치하고라도, 현대 서양철학 역시 서양 근대 고전에 대한 철저한 독해와 재해석에서부터 나왔다. 모든 학문이 다 그렇지만 동양의 전통철학 또한 의미를 가지려면 현재성을 가져야 할 것이다. 다시 말해서 현실사회와 어떤 방식으로든 연결되어야 한다. 그렇다면 전통철학에 대한 접근 방식은 각종 전통철학들을 잘 정리해서 깊숙한 서랍 속에 넣어두는 것만으로는 부족하고, 그것이 원 사상가의 본래의 의도이든 아니면 후대인들의 오해든, 또는 의도적인 창조적 오해든간에 현실과의 접점을 만드는 쪽으로 나아가야 한다. 전통철학이 그러한 현실적인 힘을 갖기 위해서는 고전에 대한 철저한 독해를 통해 새로운 의미 부여가 되어야 할 것이다. 그러한 자세를 다른 말로 '비판적 계승'이라고 할 수 있겠다. 근현대철학은 그래서 더 중요해진다. 근현대란 어찌 되었던 현실과의 접점을 싫어도 찾아야 했던 시기이고, 그 과정을 통해 현재에 수많은 참고 문헌들을 제시해주는 시대이기 때문이다. 『신유식론』의 의미도 이와 같다.

저자 웅십력의 생애

웅십력은 현대신유학의 제창자라고 할 만하다. 중국 호북성의 가난한 집안의 6남매 중 셋째로 태어났으며, 아버지가 일찍 돌아가셔서 아버지 친구 한 사람의 문하에서 반 년간 정주학을 공부한 것이 공식적인 학문의 전부였다. 18세 되던 해 동료들과 공모하여 혁명을 도모했고, 무창 개자영에 병사로 들어가 군대에서 운동을 모색하려 하였다. 화흥회라는 단체를 설립하고, 과학보습소를 세우고, 잡지를 발간하는 등의 방법으로 혁명을 도우려 하였다. 무창 봉기가 성공한 뒤에는 무창도독부의 참모로 부임하기도 했다. 이렇게 웅십력은 처음에 군사·정치적 혁명가로 활동을 시작하였으나, 29세 되던 1913년 이차혁명이 실패한 뒤에는 절에 들어가 선진 제자학과 서양철학 번역본들을 읽었다. 그러다 마침내 34세인 1918년 혁명에 회의를 느끼고 학문에 뜻을 두어 철학자로 인생의 방향을 수정할 것을 결심하였다.

웅십력이 혁명가에서 철학자로 인생의 방향을 바꾸게 된 것은 혁명에 참여하는 이들이 심신상의 공부(수양)에 관심을 기울이지 않는다는 사실에 문제 의식을 느꼈기 때문이다. 웅십력은 혁명에 참여하는 과정에서 "저렇게 자기 심신상의 공부에 관심을 기울이지 않으려면 왜 혁명에 참가하는 것일까?"라는 의문을 느끼는 일이 많았다고 한다. 다시 말하여 도덕 의식이 그만한 높이에 도달하지 못한 사람들이 인간을 외적으로 변혁시키고 해방시키자는 혁명에 참가하는 일이 무의미하게 느껴졌던 것이다. 그럴 경우 혁명이 성공한다고 해도 인간의 도덕 의식이 고양되지 않는 한 체제가 바뀔 뿐 문제는 여전히 지속될 것이기 때문이다. 사회 제도라는 외적인 변혁에 못지 않게 중요한 것은 인간 자신의 변혁, 내면적인 도덕적 고양임을 소용돌이치는 역사의 현장에서 절감하였던 것이다.

인간의 내적인 자기 변혁이 따르지 않는 외적인 사회 변혁이 문제를 해결할 리 없다는 문제 의식은 우리의 역사 경험에서도 무척 낯익은 것이다. 우리 사회에서도 1980~90년대 민주화 운동에 투신했던 이들의 동기가 사회 정의나 못가진 자에 대한 연민, 평등에의 추구와 같은 고매한 이상을 추구해서가 아니라 깊이 숨겨진 내면의 권력욕이었음을 하루 아침에 알게 되는 일들이 심심치 않게 일어났기 때문이다. 인간의 행태는 어느 곳에서나 다르지 않은 모양이어서 웅십력 역시 혁명 운동 과정에서 자기 변혁, 즉 내적인 도덕적 변혁의 중요성을 깨달았고, 그 동력을 전통철학 내에서 찾을 수 있다고 생각하였던 것이다. 동양의 전통철학은 기본적으로 '위인지학'(爲人之學, 다른 사람을 위한 학문)이 아니라 '위기지학'(爲己之學, 자기 자신을 위한 학문), 더 나은 인간이 되기 위한 수양의 학문이기 때문이다.

밥벌이를 위해 천진의 한 중학교에서 잠시 교편을 잡기도 했지만, 웅십력은 36세인 1920년 양수명의 소개로 구양경무(歐陽竟無)의 남경내학원에 들어가면서 인생의 전환기를 맞게 된다. 남경내학원은 당시 근대 불교 부흥 운동의 핵심적인 역할을 하였던 곳으로, 유식 불교가 중심인 곳이다. 웅십력이 본격적으로 공부를 시작한 것은 이렇게 불교를 공부하면서부터인데, 웅십력 자신도 자기의 학문 여정에 대해 "평생 양대 불교(중관 불교와 유식 불교) 사이에서 노닐었다"라고 말하곤 하였다. 이는 근대불교 부흥 운동의 영향 때문이라고 할 수 있는데, 중국 근대불교 부흥 운동은 단순히 불교의 부흥만을 목적으로 한 것이 아니라 서양의 충격에 대응하여 당시 무너져내리고 있던 청 나라를 정치·사회적으로 변혁할 필요성, 그리고 서학(西學)에 대응하여 과학적 사고방식을 키울 필요성 등으로 시작된 것이다. 웅십력은 바로 그러한 운동의 영향하에서 유식 불교로 학문의 여정을 시작하였으나, 결국 유식 불교의 세계관을 받아들이지 않았다. 유식 불교가 본체와 현상을 이분(二分)한다고 보는 입장이 그가 비판하였던 서양철학과 동일한 주장이라고 여겼기 때문이다. 그러나 이는 몇 년 뒤 일이고, 이 당시에 웅십력은 유식 불교에 몰두하였다. 3년 뒤인 38세에 북경대학 교수로 초빙되었을 때 『유식학개론』을 저술하여 강의본으로 삼았을 정도였다.

그러다가 유식 불교의 교리에 대해 회의하게 되면서 4년 뒤인 1926년에 『유식학개론』을 재간행하여 제2종 강의본으로 삼았고, 이 책이 사실상 『신유식론』의 근간이 되었다고 한다. 그리고 불교와 유학 그리고 서양철학 사이에서 오랜 고민과 탐색의 과정을 거쳐 1932년(48세)에 『신유식론』 문언본이 출간되었으며, 어체본이 완성된 것은 1944년(60세)의 일이다. 『신유식론』 어체본은 문언본에 비해 분량도 3배 이상이 되고 내용면에서도 크게 확대되고 발전된 것으로, 웅십력 철학의 결정판이라고 할 수 있다. 『신유식론』은 단순히 중국 근현대철학의 대표적인 저서 중 하나일뿐만 아니라, 동서문화의 핵심인 동서철학적 사유의 비교와 충돌, 그리고 융합을 살펴볼 수 있는 좋은 모델을 제공한다. 따라서 서양 사상의 충격에 대항하여 중국의 전통철학이 어떻게 대응하였는가 하는 것을 『신유식론』을 통해 파악할 수 있을 것이다. 『신유식론』은 웅십력이 여러 차례의 개작을 거쳐 확정지었으며, 이후 현대신유학의 기본적인 사상이 이에서 비롯하였다고 볼 수 있는 저작이다. 이후 웅십력은 『불가명상통석(佛家名相通釋)』(1937), 『신유식론(新唯識論)』 어체본(1944), 『독경시요(讀經示要)』(1945), 『십력어요(十力語要)』(1945), 『원유(原儒)』(1956), 『체용론(體用論)』(1958), 『명심편(明心篇)』(1959), 『건곤연(乾坤衍)』(1961) 등의 저서를 84세인 1964년에 사망할 때까지 지속적으로 저술・출간하였다.

『신유식론』은 '새로운 유식 사상'이라는 뜻의 제목에서도 알 수 있듯이 유식 불교에 대한 비판을 통해 이루어졌다. 이때 웅십력이 본 유식 불교의 가장 큰 문제점은 바로 현상 세계의 본체(實體, Substance)와 현상

(現象, Phenomena)을 이분하여 완전히 별개의 영역으로 파악한다는 것이다. 그런데 본체와 현상을 이분하는 것은 서양철학의 전형적인 특징이다. 따라서 『신유식론』의 유식 불교에 대한 비판은 사실은 서양철학에 대한 비판을 함축한다. 웅십력이 『신유식론』을 통해 유식 불교를 비판하는 지난한 과정은 결국 서양철학을 비판하는 과정이었던 것이다. 따라서 『신유식론』에 대한 이해가 웅십력 철학을 파악하고 중국 근현대 사상의 틀을 이해하는 지름길이라고 할 수 있다. 『신유식론』은 단순한 전통철학의 재생에 불과한 것이 아니라, 그 속에는 서양의 도전에 대한 동양 전통철학의 대응, 그리고 전통철학 중에서도 불교(중관 불교, 유식 불교, 선 불교)와 도가, 유학 사상(주자학 · 양명학)의 갈등과 융합이 숨어 있기 때문이다. 이 책 한 권 속에 근대 이전부터 현대에 이르기까지 동양의 전통적 사유의 발전 과정이 압축되어 들어 있다고 할 수 있다.

시대적 배경

중국의 사상사는 외래문화의 도전으로 인해 크게 두 번의 변화를 경험하였다. 첫 번째는 불교의 도입으로 이루어진 인도문화의 충격이고, 두 번째는 근대에 이루어진 서양 문명의 도전이다. 중국을 포함한 동아시아는 이 두 번의 상이한 문화의 충돌로 인해 창조적인 새로운 사상과 철학이 싹텄다. 중국 고유의 유학 사상은 불교의 도전에 대하여 송명성리학으로 응답하였고, 서양문화의 충격에 대해서는 현대신유학으로 대응하였던 것이다.

후한 말에 인도에서 불교가 도입되었을 때 전통 사상 중 도가 사상은 불교를 환영하였지만 유학은 이에 대응하여 불교의 형이상학과 철학적 개념들을 차용하여 성리학(性理學)이라는 새로운 유학을 만들어냈다. 물론 유학도 불교에 영향을 미쳐 수당 시대의 천태·화엄·선 불교라는 중국화된 불교를 만들어냈다. 중국 불교는 인도 불교가 중국에 들어와 천 년간의 시행착오 끝에 성공적으로 중국화한 불교를 가리키며, 이때 중국화하였다는 의미는 바로 인도 유식 불교의 아라야식 연기가 중국 불교의 진여연기로 변화하는 과정이라고 할 수 있다. 또 서양철학이 도입되었을 때 묵가(墨家)는 과학의 이름으로 환영하고 수용하였지만 유학은 이를 비판하였다. 근현대 유학은 서양철학 개념들을 차용하여 현대 신유학으로 발전하였고, 근현대 불교 역시 서양에 대응하여 새로운 길을 모색하였다. 이처럼 전통철학과 외래문화는 상호 영향을 미치면서 대응해왔다고 할 수 있다.

유학은 성선설(性善說)을 그 이념으로 한다. 송명 성리학은 원시 유학의 이념을 바탕으로 불교에 대항해서 성선설의 이념을 형이상학적으로 규명하려는 노력에 치중하였다. 현대신유학 역시 성선설을 형이상학적으로 규명하여 서양문화에 대응하려고 한다는 점에서 송명 성리학과 유사한 구조를 가진다. 그리고 이러한 노력의 시작점에 웅십력의 『신유식론』이 있다.

서양 사상이 중국에 처음 알려지고 동서문화가 교류되기 시작한 것은 17세기 이래의 일이지만, 당시에는 큰 관심을 끌지 못하였다. 그러다가 19세기 들어 아편전쟁(1840년)과 청일전쟁(1894년)을 겪으면서 서양 문명이 본격적으로 들어오게 되는데, 이러한 서양 문명의 본격적인 유입은 동양을 식민지화하려는 제국주의적 침탈의 형태를 띠고 나타난다. 중국의 근대는 이처럼 제국주의의 침략과 그로 인한 민족주의의 위기를 본질로 한다. 서양문화의 충격, 제국주의의 침략에 어떻게 대응하였는가가 바로 이 시기 역사의 파노라마로 펼쳐지는 것이다. 그것은 혁명과 보수, 변혁과 안존, 전통과 신문화의 충돌이며, 구 봉건왕조와 자본주의, 사회주의라는 전적으로 상이한 새로운 흐름의 충돌이자 선택이었다. 이 시기에 중국은 서양 문명에 맞서 독자성을 지키면서 동시에 개혁을 해내야 하는, 반(反)외세·반(反)봉건이라는 이중의 과제를 짊어져야 했다. 그러는 가운데 지식인들은 서양 문명의 힘과 우수성에 놀라 서양을 배우기 시작하고 한편으로는 서양에 대응하기 위해 자신을 정리하기 시작하였으니, 이것이 바로 중국 근현대 사상의 시작이다.

당시에는 물론 서양의 세력과 문화를 무조건 배척하는 완고 보수파도 있었지만, 이들은 아무런 힘을 쓰지 못하는 상황이었다. 서양의 문화를 받아들여 중국을 근대화시키려는 청말의 근대화 운동은 당시의 상황에서 피할 수 없는 조치였다. "힘있는 서양의 학문을 배우자"는 중국의 독자적인 노력은 과학 기술, 정치, 문화라는 세 단계를 거쳐 이루어졌고, 그것은 역사적으로 양무 운동, 무술변법·신해혁명, 5·4운동의 형태로 나타났다.

양무파인 증국번(曾國藩, 1811~1872)·이홍장(李鴻章, 1823~1901)은 "전통 사상을 중심으로 한 중국의 정신 문명을 근본[體]으로 하고, 과학 기술을 중심으로 한 서양 물질 문명을 보조[用]로 하자"는 그 유명한 '중체서용론(中體西用論)'을 제기하였다. 이 중체서용론은 근대 중국이 서양의 제국주의적 침략에 대항하면서 서양 문명을 받아들이는 최초의 형식이라는 면에서는 의미가 있지만, 내용면에서는 유학의 봉건 강상윤리의 옹호와 봉건제를 전제하는 개혁에 국한되어 실패로 돌아가고 만다. 무술변법파인 강유위(康有爲, 1858~1927)·담사동(譚嗣同, 1866~1898)·엄복(嚴復, 1853~1921)·양계초(梁啓超, 1873~1927) 등은 서양 사상, 특히 진화론을 받아들이고 그것을 동양 사상과 융합하여 그를 기반으로 개혁을 통해 정치 체제를 변혁하려고 시도하였다. 이 또한 기본적으로 외적인 면에서 서양의 정치·경제 제도를 받아들이고 응용하는 것일 뿐, 내적인 면에서 민족 정신을 지탱하는 전통 사상은 그대로 고수하려는 입장을 취하였다. 현대신유학 역시 전통철학을 근본으로 한다는 점에서 양무운동 이래의 중체서용론의 재현이라고 할 수 있다. 현대신유학의 틀을 만들고 형이상학적 기초를 놓는 역할을 최초로, 그리고 성공적으로 시도한 이가 바로 웅십력이라고 할 수 있다.

5·4운동 시기에 이르러서는 서양과 동양문화가 물과 불처럼 근본적으로 대립하는 것으로 여겨졌다. 이때는 사회 변혁을 위한 불길이 높이 치솟았던 격동의 시기이고, 전통철학은 반봉건의 기치 아래 철저한 부정의 대상이 되었다. "공자의 가게를 때려부수자[打倒孔家店]", 즉 "공자가 제창한 유교를 타도하자"는 구호가 중요한 의의를 갖게 되었고, 진독수(陳獨秀, 1879~1942), 호적(胡適, 1891~1962) 등은 전통, 특히 낡은 유학의 도덕에 대한 철저한 타도와 사회의 전반적인 서구화를 주장하였다. 이것을 계기로 사상계는 전통문화의 근본적인 단절을 주장하는 진보파와 전통문화 옹호를 주장하는 보수파로 첨예하게 나누어지게 된다. 이때 진보파는 주로 서구문화의 수용을 주장하는 서화파이고, 보수파는 전통문화의 존속을 주장하는 국수파라고 할 수 있다.

철학적 배경-'동서문화논쟁'과 '과학과 형이상학 논쟁'

이러한 시대적 배경에서 철학계의 두 가지 논쟁이 『신유식론』의 탄생에 큰 영향을 끼쳤다. 그것은 동양과 서양의 문화 성격과 우월성을 논하는 '동서문화 논쟁'과 과학과 형이상학을 같은 차원에서 파악할 수 있는가를 논하는 '과학과 형이상학 논쟁'이다. 이 논쟁들은 서양문화를 어떻게 받아들일 것인가 하는 문제와 연관되어 발생한 것이다.

동서문화 논쟁은 동서문화의 본질과 차이라는 문제를 놓고 동방문화파와 서방문화파가 나뉘어 논쟁한 것이다. 동방문화파의 기본 입장은 동양문화를 우월한 정신문화로 보고 서양문화를 저급한 물질문화로 파악하여 동양문화의 우월성을 강조하는 것이었다. 아직도 이러한 생각을 가진 사람들이 있어서 전통의 우월성을 강조하는 경우를 가끔 볼 수 있다. 이들은 동양이 물질적으로 뒤떨어진 것이 마치 정신성에만 치중했기 때문인 것으로 합리화하기도 한다. 이에 반해 서방문화파의 기본 입장은 동양문화는 아직 고대문화에서 벗어나지 못한 고대의 유물이고 서양문화만이 진정한 근대문화라는 것이다. 이렇게 사회 발전의 척도를 서구화에서 찾는 사람들도 역시 많이 남아 있다. 이들은 사회 발전은 고대문화에서 근대문화로, 결국 동양문화에서 서양문화로의 이행으로만 가능하므로, 동양은 전적으로 서양문화를 받아들일 필요가 있다는 견해로 이어진다. 동양의 봉건적 잔재를 철저히 뽑아없애고 깨끗한 바탕에 서양의 '우월한 문화'를 심어야 한다고 주장하는 철저재건론자들의 주장이 바로 그것이다. 웅십력 역시 동양문화를 우월한 정신문화로 파악하고 동양의 도덕을 바탕으로 서양의 과학문화를 조화해야 한다고 본 점에서는 동방문화파의 맥을 잇고 있다고 볼 수 있다.

과학과 형이상학 논쟁 역시 과학과 형이상학의 관계를 주제로 하여 과학파와 현학파로 나뉘어 논쟁한 것이다. 현학파는 기본적으로 자유의지적 인생관에 근거해 있고, 과학파는 과학적 인생관에 근거해 있다. 현학파에 따르면, 인생관은 절대 통일될 수 없고 변화하는 것이며 살아 있는 것[活] 자체이다. 인간의 삶은 아름답고 신비한 것이어서 결코 계산적, 수량적으로 계측할 수 없는 것이다. 거기다 이들은 철학과 과학의 영역을 구분하여, 가치 세계는 철학의 영역일 뿐 과학은 아무런 도움도 되지 못한다고 주장한다. 이러한 이원론은 철학과 과학의 영역을 구분하여 과학파의 과학만능주의에 대항하려는 논리적 기초가 된다. 『신유식론』에서도 과학과 철학의 영역을 분명히 구분하는 데서 논의를 시작하고 있는데(「명종」편), 그런 면에서 보면 웅십력 철학은 분명히 현학파의 계승이다. 과학파는 현학파의 주장이 본체론이라는 '검증불가능한 영역'으로 도망치는 것이라고 규정하고, 형이상학적 본체론을 부정하였다. 즉 우리는 감각 범위 밖에 있는 어떠한 정신 실체나 물질 실체에 대해서 알 수 없으며, 따라서 증거를 제시할 수 없는 본체론은 모두 신앙이나 교조에 불과한 것이라고 정면으로 비판하였다.

『신유식론』의 입장은 기본적으로 현학파를 계승한 것이다. 현학파가 웅십력이 주장하는, 본체와 현상이 둘이 아니라고 보는 '체용불이(體用不二)'의 이론적 배경을 제시하였다고 볼 수 있기 때문이다. 이 본체(Substance)와 현상(Phenomena)의 관계는 철학, 특히 형이상학의 중요한 주제이기도 하다. 본체는 현상 너머 어딘가에 있으면서 현상을 현상이게 하는 근본이고, 서양철학의 이데아나 신과 같은 것이 이에 해당한다. 현상이란 물론 감각 경험이 가능한 감각 세계를 말한다. 과학파는 주체의 직접적 감각지 외에 모든 것은 실재성이 없다고 본다. 과학파의 이러한 실증주의 관점과는 상대적으로, 현학파는 물질 현상 배후에 신비한 우주 본체가 존재하며 이 본체는 과학으로 해석할 수 없는 것이라고 보았다. 이 둘은 모두 서로 다른 각도에서 본체와 현상을 이분하는 것이다. 『신유식론』에서는 과학파는 실체를 인정하지 않는다는 점에서, 현학파는 실체가 있지만 현상을 초월하여 존재한다고 보는 점에서, 두 가지 관점을 모두 비판한다. 그러나 실제로는 우주 본체는 과학이 아니라 형이상학으로 접근할 수밖에 없는 것임을 인정함으로써 기본적으로 현학파의 입장을 계승·발전시켰다고 할 수 있다.

근대불교의 세 갈래 길

중국 근대에 이러한 논쟁들을 거치면서 서양 사상이 시대적인 사조로 대두하게 되자, 전통철학 중에서도 주자학에 눌리고 있던 불교와 양명학이 그 누르던 힘의 약화를 계기로 반발하여 일어나게 된다. 그러므로 근대에 들어와 대승 불교가 발전하고, 특히 유식 불교에 대한 연구가 활발히 일어나게 되었다. 인도 유식 불교는 845년 불교 박해 이후 거의 천 년 이상 묻혀 있다가 1900년 이후에 일본에서 다시 역수입되어 새로운 관심을 불러 일으켰다. 체계적이고 정밀하며 분석적인 유식불교 사상은 서양의 칸트나 헤겔 사상에 못지 않은 관념론 사상이라는 점에서 관심을 집중시키지 않을 수 없었을 것이다. 서양의 관념론철학이 중국에 소개되고 중국 전통철학은 인식론이나 논리적인 부분이 약하다고 비판받는 상황에서, 서양의 관념론 못지않은 인식론과 논리로 무장한 이 동양의 관념론은 열광적으로 받아들여졌다. 그러나 유식 불교는 원래 인도 사상에 속하는 것이고, 중국의 전통은 어디까지나 유학이라고 할 수 있다. 따라서 전통을 중시하는 입장에서는 유학, 그중에서도 양명학을 주된 사상으로 받아들이는 경우가 많았다. 그리하여 동방문화파와 그 뒤를 이은 현대신유학은 양명학을 자신들의 사상의 근간으로 삼게 된다.

그런데 실제로 웅십력뿐 아니라 중국 근대 불교의 발전과 현대신유학의 태동은 오직 유식 불교를 매개로 한 것이다. 구체적으로 중국 근대에서 유식 불교를 부활시킨 주된 인물은 양문회(楊文會, 1837~1911)이다. 그는 우연히 『대승기신론(大乘起信論)』의 복사본을 발견하고 깊은 인상을 받아, 유학자 가정에서 태어났지만 불교 연구에 몰두하였다. 런던에서 서양인 불교학자 막스 뮐러 교수를 만났고, 그를 통해 중국 대장

경의 목록을 준비하고 있던 난지로를 알게 되었다. 난지로를 통해 대장경에 들어 있지 않은 수백 권의 문헌들을 수집하였고, 그 속에서 중국에서 오래동안 일실되었던 유식 불교 문헌들을 발견하였다. 현장의 『성유식론』에 대한 규기의 주석인 『성유식론술기』가 대표적이다. 그 후 양문회는 구양경무(歐陽竟無)와 매광희(梅光羲) 등을 격려하여 유식 불교를 연구하게 하였고, 여기에 태허(太虛) · 한청정(韓淸淨) 등의 학자들이 합류하였다. 이러한 활동은 강유위(康有爲) · 장태염(章太炎) · 여징(呂澂) · 담사동(譚嗣同) · 양계초(梁啓超) · 양수명(梁漱溟) · 웅십력(熊十力) 등과 같은 당시 학자들에게 큰 영향을 주었고, 그들 모두 유식 불교의 연구에 관심을 기울이게 되었다.

그러나 유식 불교는 원래 인도 사상에 속하는 것이고, 중국 불교 전통은 『대승기신론』 계통의 천태 · 화엄 · 선 불교라고 할 수 있다. 『대승기신론』 계통의 법성종은 맹자의 성선설을 흡수하여 인간이 본래 불성을 가지고 있고 종교적 실천을 통하여 그 불성의 깨달음에 도달할 수 있다고 주장한다. 즉 불교에서 엄격한 논리 체계를 가진 철학적 측면보다 수양과 관련된 종교적 측면을 강조하고 있다. 따라서 근대라는 시기에 불교가 서양철학과 대응할 수 있는 철학적 논리 체계에 비중을 두어야 하는지, 아니면 중국 불교 전통의 깨달음에 기반을 둔 종교성을 강조해야 하는지의 문제가 대두하게 되었다. 여기에서 인도 유식 불교의 계보를 이은 현장—규기 계열의 유식 불교를 진정한 불교철학으로 볼 것인가, 아니면 중국적 전통을 이은 『대승기신론』의 이론을 진정한 불교철학으로 볼 것인가 하는 논쟁이 생겨나게 되었다.

이러한 논쟁은 당시의 지적 분위기와 연관된다. 서양문화의 충격으로 동양의 전통철학을 반성하게 되는 지성적이고 비판적인 분위기에서 지적인 이해가 없는 신앙은 의미가 없다고 생각하는 지식인들은 신앙을 강조하는 『대승기신론』을 비판하였다. 따라서 『대승기신론』과 완전히 대조적인 성격을 지닌 유식 불교가 관심을 끌게 되었던 것이다. 반면에 『대승기신론』이 중국 불교의 핵심이라고 생각하는 학자들은 그를 비판하는 것은 중국의 정신 자체를 비판하는 것이라는 생각에서 이러한 비판에 대항하였다. 실제로 1920년대 이래 중국 불교학계는 『대승기신론』을 둘러싼 격렬한 논쟁을 전개하였다. 이처럼 중국 근대 불교는 구양경무가 재생시키려 한 유식 불교, 태허의 『대승기신론』을 중심으로 한 전통 중국 불교의 옹호, 그리고 유식 불교에서 시작했지만 이를 비판하고 유학과 결합하여 근대화된 새로운 철학을 시도한 웅십력의 『신유식론』이라는 세 갈래길로 나뉜다.

『신유식론』과 다른 학문의 관계

웅십력 『신유식론』은 한마디로 서양철학의 충격으로 인해 야기된 전통철학의 변화이다. 따라서 『신유식론』과 서양철학의 관계, 전통 불교와의 관계, 유학과의 관계를 통해 볼 때 그 내용을 분명히 파악할 수 있을 것이다.

『신유식론』의 서양철학에 대한 관계는 전면적인 비판과 부분적인 수용으로 나타난다. 우선 『신유식론』에서는 서양 형이상학에서 본체계와 현상계를 완전히 이분하여 별개의 영역으로 파악하는 시각을 비판한다. 여기에는 플라톤이나 아리스토텔레스는 물론 칸트·헤겔 등의 근대철학도 포함된다. 본체계와 현상계를 이분하여 보는 시각은 결국은 기독교 등의 종교 사상과 다를 바가 없이 이 현실 세계를 평가절하하는 것으로 이어진다고 보았기 때문이다. 이러한 사고방식은 인간의 도덕적 실현을 최대 목표로 삼고 있는 웅십력으로서는 정면으로 비판할 수밖에 없는 것이다. 그리고 그렇게 잘못된 방향으로 나아가게 된 근본적인 원인은 본체를 탐구하는 방법으로 내부의 반성적 지각인 성지(性智)가 아니라 외부 대상에 대한 대상화된 사고방식인 양지(量智)를 활용하기 때문이라고 본다.

또한 양지를 본체의 탐구에 활용하였을 때 나타날 수 있는 잘못된 모습으로 칸트의 불가지론을 들고 있다. 칸트는 인간 정신이 궁극의 실재인 물(物) 자체를 감지할 능력이 없으므로, 실재의 영역인 형이상학의 영역은 영원히 인간 지식으로 접근할 수 없는 미지의 영역으로 놓아 둔다. 더욱이 칸트는 도덕률이 존재하기 위해서는 필연적으로 자유 의지, 영혼의 불멸성, 神의 존재라는 세 가지 실재가 요청된다고 하지만, 웅십력의 입장에서 보면 이러한 견해는 '지리할 뿐이다.' 본체와 현상이 일치한다는 입장에서 보면 이러한 중간 매개체는 필요하지 않기 때문이다.

『신유식론』에서 서양철학 중 가장 높이 평가하는 것은 베르그송의 생명철학이다. 베르그송 철학은 우주를 생명으로 파악하고 직관을 중시하는 등 많은 부분이 웅십력 철학과 일치하지만, 도덕적 성향이 없는 맹목적인 생명 충동을 중시한다는 면에서 역시 크게 다르다고 본다. 베르그송의 우주는 비도덕적인 우주인 반면 『신유식론』에서 보는 우주가 도덕적이라는 점은 동서양철학의 특징을 가장 분명하게 보여준다.

다음으로 『신유식론』과 불교와의 관계를 살펴보면, 『신유식론』은 외도, 소승 불교에 대해서는 실재론적 견해를 비판하고, 중관 불교에 대해서는 현상을 공(空), 즉 환상으로 파악하는 허무주의 견해를 비판하는 것으로 나타난다. 실재론이나 허무주의는 둘 다 본체를 파악하지 못하게 하는 방해물로 작용하기 때문이다. 그러나 웅십력이 가장 심혈을 기울여 비판한 것은 유식 불교, 현장—규기의 유식 불교에 대하여서이다. 현장 유식에서 가장 문제는 종자계와 현행계를 구분함으로써 본체와 현상을 이분할 뿐 아니라, 진여 외에 종자를 본체로 파악함으로써 이중 본체의 문제를 야기하였다는 것이다. 그런데 현장 유식에 대한 이러한 비판은 사실상 서양 형이상학에 대한 비판을 함축하는 것이다. 두 경우 모두 본체와 현상의 이분을 근본 사상으로 하기 때문이다. 이러한 과정을 거쳐 웅십력은 자신의 본체철학을 확립한다. 그것은 '본래의 마음[本心]' 또는 '우주의 마음[宇宙心]'이라는 본체가 현상으로 현현한다는 사상이다. 이것은 본체와 현상의 일치를 말하는 거대한 관념론적 체계이다. 그런 의미에서 근현대 유학을 관념론적인 축과 실재론적인 축 둘로 나눈다고 볼 때, 웅십력이 전자에 해당한다고 보는 평가는 당연한 것이다.

『신유식론』은 불교의 입장에서 보자면, 진제(眞諦)의 무상 유식의 입장에서 현장의 유상 유식을 비판하는 것이며, 중국 불교의 입장에서 인도 불교를 비판하는 것으로 나타난다. 그것은 진여연기의 입장에서 아라야식 연기를 비판하는 것과 같은 논리이다. 『신유식론』 역시 진여 본체의 현현을 말함으로서 일종의 진여연기에 해당한다고 볼 수 있기 때문이다. 『대승기신론』의 진여연기사상은 중국 불교의 핵심 사상인데, 이 진여(眞如)·진심(眞心)은 진실무망한 본체로서 웅십력이 말하는 본체에 해당된다. 그리고 그와 동시에 유학의 성선론과 연결되는 고리가 된다.

마지막으로 『신유식론』과 유학과의 관계는 다음과 같다. 불교와 유학은 견성(見性), 즉 자기의 본성을 인식한다는 점에서는 공통점을 지니지만, 본체의 성격을 각각 '텅 비고 고요한 것[空寂]'과 '쉬지않고 생성하는 것[仁]'이라는 대조적인 성격으로 보기 때문에 결국은 전혀 다르다. 그리고 웅십력 철학은 불교가 보는 본체의 적멸적정은 결국 세상을 벗어나는[出世] 반사회·반문화로 귀결된다는 비판을 통하여 결국은 유학으로 정착하게 된다. 인(仁)으로 대표되는 사회 윤리 질서를 완전히 부정할 수는 없다고 보기 때문이다. 웅십력의 본체론을 인(仁)의 본체론, 생명의 본체론이라고 정의한다고 할 때, 그 근본 사상은 유학, 특히 송명 성리학을 그대로 계승한 것이다.

이때 웅십력 철학은 유학 중에서도 주자학이 아니라 양명학 계열에 속한다. 양명학은 마음과 본성을 일치시켜 보는 심성일원론적 입장을 취하고 있는 반면, 주자학은 마음과 본성을 이분하여 보는 심성이원론적 입장을 취하고 있기 때문이다. 웅십력은 심성이원론적 입장에서는 도덕 주체성을 확립할 수 없다고 보고, 주자학을 버리고 양명학적 견해를 택한다. 믿을만한 표준이 없는 과도기의 시대에는 모든 것을 양지라는 도덕적 주체성에 맡기는 철학이 가장 좋은 방법이라고 보았기 때문이다. 내면의 도덕적 결단을 중시하는 양명학이 도덕면에서의 동양의 우위를 주장하려는 웅십력의 의도에 더 적합했다고 할 수 있다. 유가의 성선론 전통은 주로 맹자 계열의 유학에서 찾을 수 있으며, 이 전통을 계승한 것이 주자학보다는 양명학이기 때문이다. 따라서 웅십력의 철학 사상은 양명학을 근본으로 하고, 거기에 양명학이 결여한 우주－본체론적 사고를 보충한 것이라고 볼 수 있다. 그리고 도덕 본체를 추구하는 양명학 위에 지식의 획득을 추구하는 주자학을 보조적으로 결합하여 근대에 걸맞는 '새로운 양명학', '새로운 심학[新心學]'을 추구하려 하였다.

『신유식론』의 서술 방식

『신유식론』의 내적인 서술 방식은 크게 다음 세 과정으로 이루어진다. 첫째, 인도 유식 불교를 중국 불교의 입장에서 비판하는 것, 둘째, 중국 불교를 유학, 그중에서도 양명학의 입장에서 비판하는 것, 마지막으로 그러한 바탕 위에서 유식 불교의 용어와 논리를 활용하여 자신의 철학 체계를 형성하는 것이다.

물론 이 세 과정은 각각의 단계마다 강조점이 다르다. 인도 불교를 중국 불교의 입장에서 비판하는 첫 번째 과정에서는 '본체와 현상이 둘이 아니라는 것[體用不二]'을 특히 강조하였다. 본체와 현상의 이분으로 나타나는 유식 불교를 비판하고, 본체와 현상의 일치를 강조하는 중국 불교의 입장으로 되돌아간 것이다. 그것이 바로 진여연기관(眞如緣起觀)이다. 웅십력이 중국 불교를 칭찬하는 것도 그의 철학이 일종의 진여연기에 해당한다고 볼 수 있기 때문이다. 이 본체와 현상의 일치는 현상계 자체의 가치를 인정한다는 의미를 지닌다. 현상이 바로 본체가 드러난 것이므로, 본체(진여)가 가진 선성(善性)이 그대로 현상으로 나타나고 있기 때문이다.

불교를 유학의 입장에서 비판하는 두 번째 과정에서 웅십력은 주체적이고 사회적인 실천을 강조하였다. 웅십력이 송명 성리학 중에서도 양명학을 선택하게 된 것은 물론 양명학이 성선론 전통을 보다 적극적으로 계승하고 있기도 했지만, 주체성과 실천이라는 면을 보다 강조한다는 것도 작용하였을 것이다. 과학과 철학을 분리하고, 도덕적 자아의 주체성을 강조한다는 두 가지 조건을 모두 만족시키는 것이 양명학 밖에 없었기 때문이다. 과학과 철학을 분리해야만 철학, 즉 윤리적인 측면에서의 동양의 우위를 주장할 자리가 생기기 때문이다. 과학과 철학이 분리되지 않는 상황(주자학)에서는 과학이 무너지면 철학도 함께 무너질 수 밖에 없기 때문이다. 과학과 철학을 분리하면 과학이 무너져도 철학은 자신의 영역은 지킬 수 있게 된다. 따라서 양명학의 선택은 서양문화의 도전으로 동양의 가치 체계가 뿌리째 흔들리는 '근대'라는 상황에서는 필연적인 선택이었다고 할 수 있다.

세 번째 성리학에서 현대신유학으로 넘어오는 과정을 통하여 웅십력은 서양문화의 도전이 불러일으킨 '현대'가 가진 특수성을 강조하였다. 그것은 전통철학의 현대화라는 작업을 통하여 이루어졌고, 그러한 작업을 다시 유식 불교의 용어와 논리를 활용하여 시행하고자 하였다. 웅십력 철학에서 유식 불교가 기본적으로 비판의 대상이기는 하지만, 서양 관념론과 등가의 위치에 있는 동양 관념론인 유식 불교의 용어와 논리를 활용하여 유학 사상을 재정립한 것이다. 여기에서 유식 불교는 동서 문화를 연결시키는 고리 역할을 하였다. 즉 웅십력은 『신유식론』에서 전통의 현대화 작업을 '서양화'를 통해서가 아니라 내용이나 방법 모두 전통철학의 계승을 통하여 시도한 것이다.

『신유식론』의 의의와 남은 문제들

이 난해하고 복잡한 『신유식론』이라는 책은 도대체 어떤 의미를 가진 걸까? 『신유식론』은 기본적으로 전통철학의 부흥·발전을 통하여 민족 정신을 일으켜 세우고, 그것을 기반으로 현실적인 문제들을 해결해나갈 힘을 키우고자 하였다. 현대신유가가 중국 근대에서 본 것은 가치 체계의 붕괴, 의미 구조의 해체 그리고 자아의 상실, 웅십력의 표현으로 하자면 인간 존재의 진정한 기초인 '본체'·'본심'을 잃은 것이다. 동양의 근대는 서양의 정치·경제·문화적 침탈로 전통적인 가치 체계가 해체되어 가는 상황이었다. 이러한 상황에서 아무리 경제·정치 등 제도면에서의 변혁을 시도해도, 그것은 이미 '못난' 동양이 '잘난' 서양을 뒤따라가는 일에 불과하고, 이런 열등감 속에서 현실적인 변혁을 성공시키기 어렵다고 여겼다. 따라서 민족적 자존심을 살리기 위해서는 서양은 물질, 동양은 정신이라는 도식으로 이분화하고, 정신문화라는 측면에서만은 동양이 우월하다는 입장을 고수할 필요가 있었다. 이것이 양무운동 이래의 중체서용, 동방문화파가 견지하였던 입장인데, 이것을 웅십력도 그대로 수용하였던 것이다.

웅십력 사상이 유학의 테두리 안에 들게 되는 것은 '내성(內聖)'으로 '외왕(外王)'을 제어하며, 내성으로 전체를 관통하려는 입장을 견지하기 때문이다. 이러한 견지에서는 정치 실천이란 도덕 실천의 확충에 지나지 않으며, 이것이 바로 본체로부터 응용에 도달하는 공부이다. 따라서 웅십력과 그 이후의 현대신유가는 유학 내성학의 가장 핵심적인 부분인 심성론(心性論)을 계승하여 발전시키고, 도덕 실천과 도덕 의식의 고양을 현대적인 용어로 해석하려고 노력하게 되었다. 그것이 바로 서양에 대한 동양의 우월을 증명하는 길이고, 그렇게 해서 민족적 자존심을 지켜 내면 말엽적인 것에 불과한 제도적 변혁은 쉽게 따라올 것이라고 믿었기 때문이다. 이렇게 현대신유가가 과학 세계, 사실 세계를 넘어선 형이상학 체계, 그리고 도덕 의식의 근거를 제시하는 '도덕적 형이상학의 확립'을 시대 문제에 대한 근본적 해결 방안으로 제시하게 되는 것도 바로 웅십력의 영향이다.

『신유식론』은 한마디로 동서문화의 충돌이라는 시대적 산물이다. 그 철학은 전통철학의 맥을 그대로 이어 발전시켜나간 것이지만, 거기에는 서양의 도전에 대한 동양의 응답이 숨어 있다. 웅십력이 서양의 도전에 대하여 동양의 전통철학으로 대응한 작업은 동양적 형이상학, 즉 본체론의 확립을 통하여 이루어졌다. 그 핵심은 바로 '본체와 현상의 不二[體用不二]' 사상인데, 그 의미는 성선론(性善論)과 그를 통한 현실 긍정이다. 즉 제국주의라는 서양의 도도한 악의 물결이 동양을 침범한다고 해도 동양의 바탕은 성선론을 통한 인간 긍정과 현실 긍정에 있으며, 동양은 결국 도덕의 측면에서 서양보다 우월하다는 것이다. 이것이 전통철학, 특히 유학의 핵심적인 정신이고, 웅십력은 『신유식론』에서 바로 이러한 정신을 계승한 것이다.

유학의 이러한 정신은 현실에 대한 평가절하를 거부하고 현실에 대한 긴장 대립을 절대적으로 극소화시킨 '합리적인 윤리'라고 평가되는 것이다. 유학자에게 현세는 있을 수 있는 세계 중에서 최선의 세계이며, 인간의 본성은 그 바탕에서 윤리적으로 선하다. 그리고 이 세계 속의 인간들은 모든 사물에서와 같이 정도에서는 차이가 있지만 원칙적으로는 모두 동일한 본성을 지녔으며, 무제한한 완성의 능력을 지녔고, 도덕을 실행하기에 충분하다. 교양의 부족과 그 주요 원인인 불충분한 경제생활이 모든 부덕의 유일한 근원일 뿐이다. 『신유식론』도 이러한 현실 긍정의 정신을 그대로 계승하였다. 『신유식론』의 '본체와 현상의 불이(不二)' 사상은 지금 여기에서 우리가 경험하는 이 현실 세계가 본체 세계 그 자체가 나타난 것이라고 봄으로써, 이 현실 세계를 무가치하거나 덜 중요한 것으로 보고 평가절하하는 모든 사고방식을 부정한다. 이 현실 세계 외에 피안의 또 다른 세계는 없으며, 따라서 이 세계 속에서 이루어지는 모든 도덕적 행위는 최대의 가치를 획득하게 된다. 그리하여 도덕적 주체성의 확립이 중요한 과제로 대두하게 된다.

웅십력은 '본체와 현상의 불이(不二)'라는 주장을 통해 도덕적 주체성의 확립과 그에 의거한 지금 이 세계에서의 도덕적 결단을 해답으로 제시하였다. 그 도덕적 결단은 주어진 길을 따라 가는 것[性卽理]이 아니라, 자기 마음이 이끄는 대로 최선을 다함으로써 본성을 알고 천의 의도를 아는[盡心知性知天], 마음의 길에서 가능하다[心卽理]. 온 정성을 다하면 그것이 바로 우주의 근원인 본체에 해당한다는 것이다[卽工夫卽本體]. 그것이 바로 웅십력이 제시하는 길이고, 현대신유학이 걸어가는 길이다. 그리고 그 길은 전통철학에서 한 줄기로 이어져 내려온 길인 것이다.

결론적으로 웅십력 철학 사상은 맹자 성선론의 현대적 해석이라고 할 수 있다. 이와 같은 성선론의 강조는 도덕면에서의 동양의 우위를 주장함과 동시에 역사적 변환기에 개인들 각각의 도덕적 결단을 강조하는 민족주의적 동기를 지닌다. 그리고 이는 자기 변혁에 근거한 사회 변혁을 추구하는 유학의 오랜 전통[內聖外王]에 기반한 것이다. 따라서 서양의 도전으로 위기에 처하였던 전통철학은 『신유식론』으로 새롭게 부활하였다고 할 수 있다.

그러나 근현대라는 격변의 시기에 '본체와 현상의 불이[不二]'라는 주장을 통해 '존재하는 모든 것들이 선하며 가치있다'고 강조하는 것이 무슨 의미를 지니는가? 『신유식론』의 의도는 성선론과 그를 통한 현실 긍정을 통하여 동양의 도덕적 우위를 강조함으로써 민족적 자부심을 북돋우고자 한 것이었다. 그러나 이러한 무조건적인 현실 긍정은 다른 측면에서 볼 때 있는 현실을 그대로 인정하는 보수주의로 나타날 가능성이 많다. 있는 현실이 모두 좋은 것이므로 다른 변화는 필요없다는 주장과 관련될 수 있기 때문이다. 그런 면에서 웅십력 철학을 포함한 현대신유학을 '문화적 보수주의'라고 규정하는 것은 일면 타당성이 있다. 그러나 웅십력 철학은 분명히 반봉건·반외세의 변혁 사상을 내포하고 있으므로, 보수주의와는 거리가 멀다. 오히려 그의 전 철학 체계를 꿰뚫고 있는 힘은 민족주의이다. 존재하는 모든 것들이 선하며 가치있음을 받아들이게 되면, 눈앞에 나타나는 오염된 현실이 그 본래의 모습이 아님을 꿰뚫어볼 혜안을 가지게 된다. 그럴 경우 성선론은 변혁의 원동력이 될 수 있다.

웅십력 철학은 처음 의도대로 중국 전통철학의 가치를 높임으로써 동양문화의 자존심을 지키는 데 일조하였다. 그러나 일반적으로 도덕의식의 고양을 중시하는 사상은 정치·경제적인 보수주의와 손잡을 때, 보수주의의 도구로 떨어져 버릴 위험이 다분하다. 인간의 내면 세계만에 극단적으로 몰입하게 되면 사회에 대한 비판적 의식을 가지기 어렵고, 따라서 쉽사리 정치적인 보수주의 경향을 가질 수밖에 없게 되기 때문이다. 이것은 현대신유학이 왜곡된 형태로 장개석 등에 의해 이용되었던 데에서도 알 수 있다. 더욱이 웅십력은 중국 전통철학을 지나치게 긍정적으로 이해하였다. 즉 유학이나 불교가 실제 역사에서 도덕적 의식을 고양하는 역할만 한 것이 아니라, 봉건 전제정치나 가부장제의 이데올로기로 작용한 점에 대한 반성이 부족하였다. 따라서 이러한 점들을 간과하고 전통철학의 계승을 말하게 되면, 봉건 전제정치 같은 비근대적인 요소들을 강화하는 결과를 가져온다. 전통철학을 보는 자세에서 '비판적 계승'이 가장 바람직한 것이라면, 웅십력 철학도 전통철학에 대해 비판과 계승의 측면이 균형이 맞을 필요가 있다. 그러나 웅십력은 과학을 보조적으로 인정하는 것 외에는(그것도 공자의 이름을 빌어 수용하였다) 전통철학을 거의 그대로 인정하고 있으므로, 비판적인 측면이 약하다는 비판에서 벗어나기 어렵다.

무엇보다 웅십력의 의도대로 도덕 의식의 고양이라는 내성(內聖)의 방법을 통하여 민주와 과학이라는 새로운 외왕(外王)의 결실을 성공적으로 맺을 수 있을지가 의심스럽다. 이것은 도덕 수양이라는 미명 아래 사회적 실천에 무관심하다고 관념론을 비판하는 견해와 관련된다. 상식적으로 생각해보아도, 개개인의 도덕적인 양심의 발전을 통해 과학과 민주의 발전도 함께 이루어진다는 웅십력의 결론은 타당하지 못하게 느껴진다. 그러나 도덕적 결단을 바탕에 둔 인간의 자기 변혁만이 진정한 역사의 발전을 가져온다고 볼 때, 도덕적 변혁[內聖]을 통해 사회적 변화[外王]를 지향하는 웅십력의 방향성은 올바르다고 여겨진다. 인간의 내적인 자기 변혁 없는 외적인 변혁은 생명력이 없기 때문이다. 그것은 이미 실제 역사 과정에서 검증된 일이기도 하다. 사실 개인의 도덕적 변혁이 우선인가, 사회·제도적 변혁이 우선인가 하는 문제는 인류의 오랜 딜레마이다. 개인의 도덕적 변혁에 근거한 변화의 추구는 아주 소규모 집단일 경우에만 효과가 있고 또 아주 오랜 시간이 필요한 일이다. 반면에 사회・제도적 변혁에 근거한 변화의 추구는 그것이 외적인 변화에만 그치고 동일한 문제의 재생산에 그치게 될 경우가 많다. 따라서 웅십력이 도덕적 변혁[內聖]을 통하여 사회 변혁[外王]을 추구하는 근본적인 방식을 택한 것은 당연한 일이다.

그러나 이때 이 내적인 자기 변혁과 외적인 사회, 제도의 변혁을 어떻게 적절히 조화시킬 수 있는가 하는 문제는 여전히 남는다. 두유명의 표현대로, 인(仁)과 예(禮)의 창조적 긴장이 현대의 전통철학에 남겨진 핵심적인 과제가 된다는 것이다. 『신유식론』이 제기한 이러한 과제는 아직 열린 물음으로 우리에게 남겨져 있으며, 그 답은 이 책을 읽을 독자들의 몫이기도 하다.

『신유식론』의 내용

제1장 명종

일상 생활 중에서 우리는 외부를 향해서 사물을 구하며, 우리의 인식은 외부의 사물을 향한다. 우리는 외부 사물이 내 자신의 의식과 독립적으로 존재한다고 여기고, 외부 사물에 대한 관찰・분석・추론 등의 방식을 통해 객관 세계를 인식한다. 이러한 인식 방법이 바로 대상화된 인식 방법이다. 그것은 보통의 행동에는 유효하고 또 오래되면 자연히 습관이 되므로, 우리는 늘 이러한 습관 위에서 문제를 대하고 처리하게 된다. 웅십력은 이러한 대상화된 인식 방법을 '습심(習心)'이라고 불렀다.

유식 불교에서는 인식을 '양(量)'이라고 하고, 인식의 대상을 '경(境)'이라고 한다. 양의 원래의 의미는 도량·분량이고, 경의 원의는 경계·구역이다. 이 때문에 사람들은 쉽게 인식 대상을 마치 어떤 구역을 재는 것과 같은 것이라고 연상한다. 유식 불교의 사고방식에서 어떤 구역을 재는 것은 능량(能量)·소량(所量)·양과(量果)라는 세 가지 측면을 포괄한다. 여기에서 자와 같은 공구는 능량에 해당하고, 토지는 소량에 해당하고, 도량의 결과에 대한 이해는 양과에 해당한다. 이와 상응하여 어떤 대상을 인식하는 것도 세 가지로 나누어 볼 수 있다. 견분(見分, 인식의 행위)는 능량이고, 상분(相分, 인식의 대상)은 소량이고, 자증분(自證分, 인식의 행위에 대한 인식)은 양과이다. 상분은 견분을 통해 인식되는 것이고, 견분은 자증분을 통해 인식되는 것이고, 자증분은 자기를 통해 자신을 인식한다.

외부 사물에 대한 인식은 견분이 상분을 인식하는 것이고, 외부를 지향하는 인식 관계이다. 그러므로 이를 '외연(外緣)'이라고 한다. 견분에 대한 인식은 자증분 자신이 자기를 인식하는 것이고, 내부를 지향하는 인식 관계이다. 그러므로 이를 '내연(內緣)' 또는 '반연(返緣)'이라고 한다. 외연과 내연은 아주 다르다. 외연은 등불이 다른 사물을 비치는 것과 같고, 내연은 등불이 자기 자신을 비치는 것과 같다. 이 때문에 내연을 '되돌아 보아서 자신을 비추는 것[反觀自照]'이라고도 한다. 인식 활동의 능동적인 측면이나 인식 활동의 본질은 견분과 자증분에 있다. 이 때문에 인식 활동의 본질을 파악하려면, 반드시 반관자조의 방법을 활용해야 한다.

「명종」편에서는 유식 불교의 이러한 방식을 받아들여 '본심(本心)'과 '습심(習心)' 또는 '성지(性智)'와 '양지(量智)'를 구분하였다. 양지는 물화(物化)된 사고방식, 즉 대상화된 사고방식이다. 철학자들은 보통 양지를 통해 본심을 인식하려고 하는데, 웅십력이 보기에 이것은 잘못된 길이다. 본체의 자성은 객관 대상 속에서 나타나는 것이 아니라 나 자신의 마음속에서 나타나기 때문이다. 본체를 인식하기 위해서 우리는 반드시 성지를 통해 본체를 인식해야 하며, '반관자조'의 방식으로 본체를 체인해야 한다는 것이 웅십력의 기본적인 주장이다. 이때 양지는 외부 사물에 대한 인식 방법으로 외부를 지향하는 인식 관계이므로 '외연'이라고 부르고, 성지는 진정한 자기 자신을 향한 인식 방법으로 내부를 지향하는 인식 관계이므로 '내연' 또는 '반연'이라고 부른다. 양지는 과학의 영역에 활용하는 과학의 방법이고, 성지는 철학의 영역에 활용하는 철학의 방법이라고 할 수 있다. 양지는 현상계의 대상, 즉 공용을 탐구하는 방법이고, 성지는 본체를 탐구하는 방법이다. 이러한 내용은 다음과 같은 도식으로 구분해볼 수 있다.

본체	(철학의 영역, 철학의 방법) 性智=本心 : 內緣, 返緣의 방법 → 本體를 탐구하는 방법
현상	(과학의 영역, 과학의 방법) 量智=習心 : 外緣의 방법 → 功用을 탐구하는 방법

그리하여 웅십력은 "모든 사물의 본체가 자기 마음과 분리된 외부 세계가 아니고, 지식이 통하는 경지도 아니며, 오직 자신에게 되돌아가서 실증하는 것에 상응하는 것임을 깨우쳐주고자 한 것"이 이 책을 쓴 의도라고 선언한다.

제2장 「유식(상)」 — 대상의 공(空) : 대상은 마음에 의존한다

『신유식론』은 유식 불교를 새롭게 개조한 것이라는 뜻이다. 그렇다면

『신유식론』에서 '유식(唯識)'이 가지는 의미는 무엇인가? 첫째, 웅십력은 마음과 대상이 분리될 수 없는 두 부분이라고 본다. 마음과 대상은 일종의 상관 관계 속에 있고, 이러한 상관 관계 때문에 마음을 능지(能知)라고 하고 대상을 소지(所知)라고 한다. 능지는 주동적이고 소지는 피동적이므로, 대상이 마음에 속한다고 할 수 있다. 둘째, 웅십력은 본심과 습심을 구분하였다. 본심만이 자주적 실체이고, 습심은 자주적 실체가 아니며 대상도 자주적 실체가 아니라는 것이다. 본심만이 유일한 자주적 실체이므로, 유식설을 주장하는 것이다.

1) 실재론에 대한 비판 - '응용불무계'에 대한 비판

웅십력은 유식 불교의 유심주의 입장을 견지하여 대상이 마음에 의존하는 것이라고 주장한다. 실재론의 관점을 배척하고 유식설을 논증하였다. 고대 인도에도 실재론과 유심론 사이의 논쟁이 있었는데, 유식 불교는 유심론의 관점을 견지하였고 소승불교의 일부와 외도인 승론파 등은 실재론의 관점을 견지하였다. 웅십력은 이 장에서 외도와 소승 불교의 실재론의 관점을 비판함으로써 자신의 사상을 논증하려 하였고, 실재론을 비판할 때 유식 불교의 논증을 활용하였다. 대상은 공하며, 그 자체로 객관적이거나 독립적으로 존재할 수 없고 마음에 의존한다는 것이다. 그는 외도와 소승 불교가 주장하는 소박실재론을 '응용불무계(應用不無計)'라고 부르고, 비판의 가장 중요한 논거를 객관 대상이 본체의 현현이라는 자신의 학설에 두었다.

웅십력이 보기에, 실재론의 첫 번째 논증은 다음과 같이 이루어진다. 실재론에서 각 대상은 속성의 총화와 같고, 속성의 실재성이 대상의 실재성을 결정한다는 것이다.

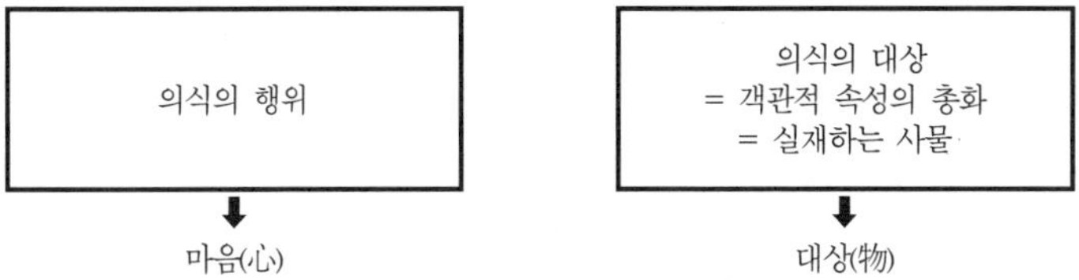

웅십력은 이러한 논증에 대해 의식이 일어나야 속성의 총화로서의 대상도 일어나게 된다고 반박한다. 의식의 행위가 없으면, 의식의 대상도 없다는 것이다.

실재론의 두 번째 논증은 다음과 같다. 실재론은 감각적으로 알게 되는 속성과 대상 자체를 구분하고 마음에 나타나는 상[影像相]과 객관 대상의 본래의 상(외부의 원인)을 구분하여, 대상 자체는 의식에서 독립된 것이라고 본다. 개별적인 대상이 실재하지 않는다고 해도 그 대상의 상은 외부 객관 대상이 원인[因]이 되지 않는다면, 나타날 수 없다는 것이다. 그러므로 객관적으로 독립한 물질 우주가 실재한다고 볼 수 밖에 없다고 한다.

웅십력은 이 두 번째 실재론의 견해가 첫 번째에 비하여 합리적이지만, 원인인 객관 세계가 결코 마음을 떠나 독립적으로 존재하는 것은 아니라고 주장한다. 이것은 객관 세계와 주관적인 마음이 별개의 것이 아니라 하나의 전체가 서로 다른 두 측면으로 나타난 것이기 때문이다. 이렇게 볼 때, 그 의미는 객관 대상이 '본래의 마음[本心]'과 떨어져 외부에 존재하지 않으며 객관 대상이 본체의 현현이라는 것이다. 웅십력이 보는 마음과 객관 대상의 관계는 다음과 같다.

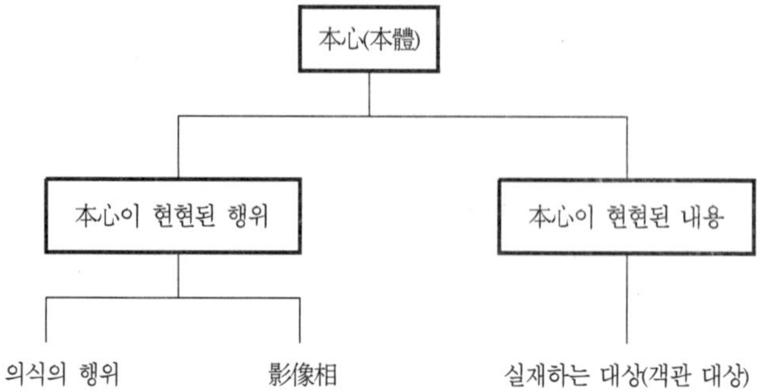

2) 실재론에 대한 비판 - '극미계'에 대한 비판

실재론의 세 번째 논증은 객관 대상이 수많은 극미(極微)로 이루어져 있다고 보는 것이다. 극미론은 크게 다음과 같은 두 가지로 나눌 수 있다.

① 의식의 행위 — 영상상(影像相) — 극미가 외부의 작용력이 됨
② 의식의 행위 — 영상상(影像相) — 극미로 구성된 물체가 외부의 작용력이 됨

웅십력은 ①에 대해서, 극미가 마음에 직접 작용하여 물체의 영상상을 낳게 된다면 우리는 극미의 영상상은 가지지 못한다고 반박한다. 극미의 영상상이 없으면, 극미가 확실한 존재임을 알 수 없다는 문제가 제기된다. ②에 대해서, 웅십력은 유식 불교의 논리를 빌어서 실제 대상이 존재한다는 비바사사의 주장을 반박한다. 유식 불교에서는 실재하는 극미를 인정하지 않으므로, 극미라는 실재론이 성립할 수 없고 극미는 마음을 떠나 독립적으로 실재하는 것이 아니라는 목표를 달성하게 된

다. 그러나 당시 소승 불교에 속한 살바다사(薩婆多師, sarvāsti-vāda), 경부사(經部師, Sautrāntika, 經量部라고도 함)와 외도인 정리사(正理師) 세 학파는 유식 불교의 이러한 비판에 승복하지 않았다.

웅십력은 외도와 소승 불교의 실재론을 유식 불교의 논리를 빌어 논파하려 하였다. 단지 유식 불교에서 외부 사물을 식의 현현으로 보는 대신 본체의 현현이라고 보는 점만 다를 뿐이다. 유식 불교는 주관적인 마음만 실재할 뿐 외부 객관 세계는 주관적인 의식의 산물이라고(유식무경 唯識無境) 주장한다. 그러나 일체를 의식의 산물이라고 보는 것이 모든 존재를 가환(假幻)으로 파악한다는 것을 의미하지는 않는다. 엄밀히 말해서 유식 불교가 주장하는 것은 인식에 대해 독립적인 존재는 없으며 오직 인식 상관적으로만 존재한다는 것이다. 그렇게 본다면 외부 세계를 보는 데에서 유식 불교와 웅십력 철학이 크게 다를 것이 없다. 웅십력은 외부 객관 대상이 주관적인 마음과 떨어져 독립적으로 존재하는 것이 아니라는 것[境識不二, 즉 心物不二]만을 재차 강조하고 있기 때문이다. 웅십력에게 주관적인 마음과 객관적인 대상은 동일한 본체의 서로 다른 두 측면의 현현일 뿐[體用不二]이므로, 어느 한쪽의 존재를 부정하고 다른 쪽의 존재만을 인정할 수는 없다. 외도나 소승 불교의 주장대로 실재론이 받아들여진다면 본체가 없을 것이며, 극미가 존재한다면 그 극미가 만물의 본원이 될 것이기 때문이다. 웅십력은 실재론이 인정되면 본체의 존재가 성립될 수 없다고 보기 때문에 실재론을 비판하였던 것이다.

제3장 「유식(하)」 — 마음의 공(空) : 식은 연생이므로 자체가 없다

「유식(상)」에서 외부 객관 대상을 논파한 데 이어, 이 장에서는 마음을 실재하는 것으로 보는 견해를 논파하였다. 웅십력은 마음을 헛되이 집착하는 마음과 본래의 마음, 두 종류로 나눈다. 본래의 마음은 절대적이고 진실한 것이지만, 헛되이 집착하는 마음은 객관 대상을 취하는 식(識)이다. 이 마음을 실재한다고 보는 것은 잘못이다. 사람들은 대체로 본래의 마음이 있음을 인정하지 않으므로, 헛되이 집착하는 마음이 본심의 지위를 빼앗고 헛되이 집착하는 마음을 실재하는 것으로 간주하게 된다. 이렇게 되면 외부 객관 세계가 실재한다는 견해와 똑같은 전도가 일어난다. 헛되이 집착하는 마음, 또는 객관 대상을 취하는 식에는 근본적으로 자체(自體)가 없다. 인도 불교에서는 이 마음이 연생(緣生)이라고 보며, 따라서 이 마음은 당연히 자체를 가지고 있지 않고 실재하지 않는다. 수많은 연들을 하나하나 제거해가면, 이러한 마음은 공이고 존재하지 않기 때문이다.

이러한 마음이 나타나는 데에는 인연(因緣)·등무간연(等無間緣)·소연연(所緣緣)·증상연(增上緣)이라는 네 가지 연이 있어야 한다. 인연은 모든 사물의 발현이 갑자기 나타나는 것이 아니고, 반드시 원인으로 말미암는 것이 있다는 의미이다. 인도 유식 불교에서는 능생(能生)의 작용을 가진 것은 그 자신의 결과를 직접 낳게 되는데, 이러한 경우에만 인연이라고 보았다. 그리하여 종자를 식의 인연으로 세우고 식은 종자의 결과라고 말하였다. 구 논사들은 세간에서 말하는 종자의 의미를 형이상학에 응용해서 식의 발생을 억측한다. 즉 능생의 세력이 따로 있으며, 이러한 세력을 종자라고 부른다는 것이다. 각각 구별되는 종자가 각자의 결과를 직접 낳게 되므로, 그들이 정한 인연의 범위는 직접 각자의 결과를 낳는다는 의미를 특히 중시하게 된다. 웅십력은 구 논사들의 종자론은 근본적으로 배척되어야 하며, 구 논사들의 인연에 관한 주장에 절대 찬성할 수 없다고 본다. 인연의 범위를 다시 고쳐 정해야 한다. 식이 일어나는 것은 옆의 연들에 의거하지만, 그것은 일종의 내재적이고, 살아 움직이며, 부족하지 않고, 자발적인 힘을 갖추고 있음에 틀림없다. 우리는 이러한 자발적인 힘이 식을 일어나게 하는 인연이라고 가정한다. 따로 실재하는 종자가 있어서 식의 인연이 된다고 말해서는 안 된다는 것이다. 그들은 자신의 마음이 자주적이고, 자유롭고, 스스로 창조한다는 사실을 깨닫지 못하였다. 여기에서 말한 자발적인 힘은 실은 성지(性智)의 발용이다. 성지의 발용이라는 점에서 말하자면, 자발적인 힘은 본래부터 존재하는 것이며 허망한 것이 아니다. 감각 기관의 영명함을 이룬다는 점에서 말하자면, 이 자발적인 힘은 뒤에 일어난 것이고 허망한 것이라고 해야 한다. 그러나 내가 존양(存養) 공부를 하여 성지가 항상 속을 주재하고 감각 기관에 부려져서 함부로 행동하지 않는다면, 모든 발용이 본래 존재하는 참된 메카니즘이 아닌 경우가 없게 될 것이다.

등무간연은 차제연(次第緣)이라고도 부른다. 이전 순간의 식이 다음 순간의 식을 이끌어낼 수 있으므로, 이전 순간의 식이 다음 순간의 식에 대해 차제연이 된다고 한다. 또한 능연인 식은 자기 혼자서는 독자적으로 일어날 수 없고 반드시 소연인 대상에 의탁해야만 일어날 수 있으므로, 객관 세계를 소연연(所緣緣)이라고 부른다. 소연연은 분명히 자체를 가진 존재이고, 식이 의탁하는 대상이자 식이 휴대하는 대상이며, 식이 사려하는 대상이라는 의미를 가진다. 증상연(增上緣)은 그 위에 더한다는 뜻이다. 을이 갑에서 직접 생겨난 것은 아니지만 꼭 갑에 의거해야 존재하는 경우에, 갑이 없으면 을도 없게 된다. 이때 갑은 을에 대해서 증상연이 되고 을은 갑의 결과가 된다.

식이 일어나는 것이 그 자신에 내재하는 자발적인 힘을 갖추었기 때문이라는 점에서 '인연'이 성립하였다. 식이 일어나는 것이 이전 순간이 다음 순간을 이끌어낼 수 있기 때문이라는 점에서, '등무간연'이 성립하였다. 식이 일어나는 것이 소연 대상에 의탁할 수 있기 때문이라는 점에서, '소연연'이 성립하였다. 앞의 세 가지 연 외에도 감각 기관과 작의

(作意) 등과 같이 식이 일어나는 데 아주 밀접한 수많은 관계들이 있다. 이러한 관계들이 없다면 식도 일어날 수 없다는 점에서 '증상연'이 성립하였다. 어째서 이들 연을 분석하였는가? 보통 사람들은 헛되이 집착하는 마음을 독립적이고 실재하는 것으로 간주하기 때문이다. 불교에서는 이러한 집착을 타파하기 위하여, 그들이 독립적이고 실재하는 마음이라고 보는 것을 하나하나의 연들로 분석하여 이 마음이 연에서 생겨난 것임을 보여주었다. 마음이라는 것은 번갯불처럼 번쩍번쩍하며 그 모습이 거짓으로 나타난 것일 뿐 결코 실재하는 것이 아니라는 것을 사람들이 알게 하려는 것이다. 만약 마음이나 식이 실재하는 것이라면, 그것에 자체가 있을 것이다. 지금 그것을 분석해보면, 수많은 연들이 서로 기대어서 마음이라는 모습으로 잠시 나타난 것일 뿐이다. 마음에 자체가 없으므로, 결코 실재하는 것이 아님을 알 수 있다. 이 장에서 웅십력은 연을 떠나서는 마음이라고 할 것도 없다는 사실을 논증하였다.

제4장 전변—본체의 전변 : 흡벽성변과 찰나생멸설

웅십력은 정신 현상[心]과 물질 현상[物]이 모두 본체가 한 찰나마다 생멸하고 부단히 변화하는 과정에서 나타난다고 보았다. 웅십력은 본체를 본심이라고 부르고, 무형의 것이라고 생각하였다. 일체의 사물은 모두 본체의 '용(用)'이고 모두 본체의 현현이다. 본체의 전변으로 각양각색의 사물들이 태어난다. 웅십력 철학에서 본체의 전변은 '흡(翕)'과 '벽(闢)'이라는 두 측면으로 이루어진다. 본체가 공용인 우주 만물로 현현될 때, 그 발전 변화가 본체의 두 작용인 흡과 벽으로 실현된다고 보는 것이다. 즉 우주의 두 가지 힘을 생명 에너지와 물질 에너지로 구분하고, 흡벽의 활동을 통해 변화를 이룬다고 보았던 것이다[흡벽성변 翕闢成變]. 흡은 물질적인 사물을 생성해내는 특징을 나타내고, 벽은 정신적인 마음을 생성해내는 특징을 나타낸다. 본체는 수렴하고 응집하는 힘인 흡과 확산하고 항전의 자성을 지키는 강건한 힘인 벽의 이러한 밀고 당기는 두 상반된 힘을 통하여 전변을 실현한다. 만약 흡과 벽이 없다면, 만물은 생겨날 수 없고 세계도 발전 · 변화할 수 없다. 따라서 본체와 흡과 벽은 서로 분리할 수 없다. 본체는 흡과 벽의 기초이고, 흡과 벽은 본체의 작용이다.

현상계의 모든 물체는 고정되어 불변하는 죽은 사물이 아니다. 어떠한 구체적인 사물 중에도 흡과 벽이라는 두 작용, 즉 만물과 마음이라는 두 종류의 공용이 긴장 상태를 유지하며 존재하기 때문이다. 수렴과 확산이 팽팽한 긴장 속에서 조화를 유지하고 있는 것이 바로 우주 만물이다. 그러나 이때 "벽이 본원적이고, 흡은 종속적이다." 벽은 우주 만물 전체를 관통하여 존재하며, 이 때문에 '우주의 마음[宇宙心]' 또는 '우주 정신'이라고 부른다. 이것은 만물에 영혼이 있다는 만물영혼설이 아니라, 만물에 '마음'이 있다는 것을 주장하는 만물유심론이다. 이 때문에 웅십력은 무기물 속에도 마음이 잠재되어 있다고 본다. 일체의 사물은 모두 본체의 공용이자 본체의 현현이며, 본체는 현상계의 모든 대상들을 생겨나게 하는 내재적 동력이자 원천이다. 그 특징은 영원한 전변[恒轉]이고, 현상계의 온갖 대상들로 변하여 나타나는 능력이라고 할 수 있다. 이 때문에 본체를 항전(恒轉) 또는 능변(能變)이라고 하고, 모든 현상은 소변(所變)이라고 부른다. 본체와 현상의 관계는 본체와 작용의 관계이자, 능변과 소변의 관계가 된다.

우리는 변화를 말할 때 그 변화가 텅 비어 아무 것도 없는 것이 아님을 알므로, 한번 흡하고 한번 벽하는 것이라고 하였다. 변화는 생동하는 활발한 힘이고, 내재적 모순을 갖추어 발전해나아간 것이다. 역학(易學)자들도 우주를 끊임없이 활동하는 과정으로 파악하였다. 따라서 웅십력은 변화를 말할 때 흡과 벽만 가지고 설명해서는 안 되고, 반드시 흡과 벽이 신묘하게 생멸하는 측면을 파악해야 변화를 깊이 안다고 할 수 있다고 보았다. 변화의 내용은 한편에서는 흡과 벽이며, 다른 한편에서는 생성과 소멸이다. 벽은 막히지 않고 유행하는 힘의 일종이므로, 찰나에 생성되자마자 소멸하여 잠시도 머무르지 않는다. 흡은 수렴 응집하는 힘의 일종으로 비록 만물의 모습으로 잠깐 나타나기는 하지만 실제로 고정된 형태를 가진 것이 아니므로, 역시 찰나에 생성되자마자 소멸하고 잠시도 머무르지 않는다. 이처럼 흡과 벽이 모두 갑자기 생멸하는 것이 마치 공중에 핀 꽃과 같다.

이 때문에 많은 철학자들의 우주를 보는 관점이 일치하지 않는다. 인도 불교는 현상 세계를 싫어서 떠나거나 초월하는 견해가 있기 때문에, 생멸하는 세계를 무상하다고 보고 존재하는 것을 은근히 폄하한다. 따라서 생멸을 초월하여 생멸하지 않는 실제에 안주하는 경향이 있다. 유학에서 절대적인 변화(太易)는 그 진체가 다양하게 분화된[分殊] 위대한 공용, 또는 생멸하는 온갖 형상으로 현현한다고 본다. 이 때문에 초월을 말하지 않고도 저절로 초월하고, 싫어서 떠나려고 생각하지 않으므로 싫어서 떠나는 일이 근본적으로 없다. 사물의 무상함을 인식하지만, 여기에서 날마다 새로워지는 성대한 덕도 본다. 옛 것이 사라지므로 새 것이 생겨나고, 위대한 변화가 끝이 없어서 빽빽하게 온갖 형상이 나타난다. 이 모든 것은 하나의 진리[一眞]가 나타난 것이다. 웅십력은 우주만상에서 형상을 취하지 않고 모두 진실이라고 보았는데, 이 점에서 공종의 학설과 공통점이 있다고 보았다.

제5장 「공능(상)」

공종(중관 불교)의 전체 사상은 한 마디로 '법상을 깨뜨려서 본성을 드러내는 것[破相顯性]'이라고 할 수 있다. 공종이 온 힘을 다해 법상을 깨뜨려 없애는 것이 바로 본성을 드러내는 방법이다. 공종의 인식론은 모든 사람의 지식과 정견을 치유하는 데 주력하기 때문이다. 따라서 법상을 깨뜨린다는 것은 바로 지식과 정견을 배척하자마자 확연히 실성(實性)을 깨닫는다는 것이다. 지식과 정견은 현실의 일상 생활에서 훈습되어 나오고 사물의 이치를 구하려 밖으로 치달리므로, 결코 천지만물과 한 몸을 이루는 내재하는 실성을 되돌이켜 파악하지 못한다. 그러니 지식과 정견을 배척하지 않으면 안 된다. 공종은 지식과 분별적인 견해를 깨끗이 쓸어버리려는 것이므로, 법상이나 우주 만상이 모두 공(空)이라고 말한다. 법상을 공으로 해야만 실성을 깊이 꿰뚫을 수 있지, 그렇지 않으면 거짓된 자취의 형상에 구애되어 진리를 궁구하지 못하게 된다는 것이 그 의도이다. 그러나 공종의 학설에 의거하면, 우주론이라고 할 것이 없게 된다.

공종에서 법상을 깨뜨리는 것[破相]은 현상계 대상들의 자성이 실재한다고 보는 견해를 깨뜨려서 사물의 공성(空性)을 드러내기 위한 것[顯性]이다. 따라서 법성이 공이 된다는 것은 자성이 존재하지 않는다는 의미이다. 그러나 웅십력은 '법성은 본래 공이 될 수 없다'고 단언한다. 대승 공종의 본원은 실상인(實相印)의 존재를 인정하는 것이라고 보기 때문이다. 공종에서는 본성이 존재하지 않는다는 것 자체를 본성으로 하는 반면에, 웅십력은 사물의 본성을 본체로 파악한다. 따라서 웅십력이 보기에, 공종은 파상현성에 실패하고 있다. 사물의 진정한 본성인 본체를 제대로 드러내지 못하고 있기 때문이다. 이같은 성격은 파상(破相)이라는 방법론이 파괴성이 지나치게 강하고 맹렬한 데서 야기된 것이다. 공종에서 이렇게 맹렬한 수단이 나타난 것은 법상뿐 아니라 법성의 개념까지도 일종의 법상으로 여겨서 사람들이 집착할 수 있으므로 '양자를 모두 버려야 한다'는 의도에서 나온 것이다. 즉 공종의 원의는 사람들이 공(空)을 표현된 말 이상의 것으로 이해하여 '제법의 실상을 완전히 깨닫게 하려는 것'이지만, 파괴가 지나쳐서 법성이 아예 파괴되는, 전도된 형세가 되어 버렸다는 것이 웅십력의 진단이다.

파상현성의 실패와 함께 웅십력이 공종의 최대의 문제라고 보는 것은 바로 본체와 현상을 일치시켜 보지 않고, 본체만을 추구하느라 공용, 즉 현상을 폐기하게 되었다는 사실이다. 이것은 공종이 법성을 적정(寂靜)으로 보는 사실과 연관된다. 웅십력은 공종은 성체가 적정하다는 점은 깊이 깨닫고 있지만, 그것이 지나쳐서 '끊임없이 생성 변화하며 유행하는 참된 메카니즘을 깨닫지 못한다'고 비판한다. 웅십력은 그것을 '공용을 폐기하여 본체를 구하는 잘못[遺用談體]'이라고 불렀다. 실재론을 견지하는 것도 현상에만 매여 본체를 부정하는 결과를 가져오지만, 그렇다고 현상을 완전히 폐기하게 되면 본체를 엿볼 방법이 없게 된다. 현상계의 존재 자체를 공으로 보는 데까지 가게 되어, 중관 사상 자체가 '악취공(惡取空)'에 빠져버렸다는 비판이다.

웅십력은 불교의 본체는 '공적(空寂)'한 것이고, 유학의 본체는 '인(仁)'한 것이라고 단언한다. 즉 불교는 본체가 공적하다는 인식에 빠져서 생성 변화를 모르게 되고, 따라서 본체만을 중시하고 그 본체의 구체적인 발현인 작용에는 관심을 기울이지 못하게 된다고 비판한다. 웅십력이 『신유식론』의 의도가 '작용에 나아가 본체를 드러내는 것[卽用顯體]'이라고 한 데서도 알 수 있듯, 웅십력 철학에서 작용은 중요한 위치를 차지한다. '작용에서 본체가 드러낸다'는 것은 본체를 구체적인 현상 속에서 전개되는 유행(流行)하는 과정으로 보는 방식이고, 주체는 이 유행의 과정 속에서 본체를 파악하게 된다. 이러한 방법은 논리적으로 작용, 즉 현상의 중요성을 승인할 것을 전제로 한다. 그러므로 '작용을 떠나 본체를 말할 수 없다'고 한 것이다. 생성 변화는 이미 형체를 갖춘 것에서 찾을 수 없다는 웅십력의 생각은 공적하면서도 전변하는 본체의 이중적인 성격에 기인한 것이다. 본체가 현현한 현상들이 찰나에 생멸한다는 것은 어느 한 순간도 그 현상들이 중간에 머무르는 시간이 없다는 것이다. 웅십력이 말하는 생명의 우주는 순간마다 생멸하는 사물의 자취의 형상이 번갯불의 번쩍임처럼 찰나에 새롭게 일어났다 사라지는 것이다. 따라서 본체의 원래 성격은 공적한 것이 되지 않을 수 없다. 공적에 바탕을 두지 않으면, 이 본체가 현상계의 대상들로 현현할 때 지속하는 것으로 나타나게 되기 때문이다.

제6장 「공능(하)」

웅십력은 이 장에서 주로 유종(유식 불교)의 문제점을 지적하였다. 우선 웅십력은 유식 불교가 종자를 본체로 상정함으로써 본체계와 현상계를 두 개의 세계로 구분하는 결정적인 잘못을 저질렀다고 본다. 유식 불교는 숨겨져 있는 저장된 세계(종자계)와 밖으로 드러난 세계(현행계)가 둘로 나뉘어 일원론으로 합치될 수 없다. 유식의 이러한 이원론은 우리가 경험하는 현상 세계를 본체 세계에 종속된 것으로 파악함으로써 본체 세계에 비해 무가치한 것, 또는 덜 중요한 것으로 보게 한다. 이러한 구도에서는 인간의 도덕적 행위의 가치가 떨어지게 된다. 그 때문에 웅십력은 본체와 현상을 이분하는 유식 불교를 비판하고, 결국 불교를 떠나지 않을 수 없었다. 그리고 유식 불교가 갖는 이러한 특성은 정확하게 서양 형이상학의 경향과 유사하며, 따라서 유식 불교에 대한 비판은 서양 형이상학에 대한 비판을 함축한다

본체와 현상의 이분이라는 유식 불교의 특성은 '인연(因緣)' 개념에 대한 새로운 해석 때문에 야기된 것이다. 웅십력은 유식 불교의 아라야식 연기설을 근본적으로 부정한다. 원시 불교의 인연의 의미가 심층의식,

또는 무의식(아라야식) 속에 저장된 종자가 현행(現行)을 낳는다는 것으로 바뀐 것이 바로 유식 불교의 아라야식 연기설이라는 것이다. 그러나 아라야식을 세워서 종자를 함장하고 제일연기로 삼는 것은 외도, 그중에서도 브라만교의 범아일체설에서 나오는 신아론(神我論)과 마찬가지라는 것이 웅십력의 판단이다. 유식 불교에서는 연기의 의미가 많은 연(緣)을 종자라는 하나하나의 분자로 간주하고 마음을 수많은 연이 화합하여 구성된 것으로 보는 구조론으로 변화하였다고 본다. 무착의 저서에 이미 그러한 경향이 있었고, 세친 이후, 특히 호법에게서 결정적으로 바뀌어졌다고 진단을 내린다. 그런데 구조론에서는 '현상을 뚫고 본체를 알아낼 수가 없다'는 것이 가장 문제가 된다. 연생을 구조론으로 해석한다는 것은 연생이 실재론으로 변화한 것이나 다름이 없기 때문이다.

웅십력이 보기에, 유식 불교의 또 하나의 중요한 문제는 이중 본체의 문제이다. 유식 불교에서는 종자를 마음과 현상 세계의 근본적인 원인으로 삼으면서도, 불교 일반의 논의에 따라 진여가 만법의 실성이라고 하여 '진여'와 '종자'라는 이중 본체를 주장하는 잘못을 범하였다는 것이다. 진여와 종자를 따로 설정하여 이중 본체를 가지게 된 것은 불변하고 항상되고 무위한 진여와 끊임없는 변화 과정[恒轉] 속에서 전변하는 종자라는 판이한 성격의 본체를 동시에 받아들일 수 없는 논리적 어려움으로 나타난다. 불교의 본체인 진여에 대한 이해에 의거해볼 때, 진여는 무위법이므로 절대 끊임없이 생성·변화하거나 유행하는 것이 될 수 없다. 그러면서도 유식 사상에서는 이러한 성격의 진여가 아라야식의 '실성(實性)'과 '체성(體性)'이라고 본다. 따라서 무위법인 진여와 생멸 변화하는 현상계의 모습은 서로 뛰어넘을 수 없는 다른 영역의 것이 되고 만다. 그리하여 진여와 현상계의 관계를 설명할 방법이 없게 된다.

또한 "유종의 최대의 오류는 습기를 공능으로 혼동한 것이다"라고 하여, 유식 불교가 공능과 습기를 분명히 구분하지 못함을 비판한다. 유식 불교가 공능(功能)·습기(習氣)·종자(種子)를 차별없는 한 가지로 보고 있는 반면에, 웅십력은 공능은 본체에 속한 것으로서 습기와는 전혀 관련이 없다고 주장한다. 유식 불교에서는 '본유공능(本有功能)'을 세워 그것이 본래적으로 존재하고 상대적이지 않은 것이라고 하는 한편, '신훈공능[新薰功能]'을 세우고 습기가 아라야식 중에 잠입하여 새로운 공능을 이룬다고 하였다. 호법은 본유와 신훈을 함께 세웠으며[本新幷建], 중국의 현장, 규기가 그 입장을 따랐다. 웅십력은 본유 공능과 신훈 공능을 함께 인정하는 주장이 옳지 않다고 여겼다. 웅십력은 공능과 습기를 구분하는 데 다음 세 가지 기준을 제시하였다.

① 공능은 활력(活力)이지만, 습기는 도구일 뿐이다.
② 공능은 오직 무루(無漏)이지만, 습기는 유루(有漏)이다.
③ 공능은 끊을 수 없지만, 습기는 끊을 수 있다.

공능은 인간이 본래부터 가지고 태어난 본성이며, 오염되지 않은 것[無漏性]이다. 그런데 사람이 이 세상 속에서 살아가는 것이 현실적으로 본성이나 본체 공능이 그대로 표현되는 것은 아니다. 따라서 어떻게 본성이나 본체를 구현할 수 있는가 하는 문제가 생겨난다. 이것은 습기의 차원에 해당하는 문제이다. 습기란 이처럼 인간의 역사 전체가 녹아 있는 강한 세력이고, 사회 전체 차원과 연관된 것이다. 따라서 공능이 본체로서 근원적인 부분과 관련되는 것이라면, 습기는 인간의 역사적이고 사회적인 부분과 관련된다. 따라서 습기 중 무루성인 정습(淨習)을 키워나가고 유루성인 염습(染習)을 제거하는 것은 개인적이고 도덕적인 의미를 가질 뿐 아니라 인류 전체의 역사적·사회적 의미를 지니는 것이 된다.

제7장 성물

이 장에서는 본체의 유행에 흡의 측면이 있으며 흡이 분화하여 소일(小一)의 계군(係群)을 이룬다는 사실에 의거하여, 물리 세계를 가설하였다. 웅십력이 보기에 객관 세계는 번갯불처럼 한 순간순간 나타났다 사라지는 형상의 자취가 있을 뿐이지 실재하는 사물로 존재하는 것이 아니다. 우리가 객관 세계의 사물이라고 보는 것은 각 소일의 계통이 찰나마다 생멸하며 끊이지 않고 이어져 형성되는 것이다. 그러나 사물이란 실재하는 것이 아니고 환상의 자취에 지나지 않는다. 이러한 작용으로 드러나는 웅십력의 본체는 '우주의 마음', 또는 '위대한 마음'이다. "소일(小一)을 떠난다면, 실제로 만물이라고 말할 것이 없다. 무한한 소일이 서로 비비고 부딪쳐서 자취의 상이 흩어져 나타나는 것을 만물이라고 부른다"는 것이다. 이렇게 정의되는 사물은 당연히 소박 실재론에서의 사물이 아니다. 이러한 변화무쌍한 상의 자취로서의 사물은 자연과학의 대상이 될 수 없고, 자연과학의 방법론으로 접근할 수도 없다. 사물의 리를 궁구해보면, 세속에서 생각하는 사물과 같은 것은 본래 없다. 그러나 진실의 유행에 의거하면, 세속에 따라 사물을 시설하는 것도 무방하다고 보았다.

웅십력은 화엄종이나 선 불교는 대승 공종(중관 불교)과 유종(유식 불교)이 결합하여 발전된 것이고, 진리에 보다 접근하는 것이라고 본다. 선 불교의 학설은 송명 성리학 중 양명의 '심외무물(心外無物)'설로 계승되며, 양명을 거쳐 웅십력의 '심물불이(心物不二)'설에도 그대로 이어진다. 선 불교의 '작용에서 본성을 본다'는 사상은 작용에 나아가 본체를 파악한다는 것이고, 유학의 '공부가 바로 본체이다'는 사상은 공부가 바로 작용이므로 역시 작용에서 본체를 인식한다는 것이다. 물론 이때의 유학은 공부가 바로 본체임을 말하는 양명학이다. 결국 웅십력은 본체를 인식하는 것, 또는 본성을 파악하는 것[見性]을 사상의 핵심으로 한다는 점에서 선 불교와 유학의 공통점을 보고 있는 것이다. 선 불교가 말하는 '참된 근원'은 진심(眞心)이고 유학에서 말하는 '마음의 근원'은 본심(本心)인데, 웅십력은 이 둘이 동일하게 본체를 가리킨다고 본 것이다. 선 불교와 유학은 다른 불교 종파와 유학의 관계에 비해 더욱 유사성을 지닌다고 한다.

웅십력은 본체의 속성을 '인(仁)'으로 규정한다. '인'이라는 쉬지 않고 생성하는 본체의 속성만이 현상계의 다양한 모습으로 나타날 수 있다고 보기 때문이다. "인은 본래의 마음으로, 나와 천지만물이 함께 지니고 있는 본체이다." 웅십력에게 본체는 본래의 마음[本心]이자 인(仁)으로 나타난다. 당연히 이 인은 송명 성리학에서와 마찬가지로 웅십력 철학에서도 사회 윤리 규범을 내포한다. 이 점이 바로 웅십력이 중국 불교가 본체를 공적하게 보는 것을 정면으로 비판하고 결국 유학을 선택하지 않을 수 없었던 결정적인 이유이기도 하다. 그리하여 웅십력 철학은 '인의 본체론' 또는 '인의 우주론'으로 요약할 수 있을 정도로 '인'을 핵심 개념으로 하여 전개된다. 웅십력은 인을 모든 변화의 근원이자 만유의 기초라고 보는 사고방식은 공자-맹자-정명도-왕양명을 통하여 자신에까지 면면히 이어져왔다고 본다. 우주를 생명의 자기 전개로 보는 이러한 사상은 정명도 사상을 거의 그대로 받아들인 것으로 보인다. 이 우주는 생명이 흐르는 살아 있는 생명체이며, 그 때문에 나와 대상, 주관과 객관, 자아와 현상계가 구분되지 않고 하나로 통일된다. 이렇게 통일적인 생명의 흐름 그 자체가 바로 인이며, 이 인의 체가 바로 본체이다. 웅십력의 본체론을 '생명의 본체론'이라고 정의내릴 수 있다면, 그러한 근거는 정명도 철학에서 온 것이다. 웅십력은 공부를 바로 본체로 보는 양명의 사고방식을 그대로 수용한다. 공부의 방법은 본심을 따르는 것, 즉 자신의 마음의 자연스러운 움직임에 그대로 맡겨 두고 사심과 습심이 일어나지 않도록 하는 것이다. 일상 생활에서 전 힘을 기울인 이러한 공부를 통해 우리는 자신의 본체를 파악할 수 있다. 그것이 '공부가 바로 본체'라는 것이다. 이것은 도덕의 주체성을 최대한도로 강조한 사상이다. 양명의 이러한 입장을 웅십력은 그대로 받아들여, 유학·불교·도가 등 전통철학이 전심으로 추구한 핵심이 바로 공부가 본체라는 사상에 집약된다고까지 강조한다. 그것은 웅십력이 근대라는 위기 상황에서 개인과 민족의 도덕의 주체성을 최대한도로 강조하기 위한 의도라고 볼 수 있다.

제8장 「명심(상)」

이 장에서는 불교, 도가 두 학파의 사상을 융섭하여 본심과 습심을 구분하였다. 본심은 성지(性智)라고도 하는데, 나와 만물이 동일하게 갖추고 있는 본성이다. 도가의 도심(道心), 불교의 법성심(法性心)에서 왕양명의 양지(良知)까지 모두 본심의 또 다른 명칭이다. 습심은 양지(量智)라고도 하는데, 이 마음은 본심의 작용에 의거하여 존재하지만 본심 자체는 아니고 결국 하나의 대상이다. 이 마음을 살펴보면 본래부터 가진 영명함을 자동인(自動因)으로 삼지만, 근(根)이 경(境)을 취하는 것 때문에 쉽게 근본에서 어긋난다. 본심의 발현을 살펴보면 근에 의거하지 않을 수 없으므로, 근은 저절로 권능을 갖게 되고 마음의 작용을 빌어서 사물을 미혹하게 좇아간다. 따라서 본심은 근문(根門)에서 유행할 때마다 그 본연의 밝음을 잃어버린다. 이 마음은 근을 도구로 빌리지만, 도리어 근의 도구로 쓰인다. 근은 본심의 작용을 빌어서 자기의 소유라고 여기고, 미혹되게 사물을 좇는다. 즉 이 사물을 좇는 마음은 습관이 오래되면 날마다 깊어져서 근의 공용이 되므로, 본래부터 가진 영명함과는 확실히 다르다. 그런데도 사람들은 이를 마음이라고 인정하는데, 실제로 이것은 본심이 아니라 물화된 것이다. 무수한 습기가 기회를 타서 일어나는 것을 습심이라고 부른다. 도가의 인심(人心)이나 불교의 의타심(依他心)이 바로 습심을 가리킨다.

본심의 작용과 관련해서 웅십력은 다음과 같은 네 가지로 설명하였다.

① 작용은 보고 듣고 깨닫고 인식하는 것[見聞覺知]을 부르는 말이다.

② 이 보고 듣고 깨닫고 인식하는 등의 작용은 실제로 마음의 작용이 근문(根門)에서 발현된 것이다. 따라서 이것이 바로 심체는 아니다. 그러나 심체가 보고 듣고 깨닫고 인식하는 것과 떨어져서 독립적으로 존재하는 것은 아니다.

③ 마음의 작용이 근문에서 유행하고, 근은 그것을 빌어서 자신의 영명함을 나타낸다. 따라서 근은 권력을 잡게 된다. 그런데 마음의 작용이 막히고 또 근이 권력을 잡게 되면, 오염된 습기가 함께 나아가며 이 마음을 막아버린다. 근이 마음의 힘을 빌어서 자신을 나타내면서 습을 끼고 함께 간다면, 여기에서 발현되는, 보고 듣고 깨닫고 인식한다는 것은 작용이라고 하지만 실제로는 본체의 유행이 아니다. 근과 습이 주도권을 잡기 때문에 작용이 되지 않는다.

④ 본체는 차별이 없지만, 공용은 다양하게 분화된다. 따라서 공용은 본체의 본연 그 자체는 아니다. 그러나 본체는 유행한 것을 떠나 홀로 존재할 수 없고, 본체 전체를 들어서 공용을 형성한다. 따라서 공용을 떠나 본체를 찾아서는 안 된다.

선불교는 작용에서 본성을 보고[作用見性] 유학은 공부가 바로 본체라고 보는데[卽工夫卽本體], 이 점에서 두 학파가 서로 통하는 데가 있다. 그러나 유학에서는 인륜과 일상 생활에서 만물이 서로 응대하는 점에 노력을 기울였다. 가는 곳마다 천리(天理)를 체인한다고 하지만 정신은 쉽게 흩어지고 수렴하기가 비교적 어려우므로, 뛰어난 재질을 가지고 또 깊게 함양한 사람이 아니면 일상 생활에서 실천할 때 요행히 부끄러운 일을 면하는 정도가 된다. 불교에서는 사물을 다 버리고 맑고 한가한 데 홀로 처하면서 전일한 의식으로 정신을 수습하여 본래의 참됨[本眞]으로 들어가고 자성을 되돌이켜 구한다. 뛰어난 자질을 지닌 사람은 쉽게 진리를 깨닫고, 우둔한 근기를 가진 사람은 밝게 깨닫기 어렵다. 그 도는 세속 사회를 벗어나는 것[出世]이고 인생에 반하므로, 항상되다고 할 수 없다. 불교는 쉬지 않고 생성하는 본체의 덕을 거슬러서 막으려고 하는데, 웅십력이 보기에 이것은 인류 사상에서 가장 기이한 것으로서 항상된 도가 못 된다. 대승 불교는 일관되게 적막을 지향하는 본래의 의도를 계승하였고, 대승 불교의 인생관은 결국 유학과는 종류가 다르다. 단지 세속 사회를 버리지 않는다는 점에서 유학에 근접하는 경향이 있다고 말할 수 있을 뿐이다. 그러나 이 근접한다는 점에서 둘의 관계는 대단히 깊다. 이 장에서는 불교의 적막과 공자의 인을 회통한 뒤에야 본체의 전체 덕을 볼 수 있다고 하였다.

제8장 「명심(하)」

앞 장에서는 총상(總相)을 중심으로 습기를 가지고 심소를 설명하였고, 이 장에서는 별상(別相)에 대해서 설명하였다. 무수한 종자 세계를 탐구해보면, 힘이 서로 다르고 잠재되거나 나타나는 것이 아주 빠르며 변화에 단서가 많다. 한 생각이 마음에서 일어날 때마다 동일하게 연계된 수많은 종자들이 잠복해 있다가 갑자기 일어나고, 마음과 상응하여 다양한 힘을 나타낸다. 이와 같은 여러 가지 힘을 명상에 따라 나누어서 심소법이라고 부른다. 유식 불교에서는 수(數)의 별상을 대략 51 법으로 분류하였는데, 소승 불교 이래의 구학설을 계승한 것이어서 번쇄하다는 약점이 있다. 웅십력은 옛 어휘를 그대로 쓰되, 약간의 수를 생략하고 재분류하였다.

구학설에서 수를 6가지로 나누는 데 대하여, 웅십력은 다음 4 가지로 통합하였다.

① 항행수(恒行數) : 선하고 오염된 것을 막론하고 항상 마음과 함께 하는 것을 말한다. 구학설에서는 항행수가 5가지이나, 웅십력은 별경 중의 욕(欲)을 병합하여 육수(六數), 즉 촉(觸)・작의(作意)・수(受)・욕(欲)・상(想)・사(思)를 말하였다.

② 별경수(別境數) : 성질이 선하고 오염된 것을 통털어서 별경(別境)에 별도로 의거해서 일어나는 것을 말한다. 구학설에서는 별경수(別境數)가 5가지이나, 웅십력은 혜(慧)・심(尋)・사(伺)・의(疑)・승해(勝解)・염(念)의 6가지로 정하였다.

③ 염수(染數) : 성질이 오직 오염되어 선한 수를 막는 것을 말한다. 염수(染數)는 근본 번뇌인 본혹(本惑)과 그에 수반하는 번뇌인 수혹(隨惑)을 구분한다. 구학설에서는 본혹을 6가지로 나누었는데, 웅십력은 의(疑)를 별경에 넣었으므로 무명(無明)・탐욕(貪)・성냄(嗔)・게으름(慢)・악견(惡見)의 5가지가 된다.

④ 선수(善數) : 성질이 오직 선해서 오염된 것을 치유하고 단절시키는 것을 말한다. 구학설에서는 11법이 있다고 보았는데, 웅십력은 7법으로 병합하였다. 정(定)・신(信)・무치(無癡)・무탐(無貪)・무진(無嗔)・정진(精進)・불방일(不放逸)이 여기에 속한다. 참(慚) 등 다섯 가지 법을 생략하고, 별경 중의 정(定)을 합하였다.

신유식론(상)_ 차례

신유식론(하) _ 차례

제1장 「명종(明宗)」

종지를 밝힘

지금 이 논을 지은 것은 형이상학(玄學)[1]을 연구하는 학자들에게 모든 사물의 본체가 자기 마음과 분리된 외부 대상이 아니고, 지식이 통하는 경지도 아니며,[2] 오직 자신에게 되돌아가서[反己][3] 실증하는 것[實

---

1) (역주) 熊十力철학에서 玄學은 科學과 대조되는 용어로서, 중국 근대의 '과학과 형이상학 논쟁[科玄論爭]'에서 나온 개념이다. 현학은 서양철학의 '형이상학(metaphysics)'에 해당되는 개념이다. 과학과 형이상학 논쟁에서 현학파는 자유의지적 인생관에 근거해서, 인생은 통일될 수 없고 변화하며 살아 있는 것 자체라고 보았다. 과학파는 과학적 인생관에 근거해서, 인생은 경험으로 환원될 수 있으므로 인과율에 지배받는다는 점을 강조하고 과학적 방법에 기초한 과학적 인생관을 성립시켜야 함을 주장하였다. 과학파는 현학파의 주장이 본체론이라는 '검증 불가능한 영역'으로 도망치는 것이라고 규정하고, 형이상학적 본체론을 부정하였다. 웅십력은 형이상학적 본체를 추구한다는 점에서, 기본적으로 이 현학파의 입장을 계승한 것이다.

2) (역주) 중국 근대에 서양에서 스펜서・밀러・다아윈・쇼펜하우어・니체・베르그송・듀이・러셀 등 다양한 철학이 도입되었다. 특히 실증주의사상과 진화론 중심의 사회사상이 중심이 되었는데, 熊十力은 이들 철학에 대해서 비판적이었다. 이들 대부분이 기본적으로 과학적인 방법을 활용하는 과학주의에 근거한 사상이고, 과학주의는 理性을 써

證]4)에 상응하는 것임을 깨우쳐주기 위한 것이다.

역자는 다음과 같이 생각한다.5) 본체가 나의 마음과 분리하여 외부에 존재하는 것이 아니라고 한 것은 위대한 전체[大全]6)가 일체의 부분들로 나타나는 데 장애가 되지 않고, 또 부분들 각각이 모두 위대한 전체이기 때문이다. 예를 들어 장씨는 본래 위대한 전체를 갖추고 있으므로, 자기 마음과 분리하여 외부를 향해 위대한 전체를 구해서는 안 된

서 외부 객관세계를 수량적으로 파악하는 사고방식이기 때문이다. 이것이 바로 '지식이 통하는 경지'이다. 웅십력은 그와 같은 방법으로 철학의 진리를 탐구하면, 탐구의 대상과 탐구하는 주체를 이분하게 되어 본체를 체득하지 못한다고 보았다.

3) (역주) 자기 자신을 돌이켜 관찰한다는 의미의 '返觀'과 같다. 예컨대 『楞伽經註解』(大39, 357c), 『大慧語錄』(大47, 857b) 등에 나온다. 성리학에서는 北宋 邵雍(1011~1077)의 용어인 '反觀'의 의미와 같다. 『伊川擊壤集』「樂物吟」에서 "만물이 한 사람 자신에게 있다. 반관하면, 전체가 모두 갖추어져 있지 않은 경우가 없다"라고 하였다. 천지만물이 나 한 사람에게 갖추어져 있으므로 인간의 인식은 외부에서 구할 필요가 없고, 단지 자신을 반관함으로써 일체를 모두 깨달을 수 있다고 보는 것이다. 심지어 천문, 지리까지도 자기 자신 안을 반관하면 얻을 수 있다고 보았다. 유심주의적 인식 방법으로, 이후 송대 성리학의 일반적인 인식 방법으로 받아들여졌다.

4) (역주) 여기에서의 實證은 일반적으로 쓰이는 실증주의적 의미(verify)가 아니다. 특히 서양 근대철학에서 실증주의(Positivism)는 경험적인 사실의 배후에 하등의 초경험적 실재를 인정하지 않고, 모든 지식의 대상이 경험적 所與인 사실에 한정된다고 보는 견해이다. 그러나 웅십력이 말한 實證은 서양의 실증주의와는 전혀 관련 없고, 오히려 이를 정면으로 비판하는 견해이다. 웅십력은 형이상학에서 본체를 탐구하는 데 경험적 인식[外緣]이 아니라 직관적 인식[返緣]이 필요하다고 주장하고 있기 때문이다. 反緣이 實證에 해당한다.

5) (역주) 1939년 웅십력의 제자인 錢學熙는 『新唯識論』「文言文本」을 영역하려고 생각하고, 그를 위해서 우선 이 책을 일반 사람들도 읽고 이해할 수 있도록 구어문으로 번역할 것을 웅십력에게 제안하였다. 그러나 오래지 않아 錢學熙는 개인적인 일로 이 일을 그만두었고, 다른 제자인 韓裕文이 대신 「語體文本」 쓰는 일을 맡았으나 그 기간은 길지 않았다. 이러한 일이 계기가 되어, 웅십력 자신이 직접 5년 동안의 작업을 거쳐 『新唯識論』「語體文本」을 완성하여 출판하게 되었다. 따라서 『新唯識論』 본문에 나오는 '역자'는 웅십력의 생각을 그대로 반영한 것이라고 해도 무리가 없고, 실제로 『新唯識論』 본문에 해당하는 내용이다. 이 번역의 텍스트로 삼고 있는 『新唯識論』「어체문본」은 단순히 「문언문본」을 구어문으로 번역한 것일 뿐 아니라, 분량 면에서도 「문언문본」의 3배 가까이 되고 내용 면에서도 철학적 내용이 크게 발전・보완된 것이다. 그 때문에 『新唯識論』「語體文本」이 웅십력의 가장 대표적인 저작으로 꼽힌다.

6) 위대한 전체는 바로 본체를 가리킨다. 여기에서의 위대하다[大]는 자는 작다[小]는 것과 반대되지 않는다.

다. 또 이씨도 위대한 전체를 갖추고 있으므로, 자기 마음과 분리하여 외부를 향해 위대한 전체를 찾아서는 안 된다. 각 사람의 우주는 모두 위대한 전체가 직접 나타난 것이므로, 위대한 전체가 각 사람의 우주를 초월하여 독립적으로 존재한다고 해서는 안 된다. 이것은 큰 바다가[7] 파도로[8] 나타난 것에 비유할 수 있다. 즉 파도 하나하나는 모두 큰 바다 전체가 직접 나타난 것이다. 갑이라는 파도에서 말하면 갑 파도는 큰 바다를 체(體)로 하고 있으므로, 큰 바다의 전체 양을 갖추고 있다. 을이라는 파도로 말하면 을 파도도 큰 바다를 체로 하고 있으므로, 역시 큰 바다의 전체 양을 갖추고 있다. 병이라는 파도, 정이라는 파도에서 무수한 파도들까지 모두 이와 똑같이 유추할 수 있다. 이에 의거해서 우리가 큰 바다의 관점에 서면, 큰 바다 전체가 개별적인 파도 하나하나로 나타난 것이지 큰 바다가 무수한 파도를 초월하여 독립적으로 존재하는 것이 아니라고 할 수 있다. 또 개별적인 파도의 관점에 서면, 파도 하나하나가 모두 큰 바다 전체를 끌어안아 체로 삼고 있는 것이다. 우리는 파도 하나하나를 개별적인 작은 파도들로 여겨서는 안 되며, 실제로 이 파도들은 모두 큰 바다 전체가 직접 나타난 것이다. 기이하고도 기이하다! 이러한 비유에서 위대한 전체는 일체의 부분들로 나타나는 데 방해가 되지 않고, 부분들 각각도 모두 위대한 전체임을 알 수 있다. 참으로 신비하고 또 신비하다!

또 본체가 이지(理智) 작용[9]이 통하는 경지가 아니라는 것을 살펴보자.

---

7) 본체를 비유한다.

8) 많은 사람들, 또는 많은 종류의 사물들을 비유한다.

9) (역주) 理性(reason)이라고도 하며, 일반적으로 보고 들어서 아는 감각적 능력과 구별되는 개념에 의한 사유 능력을 뜻한다. 서양철학에서는 인간을 다른 동물과 구별하게 해주는 인간 특유의 능력으로 본다. 실천적으로 본능이나 충동, 감성적 욕구에 좌우되지 않고 사려 작용을 통해 행동하는 능력을 의미한다. 한편 理性을 悟性과 구별하여, 개념적·논리적 능력인 오성에 대해서 최고의 실재를 직관적으로 인식하는 것을 가리키는 경우도 있다. 예컨대 스토아학파에서는 감각보다 높은 인식 능력으로 ratio와 intellectus

웅십력 선생은 본래 『양론(量論)』에서 이러한 뜻을 광범위하게 밝히고자 하였다.[10] 그러나 『양론』이 아직 지어지지 않았으므로, 독자들이 그 뜻을 잘 살피지 못할까 두렵다. 이제 웅십력 선생의 의도에 근거하여 대강의 뜻을 밝히고자 한다. 학문은 과학과 철학[11]의 두 갈래길로 나뉜다.[12] 과학은 근본이 실용에서 출발하며, 바꾸어 말해서 일상생활의 경험에서 출발한다. 과학이 발전하기 위해 의존하는 도구가 바로 이지이다. 이러한 이지는 일상 경험의 측면에서 연마되어 나온 것이므로, 모든 사물을 나의 마음과 분리되어 독립적으로 존재하는 것으로 간주하며 나의 마음이 사물을 인식할 때 비로소 존재하는 것이 아니라고 본다. 이 때문에 이지 작용은 단지 외부에서만 보고, 객관적이고 독립적으로 존재하는 사물이 있다고 인정한다. 과학이 얼마나 발전하든지 관련 없이, 그 근본적인 의미는 이와 같다. 철학은 과학이 발전한 뒤로, 그 범위가 날마다 더욱 축소되었다. 극단적으로 말하면 본체론만이 철학의 범위에 속하고, 이 외에는 모두가 과학의 영역에 가깝다. 철학자들이 방대한 사고와 명

(근대적 용어로 이성과 오성에 해당함)를 인정하고 있다. 이때 ratio는 개념적 · 논증적인 인식 능력을 의미하고, intellectus는 神의 직관을 포함한 최고의 인식 능력을 의미한다. 이 경우 웅십력이 말하는 理智는 이 ratio와 같은 오성을 의미한다고 볼 수 있다.

10) (역주) 1937년 중일전쟁이 터진 뒤 웅십력은 남쪽으로 피난을 갔으나, 1939년 공습으로 인해 다리를 다치고 준비중이었던 「量論」의 자료와 원고를 불태워 잃게 되었다. 그 뒤 전쟁 기간 동안 필요한 자료를 얻지 못하고 또 체력이 약해져서, 그는 이 책을 다시는 쓰지 못하였다. 이 때문에 『신유식론』은 본체론에 해당하는 「境論」만 출판되었고, 인식론에 해당하는 「量論」은 끝내 출판되지 못하였다. 따라서 본 번역본 역시 『新唯識論』 「境論」에 그치게 된 셈이다. 단지 1956년 발간된 『原儒』 서문에 「量論」의 골격이 제시되고 있다. 웅십력은 '體用不二'라는 그의 핵심 주장을 '本體現象不二', '天人不二', '心物不二', '理欲不二', '動靜不二', '知行不二', '德慧知識不二', '成己成物不二'로 나누어 설정하고 있다.

11) 철학은 바로 형이상학(玄學)이다.

12) (역주) 과학과 철학의 영역을 이분하는 것은 熊十力철학의 특징이자 중국 현대신유학의 일반적인 특징이다. 이것은 중국 근대의 '과학과 형이상학 논쟁'에서 玄學派의 입장을 계승한 것이라고 할 수 있다. 玄學派는 철학과 과학의 영역을 구분하여 형이상학의 영역을 확보함으로써, 과학만능주의에 대응하려 하였다. 웅십력 역시 과학과 철학의 영역을 구분함으로써, 기본적으로 현학파의 입장을 계승한다고 할 수 있다.

철한 견해로 본체를 논의하는 것에 그치지 않고, 그 지혜가 만물을 두루 섭렵하여 우주에 대한 과거의 지식을 고치고 인류의 잘못된 사상을 변화시켜 날마다 새롭고 높은 경지로 나아간다고 하더라도 그러하다. 철학사상은 본래 한계가 있다고 할 수 없지만, 본체론은 온갖 변화의 근원을 궁구하는 것이고 모든 지식 중의 지식이므로[13] 부분적인 지식인 과학과 똑같이 말할 수 없다. 그러므로 철학이 근본과 표준을 세운다고 할 때, 본체론에만 해당되는 말이라고 해도 과언이 아니다. 철학이 탐구하는 대상이 바로 본체이다. 우리는 본체 자체는 형상이 없지만, 일체의 사물로 나타난다는 것을 알아야 한다. 그러나 우리는 본체가 일체 사물의 모습과 같다고 고정되게 생각해서는 안 된다. 비유하자면 물이 얼음의 본체라고 가정하지만, 얼음의 형상에 집착해서 물이 딱딱한 얼음의 모습과 같다고 보면 안 되는 것과 같다. 본체를 외부세계의 사물로 보고 탐구해서는 안 된다. 이러한 이치는 이 글 전체를 다 읽고 나면 분명해질 것이다. 그러나 우리는 모두 이지 작용에 의거하여 내 마음을 떠나 독립적으로 존재하는 물질 우주가 있음을 인정한다. 이러한 방법으로 본체를 탐구하면, 반드시 피할 수 없는 잘못을 낳는다. 본체를 외부세계의 사물로 간주하여 함부로 계량하지 않으면, 그 순간 본체를 부정하는 길에서 벗어나게 된다. 그러므로 본체는 이지 작용이 통하는 경지가 아니라고 한 것이다. 우리는 과학과 철학은 원래 길이 나뉜다고 본다. 과학이 의존하는 도구인 이지를 철학의 영역 내에 쓰면, 본체를 파악할 수 없다. 이것이 본론에서 단호하게 견지하는 주장이다.[14]

---

13) 모든 지식 중 최상의 지식은 모든 지식이 거기에서부터 나온 것이다. 따라서 본체론을 모든 지식 중의 지식이라고 하였다.

14) (역주) 과학의 방법론과 철학의 방법론이 달라야 한다는 것이 웅십력 철학의 기본 전제이다. 웅십력 철학에서 본체를 탐구하는 방법인 性智는 본성의 지식이라는 의미로서, 本心에 해당한다. 진정한 자기 자신을 향한 인식 방법으로서 내부를 지향하는 인식 관계이므로, 內緣, 또는 返緣이라고 부른다. 量智는 대상화[物化]된 시고방식으로, 습관적인 마음인 習心에 해당한다. 외부 사물에 대한 인식 방법으로서 외부를 지향하는 인식

실증하는 것에 상응하는 것을 성지(性智)라고 부른다.[15] 이 성지는 양지(量智)와 다르다. 성지와 양지를 어떻게 분별하는가? 성지는 바로 진정한 자신의 깨달음이다. 여기에서 진정한 자신이라는 말은 바로 본체(本體)를 가리킨다. 우주론에서 만유를 포함한 본원을 본체라고 부른다. 즉 이 본체는 우리가 생겨난 이치를 말하므로, 진정한 자신이라고도 부른다. 이 진정한 자신을 『양론』에서는 깨달음[覺悟]이라고 부르는데, 이것이 성지이다. 이 깨달음이라는 의미는 심오하다. 본래 미혹과 어지러움이 없는 것을 각(覺)이라고 하고, 본래 허망하지 않은 것을 오(悟)라고 한다. 다시 말하면, 이 깨달음이 바로 진정한 자신이다. 이 깨달음을 떠나서 진정한 자신이라는 것은 없다. 이것은 원만하고 맑고 깨끗하며 깨달음을 충분히 갖춘 진정한 자신이므로, 본래 독립적이고, 상대적이지 않다. 그러므로 이 깨달음은 감각 경험과 떨어지지 않으면서도 감각 경험에 머무르지 않고, 항상 자유롭고 매이지 않는다. 그것은 원래 저절로 분명하고 저절로 깨달으며, 허령(虛靈)하여 거리낌이 없고, 원만하여 부족함이 없다. 비록 적막하여 형체가 없지만 질서정연하게 뭇 이치가 모두 갖추어져 있어서,[16] 모든 지식의 근원이 될 수 있다. 양지(量智)는 여러 모로 생각하는 일[思量]과 계량하는 일[推度]이다. 어떤 경우 사물의 이치를 분명하게 분별하고 그것이 행해지는 과정에서 득실을 선택하는

본체	(철학의 영역, 철학의 방법) 性智= 本心-內緣, 返緣의 방법 → 本體를 탐구하는 방법
현상	(과학의 영역, 과학의 방법) 量智= 習心-外緣의 방법 → 功用을 탐구하는 방법

관계이므로, 外緣이라고 부른다. 이러한 주장은 다음과 같이 도표로 구분해볼 수 있다.

15) 性智는 줄여서 智라고도 부른다.

16) (역주) "寂寞無形, 而秩然衆理已必具"라는 귀절은 「文言文本」에 "冲漠無朕, 萬象森然"이라고 되어 있다. 이것은 程伊川, 『河南程氏遺書』 卷15, 第78면에 나오는 구절이다. 空虛하여 어떤 것도 존재하지 않지만, 모든 형상이 그 안에 내포되어 있다는 뜻이다. 즉 心에 내재하는 理가 있다는 것을 의미한다.

등의 작용을 하므로 양지라고 하고, 이지(理智)라고도 부른다. 이 양지는 원래 성지가 발용한 것이지만 끝내 성지와 달라지는 것은 성지의 작용이[17] 감각 기능에 의존해서 발현할 수 있기 때문이다.[18] 즉 감각 기능은 그것을 빌어서 스스로 활용할 수 있다.[19] 바꾸어 말하면, 감각 기능은 성지의 작용을 빌어서 감각 기능의 작용을 형성하고, 마침내 사물을 좇다가 외부세계가 있다고 잘못 생각하고[20] 이를 통해 습관[習]을 형성한다.[21] 습관은 한 번 형성되면 헤아릴 수 없이 깊은 심연에 잠복해 있다가[22] 항상 기회를 타서 나타나고, 더욱이 성지의 작용을 막아서 그것이 감각 기능의 작용이 되도록 한다. 따라서 습관과 감각 기능의 작용은 항상 하나로 합일되며, 그를 통해 대상세계의 사물을 좇고 지극히 허망한 분별하는 일을 능사로 하며 외부로 치달리면서 되돌아올 줄 모

17) (역주) 이 性智의 작용은 量智를 말한다.

18) (역주) 量智는 원래 性智가 발용한 것이지만, 그 작용이 감각 기능에 의존해서 발현하게 되므로 성지와 아주 다른 성격으로 나타난다. 감각 기능은 외부 대상을 향해 감각 재료를 획득하는 것이 주목표이므로, 대상화된 사고방식을 가지지 않을 수 없기 때문이다.

19) 여기에서 할 수 있다[得]고 한 것은 그럴 수는 있지만 항상 그런 것은 아님을 의미한다. 만약 감각기관이 항상 성지를 빌어 스스로 활용한다면, 즉 성지가 결국 스스로를 드러낼 수 없다면, 이것은 노예가 항상 주인을 부리고 주인 자신이 명령할 수 없음을 말하는 것이다. 어찌 이치에 맞는 말이겠는가?

20) 性智의 작용은 이 뒤로는 性用이라고 줄여서 말하겠다. 외부세계가 있다고 보기 때문에, 사물을 외부의 것으로 파악한다.

21) 습관[習]은 감각기관의 작용이 외부세계의 사물을 함부로 좇는 것이다. 이러한 작용은 항상 옮겨다닐 것을 생각하므로 반드시 여력의 계속된 흐름이 끊이지 않는다. 이 끊임없는 여력을 습관이라고 한다.

(역주) 불교에서 習은 習氣(vāsanā)를 말하며, 煩惱習·餘習·殘氣라고도 부른다. 우리의 생각과 행위가 일어날 때 그것이 우리 마음속의 습관·기분·습성 등에 훈습되므로, 習氣라고 부른다. 唯識불교에서 습기는 種子의 다른 명칭이다. 現行 熏習의 氣分, 즉 사상, 행위 및 일체 유위법을 생성하는 능력이 아라야식에 함장되어 있다고 본다. 그러나 熊十力의 해석은 유식불교와 다르다. 熊十力은 습기를 "인생의 모든 행위와 業은 결코 지나갔다고 사라지지 않고, 모두가 餘力 등의 흐름으로 존재한다. 이것을 습기라고 한다"(본문 하, 「공능(하)」, 82면)라고 단순하게 정의할 뿐, 유식불교와 같이 종자의 의미는 없다.

22) 헤아릴 수 없이 깊은 심연은 깊이 잠복해 있음을 형용한 것이다.

른다. 이것을 양지라고 한다.[23] 그러므로 양지는 성지에 근원을 두지만 결국 스스로 일종의 세력을 형성하게 되어 그 근본과 크게 달라진다.[24] 나는 양지가 일상 경험에 의거해 발전한 것이므로, 인식하는 모습[行相]이 항상 외부로 치달린다고 말한 적이 있다.[25] 외부로만 치달리게 되면, 사물이 있다고 잘못 생각하게 된다. 이 때문에 사물의 이치와 규칙을 분명히 분별하고, 활동하는 과정에서 득실을 선택하여 멀리 함부로 치달리게 된다는 것이다.[26] 이것은 양지가 매인 바 없이 자유로운 것[懸解]이기도 하다.[27] 양지가 때로 헛된 습관에 속박되기도 하지만, 신묘하게 이해하고 밝게 드러나는 것을 매인 바 없이 자유롭다고 한다. 매인 바 없다[懸]는 것은 속박이 없음을 형용한다. 자유롭다[解]는 것은 초탈하였다는 의미인데, 매인 데서 잠시 벗어났으므로 초탈이라고 말하지만 참으로 자유로운 경지는 아직 아니다. 속박에서 참으로 벗어난 것이 아니므로, 참으로 자유로운 경지가 아닌 것이다. 반드시 헛된 습관이 모두 단절되고 성지가 온전히 드러나며 양지가 순전히 성지의 발용이 되어

---

23) 이하의 내용은 하권 「明心章」에서 보다 자세히 다루겠다.

24) 量智가 바로 習心인데, 識이라고도 한다. 불교에서 말하는 情見, 또는 情識과 知見 등이 모두 양지에 속한다.

25) 이 중 行相이라는 용어에서 行은 이해하는 것을 말하고 相은 모습을 말하므로, '인식하는 모습[行相]'이라고 하였다. 외부로 치달린다는 것은 오직 외부세계의 사물이 존재한다고 함부로 생각하고, 끊임없이 추구하는 것이다.

(역주) 行相은 心과 心所가 갖추고 있는 인식 작용, 또는 반영되어 나타나는 영상 상태를 가리킨다. 심·심소의 성능이 대상의 상 위에서 유행되고 또 대하는 대상의 형상에도 행해지므로, 行相이라고 한다. 行相에 대한 해석은 구사학과 유식불교의 관점이 달라서 二種行相이라고 부른다. 구사종에서는 마음에 반영되어 나타나는 영상을 가리키고, 유식불교에서는 심과 심소의 인식 작용을 가리킨다.

26) 멀리 함부로 치달리는 것은 세속에서는 감정에 맡겨 맹목적으로 행동하는 것을 말한다.

27) 懸解라는 말은 莊子의 말을 빌렸다.

(역주) 『莊子』「大宗師」. "此夫得者時也. 失者順也, 安時而處順, 哀樂不能入也. 此古之所謂懸解也." 이에 따르면, 인간이 생명을 얻는 것은 때에 잘 들어맞은 것이고, 죽는 것은 순응하는 것이다. 마음을 편안히 하여 때에 들어맞고 변화에 순응하는 사람은 슬프고 즐거운 감정이 마음속에 들어오지 못한다. 이것이 '현해(懸解)'라는 것이다. 『莊子』에서 懸解는 懸, 즉 거꾸로 매달린 상태에서의 해방, 즉 절대적 자유의 획득을 의미한다.

그 본연의 모습을 잃지 않을 때에야 비로소 참으로 자유롭다고 말한다. 이것이 어찌 쉬운 이야기이겠는가? 앞에서 매인 바 없이 자유롭다고 한 것은 다만 습관의 뿌리가 숨어 있으면서 아직 심하게 나타나지 않은 것일 뿐이다. 또 습관은 거친 것[麤]과 미세한 것[細]이 있어서, 거친 것은 잠시 굴복시킬 수 있지만 미세한 것은 항상 숨어서 활동하므로 쉽게 살필 수 없다. 양지는 참으로 자유로운 경지를 얻기가 쉽지 않으므로, 항상 외부세계가 있다고 함부로 생각하고 마음대로 상상을 그려낸다. 이 때문에 항상 진정한 자신과 분리되고,[28] 또 항상 진정한 자신을 가리게 된다. 따라서 양지는 결국 성지가 아니게 된다. 이 두 가지 구분은 『양론』에서 상세히 다루게 될 것이다. 지금 여기에서는 본체를 대략 나타내고자 할 뿐이다.[29]

철학자들은 대개 본체를 내 마음과 분리되어 외부에 존재하는 사물로 간주하고, 그로 인하여 이지 작용에 의거해서 외부세계를 향해 탐구한다. 이 때문에 철학자들은 각각 사고하여 어떤 경지를 그려내고 본체를 세우는데, 그 학설이 분분하여 하나가 아니다. 유심론(唯心論)·유물론(唯物論)과 비심론(非心論)·비물론(非物論)을 막론하고,[30] 이 학설들의 요체는 모두 외부를 향해 찾는 태도로 본체를 추측하고 그것을 허망하게 세우는 것이다. 이것은 분명히 잘못이다.[31] 더욱이 본체를 부인하고

28) 진정한 자신은 외부세계가 없는데, 외부세계가 있다고 함부로 생각하므로 진정한 자신에서 분리된다.

29) 본체는 體라고도 줄여서 쓴다. 뒤에 體라고 말하는 것은 모두 이에 의거한다.

30) (역주) 웅십력은 기존의 본체론을 크게 두 가지 유형으로 나누어 비판한다(『體用論』「成物」). 첫째, 본체를 현상계를 초월한 것으로 보는 견해, 둘째, 본체가 없다고 보는 견해이다. 첫째 유형에는 기독교의 神觀과 플라톤, 아리스토텔레스 철학 등 대부분의 서양 형이상학이 속한다. 둘째 유형에는 서양 과학주의·실증주의가 속한다. 웅십력은 "서양에서 철학이 존재한 이래 학파의 분기는 시종 唯心論·唯物論 양대 종파의 상호 투쟁에서 벗어나지 않았다 (…중략…) 유심론자는 정신이 一元이라고 집착하고, 유물론자는 물질이 일원이라고 집착한다. 이것은 우주를 찢어내어 각각 위대한 공용의 흐름(大用流行) 중 한 면만을 본원으로 삼은 것이다. 실제로는 똑같이 본체가 없다는 논의로 귀결될 뿐이다"(『體用論』「成物」)라고 하여 유심론·유물론 양쪽을 모두 비판한다.

지식만 논하는 경우도 있다. 이러한 주장은 철학의 위치에서 벗어난 것이라고 할 수 있다.[32] 철학이 자신의 자리를 차지하고 유지될 수 있는 것은 과학이 빼앗을 수 없는 본체론 때문이다. 우리는 아직 본체를 깨닫지 못하였기 때문에 인식론을 연구한다. 지금 의도적으로 본체를 인정하지 않고 인식론 상에서만 탐구해 나간다면, 끝내 아무런 결과도 없을 것이다. 이것이 어찌 철학의 위치에서 벗어난 것이 아니겠는가? 이러한 잘못된 견해는 과거의 철학자가 "도는 가까운 데 있는데 멀리에서 구하고, 일은 쉬운데 어려운 데서 구한다"[33]라고 한 말과 같다. 이러한 잘못은 실로 본래의 마음을 되돌이켜 인식하는 데[反識本心] 힘쓰지 않은 데서 연유한다. 바꾸어 말하면, 만물의 본원과 나 자신의 참된 본성이 본래 둘이 아님을 자각하지 못한 것이다.[34] 마침내 우주 본체가 자신의 마음과 분리되어 외부에 존재한다고 함부로 억측하게 된다. 그리하여 양지에 의거하여 외부를 탐색하고, 아무리 탐색하여도 얻은 것이 없으면 더욱 쉬지 않고 탐색하여 자신의 상상에 안주하게 된다. 학자들은 각각 자신의 상상에 의거하여 쉬지 않고 논쟁하고, 또 서로 본체를

31) (역주) 웅십력이 비판하는 초점은 서양 형이상학의 본체론이다. 서양 형이상학은 철학의 영역에 과학의 방법을 쓰기 때문에, 그 결과 실체를 함부로 억측하거나 불가지론이 되는 대표적인 두 폐해가 나타난다. "서양철학에서 말하는 본체는 思惟術을 써서 층층이 추구하는 데서 벗어나지 않는다. 최후까지 추구하여 유일한 실재가 있다고 억측하고, 여기에 '제일원인'이라는 명칭을 붙인다. 또 어떤 경우에는 사물의 본체는 지식으로 직접 얻을 수 없다고 생각하고, 불가지론에 스스로를 얽어 버린다. 이 두 가지 종류의 결론은 크게 다르지만, 본체를 객관 대상으로 가정하는 것, 바꾸어 말해서 天과 人을 서로 관련짓지 않는다는 점에서 다른 중에도 같은 점이 있다. 중국철학은 확실히 서양철학과 극단적으로 상반된다"(『原儒』)는 것이다. 구체적으로 말하면, 실재론을 억측한 것에는 플라톤, 아리스토텔레스 철학이 해당되고, 불가지론에는 칸트 철학이 해당된다.

32) (역주) 당시 중국에 도입되어 유행하던 과학주의 사조에 속한 철학을 겨냥한 발언이다. 실증주의·실용주의철학에 대한 비판이다.

33) (역주) 『孟子』「離婁(上)」. "道在爾而求諸遠. 事在易而求諸難."

34) 여기에서 참된 본성[眞性]이라고 한 것이 바로 본래의 마음이다. 그것이 내가 생겨난 이치가 되므로, 참된 본성이라고 한다. 그것이 나 자신을 주재하므로, 본래의 마음이라고 한다.

말하지 않도록 경계한다. 이 때문에 둥근 지식이 네모난 것이 되어버리고 바른 지식의 길이 막혀서, 인간은 자신이 타고난 이치를 도리어 미혹하게 여기게 된다. 말을 타고 말을 찾는다고 한 옛날 고덕의 비유[35]는 아마도 자신이 본래 가지고 있는 것을 깨닫지 못하고 함부로 밖을 향해 찾는 상황을 표현한 것일 것이다. 이 사람들이 전도된 것을 개탄해보지만, 어떻게 하겠는가?

앞에서 말하였듯이, 본체는 나의 마음과 분리되어 외부에 존재하는 것이 아니다. 이 구절의 의미는 그들이 본체를 외부세계에 독립적으로 존재하는 것으로 간주하여 추측하였으므로, 큰 잘못이라는 것이다. 누가 "본체가 외부에 존재하는 것이 아니라면, 어디에서 구해야 하는가?"라고 묻는다면, 자기 자신에게서 구할 뿐이라고 대답해야 할 것이다. 자기 자신에게 구한다는 것은 마음으로 되돌아간다는 것을 가리킨다. 이것이 어찌 요원한 일이겠는가? 그러나 마음이라는 한 글자도 본심(本心)과 습심(習心)으로 구분됨을 알아야 한다. 오직 나의 본심이야말로 나 자신과 천지 만물이 함께 갖추고 있는 본체이므로, 습심을 진정한 주재자로 여겨서는 안 된다.[36] 습심과 본심의 구별에 대해서는 뒤에 상세히 언급하겠다.[37] 지금 대략 본심의 의미를 말해보면 다음과 같다. 첫째, 이 마음은 비고[虛] 고요하다[寂]. 형상이 없으므로 비었다고 한다. 본성이 어지러운 데서 떠나 있으므로 고요하다고 한다. 고요하므로 그 변화는 신묘하다. 고요하지 않으면 어지러우니, 어떻게 신묘하고 어떻게 변화할 수 있겠는가? 비어 있으므로 헤아릴 수 없이 생성한다. 비어 있지 않으면, 어떻게 생성하고 어떻게 헤아릴 수 없이 될 수 있겠는가? 둘째,

---

35) (역주) 『景德傳燈錄』 卷第二十九(大51, 449b). "師曰, 騎驢覓驢"

36) 진정한 주재자는 本心의 다른 이름이다. 그것이 나 자신을 주재하며, 보고 듣고 말하고 행동하는 것이 모두 한결같이 이치가 아닌 것에서 멀고, 물욕도 간섭할 수 없으므로, 진정한 주재자라고 한다.

37) 下卷 「明心章」에서 다룰 것이다.

이 마음은 밝게[明] 깨닫는다[覺]. 어두움에서 벗어난 것을 밝다고 하고, 미혹이 없는 것을 깨달았다고 한다. 밝게 깨닫는다는 것은 무지하면서도 알지 못하는 것이 없다는 의미이다. 허망하게 분별하는 일이 없으므로 무지하다고 한다. 본체를 밝히고 홀로 서서 모든 지식의 근원이 되므로, 알지 못하는 것이 없다고 한다. 온갖 이치를 갖추고 있으면서 허망하지 않고, 뭇 덕을 갖추고 있으면서 한결같다. 그러므로 온갖 변화가 그로 인하여 일어나고, 온갖 만물이 그로 인하여 완성된다. 뭇 유(有)들이 미혹에서 일어나지 않고 밝은 깨달음으로 되돌아가니, 고요한 가운데 깊이 깨우쳐주지 않는가? 철학자들 중 우주 연기(緣起)가 맹목적으로 추구하는 의지에서 연유한다고 보는 이가 있다.[38] 상키야 학파[數論]가 만물의 생성이 어두움에서 연유한다고 본 것이나,[39] 복만용(伏曼容)이 만사가 미혹에서 일어난다고 한 것은[40] 동일한 오류이다. 생각건대 모두가 습심으로 변화의 이치를 추측하고 본심을 인식하지 못하였기 때문에, 이러한 큰 착오가 생겼을 것이다. 『역(易)』에 "건(乾)은 위대한 시작을 안다"[41]라는 구절이 있다. 건은 본심이자 본체이다.[42] 안다는 것

---

38) (역주) 쇼펜하우어의 비관주의철학을 염두에 둔 비판인 듯하다. 쇼펜하우어는 당시 헤겔이 현실을 이성적인 것으로 믿는 낙관주의철학을 제시한 데 대하여, 실재를 맹목적이고 비이성적인 것으로 보고 생을 사악한 것으로 보는 등 반대 입장을 취하였다. 이성을 자기 아래에 복속시키는 비이성적인 의지가 있고, 이 의지는 본능적 충동과 의식적 욕구의 형태와 같이 맹목적으로 추구하는 의지로 나타난다고 보았다.

39) (역주) 상키야 학파(Sāṃkhya, 數論)는 인도 육파철학 중 하나로서, 인도의 체계화된 철학 중 가장 오래된 것에 속한다. 이원적 실재론이 철학적 특징이다. 쁘라끄리띠(물질, prakṛti)와 뿌루사(정신, puruṣa)라는 두 궁극적 실재로부터의 전변설로 세계의 생성을 설명한다. 웅십력이 상키야 학파가 만물의 생성을 어두움에서 연유하는 것으로 본다고 판단한 것은 물리적 세계를 미세하며 의식이 없는 쁘라끄리띠의 현현으로 보고, 또 그 전개를 세 가지 구나(구성 요소)의 불균형으로 파악하기 때문이다. 지성(大)·我慢·心으로 형성된 복합체가 가진 미세하고 조야한 형태를 어두움이라는 말로 표현하고 있다.

40) (역주) 伏曼容(421~512)은 남북조시대 玄學으로 유명한 梁나라의 학자이다. 『南史』「儒林傳」에 따르면, 『老子』와 『周易』에 뛰어나 송나라 명제가 康에 견줄 정도였다고 한다. 『周易集解』 卷5 「蠱卦」의 卦辭에 대한 伏曼容의 주에 "만사가 미혹에서 일어난다"는 구절이 있다.

은 밝게 깨닫는다[明覺]는 뜻이지 지식으로 안다는 뜻이 아니다. 건이 알기 때문에 만물이 그에 의지하여 시작되니, 누가 만물이 미혹에서 시작된다고 하는가? 만물은 모두 건원(乾元)에 의지해 시작되고 각자 본성[性]과 명(命)을 바르게 하는데,[43] 그것은 미혹한 본성이 본래 없기 때문이다. 진리를 깨닫는 데 『역』만한 책이 없다는 것이 여기에서 분명해진다.[44] 그러므로 이 마음[45]이 바로 나의 진정한 본성이고, 또한 모든 사물의 본체이다. 어떤 사람은 또 다음과 같이 묻는다. "황벽(黃蘗)[46]은 '생명을 함유한 것들은 참된 본성을 똑같이 가지고 있음을 깊이 믿는다. 마음과 본성이 다르지 않고, 본성이 바로 마음이다'[47]라고 하였다. 이것

---

41) (역주) 『易』「繫辭傳(上)」. "乾知大始."

42) (역주) 웅십력에게 『易』의 乾體는 心體이자 性體이다. 「文言文本」에서는 "心이 본체인데, 『주역』에서는 이를 乾이라고 부른다"라고 단언한다. 나아가 만물의 형성이 모두 乾元의 剛健함에 따라 이루어지며, 하나의 본체가 兩行하여 천지의 변화를 형성한다고 본다. 강건한 정신이 물질 우주를 제어하므로, 坤, 즉 물질의 발전을 乾, 즉 心의 발전에 종속시키는 것이 웅십력의 기본적인 시각이다. 이러한 시각 때문에 웅십력은 역학에서 理學보다 心學의 해석방식을 택한다. 心學은 우주 변화를 우주와 일체인 나의 변화로 보고, 쉬지 않고 생성하는 변화의 본체를 仁體·心體로 파악한다.

43) (역주) 『易』「乾卦」. "彖曰, 大哉乾元. 萬物資始. 各正性命."

44) (역주) 웅십력이 『易』을 보는 핵심은 그를 빌어서 자신의 본체론, 즉 '본체와 현상의 不二'를 주장하려는 것이다. 그를 위해 웅십력은 易이 一元이며 二元이 아니라는 점을 강조한다. "역의 乾元과 坤元은 실은 一元이지 二元이 아니다. 坤의 元이 바로 乾의 元이다."(『十力語要』「與張季同」) 그에 따르면, 易의 본체는 一元인 乾體이자 道, 즉 太極이고, 陰陽·剛柔·仁義 등 兩行은 이 일원인 도의 공용에 불과하고 강건한 乾體가 자신을 표현하고 전개한 것에 지나지 않게 된다. 따라서 "공용인 만물이 乾元에 의지해 시작된다"는 표현이 가능해진다. 그것이 웅십력이 『易』에 대해 높은 평가를 내리게 되는 이유이다.

45) 이것이 바로 본심이다.

46) (역주) 黃蘗(?~842)은 唐代의 선승인 黃蘗 希運이다. 중국 福州의 黃蘗山에서 출가하여 천태를 거쳐 懷海의 제자가 되고 깨달음을 얻었다. 당시 황벽의 문풍을 크게 떨쳤고, 제자에 중국 임제종의 시조인 臨濟 義玄이 있다. 배휴가 집록한 법어집(『傳心法要』)가 있고, 禪家의 心에 대한 왜곡을 자세히 서술하고 있다. 斷際禪師라고도 불린다. 『宋高僧傳』 20, 『傳燈錄』 9, 『廣燈錄』 8 등에 기록이 남아 있다.

47) (역주) 『黃檗斷際禪師宛陵錄』(大48, 384b). "所以深信含生同一眞性. 心性不異, 卽性卽心."

과 맹자(孟子)의 '마음을 다하면, 본성을 알고 천을 안다'[48]는 말은 서로 의미가 부합한다. 송명대 성리학자들은 마음이 바로 본성은 아니라고 여겼다." 이 질문은 본심의 의미를 잘 이해하지 못한 것이다. 본심이 바로 본성이지만, 의미에 따라 명칭만 다를 뿐이다. 그것이 자신을 주재하므로 마음이라고 하고, 그것이 내가 생겨난 이치가 되므로 본성이라고 하고, 그것이 온갖 존재의 위대한 근원이 되므로 천(天)이라고 한다. 그러므로 '마음을 다하면, 본성을 알고 천을 안다'라고 한 말은 그것이 나타난 것을 세 가지로 부른 것일 뿐 실제로는 하나이다. 단지 그 의미가 하나가 아니므로 명칭이 세 가지 있는 것뿐이다.[49] 마음을 다한다고 할 때 다한다는 것은 내가 수양하는 공부로써, 습염(習染)과 개인적인 욕심을 다스려서 본심이 그 덕용을 드러내어 조금이라도 모자라거나 어긋나지 않게 하는 것이다. 따라서 마음을 다한다는 것은 본래 그대로의 본성이 온전하게 드러나는 것이므로, 본성을 알고 천을 안다고 한 것이다. 안다는 것은 깨달아 안다는 것으로, 본심이 밝게 안으로 깨닫는다는 뜻이지 지식으로 아는 것이 아니다. 맹자의 말에 따르면, 본체를 언급하는 철학자들은 그것이 양지(量智), 또는 지식이 통하는 경지라고 여길

---

48) (역주) 『孟子』 「盡心(上)」. "盡其心者知其性也. 知其性則知天矣."

49) (역주) 송명 성리학이 본체론을 발전시킬 수 있었던 것은 불교의 영향 때문이었다. 중국 불교인 천태, 화엄, 선불교에서 '心'을 절대적인 정신의 본체로까지 높여서 파악하였던 것이다. 이 '心'이 바로 '性'으로서, 인간이 인간이 되는 내재적 본성과 궁극적 근거가 된다. 그렇기 때문에 송명 성리학에서 심성론의 주류는 心과 性을 일치해서 파악하는 학설이 될 수밖에 없다. 일반적으로 송명 성리학은 心과 性을 일치시켜 보는가[心性一源], 이분하여 보는가[心性二分]에 따라 크게 양명학 계열과 주자학 계열로 나누어진다. 이때 웅십력 철학은 본체가 본심이자 본성이라고 보아, 心과 性을 일치시켜 보기 때문에 양명학 계열에 해당된다. 본문의 이 부분은 바로 심성이원론인 주자학에 대한 비판이다. 주자는 '性卽理 · 心卽氣'라고 하여 心 자체가 理를 포함하고 있다고 하지만[心具衆理], 心이 理 자체라고 하지는 않는다. 웅십력의 본체는 우주의 본체와 인간의 본심이 둘이 아니고, 나의 본심이 바로 나 자신과 천지만물이 함께 가지고 있는 본체로 파악된다. 따라서 만물의 근원[天]이 되는 본체는 '마음[心]'이면서 동시에 '본성[性]'이다. 즉 心과 性은 동일한 근원을 가진 동일한 대상이 된다[心性一源].

뿐, 반드시 수양이라는 노력을 독실하고 깊고 순수하게 기울여서 그 마음을 다할 수 있어야 비로소 얻어지고 깨달아지는 것임을 모른다. 그러므로 끝내 이 이치와 배치된다. 황벽이 마음이 바로 본성이라고 말한 것은 맹자의 말에 해당한다. 그러나 세상 사람들은 나에게 있는 마음[50]이 어떻게 만물의 본체가 될 수 있는가를 의심한다. 어떻게 그들을 깨닫게 할 수 있을까? 그 답은 다음과 같다. 그들이 깨닫지 못하는 것은 단지 습심(習心)으로 허망하게 분별하고, 작은 자신[小己]에게 헛되이 집착하여 본성을 인식하지 못하기 때문이다. 작은 자신에게 집착하면 사물과 나를 나누고 안팎을 구분하게 되므로, 나의 마음이 어떻게 사물의 본체가 될 수 있는가를 의심하게 된다. 만약 마음을 넓게 하여 자기를 잊고, 고요하지만 공(空)이 아니고 생성하지만 소유하지 않으며 지극히 성실하여 쉬지 않는 실리(實理)를 깨닫게 되면, 이것은 나와 만물이 함께 품부받아 생겨난 것이므로 나와 만물이 함께 갖추고 있는 진정한 본성이 된다. 이 진정한 본성이 나 자신에게 존재하며 항상 허령불매하여 나 자신의 주재가 되므로, 그것을 본래의 마음이라고 한다. 따라서 여기에서 마음이라고 하는 것은 실제로 나 자신이 개인적으로 가지고 있는 것이 아니라, 나와 만물이 혼연히 일체가 되는 진정한 본성이다. 그러므로 내 마음으로 되돌아가 찾으면, 바로 만물의 본체를 얻게 된다.[51] 내 마음과 만물의 본체는 둘이 아니고 구별도 없는데, 어찌 의심하는가? 맹자가 "저 도는 하나일 뿐이다"[52]라고 한 말이 이러한 의미이다.

어떤 사람은 또 이렇게 논박한다. "마음은 사물에 상대된다고 말한다.

---

50) 本心은 心, 즉 마음이라고 생략해 부르기도 한다. 그 밖의 곳에서 사용된 것도 이를 미루어 알 수 있다.

51) 본체는 진정한 본성을 다르게 부른 말이다. 그것이 나와 만물이 생겨난 실제 이치가 되므로, 진정한 본성이라고 한다. 이 진정한 본성이 나와 만물의 본연의 실상이므로, 본체라고도 한다. 여기에서 말하는 실상은 실체와 같다. 본연이란 본래 이와 같다는 것이다. 덕성은 변화하지 않고, 뒤에 일어나지 않으며, 항상 스스로 그러할 뿐이다.

52) (역주) 『孟子』「滕文公(上)」. "夫道一已而矣."

마음은 사물에 대응하여 부르는 말이므로, 사물이 없으면 마음이라는 명칭은 성립하지 않는다. 어떻게 내 마음이 나와 만물이 동일하게 갖추고 있는 본체라고 할 수 있는가?" 그에 대한 답은 다음과 같다. 그대가 말하는, 사물에 상대되는 마음이 바로 내가 말하는 습심이다. 습심은 형기(形氣)의 영명함에 근원을 두고 있다. 본심의 발용은 감각 기능에 의지하여 나타나지 않을 수 없고, 감각 기능은 그것을 빌어서 빼어난 감각 기능을 완성한다. 그러므로 형기의 영명함이라고 말한 것이지, 형기가 본원이고 그 발현이 영명하다고 말한 것은 아니다. 형기는 영명하게 발현하여 습관을 형성하고, 습관은 형성되면 다시 형기의 영명함과 하나로 계합하여 객관 사물을 뒤좇아간다. 이것을 습심이라고 부른다. 그러므로 습심은 대상화한 것[物化者]이고 모든 사물들과 상대하며 서로를 필요로 하는 것이지, 사물을 초월하여 그를 제어할 수 있는 주인이 아니다. 이것이 뒤에 일어난 것[後起]의 허망함이다. 본심은 상대적인 것이 없이 형기에 앞서서 스스로 존재한다. 앞선다는 것은 형기를 초월한다는 것이지 시간적인 의미가 아니다. 스스로 존재한다는 것은 다른 것에 의존하여 존재하는 것이 아니라 본래 절대적이라는 것이다. 이 '아무것도 없으면서 신묘하게 존재하는 것[至無而妙有]'은 항상 모든 사물들로 두루 나타나고, 마침내 사물에 의거하여 자신을 드러낸다. 본래 형상이 없으므로 '아무 것도 없다[至無]'고 한다. 공용을 이루면 모든 사물들로 두루 나타나고 마침내 사물에 의거하여 자신을 드러내는 것을 '아무것도 없으면서 신묘하게 존재한다'고 한다. 그러므로 본심은 아득하여 상대적인 것이 없고, 사물의 체(體)가 되면서도 사물에 의해 대상화되지 않는다.[53] 사물의 체가 된다는 것은 그것이 모든 사물의 실체가 되어,

---

53) (역주) "體物而不物於物"은 「文言文本」에 "體萬物而不遺"라고 되어 있다. 이것은 張載, 『正蒙』 「天道篇」에 나오는 구절이다. 다만 『正蒙』에서는 만물의 體가 되는 것은 天이지만, 여기에서는 心이라는 것이 다르다.

어느 하나의 사물도 그것 없이 사물로 완성되는 일이 없다는 의미이다. 사물에 의해 대상화되지 않는다는 것은 이 마음이 사물을 제어하여 사물에 의해 부려지지 않는다는 의미이다. 진실한 이체(理體)는 정해진 위치도 모양도 없고, 사물을 완성하여 자신을 표현하더라도 결국 그 본성은 한결같아서 대상화될 수 없다. 이 마음이 바로 나와 만물의 진정한 궁극이니, 또 무엇을 의심하는가?[54]

앞에서 말하였듯이 본체는 오직 실증하는 것과 상응하고, 양지로 추구할 수 있는 것이 아니다. 양지가 일어나면 모든 것을 외재하는 사물로 간주해서 헤아리고 추구한다. 이와 같으면 이미 본체를 떠난 것이 되므로, 고요한 가운데 스스로 깨닫는 일이 없게 된다. 그렇다면 어떻게 해야 실증할 수 있는가? 이전에 서양인 한 사람이 실증하는 데 어떤 방법을 써야 하는가를 질문한 적이 있다. 나는 이 질문에 간단히 대답하기가 어렵다고 생각하고, 아무 말도 하지 않았다. 왜냐하면 이 사람은 아직 본심의 존재를 인정하지 않고 있는데, 어떻게 그에게 실증을 말할 수 있겠는가? 실증한다는 의미로 말하자면, 여기에는 방법이 없다. 실증한다는 것은 무엇인가? 바로 이 본심이 저절로 알고 저절로 인식하는 것이다. 바꾸어 말하면 본심 자신이 자신을 인식하는 것이다. 그러나 여기에서 말하는 안다는 것, 또는 인식한다는 것의 모습은 대단히 은미하고 지극히 드러내기 어려우므로, 형용할 방법이 없다.[55] 이렇게 저절로 알고 저절로 인식하는 때는, 주체와 객체, 안과 밖 그리고 공통점과 차이점 등 분별의 모습을 떠나 분명하게 밝아서 안에서 저절로 인식되는 것이지, 혼돈하여 무지한 것이 아니다. 우리는 이러한 경지에 있을 때에

54) 진정한 궁극[眞極]은 본체를 다르게 부른 것이다.

55) (역주) 「文言文本」에서는 자기가 자기를 인식한다는 것에 대해 "內證은 말을 벗어나 있다[內證離言]"(『新唯識論』 「文言文本」, 中華書局, 1992, 45면)라고 주석을 달아 설명하고 있다. 이는 『入楞伽經』 「佛心品」 第四에서 內證法에 대해 "문자 · 언어 · 상구를 떠나 있다"라고 설명한 데 근거를 둔 것이다.

만 비로소 실증하였다고 부를 수 있다.[56] 성지(性智)라는 것도 이러한 경지에서만 드러나며, 이때 비로소 본체에 도달할 수 있다. 앞에서 말한 실증하는 것과 상응한다고 한 것은 성지를 부르는 것이고, 바로 이러한 이치이다. 이에 의거해 말하자면, 실증하는 일에는 방법이라고 할 것이 없다. 그러나 어찌 실증할 수 있는 방법이 없겠는가? 실증한다는 것은 바로 본심이 장애를 받지 않고 잘 통하는 것이다. 어떻게 해야 본심이 장애를 받지 않는가? 여기에 도달할 수 있는 방법이 없는 것은 아니다. 이 방법은 중국의 유학과 노장철학 및 인도 불교에서 구할 수 있을 듯하다.[57] 나는 여기에서 더 이상 언급하지 않고, 따로 『양론』을 써서 논의하려고 한다.

금세기의 형이상학자들은 전적으로 성지(性智)의 측면에서 함양(涵養)

---

56) (역주) 「文言文本」(앞의 주 55)에서 나온 판본, 이후 동일함)에서 웅십력은 返緣을 두 가지로 구분한다(116면). 첫째는 우리가 어떤 대상을 인식할 때, 반연을 통하여 행위 자체의 존재를 인식하는 것이다. "대상에 의거할 때, 식은 대상을 인식하는 인식 작용에 대해 스스로 알게 된다[方緣色而識自知知色之知]"는 것이다. 둘째는 객체를 지향하는 대상화된 인식 행위가 모두 사라지고, 주체 자신이 자신을 직접 인식하게 되는 것이다. "외부에 의거하는 것이 모두 사라지고, 자성을 직접 명증하게 되는 것[全泯外緣, 親冥自性]"이다. 두 번째 反緣에서 대상화된 사유방식은 정지하고, 주체와 객체의 구분은 소실되며, 자신과 다른 사람의 차별도 존재하지 않게 된다. 그러면서도 이때 어떤 자주적인 힘을 체인할 수 있는데, 이 자주적인 힘, 자발적인 에너지가 바로 진정한 자신이고, 웅십력이 말하는 본체이다. 웅십력은 이 返緣의 방법만이 본체를 인식하는 유일한 길이라고 본다. 따라서 외부 사물에서 본체를 찾으려고 하지 말고 자기의 내부로 깊이 들어가서 본체의 자성이 자기 마음속에서 나타나도록 해야 한다는 것을 알게 된다. 여기에서 말하는 '實證'이 이 두 번째 返緣을 의미한다.

57) (역주) 웅십력이 보기에, 理智라는 과학적 방법을 써서 외부에서 본체를 탐구하려는 서양철학의 방법은 타당한 것이 못된다. 그런데 동양의 전통철학은 이 점을 이미 전제한 상태에서 전개되어왔다. 동양 전통철학의 본체는 유학의 경우 良知나 天道, 도가의 道나 逍遙의 경지, 불교의 眞如 · 空理에 해당하는 개념이다. 이러한 본체를 탐구하기 위해서는 경험적 대상에 적용되는 인식 방법을 그대로 쓸 수 없다. 따라서 불교에서는 '般若智'나 '止觀'의 방법을 통하여, 도가에서는 '玄覽'의 방법을 통하여, 유학에서는 공자의 '求己' · '默識', 맹자의 '反身' · '思誠', 송명 유학의 방법을 통하여 철학의 진리를 추구하였다. 이러한 인식 방법은 분명히 과학적이고 논리적인 훈련을 통하여 얻어질 수 있는 것이 아니고, '깨달음'이라는 전혀 다른 방법을 필요로 한다.

공부를 하지 않고 오직 양지(量智)에 의거하여 본체를 추측해서, 본체를 사유가 통하는 경지이고 내 마음과 분리하여 외부에 존재하는 경지라고 생각한다. 그들의 태도는 오직 밖을 향해 추구하는 것인데, 이것은 전적으로 양지에 맡겼기 때문이다. 양지는 본래 밖을 향해 사물을 보고 발전한 것이다. 우리가 일상생활의 세계 안에서 감각 기능으로 감각하여 받아들인 모든 것을 내 마음 밖에 실재하는 객관 사물로 간주하고, 그에 따라 그것을 판별하고 처리하기 때문이다. 양지는 이렇게 발전해 온 것이다. 그러므로 양지는 외부를 향해 이치를 구하는 도구일 뿐이다. 이 도구는 일상생활의 세계, 즉 물리세계 내에 적용할 때는 당연히 타당하다. 그러나 이를 신중하게 활용하지 않고 이 도구로 형이상학의 문제를 해결하기 위하여 본체를 외부에 존재하는 객관 사물로 보고 추구한다면, 잘못도 큰 잘못이다. 우리는 진리는 오직 자신에게 되돌아가 찾는 데 있음을 알아야 한다. 우리는 단지 고유의 성지를 보존하고 유지해서[保任][58] 성지가 저절로 밝고 저절로 인식한다는 점으로부터 내 생활의 원천을 발견해야 한다. 이것은 내 생활의 원천에 존재하며, 지극히 넓어서 끝이 없고 지극히 커서 밖이 없으며 지극히 깊어서 바닥을 헤아릴 수 없고 지극히 고요해서 요동이 없으며 만물을 함장하되 부족하거나 이지러짐이 없는 것이다. 또한 하늘과 땅을 낳고 무수한 사물을 생성하는 근원이기도 하다. 내 생명은 우주의 대생명과 원래 둘이 아니기 때문이다. 그러므로 우리는 성지가 저절로 밝고 저절로 인식한다는 점에 의거해야만, 본체를 실증하고 진리를 밖에서 구할 필요가 없음을 믿어서 생활에 무궁무진한 보물이 숨겨져 있음을 자각할 수 있다. 만약 자신이 본래부터 가지고 있는 저절로 밝고 저절로 인식하는 성지를 구하지 않고 양지에만 맡겨서 본체를 외부에 존재하는 사물로 보고 헤아

58) 保는 보존한다는 것이고, 任은 유지한다는 것이다. 보존하고 유지하면 상존하게 되므로, 미혹이나 私意가 그것을 막는 일이 없다.

리거나, 억측에 의거해서 모종의 본체를 세우거나, 잘못된 생각으로 본체를 부인한다면, 이 모두는 스스로 진리를 끊는 것이다. 그러므로 나는 양지의 효용에 제한이 있음을 주장한다. 양지는 물질적인 우주에만 잘 통할 수 있을 뿐, 본체를 실증할 수는 없다. 본체는 자신에게 되돌아가 찾아서[反求] 자득해야 하는 것이다. 본체는 내 고유의 성지이다. 내가 내면생활을 깨끗이 하고 발전시킬 때, 이러한 성지가 비로소 드러나고 발전한다. 성지가 드러날 때는 안팎이 자연히 하나로 혼융되고,[59] 고요한 가운데 저절로 깨닫게 되며, 상대적인 모습이 없다.[60] 그러므로 오직 이 지(智)의 작용으로 사물을 판별하고 관찰하면, 눈앞의 모든 사물이 지극히 진실하고 지극히 선하지 않은 것이 없다는 것을 알게 된다. 바꾸어 말하면, 모든 사물에 대해 다시는 막히는 생각, 즉 이 사물이 하나하나 판에 박은 개체의 사물이라는 생각을 하지 않게 되고, 어디에 있든지 모두 진리의 현현임을 보게 된다. 이 경지에 도달하면 눈앞의 상대적인 우주는 절대적인 진실이 되고, 또다시 적멸(寂滅)한 경지라는 것을 구하지 않게 된다.[61] 지금 눈앞에서 천만 번 변화하는 것이 위대한 적멸이다. 위대한 적멸이 바로 지금 눈앞에서 천만 번 변화하는 것이다. 지금 눈앞에서 천만번 변화하는 우주를 싫어하고 떠나서 따로이 적멸을 구하려고 하거나, 지금 눈앞에서 천만번 변화하는 우주에 빠져서 적멸의 경지를 잃어버려서는 안 된다. 이 글의 궁극적인 주제는 오직 이와 같다. 이제 나의 생명과 우주가 원래 둘이 아니라는 이치를 천명하기 위하여, 계속해서 「유식」 장에서 논의하겠다.

---

59) 즉 안의 나와 밖의 외부 사물이라는 구분이 없다는 것이다.
60) 이 智가 스스로 인식하는 것은 주관(能)과 객관(所)이 나누어지지 않으므로, 절대적이다.
61) 寂滅이라는 두 글자는 인도 불교에서 말하는 열반의 의미이다. 뒤에 나오는 적멸은 이러한 뜻에 의거한다.

제2장 「유식(唯識)(상)」

식의 특수성(상)

당(唐) 나라 규기(窺基) 대사[1]는 자신이 지은 인도 불교 『유식론(唯識論)』[2]

1) (역주) 窺基(632~682)는 법상종의 초조로서, 속성은 尉遲이고 자는 洪道이다. 논지가 唯識을 기본으로 하기 때문에 유식법사라고 하고, 자은사에서 오래 활동하였으므로 慈恩大師라고 부르고 그 종파인 법상종을 慈恩宗이라고 한다. 玄奘의 제자로서 17세에 출가하여 25세부터 역경 작업에 현장과 함께 참여하였고, 10대 논사들의 주석을 모아 번역하여 하나의 책으로 만들었는데 그것이 바로 『成唯識論』이다. 玄奘이 번역한 『辯中邊論』·『辯中邊論頌』·『二十唯識論』·『異部宗輪論』·『阿毘達磨界身足論』은 모두 窺基가 筆受한 것이다. 저서는 매우 많은데, 『成唯識論述記』·『大乘法苑義林章』·『攝大乘論鈔』·『瑜伽論略纂』·『百法明門解』·『因明入正理論疏』·『法華經玄贊』·『阿彌陀經通贊疏』·『觀彌勒上生經疏』·『金剛般若經玄記』·『說無垢稱經贊』 등 50부가 있고, 그 때문에 그를 '百本疏主'·'百本論師'라고 부른다.

2) (역주) 唐代 窺基가 찬술한 『成唯識論述記』를 말한다. 찬술 연대는 대략 659~682년 사이로 추정된다. 玄奘이 번역한 護法 등의 『成唯識論』 10卷을 주석한 것으로, 法相宗의 근본 경전이다. 『成唯識論』은 世親(Vasubandhu)의 저작인 『唯識三十頌』을 호법이 주석한 것인데, 이 책 전체가 호법의 작품은 아니고 10대 논사의 주석 중 護法의 주석을 주로 하고 다른 학자들의 주장을 취사선택하여 하나의 논서로 편집한 것이다. 唐 고종(659년)에 현장이 번역하였는데, 그는 애초에 安慧의 주석이나 10대 논사의 주석을

의 서문에서 '유식(唯識)'[3]이라는 두 글자의 뜻을 다음과 같이 해석하였다. "유(唯)자는 배척하는 말이다. 세간에서 객관세계가 존재한다고 집착하는 내용이 진리에 부합하지 않기 때문에, 외부 객관세계[外境]가 실재한다는 견해를 배척하는 것이다. 식(識)자는 구별하는 말이다. 마음이 공(空)하다고 집착하는 견해와 구별되는 것으로, 마음의 존재를 부인하는 사람들의 견해와 근본적으로 다르다는 것을 표시한다. 마음이 없다고 보게 되면 모든 것이 공이라는 견해에 빠져 버리기 때문이고, 불교에서는 이를 공견(空見)이라고 비판한다. 이것은 더욱이 진리에 부합하지 않는다. 그러므로 유식(唯識)을 주장하는 이들은 세간에서 인정하는 마음 밖의 객관세계가 확실히 없다고 말하지만, 마음이 공하다고 해서는 안 된다."[4] 규기는 이 편의 서문에서 이처럼 말하였다.[5] 그러나 우리가 보

따로따로 번역하려 했으나, 窺基가 호법의 학설을 정설로 삼고 다른 학설을 모아서 한 책으로 만들 것을 현장에게 청원한 결과 『成唯識論』이 생겨나게 되었다고 한다. 그 註疏로 가장 유명한 것이 이 『成唯識論述記』이다.

3) (역주) 唯識(vijñapti-mātratā)은 불교에서 識이 變現한 것 외에 어떠한 실재도 없다는 것, 즉 우리 자신의 心, 그 밖의 心物 제 현상들이 모두 8식 자체가 변현한 주관(見分)과 객관(相分)이라고 보는 사고방식이다. 또한 인식 대상과 비슷한 형상이 心 내의 영상에 반영된 것을 실유라고 볼 뿐 아니라, 인식 대상 자체도 아라야식 중의 종자가 변화하여 생겨난 것이라고 본다. 따라서 오직 식 외에 다른 실재는 없다고 보며, 이를 '唯識無境'이라고 부른다(『成唯識論』 卷二).

4) (역주) 『成唯識論述記』「序」(大43, 229b). "唯謂簡別遮無外境. 識謂能了詮有內心. 唯識唯遮境有, 執有者喪其眞. 識簡心空, 滯空者乖其實. 所以晦斯空有, 長溺二邊. 悟彼有空, 高履中道."

5) (역주) 투영된 표상만 있고 그것에 대응하는 외부 사물의 실재를 부정하는 '唯識無境'이라는 명제는 유식불교의 입장을 잘 나타내는 말이다. 오직 식의 존재만 인정하고, 식의 외부에 독립적으로 존재한다고 徧計所執되는 대상의 존재는 부정된다. 그것은 다만 식이 전변하여 似現된 것이기 때문에 실체성이 없다. 인식 상황 속에서 식이 전변하여 見分과 相分으로 분화할 때, 우리는 견분을 實我로, 상분을 實法으로 보고 집착한다. 사실 그것은 似我와 似法으로서 실체성이 없다. 따라서 인식되는 객관이 비존재성이므로 인식하는 주관도 비존재성이 된다. 이것을 '境識俱泯'이라고 한다. 유식불교의 목적은 이렇게 외부 대상과 주관적인 내가 실재한다고 보는 집착에서 벗어나기 위한 것이다. 마음을 중시하는 이러한 특성은 사회의 변화를 개인의 주체적 자각에서 찾아보려는 사람들의 관심을 끌 수밖에 없었고, 이것이 바로 중국 근대에 불교 부흥 운동이 일어나게 된 원인 중의 하나라고 볼 수 있다.

기에, 이 내용은 조금 수정해야 한다. 세간에서 마음과 분리되어 외재하는 실제 세계가 있다고 집착하는 것은 확실히 허망한 집착이므로 배척해야 한다. 여기에서 '집착'이라는 자는 그 의미가 지극히 심원하여 형용하기 어렵다. 우리가 이지 작용을 통하여 어떤 이치, 또는 어떤 사물을 헤아리거나 해석할 때 항상 견지하고 버리지 못하는 견해가 동반되는데, 이것을 집착이라고 한다. 허망한 집착은 대상의 내용이 어떠하다고 정해서 집착하는 것이다. 이것은 실제로 허망의 일종이고 진리와 상응할 수 없으므로, 허망한 집착이라고 부른다. 허망한 집착은 잘못이 매우 크므로, 배척해야 한다.[6] 그러나 규기 대사는 식(識)이 없다고 할 수는 없다고 하였는데, 이 견해는 그다지 타당하지 않다. 규기 대사가 여기에서 말하는 식 자는 객관세계(境)와 상대되는 것이기 때문이다.[7] 바꾸어 말하면, 여기에서 말하는 식은 객관세계를 취하는[取] 식이다. 이 취한다는 자는 대략 세 가지 의미를 포함한다. 첫째로 마음이 객관세계에 통한다는 것이고, 둘째로 마음이 객관세계에 대해 사려 등을 일으킨다는 것이고, 셋째로 마음이 객관세계에 대해 아교가 붙는 것처럼 딱 붙는 것, 즉 집착이 있다는 것이다. 마음과 분리되어 실재하는 외부 사물이 있다는 견해를 견지하는 사람은 이러한 집착을 가지지만, 이를 자각하지 못한다. 이 세 가지 의미를 가진 것을 '객관세계를 취한다'라고 한다.[8] 이렇게 객관세계를 취하는 식은 그 자체로 허망하고 집착을 일으킨 것이며 근본적으로 본래의 마음이 아닌데, 어떻게 공이 아니라고 할 수 있는가? 만약 헛되이 집착하는 마음을 본래의 마음으로 간주하고 없는 것이 아니라고 말한다면, 그것은 적을 자식으로 보는 것과 똑같은 잘못이다. 우리는 세간에서 마음과 분리하여 실재하는 외부세계가 있다고

---

6) 이 뒤에서 집착, 또는 허망한 집착[妄執]이라고 한 것은 모두 이에 의거한다.
7) 마음이 가 닿는 일체의 대상을 통상 객관 대상(境)이라고 부른다. 뒤에도 이에 의거한다.
8) 이 뒤에 나오는 객관세계를 취한다는 것은 모두 이에 의거한다.

보는 것은 허망한 세계[妄境]일 뿐이라고 생각한다. 이러한 허망한 세계는 오직 허망하게 집착하는 마음에 의거해야 비로소 있게 되는 것이지, 결코 실재하는 것이 아니다. 우리가 안으로 살펴보아 허망하게 집착하는 자기 마음을 분명히 인식하게 되면, 세간에서 마음과 분리되어 실재하는 객관세계라고 보는 것이 근본적으로 없는데도 허망한 마음으로 있다고 집착하는 것에 불과함을 알게 된다. 따라서 마땅히 배척해야 한다. 나는 이러한 측면에서는 규기 대사의 주장에 찬성한다. 허망하게 집착하는 마음은 본래의 마음에 의거해야 비로소 존재하지만, 그것은 감각기능이 본심의 작용을 빌어서 스스로 형기(形氣)의 영명함을 이룬 것이다. 그리하여 밖을 향해 쉬지 않고 달려나가 구하게 된다. 따라서 이 마음은[9] 일상생활에서 사물과 접촉하고 처리하는 경험이 쌓여서 발전하였으므로, 허망하고 실재하지 않는 것이며 객관세계에 집착을 일으킨 것이라고 할 수 있다. 그것과 본래의 마음은 결국 같지 않다. 이 허망하게 집착하는 마음과 본래의 마음이 근본적으로 다르다는 것은 앞 장에서[10] 간략히 살펴보았고, 뒤에서도 자세히 살펴볼 것이다.[11] 우리는 허망하게 집착하는 마음은 나중에 일어난 것[後起]이기 때문에, 실제로는 존재하지 않는다고 본다. 본래의 마음만이 절대적이고 진실하다. 규기 대사가 여기에서 허망하게 집착하는 마음이 공이 아니라고 한 말은 수정되어야 한다.

나는 이 장을 두 단락으로 나누어 말하고자 한다. 첫 번째 단락에서 말하고자 하는 것은 마음과 분리되어 실재하는 외부세계가 있다고 집착하는 견해를 배척하는 것이다. 두 번째 단락에서 말하고자 하는 것은 객관세계를 취하는 식이 실재한다고 집착하는 견해를 배척하는 것이다.

9) 허망하게 집착하는 마음을 말한다.
10) 「명종」 장을 말한다.
11) 「공능」 장과 「명심」 장에서 다루게 될 것이다.

첫 번째 단락에서, 내 주장은 대체로 구유식논사들의 견해와 일치한다.12) 옛날 외도(外道)와 소승불교(小宗)에서는13) 외재하는 실제 객관세계가 마음과 분리하여 독립적으로 존재한다고 집착하였다.14) 구유식논사들이 이를 하나하나 논파한 변론은 복잡하지만, 모두 『유식이십론(唯識二十論)』 등의 논서에 실려 있다.15) 외도와 소승불교의 견해를 살펴보

12) 구유식논사는 인도 불교 唯識論派의 논사들을 말하고, 뒤에서 구유식논사라고 부르는 이들이 모두 이에 준한다.
(역주) 고대 인도에는 현상계의 실재성을 놓고 實在論과 唯心論 사이에 논쟁이 있었다. 대승불교는 이 중 유심론의 관점을 택하였고, 외도와 소승불교는 실재론의 입장을 견지하였다. 웅십력은 이 장에서 대승불교, 즉 유식불교의 유심론의 논리를 그대로 활용하여 외도와 소승불교의 실재론의 관점을 비판하고 있다. 그러나 그것이 유식불교의 정당성을 옹호하기 위한 것은 아니다. 웅십력은 외도와 소승불교를 비판한 다음, 다시 공격의 방향을 유식불교로 돌리고 있기 때문이다. 그 목적은 현상계가 본체의 현현이라는 웅십력 자신의 사상을 논증하기 위한 것이다.

13) 불교는 자기와 다른 학파를 外道라고 부른다. 소승불교는 불교의 소승학을 말하며, 小宗이라고도 부른다.

14) (역주) '외도'는 불교사상이 배태된 당시에 불교를 제외한 인도철학사상을 통칭하는 말이다. 외도에는 여러 사상이 있지만, 주관세계와 객관세계, 자아와 현상에 관해 언급하고 있는 학파는 상키야[數論派]·바이세시카[勝論派]·니르그란타[無慚外道]·아지비카[邪命外道]의 네 파가 대표적이다.

15) 『唯識二十論』은 20개의 구로 된 송에 의거하며, 외부 객관세계가 오직 識이 나타난 것이며 실제로는 외부 객관세계가 없다고 설명한다.
(역주) 『唯識二十論』은 世親(Vasubandhu, 320~400년경)의 저작이고, 漢譯은 菩提流支가 509~535년경에 번역한 것, 眞諦(Paramātha, 499~569)가 563년에 번역한 것, 玄奘이 661년에 번역한 것 등이 있다. 『唯識二十論』은 외도와 소승불교의 입장에서부터 유식설에 대한 비판이나 의문에 답하는 형식을 통하여 간접적으로 유식설을 명확히 하였다. 직접 유식설의 내용을 설명한 『唯識三十頌』과 한 쌍을 이루어 유식불교의 핵심을 밝히고 있다.
『唯識二十論』에서 세친은 인식 대상이 외계에 실재한다는 학설을 3가지 종류로 분류하고 있다. ① 바이세시카 학파가 상상하는 전체와 같은 단일한 것인가? ② 설일체유부의 견해와 같이 다수의 원자가 한 곳에 응집된 것이 아니고 서로 간에 간격을 두고 모인 것인가? ③ 경량부의 학설과 같이 다수의 원자가 서로 간격을 두지 않고 집결해서, 단일의 원자에는 보이지 않는 하나의 거칠고 큰 형상을 갖기에 이른 것인가? 세친은 이 3가지 외계 실재론을 차례로 부정하여 唯識說을 확립하고자 하였다. 그의 외계실재론에 관한 비판의 요점은 다음과 같다. ① 대상의 모든 부분과는 달리 전체라는 단일의 것은 어디에도 존재하지 않는다. ② 공간적인 폭을 갖지 않는 원자 하나하나는 인식되지 않으므로, 그것이 다수 모여도 인식의 대상은 되지 않는다. ③ 원자가 하나의 실체

면, 마음 밖에 독립적으로 존재하는 실제세계가 있다는 입장을 견지한다. 이는 대개 두 가지 생각에서 연유한다.[16] 첫째는 응용불무계(應用不無計)이다. 이것은 일상생활 면에서 사물을 응용하던 습관에 따라 외재하는 실제세계가 있다고 생각하는 것이다. 즉 허망한 생각 때문에 일어난다는 것에 의거한 명칭이므로, 응용불무계라고 부른다. 둘째는 극미계(極微計)이다. 이것은 실제로 앞의 생각에서 나온 것인데, 따로 구분하였다. 생각의 대상에 부친 명칭이므로,[17] 극미계라고 부른다. 응용불무계는 다시 총계(總計)와 별계(別計)로 나뉜다. 별계는 병과 화분 등 개별적인 사물이 마음과 분리되어 실재한다고 생각하는 것인데, 세속의 견해이기는 하지만 외도와 소승불교는 실제로 이러한 생각에 근거하고 있다. 총계는 물질 우주 전체가 마음과 분리되어 실재한다고 보는 것인데, 세속의 견해에 의거한 것이지만 비교적 논리가 정밀하다. 그리하여 우리가 일상생활에서 접촉하는 만물을 우주라고 부르고, 이것이 객관적으로 존재하는 것이지 내 마음에 의거하여 인식할 때 비로소 존재하는 것이 아니라고 본다. 외도와 소승불교 모두 이러한 생각을 가지고 있다.[18] 극미계는 물질 우주의 근본을 추구해 들어가서, 극미한 존재가 실재하고 마음과 분리하여 독립적으로 존재한다고 말한다. 근대 과학자들이 말하는 원자·전자도 극미설과 서로 일치한다. 이상에서 외도와 소승불교의 견해를 대략 말하였다. 이제 그것들을 하나하나 비판해보려고

임을 입증하는 것이 가능하지 않으므로, 그것이 다수 모여서 거칠고 큰 형상을 가진 집결체를 구성한다는 것도 있을 수 없다. 웅십력은 세친의 이러한 논박을 받아들여 실재론을 비판하는 데 활용한다.

16) 여기에서의 생각[計]은 추구한다는 의미를 함유한다. 그러나 추구한다는 글자와 완전히 딱 들어맞지는 않는다.

17) 극미가 생각의 대상이다.

18) (역주) 「文言文本」(52면 註)에 다음과 같은 설명이 있다. "外道의 勝論에서는 極微를 細分이라고도 부른다. 그들은 心에도 物에도 극미가 있다고 보는데, 極微를 실체로 파악하고 있는 것이다. 오늘날 중국의 학자들은 유물론에 경도되어 있지만, 실체에 대하여 따로 심원한 설명은 없다. 다만 원자나 전자가 있다고 보는 정도이다."

한다. 그들의[19] 견해가 오늘날 또다시 성행하고 있으므로, 배척하지 않으면 안 되겠기 때문이다.

응용불무계나 별계에서는 눈앞에 나타난 객관 대상(麤色境) 하나하나가[20] 마음과 분리되어 독립적으로 존재한다고 보고, 이 대상이 나의 마음과 분리되면 존재하지 않는다는 것을 모른다. 왜냐하면 나의 식별(識別)이 일어날 때 객관 대상도 비로소 나타나기 때문이다.[21] 식별과 분리되면, 이 객관 대상은 근본적으로 존재하지 않는다. 병을 예로 들어 말하자면, 병은 보기만 하면 흰 색으로 존재할 뿐 전체 병은 없다. 병을 만지기만 하면, 딱딱하다는 감촉으로 존재할 뿐 또한 전체 병은 없다. 우리의 의식이 딱딱하다는 감촉과 희다는 색깔 등의 형상을 종합한 것을 전체 병이라고 부르는 것이다. 개체 사물이 존재한다고 집착하는 사람은 본래 병이라는 객관 대상이 마음을 떠나서 실재한다고 본다.[22] 그러나 실사구시의 태도로 자세히 살펴보면, 안식(眼識)이 보는 흰 색의 상(相)과 신식(身識)이 만지는 딱딱한 상, 그리고 의식(意識)의 종합 작용을 떠나 이 병이라는 객관 대상이 도대체 어디에 존재하는가? 이로써 병이라는 객관 대상이 실제로 없음[空無]을 알 수 있다.

어떤 사람은 다음과 같이 논박한다. "전체로서의 병은 존재한다. 왜냐하면 그것을 보았을 때 확실히 흰 색의 상이 있고, 만졌을 때 확실히 딱딱한 감촉의 상이 있기 때문이다. 그리하여 딱딱하다는 것과 희다는 등의 상을 종합하여 전체로서의 병에 도달하게 되는데, 어떻게 외부세계의 병이 실재하는 사물로 존재하지 않고 순전히 당신 마음에서 구성하여 만들어낸 것이라고 할 수 있는가?"[23] 여기에 대한 답은 이러하다.

---

19) 외도와 소승불교.
20) 麤色境은 하나의 완정한 물체를 말하는데, 예를 들면 병과 화분 등과 같은 종류이다.
21) 識別은 공용이 마음이 되는 것을 다르게 부른 것이다.
22) 병이라는 객관 대상에서 병은 마음이 취하는 대상이므로, 여기에서 승목되는 말을 사용하였다.

그대가 논박하는 것처럼 딱딱한 감촉과 흰 색의 상은 과연 외부 사물에 속하고, 의식에 관련된 것이 아니다. 그러나 이 딱딱한 감촉과 흰 색 등의 상은 조리 있게 각각 구별되어야 한다. 바꾸어 말하면, 안식은 흰 색의 상을 얻을 수 있지만 딱딱한 감촉의 상은 얻을 수 없고, 신식은 딱딱한 감촉의 상을 얻을 수 있지만 흰 색의 상은 얻을 수 없다. 딱딱한 감촉과 흰 색이 구분된다면, 어디에서 전체로서의 병을 얻을 수 있는가? 당신의 의식이 딱딱한 감촉과 흰 색 등의 상을 종합하여 전체로서의 병이라고 생각하는 것이다. 즉 이 병이라는 대상은 순전히 당신의 의식이 허망하게 구성하는 데서 연유한 것이니, 어떻게 마음을 떠나 이러한 대상(麤色境)이 독립적으로 존재한다고 말할 수 있는가?[24]

덧붙이는 말 : 윗 단락 중 안식 · 신식 등의 용어가 나온다. 인도 불교에서는 마음을 각각 독립적인 여덟 부분으로 나눈다.[25] 이 글에서는 그

---

23) (역주) 웅십력이 보기에, 실재론의 첫 번째 논증은 다음과 같이 이루어진다. 실재론에서 각 대상은 모두 일련의 속성으로 구성된다. 예컨대 병 하나는 형상 · 색깔 · 견고함 등의 속성으로 구성되는데, 이러한 속성은 객관적으로 존재하는 것이므로 병도 객관적으로 존재하는 것이 된다는 것이다. 대상은 속성의 총화와 같고, 속성의 실재성이 대상의 실재성을 결정하게 된다. 실재론의 이러한 입장을 간단하게 도표로 나타내면, 다음과 같다.

24) (역주) 웅십력은 실재론의 이러한 논증에 대해 의식이 일어나야 속성의 총화로서의 대상도 일어나게 된다고 반박한다. 지각과 의식의 종합 행위가 없으면, 의식의 대상도 없다는 것이다. 객관세계의 대상은 의식이 감각기관을 통해 들어오는 상을 허구적으로 종합하여 구성하는 것이지, 외부에 실재하는 것이 결코 아니라고 본다.

25) (역주) 五識은 눈 · 귀 · 코 · 혀 · 몸의 5가지 감각기관에 의해 생겨나서 色 · 聲 · 香 · 味 · 觸이라는 5가지 대상에 상응하는 감각 작용을 말한다. 眼識 · 耳識 · 鼻識 · 舌識 · 身識이 이에 해당한다. 六識 중에서 앞의 5식이기 때문에 항상 前五識이라고 총칭한다. 八識[aṣṭau vijñānan]은 유식학파와 법상종 五位法 중의 심법이다. 오식에 意

의미를 변경시켰는데, 상세한 내용은 「명심」 장에 나온다. 이 글에서도 불교의 오식(五識)이라는 용어를 그대로 사용하였지만, 오식 각각을 독립적인 것으로 보지 않았다. 즉 정신 작용이 눈에 의거해 발현하고 그로써 대상세계를 식별하는 것을 안식(眼識)이라고 하고, 귀에 의거해 발현하고 그로써 소리세계를 식별하는 것을 이식(耳識)이라고 하고, 코에 의거해 발현하고 그로써 냄새세계를 식별하는 것을 비식(鼻識)이라고 하고, 혀에 의거해 발현하고 그로써 맛의 세계를 식별하는 것을 설식(舌識)이라고 하고, 몸에 의거해 발현하고 그로써 촉감세계를 식별하는 것을 신식(身識)이라고 한다. 정신 작용은 본래 전체적이지만 그것이 의거하는 눈·귀 등 감각기관의 능력이 다르므로, 안식에서 신식까지 여러 가지 명칭으로 부르는 것뿐이다. 구유식논사들은 모두 오식을 말하였고, 이 글에서도 그것들을 합하여 감식(感識)이라고 부른다.

또 이치로 따져보더라도 딱딱한 감촉과 흰 색 등의 상을 외부 사물이라고 하는 것도 근거가 없다. 당신의 생각대로라면, 병의 흰 색의 상은 외부에 있는 것이지 식에 따라서 나타난 것이 아니다. 이와 같다면, 이 흰 색의 상은 하나의 고정된 상이다. 당신이 가까이에서 흰 것을 보아도 그것은 그렇게 희고, 멀리서 흰 것을 보아도 그것은 그렇게 희다. 그러나 당신이 흰 것을 볼 때 멀리서 보는가, 가까이에서 보는가에 따라 흰 색의 상은 같지 않다. 또 많은 사람들이 함께 볼 때, 각각의 사람들이 얻는 흰 색의 상도 같지 않다. 이로써 이 흰 색의 상이 고정된 상이 아니고, 보는 능력을 가진 안식에 따라서 각종 모양의 상이 나타나는

識·말나식·아라야식을 더한 것이다. 제7식인 말나식은 意라고 한역하는데, 思量을 본질로 하지만 제6의식과는 구별된다. 안식에서 말나식까지는 아라야식의 소생이고 전환되므로, 전식(轉識)이라고 부른다. 이에 반하여 아라야식은 7전식의 원인이 되므로, 근본식(根本識), 또는 종자식(種子識)이라고 부른다. 또 팔식을 3능변으로 나누어서, 아라야식을 초능변, 말나식을 제2능변, 전6식을 제3능변이라고도 한다.

것임을 충분히 알 수 있다. 그러므로 당신이 생각하듯 흰 색의 상이 외부에 있다는 것은 이치상 성립되지 않는다. 또 당신은 병의 딱딱한 감촉의 상이 마음에서 나타난 것이 아니라고 하였는데, 이 또한 이치에 합당하지 않다. 딱딱한 감촉의 상이 외부에 있다면, 이 또한 당연히 고정된 상이어야 한다. 지금 당신이 딱딱한 병을 만질 때, 젊은 사람부터 늙은 사람까지 딱딱하다는 느낌이 어느 정도 다르다. 각각의 사람들이 느끼는 딱딱한 감촉도 일치하지 않는다. 이것은 딱딱한 감촉의 상이 고정된 것이 아니라, 감촉하는 능력을 가진 신식에 따라서 여러 모양의 딱딱한 상이 나타나기 때문이다. 그러므로 당신이 딱딱한 감촉의 상이나 흰 색의 상이 외부에 있다고 생각하는 것은 한 예에 불과하지만, 모두 징험할 수 없다. 앞의 내용을 종합하면, 딱딱한 상과 흰 색의 상 등은 모두 마음을 떠나 외부에 존재하는 것이 아니라 딱딱한 상과 흰 색의 상 등을 종합하여 전체 병이라고 부르는 것이다. 이것은 순전히 의식이 실용적인 필요에 의해서 만들어낸 것이다. 이로써 당신의 생각처럼 마음 밖에 독립적으로 존재하는 객관 사물은 존재하지 않는다고 결론지을 수 있다. 당신은 논박할 수 없을 것이다.

이상의 내용은 별계를 논파한 것이지만, 보다 정교하게 사고하는 자들이 있다. 이들은 병 등 개별적인 사물에 머물지 않고, 물질 우주가 총체적으로 마음과 분리되어 독립적으로 존재한다고 생각한다. 그러므로 다음과 같이 반박한다. "당신은 병 등 객관 사물이 실재하지 않는다고 보는데, 이에 대해 나 역시 논박하지 않겠다. 그러나 딱딱한 상과 흰 색의 상 등은 모두 마음이 나타난 것이지만, 어떻게 외부 대상이 원인이 되지 않고 마음이 아무 것도 없는 데 의거해서 나타날 수 있겠는가? 만약 이러한 마음이 외부 원인에 의거하지 않고 딱딱한 감촉과 흰 색 등의 상을 저절로 얻을 수 있다면, 흰 것을 보지 않을 때에도 안식상에서 항상 흰 색의 상이 저절로 나타날 것이다. 그렇다면 반드시 흰 것을 보고서야 흰 색의 상이 나타나는 것은 무슨 까닭인가? 그리고 딱딱한 것을 만지지 않을 때에도 신식상에서 항상 딱딱한 감촉의 상이 저절로 나타나게 될 것이다. 그렇다면 반드시 딱딱한 것을 만지고 나서야 딱딱한 감촉의 상이 나타나는 것은 무슨 까닭인가? 이로써 보건대 안식 등의 식에서 나타나는 딱딱한 감촉과 흰 색의 상 등은 외부 대상이 원인이 되어서 비로소 일어나는 것임을 알아야 한다. 이처럼 객관적이고 독립적인 물질 우주가 존재한다는 것은 이치로 반박할 수 없다."[26] 여기에 대한 답은 다음과 같다. 마음에 나타나는 딱딱한 감촉의 상과 흰 색의 상 등이 반드시 객관 대상이 원인이 되어야 한다는 것은 의미상 인정할 수 있다. 그러나 이렇게 원인이 되는 객관 사물은 결코 마음과 분리하여 독립적으로 존재하는 것이 아니다. 왜 객관 사물이 마음과 분리하여 독립적으로 존재하는 것이 아니라고 하는가? 어리석은 생각[妄情]으로 말하면, 마음과 분리하여 외부 사물이 실재한다. 바른 이치에 따라 말하면, 객관 사물과 마음은 한 전체의 서로 다른 두 측면이다.[27] 이 전체의

---

26) (역주) 실재론의 두 번째 논증은 다음과 같다. 실재론은 감각적으로 알게 되는 속성과 대상 자체를 구분하고 마음에 나타나는 상[影像相]과 객관 대상의 본래의 상(외부 원인)을 구분하여, 대상 자체는 의식에서 독립된 것이라고 본다. 개별적인 대상이 실재하는 것이 아니라고 해도 그 대상의 相은 외부 객관 대상이 원인이 되지 않는다면, 의지하는 대상이 없어 나타날 수 없다. 그러므로 객관적으로 독립한 물질 우주가 실재한다고 볼 수밖에 없다는 것이다. 만약 우리가 보는 것이 우리 마음이 구성한 것일 뿐이라면, 우리가 어떤 특정한 시간과 장소에서만 어떤 사물을 볼 수 있고 항상 어느 곳에서나 볼 수는 없다는 문제를 설명할 수 있어야 한다. 따라서 마음에 나타나는 상[影像相]은 의식 작용의 결과일 뿐 아니라 외부 대상과 내부의 의식 행위가 공동으로 작용한 결과로 간주되어야 한다는 것이다. 이것을 도표로 표시하면, 다음과 같다.

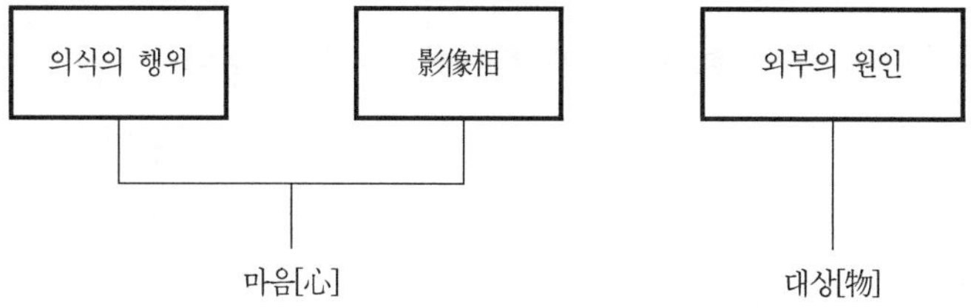

두 측면이 서로 다르게 된 까닭은 전적으로 그 자신의 발전에 기인하고, 저절로 그렇게 되는 내재적 모순이 있어야 한다. 마음의 측면은 한계가 없고, 사물의 측면은 한계가 있는 경향이 있다. 이 때문에 사물과 마음은 상대적이지만, 서로 화합하기도 한다. 사물은 마음에 대하여 유력한 원인이 되어, 마음을 일으켜서 자기와 동시에 나타나도록 할 수 있다.[28] 마음은 기회가 되면 사물에 바로 응하여 자기 마음에 객관 사물과 비슷한 모양이 나타나도록 한다. 그리하여 눈앞의 사물을 식별하고 처리하며, 사물이 마음을 따라 전환하여 제한 없이 스스로 존재하도록 할 수 있다. 그러므로 사물과 마음은 서로 화합한다고 할 수 있다. 그들 사물과 마음은 상대적이면서도 서로 화합하여, 전체의 발전을 이루기 때문이다. 이 점을 살펴볼 때, 객관 사물과 마음은 한 전체의 서로 다른 두 측면이지, 결코 객관 사물이 마음 밖에 독립적으로 존재한다고 볼 수 없다. 만약 마음에 나타나는 딱딱한 감촉과 흰 색의 상 등이 객관 사물이 원인이라고 한다면, 이 점은 인정할 수 있다. 그러나 만약 외부 객관 사물이 원인이 된다고 한다면, 이치에 닿지 않는다. 실제를 말하자면, 객관 사물과 마음은 근본적으로 안팎을 구분할 수 없기 때문이다. 세간에서 생각하는, 독립적으로 존재하는 객관적인 물질 우주란 단지 객관 대상을 취하는 마음이 외부를 향해 무엇을 찾는 데 습관이 되었기 때문이다. 본래 밖이 없는데도 밖이 있다고 함부로 생각하여 만물이 원래 나의 마음 밖에 존재하지 않는다는 것을 알지 못하고, 외재하는 사물이 있다고 함부로 상상해버린다.

어떤 사람은 또 다음과 같이 묻는다. "그대의 말처럼 마음에 나타나는 딱딱한 감촉과 흰 색의 상 등은 객관 사물이 원인이 되기는 하지만,

---

27) 뒤의 「전변」 장에서 흡벽에 대해 언급할 때, 이러한 이치를 알게 될 것이다.

28) 이 중의 자기란 글자는 객관세계 자신을 가리키도록 설정된 것이다. 병과 같은 객관 대상이 눈앞에 있을 때 나의 마음을 이끌어서 병이라는 객관 대상과 동시에 나타나도록 할 수 있다.

객관 사물이 마음 밖에 존재한다는 것을 인정하지 않으므로 의미상 논쟁할 것이 없다. 그러나 마음에 나타나는 상과 객관 사물의 본래의 상은 비슷한가? 비슷하지 않은가?" 그에 대한 답은 이러하다. 마음에 나타나는 상은 영상(影像)이라고 부른다. 이 영상에는 눈앞에 나타난 객관 대상에 의탁해 일어나는 것이 있는데, 예컨대 안식 등 오식(五識)에 나타나는 상이 바로 그것이다. 또 순전히 마음에서만 나타나는 것이 있는데, 예컨대 의식이 홀로 일어나 생각을 구성할 때 눈앞에 나타난 대상이 없어도 이때 의식 속의 영상은 순전히 마음을 따라 변화하여 나타난다[變現]. 모든 상은 눈앞에 나타난 객관 대상에 의탁하여 일어나는 것이므로, 이 상과 객관 대상의 본래의 상은 같지도 않고 다르지도 않다. 이 상은 마음에 나타난 영상이지 객관 대상의 본래의 상이 아니므로, 같지 않다. 마음에 따라 나타나기는 하지만 반드시 눈앞에 나타난 객관 대상에 의탁하여야 하므로, 객관 대상의 본래의 상과 다르지 않다. 같지도 않고 다르지도 않으므로, 이 상과 객관 대상의 본래의 상은 분명히 비슷한 점이 있지만 전적으로 같지는 않다. 순전히 마음에서만 나타나는 상은 대개의 경우 추상적이다. 눈앞에 나타난 객관 대상에 의탁하지 않더라도 반드시 과거와 미래의 같은 종류의 사물이 갖추고 있는 내용과 규칙 등을 포함하므로, 의식 중에 추상적인 상이 나타날 수 있다. 예를 들면, 생각 속에서 잔 하나의 개념을 구성할 때 이러한 개념은 의식상에서는 하나의 상이지만, 이러한 상은 결코 눈앞에 나타난 구체적인 잔과 같은 객관 대상에 의탁하지 않는다. 그러나 반드시 과거에 의식이 식별하였던 잔들이 가지고 있는 내용과 규칙 등에 의거하게 된다.[29] 또 미래의 잔 하나하나를 예측할 때에는 과거의 잔과 똑같은 상황에서 그

29) 내용은 자기로 만든 것과 금속으로 만든 것을 불문하고 여러 종류의 잔들을 말한다. 인공으로 제조하였다는 소선을 똑같이 갖추고 있고, 똑같이 물이나 술을 채우는 용도를 가졌다는 것 등을 말한다.

것이 가진 내용과 따라야 할 규칙도 과거와 일치한다. 이렇게 해야 비로소 잔 하나의 개념이 구성된다. 바꾸어 말하면, 반드시 위의 상황과 같아야 의식 중에 비로소 잔의 추상적인 상이 나타나게 된다. 이러한 예에서 보건대, 순전히 마음에 나타나는 상도 과거와 미래의 사물들 하나하나의 보편적인 상[共相]과 같다고 결론지을 수 있다. 세속적인 견해[情見]로 말하자면, 이러한 상과 앞에서 말한 안식 등 오식이 객관 대상에 의탁하여 일어난 상은 모두 빈약하거나 텅 빈 것이 아니고, 상당한 실재성을 가지고 있다.[30] 그러나 최후의 진실한 관점에서 말하자면, 모든 상은 허망한 것이다. 왜냐하면 마음에 나타난 상은 항상 그 자신을 객관 대상 안에 매몰시키고, 이 대상이 실재하는 것이라고 집착하기 때문이다. 이렇게 진리와 상응할 수 없으므로 허망한 데로 떨어진다.[31] 진리의 측면에서 말하자면, 객관 대상이라는 것은 진실(眞實)에 의거하여 현현한 것을 임시로 부르는 명칭에 불과하다. 만약 이러한 대상에만 집착하여 객관 대상이 본래 이와 같다고 본다면, 객관 대상에서 진리의 현현을 보지 못하고 신묘한 변화를 깨닫지 못하여 자취의 형상[迹象]에 잘못 집착하게 된다. 이것이 허망한 것이 아니고 무엇인가? 객관 대상을 마음과 분리하여 독립적으로 존재하는 것으로 간주하는 것은 허망한 중에 더욱 허망하다.

어떤 사람은 또 다음과 같이 묻는다. "의식(意識)이 일어날 때는 항상 객관 대상과 비슷한 상이 나타나는데,[32] 그 까닭은 무엇인가? 그것은 첫째, 의식은 한결같이 실용적인 데 습관이 되어서 항상 여러 대상을 추구하고 반드시 그 상과 비슷하게 나타나기 때문이다. 둘째, 의식은 추구하고 상상하는 등의 힘이 풍부하여 대상의 상을 구성해낼 수 있기 때

30) 情見은 객관 사물이 있다고 보는 것으로, 궁극의 진리와 서로 상응하지 않는다. 이를 情見이라고 부르는 것은 허망한 情과 분별되지 않기 때문이다.

31) 여기에서 말하는 진리는 최후의 진실을 말한다.

32) 상이 나타나지 않는 때는 결코 없다.

문이다. 셋째, 의식이 분별할 때 안식 등 오식과 그것이 얻어낸 대상은 똑같이 과거로 들어가므로, 의식이 다시 추억하여 반드시 이전 대상과 비슷한 상을 나타내기 때문이다. 이러한 세 가지 이유로 의식은 항상 대상과 비슷한 상을 나타낸다. 오직 안식 등 오식이 직접 얻어서 나타낸 대상만 나타난 상을 다시 바꾸지 않는다. 예를 들어 흰 것을 볼 때, 안식이 얻는 것은 바로 흰 것의 본래의 상이다. 이때 안식은 이 상을 다시 흰 색과 비슷한 상으로 변화시켜 나타내지 않는다. 무슨 까닭인가? 안식은 열등하므로 추구하거나 상상하는 등의 힘이 없고, 따라서 대상과 비슷한 상으로 변화시켜 나타낼 수 없기 때문이다. 둘째, 대상의 본래의 상은 거리와 광선 등 여러 가지 관계로 인하여 직접 감각기관을 자극하여 안식의 식별에 자신을 드러낸다. 그러므로 안식에서는 대상과 비슷한 상으로 변화시켜 나타내는 일이 없다. 이미 대상의 본래의 상을 직접 얻었기 때문이다. 안식이 이와 같고, 이식에서 신식까지 모두 이와 같다고 유추할 수 있다. 이로써 보건대, 상을 나타내는 것은 오직 의식에만 관계되고, 오식의 경우는 그렇지 않다고 해야 한다." 여기에 대한 답은 다음과 같다. 의식이 반드시 객관 대상과 비슷한 상을 나타낸다는 것은 당신이 말한 것과 같고, 나의 본의와도 잘 부합된다. 그러나 오식이 대상의 본래의 상을 직접 얻을 수 있고 상을 변화시켜 나타낼 수 없다는 것은 나의 견해와 다르다. 실제로 오식이 상을 나타내지 못하는 것은 아니다. 내가 말하는 오식과 의식은 본래 각각 독립적인 것이 아니고, 그것들이[33] 발현하는 데 분위(分位)[34]가 다르기 때문에 분별해서 부르는 것뿐이다. 안식 등 오식은 눈 등 감각기관에 의지하여 발현하고, 의식보다 앞서서 눈앞의 대상을 추구한다.[35] 의식이 아무리 자동적으로

33) 五識과 意識을 말한다.
34) (역주) 分位에서 分은 時分, 즉 시간을 가리키고, 位는 위치를 가리킨다. 사물이 생성 변화할 때의 시간과 위치를 말한다. 假立법을 나타내는 용어이다. 예컨대 파도는 물이 고동치는 分位이므로 물의 분위에서 假立될 수 있지만, 물을 떠나서 파도는 實法이 없다.

일어난다고 해도 그 의식은 오식의 경험에 의거하지 않으면 안 된다. 오식은 대상을 만들어내므로[創起], 거칠게 드러나는 분별은 본래 없다. 의식은 오식과 긴밀히 관련하여 일어나고 이전 대상을 기억하며, 또 분명하고 예리하게 분별한다.[36] 이로써 보건대, 의식은 한결같이 실용적인 데 습관이 되어서 항상 대상을 추구함을 알아야 한다. 그것은 오식을 길잡이로 삼는데, 어떻게 오식이 상을 나타내지 않는다고 할 수 있는가? 또 오식은 추구하는 등의 작용이 없지만, 지극히 미세하게 인식한다. 따라서 이 인식이 명료하게 드러나지 않더라도 무지하다고 할 수는 없다. 또 오식과 그가 인식한 대상이 과거가 되었을 때 의식이 뒤를 이어 일어나서 이전 대상과 비슷한 상을 나타낼 수 있는 것은 오식이 과거에 인식한 대상에 대해 비슷한 상을 나타내기 때문이다. 다음 순간[後念]의 의식이[37] 이어서 일어나므로, 이전 대상과 비슷한 상을 기억하여 지속시킬 수 있다. 만약 오식이 상을 나타내지 않는다면, 그것은 대면하는 대상에 대해 완전히 무지한 것이 된다. 안식이 흰 것을 볼 때 흰 것과 비슷한 상을 나타내지 않는다면, 보지 않은 것과 똑같다. 이것은 안식부터 신식까지 다 마찬가지이다. 신식이 딱딱한 것을 만질 때 딱딱한 것과 비슷한 상을 나타내지 않는다면, 만지지 않은 것과 똑같다. 우리는 마음이 대상을 인식하는 것은 마음에 인식하는 대상과 비슷한 상이 반드시 나타나기 때문이고, 그렇지 않으면 인식이 성립될 수 없음을 알아야 한다. 나는 이 이치를 『양론』에서 자세히 설명하려 하므로, 지금 여기에서 깊이 언급할 필요는 없겠다. 종합하면, 오식이 대상을 인식할

35) 여기에서 추구한다는 것은 작용이 아주 미세하므로, 일종의 자각하지 못하는 추구이다.

36) 여기에서 '이전 대상[前境]'이라고 한 것은 前念의 五識이 인식한 대상을 말한다. 이후에 나오는 前境은 모두 이러한 뜻이다.

37) (역주) 전념과 후념은 마음의 순간적인 변화를 말한다. 念은 意念이고, 또 찰나의 시간을 가리킨다. 시간이 옮아가는 동안에 먼저 순간이 전념이고, 계속 이어지는 다음 순간이 후념이다.

때 반드시 그 대상과 비슷한 상을 나타내게 된다. 따라서 의식이 이어서 일어나야 비로소 이전 대상과 비슷한 상이 일어난다는 점에는 의심의 여지가 없다. 오식이 나타내는, 대상과 비슷한 상이 매번 대상의 본래의 상(本相)과 완전히 같을 수는 없다. 대개 오식이 의존하는 감각 기능과 오식이 인식하는 대상, 그리고 이 둘 간의 관계, 예컨대 거리와 광선 등 이루 다 말할 수 없는 수많은 관계들이 모두 오식이 대상을 파악하는 때 나타내는 상에 영향을 미친다. 그러므로 이러한 상과 대상의 본래의 상이 완전히 같을 수는 없다. 이 생각도 『양론』에서 더 자세히 밝히려고 한다. 앞에서 말한 내용을 종합하면, 오식·의식을 막론하고 그들 오식과 의식은 모두 대상을 취할 때 대상과 비슷한 상을 나타낸다는 것이다. 마음이 대상을 취할 때는[38] 대상의 본래의 상을 직접 얻을 수 없고, 그 대상을 한 번 만들어내거나 손질하여 자기의 기대에 부응하게 하는 것임을 알 수 있다.[39] 결론적으로, 마음에 대상과 비슷한 상이 나타난 것을 외부의 것이라고 보는 것은 근본적으로 실용에 부합하기 위한 까닭이다. 여기까지만 말하고, 다른 많은 문제들은 『양론』에서 다시 언급하겠다. 지금 여기에서는 세간에서 말하는 외부 객관세계라는 것이 단지 대상을 취하는 허망한 마음에 의해 일어나는 허망한 세계임을 설명하고자 하였다. 만약 마음과 분리하여 독립적으로 존재하는 객관세계를 참으로 인정한다면, 인식상의 잘못에 그치지 않고 만물과 나와의 간격 없는 통일성을 뿌리째 잃게 될 것이다. 생활 면의 유감은 참 애석한 일이다.[40]

---

38) 여기에서의 마음이라는 자는 오식과 의식을 통틀어 말한 것이다.

39) 여기에서 자기라는 말은 마음 자신을 가리키는 말이다.

40) (역주) 웅십력이 객관 대상이 마음을 떠나 외부에 독립적으로 존재하는 것이 아니라고 할 때, 그 의미는 객관 대상이 의식의 표상에 불과하다는 것이 아니라 객관 대상이 '본래의 마음[本心]'과 떨어져 외부에 존재하지 않는다는 것이다. 이 말은 객관 대상이 본체의 현현이라는 것이다. 웅십력이 보는 마음과 객관 대상의 관계는 다음과 같다.

어떤 사람은 또 다음과 같이 묻는다. "그대가 말하는 허망한 세계[妄境]는 아마도 마음이 대상을 취할 때 그 본래의 상을 직접 얻지 못하고 반드시 그 상과 비슷한 것이 나타나는 까닭에 허망한 세계라고 말하는 것이 아니겠는가?" 그에 대한 대답은 다음과 같다. 허망한 세계라는 것은 마음에 객관 대상과 비슷한 상이 나타난 것이 허망하다는 것이 아니다. 마음은 대상을 식별할 때 대상에 동화되는 경향이 있으므로, 반드시 대상과 비슷한 상이 나타나게 된다. 이 상은 또한 인식하는 대상에 대한 일종의 기호(記號)와 같다. 예를 들어 흰 것을 인식할 때는 반드시 흰 것과 비슷한 상이 나타난다. 그가 인식하는 것은 이 흰 것이지 다른 것이 아니다. 그러므로 흰 것과 비슷하게 마음에 나타난 것은 흰 것을 인식하는 일종의 기호이다. 이에 의거해 말하자면, 마음에 나타나는 상은 인식하는 작용과 자연히 만나게 되므로, 훼손되지 않을 수 없다. 그러나 마음에 대상과 비슷하게 처음 나타난 상은 대상에 쉽게 실재성을 부여할 뿐 아니라 그 영역을 한정지어 주는 듯하다. 바꾸어 말해서 우리의 인식 작용은 인식 대상을 마음과 분리하여 독립적으로 존재하는 것으로 보는데, 이것이야말로 내가 허망한 세계라고 비판하는 것이다. 그 허망한 세계는 순전히 실용적인 측면에 젖어든 허망한 마음에서 생겨난 것이기 때문이다.

이상에서 응용불무계를 총계·별계의 순서로 비판하였다. 다음으로 극미계도 바로잡아야겠다. 인도 외도에서 본래 극미설을 창조하였고,

---

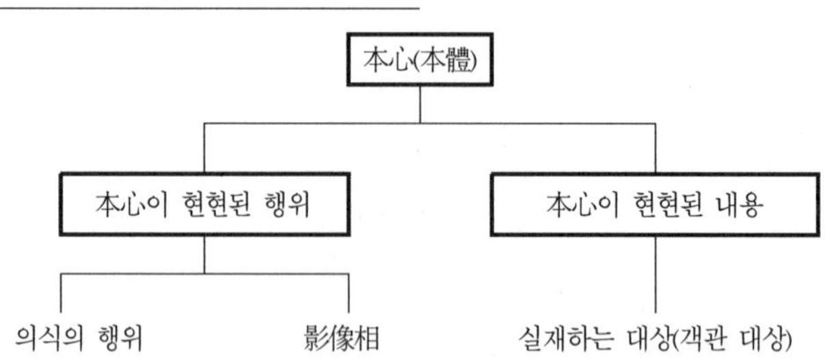

소승불교도 극미설에 대한 주장을 많이 하였다.[41] 지금 외도와 소승불교의 극미설을 하나하나 상세히 고찰하려면, 아주 번거롭다. 그러나 그들 외도와 소승불교의 주장은 대개 비슷하므로, 한 학설로 합하여 말해도 무방할 것이다. 극미설을 주장하는 학자들은 극미를 확실히 둥근 공과 같은 모습이라고 생각하고, 7개의 극미가 조합하여 작은 체계를 이루고 물질의 작은 덩어리가 된다고 보았다.[42] 7개 극미의 배열은 중간에 하나의 극미가 있고, 사방과 위아래에 각각 하나의 극미가 있는 형태이다. 이 7개의 극미는 서로 연관되기도 하고 떨어져 있기도 하면서, 하나의 작은 체계를 이룬다.[43] 무수한 극미가 모두 앞에서 말한 견해에 따르고, 7개의 극미가 합쳐져 각각 하나의 작은 체계를 형성한다. 또 수많은 작은 체계들이 여러 형태로 합하여 의사, 탁자와 대지, 행성과 같은 개체 사물, 그리고 무한한 세계를 형성한다.[44] 소승학파 중 비바사사(毘婆沙師)는[45] 극미가 모두 멀리 떨어져 있고 가까이 접근하지 않는다

---

41) (역주) 極微[paramāṇu]는 물질적 존재의 최소 단위의 미립자이다. 즉 더 이상 분할할 수 없는 극히 미세한 입자이다. 극미가 얼마나 미세한 입자인가 하면, 틈을 통해 비쳐 들어오는 광선 중에 떠 있는 것이 보이는 실내의 먼지 정도의 입자가 7의 7제곱, 즉 823,543개의 극미가 모인 것이라고 한다. 극미설은 外道인 勝論과 소승 부파불교에서 일반적으로 인정했던 학설이다. 예컨대 勝論학파의 경우, 극미는 생멸이 없는 불변적 실체로서 地水火風의 성질을 가지고 있으며, 다른 구성체의 원인이 된다고 하였다.

42) (역주) 극미가 어떤 방식으로 결합하여 구체적인 물질 대상을 이루는가에 관해서는 『阿毘達磨俱舍論』 권12 「분별세품」에 다음과 같이 설명된다. 하나의 극미가 사방상하 6개의 극미에 둘러싸여서 최초의 결합이 시작되며, 이러한 6면체 중심의 7개의 극미를 한 단위로 한 7배승의 방식으로 점차 결합하여 구체적인 물질을 형성하게 된다고 한다. 7개의 극미가 뒤로 갈수록 7배씩 증가한다는 것이다. 7極微가 1微, 7미가 1金塵, 7金塵이 1水塵, 7水塵이 1兎毛塵, 7兎毛塵이 1羊毛塵, 7羊毛塵이 1牛毛塵, 7牛毛塵이 1隙遊塵, 7隙遊塵이 1蟣, 7蟣가 1虱, 7虱이 1穬麥, 7穬麥이 1指節, 3指節이 1指가 된다.

43) 이를 아라야식이라고 한다.

44) 이 중의 개체 사물[麤色]은 커다란 사물, 또는 전체의 사물을 말하고, 뒤에서도 이러한 의미에 의거한다.

45) (역주) 毘婆沙는 vaibhāṣika의 음역으로, 설일체유부의 논사들을 말한다. 『阿毘達磨大毘婆沙論』이라는 논서를 신봉하므로, 거기에서 이러한 용어가 차용되어 쓰여졌다. 大

고 보았다. 그 견해에 따르면, 우리들이 앉아 있는 이 의자는 물질의 작은 덩어리가 무수히 합하여 이루어진 것이다. 이 물질의 무수한 작은 덩어리들은 실제로 무수한 태양계와 같다. 각각의 극미가 모두 아주 멀리 떨어져 있기 때문이다. 그러나 우리가 이러한 공간에 앉아 있고 밑으로 떨어질까 두려워하지 않는 것은 참으로 이상하다.

대승불교에서는 실재하는 극미의 존재를 인정하지 않는다. 대승불교는 외도와 소승불교에 대하여 항상 비판하곤 하였다.[46] "당신들이 말하는 극미는 나눌 수 있는가[有方分], 나눌 수 없는가[無方分]? 만약 극미를 나눌 수 있다고 한다면, 이미 나누어진 것을 자꾸 더 나눌 수 있어야 하므로 실재하는 극미가 아니게 될 것이다. 만약 극미의 모양이 공과 같이 둥글다면, 이 때문에 극미의 어떤 쪽을 동쪽이라고 지정해도 끝내 동쪽이 될 수 없다. 서쪽이라고, 남쪽이라고, 북쪽이라고 지정해도 다 똑같이 성립되지 않는다. 그러므로 극미는 나눌 수 없다." 소승불교, 예컨대 살바다사(薩婆多師)는[47] 이렇게 설명한다. 그러나 대승불교에서는 그 견해가 이치에 부합되지 않는다고 반박한다. 극미가 나눌 수 없는

毘婆沙論이란 방대한 주석, 혹은 다양한 견해를 의미한다. 『大毘婆沙論』은 설일체유부의 『發智論』에 대한 주석이며, 부파불교 시기에 『발지론』·『육족론』 등이 성립한 후에 이들 논서에 대한 주석적 연구를 시작한 이들을 '주석가(毘婆沙師)'라고 한다. 200년에 걸쳐 이들 주석가의 아비달마 연구가 집대성되어 기원후 2세기 경 『大毘婆沙論』이 완성되었다. 이 책은 설일체유부의 교학을 새롭게 발전시킨 것으로, 특히 비유부·분별론자·대중부 등을 비롯한 다른 부파의 학설을 냉혹하게 비판하였다. 비바사론의 주된 목적은 아비달마 학파에 대한 정확한 해명이며, 현재 현장의 한역으로만 남아 있다.

46) (역주) 공간적 길이의 최소 단위인 極微에 길이나 부피가 있을 수 있는가 하는 것이 비판의 초점이다. 극미가 부피를 갖는다면 그것은 다수로 나눌 수 있기 때문에 더 이상 극미라고 할 수 없다. 부피를 갖지 않는다면 그것은 공간적 점유성(礙性)을 본질로 하는 色이라고 할 수 없고 아무리 많은 극미를 모아도 부피를 갖지 않게 될 것이다. 이러한 문제에 대한 世親의 간략한 설명에 대하여, 衆賢은 극미를 실제적[實] 극미와 가설적[假] 극미라는 이중 구조로 해석하여 더 자세히 설명하고 있다. 실제적 극미는 감각, 즉 오식으로 인식되는 물질의 극소이고, 가설적 극미는 관념적으로 더욱 분할되어 추리에 의해 알려지는 물질의 극소라는 것이다.

47) (역주) 薩婆多師는 소승불교 20부 중의 하나로서, 說一切有部를 말한다.

것이라면, 그것은 공간을 점유하여 다른 대상의 침투를 방해하는 것[有對礙]이라고 할 수 없다는 것이다.48) 그리하여 살바다사 등을 다음과 같은 논식을 세워 논파한다[立量破].49) "그대들이 말하는 극미는 물질이 아니어야 한다. 왜냐하면 그것들에 면적 단위를 표시할 수 없기 때문이다. 이것은 마음과 똑같다."50) 이러한 논식이 성립하므로, 극미는 물질이 아니게 된다. 마침내 소승불교 논사들을 다음과 같이 힐난한다. "그대들이 말하는 큰 물체(麤色)는 실제로는 수많은 극미들이다. 큰 물체 이외에 극미는 없고, 극미 이외에 큰 물체는 없다." 또 다음과 같은 논식이 성립한다. "그대들이 말하는 큰 물체는 큰 물체가 아니어야 한다. 왜냐하면 그것은 바로 극미이기 때문이다. 이것은 그대가 말하는 극미가 큰 물체가 아닌 것과 같은 이치이다." 앞의 논식이 성립하므로, 극미는 큰 물체가 아니게 된다. 또 다음과 같은 논식이 성립한다. "그대가 손으로 담과 벽 등을 짚을 때 공간의 점유성을 느낄 수 없어야 한다. 왜냐하면 그것은 근본적으로 큰 물체가 아니기 때문이다. 이것은 허공과 같

48) 이 '對礙'라는 말에서 礙는 부피, 즉 공간적 점유성을 말한다. 부피를 가진 모든 것은 서로 상대적이므로, 對礙라고 말한 것이다. 뒤에 나오는 對礙의 뜻은 모두 여기에 의거한다.
(역주) 공간적 점유성을 가질 수 없다는 것은 극미를 色, 즉 물질이라고 할 수 없다는 의미이다. 즉 부피가 없다면 극미를 물질로 인정하는 것 자체가 불가능해진다.

49) 여기에서의 量 자는 그 의미가 삼단논식과 서로 비슷하다. 佛教 因明學에서 상세하다.
(역주) 量(pramāṇa)은 광의와 협의의 두 가지 의미가 있다. 협의로는 사물을 인식하는 표준·근거를 말하고, 광의로는 인식 작용의 형식·과정·결과 및 지식의 진위를 판단하는 표준 등을 말한다. 인도철학 일반에서는 자기 학파의 형이상학적 세계관의 토대로서 인식의 문제를 중시하여, 인식의 본질과 형태에 대한 연구가 행하여졌다. 인식의 주체는 能量, 또는 量者(pramātṛ)라고 하고, 인식되는 사물은 所量(prameya)이라고 하며, 인식의 결과를 量知(pramiti), 또는 量果라고 부른다. 이상 3가지를 三量이라고 한다. 인도사상계에서 제시된 바른 인식 방법의 종류는 대략 現量·比量·聖言量·比較量·必須條件量·不在量·世傳量·態度量·捨象量·所屬量의 열 가지가 있다. 立量은 因明의 논증법으로, 논식을 조정·정돈하여 즉, 宗·因·喩를 세워 주장하는 것을 말한다. 立量破는 인명에서 반대론자가 논식을 구성하여 논자의 논리를 공격하는 것이다.

50) 마음은 나눌 수 없는 것이다. 그들은 극미가 나눌 수 없다는 점에서 마음과 같다고 말한다.

다.” 이러한 세 가지 비량(比量)[51]에서, 극미를 나눌 수 있다는 사실이 확실히 증명된다.[52] 소승불교 논사들이 아무리 극미를 더 이상 나눌 수 없다고 하고 싶어도, 대승불교의 반박을 거치면 더 할 말이 없어 극미를 나눌 수 있다는 결론을 인정하지 않을 수 없게 된다. 그러나 나눌 크기가 있으면[有方分], 반드시 나눌 수 있어야 한다. 모든 사물이 나눌 수 있는 것이라면, 그것에 실재하는 자체(自體)가 없게 된다. 이 때문에 대승불교에서는 극미가 마음을 떠나 실재하는 것이 아니라고 단언한다. 당시 소승불교의 고 살바다사(古薩婆多師)와 경부사(經部師) 및 정리사(正理師), 이 세 학파의 학자들은 대승불교의 반박을 받아들이지 않았고, 또 극미와 극미가 이루는 화합색(和合色)이 감식이 직접 얻을 수 있는 대상임을 주장하고 이로써 극미가 실재하는 것임을 증명하려 하였다.[53] 그러나 극미가 그렇게 작은 것이라면 당연히 안식이 볼 수 없고 신식이

---

51) (역주) 동일하지 않는 방법으로 대상을 인식하면, 동일하지 않은 量果를 낳게 된다. 量은 크게 다음 몇 가지 종류로 나눌 수 있다. (1) 現量[pratyakṣa-pramāṇa] : 추론을 쓰지 않고 지각만으로 인식 작용을 진행하는 것. 前五識, 또는 前五識과 동시에 일어나는 意識, 또는 自證分·定心 등 無分別心으로 인식하는 것. (2) 比量[anumāna-pramāṇa] : 이미 알고 있는 사실을 기초로 하여 미지의 사실을 추리하여 진행하는 인식 작용. 前五識과 동시에 일어날 수 없다. 예컨대 연기를 보고 불이 있음을 추론하는 것. 比量은 또 二種比量·三種比量·五種比量으로 나뉜다. ① 二種比量 : 自比量[svārtha-anumāna]·他比量[parārtha-anumāna] ② 三種比量 : 自比量·他比量·共比量 ③ 五種比量 : 相比量·體比量·業比量·法比量·因果比量. (3) 聖教量(āgama 또는 śabda)·聖言量이라고도 하며 성인의 교설이 진실되어 잘못이 없다고 믿고 그에 의지하여 인식하는 것. (4) 非量 : 似量이라고도 하며, 사이비 현량과 비량을 말한다. 예를 들면 옷이 四塵으로 구성되어 실체라고 할 것이 없는데, 분별 견해로 옷이 실재한다고 보는 것 등이다.

52) 比量은 불교 논리학(因明學)의 명사이다. 比 자는 추구한다는 의미이다. 대체로 事理는 여러 가지 추구를 통해 증명에 이를 수 있다. 논리적 방식을 빌어서 추정하는 것이어서 比量이라고 한다.

53) 이 중의 和合色이라는 말은 다수의 극미가 화합하여 커다란 물체를 이룬 것을 화합색이라고 부르는 것이다. 感識은 안식 등 오식이고, 이것은 앞에서 이미 언급하였다. (역주) 古薩婆多師·經部師·正理師의 극미설과 그에 대한 비판은 『唯識二十論』(大31, 75c)과 『唯識二十論述記』 卷下(大43, 992c~993c)에 의거한 내용이다. 또 『成唯識論』 卷一(大31, 4a~b) 및 『成唯識論述記』 卷二(大43, 267a~271b)도 활용하였다.

만질 수 없다. 어떻게 그 극미가 감식이 직접 얻을 수 있는 대상이라고 할 수 있겠는가? 고 살바다사와 정리사는 각각 교묘한 이론을 제기하여, 이 어려운 문제에 답하였다. 그러나 대승불교 논사들은 살바다사 등이 제기한 문제들을 하나하나 모두 논박하였다. 이제 그 내용을 다음과 같이 차례로 말해보겠다.[54)]

고 살바다사(古薩婆多師)는 실재하는 극미가 수없이 있다고 가정하고, 그 하나하나가 모두 개별적으로 안식이 보는 대상이 된다고 주장하였다. 예를 들어 병이 안식의 대상이 되는 경우에 보통 안식이 보는 대상이 병이라는 큰 물체라고 여기지만, 실제로는 결코 그렇지 않고 극미 하나하나가 개별적으로 안식의 대상이 된다고 본다. 그들이 이렇게 주장하는 이유는 무엇인가? 인도 불교에서는 모든 현상을 실법(實法)과 가법(假法)으로 나눈다는 것을 알아야 한다.[55)] 예를 들어 세간에서 실재하는 물질 현상이라고 보는 것을 불교에서도 세간의 입장을 따라서 실법이라고 부른다.[56)] 불교에서는 가법을 대략 세 종류로 나눈다. 첫째는 화합가(和合假)이다. 수많은 극미가 화합하여 이룬 커다란 사물을 말한다.[57)] 둘째는 분위가(分位假)이다. 예컨대 길고 짧고 네모나고 둥근 등

---

54) (역주) 극미와 마음에 나타나는 상의 관계를 보는 관점은 다음과 같이 크게 두 가지로 나눌 수 있다.
① 의식의 행위 — 影像相 — 극미가 외부의 작용력이 됨.
② 의식의 행위 — 影像相 — 극미로 구성된 물체가 외부의 작용력이 됨.
①은 극미가 마음에 직접 작용하고, 의식 행위는 극미의 작용에 근거하여 물체의 影像相을 구성한다는 것이다. ②는 극미 자체는 마음에 아무런 작용을 하지 않고 극미가 구성한 물체만 마음에 작용하고, 의식 행위는 물체의 마음에 대한 작용에 근거해서 물체의 영상상을 구성한다는 것이다. ①이 살바다사 등 설일체유부의 관점에 해당하고, ②가 부파불교 중 경량부·정량부의 관점에 해당한다. 웅십력은 이를 차례대로 논박해 나간다.

55) (역주) 實法은 실체로서의 존재, 또는 진실로 존재하는 것, 실재하는 것을 말한다. 假法은 因緣이 만나서 성립된 임시의 것, 또는 존재한다고 가정된 것을 말한다.

56) 지극한 진리의 측면에서 말하면, 실재한다고 인정할 수 없다.

57) 수많은 극미가 화합하여 큰 사물을 이룬다. 큰 사물 자체는 실재하지 않지만 각각의 극미를 떠나서는 이러한 것이 존재하지 않는다. 화합한 사물은 바로 假法이므로, 화합

어떤 실법에서의 분위(分位)이다. 예컨대 푸른 나뭇잎 한 장이 짧거나 길다고 말하는 경우와 같다. 나뭇잎 한 장은 실재하는 것이지만, 짧거나 길다는 것은 푸른 나뭇잎 한 장에서의 분위이다. 푸른 나뭇잎을 떠나서 길거나 짧다는 것이 있을 수 없는 것을 분위가라고 부른다. 셋째는 무체가(無體假)이다. 예를 들어 석녀, 거북이 털, 토끼 뿔 같이 이름만 있을 뿐 그 자체가 없는 것을 무체가라고 부른다.[58] 이처럼 대략 실법과 가법을 구별하였다. 살바다사는 개별적인 극미 하나하나가 모두 실법이고, 수많은 극미가 화합하여 만들어진 병이라는 큰 사물은 화합가라고 생각하였다. 또한 안식은 실법만을 조건으로 의거하고[緣][59] 가법에는 의거하지 않으므로,[60] 안식이 병을 볼 때 확실히 극미 하나하나가 개별적으로 안식의 대상이 된다고 주장하였다.

대승불교에서는 고 살바다사를 다음과 같이 배척하였다. "당신들이 주장하듯, 개별적인 극미는 모두 실재하는 것이고 안식이 의거하는 조건[緣]이 될 수 있다.[61] 그러나 당신들의 이러한 주장을 인정하더라도 개별적인 극미 하나하나가 결코 안식이 인식할 수 있는 대상이 아니다. 왜냐하면 우리 마음은 지각되는 대상에 대해 인식 행위를 할 때, 마음에 반드시 지각되는 대상과 비슷한 모습이 나타나기 때문이다. 그렇지 않으면 마음에 아무 것도 없는데, 어떻게 그 대상을 인식한다고 할 수

가라고 부른다.

58) 철학자들이 구상하는 세계는 無體假인 경우가 많다.

59) 이 중 조건으로 의거한다[緣]는 것은 잡는 것과 사려하는 것, 그리고 이해하는 것 등의 뜻을 가진다. 이하 緣이라는 자는 모두 이러한 뜻이라고 할 수 있다. 眼識에 사려하는 일이 있는지 모르겠다고 의심하는 경우가 있지만, 사려가 미세하여 분명하지 않을 뿐이다. 耳識에서 身識까지 모두 그러하다.

60) 그것들은 존재한다고 가정되는 것이지만, 의식이 의거하는 대상이 된다.

61) 이 중의 緣자는 그 뜻이 대략 의거한다는 의미이다. 예를 들어 갑이 을에 의거해서 존재하는 것이라면, 을은 갑의 緣이 된다고 한다. 여기에서의 의미는 안식은 알 수 있는 것이므로 반드시 실재하는 객관세계에서는 안식에 대해 알려지는 것이 있어야 안식이 생겨나고, 그렇지 않으면 안식이 생겨나지 않는다는 것이다. 그러므로 이렇게 알려지는 객관 대상은 안식의 緣의 일종이다.

있겠는가? 나는 지금 당신에게 묻고 싶다. 당신이 눈을 크게 뜨고 극미를 볼 때, 당신의 안식에 극미와 비슷한 상이 나타난 적이 있는가? 당신은 이미 극미와 비슷한 상이 나타난 적이 있다고 거짓으로 말할 수 없다고 하였으므로, 극미가 안식이 인식할 수 있는 대상이 아님을 충분히 알 수 있다. 그런데 어떻게 극미가 감식이 직접 얻을 수 있는 대상이라고 할 수 있는가?" 대승불교는 이렇게 고 살바다사를 배척하였다.

경량부 논사들[經部師]은[62] 실재하는 수많은 극미가 화합하여 형성한 큰 사물이 감식의 소연(所緣) 대상이 될 수 있다고 주장하였다.[63] 그들은 개별적인 극미 하나하나가 직접 안식 등의 대상이 될 수는 없다고 본다. 안식 등에 극미와 비슷한 상이 나타날 수 없기 때문에, 개별적인 극미가 감식의 대상이 될 수 없다는 것이다. 그러나 수많은 극미가 화합(和合)하면, 병 등 큰 사물을 형성하게 된다고 한다. 여기에서 화(和) 자의 의미는 수많은 극미가 한 곳에 모여 있는 것을 말한다. 서로 꼭 붙어 있는 것은 아니지만, 서로 간의 거리가 아주 가깝다. 합(合) 자의 의미는 수많은 극미가 서로 모여서 하나의 큰 사물을 형성하게 된다는 것이다. 이러한 큰 사물은 화합가이지만, 안식 등이 이러한 큰 사물에 의거할 때 그와 비슷한 상이 나타나게 된다. 이렇게 보면, 개별적인 극미 하나하나는 감식이 인식할 수 없지만, 수많은 극미가 화합하여 형성된 큰

62) (역주) 소승불교 20부 중의 하나로서, 經量部라고도 한다. 2세기 경 쿠마라라타에 의해 설일체유부에서 분리되어 나온 학파이다. 유부와 경량부는 외부세계의 존재를 인정한다는 점에 있어서는 공통된다. 그러나 외부세계가 존재할 뿐 아니라 직접적으로 지각가능하다고 믿는 유부와는 달리, 경량부는 외부세계란 존재를 추론에 의해 가정할 수 있을 뿐이다. 그런데 경량부에 따르면 이들 외부세계의 대상들은 존재하기는 하지만 오직 순간적으로만 존재하므로[刹那滅] 추론으로밖에 인식되지 않는다고 한다. 경량부도 유부와 마찬가지로 대상이 극미에 의해 구성되어 있다고 간주한다. 그러나 경량부는 설일체유부의 실재론적 경향에 반대하여 유부의 극미설에 대해 비판적인 태도를 취한다.

63) (역주) 여기에 나오는 經量部의 학설과 그에 대한 반론은 『唯識二十論』(大31, 076b)에 의거한 것이다.

사물은 확실히 감식이 인식할 수 있는 대상이 된다. 경량부의 이러한 논리를 따르면, 극미를 부인할 수 없다는 주장이 충분히 인정된다.

대승불교는 경량부 논사들을 다음과 같이 논파하였다. "당신들이 말하는 화합한 큰 물체는 결국 안식 등을 이끌어내는 조건[緣]이 될 수 없다.[64] 왜냐하면 화합한 큰 물체는 화합가이어서 실제로 아무 것도 없는데, 어떻게 안식 등을 이끌어내는 조건이 될 수 있는가? 불교에서는 대승, 소승을 막론하고 모두 감식, 즉 안식 등 오식은 실재하는 대상을 조건으로 삼아야 비로소 발생할 수 있다고 인정한다. 완전히 실재성이 없는 것은 감식이 의거하는 조건이 될 수 없다. 실재성이 없는 것은 감식을 이끌어내는 기능이 없으므로, 감식의 조건이 될 수 없기 때문이다." 이러한 사실은 경량부 논사들도 공통적으로 인정하는 것이다. 경량부 논사들도 화합한 큰 사물은 실제로는 없는 것이고, 결코 독립된 존재가 아니라는 사실을 인정한다. 따라서 대승불교는 화합한 큰 사물 역시 감식을 이끌어내는 조건이 될 수 없다고 주장하였다. 이러한 논박에 대해 경량부 논사들은 말문이 막히게 되었다.[65]

---

64) 여기에서의 緣의 의미는 앞에서 대승불교가 고 살바다사를 반박한 내용을 서술한 단락의 주를 참조할 것.

65) (역주) 예컨대 소승불교 중 有部에 속하는 毘婆沙師는 객관 대상이 간격을 갖고 결합한 수많은 극미로 되어 있다고 본다. 毘婆沙師는 극미를 實의 極微(dravya-paramāṇu)와 和集極微(saṃghāta-paramāṇu)를 나누어보기 때문이다. 毘婆沙師의 논리에 따르면, 개별적 극미는 더 이상 분할할 수 없는 존재로 정의되므로, 공간을 점유하는 성질이 없고(無礙性) 더 이상 분할이 가능하지 않다(無方分). 반면에 집합적 극미는 개별적 극미와는 상반되게 각기 다른 공간적 장소를 차지하므로, 비록 공간적 접촉이 없더라도 다른 극미의 침투를 방해하는 공간적 불가침투성(有礙性)을 지닌다. 그리고 개별 극미가 모여 이룬 것이므로 당연히 분할이 가능하다(有方分性).

그러나 이러한 주장은 여러 가지 논리적 난점을 포함한다. 그중 대표적인 것이 극미가 上下四方의 차별을 가져야 한다는 주장에 내포된 논리적 난점이다. 만일 극미에 공간적 위치의 차별이 없다면 극미는 결합이나 집합에 의해서 커다란 물체를 성립시킬 수 없으므로, 극미는 공간적으로 위치의 차별을 지닌다는 것이 毘婆沙師의 주장이다. 그러나 극미에 공간적 위치의 차별이 있다면, 그 경우 극미는 공간을 차지하지 않을 수 없다. 이러한 주장은 극미는 공간을 점유하지 않는다는 정의와 모순된다. 만일 이러한 정량부 논사들[正理師]은[66] 실재하는 수많은 극미들이 서로 화집하여 [和集] 안식 등이 조건으로 의거하는 대상이 될 수 있다고 주장하였다. 정량부 논사들의 이러한 주장은 아주 교묘하다. 우선 화(和)와 집(集) 두 글자의 의미를 해석하기로 한다. 수많은 극미가 한 곳에 함께 있고 각각의 거리가 멀지 않을 때를 화(和)라고 한다. 수많은 극미가 한 곳에 함께 있지만, 각각이 서로 붙어서 한 몸으로 혼합되지는 않은 것을 집(集)이라고 한다. 정량부 논사들은 극미 하나는 아주 작아서 안식이 볼 수 없고 신식이 만질 수 없지만, 수많은 극미들이 한 장소에 서로 화집하고 있다고 말한다. 그렇게 되면 극미 하나하나가 서로 기대어서 각각의 극미 위에 하나의 거대한 형상이 나타나게 된다. 예를 들어 수많은 극미가 한 곳에 화집하여 큰 산을 이루는 것과 같다. 보통 때 산을 바라보는 사람들은 모두 자신이 보는 것이 큰 산이라고 생각하지만, 실제로 큰 산이라고 본 것은 화합가이다. 실제로 그러한 것이 없는데 어떻게 볼 수 있는가? 그러나 사람들은 모두 큰 산을 보았다고 여긴다. 이것은 수많은 극미가 한 곳에 화집하여 서로 기대어 각각이 모두 큰 산의 분량과 같은 형상을 나타내기 때문이다. 믿지 못하겠다면, 다시 한 번 말하겠다. 예컨대 큰 산이 있는 곳에 함께 있는 무수한 극미에 비유해볼 수 있다. 우리는 그중 갑이라는 극미에 대해 가정해보려고 한다. 이 갑이라는 극미는

논리적 모순을 피하기 위해서 극미가 결합하는 것이 아니고 상호침투하는 것이라고 가정하더라도, 난점은 해소되지 않는다. 비바사사는 개별적 극미가 불가침투성을 지니고 있지 않다고 간주하므로, 이러한 가정은 성립될 수 있다. 공간을 점유하지 않는 개별적 극미들의 상호 침투에서 커다란 물체를 이룰 수는 없다. 따라서 극미가 공간을 차지하지 않는다는 비파사사의 주장은 잘못이라는 결론에 도달한다.

66) (역주) 소승불교의 학파로서, 正量部라고도 한다. 불멸 300년 중에 제3차 분열이 일어나 설일체유부에서 나온 犢子部에서 다시 정량부가 분열해 나왔다고 한다. 부파불교의 지말 분열은 B.C. 2세기경이 절정기였지만, 7세기 전반에도 소승불교가 압도적으로 우세하였다. 그중 有部와 正量部가 가장 강력했다고 한다. 정량부가 점차 강대해진 것은 정량부가 뿌드갈라(pudgala, 補特伽羅)를 주장하여 인도의 정통설과 공통점이 있었기 때문인지도 모른다고 추측된다.

아주 작지만 을 극미, 병 극미, 정 극미에서부터 무수한 극미들까지 서로 의지하게 되므로, 이 갑 극미 위에 큰 산과 동일한 분량의 모습이 나타나게 된다. 갑 극미가 이러하므로, 그 외의 다른 극미들도 유추할 수 있다. 그러므로 산을 볼 때, 무수한 수의 큰 산의 형상들이 실재하게 된다. 이렇게 보면, 극미가 감식이 직접 얻을 수 있는 대상이라는 점에 의심의 여지가 없게 된다. 정량부 논사들의 이러한 주장은 고 살바다사와 경량부, 두 학파의 결점을 모두 벗어난 것처럼 보인다.

대승불교에서는 정량부 논사들을 또 다음과 같이 논파하였다. "개별적인 극미가 화집(和集)하지 않은 상태에서 그렇게 작다면, 화집한 상태에서도 역시 작을 것이다. 극미 자체는 처음부터 끝까지 일정한 크기이고, 작은 것에서 큰 것으로 결코 변화할 수 없기 때문이다. 어떻게 개별적인 극미가 화집하여 서로 기댄다고 그 각각이 큰 형상을 이루어서 안식 등의 소연이 될 수 있겠는가?" 대승불교가 정량부 논사들을 논박한 내용들은 아주 많지만, 형식 논리를 써서 적을 논파하는 내용이 지나치게 번쇄하므로 여기에서 다 서술하지는 않겠다.

살바다사와 정량부 논사 두 학파는 모두 극미가 감식이 직접 얻을 수 있는 대상이라는 학설을 주장하였다. 그들의 지론은 원래 실측의 방법을 거치지 않고 사변에서만 나온 것이다. 대승불교는 이들을 하나하나 논파하고 있는데, 이에 대해 그들도 자신의 학설을 지지할 방법이 없었다.

어떤 사람은 다음과 같이 논박한다. "외도와 소승불교에서 제일 먼저 극미를 생각해냈는데, 이러한 창조적 견해는 칭찬할 만하다. 후대에 과학자들이 원자·전자 등을 발견한 것은 그들 외도와 소승불교의 주장을 증명해 준 것이라고 할 수 있다. 대승불교에서 이들의 견해를 제멋대로 논파한 것은 조금도 가치가 없다." 여기에 대해서는 다음과 같이 대답할 수 있다. 대승불교가 어째서 실재하는 극미가 있다는 사실을 인정하지 않았는가 하는 문제는 아주 중요하지만, 여기에서는 자세히 언급하지 않겠다. 외도와 소승불교가 세간의 일반 상식[世間極成]의 범위 안에서 극미가 실재한다고 가정한 것은[67] 과학자들이 경험세계, 또는 물리세계의 범위 안에서 원자·전자 등이 실재한다고 본 것과 같은 이치임을 알아야 한다. 그러나 형이상학의 관점에서 볼 때, 이들이 말하는 극미나 원자·전자 등은 모두 실재하는 것인가, 실재하지 않는 것인가? 그것은 바로 문제가 된다. 왜냐하면 형이상학이 탐구하는 것은 절대적이고 진실하며 완전한 모든 사물의 본체이기 때문이다. 현세간, 또는 과학이 설정한 실재하는 사물은 일단 형이상학의 범위 내에 들어서면 이들 사물 자체가 독립적이거나 실재하는 것이 아니게 된다. 단지 절대적인 진실 본체가 위대한 공용으로 나타난 것을 사물이라고 가정하여 부르는 것뿐이다. 이렇게 만물은 개별적인 하나하나의 사물로 볼 수 없고, 모든 것을 헤아릴 수 없이 신묘한 공용으로만 보게 된다. 이렇게 보면, 대승불교에서 외도와 소승불교의 극미설을 논파한 것은 형이상학의 관점에서 주장한 것이라고 할 수 있다. 외도와 소승불교에서 말하는 극미는 물질의 작은 단위인데, 이것이 실재한다고 말하는 것은 당연히 잘못이다. 현대 물리학의 발달로 물질의 입자성은 이미 동요되었고, 이 점은 대승불교가 잘 보았다. 형이상학에서 말하는 사물의 본체는 지극히 커서 밖이 없고,[68] 비어서 없으며[虛無],[69] 빠지지 않고 두루 모든 곳에 존재하고, 지극히 미묘하고 무궁무진한 공용을 갖춘 것이다. 유학에서는 모든 사물의 본체를 위대한 변화[太易]라고 부르는데, 이 본체는 볼 수 있는 형태나 조짐이 없다.[70] 극미가 실재하는 것이라면, 그 극미가 바로

67) '世間極成'은 불교 『大論』「眞實品」에 상세히 나온다. 우리는 일상생활에서 물리세계가 실재한다고 인정하는 것을 부인할 수 없다. 이것을 '세간의 일반 상식[世間極成]'이라고 한다. (역주) 『瑜伽師地論』卷36 「眞實義品」 第四(大30, 486b).

68) 이 크다는 것은 작은 것과 대치하지 않는다.

69) 텅 비었다는 것은 아무 것도 없다거나 존재하지 않는다는 의미가 아니라 단지 항구한 존재로 볼 수 있는 세상이 없다는 의미이다.

70) 위대한 변화(太易)는 본래 변화하지 않지만 변화를 함축한다. 즉 변화함에 대응하면

모든 사물의 본원이 될 것이다.[71] 그렇게 되면 우리는 물질은 실재하는 것이고, 본체라는 것은 없다고 보게 된다. 수많은 유물론자들이 우리가 말하는 본체가 신비한 관념이라고 말하지만, 실제로는 신비가 아니다. 진리가 눈앞에 있더라도 자기 마음속에 한 오라기라도 막힌 데가 있으면 깨달을 수 없다. 또 어떤 사람은 우리가 객관적으로 독립해 있는 현실세계를 떠나서 고귀하고 현묘한 본체를 제멋대로 구성해내고 있는데, 이것은 공중의 구름이나 안개처럼 불분명한 것이라고 말한다. 실제로 우리가 말하는 본체는 세속에서 현실세계라고 제멋대로 집착하는 것과 다르며, 또 본체는 모든 사물 바깥에 존재하지도 않는다. 만약 본체가 사물 바깥에 존재한다면, 어떻게 사물들의 본체가 될 수 있겠는가? 사물은 모두 본체의 현현이고, 각각의 개별적인 사물로 보면 안 된다는 것을 알아야 한다. 비유하자면 바다의 파도는 모두 큰 바닷물의 현현이지 개별적인 파도로 보면 안 되는 것과 같다. 이러한 의미를 이해하면, 우리와 일체의 만물은 실제로 나눌 수 없는 혼연일체임을 알 수 있다. 그런데 어떻게 안의 마음과 밖의 세계에 금을 그어서 천만리로 멀리 떨어뜨릴 수 있는가? 유물론자들은 객관적으로 독립해 있는 물질세계가 있다는 주장을 아무 근거 없이 구상하였는데, 참으로 오리무중의 논의이다. 여기에 이르면, 나는 대승불교가 극미설을 논파한 주장에 지극히 찬성하게 된다.

앞에서 말한 내용을 종합하면, 마음과 분리되어 독립적으로 존재하는 외부 객관세계가 있다는 것을 인정하지 않는 것뿐이지, 객관세계가 있다는 것 자체를 인정하지 않는 것은 아니다. 마음은 객관세계에 대비해서 부르는 명칭으로서, 마음을 말하면 객관세계도 있고 객관세계가 없으면 마음이라는 명칭도 성립하지 않기 때문이다. 실제로 마음과 객

서도 변화하지 않으므로 위대한 변화라고 하는 것이다.

71) 인도 고대의 順世外道가 이러한 학설을 제기하였다.

관세계는 본래 내재적 모순의 발전을 갖추고 있는 통일체이다. 형이상학의 관점에서 말하면, 이러한 통일체 자신은 결코 실재하는 것이 아니고 절대적인 공능의 현현에 불과하다.[72] 이러한 이치는 뒤의 「전변」 장에서 다시 다루게 될 것이다. 지금은 이 통일체 자체에 대해서만 말하기로 한다. 통일체는 그 자신 내재적 모순의 발전을 갖추고 있다. 취해지는 대상[所取]과 비슷하게 거짓으로 나타난[詐現] 모습을 객관 대상이라고 부르는 한편, 취하는 주체[能取]와 비슷하게 거짓으로 나타난 모습을 마음이라고 부르기 때문이다.[73] 객관 대상의 측면은 마음과 상반되는 경향을 가진다. 마음의 측면은 자신에게 의거하고, 위를 향하며, 자기의 본성에 맡기고, 대상에 속박되지 않는 주재력이다. 따라서 마음과 객관 대상이라는 두 측면은 전체의 내재적 모순이 그렇게 발전되어 나타난 것이다. 우리는 마음과 객관 대상이 전체의 서로 다른 두 측면이라는 것을 인정할 뿐, 객관 대상이 마음과 분리하여 독립적으로 존재한다는 것을 인정할 수 없다. 우리는 내 신체부터 해·별·대지 그리고 다른 사람의 마음까지 모든 것을 객관 대상[境]이라고 부른다는 것을 알아야 한다.[74] 내 신체라는 대상이[75] 내 마음과 분리되지 않고 존재한다는 사실은 어떤 사람이든지 부인할 수 없다. 해·별·대지에서 다른 사람의 마음까지 객관 대상들은 모두 내 마음에 포섭되고 유통되는 것이므로, 절대 안팎의 구분이 없다. 어째서 사람들은 모두 어리석게 앞에서 말하였듯, 일체의 객관 대상이 모두 나의 마음과 분리되어 독립적으로 존재한다고 생각하는가? 여기에 어떤 근거가 있는가? 실제로 해와 별의

---

72) 공능이라는 말은 중권 제5장·6장 두 장에서 상세하다.

73) 能取와 所取 자의 뜻은 이 장 앞머리에서 밝혔다. 詐現의 詐 자의 뜻은 실재하지 않는다는 의미일 뿐이다.

74) 여기에서 그의 마음은 다른 사람, 또는 중생의 마음을 말한다.

75) 인식 대상에 속하는 모든 것은 객관 대상(境)이라고 통칭한다. 자신이 자기의 마음에 대해서도 객관 대상이라고 부를 수 있는 것은 인식 대상이 되기 때문이다.

높고 밝음은 나의 시각과 분리된 것이 아니고, 대지의 넓고 두터움은 나의 촉각과 분리된 것이 아니다. 게다가 심식을 가진 인간 등 복잡한 것들도 나의 생각과 분리된 것이 아니다. 일체의 대상이 모두 마음과 하나임을 알 수 있다. 하나이기 때문에 저쪽과 이쪽의 구분이 없고, 안과 밖의 분리가 없다. 감응의 대상[感]이 있으면 반드시 감응하는 주체[應]가 있다.[76] 감응하는 주체가 있으면 반드시 감응의 대상이 있다. 이것은 사람의 신체가 여러 측면의 기능들이 서로 결합하여 한 몸을 이루는 것과 같은 이치이다. 이렇게 본다면, 유식(唯識)의 주장은 외부세계에 집착하는 허망한 견해를 논파하기 위한 것일 뿐이지, 결코 외부세계가 존재하지 않는다는 의미가 아니다. 객관세계가 마음과 분리되어 독립적으로 존재하는 것이 아니기 때문에, '유식'이라고 말한 것이다. 유(唯)는 특수하다는 뜻이지 유독 그것뿐이라는 뜻이 아니다. 마음은 대상을 이해하고 식별할 수 있어 그 작용이 특수하므로, 마음에 대해 '특수하다[唯]'고 한 것이다. 유심(唯心)이 어찌 객관세계가 없는 것을 말하는 것이겠는가?[77] 어떤 사람은 이렇게 질문한다. "마음을 말하면 바로 객관 대상을 포함하므로, 유심(唯心)이라고 한다. 객관 대상을 말하는 것 또한 마음을 포함한다면, 어째서 유경(唯境)이라고 하지 않는가?" 이에 대한 답은 다음과 같다. 마음은 식별하는 쪽이고, 대상은 식별되는 쪽이다. 대상은 반드시 마음이 있어야 비로소 나타난다. 따라서 유심(唯心)이라고 해야지 유경(唯境)이라고 할 수는 없다. 어떤 사람은 또 이렇게 반박한다. "객관 대상도 힘이 있으므로 마음에 영향을 미친다. 예컨대 두뇌 발달 여부는 지력의 크기에 영향을 미칠 수 있고, 사회의 물질적 조건

---

76) 느끼는 것은 객관 대상이고, 응하는 것은 마음이다.

77) (역주) 웅십력이 '唯識'이라는 용어에서 수용하고 있는 것은 주관적인 마음과 객관세계의 관계성뿐이다. 그러므로 이런 체계에서는 식만이 존재한다고 하여 주관적인 마음만 인정하는 唯心이란 있을 수 없다. 따라서 유식불교의 '唯識無境'은 웅십력에게 주관적인 마음과 객관적 대상의 관련성을 강조하는 '境不離識'으로 나타나게 된다.

은 군중의 의식에 영향을 미칠 수 있다. 따라서 유경(唯境)이라고 해야지 유심이라고 해서는 안 된다." 여기에 대한 답은 다음과 같다. 의식이 아무리 물질적인 조건의 영향을 받더라도 그것을 개조하여 생활에 편리하게 하는 것은 결국 의식의 자각이 있어야 한다. 지력의 크기가 아무리 두뇌 발달 여부와 균형을 이룬다고 하더라도, 두뇌는 의리상 지력이 빌려 쓰는 도구에 불과하다고 할 수 있다. 그러므로 마음 쪽에 중요성을 두어서 유심이라고 하고, 유경이라고 하지 않은 것이다.

어떤 사람은 또 다음과 같이 논박한다. "만약 객관세계가 마음과 분리되어 독립적으로 존재하지 않는다면, 이 주장은 잘못이 아니다. 그러나 과학에서 발견한 물질 우주의 규칙이나 법칙 등이 순전히 객관적 사실인지 한 번 묻겠다. 내 마음이 규칙이나 법칙을 식별하지 않더라도 그것은 분명 스스로 존재하는 것이지, 내 마음이 그것을 식별하고서야 비로소 존재하게 되는 것이 아니다. 지금 객관세계가 마음과 분리되어 독립적으로 존재하지 않는다고 하는데, 이러한 주장을 인정한다면 과학에서의 규칙이나 법칙 등도 내 마음과 분리되어 독립적으로 존재하지 않는다는 말인가?" 여기에 대한 답은 다음과 같다. "규칙이나 법칙은 그 의미가 과거 우리나라 철학자들이 리(理)라고 한 것에 해당한다. 우리나라 송명대 철학자들은[78] 리의 문제에 대해 두 파로 나뉘어 논쟁하였다. 첫째로 송(宋)대 정이천(程伊川)[79]과 주원회(朱元晦)[80] 등은 리가 사물에 존

78) 송 왕조가 처음 건립된 것은 기원후 960년이다. 명 왕조가 처음 건립된 것은 기원후 1368년이다.

79) (역주) 程頤(1033~1107)는 중국 북송의 유학자로서, 理學을 창시한 학자들 중의 한 사람이다. 호가 伊川이어서 정이천이라고 하며, 형인 정명도와 함께 二程으로 불리운다. 주요 저작에 『周易程氏傳』·『遺書』·『文集』·『經說』 등이 있는데, 명대 후기에 정명도와의 공동 저작인 『二程全書』에 합하여 편집되었다. 철학적인 면에서 정이천은 理를 최고의 범주로 삼고 리가 세계의 본원이라고 생각하여, 형이상의 리와 형이하의 기를 명확히 구분하고 기에 대한 리의 우월성을 강조하였다. 이러한 정이천의 理學은 송명철학에 큰 영향을 끼쳤으며, 이후 주자 철학으로 완성되었다. 이는 형인 정명도가 리를 철학의 최고 범주로 보면서도 이를 心으로 해석하여 후대 육왕심학 일파와 연결

재한다고 주장하였다. 둘째로 명(明)대 왕양명(王陽明)[81]이 처음으로 정주(程朱)에 반대하고, 마음이 바로 리[心卽理]라고 주장하였다.[82] 두 학파의 논의는 물과 불처럼 달랐다.[83] 그러나 실제로 마음과 객관 대상은 본래 둘로 나눌 수 없는 것이므로, 리도 본래 안팎이 없다. 한편에서는 만물에서 뭇 리가 찬연하게 빛나는 것을 보았고, 다른 한편에서는 내 마음이 바로 온갖 리가 갖추어져 있는 것이지 마음과 구별하여 따로 리라는 법칙이 있는 것이 아니라고 주장하였다. 그러나 마음에 갖추어져 있다는 것은 책상 위에 책과 물건 등을 갖추어두는 것과 같다. 오직 마음과 객관 대상이 근본적으로 둘이 아니라는 것[心境不二]을 참으로 이해해야만,

---

된 것과 대조적이다.

80) (역주) 朱熹(1130~1200)는 중국 남송의 철학자이고, 자가 元晦, 또는 晦庵이며 대개는 朱子라는 약칭으로 불린다. 주희는 周敦頤·二程 등의 여러 학설을 계승하여 理를 핵심 범주로 하는 방대한 철학 체계를 완성한 理學의 집대성자이고, 중국 봉건시대 유학의 가장 대표적인 인물이다. 道, 또는 太極이라고 불리는 理는 자연현상과 사회현상에 앞서는 형이상자로서 만물의 본원이 되는 동시에, 사물의 법칙이기도 하고 윤리 도덕 준칙의 의미를 지닌다. 주자학은 중국 원·명·청 삼대에 봉건 통치 계급의 관방철학, 이데올로기로서 큰 역할을 하였으며, 조선·일본 등 동아시아에 이후 지대한 영향을 끼쳤다. 주요 저작에 『四書集注』·『四書或問』·『太極圖說解』·『通書解』·『西銘解』·『周易本義』·『易學啓蒙』 등이 있다. 이밖에 그와 제자들의 문답을 분류하여 수록한 『朱子語類』와 후대에 증보 편집된 『朱文公文集』이 있다.

81) (역주) 王守仁(1742~1528)은 중국 明代 철학자로서 心學이라 불리우는 陽明學의 집대성자이다. 守仁은 改名이고, 자는 伯安, 호가 陽明이다. 그의 사상의 핵심은 '致良知'설이고, '知行合一', '靜坐', '천리로써 인욕을 제거한다', '事上磨鍊', '立誠' 등의 교설을 제기하였다. 그의 철학은 朱熹사상과 대립되는 부분이 많다. 주희가 심과 리를 이분하고 지와 행을 분리한 데 대하여, 왕수인은 심과 리의 일치, 지와 행의 합일을 주장하였다. 그는 주희의 공부방식이 외부에 치우친 것으로 지루하다고 비판하고, 良知의 작용을 발휘할 것을 요구하였다. 良知가 사리를 판단하는 표준이자 경전을 해석하는 근거가 된다는 것이다. 왕수인은 육구연의 心卽理설을 계승하여 心學 체계를 완성하였다. 『古本大學』을 간행하였고, 문인들이 『朱子晩年定論』·『傳習錄』을 간행하였다. 저서에 『王文成公全書』 38권이 남아 있다.

82) 여기에서 바로 무엇이다[卽]는 자의 의미는 심과 리가 하나이지 둘이 아니라는 것을 명시한 것이다. 공구가 바로 공중니라고 말하는 것과 같다.

83) (역주) 두 학파 모두 유학(性理學)에 속하기는 하나, 각각 理와 心을 중시하는 특성 때문에 정이천·주자의 학문은 理學, 육상산·왕양명의 학문은 心學이라고 불린다.

마음과 객관 대상이라는 두 측면 어느 하나 이 리가 나타나지 않은 것이 없음을 알게 된다. 그럴 경우 안팎이 서로 소멸되고, 막힌 것이 모두 사라지게 된다. 만약 리가 바로 마음이라고 한쪽에만 치우쳐서 말한다면, 리를 구하는 사람은 전적으로 마음에서만 구하지 사물에서 징험하지는 않게 될 것이다. 이러한 병폐가 대단히 크다는 것은 말할 필요도 없다. 우리는 사물에서 벗어나 리를 말해서는 안 된다. 만약 리가 사물에 존재한다고 한쪽에만 치우쳐서 말한다면, 마음의 측면에는 본래 리라고 하는 것이 없고 전적으로 사물에서 투사되어 오기만 하는 것이 된다. 이것은 마음을 순전히 피동적이고 기계적인 것으로 보는 것이다. 그렇다면 어떻게 만물을 제어하고 믿음[符]과 법칙[則]을 얻을 수 있겠는가?[84] 우리는 마음을 버려두고 리를 말해서는 안 된다. 두 학파가 모두 잘못이 없지 않으므로, 나는 리에 안팎이 없다고 하였다. 리가 바로 마음[理卽心]이라고 말한다면, 또 리가 바로 사물[理卽物]이라고 말해야 한쪽에 치우친 잘못이 없게 될 것이다. 리에 관한 문제를 깊이 있게 분석하는 것은 『양론』에서 다루려고 한다. 지금 여기에서는 리가 마음을 떠나 외부에 존재하는 것이 아니라는 점만 간략히 밝혀두고자 한다.

또 논박하는 사람은 다음과 같이 말한다. "과학상의 규칙과 법칙 등은 마음과 분리되어 스스로 존재하는 것이지, 내 마음이 식별하기를 기다려서 비로소 존재하는 것이 결코 아니다. 이러한 사실로 볼 때 모든 객관 대상은 마음과 분리되어 독립적으로 존재하는 것임이 증명된다." 이러한 주장은 확실히 큰 잘못이다. 우리는 모든 사물이 마음[心量]에 포섭되는 것임을 알아야 한다. 식별되는 대상이 본래 내 마음에서 벗어난 것이 아닌데, 식별되지 않는 대상이 또 어떻게 내 마음 밖에 존재하겠는가? 그러나 식별되는 부분은 여러 차례 반복되어 습기[習]가 무르익

84) 符는 믿음이고, 則은 법칙이다.

었거나 의욕을 작동시켜 깨우쳤기 때문에, 이 부분의 대상이 특별히 나타난 것이다. 식별되지 않는 부분은 의식의 어두운 영역에 침잠하여 밝게 드러나지 않지만, 결코 내 마음과 완전히 단절된 다른 몸이어서 서로 통하지 않는 것이 아니다. 만약 의욕을 작동시켜 찾아본다면, 이 침잠하여 숨어 있는 대상도 점차 내 마음 속에 분명히 나타날 것이다. 이로써 모든 대상은 식별되지 않을 때에도 내 마음과 분리되어 독립적으로 존재하는 것이 아님을 알게 된다. 더욱이 규칙・법칙이라는 것은 결국 표상 작용[想][85]과 대상에 대한 고찰[尋伺][86] 등에 의거해서 객관 대상을 추상화하고 선택하는 작용에 의해 세워지는 것임을 알아야 한다.[87] 표상 작용 등을 떠나서 객관 대상에 이러한 규칙・법칙이 존재하는가 여부는 알 수 없다. 그러므로 논박자가 든 증거로는 결국 외부 객관 대상을 성립시킬 수 없다.

과거 우리나라 철학자들은 객관 대상과 마음을 보는 방법에서 그 둘을 혼융하여 나눌 수 없는 것으로 보았다.[88] 예컨대 『중용(中庸)』[89]은 유학의 중요한 전적인데, 이 책 안에 유명한 귀절이 있다. 그곳에서는 안

---

85) (역주) 想은 표상・상념・관념・개념을 말한다. 색채와 길이와 생멸과 고락 등에 관해 마음속에 생각되어 떠오르는 작용을 가리킨다. 대상의 모습을 마음에 잡는 표상 작용, 取象의 의미라고 해석된다. 소승 아비달마에서는 十大地法의 하나이고, 유식설에서는 五遍行의 하나이다.

86) (역주) 尋伺는 尋과 伺를 말한다. 소승 아비달마에서 부정법 중 두 개의 심소에 해당한다. 尋은 대상을 대충 생각하는 것이고, 伺는 대상을 세밀히 고찰하는 것이다.

87) 想과 尋伺는 하권의 「명심」 장에 상세하게 나온다. 이것들은 모두 量智의 작용이다.

88) (역주) 웅십력은 唯識佛教의 '境不離識' 이론이 『中庸』의 "合內外之道", 맹자의 "萬物皆備於我", 정명도의 "仁者渾然與物同體", 육상산의 "宇宙不外吾心", 왕양명의 "心外無物" 개념과 관련이 있다고 보고 있다. 이를 통해 웅십력사상과 유학사상에 근본적인 관련이 있음을 알 수 있다.

89) (역주) 『中庸』은 원래 『禮記』의 제31편이다. 『漢書』 「藝文志」에 '中庸說 2편'이라고 기재되어 있지만, 전한시대까지는 子思 후학의 해설이 단행으로 있었으며 그 책도 지금은 전하지 않는다. 남송의 朱熹가 『四書集注』 가운데 한 권으로 『中庸章句』라는 주석서를 냈고, 이것이 현재 『중용』의 정본으로 되었다. 子思의 저작이라고 알려져 있지만, 후대의 위작도 혼재되어 있고 착간도 있으며 다양한 이설이 포함되어 있다.

과 밖의 도리가 합치된다는 것을 분명하게 밝혔고, 때에 따라 사물을 응대하는 것이 마땅하지 않은 경우가 없다고 하였다.[90] 이 구절의 의미는 무엇인가? 세간에서는 마음은 내재적이고 사물은 외부에 독립적으로 존재한다고 본다. 이 때문에 자기 마음대로 생명 전체를 아무 단서 없이 안과 밖으로 나누고, 또 온 힘을 다해 마음이 밖을 향해 기울어지게 하며 여러 대상들을 추구한다. 추구하면 할수록 만족할 줄 모르고 마음은 날마다 사물을 뒤쫓는 데 습관이 되어 마침내 완전히 물화(物化)되어 버리니, 마음이라고 할 것이 없게 된다. 이렇게 본래의 생명을 잃게 되니, 참으로 인생의 비극이 아닌가! 만약 객관 대상과 마음이 혼연하여 분리할 수 없는 통일체임을 알게 된다면, 세상에서 안과 밖이라고 분리한 것을 하나로 합칠 수 있게 된다. 이렇게 보면, 사물과 나는 간격이 없으며[物我無間], 하나와 다양함은 서로 융섭된다[一多相融].[91] 끝없이 변화하더라도 우두머리가 되지 않고,[92] 때에 따라 사물을 응대할 때 주재력이 없는 것이 아니다.[93] 사물을 활용하면서도 사물 때문에 막히지 않으므로, 마땅하지 않은 경우가 없다고 하였다. 『중용』의 이 구절의 의미는 아주 심원한데, 종래에는 이를 인식하는 사람이 적었다. 맹자도 "만물이

---

90) 원문은 "合內外之道也, 故時措之宜也"이다.
(역주) 『中庸』의 이 구절에 대하여 「文言文本」에서는 "안팎이 합치한다는 것은 心과 境이 혼융한 상태를 말한다. 결국 誠明의 心이 천하의 만유에 막힘없이 感通하고 있다는 것이다. 즉 '境이 心을 따라서 轉한다'는 것처럼 대립되고 복잡한 모습이 없는 것을 말한다"라고 설명하고 있다. 『新唯識論』 「文言文本」, 54면.

91) 여기에서의 一은 小己이고, 多는 만물이다.
(역주) '一多相融'은 화엄불교의 法界說이다. 흔히 '一多相容 · 三世一時'라고 한다. 전자는 하나 가운데 많은 것이 들어 있고 많은 것 속에 하나가 들어 있다는 것이고, 후자는 과거 · 현재 · 미래의 三世가 一念 가운데 포함되어 있다는 학설이다. 唐代의 화엄학자인 法藏(643~712)은 자신의 학설인 十玄門 중 '一多相容不同門' 및 '十世隔法異成門'에서 이를 서술하고 있다. 『華嚴五教章』 卷四.

92) 끝없이 만변한다고 하더라도, 실제로 인격신이 우두머리 창조자가 되는 일은 없다. 이것은 『易』 「乾卦」에 근거한 사상이다.

93) 이 마음은 때에 따라 사물에 응하므로, 자연히 어지럽지 않다. 이 마음이 바로 주재력의 일종임을 알 수 있다.

모두 나에게 갖추어져 있다"[94]라고 말하였다. 맹자는 아마 만물이 모두 내 마음과 분리되어 독립적으로 존재하는 것이 아니라고 생각하였을 것이다. 이 때문에 나라고 하는 것은 결코 하찮게 작거나 고립되거나 만물과 서로 대립되는 상대적인 것이 아니라, 확실히 만물을 모두 갖추고 있으며 만물과 한 몸을 이루는 것이다. 이렇게 자아 관념이 상대적인 것이 없는 경지[無對]까지 확대되는 것이야말로 인생 최고 이상의 실현이다. 만약 만물을 자기 마음 밖에 독립적으로 존재하는 객관 대상이라고 여긴다면, 외부의 만물과 내부의 소아(小我)는 대립하고 전 통일체적인 생명은 끝없이 분열하게 될 것이다. 이것은 아주 불합리한 일이다. 맹자의 이 구절은 그 뜻을 깊이 새겨 보아야 할 것이다. 정명도(程明道)[95]는 "인(仁)한 사람은 만물과 혼연히 한 몸을 이룬다"[96]라고 하였는데, 이 또한 맹자의 의미와 서로 통한다. 육상산(陸象山)은 "우주는 내 마음 밖에 존재하지 않는다"[97]라고 하였다.[98] 그는 이 이치를 꿰뚫어 알게 되었을

94) (역주) 『孟子』「盡心(上)」. "萬物皆備於我矣."
「文言文本」에서는 맹자의 이 구절에 대하여 다음과 같은 주를 달고 있다. "만물을 수렴시키는 것이 唯識의 본의이다. 나의 상에 대응하는 사물이 있으면 나도 一物에 지나지 않을 것이지만, 사물과 내가 하나가 되면 나와 그가 대응되는 일이 없게 될 것이다. 사물과 나의 상이 함께 소멸되어 없어지는 것, 그것을 無待라고 한다. 이렇게 되면 자기의 생명이 본래 무한하다는 것을 확신할 수 있다. 만약 物我의 상이 대립된 상태에 빠져 있다면, 무한한 생명을 상실하여 단순한 一物에 지나지 않게 될 것이다." 『新唯識論』「文言文本」, 55면.

95) (역주) 程顥(1032~1085)는 중국 北宋의 철학자로서, 자는 伯淳이고 明道선생이라고 불린다. 程頤·周敦頤·張載·邵雍과 함께 北宋 道學의 창시자로서 北宋五子로 불리운다. 그의 저작은 많지 않지만, 제자인 呂大臨이 기록한 「識仁篇」이 대표적인 저작으로 꼽힌다. 朱熹가 편집한 어록인 『程氏遺書』·『程氏外書』가 있고, 明末 徐必達이 그와 정이의 저작을 합하여 『二程全書』를 편찬하였다. 정명도는 만물일체를 기조로 자신의 철학을 전개하였는데, 나와 만물의 합일을 주장하여 양자를 구별하는 발상을 철저히 지양하고 직접적인 깨달음을 얻고자 하였다. 이 만물일체의 仁사상은 송명 성리학의 바탕이 되었고, 남송시대 陸九淵과 명대 王守仁의 心學 형성에 지대한 영향을 끼쳤다.

96) (역주) 『二程全書』 卷二 上. "仁者渾然與萬物同體."

97) (역주) 『象山集』 권22. "四方上下曰宇, 往古來今曰宙, 便是吾心, 吾心卽是宇宙"

때, 자신도 모르게 손이 춤추고 발이 뛰놀았다고 말한다. 그의 제자 양자호(楊慈湖)는[99] 짧은 글 한 편을 써서[100] 스승의 학설의 의미를 잘 표현하였는데, 글의 길이는 짧지만[101] 그 이치가 다다른 경지는 매우 높다. 뒤에 왕양명과 육상산은 학문의 성향이 서로 비슷하여, 왕양명도 '마음 밖에 사물이 없다[心外無物]'는 학설을 제창하였다. 그의 제자가 스승의 말을 기록하였는데, 한 사람이 다음과 같이 말하고 있다. "선생이 남진에서 유람하였다. 한 친구가 바위틈에 피어난 꽃나무를 가리키면서 이렇게 물었다. '선생님께서는 온 세상에 마음 밖에 사물이 없다고 하셨습니다. 지금 이 꽃나무로 말하자면 깊은 산속에서 저절로 피고 저절로 지는데, 내 마음과 어떤 관련이 있습니까?' 선생은 다음과 같이 대답하였다. '네가 이 꽃을 식별하지 못하였을 때, 네 마음은 고요하여 아무 움

---

98) 여기에서 우주라는 단어는 만물의 총칭이다.

(역주) 陸九淵(1139~1193)은 중국 南宋의 유학자로서, 자는 子靜이고, 호는 象山이다. 그는 자기의 마음을 활발하게 약동시키는 것을 第一義로 삼아서 "우주가 바로 내 마음이고, 내 마음이 바로 우주이다"라고 하여, 마음의 무한대한 확장을 주장하였다. 이 心은 知·情·意로 분화하기 이전의 근원적인 基體이고, 생명의 통일체로서 존재한다. "육경이 내 마음의 각주이다"라고 하여 경전의 권위보다 心을 중요시하였고, 행위의 규범도 心의 힘으로 정해진다고 보았다. 심즉리설에 근거하여 인식론상에서는 반성내구하는 '簡易'·'直捷'의 방법을 제시하였다. 良心은 내가 본래 가진 것이므로, 외물을 탐구하는 것에 의해서가 아니라 자신이 본래 가진 마음을 存心·養心·求放心의 방법으로 보존하면 된다는 것이다. 明代 왕양명이 그의 사상을 이어 心學으로 집대성하였다. 저작에 『陸象山文集』이 남아 있고, 후대에 그의 문집·어록·연보를 편찬한 『象山先生全集』이 간행되었다.

99) (역주) 楊慈湖(1141~1226)는 중국 송대 陸學者이다. 이름은 簡이고, 자는 敬仲이다. 송대 慈湖 지역에 살았으므로, 그렇게 부른다. 육상산의 학문을 사사하고 거기에 禪學의 요소를 첨가하여 극단적인 유심론을 제창하였다. 내가 천지의 중심이고, 우주 간 모든 법칙, 모든 현상들이 내 마음속에서의 일이라고 보았고, 만물일체설을 주장하였다. "천지는 나의 천지이고, 변화는 나의 변화이지 다른 것이 아니다", "삼백 가지 의례와 삼천 가지 위의가 내 마음 밖의 사물이 아니다"라고 하여, 만법 유심의 학설을 제창하였다. 저작에 「甲稿」·「乙稿」·「昏記」·「喪禮家祭記」·「釋菜禮記」·「己易」 등이 있는데, 그중 「己易」이 대표작이다.

100) 「己易」이라는 제목이다.

101) 천 자가 채 안 된다.

직이는 모습도 없었다. 이 꽃도 네 마음과 똑같이 고요하여 어떤 모습도 나타나지 않았다.[102] 네가 이 꽃을 식별하였을 때, 네 마음에 움직이는 모습이 있게 되었다. 이 꽃의 모습은 네 마음에 따라서 동시에 나타나게 된 것이다. 이 꽃은 네 마음과 함께 서로에게 속한 것이지, 결코 네 마음 밖에 존재하는 것이 아님을 알 수 있다.'"[103] 양명의 이러한 말은 표현은 쉽지만 그 의미는 심원하다. 실제로 이러한 사상은 공자·맹자 이래 한 줄기로 이어져 내려온 것이다.[104]

본래 객관 대상과 마음은 분리할 수 없는 전 통일체의 두 측면이므로, 우리는 식(識)에 대해 꼭 '그것뿐[唯]'이라고 말할 필요가 없을 듯하다. 그러나 모든 객관 대상을 마음 밖에 독립적으로 존재하는 것으로 보는 잘못된 견해를 고치기 위해서 '오직 식일 뿐[唯識]'이라고 말해야 한다. 또 두 가지 의미에서 식을 '그것뿐'이라고 하지 않을 수 없다. 첫째, 만물을 모아 자기에게 귀속시키고[會物歸己], 상대적인 것이 없는 경지[無待][105]에 들어가는 것이다. 만약 만물을 마음 밖에 독립적으로 존재하는 객관 대상으로 파악한다면, 만물과 자신은 상대적인 것이 되고 절대정신(絶對精神)과 하나가 될 수 없다. 지금 '오직 식일 뿐'이라고 하

---

102) 이때의 꽃은 모양이 없는 것이 아니고, 단지 나타나지 않았을 뿐이다.

103) (역주) 王守仁, 『陽明全書』 권1(中華書局, 四部備要本), 『傳習錄』 下, 79면. "先生遊南鎭. 一友指岩中花樹問曰, 天下無心外之物, 如此花樹, 在深山中自開自落, 於我心亦何相關. 先生曰, 你未看此花時, 此花與汝心同歸於寂. 你來看此花時, 則此花顔色一時明白起來, 便知此花不在你的心外."

104) (역주) 웅십력은 중국철학사에서 仁을 만유의 근본으로 보는 사고방식이 孔子-孟子-程明道-王陽明을 거쳐 자신에게까지 면면히 이어져왔다고 본다. 공자의 『易』에 나오는 '元'은 仁을 가리킨 것이고, 맹자의 四端도 仁之端이 중심이 되어 仁에서 통일된다. 정명도는 만물일체를 仁으로 정의하며, 양명은 良知로 사물을 대하는 것을 仁으로 규정하였다. 웅십력은 "『신유식론』은 확실히 유학의 골수이다"(『十力語要』 「答林同濟」)라고 단언할 정도로 자신의 철학을 유학의 범주로 규정한다. 특히 유학의 정통을 정주계열이 아닌 육왕계열에서 보고 있는 점도 그의 철학의 특징이다.

105) (역주) 無待의 개념은 郭象에 의한 것이다. 『莊子』 「逍遙遊」의 "子治天下, 天下旣已治也"의 곽상주에 "夫自任者對物, 而順物者與物無待"라고 되어 있다.

면 만물을 자기에게 융섭하여 곧바로 절대화된다. 둘째, 객체를 포섭하여 주체에 귀속시키고[攝所歸能], 진실의 지혜[實智][106]로 들어가는 것이다. 주체[能]는 마음이고, 객체[所]는 객관 대상이다. 마음은 대상을 식별하고 개조할 수 있으므로, 마음을 주체라고 부른다. 대상은 마음에 의해 식별되며 또 마음에 따라 전환되므로, 대상을 객체라고 부른다. 유식(唯識)의 취지는 대상을 마음에 종속적인 것으로 파악하는 것에 있다. 즉 마음이 일체의 대상을 운용하고, 주재하며, 독립적이고, 대상이 부릴 수 없는 것임을 나타내는 데 있다. 그러나 이 마음은 진실한 지혜이지 허망한 마음이 아니므로, 혼동해서는 안 된다. 유식의 이치는 자기 생활 속에서 실천해야 하는 것이고, 실천하지 않는 사람은 이 이치를 확신할 수 있는 방법이 없다. 우리는 만물이 모두 우리 마음과 감응하여 통하는 것이고, 만물도 모두 내 마음에 포섭되는 것임을 알아야 한다. 그러므로 마음을 말하면 객관 대상을 알게 되고, 객관 대상을 말하면 마음과 분리된 것이 아님을 알게 된다. 우리 생명은 전체적인 것이어서, 만약 우주를 외재하는 것으로 보고 우주와 자신을 분리하면, 그것은 혼일한 생명을 갈기갈기 찢어발기는 것이 된다. 잘못된 견해가 칼날이 되어 스스로를 상하게 하는 것이 아니겠는가!

객관 대상과 마음은 본래 하나로 혼융하여 나눌 수 없는 것인데, 어째서 사람들은 일체의 대상이 마음과 분리하여 독립적으로 존재하는 것이라고 함부로 생각하는가? 이러한 잘못된 생각에는 결코 원인이 없지 않다. 왜냐하면 인생은 실제 생활을 떠날 수 없고, 만물의 힘을 빌지 않으면 생장할 수 없기 때문이다. 곽자현(郭子玄)[107]은 인간의 신체는 칠

106) (역주) 實智(agradharma)는 진실의 지혜, 진리로 통하는 지혜라는 의미이다. 根本智, 眞實智, 無分別智, 주객 대립의 세계를 떠난 진실의 지혜를 말한다. 權智와 반대이다.
107) (역주) 郭子玄(252~312) 은 중국 西晉 시기 玄學者인 郭象을 말하고, 子玄은 그의 字이다. 저서로 『莊子注』가 가장 유명하며, 그의 철학은 玄學의 발전에서 하나의 중요한 단계로 받아들여진다. 당시 현학자인 何晏·王弼 등이 無를 근본으로 하는 '貴無

척의 길이에 불과하지만 생존을 위해 천지간 모든 물자들을 빌어서 보양해야 한다고 말하였는데,[108] 이것이 실제 상황이다. 천지 만물은 감각 기능으로 감각할 수 있는 것과 없는 것을 막론하고 모두 인생에 반드시 필요하고, 한 순간이라도 없어서는 안 되는 것이다. 한 가지 사물이라도 갖추어지지 못하면, 우리는 곧바로 생활해나갈 수가 없게 된다. 곽자현의 이 말은 평이한 듯하지만, 그 의미는 아주 깊다. 우리는 만물에 의존하여 생활을 유지해나가는 까닭에 줄곧 수많은 사물들을 추구하는 습관에 젖어 있다[習].[109] 애초에 사물들을 추구하기 때문에 의식하지 못하는 사이에 모든 사물을 마치 외부에 있는 객관 대상인 것처럼 보게 된다. 또한 이 때문에 더더욱 자기 마음이 수많은 대상을 구하여 외부로 치달리도록 한다. 이렇게 외부로 치달려 구하는 일은 그치지 않고 자연히 일종의 습관이 될 수 있다. 이 습관이 한번 형성되면, 우리가 생각하고 움직일 때마다 그 습관이 주인이 된다. 바꾸어 말하면, 습관의 힘이 우리의 마음을 형성한다.[110] 이러한 종류의 마음이 생기면 모든 사물이 외부에 존재하는 객관 대상이라고 집착하게 되고, 이것이 사실임을 결코 의심하지 않게 된다.

나는 여기에서 공간, 시간의 상(相)은 사람 마음이 외부에 존재하는 객관세계가 있다고 확실히 집착해야 비로소 있게 되는 것이라는 이야기를 하려고 한다. 왜냐하면 외부세계가 있다고 집착하면, 개별적인 객관 대상 하나하나에 대해 동서 등의 방향, 원근 등의 거리와 같은 분포상(分佈相)을 얻을 수 있기 때문이다. 이러한 분포상을 공간상(空間相)이라고 부

論'을 주장한 데 대하여 곽상은 개별적인 有의 중요성을 강조하여 '獨化論'을 창시하였다.

108) (역주) 『莊子』「大宗師」 첫머리의 郭象註이다. "人之生也, 形雖七尺, 而五常必具. 故雖區區之身, 乃舉天地以奉之."

109) 여기에서의 習자는 대단히 중요하다. 그의 추구는 습관적인 것이지 결코 자각적이지 않다.

110) 여기에서의 마음은 習心을 말한다.

른다. 동시에 개별적인 객관 대상 하나하나에 대해서 과거・현재・미래와 같은 연속상(延續相)이 있다는 것을 알게 된다. 이러한 연속상을 시간상(時間相)이라고 부른다. 그러므로 공간상과 시간상은 모두 일상 경험에 의거해서 외부세계가 존재한다고 집착해야 비로소 나타나는 것이지, 경험 없이는 결코 이루어지지 않는다. 어떤 사람은 이 점을 다음과 같이 논박한다. "분포[111]와 연속[112]은 물질 우주의 존재 형식이다. 이 형식은 우리가 사물에 대한 지식을 성립시키는 가장 근본적인 기초이다. 이 형식을 부정하면 물질 우주의 존재를 부정하게 되고, 그렇게 되면 우리는 사물에 대한 지식을 성립시킬 수 없다. 그러나 당신의 주장에 따르면, 외부 객관세계는 근본적으로 존재하지 않는 것이고, 허망한 마음이 존재한다고 잘못 오인하여 집착하는 것이다. 그리고 공간상과 시간상도 외부세계의 거짓된 허상을 조건으로 삼는 동시에 거짓으로 나타난 것이다. 이렇게 공간・시간・객관세계 모두를 부인하였다. 이와 같은데 우리가 사물에 대한 지식을 가질 수 있겠는가?" 여기에 대한 답은 다음과 같다. 당신의 질문은 어렵지만, 큰 의미가 있다. 그러나 나는 객관 대상이 내 마음과 분리되어 외부에 존재한다는 잘못된 견해에 집착하는 병을 치료하기 위해서 외부세계가 없다고 한 것이지, 객관세계가 없다고 말한 것은 결코 아니다. 외부 대상에 집착하는 사람이라도 아무 것도 없는데 이러한 집착을 일으킬 수는 없다. 눈앞에 대상이 있기 때문에 그는 비로소 그 대상에 의거해서 마음에 분별을 일으키고, 이 대상이 내 마음과 분리되어 외부에 존재한다고 생각하는 것이다. 나는 그의 허망한 집착을 깨뜨리기 위해, 당신이 집착하는 외부 객관 대상은 근본적으로 존재하지 않는다고 말한 것이다. 왜냐하면 내가 실재하는 대상이라고 부르는 것과 당신이 외부에 존재한다고 집착하는 것은 근본적으로 다르기

---

111) 분포는 공간상을 말한다.
112) 연속은 시간상을 말한다.

때문이다. 나는 그의 허망한 집착을 깨뜨리려고 할 뿐이다. 실제로 그가 집착할 때 어떻게 눈앞의 대상에 의거하지 않고 이러한 집착이 시작되었겠는가? 일단 객관 대상이 존재한다고 인정하면, 공간상[113]과 시간상[114]은 저절로 객관 대상의 존재 형식이 된다. 바꾸어 말하면 공간과 시간은 객관 대상이 갖추고 있는 것이므로, 그것이 사물에 대한 지식을 구성하는 가장 근본적인 기초가 된다는 것을 나는 의심할 수 없다. 우리는 이지(理智) 작용은 객관 대상이 마음과 분리되어 외부에 존재한다고 집착하는 허망한 습관에서 발전해온 것임을 알아야 한다. 모든 지식의 뿌리는 외부 객관 대상에 허망하게 집착하는 습관을 바탕으로 자라난 것이다. 만약 객관 대상이 마음과 분리되어 외부에 존재한다고 집착하지 않으면, 그는 객관 대상에 대해 처리하고 분석하거나 특히 사유하는 등의 일을 하지 않게 된다. 그렇게 되면 우리는 객관 대상에 대한 지식을 가질 수 없게 된다. 지식이 없을 수 없다면, 외부 객관 대상이 있다고 집착하는 습관이란 찬미해야 할 대상인가? 그렇지 않다. 외부 객관 대상이 존재한다는 것에 집착하는 습관은 좋다고 할 수 없다. 우리는 객관 대상에 대해 헛된 집착을 일으키지 않도록 해야 한다. 단지 세간에 따라서 모든 사물이 외부에 존재하는 객관 대상이라고 가정하고, 그에 따라 처리하고 사유할 뿐이다. 이처럼 가정하는 것은 잘못이 아니다. 그러나 진리의 측면에서 말하면, 객관 대상과 마음은 혼융되어 있고 분리할 수 없다는 사실을 반드시 알아야 한다. 만약 객관 대상이 마음과 분리하여 독립적으로 존재하는 것이라고 집착하고, 진리가 실제로 그렇다고 보면 큰 잘못이다. 이치는 생동하는 것이므로, 어느 한쪽의 견해에 집착해서 말하면 안 된다. 이것은 마치 팔면 거울을 놓은 것과 같아서, 당신이 거울의 이쪽 면으로 비추어보면 이런 모양이고 저쪽 면으로 비추어보면

---

113) 분포를 말한다.
114) 연속을 말한다.

저런 모양이어서 팔면 어느 쪽으로 비추어도 똑같은 모습이 나타나지 않는 것과 같다. 우리는 이치를 말할 때 속제(俗諦)와 진제(眞諦)를 구별해야 한다.115) 세간의 견해에 따라서 객관세계가 존재하고 그것을 외부에 존재하는 것으로 가정하여 지식이 성립할 근거를 가지게 하는 것, 이것이 속제이다. 일체의 상대적인 상을 없애고 오직 진리로 요약하여 말하면, 객관 대상이 마음과 분리하여 독립적으로 존재한다는 것을 인정하지 않고, 마음과 객관 대상을 모두 잊고[心境兩忘] 주체와 객체를 구분하지 않는[能所不分] 경지에 이르는 것, 이것이 진제이다. 이 내용을 여기에서는 더 논의하지 않고 『양론』에서 자세히 다루려고 하니, 이 글은 일단 여기에서 마무리짓겠다.

역자가 보기에, 이 장에서 외부 객관세계를 논파한 것은 인도 구유식의 종지와 근본적으로 다르다. 배우는 이들은 한 번 구유식논사의 『유식이십론』과 이 장을 대조해보면 자연히 알게 될 것이다.116)

---

115) (역주) 俗諦[saṃvṛti-satya]는 세속제라고도 하고, 세간 일반에 승인되어 있는 진리라는 의미를 가진다. 세속제의 世는 괴멸의 의미가 있으니, 곧 모든 유위법은 다 괴멸의 모습을 가지고 있다. 俗은 제법의 진실을 모른다는 뜻과 무명의 힘으로 제법의 진실을 막는다는 뜻이 있고, 諦는 진실의 뜻이다. 세속에서는 무명에 물들어서 실제로 존재하지 않는 제법이 실제로 있다고 집착한다. 眞諦[paramārtha-satya]는 勝義諦·第一義諦라고도 한다. 진실하고 거짓되지 않은 올바른 이치를 말한다. 진리의 경지, 절대의 경지, 진실 궁극의 깨달음 그 자체를 의미하고, 眞如를 말하기도 한다. 『成唯識論述記』에서는 『瑜伽師地論』의 四俗一眞說에 바탕을 두고 四重의 세속 승의 二諦를 세워서, 世間世俗諦·世間勝義諦·道理勝義諦·證得勝義諦·勝義勝義諦로 구분한다.

116) (역주) 『唯識二十論』은 유식설의 근본 취지인 '唯識無境'을 주장한 다음, 외도와 설일체유부 등 소승불교에서 마음 밖에 실재하는 대상이 존재한다고 믿는 잘못된 집착을 논파하는 것으로 그 주장을 논증하고 있다. 구체적으로는 ① 외경실재론의 잘못된 견해와 그에 대한 논파(제1~14송, 極微不成論 포함), ② 現量難과 그 논파(제15~16송 전반), ③ 蒙覺不同難과 그 논파(제16송 후반), ④ 二識決定難과 그 논파(제17송 전반), ⑤ 夢覺業果不同難과 그 논파(제17송 후반), ⑥ 殺業不成難과 그 논파(제18~19송), ⑦ 他心智難과 그 논파(제20송)의 구조로 되어 있다. 그 내용은 오직 識만 존재하며, 이것이 전변하여 일어날 때 식이 객관으로서의 식(相分)과 주관으로서의 식(見分)으로 변현하여 외부세계에 실재하는 것처럼 보이는 대상을 일으킬 뿐임을 밝히는 것이다. 마치 눈

에 티끌이 들어가거나 백태가 끼어 있으면 허공 중에 털이나 꽃이 있다고 보지만 그것들이 실제로는 존재하지 않는 것처럼, 외부 대상은 識이 似現된 것일 뿐 실재가 아니라는 것이다. 이러한 입장은 웅십력이 '唯識'을 "식의 작용이 특수하다"고 해석하여(본문 「유식(상)」, 110면) 식만 존재한다는 유식불교의 입장을 부정하고, 識이나 외부 대상세계인 外境이 모두 本體, 즉 本心의 현현임을 주장하는 것과는 전혀 다른 견해이다. 그런 면에서 본문에서 자신의 논지와 구 유식논사의 종지가 다르다고 한 것이다. 그러나 웅십력은 극미설 등 외경실재론을 논파하는 데는 『唯識二十論』에서 유식불교가 실재론을 논파하는 논리를 거의 그대로 차용하였다.

제3장 「유식(唯識)(하)」

식의 특수성(하)

우리는 앞 장에서 외부세계[外境]를 논파하였는데, 이것은 결코 객관세계가 존재하지 않는다는 뜻이 아니라 단지 이 세계가 마음과 분리되어 독립적으로 존재하는 것이 아니라는 의미이다. 어떤 사람은 내 생각을 듣고 내가 객관 대상을 마음에 종속시켰고, 당연히 마음을 실재하는 것으로 간주하였다고 생각한다. 이렇게 이해한 사람은 내 생각을 오해한 것이다. 나는 "객관을 포섭하여 주관으로 돌아가고[攝所歸能]", "진실의 지혜[實智]로 들어가야 한다"라고 말한 적이 있다. 이러한 사상은 마음과 객관세계가 상대적이라는 허망한 상을 없애고, 본래 가지고 있는 진실의 지혜를 얻으려는 것이다.[1] 진실의 지혜야말로 상대적인 짝이 없고 독립된 것이다. 대상이 그것을 구속할 수 없고 그것이 대상을 운용할

1) 진실의 지혜[實智]는 본래의 마음이다.

수 있으므로, 객관을 포섭하여 주관으로 돌아간다고 한 것이다. 여기에서 진실의 지혜가 상대적인 짝이 없고 독립된 것이라는 사실이 바로 드러난다. 내 말을 들은 사람은 내가 말하는 마음이 헛되이 집착하는 마음과 본래의 마음, 두 종류로 나뉘어진다는 것을 알아야 한다. 본래의 마음은 절대적이고 진실한 것으로, 이 글 전체를 다 읽으면 자연히 알게 될 것이다. 헛되이 집착하는 마음은 객관 대상을 취하는 식이다.[2] 이 마음을 실재한다고 보는 것은 큰 잘못이다. 보통 사람들은 대체로 본래의 마음이 있다는 것을 스스로 인정하지 않으므로, 헛되이 집착하는 마음이 본심(本心)[3]의 지위를 빼앗게 된다. 이 때문에 헛되이 집착하는 마음을 실재하는 것으로 간주한다. 이렇게 되면 외부 객관세계가 실재한다는 견해에 집착하는 것과 똑같은 전도가 일어난다. 우리는 헛되이 집착하는 마음, 또는 객관 대상을 취하는 식에 근본적으로 자체(自體)가 없음을 알아야 한다. 인도 불교에서는 이 마음이 연생(緣生), 즉 조건에 따라 생겨난 것이라고 보는데, 이것은 그 마음에 자체가 없다는 뜻이다. 그러나 무엇을 연생(緣生)이라고 하는가? 이를 잘 해석하지 않으면 안 된다. 연(緣) 자의 본래의 의미는 의거한다[憑藉]는 것이고, 생(生) 자의 의미는 일어난다[現起]는 것이다. 예를 들어 갑이 을·병 등에 의거하여 일어나면, 을·병 등을 갑에 대해 연이 된다고 한다.[4] 만약 을·병 등과 같은 연들을 모두 없애버린다면, 갑도 일어날 수 없다. 이로써 갑의 형상은 을·병 등의 수많은 연들이 서로 의지해서 일어난 것이라고 해야 하고, 이를 연생이라고 부른다. 갑이 이와 같고, 을·병 등도 모두 똑같다. 사물들 중 서로 연이 되어 일어나지 않은 것은 아무 것도 없다. 그러므로 모든 사물에는 자체가 없다. 바꾸어 말하면, 사물이라는 것은 결국 공(空)

---

2) 제2장 앞머리에서 말하였다.

3) 본래의 마음을 줄여서 本心이라고 한다.

4) 갑의 측면에서 말하면, 갑은 을·병 등을 연으로 삼는다.

이고 존재하지 않는 것이다. 개별적인 사물 하나하나가 모두 자체가 없는데, 어떻게 공이 아니겠는가? 보리와 벼를 예로 들면, 일반적으로 보리와 벼는 자체가 있고 실재한다고 생각하지만, 연기사상을 이해하는 사람이 보기에 보리와 벼는 수많은 연들이 서로 의거하여 나타난 한 상태에 불과하다. 씨앗이 인연이 되고, 물과 토지·공기·농기구·계절 등이 모두 보조 연이 되어 이러한 연들이 서로 의거하여 보리와 벼의 형상이 나타난 것이다. 연들을 모두 제거해버리면, 보리와 벼도 없게 된다. 그러므로 보리와 벼는 자체가 없고 실재하는 것이 아니다. 여기까지 말하면, 연생이라는 말의 의미가 분명해질 것이다. 앞에서 말하였듯이, 헛되이 집착하는 마음[5]은 연에 의해 생겨난 것이다. 바꾸어 말해서 이러한 마음은 수많은 연들이 서로 의거하여 나타난 한 상태이므로, 당연히 자체를 가지고 있지 않고 실재하는 것도 아니다. 수많은 연들을 하나하나 제거해가면, 이러한 마음이 어디에 있겠는가? 실제로 그것은 공이고 존재하지 않는다. 그러나 여기까지 말하면, 내용을 좀 보충해야 한다. 왜냐하면 이러한 마음이 연에 의해 생긴 것이라면, 그 연들을 반드시 구분해야 연생설이 성립하기 때문이다. 연들을 구분하지 않고 어떻게 연생을 말하겠는가? 인도 불교사상에 의하면, 이러한 마음이 나타나는 데에는 네 종류의 연이 있어야 한다고 본다.[6] 그것은 첫째, 인연(因緣), 둘째, 등무간연(等無間緣), 셋째, 소연연(所緣緣), 넷째, 증상연(增上緣)이다. 이제

---

5) 또는 객관 대상을 取하는 識이다.

6) (역주) 이 四緣說은 현존하는 4『아함경』에는 나타나지 않고, 隋의 達磨笈多가 번역한『緣生初勝分本經』卷上(大16)과 唐代 玄奘이 번역한『分別緣起初勝法門經』卷下(대16)에 나온다. 그러나 "그 밖의 다른 곳에서 말하고 있는 것과 같다"는 구절이 나오는 것으로 볼 때, 이 경 외에 다른 경에서도 말하여졌다는 것은 분명한 사실이다. 논서로서는『俱舍論』7권「分別根品」「中論釋」(『大藏經』30卷 2下) 등에서 "說有四種緣. 等無間非後, 心心所已生. 所緣一切法, 增上卽能作"(『俱舍論』7권「分別根品」)라고 말한다. 이하 因緣·等無間緣·所緣緣·增上緣의 四緣에 대한 논술은『成唯識論』卷七 및『成唯識論述記』卷七 부분에 자세하다.

이들 연의 의미를 차례로 해석해보겠다.

무엇을 인연(因緣)[7]이라고 하는가? 먼저 인연이라는 말뜻을 간략히 해석한 뒤 그 범위를 정하기로 하자. 연(緣) 자의 뜻은 앞에서 말하였으므로,[8] 여기에서 부언하지 않겠다. 인(因) 자는 원인으로 말미암는다[因由]는 뜻이다. 모든 사물의 발현은 갑자기 나타나는 것이 아니고, 반드시 원인으로 말미암는 것이 있어야 한다. 과거 인도 외도 중 한 학파는 이 세계가 갑자기 나타난 것이고 원인이 없다고 주장하였는데,[9] 이 사상은 아주 천박해서 불교에 의해 배척되었다. 이 때문에 사물이 모두 갖추고 있는, 원인으로 말미암는 것이 바로 사물이 그에 의거해 나타나는 연이 된다. 이렇게 원인으로 말미암는 것을 연이라고 하므로, 인연이라고 부른다. 네 가지 연 중에서 인연이 특히 중요하므로, 제일 앞에 놓았다. 과거 인도 구 논사들은[10] 인연의 범위를 다음과 같이 분명하게 정하였다.[11] 능생의 작용을 가진 것은 그 자신의 결과[果]를 직접 낳게 되는데, 이러한 경우에만 인연(因)이라고 부른다는 것이다.[12] 구 논사들

---

7) (역주) 因緣(hetu-pratyaya)은 因과 緣의 병칭이다. 因은 결과를 이끌어내는 직접적인 내재 원인이고, 緣은 외부에서 도와주는 간접적인 원인이다. 일체만유는 인연이 모이고 흩어짐에 따라 생멸하는데, 이것을 因緣生·緣生·緣成·緣起라고 부른다.

8) (역주) 緣 자의 의미는 서로 의거한다는 뜻이라고 하였다.

9) (역주) 無因外道는 만물이 원인이 없이 발생한다고 본 인도 外道의 한 학파를 말한다. 20종 外道의 하나로서, 無因生論·無因見論·無法外道라고도 부른다. 外道 四執 중의 하나로서, 모든 존재는 결과로서 존재하고 있지만 원인을 추구해도 결국 얻는 것이 없다는 無因有果와, 원인과 함께 결과까지 부정해버리는 無因無果로 나누어 볼 수 있다. 현재의 사물이 있는 것은 부정할 수 없으므로 결과가 있지만, 그 원인을 알 수 없으므로 無因으로 보는 것이 전자이다. 선악의 인과가 모두 없어서 후세에 과보를 받는 일도, 현세의 사항이 생긴 원인도 없다고 주장하는 것이 후자이다.

10) 唯識論 논사들을 말한다.

11) 여기부터는 因緣이라는 단어를 因이라고 생략하여 쓴다.

12) 『成唯識論』 권7 및 『述記』 권44, 제1면 이하를 참조할 것.

(역주) 『成唯識論』 卷七(大 31, 040a). "種子者, 謂本識中善染無記, 諸界地等功能差別. 能引次後自類功能. 及起同時自類現果. 此唯望彼是因緣性." 인연의 작용에는 能生의 종자와 能熏의 현행, 두 가지가 있다. 이때 능생의 종자에도 두 종류가 있다. 첫째는 후 찰나에 자기 부류의 종자를 생성하는 것이고, 둘째는 동일 찰나에 자기 부류의 현행을

은 이렇게 인연의 범위를 정하고, 종자를 식의 인연으로 세우고[13] 식은 종자의 결과라고 말하였다.[14] 이제 구 논사들이 말한 인연의 의미를 자세히 살피고 난 뒤, 그 종자설을 비판하기로 하겠다. 구 논사들이 정한 인연의 범위를 세 항목으로 나누어 설명해보겠다. 첫째, 결과에 대해 인연이 되는 것은 확실히 실재하는 것이다. 그렇지 않으면 결과를 생성하는 작용을 가질 수 없어서 인연이 될 수 없다. 둘째, 인연으로 생겨난 결과는 인연과 구별된 자신의 자체가 따로 있다. 바꾸어 말하면, 인연과 결과는 하나가 아니다. 셋째, 인연은 결과의 창생을 직접 결정한다. 이 의미가 가장 중요하다. 예를 들어 인연이 직접 결과를 창생할 수 없거나 직접 창생을 결정할 수 없다면, 이 인연은 뒤에 언급할 증상연이지 인연이라고 할 수 없다. 그러므로 세 번째 항목의 의미가 가장 중요하다. 구 논사들이 말한 인연의 의미는 이와 같다. 다시 그 종자설을 비판해보겠다. 종자에 관한 학설은 구유식학 내에서도 아주 복잡하지만, 나는 요점만 가지고 말하려고 한다. 지금 여기에서는 심리적인 측면에서만 개략적으로 서술하겠다. 종자는 일종의 세력이라는 뜻을 가진다. 종자라고 부르는 것은 능생의 작용을 갖추고 있기 때문이므로, 세간에서는 보리와 벼 등도 모두 종자가 있다고 말한다. 구 논사들은 세간에서 말하는 종자의 의미를 형이상학에 응용해서 식의 발생을 억측한다. 즉 능생의 세력이 따로 있으며, 이러한 세력을 종자라고 부른다는 것이다.

生起하게 하는 것이다. 本識 중의 종자가 전후 찰나에 상속될 때, 종자가 종자를 낳는 관계[種子生種子]가 생겨난다. 이 前念의 종자가 後念의 종자에 대해 인연이 된다. 또 이 종자에 여러 緣들이 합해져서 각자의 현행이 일어날 때, 종자가 현행을 낳는 관계[種子生現行]가 생겨난다. 이때 종자를 현행에 대해 인연이라고 부른다.

13) 여기에서의 識 자를 본론에서는 헛되이 집착하는 마음, 또는 객관 대상을 취하는 識이라고 말한다. 이 뒤에 나오는 識 자는 모두 이에 의거한 것이다.

14) (역주) 「문언문본」에서는 "『唯識三十論』에서는 '因緣'에 대해 '종자가 현행을 낳는다'라고 주장한다. 이때의 현행은 心識을 의미한다. 종자가 因이 되어 직접 心識을 낳는다"라고 설명한다(『新唯識論』 「文言文本」, 57면). 『成唯識論』 卷七(大31, 040a)에는 "現行同類, 展轉相望, 皆非因緣. 自種生故"라고 되어 있다.

그러나 구 논사들이 말하는 종자는 그들의 말대로 추상적 관념이 결코 아니다. 그들은 종자가 자체를 가지고 있고, 실재하며, 결과를 낳는 작용이 있다고 본다. 그들은 또한 종자들이 각각 구별되고, 무수히 많으며, 완전한 통일체가 아니라고 본다. 그들은 어떻게 이러한 주장을 하는가? 우리의 식은 찰나마다[念念] 일어났다 사라지지만, 모두 원인이 있다는 것이다. 그들의 억측에 따르면, 각각 구별되고 실재하는 종자들이 있어서 능생의 인연이 되고, 식은 종자가 낳은 결과가 된다. 원래 인도 대승불교에서는 우리의 식이 완전한 통일체가 아니라 각 분자가 독립적이라고 본다. 그리하여 사람마다 식을 8개로 나눈다.[15] 이 때문에 식의 인연이 되는 종자도 각각 구별되고, 무수히 많으며, 완전한 통일체가 될 수 없다. 그 주장에 따르면, 눈앞에 나타난 한 순간의 안식(眼識)은 그 자신의 종자가 인연이 되어야 비로소 생겨날 수 있다. 이전 순간[前念]의 안식을 추론하거나 다음 순간[後念]의 안식을 예측하는 것도 모두 똑같은 이치이다.[16] 안식이 이와 같고, 이식, 비식에서 제8식까지 모두 똑같은 이치이다. 종합하면, 각각 구별되는 종자가 각자의 결과를 직접 낳게 되므로, 그들이 정한 인연의 범위는 직접 각자의 결과를 낳는다는 의미를 특히 중시하게 된다. 왜냐하면 종자는 다원적이므로, 만약 각각이 직접 각자의 결과를 낳지 않는다면 서로 뒤섞여 혼란스럽지 않겠는가? 구 논사들의 주장은 대체로 이와 같다.[17] 이제 나는 이를 간단히 비판해보겠다. 구 논사들은 물질을 쪼개는 것처럼 식을 각각 독립된 분자

15) 자세한 것은 뒤의 「명심」 장에서 다룰 것이다.

16) (역주) 前念과 後念은 마음의 순간의 변화를 가리킨다. 念은 意念의 뜻이고, 찰나의 시간을 가리킨다. 지나간 것은 前念이라고 하고, 계속 이어지는 것은 後念이라고 한다.

17) 『攝論』에서 世親이 종자의 6가지 의미를 해석한 것 중 引自果조를 참조할 것.
(역주) 『瑜伽論』 제5권에서는 종자의 7가지 의미를 말하고, 『攝大乘論』 제1권과 『成唯識論』 제2권에서는 종자의 6가지 의미를 말한다. 『攝大乘論釋』 卷二(大 31, 329c)에는 '引自果'에 대해 "唯能引自果者, 謂自種子但引自果. 如阿賴耶識種子, 唯能引生阿賴耶識"라고 한다.

로 나누는데, 이것이 그들의 근본적인 잘못이다. 이 점은 또 뒷글[18]에서 바로잡으려고 한다. 종자를 식의 인연으로, 식을 종자의 결과로 보아서 인연과 결과를 완전히 나누어진 두 가지 것으로 보는 것은 마치 어머니와 어린 아기를 완전히 나누어진 두 사람으로 보는 것과 같다.[19] 이러한 인과 관념은 대단히 조악하며, 형이상학의 미혹한 사상이다. 이 점은 뒷장[20]에서 다시 언급할 것이다. 결론적으로, 나는 구 논사들의 종자론은 근본적으로 배척되어야 한다고 본다. 구 논사들의 인연에 관한 주장에 나는 절대 찬성할 수 없다.[21]

우리는 인연의 범위를 다시 고쳐 정해야 한다. 식이 일어나는 것은 옆의 연들에 의거하지만,[22] 그것은 일종의 내재적이고, 살아 움직이며, 부족하지 않고, 자발적인 힘을 갖추고 있음에 틀림없다. 우리는 이러한 자발적인 힘이 식을 일어나게 하는 인연이라고 가정한다.[23] 따로 실재

18) 뒷글은 「명심」 장을 말한다.

19) 유식불교에서는 종자와 그것이 생성한 결과는 동시에 모두 존재한다[果俱有]고 보는데, 이것은 인연과 결과가 각각 自體를 가지고 있다고 보기 때문이다. 『攝大乘論』 등에서 본 종자의 6가지 의미를 참조할 것.
(역주) 『成唯識論』 卷二(大 31, 09b)에 의하면, 종자의 6가지 개념은 다음과 같다. 첫째, 찰나에 생멸한다[刹那滅]. 둘째, 결과와 함께 존재한다[果俱有]. 셋째, 항상 따라서 유전한다[恒隨轉]. 넷째, 성품이 결정적이다[性決定]. 다섯째, 뭇 연들을 기다린다[待衆緣]. 여섯째, 자신의 결과를 이끌어낸다[引自果]. 오직 근본식 중의 특수한 세력이 이 여섯 가지 내용을 갖추어 종자를 이룬다고 한다.

20) 「공능」 장을 말한다.

21) (역주) 웅십력은 유식불교의 八識說 · 見分 · 相分說 · 種子說 등을 모두 다원론으로 파악한다. 또한 다원론은 아라야식 속의 무수한 종자와 현상이 각각 하나의 단위로서 일대일로 대응되어 조립된다는 구조로 갈 수밖에 없다고 본다. 이렇게 연기를 구조론으로 해석하는 것은 연기론이 실재론으로 변화한 것이나 다름이 없으므로, 종자설은 비판의 대상이 될 수밖에 없다. 그러나 종자를 자체를 가진 알갱이로 파악하는 웅십력의 시각은 문제가 있다. 종자는 현행을 낳는 잠재적인 힘으로서 찰나 생멸하는 흐름이지, 결코 자체를 가진 하나의 단위가 아니기 때문이다.

22) 이하의 세 가지 緣을 말한다.

23) 이 중의 힘이라는 글자의 뜻은 아주 미묘하므로, 실재하는 것으로 간주해서는 안 된다. 이 뒤에 힘에 대해 말하는 것 모두 이와 같다.
(역주) 웅십력이 말하는 이 '자발적인 힘'은 바로 우주의 生命力에 해당한다. 웅십력에

하는 종자가 있어서 식의 인연이 된다고 말해서는 안 된다. 식이라고 하는 것은 찰나마다 모두 새롭게 일어나는 것임을 알아야 한다.[24] 바꾸어 말하면, 이 식은 찰나마다 모두 새롭게 일어나는 것이고, 자발적인 힘이다. 어떻게 그것이 자발적인 힘이라는 것을 알 수 있는가? 식은 형상이 없지만 우리가 그것이 존재하며 없는 것이 아님을 알게 되는 까닭은 그것이 인식한다는 한 가지 특징을 가지고 있기 때문이다. 모든 객관 대상을 인식하므로, 자발적인 힘이라는 것을 인정해야 한다. 신체의 감각기관에 의거해서 일어나지만,[25] 그것이 감각기관을 주재할 수 있으므로[26] 감각기관의 부산물이라고 할 수 없다. 또 객관 대상에 의거해서 일어나지만,[27] 그것이 일체의 객관 대상을 변화[轉化]시키고[28] 개조할 수도 있으므로[29] 자극물의 반영이라고 할 수 없다. 우리가 내적으로 체험하게 되면, 식이 일어나는 것은 내재하는 자발적인 힘을 갖추고 있어야 비로소 가능하다는 것을 알게 된다. 이러한 자발적인 힘은 그 단서

게 이 생명의 우주는 기계적이고 단편적으로 나눌 수 있는 물질 우주가 아니라, 유기체적인 전체로 나타난다. 이것이 소위 '쉬지 않고 생성하는 참된 메카니즘[生生不息眞機]'이다. 이렇게 본체를 생명력으로 파악하는 기본 틀은 송명 성리학을 계승한 것이라고 볼 수 있다. 또한 서양 베르그송 철학과도 상당히 유사하다. 베르그송 철학에서도 우주는 생명의 우주인 동시에 유기체적인 전체로 나타나기 때문이다. 그러나 웅십력의 생명이 도덕적 성향을 가진 仁으로 나타나는 반면에, 베르그송 철학에서는 도덕적 성향이 없는 맹목적인 생명 충동을 중시한다는 점에서 매우 대조적이다.

24) 이전 순간에 소멸되면, 다음 순간에 바로 그 뒤를 이어 일어난다. 순간마다 모두 새롭게 일어난 것이지만, 이전 순간과 다음 순간 사이에 간격이 없다.

25) 여기에서 신체의 감각기관이라는 말은 다섯 가지 감각기관과 신경계를 포괄하여 말하는 것이다.

26) 귀·눈 등의 감각기관이 서로 접하게 되는 것은 아주 복잡하지만, 총명한 識은 어지럽혀지지 않는다. 識은 스스로 주인이 됨을 알 수 있다.

27) 세속에서 외부세계의 자극물이라고 하는 것은 객관세계의 대상들을 통칭하는 것이다.

28) 색·냄새 등의 객관 대상과 같은 것들은 모두 마음을 약하게 하기에 충분치 못하다. 그러나 마음은 실제로 그것들에 의거해서 자신의 총명한 用을 드러낸다. 이 마음은 객관 대상을 轉化시켜서 막히는 것이 없게 한다.

29) 우리 마음은 눈앞의 모든 객관 대상을 개조하여 생활에 적합하게 할 수 있다. 이것은 분명하고 부인할 수 없는 사실이다.

를 찾을 수 없고 그 형상을 볼 수도 없는 것이다. 그것은 번갯불이 번쩍번쩍하는 것과 같이 끊이지 않고 계속 새롭게 일어난다. 얼마나 신기한가! 우리는 식이 일어나는 것은 내재하는 자발적인 힘을 갖추고 있기 때문이라고 보고, 그 자체의 자발적인 힘에서 나오는 것만을 인연이라고 가정한다. 이 외에는 인연이라고 할 것이 없다.[30] 이 점을 분명히 하지 못하고 구유식논사의 학설과 같이 억측에 의거해서 종자라는 것이 따로 있어서 식의 인연이 된다고 본다면, 큰 잘못이다. 세속의 견해와 같이 식을 감각기관의 부산물로 여기고 또 외부세계의 자극의 반응으로 설명하는 견해는 더욱 미혹한 잘못이다. 그들은 자신의 마음이 자주적이고, 자유롭고[自在],[31] 스스로 창조한다는 사실을 깨닫지 못하였다. 그들은 자기가 분명히 가진 것을 부인하였으니, 애석한 일이다! 어떤 사람은 이렇게 묻는다. "당신이 전에 말한 마음은 허망하게 집착하는 마음이고, 뒤에 일어난 것[後起]이다. 지금 인연을 말할 때는 또 그것이 내재하는 자발적인 힘을 갖추고 있다고 말한다. 이렇게 자발적인 힘도 뒤에 일어난 것인가?" 이 물음에 대한 답은 다음과 같다. 여기에서 말한 자발적인 힘은 실은 성지(性智)의 발용(發用)이다.[32] 발용의 측면에서만 말하면, 이 성지의 작용은 감각기관에서 발현되고,[33] 감각기관은 쉽게 그것을 빌어서 스스로 감각기관의 영명함을 이룬다. 그러므로 성지의 발용이라는 점에서 말하자면, 자발적인 힘은 본래부터 존재하는 것이며

30) (역주) 일반적인 인연설은 사물의 상호 연관에만 착안할 줄 알았지, 그 사물에 내재하는 자발적인 힘이 있다는 것을 깨닫지 못하였다. 웅십력은 우리 마음속에 내재하는 이 자발적인 힘을 因으로 본다. 마음속의 이 에너지는 본체로서 그 자신으로 있는 상태와 작용으로 표현되는 상태, 두 가지 상태로 나타난다. 따라서 본체와 작용, 즉 본체와 현상은 둘이 아니라 하나가 된다[體用不二]. 이것이 웅십력 철학이 유식불교와 근본적으로 다른 점이다. 유식불교에서 현상계의 因이 種子로 나타나는 반면, 웅십력에서는 우리 마음속의 자발적이고 능동적인 에너지가 되기 때문이다.

31) 일체 사물의 장애를 받지 않으므로, 자유롭다[自在]고 한다.

32) 性智는 바로 본체이다. 「명종」 장에서 이 점을 밝혔다.

33) 감각기관에 대해서는 앞의 주에서 다루었다.

허망한 것이 아니라고 해야 한다. 감각기관의 영명함을 이룬다는 점에서 말하자면, 이 자발적인 힘은 뒤에 일어난 것이고[34] 허망한 것이라고 해야 한다.[35] 그러나 내가 존양(存養)[36] 공부를 하여 성지가 항상 속을 주재하게 하고 감각기관에 부려져서 함부로 행동하지 않는다면, 모든 발용이 본래 존재하는 참된 작동[眞幾]이 아닌 경우가 없게 될 것이다. 이 의미는 하권에서 더 자세히 다룰 것이다.[37]

덧붙이는 말 : 역자가 보기에, 본론의 연기설과 관계를 말하는 일반적인 논의는 서로 일치하지 않는다. 관계를 말하는 자는 사물의 상호 관련에 착안할 줄만 알고, 사물 자체를 깊이 탐구하지 못한다. 바꾸어 말해서, 사물이 내재하는 자발적인 힘을 가지고 있다는 것을 이해하지 못한다. 본론에서 말하는 연생(緣生)은 인연을 그 첫머리에 들고 있는데, 이것이 독특한 점이다.

무엇을 등무간연(等無間緣)이라고 하는가?[38] 이 연은 차제연(次第緣)이

---

34) 그 性智의 본연에 어긋나고 형체에 따라 움직이므로, 뒤에 일어난다고 한다.

35) 감각기관이 빌린 영명함은 사물에 따라 집착을 일으키고 또 染習에 의해 뒤섞여서 그 본래의 참됨을 잃기 때문에 허망하다.

36) (역주) 存養은 '存心養性'을 줄인 말로서, 本心을 보존하고, 本性을 키운다는 뜻이다. 孟子가 제기한 개념으로, 맹자는 이와 같은 사람을 大人이라고 불렀다. 이후 송명 성리학에서 중요한 수양 방법론으로 자리잡았다.

37) 「명심」 장에서 더 다룰 것이다.

38) (역주) 『成唯識論』 제7권(大 31, 040a). "等無間緣, 謂八現識及彼心所前聚. 於後自類無間等, 而開導令彼定生. 多同類種俱時轉故." 등무간연은 제8식의 각각의 心·心所가 다음 순간의 동일한 식으로 이어질 때, 이전의 식이 간격이 없이 開導하여 뒤의 심·심소를 생성하게 하는 작용을 말한다. 이 관계에서 이전 심·심소의 一聚를 등무간연이라고 한다. 이 등무간연은 심·심소의 現起에만 있는 것이고, 色法이 일어나는 것에는 관계가 없다. 說一切有部에서는 이전 순간의 심·심소의 一聚와 다음 순간의 심·심소의 一聚가 異識聚인 때도 이전 순간의 一聚를 등무간연이 된다고 말한다. 그러나 唯識佛教에서는 8식이 體別하여 식이 병기하므로, 異識聚에게 開導의 작용을 할 수 없고, 동일 식의 전후에만 이 관계가 있다고 본다.

라고도 부른다. 이전 순간의 식이 다음 순간의 식을 이끌어낼 수 있으므로, 이전 순간의 식이 다음 순간의 식에 대해 차제연이 된다고 한다. 어째서 이전 순간의 식이 다음 순간의 식의 연이 되는가? 식은 찰나마다 일어났다 사라지는 것이기 때문이다. 바꾸어 말하면, 식은 찰나마다 이전 순간에 사라지면 다음 순간에 생겨나기 때문이다. 앞의 것이 사라지면 뒤의 것이 생겨나는 까닭은 이전 순간의 식이 다음 순간의 식에 대해 차제연이 되어서 다음 순간의 식을 이끌어내 생성하기 때문에 끊이지 않고 생성 소멸하게 된다. 만약 이전 순간의 식이 다음 순간의 식의 연이 될 수 없다면, 이전 순간의 식이 한 번 끊기면 영원히 끊겨서 다시는 다음 순간의 식이 생겨날 수 없다. 이러한 단견(斷見)은 이치에 맞지 않는다.[39] 앞의 것이 뒤의 것을 이끌어낼 수 있으므로, 앞의 것이 뒤의 것의 연이 된다고 한다. 뒤의 것이 앞의 것을 연으로 삼으면, 뒤의 것은 새로 생겨났지만 여전히 앞의 것에 근거를 둔 것이 되므로 차제연의 성립은 의미가 있게 된다. 어떤 사람은 "어째서 차제연을 등무간(等無間)이라고 하는가?"라고 묻는다. 이에 대한 대답은 다음과 같다. 이 용어는 두 가지 의미로 해석해야 한다. 첫째는 비슷하면서도[等] 길을 이끌어 열어준다[開導]는 의미이고, 둘째는 간격이 없다[無間]는 의미이다. '비슷하면서도 길을 이끌어 열어준다[開導]'는 것에서 이끈다[導]는 것은 불러서 끌어들인다는 뜻이다. 열어준다[開]는 것에도 두 가지 뜻이 있는데, 하나는 피한다는 뜻이고, 다른 하나는 뒤의 것에 자리를 내준다는 뜻이다. 만약 이전 순간의 식이 사라지지 않고 자기 자리에 고착되어

39) 옛날 인도에는 斷見外道가 있어서 사람이 죽으면 다시 살아날 수 없는 것과 같이 일체의 대상은 없어지면 또 끊어진다고 하였다.
(역주) 斷見(uccheda-dṛṣṭi)은 斷滅論이라고 하며 常見과 상대되는 말이다. 세간 및 자신의 단멸을 주장하고 因果의 이법을 인정하지 않는다. 사람은 한 번 죽으면 소멸하여 다시 태어나는 일이 없다고 보는 그릇된 생각이다. 富蘭那迦葉 등이 無善·無惡을 주장하고 또 善惡의 과보가 없다고 주장한 경우와 같다. 이들을 斷見外道라고 부르며, 外道十六宗의 하나이다. 허무주의를 주장하는 것도 단견의 일종이다.

있으면, 다음 순간의 식을 방해하여 생겨나지 못하게 한다. 그러나 이전 순간의 식이 일어나자마자 소멸되어 잠시도 머물러 있지 않으면, 그것은 스스로 길을 피해주어 뒤의 것에게 자리를 내주는 것과 같다. 그것이 아주 빠르게 다음 순간의 식을 이끌어내어 그 즉시 일어나게 하기 때문에, 길을 이끌어 열어준다고 한 것이다. 등(等) 자는 서로 비슷하다는 뜻이다. 앞의 것이 뒤의 것의 연이 되므로 뒤에 일어난 식 전체는 이전 순간의 식과 비슷하다. 한 순간 일어난 것이 이전 순간의 식과 전혀 비슷하지 않은 또 다른 변화된 형태의 것이 될 수 없다는 의미이다. 따라서 이전 순간과 다음 순간 사이에는 통일성이 있게 된다. 어떤 사람은 다음과 같이 논박한다. "이전 순간의 식이 열어준다고 하는데, 이미 소멸하여 근본적으로 아무 것도 없는 것이 어떻게 다음 순간을 이끌어 낸다고 할 수 있는가?" 여기에 대한 답은 이러하다. 이전 순간의 식이 막 일어나고 있을 때 뒤에 올 것을 이끌어내는 경향을 가지고 있다는 것이지, 이미 소멸되고 난 뒤 다시 이끌어낸다는 뜻이 아니다. 모든 사물은 생성될 때 이미 뒤에 올 새로운 전변을 이끌어내고 있다는 변화의 연속성이 결코 희귀한 일이 아님을 알아야 한다.

'간격이 없다[無間]'는 것에서 간(間) 자는 간격, 또는 단절된다는 의미이다. 이전 순간에 소멸되는 때가 바로 다음 순간에 생성되는 때이므로, 생성 소멸의 중간에는 시간도 간격도 없다. 만약 소멸될 때부터 생성될 때까지 중간에 시간이 있다면, 이것은 생성과 소멸 사이에 간격이 있다는 것이다. 그렇다면 이전 순간에 소멸하는 때 바로 끊어지고 말 것이니, 다음 순간에 어떻게 생겨나겠는가? 그러므로 앞의 것이 사라지고 뒤의 것이 생겨나는 것이 동일한 시각에 이루어지고, 긴밀하게 연속되어 중간에 결코 한 순간의 간격도 단절도 없게 된다. 장자(莊子)[40]는 "모

40) (역주) 莊子는 전국시대 철학자로서, 이름은 周이다. 宋나라 출신으로, 超威王의 초빙을 거절한 것으로 유명하다. 老子의 自然無爲사상을 계승하여 道를 무한하고 자신

든 사물의 변화는 무형(無形) 중에 긴밀하게 옮아가는 것이다. 앞의 것이 소멸하면 뒤의 것이 새로 생겨나서 모두 머무르지 않고 옮아간다. 그 옮아감이 아주 긴밀히 이루어지니, 누가 이를 알겠는가?"[41]라고 말한 적이 있다. 이 말은 심오한 이치를 깊이 깨달은 것이라고 할 수 있다. 그러므로 이전 순간의 식이 연이 되어 다음 것을 이끌어내는 생멸의 사이에 시간이 없으므로, 간격이 없다고 해야 한다. 어떤 사람은 또 이렇게 묻는다. "구유식논사들이 말하는 식에는 단절되는 시간이 있다. 예컨대 안식이 대상을 보지 못할 때, 내지는 의식이 사려하지 않을 때 그러하다. 이 학설이 합당한가?" 그 답은 이러하다. 구유식논사들은 식을 각각 독립적인 것으로 나누고 안식에서 의식까지 단절된 시간이 있다고 보았다. 그러나 정신 작용은 실로 전체적인 것이므로, 단절이 있다고 할 수 없다. 안식이 대상을 보지 못할 때, 내지는 의식이 사려하지 않을 때에도 볼 수 있고 생각할 수 있는 정신 작용은 존재하지 않을 때가 없다. 구유식논사의 학설이 어찌 충분한 논거가 되겠는가?

앞의 두 가지 의미를 종합하면,[42] 차제연(次第緣)을 등무간(等無間)이라고 부르는 이유가 명백해질 것이다. 우리 마음은 등무간연을 갖추고 있어서, 찰나마다 앞의 것이 소멸되며 길을 열어주고 뒤의 것이 앞의 것에 인도되어서 새로 일어난다. 마음은 이렇게 쉬지 않고 흘러가며 항상 새로운 것이지, 오래된 것이 그대로 머무르지 않는다. 정신 작용은 원래 지극히 강건한 덕을 가지고 있음을 알 수 있다. 이로 인하여 그 조짐[幾]의 작동이 헤아릴 수 없이 신묘해진다.[43] 어떤 학자들은 마음의 흐름이

에 근본을 둔 무소부재의 본체로 파악하여, 사물이 저절로 생겨나 저절로 변화한다는 점을 강조하였다. 物我의 대립을 파기하고 정신적 자유주의를 강조하였으며, 대소·생사·귀천의 차별을 부정하는 상대주의적 사상을 제시하였다.

41) 원문은 "變化密移, 疇覺之歟"이다.

(역주)『列子』 卷一 등에 "天地密移, 疇覺之哉"라는 구절이 있을 뿐, 그것이 莊子의 말인지는 확인하지 못하였다.

42) 첫째는 비슷하면서도 열어서 이끈다는 것이고, 둘째는 간격이 없다는 것이다.

과거에서 현재로 이어지고 다시 미래로 나아간다고 생각한다.[44] 이것은 과거를 사라지지 않고 단지 새로운 것이 시시각각 더해진 것으로 본 것이다. 이러한 견해는 잘못이며, 불교도 이를 상견(常見)이라고 비판하였다.[45] 우리는 우주에는 오래된 것들이 머무르고 쌓이는 일이 없다는 것을 알아야 한다.

덧붙이는 말 : 역자가 보기에, 웅십력 선생이 여기에서 말한 등무간연은 태반이 그 자신의 새로운 해석이다. 인도 불교에서는 마음을 각각 독립적인 요소로 나누기 때문에, 등무간연은 무어라 부를 수 없는 수많은 것들이 정교한 구조를 이루어서 순환의 이론을 완성하게 된다. 그 이론은 의미가 없다. 웅십력 선생은 그 이론을 인용하여 비판한다면, 글이 아주 번잡해질 것이라고 하였다. 웅십력 선생은 저서에서 간략한 것을 중시하고 지나치게 번잡한 것을 좋아하지 않았다. 중국인 학자들은 본래 옛날부터 복잡하게 논변하지 않았고, 그 역시 핵심을 중시하였다. 또 구 논사들의 인도 불교에서는 물질 현상에서 등무간연을 인정하지 않았다. 나는 물질 현상도 시시각각 변화하고 그때마다 앞의 것이 사라지고 뒤의 것이 생겨나므로, 등무간연의 의미를 가져야 한다고 선생에게 질문한 적이 있다. 물질은 항상 한 상태에서 다른 상태로 변화해가므로,

---

43) 幾 자는 조짐의 뜻이다. 변화의 움직임이 아직 일어나지는 않았으나 막 일어나려고 할 때를 조짐이라고 한다.

44) (역주) 서양 베르그송 철학이 그 대표적인 경우에 해당한다. 베르그송 철학에 대한 자세한 내용은 「전변」 장 주 174)번을 참고할 것.

45) 일체의 사물을 항상 존재하는 것으로 간주하는 것을 불교에서는 常見이라고 한다. (역주) 常見(nityadṛṣṭi)은 常邪見·常論이라고도 하고 斷見과 상대되는 말이다. 세계가 상주불변하고 인류의 자아가 불멸한다고 보는 견해이다. 사람이 죽고 난 뒤에도 자아는 소멸하지 않고 재생하여 다시 현재 상태를 지속하므로, 나 자신이 상주한다고 집착한다. 이러한 견해를 常見外道라고 부르는데, 六十二見 중에 十八種이 과거가 상주한다는 前際分別見이고 나머지 四十四種이 미래가 상주한다는 後際分別見이다. 영혼불멸설도 常見의 한 예에 속한다. 斷見과 常見은 모두 중도가 아니므로 邊見이라고 부르며, 五惡見의 두 번째이다.

뒤에 변화한 것은 이전 상태를 등무간연으로 삼는다. 나는 이러한 의미를 말하였던 것인데, 선생도 인정하였다. 따라서 여기에 부언해둔다.

무엇을 소연연(所緣緣)이라고 하는가?[46] 식이 미치는 일체의 대상을 통틀어 객관세계[境界]라고 한다. 식은 능연(能緣)이고, 객관 대상은 소연(所緣)이다.[47] 능연인 식은 자기 혼자서는 독자적으로 일어날 수 없고 반드시 소연인 대상에 의탁해야만 일어날 수 있으므로, 객관세계를 소연연이라고 부른다. 이 연도 매우 중요하다. 눈앞에 있는 흰 색의 사물이 안식에 대해 소연연이 되어서 안식과 그 자신을 동시에 일어나게 하는 것에 비유할 수 있다. 그 힘이 얼마나 큰가를 볼 수 있다!

이전부터 인도 불교에서는 소연연의 범위에 대해서 수많은 토론이 있었다. 대승불교의 진나(陳那) 보살이[48] 『관소연연론(觀所緣緣論)』이라는

---

46) (역주) 『成唯識論』 권7(大31, 040a~c). "所緣緣, 謂若有法是帶己相心, 或相應所慮所託. 此體有二. 一親, 二疎. 若與能緣體不相離. 是見分等內所慮託. 應知, 彼是親所緣緣. 若與能緣體雖相離. 爲質能起內所慮託, 應知, 是疎所緣緣." 여기에서 所緣緣은 사려의 대상이 되어 심·심소의 능연 작용의 의탁 대상이 되는 것을 말한다. 즉 모든 능연의 작용은 所緣境에 의거하여 일어난다. 소연경은 능연심의 사려의 대상이고 의탁의 대상이 된다는 것이 소연연의 의미이다. 이때 능연과 서로 떨어지지 않고 사려의 대상, 의탁의 대상이 되는 것이 親所緣緣이다. 親所緣緣은 모든 能緣心에 반드시 필요하지만, 疎所緣緣은 필요할 경우도 있고 그렇지 않을 경우도 있다.

47) 여기에서의 能緣과 所緣의 緣 자는 그 뜻이 攀緣과 思慮 등의 의미를 가진다.
(역주) 『成唯識論』 권2(大31, 010a). "有漏識, 自體生時, 皆似所緣能緣相現. 彼相應法, 應知亦爾. 似所緣相, 說名相分, 似能緣相, 說名見分." 能緣은 '攀緣하는 주체'라는 의미로서, 心·心所法이 대상에 대하여 그 相을 취하는 것을 말한다. '반연하는 대상'이라는 의미의 所緣과 상대되는 말이다. 유식불교에서는 능연을 견분이라고 하고, 소연을 상분이라고 한다. 능연의 법을 통틀어서 見分·自證分·證自證分 세 가지를 들고, 그 가운데 견분은 상분을 반연하고, 자증분은 견분과 증자증분을 반연하며, 증자증분은 자증분을 반연한다고 본다.

48) 보살은 지혜가 많은 사람과 같다.
(역주) 陳那(Diṅnāga)는 남인도 사람으로, 大域龍으로 번역함. 『因明論』을 대성하였다. 남인도 안달라국에서 왕의 공양을 받고 소승불교를 배워서 아라한의 성자가 되려 하다가, 문수의 가르침을 따라 생각을 돌이켜 『瑜伽論』·『因明論』을 강론하고 제자들을 교육하였다. 世親의 문하에서 공부하였다. 아라야식이 相分·見分·自證分으로 3분된

책을 썼는데,[49] 작은 책이지만 가치가 크다. 그는 대승불교의 양론(量論)에 기초를 두고, 소승불교에서 마음과 분리하여 외부 객관 대상이 존재한다고 집착하는 주장을 논파하였기 때문이다. 이 부분은 『불가명상통석』에서 살펴보았으므로,[50] 여기에서는 더 부언하지 않겠다. 지금 소연연의 범위를 정하려 하므로, 진나, 호법(護法)[51]·현장(玄奘)[52] 등의 학설

다는 설을 주장하였다. 新因明을 제창한 것으로 유명하다. 저서에 『正理門論』·『無想思塵論』·『觀總相論頌』·『掌中論』·『觀所緣緣論』 등 8부가 지금까지 전하고 있다.

49) (역주) 『觀所緣緣論』(大 31, No. 1624)은 전 1권으로 7세기 경 남인도 안달라국의 陳那(Diṅnāga)가 지은 것을 중국 唐代 玄奘이 번역하였다. 여러 번역본이 있는데, 한역대장경에 陳代의 眞諦가 번역한 『無相思塵論』 一卷·西藏藏經, 『丹珠爾經疏部』 第九十五에 실린 第四觀所緣(偈)과 第五之觀所緣注等이 있다. 因明法에 의하여 心外의 所緣緣은 有가 아니고, 心內의 所緣緣은 無가 아님을 논증하였다.

50) (역주) 熊十力, 『佛家名相通釋』, 340~341면. 소승불교에서는 相分의 존재를 인정하지 않고, 외부 대상을 所緣으로 여겼다. 能緣 상에 所緣과 비슷한 相이 있는 것을 行相이라고 부르고 능연에 포섭시켰다. 대승불교는 陳那가 나와 『集量論』을 지어서, 소승의 行相을 相分(影像相이라고도 함)이라고 부르고 所緣으로 보았다. 『集量論』에서 처음으로 三分說을 성립시키고 소승의 행상을 影像相으로 바꾸었고, 그로써 마음 바깥에 외부 대상세계가 있음을 논파하였다. 이후 『觀所緣緣』을 지어 소승불교에서 자기 마음이 직접 외부 대상을 취한다고 인정한 점을 논파하였다고 한다.

51) (역주) 護法(Dharmapāla, 530~561)은 남인도의 불교학자로, 대승 교학뿐 아니라 아비달마 교학과 外典에도 능통하였다. 유식학파 10대 논사의 한 사람으로, 識의 실재를 인정하는 有相唯識파에 속한다. 종자론에서는 護月의 本有說과 難陀의 新熏說의 모순을 지적하고, 種子本有新熏竝有說을 주장하였다. 특히 유식불교의 인식 구조에서 견분·상분·자증분 외에 제4의 작용인 證自證分을 설정한 四分說로 확정한 점이 중요한 업적이다. 20대 젊은 나이에 나란타사의 學頭가 되어, 유식불교를 선양하고 勝友·最勝子·戒賢 등 많은 제자들을 가르쳤다. 29세에 병이 들어 은퇴하고, 선정과 저술 작업에 몰두하였다. 『成唯識論』은 世親의 『唯識三十頌』에 대한 주석서인데, 10대 논사들 중 주로 호법을 중심으로 서술하였다. 저서 중 현존하는 한역본으로 『成唯識論』 10권, 『成唯識寶生論』 5권, 『觀所緣論釋』 1권, 『大乘廣百論釋論』 10권 등이 있다.

52) (역주) 玄奘(600~664)은 낙양에서 출생하고, 13세에 낙양 정토사에서 출가하였다. 그는 원전을 직접 연구하여 한역본 중 모호한 부분을 분명히 이해하고 특히 唯識 교의를 연구하기 위하여, 인도로 구법의 길에 올랐다. 629년 마가다국의 나란타사에 도착하여 護法의 제자인 戒賢에게 수학하였고, 많은 범본의 경론을 수집하였다. 17년에 걸친 유학을 마치고 645년에 귀국하였다. 이후 입적하기까지 약 20년간 홍복사·자은사 등의 譯場에서 모두 76부 1,347권에 달하는 많은 경론을 번역하였다. 번역은 유식·구사·반야·밀교 등 다방면에 걸쳐 있다. 현장은 중국 역경사에서 新譯의 대표자로 평가받는데, 그의 번역에 의해 중국 유식불교가 無相唯識論에서 有相唯識論의 흐름으로 전

을 두루 살펴보고 선택하는 것이 좋겠다. 네 가지 의미로 나누어 살펴보면, 다음과 같다.

첫째, 소연연은 분명히 자체를 가진 존재[體法]이다.[53] 식에 대해 소연연이 되는 것은 분명히 자체(自體)가 있다. 자체가 있으면, 능연인 식을 이끌어서 일으키기에 충분한 힘을 갖추고 있기 때문이다. 예를 들어 흰 색의 대상은 자체가 있는 것이지 거짓이고 실질이 없는 것[虛假無實]이 아니며, 안식을 이끌어내어 안식과 자기가 동시에 일어나게 한다.[54] 따라서 대상을 식에 대해 연(緣)의 일종이 된다고 한 것이다. 만약 대상이 거짓이고 자체가 없다면, 근본적으로 연이라고 할 것이 없게 된다. 한 번 병을 예로 들어 논파해보겠다. 세속의 견해에 따르면 병이 안식 등의 연이 되지만, 실제로 이것은 전도된 견해이다. 병이 실제로 자체가 없고 거짓이라면, 어떻게 식에 대해 연이 될 수 있겠는가? 이 점을 우리는 알아야 한다. 당신이 내 주장을 인정하지 못한다면, 또 묻겠다. "당신은 병에서 과연 무엇을 얻는가?" 당신은 분명히 이렇게 말할 것이다. "그것을 보고 희다는 것을 인식하고, 만져서 딱딱하다는 것을 인식한다." 그러나 당신의 안식은 흰 색의 대상만 인식할 뿐, 그것이 병이라는 것을 모른다는 사실을 당신은 간과하였다. 이식에서 신식에 이르기까지 똑같은 방식이 적용되어, 신식은 딱딱한 대상만 파악할 뿐 그것이 병이라는 것을 또한 알지 못한다. 그러나 당신의 감식(感識)[55]은 딱딱하고 흰 색의 특성을 가진 대상이 나타나는 한 찰나에, 인식 주체인 감식과 인식 객체인 딱딱하고 흰 색의 특성을 가진 대상이 모두 소멸되어 과거

환되었다.

53) 여기에서의 '體法'에서 法 자는 세속에서 말하는 사물, 또는 물건의 뜻에 해당한다. 體法을 가졌다는 것은 세간에서 모두 실재한다고 인정하는 사물이고, 허구가 아니라는 뜻이다.

54) 여기에서의 '자기'라는 것은 흰 색의 사물 자신을 가리킨다.

55) 眼識 등의 五識을 감식이라고 부른다. 앞 장에서도 나온다.

가 되어버린다. 그리고 당신의 의식(意識)이 감식과 밀접히 연관되어 일어나서, 딱딱하고 흰 색의 특성을 가진 대상을 기억하여 마침내 병 전체를 헛되이 구성하게 된다. 실제로는 딱딱하고 흰 색의 특성을 가진 대상이 자체를 가지고 있고 거짓이 아니므로, 식에 대해 소연연이 될 수 있다. 의식이 구성한 병은 근본적으로 체(體)가 없는 가법(假法)이므로,[56] 연(緣)이라고 인정할 근거가 없다. 병이 이와 같고, 나머지 예들도 이처럼 유추할 수 있다. 어떤 사람은 또 "당신은 앞에서 딱딱하고 흰 상은 식이 나타난 것이라고 하였으면서, 어떻게 또 실제 대상[實境]이라고 하는가?"라고 논박한다. 여기에 대한 답은 다음과 같다. 모든 감식이 나타내는 딱딱하고 흰 상은 모두 실제 대상에 의탁해서 일어난 것이다.[57] 한 측면에서는 식에 의거해 나타났다고 말하고, 다른 측면에서는 실제 대상의 모습이라고 말할 수 있다. 따라서 딱딱하고 흰 상을 실제 대상에 포함시켜야 하므로, 소연연이라고 한다. 어떤 사람은 또 이렇게 묻는다. "감식이 나타내는 딱딱하고 흰 상은 모두 실제 대상에 의탁한 것이다. 따라서 이러한 상을 실제 대상에 포함시켜 연이 된다고 보아도 의미상 논쟁의 여지가 없다. 그러나 의식이 일어나 사유하는 경우에는 꼭 실제 사물을 대상으로 필요로 하지는 않는다. 예를 들어 꽃을 생각할 때 꼭 매화가 눈앞에 있어서 의식을 이끌어내거나 난초가 눈앞에 있어서 의식을 이끌어내야 생각이 일어나는 것은 아니다. 생각 속의 꽃은 하나의 공상(共相)에 불과하다.[58] 이때는 근본적으로 의식의 대상이 되는 실제 대상이 없는데, 무엇을 소연연이라고 부르는가? 또 이치를 생

56) 無體假라고도 하는데, 앞 장에 나왔다.
57) 實境은 現境이라고도 하는데, 이는 實有하는 대상이 눈앞에 나타났기 때문이다.
58) 난초와 매화 등을 불문하고 모두 꽃이라고 한다. 그러므로 꽃은 共相이다.
(역주) 共相은 공통성, 즉 여러 사물에 공통된 것을 말한다. 우리가 파랑이라고 지각하고 그렇게 표현하는 것은 모든 파란색에 공통된다. 無常이라고 깨닫는 것은 모든 유위법에 공통된다. 이것은 사고나 언어가 미치는 의식의 대상이고, 추상적 개념에 해당한다.

각할 때도 실제 대상이 없어도 좋다. 이렇게 보면, 의식은 소연연이 없어야 한다." 여기에 대한 답은 다음과 같다. 공상의 구성 또한 구체적인 사물 하나하나에 의거한 것이다. 난초와 매화 등의 꽃이 없다면, 어떻게 아무 것도 없는 데서 꽃의 공상을 구성해낼 수 있겠는가? 공상이 실제 대상과 무관한 것이 아님을 알아야 한다. 하물며 마음에 꽃과 비슷하게 나타난 공상이 객관대상의 일종인 데 있어서이겠는가! 따라서 이치를 생각할 때도 마음에 그 이치와 비슷한 모습이 나타날 것이다. 내가 막 이 이치를 생각한다면, 이것은 분명히 다른 이치와 다르다. 이것은 마음에 생각의 대상이 있는 모든 경우에, 그 비슷한 모습이 나타날 것이라는 의미이다. 이러한 모습도 대상의 일종이다. 우리는 마음의 일체의 사유가 모두 생각의 대상과 비슷한 상으로 나타나게 된다는 것을 알아야 한다. 이러한 상을 대상[境]이라고 부른다. 비록 안식으로 볼 수 없고 이식에서 신식까지도 마찬가지여서 신식으로 감촉할 수 없지만, 이 대상은 분명히 내재하며 안에서 분명히 저절로 인식되는 것이지, 텅 비어 아무 것도 없는 것이 아니다. 이 대상을 소연연이라고 불러야 한다. 만약 생각의 대상을 소연연이라고 하지 않는다면, 이때는 마음이 없게[無心] 된다. 왜냐하면 마음은 분명히 대상을 연(緣)으로 삼아서 일어나고, 마음에 나타나는 대상은 자체를 가지고 있기 때문이다.[59] 이 대상은 마음에 의거해서 일어나고 또 마음을 이끌어낼 수 있으므로, 마음이 자신에게 의탁해서 사려하게 한다.[60] 따라서 의식에도 소연연이 없는 것이 아님을 알 수 있다.

또한 앞에서 말하였듯이, 소연연이 되는 것은 반드시 자체를 가진 존재라야 함을 알아야 한다. 이 때문에 다음 순간의 식은 이전 순간의 대상을 소연연으로 삼을 수 없다. 당(唐) 대 보광(普光) 대사[61]는 감식에서

59) 텅 비어 아무 것도 없는 것이 아니므로, 스스로의 체가 있다고 하였다.
60) 여기에서의 자신은 객관 대상 자신을 가리키는 것이라고 가정된다.

다음 순간의 식이 이전 순간의 대상을 소연연으로 삼을 수 있다고 말하였다.[62] 이러한 주장은 잘못된 것이다. 우리는 모든 사물은 한순간에 일어났다 한순간에 소멸되어 잠시도 머무르지 않는다는 것을 알아야 한다. 이전 순간의 대상은 그 순간에 일어났다가 사라지면, 본래 다음 순간까지 머무르지 않는다. 예를 들어 안식에서 이전 순간의 푸른색 대상은 실제로 뒤에까지 이르지 않고, 다음 순간의 푸른색 대상은 다음 순간의 식과 동시에 새로 일어난다. 보광은 이 내용을 이해하지 못하고, 이전 순간의 대상이 다음 순간의 식에 대해 소연연이 된다고 하였던 것이다. 이런 잘못은 감식이 소연 대상을 인식하는 찰나에 감식과 그것이 인식한 대상이 동시에 생겨나서 동시에 소멸하지만, 다음 순간의 의식이 이전 순간의 감식에 연속해서 지극히 신속하게 일어나 기억 작용에 의해 이전 순간의 대상을 기억할 수 있고 그에 따라 이전 순간의 대상과 비슷한 영상이 나타나기 때문에 생긴다. 이러한 영상은 마음에 나타나는 것이므로 이전 순간의 대상이 아니지만, 이때 의식이 영상에 의탁하여 인식하므로 그것을 이전 순간의 대상이라고 보게 된다. 의식 작용이 빠르기 때문에 우리는 이전 순간의 대상을 인식하는 것이 의식임을 매번 깨닫지 못하고, 결국 다음 순간의 감식이 이전 순간의 대상을 직접 얻을 수 있다고 생각해버린다.[63] 실제로는 이전 순간의 대상이 이미

---

61) 玄奘의 제자이다.
(역주) 普光은 중국 당 대의 승려이다. 玄奘을 스승으로 삼고, 慈恩寺에 있으면서 역경에 참여하여 두각을 나타내었다. 20년 동안 현장이 번역한 경전 대부분을 그가 필사하였다. 현장이 『俱舍論』을 번역할 때 보광은 『俱舍論記』 30권을 저술하여 구사종의 기초로 삼았는데, 이것이 『구사론』의 注疏 중에서 가장 권위 있는 책으로 꼽힌다.

62) (역주) 『俱舍論記』 卷29(大41, 448b). "謂能緣識上, 帶彼所緣境界行相.. 或識於境相續生時, 轉識爲因別後識起, 說前認識名爲能了, 亦無有失." 웅십력은 이 기술을 前識에 있어서의 境이 後識의 所緣緣이 되는 학설이라고 보았던 것이다.

63) (역주) 「文言文本」에서는 이것을 因明의 '似現量'에 해당한다고 보았다. 직접 눈앞의 事象을 감각하여 아는 것을 眞現量이라고 하는 데 대하여, 似現量은 감관이 외부 현상을 인식할 때 그와 동시에 작용하는 意識이 감관이 접촉하는 事象의 성품을 보지 못하고 그릇된 판단을 하는 것을 말한다. 예컨대 연기를 보고 안개라고 하는 것과 같은

사라져서 자체가 없는데, 어떻게 소연연이 될 수 있겠는가? 보광의 학설은 이치에 맞지 않으므로, 바로잡아야 한다.

둘째, 소연연은 식이 의탁하는 대상[識所託]이라는 의미를 가진다. 자체를 가진 모든 존재[有體法][64]는 능연인 식에 대해 소연연이 되는 때 이끌어내는 힘이 있어서 능연인 식이 의탁하는 대상이 될 수 있고, 능연인 식이 자기와 동시에 일어나도록 한다.[65] 마음은 단독으로 일어날 수 없고, 반드시 대상에 의탁해야만 생겨날 수 있기 때문이다. 예를 들어 안식은 반드시 푸른 색 등의 대상에 의탁하지 않고는 단독으로 생겨날 수 없고, 이식에서 신식까지 모두 반드시 접하는 대상에 의탁하지 않고는 단독으로 생겨날 수 없다. 의식이 생각을 구성할 때는 마음에 반드시 일종의 영상, 즉 생각하는 대상과 비슷한 모습이 나타난다. 이 영상은 마음에 의거해 나타나지만, 마음도 이 영상을 의탁하는 대상으로 삼는다. 그렇지 않으면 마음도 생겨나지 않는다. 마음이 단독으로 일어날 수 있고 의탁하는 대상이 꼭 필요하지 않다는 상황은 결코 있을 수 없다.

셋째, 소연연은 식이 휴대하는 대상[識所帶]이라는 의미를 지닌다. 대(帶) 자는 가까이에 지닌다는 뜻으로, 소연인 대상이 능연인 식으로 하여금 자신을 지니게 하는 것을 말한다.[66] 그럴 경우, 능연과 소연이 혼연히 일체가 되어 분리할 수 없다. 바꾸어 말하면, 능연이 소연에 고요히 침투해 들어가서 완연히 일체가 되는 것을 협대(狹帶)라고 한다. 예를 들어 안식이 막 흰 색의 대상을 보았을 때 기억을 참여시키지 않고 또

잘못된 지각을 가리킨다.

64) 공간적 점유성이 있거나 없거나 그것이 존재하며 없지만 않다면, 體를 가진 존재[體法]라고 부른다. 상세한 것은 앞의 글을 볼 것.

65) 여기에서 자기는 所緣緣 자신을 가리킨다.

66) (역주) 일반적으로 能緣은 객관을 인식하는 주관을 말하고, 所緣은 인식의 대상, 대상으로 파악되는 것을 말한다.

분별이나 상상을 하지 않으면, 이 보는 것과 흰 색이 혼연히 하나가 되어 주체[能]와 객체[所]를 나눌 수 없게 된다. 이때가 바로 안식이 흰 색의 대상을 직접 휴대하는 것이고, 이것을 협대라고 부른다. 협대라는 용어는 본래 현장이 처음 만들었다. 현장이 인도에 유학하였을 때, 정량부(正量部)[67]의 반야국다(般若鞠多)라는 사람이 대승불교의 소연연 개념을 비판하였다.[68] 이에 계일왕(戒日王)[69]은 현장에게 당시의 덕 있는 이들을 모아 대회를 열도록 청하였다. 현장은 이 대회에서 협대의 의미를 논하는 한 편의 논문을 발표하여 반야국다를 논파하였다고 한다.[70] 그 논문은 현재 전하지 않는다.

넷째, 소연연은 식이 사려하는 대상[識所慮]이라는 의미를 가진다. 앞에서 말한 세 가지 의미로는 아직 소연연이 성립하기에 부족하다. 자체를 가진 존재[有體法]가 연이 되어서[71] 능연인 식으로 하여금 자기를 의탁하고 또 휴대하게 하더라도, 자기를 사려의 대상으로 삼게 하지 않으면 소연연의 의미가 성립할 수 없다는 점을 알아야 한다. 능연식은 반드시 소연 대상을 사려의 대상으로 삼기 때문에, 소연 대상이 능연식에 대해 소연연이 될 수 있다. 사려할 수 있는 것이 아니라면 객관 대상을

67) 소승불교의 한 파이다.

68) (역주) 態十力, 『佛家名相通釋』, 340~341면. 소승불교에서도 陳那의 이론을 반박하였다. 상분이 모두 견분이 변하여 생긴 것이라면, 사람들이 열반을 깨닫는다고 할 때 열반도 견분이 변하여 생긴 것이어야 한다. 불교에서는 원래 열반을 항상되고 불변하며 불생불멸한 것이라고 본다. 그런데 견분은 끊임없이 변화하는 과정 중에 있으므로 열반이 견분이 변하여 생긴 것이라고 한다면, 불변한 것이 변화하는 것에서 생겨난다는 논리적인 모순이 생긴다. 불교사상의 발전 과정에서 소승불교가 대승인 유식불교를 비판하였던 중요한 논점 중의 하나가 이것이다. 陳那의 所緣緣학설이 나온 이후 유식불교는 이를 그대로 받아들였고, 그 뒤 소승불교의 正量部에 속한 般若鞠多라는 바라문이 유식불교의 이 所緣緣 이론에 대하여 眞如가 그와 비슷한 相으로 나타난 것이라면 소연연이 될 수 없다고 비판하였다.

69) 인도의 군주이다.

70) (역주) 이 논문의 제목은 「制惡見論」이었다고 한다. 이 이야기는 『成唯識論述記』 卷7에 소개되어 있다(大43, 500c).

71) 자체를 가진 사물[有爲法]은 객관세계[境界]를 말한다.

사려의 대상으로 삼을 수 없고, 그럴 경우 이 객관 대상에는 소연연의 의미가 없다. 거울은 비추는 작용이 있어서 사람과 사물을 비출 수 있지만, 사람과 사물이 아무리 거울에 비춰져도 거울의 사려의 대상은 아니라는 것에 비유할 수 있다. 거울은 근본적으로 사려할 수 있는 사물이 아니므로, 거울에 비춰지는 사람과 사물도 비춰지는 대상만 될 뿐 사려의 대상은 되지 못한다. 이 때문에 사람과 사물은 거울에 대해 소연연이라고 할 수 없다. 거울은 사람과 사물 등 대상을 비추기만 할 뿐 대상을 사려할 수 없기 때문이다. 지금 여기에서 말하는 소연연은 사려할 수 있는 사물[72]에 대해서 연(緣)이 되어야 비로소 그렇게 부를 수 있다. 이러한 의미일 때만 유식의 이치가 성립될 수 있다. 객관 대상이 식에 대해 소연연이 되는 때에 앞의 세 가지 의미만 있고 사려한다는 의미를 꼭 가질 필요가 없다면, 식이 사려의 능력을 가진 것임을 알 수 없을 것이다. 이는 거울이 비추는 사람과 사물에 비유할 수 있다. 사람과 사물도 자체를 가진 대상이고, 거울이 의탁하고 또 휴대하는 대상이다. 거울의 비추는 작용은 반드시 사람과 사물에 의탁해야 나타나므로, 사람과 사물은 거울에 대해 의탁하는 대상이라는 의미를 가진다. 거울은 사람과 사물의 영상을 협대하여 하나로 포섭하므로, 사람과 사물은 거울에 대해 휴대하는 대상이라는 의미를 가진다. 대상이 식에 대해 앞의 세 가지 의미만 가지고[73] 소연연이 될 수 있다면, 사람과 사물도 거울에 대해 소연연이 된다고 인정해야 할 것이다. 사람과 사물도 거울에 대하여 세 가지 의미를 모두 가지기 때문이다. 앞에서 말하였듯이 과연 이와 같다면, 식과 거울의 소연연의 의미에 다른 점이 없으므로 식은 거울과 같다고 해야 할 것이다. 식이 거울과 같다면, 유경(唯境)이 되어

72) 識을 의미한다.

73) 세 가지 의미란 첫째는 체를 가진 사물이라는 것, 둘째는 식이 의탁하는 대상이 된다는 것, 셋째는 식이 띠고 있는 대상이 된다는 것이다.

야지 유식(唯識)이라고 할 수 없다. 이 때문에 우리는 소연연에 앞의 세 가지 의미 외에 사려의 대상이 된다는 한 가지 의미를 반드시 더해야 한다. 소연 대상은 자체를 가진 사물이면서 능연인 식이 자신을 의탁하는 대상이자 휴대하는 대상, 사려하는 대상으로 삼기 때문에, 소연인 대상을 능연인 식에 대해 소연연이 된다고 하는 것이다. 소연연이 사려의 대상이라는 의미를 가지는 것은 식이 사려할 수 있다는 사실을 암시하며, 이 점에서 거울 등 물질적인 사물과 다르다. 따라서 유식(唯識)의 의미가 성립된다.

덧붙이는 말 : 사려 작용은 헤아릴 수 없이 신묘한 것이다. 사려 작용은 지극히 광대하고 심원하며 미묘한 모든 세계에 미칠 수 있다. 과학상의 발견, 철학적 사고와 깨달음, 정교하고 엄밀한 논리, 숭고한 도덕적 식별,[74] 이 모든 것들은 헤아릴 수 없이 신묘한 공용으로서, 사려 작용이 마음의 특징임을 보여준다. 이것들은 결코 유물론적인 견해로 설명할 수 없다. 만약 사려 작용도 물질 현상으로 본다면, 일종의 교란론(矯亂論)이 될 것이다.[75] 우리는 마음과 사물은 유일한 본체가 두 측면으로 현현한 것임을 알아야 한다.[76] 이 두 측면의 현상은 어지럽히면 안 된다. 이것은 앞뒤가 있는 종이 한 장을 앞만 있고 뒤가 없다거나 뒤만 있고 앞이 없다고 말할 수 없는 경우에 비유할 수 있다. 지금 현상의 측면에서 말하면, 마음만 있고 객관세계가 없다고 해도 안 되고[77] 객관세계만

74) 예를 들어 小己의 이해와 계산을 벗어나 지극한 선에 도달하는 경우를 들 수 있다. 이러한 식별은 가장 숭고한 것이다.

75) 고대 인도 外道에 교란론이 있었는데, 그 지론은 이론적 근거를 구하지 않는 것이었다. (역주) 교란론이란 자기 견해는 없이 상대방을 교란시킬 목적으로 이루어지는 논의를 말한다. 예를 들어 니야야[正理論] 학파가 논증을 진행하는 과정에서 상대방 논리를 무산시킬 목적으로 활용한 논의를 들 수 있다. 철학적 주제 중 그릇된 이유(hetvābhāsa)나 궤변(chala)이 여기에 해당한다고 볼 수 있다.

76) 유일하다는 것은 절대라는 의미이다. 하나라는 것은 둘과 대비되지 않는다.

있고 마음이 없다고 해도 안 된다. 유물론자는 사려 작용도 물질로 설명하는데, 참으로 무어라고 부를 수 없는 교란이다. 그들이 말하듯이 물질이 사려할 수 있는 것이라면, 물질은 원래 물질이라고 불렀던 의미가 아니고 정신의 의미를 가지고 있다고 할 수 있다. 사려 작용은 결국 마음의 특징임을 알아야 한다. 우리가 이 점을 분명히 해야 유물론의 혼란스러운 영향을 받지 않게 된다. 고대 인도인들도 거울이 사물을 보는 것과 마음이 사물을 인식하는 것이 같다고 하였다. 러셀[78]이 중국에 와서 강연하였을 때도 사진기가 사물을 볼 수 있다고 말한 적이 있다. 이러한 것들은 모두 유물론의 입장이다. 실제로 거울과 사진기는 대하는 대상에 대해 그 영상과 비슷하게 나타낼 수 있을 뿐이다. 이 점은 당연히 마음과 같은데, 마음이 취하는 대상도 대상과 비슷한 상으로 나타나기 때문이다.[79] 그러나 마음에 나타나는 영상은 결국 마음의 소연 대상[所緣境]이 된다. 바꾸어 말하면 영상이 마음의 인식 대상이라고 말할 수 있다. 지식의 구조로 말하면, 인식 대상이 없으면 지식이 성립될 수 없다. 영상은 마음에 인식 대상의 모습이 있게 된 것으로, 지식의 구성에서 말하면 매우 중요한 조건이다. 그러나 영상이 마음의 인식 대상이라는 것은 객관세계[境]의 측면에 속하는 것이다. 바꾸어 말하면 그것이 바로 마음은 아니고, 마음의 특징이 사려하는 것일 뿐이라는 의미이다. 거울과

---

77) 객관세계가 마음과 떨어져 독립적으로 존재한다고 말할 뿐이지, 객관세계가 없다고 해서는 안 된다.

78) (역주) 러셀(Russel, B. A. W, 1872~1970)은 영국의 철학자이자 수리논리학자, 분석철학의 창시인이자 세계 평화 운동가이다. 러셀은 1920년에 중국에 와서 강연하고 1년여 간을 머물렀는데, 당시의 강연 원고는 후에 『羅素五大講演』이라는 제목으로 중국에서 출간되었다. 그는 특히 老莊철학에 관심을 기울였고, 귀국한 뒤에도 『中國的問題』라는 책을 써서 20세기 역사에서 중국이 발휘할 역할을 논의하는 등 동양에 대한 이해와 관심이 남달랐다. 그 결과 1920년대 중국 학술계에 큰 영향을 끼쳤다. 주요 저작으로 『기하학의 기초』, 『수학원리』, 『철학문제』, 『외부세계에 대한 우리의 지식』, 『논리원자주의 철학』, 『수리철학노론』, 『마음의 분석』, 『사물의 분석』, 『서양철학사』 등이 있다.

79) 제1장에서 이미 설명하였다.

사진기에 나타나는 영상이 마음에 나타나는 영상과 같다고 할 수 있지만, 마음은 헤아릴 수 없이 신묘한 사려 작용을 하는 반면에 거울과 사진기는 사려하지 않는다. 어떻게 마음과 거울・사진기를 똑같은 것으로 간주할 수 있겠는가? 이러한 이치는 가릴 수 없이 분명하다. 그런데도 특이한 것을 좋아하는 사람은 자기 생각으로 이치를 찾아보려다가 도리어 어두움에 빠지니, 참으로 애석한 일이다. 종합하면, 마음의 사려 작용과 마음에 나타나는 영상은 본래 한 가지가 아니다. 그런데도 잘 따져보지도 않고 세속적인 입장에서 거울과 사진기가 모두 사물을 볼 수 있어서 마음과 똑같다고 말한다. 옛날이나 지금이나 이러한 잘못에 빠진 사람들이 적지 않다. 당(唐)대 현장 문하의 유식학자들도 정밀한 점이 부족하였다. 예를 들어 비공(備公)은 "마음이 청정하므로, 일체의 상들이 마음에 나타난다. 따라서 대상을 취한다[取境]고 한다"[80]라고 하였고, 태현(太賢)은[81] "상이 마음에 나타나므로, 사려의 대상이라고 부른다"[82]라고 하였다. 이들은 모두 마음에 소연 대상과 비슷한 상이 나타나는 것을

80) 『解深密經』 注6 제7면을 볼 것.

(역주) 備公은 文備이다. 『解深密經注』는 1917년 金陵刻經處 간행의 線裝本인데, 遁倫의 『瑜伽論記』 중 여러 학자들의 『解深密經注』를 모았다. 그 卷六에 '備・基師'의 주에 "但心之清淨故, 一切諸相於心顯, 故取境"라는 구절이 있다. 基師는 窺基를 말한다. 이 주는 『瑜伽論記』 卷20에도 보인다(大42, 778b).

81) (역주) 太賢(?~753)은 唐代 法相宗의 학승으로 신라 사람이다. 호는 靑丘沙門이다. 장성한 뒤 당나라에 가서 西明寺에 있으면서 유식불교를 배우고 깨우쳤다. 유식・화엄・계율 삼학 모두에 깊은 조예가 있어 당시 신라 불교계에 깊은 영향을 주었고, 중국과 일본 학자들까지 그의 저서를 공부의 지침으로 삼았다고 한다. 뒤에 귀국하여 窺基의 학설을 전파하였고, 海東 瑜伽祖라고 추앙되었다. 많은 저술이 있어 元曉, 憬興과 함께 신라의 3대 저술가로 꼽히는데, 약 52부 100여 권에 달하는 저술 대부분을 古迹記라고 부르는 것이 특이하다. 주요 저술에『成唯識論學記』(『成唯識論古迹記』) 10권, 『梵網經古迹記』 3권, 『梵網經菩薩戒本宗要』 1권, 『起信論古迹記』 1권 등이 현존한다.

82) 『成唯識論學記』 권6, 제37면을 참조할 것. "相於心現, 故名所慮."

(역주) 『成唯識論學記』 卷八(續藏經 第80冊, 74b). 『成唯識論學記』는 『成唯識論古迹記』라고도 하는데, 신라의 太賢이 『成唯識論』의 주석들을 집성하고 자신의 견해를 피력한 책이다. 『韓國佛教全書』에 6권으로 수록되어 있다. 窺基와 圓測이라는 두 학파의 온당한 견해를 집성한 책이라는 호평을 받고 있다.

'대상을 취하는 것[取境]'이라고 불렀고, 마음이 대상을 취할 때 상이 나타날 뿐 아니라 이 상에 반드시 사려가 더해진다는 점을 깨닫지 못하였다. 이 점을 소홀히 해서는 안 된다. 마음에 소연 대상과 비슷한 영상이 나타나는 것을 대상을 취하는 것이라고 한다면, 마음도 거울이나 사진기와 똑같은 것이 되고 만다. 이 장에서 말한 소연연의 네 가지 의미는 사려하는 대상이 된다는 것으로 귀결된다. 소연연이 사려의 대상이 되는 의미를 가진다는 것은 식이 사려할 수 있음을 은연중에 나타내는 것이다. 따라서 유물론과는 견해가 다르다.

이상 네 가지 의미를 종합하여 소연연의 범위를 분명히 하면 거의 잘못이 없을 것이다.

덧붙이는 말 : 구 논사들은 소연연에서 친(親)과 소(疎)를 분명히 구분한다.[83] 그들은 사람마다 모두 8식을 가지고 있는데, 이 8식이 각각 독립된 체라고 주장하기 때문이다. 따라서 소연연을 말할 때 친과 소를 구분해야 한다고 본다. 그들의 학설에 따르면, 안식이 취하는 대상[色境]은 안식 자신이 변화한 것이고 또 실질이 있으므로,[84] 안식의 친소연연이 된다. 그러나 안식이 대상으로 변화하는 때에도 일종의 본질에 의탁해야만 일어날 수 있다. 이 본질은 무엇인가? 구 논사들은 그것을 물질우주[器界]라고 불렀는데,[85] 아라야식이라는 제8식이 변화하여 나타난 대상의 상[境相]을 말한다. 이 제8식의 대상의 상은 안식이 직접 취할 수 없고, 반드시 그 본질에 의탁해야만 자신이 대상[色境]으로 변화하여 나타난다. 이 때문에 제8식의 대상의 상이 바로 물질 우주이자 안식의 소

83) (역주) 『成唯識論』 卷七에서 「第八心品」(阿賴耶識)·「第七心品」(末那識)·「第六心品」(意識)·「前五品」(眼識·耳識·鼻識·舌識·身識)에 대해 여러 가지 所緣緣의 親·疏를 논의하는 것을 가리킨다(大31, 40c~41a).

84) 실질이 있다는 것은 體를 가진 사물이라는 것이다.

85) 세속에서 자연계라고 하는 것에 해당한다.

소연연(疎所緣緣)이 되고, 안식 자신이 변화한 대상[色境]만 안식의 친소연연(親所緣緣)이 된다.[86] 이를 표로 나타내면 다음과 같다.

안식의 친소연연 : 안식 자신이 변화한 대상[色境]

안식의 소소연연 : 제8식이 변화한 대상의 상[境相]

안식의 소연연을 친소로 나누는 것은 앞에서 말한 것과 같다. 이식 등의 소연연도 모두 친소의 구분이 있음을 유추할 수 있다. 내 저서인 『불가명상통석』을 참고해도 좋을 것이다.

본론과 구 논사들이 세운 체계는 완전히 다르다. 따라서 소연연을 친소로 나눌 수 있다고 해도, 나와 구 논사들이 말하는 소소연연의 의미는 전혀 다르다. 이 점은 『양론』에서 더 상세히 다룰 것이다.

무엇을 증상연(增上緣)이라고 하는가? 증상이란 그 위에 더한다는 뜻이다. 구 해석에서는 돕는다는 뜻으로 보았다.[87] 을이 갑에서 직접 생겨난 것은 아니지만 꼭 갑에 의거해야 존재한다고 한다면, 갑이 없으면 을도 없게 된다. 이로써 보건대, 갑은 을에 대해서 증상연이 되고 을은 갑의 결과가 된다고 해야 한다.[88]

---

86) (역주) 유식불교에서는 四緣 중의 所緣緣을 親・疏 두 가지로 나눈다. 능연의 體와 서로 분리되지 않고 견분 등이 안에서 사려하고 의탁하는 대상을 親所緣緣이라고 한다. 견분에 대하여 그 직접 대상인 相分을 말한다. 이에 대하여 능연의 體와 분리되고 그 識이 변한 대상 및 자신 중의 別識이 변한 대상을 의탁하여 본질로 삼아 상분을 일으킬 수 있는 것을 疏所緣緣이라고 한다. 간접적으로 所緣緣을 형성하므로 소소연연이라고 부른다. 예컨대 안식의 親所緣緣은 안식 자신이 변현한 상분에 해당하고, 疏所緣緣은 제8아라야식의 상분에 해당한다. 안식은 이것을 본질로 의탁하였기 때문에 상분으로 변화한 것이다.

87) 이 緣은 助緣이라고도 부른다.

88) 증상연은 증상의 대상이 되는 모든 사물에 대해 因이 된다고도 할 수 있다. 증상의 대상이 되는 사물은 증상연에 대해 果가 된다.

모든 증상연은 두 가지 의미를 가지고 있다. 첫째, 특수한 공용을 갖추고 있다. 한 사물이 다른 사물에 대해 증상연이 될 수 있는 것은 반드시 특수한 공용을 갖추고 있어서 결과[果]를 취할 수 있기 때문이다.[89] 그러나 특수한 공용은 증상연이 증상된 결과를 크게 도와주는 공용을 말하지만, 이러한 의미로만 한정되지 않는다. 증상연은 증상된 결과에 대해 장애가 되지 않을 뿐 아니라 결과를 얻을 수 있게 하는데, 이때 특수한 공용이 있다고 여겨진다. 가까운 예를 들어 설명하면, 내가 이곳에서 있을 때 다섯 걸음 안에 있는 모든 대지는 내가 서 있는 데 대해 직접 증상연이 되고, 다섯 걸음 밖에 있는 먼 거리, 심지어 전 지구와 태양계 같은 무한한 세계가 모두 내가 서 있는 데 대해 증상이 된다. 어떻게 알 수 있는가? 우리는 다섯 걸음 밖에서 산이 무너지고 강이 넘치거나 지구 외의 행성들이 궤도를 이탈하여 서로 충돌하는 상황을 생각해 볼 수 있다. 이때는 지구도 산산조각이 날 텐데 어떻게 내가 이곳에 서 있을 수 있겠는가? 내가 지금 이곳에 서 있다는 것은 실제로 전 지구 내지 무한한 태양계가 모두 증상연의 특수한 공용을 가지고 있는 데 기인한다. 이렇게 보면, 증상연은 밖이 없을 정도로 넓고 크다. 한 가지 일이 나타날 때마다 그에 대한 증상연은 이루 헤아릴 수 없을 만큼 많다. 그러나 한 가지 일의 원인[因][90]을 찾는 경우, 가장 밀접한 원인을 취하고 소원한 원인을 버리는 것이 보통이다. 앞에서 말한 것처럼 서 있다는 한 가지 일도 상당한 거리 안에서 땅이 꺼지는 근심만은 없어야 한다. 내가 이곳에 서 있는 원인을 다 밝혀보자면, 내 능력 밖의 일이다.

이제 마음의 증상연을 말하자면, 한 찰나의 색식(色識[91])이 생겨나는

---

89) 결과[果]는 증상의 대상이 되는 사물이다. 예를 들어 갑이 있기 때문에 을이 있게 되면, 갑은 을에게 증상연이 되고 을은 갑이 취한 결과가 된다. 따라서 결과를 취한다고 하였다.

90) 여기의 因자는 증상연을 말한다.

91) 色識은 眼識의 별칭이다. 안식은 대상을 인식하므로, 색식이라고 부른다.

경우 그에 대한 증상연은 당연히 헤아릴 수 없이 많다. 그중 가장 가까운 것으로 감각 기능의 연(緣)이 있는데, 눈과 신경계는 색식이 그에 의거해서 발현하는 대상이라고 한다. 또 공간의 연이 있는데, 막힌 데가 있으면 색식이 통하지 않고 반드시 막히지 않고 텅 빈 곳이 있어야 색식이 일어난다고 한다. 또 빛의 연이 있는데, 어두움 속에서 색식은 생겨날 수 없고 반드시 밝은 빛이 있어야 색식이 일어난다고 한다. 또 습기(習氣)의 연이 있는데, 색식이 일어나는 모든 경우에 반드시 수많은 동류의 습기가 함께 나타나는 것이 마치 원수의 얼굴이 갑자기 떠오르는 것처럼 저절로 왕성히 일어난다.[92] 이것은 오랜 습관이 발현된 것이다. 이것은 쉽게 눈에 띈 것을 예로 든 것에 불과하지만, 실제로 어떤 대상이 눈앞에 나타나든지 식이 일어나는 모든 경우에 수많은 동류의 습기가 동시에 나타난다. 이상에서 말한 몇 가지 연은 모두 색식에 대한 증상연으로, 지극히 밀접한 관계를 가진 것들이다. 우리는 이러한 연들을 취하였을 때만 색식을 이루는 구유인(俱有因)이 된다고 보면 충분하다.[93] 나머지 소원한 원인들은 이루 다 셀 수 없을 정도로 많다. 색식이 이와 같으므로, 나머지 성식(聲識) 등도 모두 밀접한 관계의 증상연이 있음을 유추할 수 있다. 예를 들어 의식이 사려할 경우에 그에 대한 증상연은 두뇌와 일체의 경험, 또는 습득한 지식과 같은 것들이 가장 밀접한 증상연이 된다.

덧붙이는 말 : 증상연의 의미가 가장 정밀하다. 과학 영역에서 인과

---

92) 자연스럽게 운행한다는 것은 억지로 추구하지 않아도 일어난다는 것이다.

93) 俱有因은 이것이 저것에 의지하여 존재하게 될 때, 저것이 이것의 구유인이 된다고 한다. (역주) 俱有因(sahabhūhetu)은 六因의 하나로서, 共有因・共生因이라고도 한다. 동시에 존재하는 대상이 서로 因이 되는 것을 俱有因이라고 한다. 예컨대 地・水・火・風 등 四大는 반드시 四大에 서로 의거하여 생겨나서, 저것도 나에 대해서 因이 되고 나도 저것의 因이 되므로 서로 俱有因이라고 한다. 俱有因은 또한 互爲果俱有因・同一果俱有因으로 나누어진다.

관계는 대개 사물들 사이의 상호 관계를 해명하는 것이고, 증상연의 의미에 해당한다. 그러나 많은 사람들은 증상연의 범위가 너무 넓다고 의심하고, 이러한 견해에 따라 한 가지 원인을 선택하려고 한다. 즉 전 우주를 한 가지 원인으로 설명하려고 하는데, 지나치지 않은가? 이는 한 사건마다 무수한 사정이 포함되어 있고, 단독으로 발생하는 것이 없음을 모르기 때문이다. 그러므로 개별적인 사건 하나하나는 모두 전 우주를 원인으로 삼는다. 이치가 이렇다는 것은 결코 희귀한 일이 아니다. 그러나 학자들은 한 가지 일의 원인을 탐구할 때, 전 우주를 계산에 넣지 않고 그것과 가장 가까운 원인만 추론해서 설명한다. 예를 들어 사물의 무게를 잴 경우에 지구의 구심력이나 기압과 같은 것들이 이 무게를 가져오는 원인이고, 먼 공간이나 태양계 이외의 다른 항성들은 이 일과 아무런 관계가 없다고 본다. 따라서 각 사건마다 모두 전 우주를 원인으로 삼는 것이 희귀한 일이 아니라고 한 것이다. 그러나 학자들은 이 일을 설명할 때 지구의 구심력이나 기압과 같이 밀접한 관계의 원인을 찾는 데서 그친다. 나머지 소원한 원인들에 대해서는 전혀 관여하지 않는다. 우리가 항상 1을 통해 2를 알거나 갑의 일을 통해 을의 일을 알 수 있다고 하는 것도 이러한 범주에 속한다.

둘째, 증상연은 증상된 결과에 대하여 순(順)과 위(違)의 두 측면을 가진다. 바꾸어 말하면, 증상연은 결과에 대해서 순연(順緣)이 되어 결과를 낳는 동시에, 이 결과가 아직 생겨나기 전의 사물에 대해서 위연(違緣)이 되어 과거의 사물을 낳지는 못한다. 따라서 순과 위의 두 측면을 가진다고 한 것이다. 이제 예를 들어 이 의미를 설명하겠다. 예를 들어 서리와 눈은 벼 등의 곡식에 대하여 증상연이 되므로, 벼 등이 이전에 가졌던 생생한 초록색을 현재의 말라죽은 색으로 변화시킬 수 있다. 이 경우 서리와 눈은 현재 생겨난 말라죽은 색에 대해서는 순연이지만, 과거의 초록색에 대해서는 위연이 된다. 서리와 눈은[94] 말라죽은 색에 대해서 같은 방향이어서 이익이 되고 결과를 낳을 수 있는 동시에, 과거의 초록색을 거스르고 막아서 일어나지 못하게 한다. 이렇게 위연이 되기도 하고 순연이 되기도 하는 것에서 증상연의 작용이 매우 크다는 것을 알 수 있다. 그러나 증상연의 작용에 순과 위의 두 측면이 있지만, 위연이라는 것은 의미상 그렇게 가정한 것뿐이다. 그 말을 오해하여 과거의 것에 대해 위연이 된다고 한다면, 잘못 본 것이다. 어째서 잘못 본 것인가? 과거의 것은 과거에 사라지고 결코 현재까지 남아 있지 않으므로, 없어진 것에 대해 연이 된다고 할 수 없기 때문이다. 앞에서 말하였듯이, 서리와 눈이 말라죽은 색에 대해 연이 되는 경우,[95] 과거의 초록색은 이미 사라지고 없다. 지금 서리와 눈이 과거의 초록색에 대해 위연이 된다고 말하였지만, 실제로 과거의 초록색은 과거에서 현재까지 머물지 않고 사라져버렸는데 무엇에 대해 연이 된다고 하겠는가? 그런데 말라죽은 색은 과거의 초록색과 서로 거스르는 것[違]이고 또한 지금 서리와 눈이 말라죽은 색에 대해 연이 된다고 하므로, 과거의 초록색에 대해서 의미상 위연이 된다고 말한 것뿐이다.[96] 이러한 설명은 논리적으로 잘못이 없다. 순과 위는 한 사물의 앞뒤에 불과하고, 편의상 두 가지 측면으로 본 것뿐이다.[97] 앞의 예에서 증상연의 결과는 순연과 위연의 두 가지 작용에서 비롯된다는 것을 알 수 있다. 순연과 위연이 없다면 그 밖의 다른 사물에 영향을 주지 않을 것이고,[98] 바꾸어 말해서 결

94) 즉 增上緣이 된다.

95) 이 중의 緣 자는 順緣이다.

96) 의미 면에서 말한다는 것은 의리 면에서 이와 같이 말함을 의미한다.

97) 서리, 눈과 말라죽은 색은 증상연이고, 하나의 사건이다. 앞과 뒤[向背]는 한 사물의 두 측면이다. 말라죽은 색과 연이 되는 것이 앞의 의미이다. 말라죽은 색에 순하여[順] 일어나게 하는 것이 이전의 초록색에 대해서는 거슬러서[違] 일어나지 못하게 하는 것이 된다. 이것이 뒤의 의미이다. 앞과 뒤라는 의미로 順과 違를 설명하였다.

98) 증상의 대상이 되는 사물을 말한다.

과를 얻을 수 없을 것이다. 따라서 순연과 위연의 두 측면이 있어야 증상연의 작용이 드러나 결과를 얻을 수 있다.

식의 증상연으로 말하자면, 순연과 위연의 작용이 매우 크다. 이제 작의(作意)[99]를 예로 들어보자. 한 찰나의 식이 생겨날 때 무수한 증상연이 있지만, 가장 중요한 것은 작의라고 하지 않을 수 없다. 무엇을 작의라고 하는가? 뒤에서[100] 자세히 설명할 것이므로, 여기에서는 간략하게 설명하겠다. 우리에게 한 순간 마음의 생각[一念心][101]이 일어날 때마다 작동하거나 책동시키는 작용이 이 한 순간의 심상(心相)에 수반된다. 마음은 사려하는 대상을 인식하는데[了別],[102] 이 인식하는 것은 우리 본래의 마음이다. 작동하거나 책동시키는 작용은 우리가 특별히 어떤 노력을 더하는 것으로, 본래의 마음이 아니라 심상에 수반되는 것일 뿐이므로 작의라고 부른다. 이 작의가 마음에 대해 일종의 증상연이 된다. 그것에 순과 위의 작용이 있다는 것은 분명히 나타나므로 쉽게 볼 수 있다. 예를 들어 보통 때의 우리 마음은 모두 갑작스러운 것이 아니지만, 때로는 어떤 급박한 상황에서 작의가 일어나 자기 마음을 작동하거나 책동시켜서 해결하려는 경우가 있다. 이때는 이 마음 전체가 갑작스러운 것이 된다. 이때의 작의는 이 마음을 그대로 따라[順] 갑자기 이루어지므로, 과거의 갑작스럽지 않은 마음과 서로 어긋난다. 또 나쁜 작의가 일어나는 경우에는 나쁜 습심(習心)을 그대로 따라서 생겨나게 하

---

99) (역주) 作意(manaskāra)는 心所의 명칭으로, 갑자기 깨어나서 마음을 어떤 곳에 집중시켜 활동을 일으키는 정신 작용이다. 대상에 주의하는 것, 마음을 묶어서 산란하지 않게 하는 일을 말한다. 俱舍 七十五法의 하나이고, 唯識 百法의 하나이며, 有部에서는 大地法의 하나이자 법상종 五遍行의 하나이다.

100) 「명심」 장을 말한다.

101) (역주) 一念心은 일순간의 마음의 생각, 극히 짧은 시간에 일어나는 마음의 작용, 현재의 찰나의 마음을 말한다. 이때 一念은 극히 짧은 시간, 즉 60찰나, 또는 90찰나, 또는 1찰나를 의미한다.

102) (역주) 了別(vijnāna)은 인식하는 것, 대상을 각각 구별하여 아는 것이다. 또는 알게 하는 것, 나타내는 것, 표상 · 표식, 인식을 말하기도 한다(vijñapti).

고,[103] 본래의 좋은 마음을 나타나지 못하게 막는다. 반대로 착한 작의가 일어나는 경우에는 좋은 마음을 그대로 따라서 생겨나게 하고, 나쁜 습심과 서로 어긋난다. 이러한 설명에 의하면, 작의라는 증상연은 순연과 위연의 작용이 아주 크다. 우리는 속으로 반성할 때 작의가 선한가 여부를 명확히 관찰해서, 나쁜 작의가 일어나면 바로 끊어버려야 한다. 이렇게 오래 계속하면 생각마다 선한 작의가 증상연이 되어, 생활 내용이 날마다 충실해지고 최고의 선과 합일하게 된다. 작의의 순연과 위연의 작용이 이처럼 중요하므로, 특별히 언급한 것이다. 나머지 증상연에 대해서는 더 이상 설명하지 않겠다.

앞에서 여러 연들을 설명하였는데, 식이 일어나는 것이 그 자신에 내재하는 자발적인 힘을 갖추었기 때문이라는 점에서 '인연'이 성립하였다. 식이 일어나는 것이 이전 순간이 다음 순간을 이끌어낼 수 있기 때문이라는 점에서, '등무간연'이 성립하였다. 식이 일어나는 것이 소연 대상에 의탁할 수 있기 때문이라는 점에서, '소연연'이 성립하였다. 앞의 세 가지 연 외에도 감각기관[104]과 작의(作意) 등과 같이 식이 일어나는 데 아주 밀접한 수많은 관계들이 있다. 이러한 관계들이 없다면 식도 일어날 수 없다는 점에서[105] '증상연'이 성립하였다. 어째서 이들 연을 분석하였는가? 보통 사람들은 헛되이 집착하는 마음[106]을 독립적이고 실재하는 것으로 간주하기 때문이다. 불교에서는 이러한 집착을 타파하기 위하여, 그들이 독립적이고 실재하는 마음이라고 보는 것을 하

---

103) 習心이란 나쁜 습관의 세력 모두가 나타나게 하는 것을 습심이라고 부른다. 사람들은 모두 대개의 경우 습심이 주도권을 잡게 하므로, 습관의 세력이 자신의 마음이 된다. 그러므로 습심이라고 부른다.

104) 신경 체계와 두뇌 등을 포괄한다.

105) 예를 들어 감각기관이 아직 다 발달하지 못하면, 의식 작용도 애매해서 보기 어렵다. 감각기관은 수많은 관계 중의 한 종목이다. 이 한 종목에서 이와 같으므로, 나머지 것들도 유추할 수 있다.

106) 헛되이 집착하는 마음은 객관 대상을 취하는[取境] 識이다.

나하나의 연들로 분석하여 이 마음이 연에서 생겨난 것[緣生]임을 보여주었다. 마음이라는 것은 번갯불처럼 번쩍번쩍하며 그 모습이 거짓으로 나타난 것일 뿐 결코 실재하는 것이 아니라는 것을 보통 사람들이 알게 하려는 것이다. 만약 마음이나 식이 실재하는 것이라면, 그것에 자체가 있을 것이다. 지금 그것을 분석해보면, 수많은 연들이 서로 기대어서 마음이라는 모습으로 잠시 나타난 것일 뿐이다. 마음에 자체가 없으므로, 결코 실재하는 것이 아님을 알 수 있다. 연(緣)을 떠나서는 마음이라고 할 것도 없다. 인도 불교에서 처음 연생(緣生)의 학설을 주장한 이유가 이와 같았고, 또 이와 같아야 한다. 그러나 후대에 대승유종의 창시자인 무착(無着)[107]과 세친(世親)[108] 두 논사는 불교의 연생의 의미를 점차 변질시켰다. 그들은 수많은 연들을 각각의 개별적인 요소로 간주하였고, 따라서 마음을 수많은 연들이 화합하여 구성된 것이라고 생각하였던 것 같다. 그리하여 연생설이 구조론의 일종으로 변질되었다. 이것은 물질이 수많은 요소가 화합하여 구조가 이루어진 것과 같다고 본 것이다.

---

107) (역주) 無着(Asaṅga)은 4~5세기 경, 북인도 간다라국에서 태어났으며, 유식불교의 창시자 중 한 사람이다. 처음에는 소승 化地部에 들어가 출가하여 소승의 空觀을 닦다가, 뒤에 중인도 아유차국에서 미륵보살의 설법을 듣고 법상 유식의 깨달음을 얻게 되었다고 전해진다. 『瑜伽師地論』 등 5부의 대론은 이때 미륵보살이 설한 것을 기록한 것이라고 한다. 저서로는 『顯揚聖敎論』 20권, 『大乘阿毘達磨雜集論』 7권, 『攝大乘論』 3권, 미륵보살의 말을 적은 것으로 전해지는 『瑜伽師地論』 100권, 『大乘莊嚴論』 13권이 있다.

108) (역주) 世親(Vasubandhu, 400~480년 경)은 天親이라고도 부르며, 북인도 간다라국 출신이다. 형 無着과 아우가 있었는데, 삼형제가 모두 출가하였다. 세친은 처음에 說一切有部에 출가하였는데, 유부의 학설을 무조건 고집하지는 않고 경량부 등 다른 부파의 교의 체계를 부분적으로 수용하였다. 유부교학의 백과전서인 『阿毘達磨大毘婆沙論』 200권의 강요서인 『阿毘達磨俱舍論』 30권을 저술하였다. 그러다 40대 말, 또는 50대 초 무렵 형 무착의 간절한 권고로 대승불교로 전향하였고, 설일체유부・경량부・승론파 등의 外境實在論을 논파하여 유식불교의 '唯識無境'사상을 천명하고 유식 교학 체계를 정리하였다. 많은 저서들 중 현재 한역본 23부, 범본 7부, 서장본 21부가 남아 있다. 한역본으로 널리 알려진 것으로 『阿毘達磨俱舍論』 30권, 『唯識二十論』 1권, 『唯識三十頌』, 『攝大乘論』 10권, 『人乘五蘊論』 1권, 『辯中邊論』 3권, 『佛性論』 4권, 『十地經論』 12권 등이 있다.

무착의 저서에는 아직 분명하게 표현되지는 않았지만 그러한 경향이 있었다. 세친 이후의 논사들, 특히 호법(護法)에 이르러 과거의 연생설은 분명히 구조론으로 변질되었다. 졸저 『불가명상통석』에서 그들의 학설을 명확히 기술하고 있으므로, 오해의 여지는 결코 없을 것이다.

우리는 연생이라는 말이 구조의 의미를 갖고 있지 않을 뿐 아니라, 결코 가져서도 안 된다는 사실을 알아야 한다. 어째서 구조의 의미를 가지면 안 된다고 하는가? 형이상학, 또는 본체론의 관점에서 볼 때, 모든 상(相)을 소탕해야만[109] 일진법계(一眞法界)[110]를 명증(冥證)할 수 있다는 것을 알아야 한다.[111] 모든 상을 공(空)으로 할 수 없으면, 진실(眞實)을 볼 수 없다.[112] 이것은 마로 된 끈 한 줄이 이곳에 있을 때, 이 끈의 본래의 상을 인식해야지 그것을 끈으로만 보아서는 안 된다는 것에 비유할 수 있다. 바꾸어 말하면, 끈의 상을 공으로 해야만 그것이 한 줄의 마에 불과하다는 것을 직접 볼 수 있다. 만일 끈의 상을 공으로 할 수 없다면, 끈 한 줄이라는 것을 볼 뿐 마라는 것은 볼 수 없게 된다. 이러한 비유에서, 본체론에서 말하면 모든 상을 없애야 한다는 것을 알 수 있다. 많은 철학자들은 본체를 말할 때 항상 본체와 현상을 대립시키고, 한편으로는 현상을 실재하는 것으로 보고 다른 한편으로는 본체가 현상의 배후에 있거나 현상계를 초월한 현상의 근원이라고 본다. 이러한 잘못은 종

---

109) 여기에서의 相 자는 그 의미가 아주 넓다. 세속적인 견해로는 풀과 새, 그리고 탁자, 의자 등의 물건들이 있을 때 본래 그 相이 있다고 본다. 즉 형체를 가진 것이기 때문이 아니라 마음에서 존재한다고 생각되는 모든 것 역시 상이라고 부른다.

110) (역주) 一眞法界는 유일 절대의 궁극의 진리를 말한다. 諸佛의 평등법신은 종래 不生不滅・非空非有・離名離相・無內無外・惟一眞實・不可思議한 것으로 보므로, 一眞法界라고 한다.

111) 일체 사물의 본체를 法界라고 부른다. 一이라는 것은 절대의 의미이지 산술적인 하나를 의미하는 것이 아니다. 眞은 진실이다. 冥證에서 冥은 추구하거나 분별하지 않는 것 등을 말한다. 證은 추구하거나 분별하지 않으면서도 무지하지 않은 것으로, 고요한 가운데 계합하기 때문이다.

112) 眞實은 본체를 말한다.

교적인 관념에서 연유한 듯하다. 종교는 세계, 또는 사물들의 존재를 인정하는 동시에 초월세계, 또는 사물들의 신(上帝)을 인정하기 때문이다. 철학자들이 말하는 본체는 대개 종교적 관념의 도식에서 벗어나지 못한다. 본체가 현상 너머로 초월한 것이 아니라는 것을 아는 철학자가 있더라도, 그 견해가 철저하지 못하다. 이 때문에 그 학설이 지리한 데서 벗어나지 못하고, 본체와 현상을 둘로 나누는 혐의가 있게 된다. 그들 모두는 본체라는 측면에서 볼 때 현상을 공으로 한 뒤에야 본체를 볼 수 있다는 사실을 모르므로, 잘못에 빠진 것이다. 배우는 이들이 내 말뜻을 분명히 이해한다면, 연생이라는 말이 구조의 의미를 결코 가져서는 안 된다는 것이 명백해질 것이다. 연생이라는 말이 구조의 의미를 갖는다면, 그것은 현상이 실재한다는 것을 승인하는 것이다. 어째서 그러한가? 연생을 구조의 의미로 보는 것은 개별적인 연들이 서로 관련하여 어떤 현상을 구성한다고 보는 것이기 때문이다. 이것은 결코 현상을 부정하는 것이 아니라, 단지 현상을 연생으로 설명하는 것뿐이다. 이렇게 되면 현상이 실재한다는 것을 승인하게 되어, 현상을 공으로 할 수 없다. 현상을 공으로 할 수 없으면, 그것이 현상임을 볼 뿐 진실이 나타난 것임을 알 수 없다.113) 바꾸어 말하면, 현상에서 본체를 꿰뚫어 볼 수 없다. 이것은 끈을 인정하면서도114) 그것이 마로 된 것임을 보지 못하는 것과 같다.115) 이렇게 볼 때 본체론의 관점에서 현상이 실재한다는 것을 인정할 수 없으므로, 연생이라는 말은 결코 구조의 의미를 가져서는 안 된다. 연생의 학설은 마음이나 식이 자체를 가진 것으로 보는 보통 사람들에게 마음과 식은 수많은 연들이 서로 기대어서 잠깐 나타난 거짓된 상[虛假相]에 불과하다는 것을 알려주기 위한 것이다. 이 마음이나 식에는 분

113) 眞實은 본체이다.
114) 끈은 현상을 비유한다.
115) 마는 본체를 비유한다.

명히 자체가 없다. 연생의 의미는 이와 같을 뿐이다. 우리는 이 말의 뉘앙스를 잘 파악하여 마음이나 식이 근본적으로 수많은 연들이 화합하여 생긴 것이 아님을 알아야 한다. 마음이나 식이 자체를 가졌다고 집착하는 보통 사람들의 잘못된 견해를 연생을 가정하여 논파하려는 것뿐이다. 비유하자면 파초에 자체가 없음을 모르는 사람에게 파초의 잎을 하나하나 벗겨서 파초가 실재하는 것이 아님을 알게 하려는 것과 같다. 우리가 말하는 연생의 학설은 이와 같다.

어떤 사람은 또 다음과 같이 의문을 제기한다. "연생의 학설이 제기되어 비로소 마음이나 식에 자체가 없음이 분명해졌다. 이와 같으므로, 마음이나 식은 결국 공(空)이고 존재하지 않는 것이다. 자체가 없으니 공이라고 하지 않을 수 없다. 그러나 심식(心識)[116]은 공이지만, 개별적인 연들의 상도 공인가?" 대답은 다음과 같다. 여기에 대답하기 위해서는 이제의(二諦義)[117]를 분별해야 한다. 속제(俗諦)의 이론에 의하면, 수많은 연들을 가정하여 심식의 현상이 수많은 연들이 서로 기대어서 거짓으로 나타난 것에 불과하다고 보아도 무방하다. 이때 수많은 연들은 실재하지 않지만, 세속의 경험상 존재한다고 인정하는 것이다. 진제(眞諦)의 이론에 의하면, 세속에서 존재한다고 보는 일체의 상들은 모두 공하고, 유일한 진실만이 밝게 빛나는 절대가 된다. 이에 의거해 말하자면, 수많은 연들의 상은 경험에 의거해 임시로 가정한 것이고, 진리로는 있다고 인정되지 않는다. 개별적인 연들의 상은 여실(如實)하게 말하면,[118] 모두 공이다. 불교 대승공종의 창시자인 용수(龍樹) 보살[119]은 『중관론(中觀論)』[120]

116) 心識은 복합명사이다.

117) (역주) 二諦義는 眞俗二諦, 즉 眞諦(paramārtha-satya)와 俗諦(saṃvṛti- satya)를 말한다. 진제는 勝義諦 · 第一義諦라고도 하며, 출세간의 진리를 가리킨다. 속제는 世俗諦 · 世諦라고 하며, 세간의 진리를 가리킨다.

118) 如實은 실질을 칭하여 말하는 것을 의미한다.

119) (역주) 龍樹(Nāgārjuna)는 불멸 후 600~700년 경(B. C. 150경~250경)의 남인도(또는 서인도) 바라문 출신의 승려로서, 인도 대승불교 中觀學派의 창시자이다. 처음에는 소승

을 지었다. 그는 개별적인 연들의 상을 모두 철폐하고 공이라고 주장하였다. 그는 왜 수많은 연들을 아무 것도 없는 공이라고 간주하였는가? 진제의 관점에서는 수많은 연들의 상을 공으로 하지 않을 수 없었기 때문이다. 바꾸어 말해서 본체의 관점에서 말하면, 일진절대(一眞絶對)일 뿐이다.[121] 일체의 상이 모두 없어졌는데, 어디에서 수많은 연들의 상을 얻을 수 있겠는가? 연(緣)이라는 관념은 우리가 실용적인 측면에서 현실의 사물이 있다고 인정해야 추구할 수 있는 것이다. 한 현상이 일어나기 위해서는 반드시 그것이 연유한 원인이 있어야 할뿐 아니라, 그 밖의 다른 현상들에도 의지하지 않으면 안 된다고 본다. 이와 같으므로, 연의 관념이 있게 된다. 만약 진제의 관점에서만 보고 실용적인 습관을 섞지 않는다면, 즉 모든 사물에 대해 어떤 사물이라는 생각을 하지 않고 모두 절대적이고 진실하다고 본다면, 연의 관념은 근본적으로 존재하지 않을 것이다. 그런데 어떻게 수많은 연들의 상을 얻을 수 있겠는가? 그러므로 연생이라는 용어는 심식을 실재하는 것으로 집착하는 잘못된 견해를 타파하

삼장을 배우다가 만족하지 못하고, 설산 지방에서 비구를 만난 뒤 대승 경전을 공부하여 깊은 뜻에 통달하였다고 한다. 용궁에 들어가 『華嚴經』을 가져왔고, 남천축의 철탑을 열고 『금강정경』을 읽었다는 전설이 전해온다. 후대에 자신의 저서인 『中論』에 의거하여 空觀학설을 선양하였다고 하여 中觀학파라고 부른다. 저서는 대단히 많은데, 그중 『大智度論』 100권, 『十住毘婆沙論』 17권, 『中論』 4권, 『十二門論』 1권 등이 대표적이다.

120) (역주) 『中頌』(Madhyamaka-kārikā)이라는 용수의 간결한 게송을 핑갈라(Pingala, 靑目, 4세기 전반 무렵에 활약)가 주석한 것이다. 鳩摩羅什(344~413)이 409년 다소 가필하여 한역하였는데, 중국에서는 이 책을 『中論』·『中觀論』·『正觀論』이라고 하여 중론 연구의 전거로 삼았다. 한역의 『中論』은 『中頌』에 대한 해석의 하나일 뿐이지만, 『中頌』에 대해서는 이 책 외에도 많은 주석서가 있을 뿐 아니라 산스크리트 원전이나 티벳역이 현존하는 것도 있으므로 다양한 비교 평가가 가능하다. 『中頌』은 용수의 초기 작품으로서, 般若 경전에 입각한 대승 空觀의 입장에서 원시 불교 이래의 연기설에 독자적인 해석을 부여하고, 이에 의해 순차적으로 부파불교뿐 아니라 인도철학사상 일반까지도 원리적으로 비판하였다. 대표적인 주석서로 『無畏』·『靑目』·『佛護』·『淸弁』·『無著』·『安慧』·『月稱』 등의 주석서가 남아 있다.

121) 一은 짝이 없는 것이다. 산술의 하나가 아니다.

기 위한 개념적 설정일 뿐이지, 결코 수많은 연들이 실재한다는 의미가 아니다. 이 점을 조금이라도 오해하면 안 된다.

우리는 불교철학은 표현방식이 매우 정밀하다는 것을 알아야 한다. 그들의 언설에는 차전(遮詮)[122]과 표전(表詮)[123]의 구분이 있다. 표전이라는 언설방식은 설명하고자 하는 사물과 이치를 직접 표현하는 것이다. 비유하자면 어두운 방 안 어디에 의자가 있는가를 보지 못하는 사람에게 소리쳐서 알려주는 것이 표전이다. 차전이라는 언설방식은 설명하고자 하는 사물과 이치를 직접 표현할 방법이 없고, 단지 사람 마음이 허망하게 집착하는 점을 공격하여 스스로 알게 하려는 것이다. 앞의 예를 들어보면, 어떤 미혹한 사람이 어두운 방안의 의자를 사람이나 귀신이라고 잘못 생각하는 경우를 들 수 있다. 이때 그를 미혹에서 깨우치기 위해, 우리는 "사람이라면 어떤 모양이어야 하는데, 이 어두움 속의 형상은 결코 사람이 아니다. 또 귀신이라면 반드시 변화무쌍할 텐데, 이 어두움 속의 형상은 결코 귀신이 아니다"라고 말한다. 이러한 여러 가지 말로 그의 미혹을 논파하여, 결국 어두움 속의 형상이 의자라고 직접 표현하지 않고도 그 사람 스스로 의자라는 것을 깨닫게 한다. 이러한 방법을 차전이라고 부른다. 연생의 학설은 심식을 독립적이고 실재하는 것으로 간주하는 사람들의 잘못된 집착을 타파하려는 일종의 방법일 뿐이므로, 표전이 아니라 차전이다. 혹 표전이라고 보는 사람은 연생이라는 용어가 심식이 수많은 연들이 화합하여 생겨난 것을 표시하므로, 물체가 수많은 분자들이 화합하여 구성되는 것과 같다고 본다. 이

122) (역주) 遮詮은 불교논리학에서 부정적 판단의 형태를 취한 주장 명제를 말한다. 예를 들면 진여를 설명할 때, 도저히 말이나 글로 표현할 수 없다고 보는 것과 같다. 부정적 표현을 말하기도 한다. 진여의 성품을 不生不滅·不增不減·無因無果·非凡非聖이라고 표현하는 것과 같은 경우이다. 공종에서 흔히 이 차전의 방법을 활용한다.

123) (역주) 表詮은 불교논리학에서 긍정적 판단, 또는 긍정적 판단의 형태를 취한 주장 명제를 말한다.

것은 세속의 미혹한 견해[情見]이므로,[124] 타파되어야 한다. 따라서 표현방식에 차전과 표전이 있음을 분별하지 않으면 안 된다. 무착과 세친 학파의 학자들은[125] 대개 연생을 표전으로 보고 논의하였다. 이것이 그들의 근본적인 잘못이다. 이 점에 대해서는 따로 글을 써서 논의하려고 하므로, 여기에서는 더 말하지 않겠다.

우리는 형이상학의 언어 표현에서는 차전의 방법을 쓰는 것이 매우 중요하다는 것을 알아야 한다. 모든 학문[126]이 궁구하는 이치는 대략 둘로 나누어지기 때문이다. 그것은 첫째, 지극한 하나[至一]의 이치이고,[127] 둘째, 다양한 분화[分殊]의 이치이다. 다양한 분화는 하나가 무한하다는 것이고, 지극한 하나는 무한한 것이 하나라는 것이다. 이 두 가지 이치는[128] 본래 둘로 나눌 수 있는 것이 아니지만, 의미로 요약해볼 때 나누어 말하지 않을 수 없다. 나는 이치에 관한 문제는 『양론』에서 논의하려고 생각한다. 여기에서 제시하려는 것은 형이상학에서의 궁구는 특히 지극한 하나의 이치라는 측면을 중시한다는 점이다.[129] 이 지극한 하나의 이치는 두루 존재하는 만유의 실체로서 부분에 속한 것이 아니고 형상도 없고 위치도 없지만, 여기에서 만유가 시작된다. 형상도 없고 위치도 없어서 마치 없는 것 같지만, 만유가 여기에서 시작하므로 없을 때가 없다. 이처럼 신묘하다. 이 이치는 지극히 현묘하고 은미하므로,[130] 언어로 표현하기 곤란하다.[131] 모든 언어는 실제 생활의 측면에서 개별적인 실제

124) 미혹되고 집착이 있는 견해를 情見이라고 한다.
125) 대승유종을 말한다.
126) 예를 들어 형이상학과 과학 등을 말한다.
127) 하나[一]는 절대이지, 둘과 대비되는 하나가 아니다.
128) 至一과 分殊를 말한다.
129) 이와 반대로, 과학에서의 궁구는 특히 分殊의 이치라는 측면을 중시한다.
130) 비어 있으면서도 포용하지 않는 것이 없는 것을 현묘하다[玄]고 한다. 숨어 있으면서 그 함축한 바를 궁구하기가 어려운 것을 은미하다[微]고 한다.
131) 곤란하다는 것은 어려움이 그치지 않는다는 것이다.

사물을 표현하기 위해 생겨난 것이기 때문이다. 이 때문에 모든 사물에는 명칭이 있고, 이를 빌어서 설명하지 않을 수 없다.[132] 이것이 언어가 생겨난 이유인 듯싶다. 시험 삼아 문자의 본래의 의미를 조사해보면, 모든 것이 실제 사물을 표시하는 것이다. 아무리 문자가 번다하고 날마다 많아지고 점점 추상화된다고 하여도, 결국 의식 속의 대상의 상이나 영역을 가진 사물을 거칠게나마 표현하는 것에 지나지 않는다. 우리가 사물을 표현하는 언어로 사물을 초월하는 이치를 표현하려고 한다면,[133] 얼마나 곤란한 일인가? 그대가 이 이치를 하나의 사물로 간주하고 그것이 무엇이라고 직접 표현하려 한다면, 참으로 희론(戱論)이 될 것이다.[134] 그러므로 형이상학의 언어 표현에서는 차전의 방법을 쓰는 것이 가장 좋다. 나의 이런 견해에는 오묘하고 복잡한 의미가 담겨 있지만, 표현해내기가 어렵다. 나와 견해가 같은 사람이라야 그 말의 달고 쓴 깊은 맛을 알 수 있을 것이다. 고금의 형이상학자들은 차전의 방법을 잘 활용하였는데, 그중에서 불교보다 뛰어난 경우는 없는 듯하다. 불교 각 학파들 중에서도 대승공종이 이를 뛰어나게 잘 활용하였다. 그 주장은 모두 우리가 헛되이 집착하는 견해나 의도를[135] 여러 가지로 타파해서 스스로 진리를 깨닫게 하기 위한 것이다.[136] 우리의 이지 작용은 일상적인 실제

132) 召는 소리내어 부른다는 것으로, 예를 들면 불이라는 사물을 불이라는 이름으로 소리내어 부르는 것이다. 詮은 설명하는 것으로, 불이라는 사물을 불이라는 이름으로 부른다는 것은 불이 태우는 성질을 가지고 있는 사물이고 물이 축축하거나 쇠가 단단한 성질과 다르다고 설명하는 것이다. 그러므로 언어에는 반드시 설명되는 측면이 있다.

133) 여기에서 사물을 초월하는 이치는 지극한 하나의 이치를 말한다. 이 이치는 본래 일체 사물의 밖으로 초월하여 존재하는 것이 아니지만 지금 여기에서 사물을 초월한다고 한 것은 일체의 사물들이 모두 이 이치의 현현이고 이 이치는 결국 어떠한 사물에도 머무르지 않기 때문이다. 우리는 그것을 하나의 사물로 볼 수 없으므로, 의미상 사물을 초월한다고 말한 것이다.

134) (역주) 희론(戱論, prapañca)은 희롱의 담론이라는 뜻으로, 무익하고 무의미한 말, 헛소리, 말장난, 농담 등을 말한다. 차별적 대립이나 형이상학적 논의, 분별론 등이 이에 속한다.

135) 우리는 의식 작용에 맡겨서 여러 가지 허망한 추측을 하게 되므로, 意計라고도 한다.

생활에서 외부를 향하여 사물을 찾는 것이 습관이 된 상태에서 점점 발전해온 것이기 때문이다. 이 때문에 이지는 일종의 병폐로 발전하여, 항상 외부를 향해 사물을 취하는 집착의 모습으로 나타난다. 그리하여 진리를 탐구할 때도 그 습관적인 방법을 사용하여, 진리를 외재하는 사물로 보고 함부로 추측한다. 그 결과 여러 가지 희론이 생겨난다.[137] 대승공종은 진리가 직접 표현할 수 있는 사물이 아니라고 여기고, 우리가 집착하는 점을 광범위하게 논파하였다. 바꾸어 말해서, 그것은 우리의 이지라는 병폐를 공격하기 위한 처방전이다. 이렇게 사람들이 진리를 스스로 깨닫게 하는 것은 진리란 본래 나에게서 멀리 떨어져 있지 않으며 피할 수 없는 것이기 때문이다. 우리가 미혹한 집착을 벗어던지기만 하면, 저절로 진리를 깨닫게 된다. 불교 각 종파의 언설에서 차전의 방법을 활용하지 않는 경우가 없지만, 대승공종은 이 방법을 특히 효과적으로 활용하였다. 『대반야경(大般若經)』[138]과 『대지도론(大智度論)』,[139] 『중관론(中觀論)』 등을 자세히 살펴보면, 그들이 차전의 방식을 잘 활용하고 있음을 볼 수 있다. 유종은 처음 일어날 때부터[140] 이러한 의미를 잃어버렸다.

---

136) 여기에서의 진리는 바로 앞에서 말한 지극한 하나의 이치이다. 뒤에 나오는 진리도 모두 이에 의거한다.

137) 고금의 철학자들은 한 사람이면 한 가지 주장을, 열 사람이면 열 가지 주장을, 백 사람이면 백 가지 주장을 한다. 그들 중 희론을 주장하지 않는 사람이 얼마나 되겠는가?

138) (역주) 『大般若經』은 『大般若波羅蜜多經(Mahāprajñāpāramitā-sūtra)』 600권으로서, 660~663년 동안 唐의 玄奘이 번역하였다(大5~6권). 般若部에 속하는 경전이 전체 經藏의 3분의 1을 차지하고 그중 4분의 3이 『대반야경』이므로, 이 경전은 사상적 내용에 있어서나 양에 있어서 실로 중요한 위치를 차지한다. 특히 반야부의 여러 경들을 집대성하였으므로, 반야부의 叢書라고 할 수 있다. 전체가 600卷 4處 16會 275分으로 구분된다.

139) (역주) 『大智度論(Mahāprajñāpāramitā-śāstra)』은 龍樹의 저작이다. 鳩摩羅什(344~413)이 405년에 한역하였다(大25－1). 용수가 직접 찬술한 것으로 보는 것이 일반적인 견해이지만, 현존하는 것 그대로를 그의 작품으로 보기는 어렵다. 이 책은 원시불교의 성전은 물론이고 부파불교의 제 논서부터 초기 대승의 『法華經』·『華嚴經』 등의 경전, 인도 바이세시카 및 기타 인도사상에도 미치고 있어, 당시의 불교백과전서로 불릴 만하다. 般若空의 사상을 기본적 입장으로 삼고 있으며, 그의 주저인 『中論』에 보이는 부정적인 측면에 비해서 제법 실상의 적극적인 긍정의 측면도 존재한다.

그들 유종은 진리를 분명히 깨닫지 못한 듯하다. 나는 『불가명상통석』에서 이를 비판하고 있으므로 이곳에서는 자세히 논의하지 않겠다.

우리가 본체를 표현하려고 할 때[141] 실제로 직설적으로 말할 수 있는 방법이 없다. 따라서 나는 공종의 차전의 방식에 아주 찬성한다. 그러나 내가 이 방법에만 제한할 것을 주장하거나, 이 외에 또 다른 좋은 논변의 방법이 없다고 말하는 것은 결코 아니다. 나는 본체라는 것은 본래 직설적으로 표현할 수 없는 것이라고 생각하지만, 공용에 나아가 본체를 드러내도[卽用顯體][142] 무방하다. 본체는 무한하고 무수한 공용으로 나타나는데,[143] 공용은 형상이 거짓으로 나타난 것이며[詐現][144] 그 형상은 천차만별이기 때문이다. 그러므로 본체는 언어로 표현할 수 없지만,[145] 공용은 언어로 표현할 수 있다.[146] 공용은 본체의 현현이고,[147] 본체는 공용의 본체이다.[148] 본체가 없으면 공용이 없고, 공용을 떠나서는 원래 본체가 없다. 그러므로 공용상에서 분명히 분석하면, 공용의 본체를 드러낼 수 있다. 간단히 말해서, 위대한 공용의 흐름[大用流行]이 천차만별로 거짓 나타나는 대상의 상에 나아가 정밀하게 분석해보면,[149] 위대한 공용의 흐름이 한 곳에 머물지 않고 모두 실물(實物)이

---

140) 무착과 세친 형제를 말한다.

141) 本體라는 말은 뒤에서 體라고 생략하여 말한다.

142) 用은 모두 공용이다.

143) 탁자 · 의자 · 사람 · 새 · 사상 등의 정신 현상에서 일체의 사물들은 모두 하나하나의 고정된 모습이 아니고 단지 공용일 뿐이다. 내가 쓰는 펜은 하나의 물건이 아니라 실제로는 하나의 공용이므로, 우리가 펜이라고 부르는 것에 비유할 수 있다.

144) 형상은 실재가 아니므로, 거짓으로 나타난 것[詐現]이라고 한다.

145) 말이 표현하는 것에는 한계가 있다. 본체는 한계가 없으므로 말이 미치지 못한다.

146) 앞에서 공용은 형상이 있고 그 형상이 천차만별이라고 하였으므로, 말로 표현할 수 있다.

147) 역자가 보기에, 큰 바닷물이 뭇 파도로 현현한 것은 「명종」 장에서 설명하였다. 큰 바닷물은 본체를 비유하고, 뭇 파도는 공용을 비유한다.

148) 역자가 보기에, 앞의 비유를 들어보면 하나하나의 파도는 각각 큰 바닷물을 본체로 한다. 큰 바닷물은 모두 뭇 파도와 함께 본체가 되는 것이지, 뭇 파도의 밖으로 초월하여 독립적으로 존재하는 것이 아니다.

149) 예를 들면 「전변」 장에서 설명하는 내용과 같다.

없음을 알게 된다. 즉 여기에서 그것이 진실(眞實)의 현현일 뿐임을 알게 된다.[150] 바꾸어 말하면, 우리는 다양하게 분화된 무수한 공용상에서 그 개별적인 하나하나가 모두 진실의 그치지 않는 현현임을 직접 인식하게 된다. 비유하자면 우리가 끈을 분석하고 그것에 자체가 없음을 아는 것과 같다. 바꾸어 말해서 그것은 실재하는 독립적인 사물이 아니라 마의 현현일 뿐이다. 우리는 끈의 형상에서 그것이 마라는 것을 직접 파악한다. 이러한 비유에서 '공용에 나아가 본체를 드러낸다[卽用顯體]'는 말뜻을 이해할 수 있다. 종래에 인도 불교를 강론한 이들은 모두 무착·세친 및 호법 등의 유종(有宗) 논사들의 주장이 공용에 나아가 본체를 드러내는 것이라고 하였다.[151] 이 말이 과연 옳은가? 나만은 그렇지 않다고 본다. 공용에 나아가 본체를 드러낸다는 것은 바로 쉬지 않고 유행하는 공용에 자체가 없음을 설명하려는 것이었음을 알아야 한다. 공용의 측면에서 말하면, 그것에 자체가 없기 때문이다. 따라서 공용에서 본체를 보는 것은 끈에서 그것이 마라는 것을 인식하는 것에 비유할 수 있다.[152] 만약 쉬지 않고 유행하며 온갖 가지로 다양하게 거짓 나타나는 공용에 자체가 있다고 간주한다면, 이것은 공용의 밖에서 다시 어떤 본체를 찾는 것이다. 만약 공용을 실재한다고 보면서도 그 근거를 찾아 본체가 있다고 한다면, 이것은 본체와 공용을 두 조각으로 나누어 버리는 것이다. 그렇게 되면 본체는 이미 공용의 본체가 아니게 된다. 그것은 공용의 밖으로 초월하여 독존하는 텅 빈 어떤 것일 뿐, 본체의

150) 여기에서의 진실이라는 말은 본체를 가리키고, 이 뒤도 이에 준한다.

151) (역주) 「文言文本」에서는 다음과 같이 말한다. "유종은 공용에 대해서는 아직 분석적으로 말한다(주: 『瑜伽論』·『辨中邊論』·『雜集論』에 나타난 蘊·處·界 등의 설명을 활용하여 말하고 있다)." 이때 『瑜伽論』, 즉 『瑜伽師地論』은 彌勒, 또는 無着의 저서이고, 『辨中邊論』은 게와 주석인데 게는 미륵의 작품이고 주석은 世親의 작품이다. 『雜集論』은 『大乘阿毘達磨雜集論』을 말한다. 무착의 『大乘阿毘達磨集論』의 주석으로, 작자는 安慧, 또는 最勝子이다.

152) 끈은 실제로 자신의 體가 없기 때문이다.

의미를 잃게 된다. 우리는 유종인 유식론에서는 모든 대상을 식(識)으로 통섭한다는 것을 알아야 한다.153) 그들은 내가 말하는 공용을 실재하는 것으로 간주하였다. 이 때문에 그들은 식, 또는 모든 대상의 근거를 찾기 위하여 종자를 세웠다. 그들은 모든 식은 각각 자신의 종자를 원인으로 삼아 일어나는 것이라고 생각하였다.154) 그들에게 모든 물질 현상은 마음에서의 사물의 상[境相]이고, 마음과 함께 일어나는 것이었다. 그러나 이 사물의 상은 반드시 사물의 종자를 원인으로 해야 일어난다.155) 바꾸어 말해서, 물질 현상은156) 자신의 종자를 가지는데, 마음과 같은 종자는 아니다. 그러나 마음과 사물의 종자는 서로 관련되면서도 각자를 원인으로 삼고 동시에 각자의 결과를 낳는다.

도표로 그려서 설명하면, 다음과 같다.

마음의 종자(원인) ⟷ 마음(결과)
사물의 종자(원인) ⟷ 사물(결과)

그들의 학설에 따르면, 마음과 사물은157) 각각 자기 종자에서 생겨난다. 사물의 종자는 마음의 종자에 대해 종속적인 위치에 있기 때문이다. 또 마음과 사물의 종자는 모두 제8식 안에 저장되고, 식을 떠나서 독립적으로 존재하지 않는다. 그들은 사람마다 각각 팔식이 있고, 이 중에서

153) 그들이 말하는 識, 또는 생멸하는 일체의 法이 우리가 쉬지 않고 유행하는 천차만별의 공용이라고 부르는 것이다.

154) 이전 순간의 眼識은 그 종자에서 생기고, 다음 순간의 眼識은 또 다른 종자가 있다. 안식이 이러하므로, 耳識에서 제8식까지 모두 이에 의거해 유추할 수 있다.

155) 안식에서 형태를 가진 境相이 본래 사물의 현상인 것과 같다. 이러한 사물의 현상은 사물의 종자에서 생겨난다. 안식에서의 境相이 이와 같으므로, 이식상의 경상에서 제8식상의 경상에 이르기까지 모두 이와 같다고 유추할 수 있다.

156) 즉 마음 위의 일체의 사물의 상[境相]을 말한다.

157) 정신 현상과 물질 현상이라고도 한다.

제8식이 모든 종자를 저장한다고 본다. 즉 제8식 자신의 종자도 제8식 자체 안에 저장되어 있는데, 이것은 제8식의 종자와 거기에서 생겨난 제8식이 동시에 존재하기 때문이다. 바꾸어 말해서, 능생(能生)의 종자와 소생(所生)의 제8식은 전후의 간격이 없다. 이 때문에 주체(能)와 객체(所)가 서로 의존해서 존재하고, 제8식의 종자 또한 제8식에 의존해서 부착된다. 식을 떠나 단독으로 있는 종자는 하나도 없다. 이로써 오직 식만 존재한다는 유식(唯識)의 이론이 성립하는 것이다. 실제로 그들의 종자설은 일종의 다원론이다. 그들은 현상이 있음을 긍정하고,[158] 또 현상의 근본적 요소를 추구해서 종자를 세웠다. 마음과 사물의 현상은 결코 실재하는 것이 아니라 절대적인 진실이[159] 천차만별의 공용으로 나타난 것일 뿐임을 모른다. 그들은 이 점을 인식하지 못하고 내가 말하는 공용을 실재하는 것으로 간주하고, 또 종자라는 것을 허구로 꾸며내어 실제 사물의 원인으로 삼았다. 이렇게 겹겹이 허망한 이론이 어떻게 공용에서 본체를 드러낼 수 있겠는가? 대승공종의 학설을 잘 살펴보면, 그들은 단지 현상에서 그 상을 취하지 않았을 뿐이다. 바꾸어 말하면, 현상을 공(空)으로 해야만 현상에서 진여를 볼 수 있다.[160] 무착 이래 유종의 논사들은 근본적으로 본체와 공용의 의미를 이해하지 못하였고, 본체가 정해진 형상은 없지만 무한하고 무수한 공용으로 현현한다는 것도, 공용 외에는 본체라고 할 것이 없다는 것도 몰랐다. 이러한 까닭에 그들은 마음과 사물의 현상이 존재한다는 것을 긍정하는 한편, 더 나아가 그 근본적인 원인을 구하여 종자를 세웠던 것이다. 그들이 말하는 종자는 현상의 배후에 은밀히 존재하며 현상에 대해 근원이 되는 본체이다. 그러나 다른 한편, 그들은 공종 이래의 진여(眞如)의 관념을 그

158) 마음의 현상과 사물의 현상을 말한다.
159) 본체를 말한다.
160) 眞如의 眞은 절대적인 진실이고, 如는 그 본성이 항상 같다는 것이다. 인도 불교에서는 모든 사물들의 본체를 진여라고 부른다.

대로 받아들였다. 여기에서 말하는 진여는 절대적이고, 진실하며, 활동하지 않고 변화하지 않는 것이다. 그들은 진여가 만물의 실체라고 말하지만, 종자가 진여라거나 진여의 현현이라고는 하지 않았다. 따라서 진여와 종자는 결국 서로 전혀 관련 없는 두 조각의 사물이 되고 말았으니, 진여를 무엇이라고 해야 하는가? 그뿐 아니라 그들은 종자를 마음과 사물의 원인으로 보았지만, 그 원인과[161] 결과는[162] 하나는 생성하는 주체[能生]이고[163] 다른 하나는 생성되는 객체[所生]이므로,[164] 숨어 있는 것[隱]과 밖으로 드러난 것[顯]이라는 두 세계로 나누어진다.[165] 그들의 이러한 분석 방법은 바로 일상생활에서 물질을 단편으로 나누는 기술을 형이상학의 사색에 응용한 것이고, 그 결과 희론이 되어 버렸다. 그런데 어떻게 공용에 나아가 본체를 드러낸 것이라고 볼 수 있겠는가?

우리는 공용의 의미는 본체의 유행(流行)이라는 측면에서, 또 본체의 현현이라는 측면에서 그렇게 부르는 것이라고 생각한다. 본체는 지극한 무[至無]이지만[166] 만유로 현현하고,[167] 지극히 고요하지만[至寂][168] 막힘없이 유행하기 때문이다.[169] 유행을 떠나서 지극한 고요를 찾을 수 없으므로, 반드시 유행에서 지극한 고요를 보아야 한다. 만유로 현현된 것을 떠나서 지극한 무를 찾을 수 없으므로, 반드시 만유에서 지극한 무를 보아야 한다. 그러므로 '공용에 나아가 본체를 드러낸다[卽用顯體]'는 말뜻은 대단히 깊고 은미해서 보통 사람에게 설명하기 어렵다. 철학

161) 원인[因]은 종자이다.
162) 마음과 사물은 종자에 대해 결과[果]라고 부른다.
163) 종자가 能生이다.
164) 마음과 사물의 현상은 종자의 所生이다.
165) 마음과 사물은 겉으로 나타난 것이고, 종자는 제8식 중에 숨어 있는 것이다.
166) 형상이 없고 자리가 없고 조작이 없으므로 無라고 하는 것이지, 실제로 텅 비어 없는 것은 아니다.
167) 지극한 無가 본체이고 이것이 현현하면 본체가 공용이 된다.
168) 고요하다는 것은 조용하여 어지러운 相이 없는 것이다.
169) 지극히 고요한 것은 본체이고 이것이 유행하면 본체가 공용이 된다.

자들은 유행하는 것 밖에서 함부로 지극히 고요한 경지를 찾으려 하고, 만유의 밖에 지극한 무의 세계를 허망하게 상정하려고 한다.[170] 이것은 큰 잘못이다. 그러나 이들 철학자들은 유행하는 것이 바로 진실임을 인정하지 않고, 유행하는 것에서 지극한 고요를 취하는 것이 진실임을 모른다. 또 만유가 바로 진실임을 인정하지 않고, 만유로 현현한 것에서 지극한 무를 취하는 것이 진실임을 모른다.[171] 이러한 잘못은 약을 써도 고치기 어렵다. 전자의 경우는 진리를 구하여 얻지 못할 뿐이지만, 후자의 경우는 진리를 부정하므로 다시는 구하지 못한다.[172] 본체와 공용은 설명하기 어렵다! 철학에서 궁구하는 것은 오직 이 한 가지 근본 문제이다. 철학자가 이 점을 이해하지 못하면 저서가 아무리 많아도 한 학파의 학문은 할 수 있지만, 진리와는 결국 아무 관련이 없게 된다. 이 장의 뒷부분에서 나는 연생이 차전의 표현이라고 보았고, 이를 미루어서 인도 불교의 공종·유종을 비교 검토하고 장단점을 살펴보았다. 또 나의 근본 사상인 '공용에 나아가 본체를 드러낸다'는 주장으로 이 장을 마무리하였다. 이 뒤는 전적으로 이러한 주장에 의거해 쓴 것이다.

제2장에서는 마음과 분리하여 독립적으로 존재하는 객관 대상을 인정하지 않았지만, 아무 것도 없다는 의미가 아니라 객관 대상과 식을 둘로 완전히 구분해서는 안 된다고 한 것뿐이다. 그러나 마음의 측면은 객관 대상에 대해 능동적이고, 객관 대상의 측면은 마음에 대해 수동적

170) 인도 불교철학에 여기에 가장 가까운 학설이 있다.

171) 왕필은 『노자』를 해석하며, 모든 有가 無에서 비롯된다고 하였다. 그가 말한 有는 바로 일체의 사물이고, 無는 본체를 가리켜 지목한 것이지 없다는 뜻이 아니다. 유가 무에서 비롯되므로, 모든 것은 無가 본체가 된다는 것이다. 지금 유에 머무른다는 것은 유가 바로 무임을 모르는 것이니, 끈의 형상에 집착해서 끈이 바로 마라는 것을 모르는 경우에 비유할 수 있다. 만지고 보는 것이 모두 진실이지만, 유에 머무는 자는 깨닫지 못한다.

172) 본체를 부정하는 수많은 철학자들이 모두 후자에 속한다. 유물론자들이 여기에 속하는 것은 말할 필요도 없다.

이다. 그러므로 객관 대상은 결국 마음에 종속된다.

제3장에서는 헛되이 집착하는 마음에 자체가 없음을 밝혔다. 바꾸어 말하면, 이 마음이 독립적으로 실재하는 것이 아니라는 의미이다. 마음이 이러하므로, 이 마음에서 함부로 분할되어 외재한다고 여겨지는 객관 사물도 자체가 없고 또 실재하지 않는다는 사실에 자연히 설명이 필요없을 것이다.

그러나 앞에서 말하였듯이, 객관 대상은 결코 없는 것이 아니다. 제3장에서 마음에 자체가 없다고 하였지만, 인연이 있다는 점은 인정하였다. 이것은 마음에 그 자신의 자발적인 힘이 있다는 의미이다. 마음의 모습은 실재하지 않지만, 그렇다고 완전히 없는 것이 아님을 알 수 있다. 이렇게 보면, 마음과 객관 대상은 자체가 없다고 하였으므로 결국 공이고 존재하지 않는다. 그런데 마음과 대상이 또 없는 것이 아니라고 하였으니, 서로 모순이 아닌가? 결코 그렇지 않다. 이러한 이치는 설명하기 어렵다. 세간의 사물에 비유하면 눈앞에 보이는 끈과 같아서, 한편으로는 끈이 있다고 할 수 있다. 우리는 끈의 모습이 마의 현현에 의거해서 일어나는 집착의 상으로서, 근본적으로 없는 것이 아니라고 인정하기 때문이다. 또 다른 측면에서 보자면, 끈은 자체가 없기 때문에 존재하지 않는다. 끈의 본질은 마에 불과한데, 마를 제거하면 끈의 상이 어디에 있는가? 그러므로 끈에 자체가 없다고 한 것이다. 우리는 끈의 비유로 마음과 객관 대상을 설명할 수 있다. 속제의 측면에서 보면, 마음과 객관 대상은 모두 진실에 의거하여 현현한 것이고 이때 일어난 집착의 상은 근본적으로 없지 않다. 진제의 측면에서 보면, 마음과 객관 대상은 모두 자체가 없다. 다시 말해서 마음과 객관 대상은 형상이 거짓으로 나타나지만, 실제로 그 자체는 공이고 존재하지 않는다. 이러한 두 가지 설명은 표면적으로 모순인 것 같지만, 실제로는 서로 융화한다. 그러나 현재의 문제는 한 걸음 더 나아가야 한다. 마음과 객관 대상이 모두 없는 것이 아니라고 하면서도 자체가 없다고 하는 데서 그친다면, 마음과 객관 대상이 그렇게 된 이유[所以然]와 마땅히 그렇게 되어야 할 [其當然] 이치가 없게 된다. 따라서 보다 상세히 설명할 필요가 있다. 이 때문에 우리는 계속해서 다음 「전변」 장으로 넘어가려고 한다.[173)]

---

173) 轉變이라는 말은 窺基의 『成唯識論述記』에 나온다. 지금 이 용어를 쓰는 경우는 원래의 의미와 다르다. 轉 자는 변이한다. 變現한다는 등의 뜻이다. 여기에서 變 자와 합쳐서 쓴 것은 복합명사로 쓴 것일 뿐이다. 이 뒤에 나오는 轉變도 모두 여기에 의거한다.
(역주) 유식불교에서 轉變이라는 용어는 아라야식 중의 종자가 제법으로 變現하는 것을 의미한다. 『成唯識論述記』에는 '轉變'이라는 용어가 많이 나온다. 예컨대 "然依內識之所轉變, 謂種子識變爲現行, 現行識變爲種子及見相分. 故名爲變."(大43, 240c) 종자식은 전변하여 현행이 되고 현행식은 전변하여 종자와 견분·상분이 된다고 하여, 內識, 즉 종자식과 현행식의 轉變으로 설명한다. 원래 轉變(parṇāma)은 상키야 학파의 중심 개념이다. 우유가 발효유로 변화하는 경우와 같이 근본 원질, 또는 自性의 평형 상태가 깨어져 전개되는 것을 말한다. 유식불교에서 전변은 異熟이라고 칭해지는 것(아라야식), 思量이라고 칭해지는 것(染汚意), 境의 了別이라고 칭해지는 것(六識) 3가지로 나뉜다. 因果로 구별하면 因轉變(hetupariṇāma)과 果轉變(phalapariṇāma)으로 나누어진다. 웅십력의 전변 개념은 상키야 학파나 유식불교와 다른 본체 전변의 성격을 띤다.

제4장 「전변(轉變)」

우주의 형성 과정

과거 인도 불교에서는 마음과 물질 현상 모두를 '행(行)'이라고 불렀다. '행'자는 첫째, 변천하고 유행(遷流)한다, 둘째, 형상이라는 두 가지 의미를 가진다. 그들은 마음과 물질 현상 모두를 시시각각 변천하고 유행하는 것으로 보았지[1] 딱딱하게 굳어 머무는 것으로 보지 않았기 때문에, 변천하고 유행한다는 뜻을 말하였다. 그러나 마음과 물질 모두 머물지 않고 유행하지만, 형상은 번갯불이 순간마다 번쩍이는 것 같이 그 모습이 거짓으로 나타나는 것이므로 형상이라는 의미를 말하였다. 물질의 형상은 감각 경험으로 알 수 있고, 마음의 형상은 감각 경험으로 알 수 없지만 내적으로 자각하여 관찰할 수 있다. 마음과 물질 모두 이 두 가지 의미를 다 가지므로, 행이라고 부른 것이다. 이러한 명명은 매우

1) 옛 것이 막 사라지고 새로운 것이 바로 일어나는 것을 變遷이라고 한다. 이처럼 옛 것이 사라지고 새로운 것이 생겨나는 것이 쉬지 않기 때문에 流行이라고 한다.

타당하다. 우리도 이 명칭을 빌어 쓰려고 한다.

인도 불교에서 일체행(一切行)을 보는 관점은 삶을 초월하는 인생 태도에 근본을 둔다. 삶을 초월한다는 것은 삶과 죽음에서 초탈한다는 것으로, 출세간[出世]의 의미이다.[2] 단지 일체행에 나아가 무상(無常)을 본 것[觀]이다. 본다는 것은 분명히 살피고 정밀하게 관찰한다는 등의 뜻이므로, 사유한다는 말보다 일반적으로 의미가 깊다. 무(無)는 없다는 것이고, 상(常)은 항상되다는 뜻이다. 일체행에 항상됨이 없으므로, 무상이라고 한다. 바꾸어 말해서 모든 사물들이 무상하고 모든 마음이 무상하다고 보기 때문에, 제행무상(諸行無常)이라고 한 것이다.[3] 이러한 관점을 가지면 자연히 일체행에 집착하지 않게 된다. 인도 불교의 의도는 이뿐이다. 석가에서 전수된 『아함경(阿含經)』[4]에서 후대의 대승 경전까지 모두 이러한 주장을 견지한다. 구 학설[5]에서 무상을 말한 것은 제행(諸行)을 헐뜯는 뉘앙스를 가지고 있다. 마음 작용[心行][6]이 실제 작용을 가지고 있다고 집착해서는 안 되고, 물질 작용[物行]도 추적할 수 있는 실물이라고 집착해서는 안 된다고 여겼다. 심물제행(心物諸行)이 모두 무상하기 때문이다. 그들의 관점은 그들의 인생 태도에 의거해보면, 분명히 알 수 있을 것이다.

---

2) 이 말은 「慈恩傳」에 근거하였다.

3) (역주) 諸行無常은 三法印의 한 조목으로, 불교를 특징짓는 세 가지 법문에 속한다. 三法印은 諸行無常, 諸法無我, 涅槃寂靜을 말한다. 一切皆苦를 더하여 四法印이라고도 부른다.

4) (역주) 『阿含經』에서 阿含은 āgama를 음사한 말로서 '처음 전승된 가르침'이라는 뜻이다. 석가가 실제로 교설한 것으로 여겨지는 내용이 가장 많이 수록된 원시불교 경전이다. 남전과 북전 두 종류가 있는데, 남방불교에서는 장부・중부・상응부・증지부・소부의 5부로 구별되며, 북방불교에서는 長阿含・中阿含・雜阿含・增一阿含의 4부 아함으로 나누어진다. 『아함경』이란 이들 經藏 전체를 나타내는 총칭이다(大1－2). 소승 각 부파는 과거의 전승에 근거하여 자파의 독자적인 경장을 갖추었는데, 그중 팔리어로 쓰인 남방상좌부의 전승만 현재까지 완전히 보존되어온다.

5) 인도 불교를 말한다.

6) (역주) 心行(caryā)는 마음의 활동, 마음의 상태, 마음의 작용을 의미한다.

이 책에서는 전변, 즉 일체행을 실재하는 것으로 간주하지 않는다. 이러한 견해로 보면, 구 학설의 제행무상의 주장과 상통하는 점이 있다. 그러나 이 책의 사상은 구 학설과는 천양지차로 다르다. 구 논사들은 일체행에 대하여 무상을 언급하며 은연중 헐뜯지만, 이 책에는 그러한 생각이 전혀 없다. 순전히 우주론적인 관점에서 볼 때,[7] 일체행 모두에 자체가 없다고 보기 때문이다. 실제로 일체행은 지극히 생동하고 활발하며 끊임없이 변화하는 과정에 있을 뿐이다. 이 끊임없는 변화를 우리는 '위대한 공용의 흐름[大用流行]'이라고 부르며, 이 말에는 헐뜯는 의미가 전혀 없다. 우리는 이러한 우주관에 의거해서 우리의 인생 태도를 결정하므로, 정진과 향상이 있을 뿐이다. 제행을 싫어해서 떠나는 일도 없고, 오염된 집착이랄 것도 없다.

이상에서 구 학설의 제행무상의 주장을 간략히 소개하였다. 이제 우리의 생각을 서술해보기로 하자.

「유식」 장에서[8] 이미 심물제행 모두에 자체가 없다고 명시하였다. 일체행의 형상은 일어날 때의[9] 한 변화일 뿐이지[10] 실재하는 것이 아니기 때문이다. 이 변화의 힘 있는 작용은 대단히 커서 한 번 일어나면 막을 수 없고, 매우 신기해서 헤아릴 단서가 없다. 그러나 우리는 여기에서 두 가지 문제를 제기하려고 한다. 첫째는 무엇이 변화의 주체인가, 둘째는 어떻게 이러한 변화를 이루는가 하는 것이다. 먼저 첫 번째 문제에 대답하기 위해서는 끝없이 변화하는 우주에 본체가 있음을 인정하지 않

7) 우리는 객관적이고 독립적으로 존재하는 우주를 인정하지 않지만, 논리적으로는 자아가 갖추고 있는 일체행, 또는 만유를 우주라고 가정해도 무방하다. 우주라고 말할 때는 모두 이와 같은 의미이다.

8) 제2장 · 제3장을 말한다.

9) 여기에서 '-때'라는 자는 말하는 방법상 이 자를 쓰지 않을 수 없지만, 실제로 어떤 때라고 할 만한 시간이 없다.

10) 여기에서 변화라는 두 자는 '變'이라는 자로 줄여서 말할 수 있다. 이 뒤에서는 매번 變이라는 한 글자로 말한다.

으면 안 된다.11) 만약 끝없이 변화하는 우주만 인정하고 그것에 본체가 있음을 인정하지 않는다면, 어떻게 이 변화하는 우주가 존재하겠는가? 아무 것도 없는 중에서 어떻게 갑자기 이 우주가 존재하게 되겠는가? 여기까지 생각해보면, 또 의문이 생겨난다. 우주는 텅 비어 아무 것도 없는 세계인가?12) 우리의 답은 우주가 결코 무(無)가 아니라는 것이다. 만약 우주에 텅 비어 아무 것도 없는 무가 있다면, 우주가 어떻게 깨진 그릇과 같이 그 사이가 이지러지거나 빌 수 있는가를 한 번 묻고 싶다. 이렇게 일상생활에서 습관적으로 쓰는 사물로 우주를 추측하는 것은 지극히 불합리하다. 만약 텅 빈 무의 세계가 우주 만유를 함유할 수 있다면,13) 무이므로 유를 방해하지 않고 유도 반드시 무 중에 현현하게 될 것이다. 이러한 견해도 잘못이다. 만약 무가 유를 함유할 수 있다면, 한 가지 먼저 해결해야 할 문제가 있다. 즉 유라는 것이 저절로 생겨난 것인가, 무에서 생겨난 것인가 하는 문제이다. 만약 유가 무에서 생겨난 것이라면, 무는 아무 것도 없는 것인데 어떻게 유를 생성할 수 있겠는가? 만약 무가 유를 생성할 수 있다면, 무가 이미 유인데 어떻게 무라고 할 수 있겠는가? 또 무가 유를 형성한다면, 유와 유도 한 곳에서 서로를 받아들이지 못하는데 어떻게 무가 유를 함유한다고 할 수 있는가? 만약 유가 저절로 생겨난다면, 저절로 생겨났는데 또 무가 유를 함유할 필요가 있겠는가? 또 일체의 유는 서로 의존하지만 무는 무일 뿐이라면, 유에도 의존하지 못하는데 어떻게 이 무에 의존할 필요가 있겠는가? 이와 같이 반복해서 질문해가면, 우주에는 근본적으로 텅 빈 무의 세계가 없

11) 여기에서 만 번 변화한다는 '萬'자는 변화가 무수하게 일어나서 천차만별이 됨을 극단적으로 표현한 것이다. 천 번이라고 하고 만 번이라고 하는 것은 변화가 무수함을 말하는 것이지 천 번이나 만 번의 숫자에 제한되지 않는다. 우주라는 말은 일체행의 총칭이다.

12) 여기에서 '텅 비어 아무 것도 없다[空無]'는 것은 '없다[無]'라고 줄여서 말할 수도 있다.

13) 우주 만유라는 단어를 이 뒤에서는 '有'라고 생략해 말한다.

음을 알 수 있다. 이 점을 분명히 하면, 무가 유를 낳을 수 있다거나 유가 무에서 생겨난다는 잘못된 생각은 자연히 없어질 것이다.

그러나 많은 사람들이 텅 빈 무의 세계를 인정하는 것은 무슨 까닭인가? 사람들은 대체로 일상생활에서 감각 경험으로 포섭되는 사물들이 개별적으로 독립하여 존재한다고 생각한다. 이렇게 개별적으로 존재한다고 여겨지는 사물들은 서로 분리되어 있고, 이 때문에 텅 빈 공간이 있어서 서로 분리된 이 사물들을 수용해야 한다고 생각한다. 종합하면, 혼일한 전 우주를 갈가리 찢어내야 빈 공간이 있다고 보게 되고, 여기에서 텅 빈 무의 관념이 생겨나는 것이다. 나는 사람들이 생각하는 무의 관념에 총계무(總計無)와 별계무(別計無)라는 두 가지 종류가 있다고 늘 말한다. 총계무는 앞에서 말하였으니, 여기에서는 더 논의하지 않겠다. 별계무는 일상생활에서 경험하고 사고하는 사물들이 무라고 생각하는 것이다. 예를 들어 내가 도둑을 피하여 천(川) 지방으로 피난갈 때 평소 가지고 있던 책을 한 권도 가지고 가지 못하였다고 하자. 그럴 때 내가 어떤 책을 읽고 싶어도 읽지 못하면, 이때 그 책이 없다고 한다. 또 내가 고금의 학자들이 말한 수많은 이치를 혼자 생각해보고 믿지 못한다면, 이 이치는 없다고 말할 수 있다. 이러한 것들이 모두 별계무에 속한다. 앞에서 말한 텅 빈 무의 공간은 총계무이다. 이 무는 근본적으로 아무것도 없는 것이고, 전적으로 일상생활에서 생겨난 잘못된 관념이다. 그러나 별계무에서는 무라는 것이 있음을 인정해야 한다. 별계무가 결코 없는 것을 말하는 것이 아니라고 하는 사람이 있다. 예를 들어 어떤 책을 찾을 때 지금 그 책이 내 손에는 없지만 다른 곳에 분명히 있으므로, 없다고 할 수 없다는 것이다. 또 당신이 어떤 이치를 믿지 못해서 없다고 할 때도 당신의 지식이 짧아서 이 이치를 충분히 파악하지 못하였다는 것을 인정한다면, 이 이치도 확실히 없는 것이 아니라는 것이다. 나는 이러한 주장을 편견이라고 본다. 예를 들어 어떤 책이 다른 곳에 있더라도, 내 손에서 보자면 확실히 없는 것이다. 또 이치의 경우를 논해 보아도, 수많은 이치를 우리가 제대로 파악하지 못해서 없다고 함부로 생각하거나, 수많은 이치가 옛날과 현재 사람들의 천박한 견해와 잘못된 생각에서 유래한 것일 수도 있다. 이러한 이치는 확실히 없는 것이다. 옛날에 옳다고 여겨지던 어떤 이치가 오늘날 없다고 공인되는 경우를 예로 들 수 있다. 이러한 예는 이루 다 헤아릴 수 없다. 그러므로 별계무는 없다고 할 수도 없고, 잘못된 관념도 아니다. 철학자들이 무와 유의 문제를 토론하는 경우, 무가 있음을 결코 인정하지 못하고, 무에 대해서 총계무와 별계무를 분별하지 않고 일률적으로 보아서 무가 있음을 인정하지 않는다면, 좁은 시야에서 나오는 잘못에서 벗어나지 못한 것이다. 실제로 별계무는 없다고 할 수 없고, 이러한 무의 관념은 항상 유의 관념과 서로를 포함한다. 어떤 일이나 이치를 긍정한다고 생각하는 동시에 부정하는 측면이 있어서 그 속에 무가 있다고 생각한다. 이러한 무와 유의 관념은 지식의 가장 기본적인 범주이므로, 없어서는 안 된다. 단지 총계무는 우주에 텅 빈 무의 공간이 있다고 여기는 것이므로, 이러한 무의 관념은 전적으로 잘못된 생각과 추측에서 나온 허구이다. 그러므로 총계무는 전적으로 잘못된 관념이라고 할 수 있다. 무와 유에 대해서는 『양론』에서 더 자세히 설명하고, 지금 여기에서는 총계무만 논파하려고 한다. 이 무의 관념에서 근본적으로 오류가 생겨나는 것은 모든 것이 텅 빈 무에서 생겨난다고 여기기 때문이다. 이러한 견해를 가진 사람들은 만유의 본체를 꿰뚫어 알아낼 방법이 없게 된다. 본체를 인식하면, 진리가 고정된 위치는 없지만 존재하지 않는 곳이 없다는 것을 알게 된다.[14] 또 진리는 본래 형상이 없지만 온갖 덕과 뭇 이치를 충분히 갖추고 있는데, 이것은 본체를 들어서 무한하고 무수한 공용, 즉 일체의 유(有)로 나

14) 여기에서의 진리는 본체를 다르게 부른 것이다. 뒤에서 진리라고 하는 것은 모두 이에 의거한다.

타낸 것이다.[15] 누가 텅 빈 무가 있다고 하는가? 누가 무가 유를 생성할 수 있다거나 유가 무에서 생겨난다고 하는가? 따라서 이러한 무의 관념은 진리와 상응할 수 없으므로, 논파해야 한다. 텅 빈 무가 있다는 견해를 가진 과거의 논자들은 대략 극단파와 비극단파, 두 파로 나뉜다. 비극단파는 상식에 의거해 눈앞에서 온갖 가지로 변화하는 우주, 즉 유를 부정하지 못하는 한편, 우주에 본체가 있다는 것을 이해하지 못하고 우주가 텅 빈 무에서 생겨났다고 생각한다. 중국 위진(魏晉)시대 이래 노자(老子)를 잘못 이해한 사람들이 대개 이 파에 속한다.[16] 극단파는 올바른 이치에 어긋날 뿐 아니라 대담하게도 상식에서 어긋난다. 그들은 눈앞에서 온갖 가지로 변화하는 우주가 존재한다는 것을 인정하지 않으므로,[17] 상식에서 어긋난다. 그들은 근본적으로 본체라는 것을 인정하지 않으므로, 올바른 이치에 어긋난다. 우리는 본체가 없으면 공용도 없다는 것을 알아야 한다. 그 주장에 따르면, 상식적으로 우주라는 것을 부인해야 한다. 극단파의 주장은 대단히 철저하며 일관되어 있다. 중국에서는 이 파의 사상을 주창한 이가 한 사람도 없고, 고대 인도에서 한때 풍미한 적이 있은 듯하다. 일체가 모두 공이라고 주장하는 공견외도(空

---

15) '본체를 들어서[擧體]'라고 할 때, 든다는 것은 매우 중요하다. 진리는 모두 그 전체를 들어서 공용으로 나타나므로, 공용 외에 본체가 없기 때문이다. 비유하자면, 물이 그 전체를 들어서 얼음을 이루므로 얼음 외에 물이 없는 경우와 같다.

16) 老子 자신이 말한 無는 실제로 텅 비어 아무 것도 없는 것이 아니다. 나는 따로 『노자주』를 쓰려고 하지만, 여기에서는 상세히 말하지 않겠다. 그러나 老子 後學들은 대체로 노자의 학설을 오해하는 경우가 많았다.

(역주) 웅십력이 말하는 대표적인 예가 바로 王弼(226~249)이다. 왕필은 중국 삼국시대 魏 나라의 玄學家이고, '貴無論'의 창시자이다. 그의 철학은 無를 근본으로 하고, 근본으로 말엽을 통섭하는 사상이다. 그는 老子의 "천하 만물은 有에서 생겨나고, 有가 無에서 생겨난다"는 사상을 발전시켜서, "有가 시작되는 것은 無를 근본으로 한다. 有를 온전히 하려면, 반드시 無로 돌아가야 한다"고 해석하였다. 단순히 無가 有의 시작이 된다는 것뿐만 아니라 無가 有의 근본이고 體가 된다고 하여, 有無 관계를 本末·體用 관계로 파악하였다. 왕필은 貴無論을 名教와 自然의 관계에도 적용시켜서, 自然을 바탕으로 한 위에서 명교와 자연의 조화를 주장하였다.

17) 텅 빈 공중에 핀 꽃과 마찬가지로, 실제로 일체의 사물이 완전히 없다고 여긴다.

見外道)[18]가 여기에 속한다. 불교 경전에는 항상 그들을 논파하는 얘기가 나오는데, 수미산처럼 커다란 아견(我見)을 지닌 자라도 공견을 지니고 스스로 거만한 이보다 낫다고 말하기까지 한다.[19] 사람들은 인도 불교의 수많은 언설들이 자아의 견해[我見]를 타파하기 위한 것이라고 알고 있지만, 공견외도를 이렇게 말하는 것을 보면 그들이 이 견해를 매우 잘못된 것으로 보고 있음을 알 수 있다. 종합하면, 텅 빈 무의 공간은 결코 없고, 본체를 인식하지 못한 사람만 이러한 무를 상상해낸다는 것이다. 우주 전체는 진실이 가득 차 있는 곳이다. 진실은 항구하고 쉬지 않는 것인데, 어떻게 텅 빈 무가 있겠는가?

그러나 철학자들이 의도적으로 유가 무에서 나왔다거나 무가 유를 낳을 수 있다고 주장한 것은 아니고, 또 텅 빈 무의 공간이 있다고 주장하지도 않았다. 그들은 단지 끝없이 변화하는 우주를 객관적이고 독립된 것으로 간주하고, 이렇게 변화하는 일체행, 또는 만유가 실재하는 것임을 인정했을 뿐이다. 그러나 이들은 본체를 인정하지 않았을 뿐 아니라 본체에 관한 학설을 듣기도 싫어하였다. 그들은 본체는 관념론자들이 허황한 상상을 좋아하여 멋대로 만들어낸 신비한 것을 우주의 원인이라고 본 것에 불과하고, 이는 전적으로 잘못이라고 보았다. 그들의 주장은 대체로 이와 같다. 나는 그들의 비판이 본체를 말하는 학자들에게 좋은 충고가 될 수 있다고 본다. 종래의 철학자들은 본체를 말할 때 많은 경우 억측에 의거해서 본체를 외재하는 사물로 간주하고 추구하였

---

18) (역주) 空見外道는 고대 인도의 外道 중 因果를 부정하고 사람이 죽은 뒤에는 단멸되어 버리며 영혼이나 의식의 존재가 전혀 없다고 보는 학파이다. 六師外道 중의 하나인 富蘭那迦葉이 그 대표적인 예인데, 그가 집착하는 망견은 斷見外道, 無因外道 등과 같다. 이러한 외도는 善惡 因果를 무시하고, 사물에 體相이 없고 일체가 모두 空無하다는 망집을 일으킨다. 外道 16異論 중의 하나이다.

19) (역주) 이러한 말은 경전에 자주 나온다. 예컨대『佛說無上依經』卷上「菩提品」第三, (大16, 471b). "若有人執我見, 如須彌山大, 我不驚怪, 亦不毁呰. 增上慢人執著空見, 如一毛髮作十六分, 我不許可."

다. 이것은 본체가 일체행이나 현상을 초월한 위에 근원이 있다고 생각한 것과 같다. 그들은 본체와 일체행, 또는 현상계를 두 조각으로 나누어 말하였다. 그들은 본체를 보지 못하고, 자기 마음대로 추측하였을 뿐이다. 이 때문에 자기 마음대로 어떤 본체를 그려내어[20] 이론을 세우고, 그것을 가지고 우주를 해석하였다. 실제로 그들 각자가 자기 마음대로 우주를 만들어냈을 뿐이고, 결코 진리와 상응하는 것이 아니다. 따라서 본체론상의 수많은 희론들은 충분히 비난받을 만하며, 이것은 숨길 일이 아니다.

그러나 본체를 말하는 이들이 자기 마음대로 그려낸 경우가 많더라도, 그 때문에 본체를 버려두고 탐구하지 않거나 심지어 본체가 있음을 인정하지 않을 수는 없다. 비유하자면 병자가 먹을 것 때문에 토한다고 해서 먹을 것을 싫어해서 안 먹으면 안 되는 것과 같다. 그것은 스스로 죽는 길이고, 바보라도 그래서는 안 된다는 것을 안다. 지금 본체를 말하는 이들이 억측과 잘못된 생각에 의거한다고 해서 본체를 논의하지 않고 심지어 본체가 있다는 것을 인정조차 하지 않는다면, 스스로 진리를 끊는 것과 같다. 이것은 토하는 것이 싫어서 먹지 않는 것과 다를 바가 없다. 끊임없이 변화하는 우주가 실재한다는 것은 인정하면서 우주에 본체가 있다는 것을 인정하지 않는다면, 이 우주는 번갯불이 한 순간 번쩍이는 것처럼 전혀 근거가 없고 인생은 공중에 핀 꽃과 같이 되어 버릴 것이다. 이와 같다면, 인도의 공견외도(空見外道)와 다를 바가 전혀 없다. 또 우주가 어디로부터 현현하는가를 설명할 필요가 있다. 우리는 바

20) 어떤 사람은 본체가 마음이라고 보고, 어떤 사람은 물질이라고 생각하며, 어떤 사람은 마음도 아니고 물질도 아니라고 본다. 이들 모두는 본체를 외재하는 것으로 보고 추측한 것이다. 유심론자들로 말하자면, 우주와 인생에 공통의 근원이 있다고 억측하고 그것을 정신이라고 말한 것뿐이다. 그 이론의 논거는 모두 추측에서 나온 것이지 실증에 근본을 둔 것이 아니므로, 우리의 견해와는 천양지차가 있다. 여기에 대해서는 따로 글을 써서 논의하려고 한다.

로 여기에서 온갖 변화의 근원을 찾아야만 우주를 설명할 수 있다. 그렇지 않으면 소박실재론[21]과 같이 천박해져 버린다. 이것은 지식을 구하는 우리의 욕구를 만족시키지 못한다. 세간의 희론에서는 우주에 본체라는 것이 없고, 단지 끊임없이 변화하는 일체행이나 만유가 서로 연속되어 있는 전체를 우주 본체라고 말할 뿐이라고 본다. 이렇게 주장하는 이들은 본래 본체가 있음을 인정하지 않고, 다만 만유가 서로 연속된 것을 전체로 삼아 본체라고 부른다. 이것은 고대 인도 교란론자들의 주장으로서, 논의할 것도 없다. 전체라는 말은 각 부분의 통칭이고, 개별적인 부분을 떠나서는 실로 전체라고 할 것이 없다. 집을 말하면서 서까래나 기와 하나하나를 떠난다면, 집이라고 할 것이 없을 것이다. 전체의 이름은 허명(虛名)일 뿐 실질적인 의미가 전혀 없는데, 어떻게 본체라고 할 수 있겠는가? 그러므로 각 부분의 현상들이 끊임없이 변화한다는 것, 바꾸어 말해서 찰나마다 오래된 것이 머무르지 않고 새로운 것이 계속 일어난다는 것을 알아야 한다. 누가 발현하고, 누가 유행하고, 누가 주재하는가? 어찌 상상으로 만들어져서 실제로 없는 거북이 털이나 토끼 뿔처럼 본체가 없다고 할 수 있는가?[22] 이처럼 오래된 것이 머무르지 않고 새로운 것이 계속 일어나므로, 공도 아니고 공이 아닌 것도 아니다[非空非不空].[23] 따라서 사건에는 저절로 참된 근원[眞源]이 있음을 알아야 한

21) (역주) 소박실재론(素朴實在論, native realism)은 물질적 대상으로 이루어진 세계가 주관에 대하여 독립되어 있다고 생각하는 상식적인 견해를 그대로 긍정하는 사고방식이다. 즉 세계는 우리가 보고 있는 그대로라는 생각을 말한다. 우리의 지각은 대상의 충실한 모사에 있다는 模寫說이기도 하다. 이에 대비하여 과학적 실재론이 있는데, 이는 색·음·맛 등 감각적 성질의 것은 객관 그 자체를 나타내는 것이 아니므로 객관적 인식이 미치지 못하고 감각을 초월한 悟性만이 실재를 알 수 있다는 입장이다.

22) '어찌'부터 여기까지가 한 구절이다. 거북이 털과 토끼 뿔은 순전히 상상으로 만들어져서 실제로 이러한 사물은 없으므로, 거북이 털과 토끼 뿔에 본체가 있다고 해서는 안 된다. 지금 萬有界의 각 부분의 현상은 쉬지 않고 변화하는 일이 확실히 있으므로, 거북이 털과 토끼 뿔과는 다르다. 따라서 '어찌'라고 한 것이다.

23) 空이 아니라는 것은 계속 새롭게 일어나기 때문이다. 空이 아닌 것이 아니라는 것은 오래된 것이 계속 머무르지 않기 때문이다. 이 일은 공이 아니므로 거북이 털과 토끼

다.[24] 비유하자면 바닷가에 서서 뭇 파도를 직접 바라볼 때, 개별적인 파도 하나하나가 오래된 것이 머무르지 않고 새로운 것이 계속 일어나서 각각이 모두 큰 바닷물을 참된 근원으로 삼고 있는 경우와 같다. 공자는 강가에서 흘러가는 강물을 바라보고 감탄하면서 진실하고 항상됨[眞常][25]을 인식하고 하늘의 계시를 깨달으셨으니,[26] 높은 경지의 성인이 아니면 누가 이럴 수 있겠는가? 만약 끊임없이 변화하는 만유가 실재한다는 것만 알고 본체가 있음을 인정하지 않는다면, 이것은 어린아이가 바닷가에 서서 파도가 실재하는 것만 알고 그 각각의 파도가 모두 큰 바닷물이 나타난 것임을 모르는 것과 같다. 어린아이라면 이상할 것이 없지만 나이든 성인이 이러한 견해를 가진다면, 참으로 어리석은 일이 아니겠는가? 결론적으로 말해서, 본체가 있음을 인정하지 않는 견해는 극단적으로 밀고가면 텅 빈 무라는 사고방식으로 귀결될 것이다. 또 상식에 의거해서 눈앞에 있는 변화하는 우주의 실재를 인정하면서도 이 우주가 어디에서 나타난 것인지 설명하지 못하고 우주에 본체가 있다는 것도 인정하지 않는다면, 이 우주는 텅 빈 무에서 생겨난 것이라고 하지 않을 수 없다. 그러므로 진리를 끝까지 추구해가서 무의 견해[無見]에 빠지지 않는 것도[27] 참 쉽지 않은가보다.

앞에서 말한 것을 종합하면, 우주나 일체행은 논리적으로 보아 본체가 있어야 한다. 그러나 본체가 어떤 것인가를 우리는 사유할 수 없다. 우리의 사유 작용은 일상 경험에서 발전해온 것이어서, 경험 대상과 그 상(相)이 항상 비슷하게 나타나는 경향이 있다. 이 때문에 공상(共相)을

뿔 과 같이 상상으로 이루어진 것과는 다르고, 공이 아닌 것이 아니므로 이 일은 실제가 아니어서 본체가 있어야 함을 알아야 한다. 다음과 같이 말한 것과 같다.

24) '참된 근원[眞源]'은 본체를 형용하는 말이다.

25) (역주) 불교에서 眞常은 如來가 얻은 법이 진실하고 상주함을 가리킨다. 眞如常住라는 뜻으로 열반의 경지를 말한다.

26) (역주) 『論語』「子罕」 第九. "了在川上口, 逝者如斯夫! 不舍晝夜."

27) 본체가 없다는 견해에 함부로 빠진 것을 '無見'이라고 한다.

사유할 때도 사물과 비슷한 공상이 나타난다.[28] 본체를 사유할 경우에도 완전히 상을 없앨 수 없어서, 본체를 직접 파악할 방법이 없게 된다. 단지 자기 마음에 나타난 상에 의거하여 생각하게 되기 때문이다. 본체를 공상(共相)으로 보면 안 된다. 공상으로 보면 마음에 비슷하게 나타난 일종의 상이 되는데, 이 상은 대상화[物化]된 것이어서[29] 참된 본체가 나타난 것이 아니기 때문이다. 따라서 본체는 사유를 쓰면 안 된다고 하였다.[30] 그러나 본체가 본체가 되기 위해서는 대략 다음과 같은 내용을 갖추어야 한다. 첫째, 본체는 온갖 이치를 갖추고 있고, 온갖 덕을 함유하고 있으며, 온갖 변화를 시작하고, 저절로 깨끗한 본연이다. '저절로[法爾]'라는 말은 기다리지 않아도 이루어진다는 뜻을 가진다. '깨끗하다[淸淨]'는 말은 오염이 없는 것, 즉 악이라고 할 것이 없다는 의미이다. '본연(本然)'에서 본(本)은 본래이고 연(然)은 이와 같다는 뜻이다. 본체는 본래 무인데 지금 있게 된 것이 아니고 또한 생각으로 세울 수 있는 것이 아니므로, '본래'라고 하였다. 영원히 바뀔 수 없으므로, '이와 같다'는 말로 표현하였다. 둘째, 본체는 절대적이다. 상대적인 것이 있으면, 일체행의 본체라고 할 수 없다. 셋째, 본체는 은미하고, 형상이 없다. 즉 공간성이 없다. 넷째, 본체는 항구적이고, 시작도 끝도 없다. 즉 시간성이 없다.[31] 다섯째, 본체는 전체적이고, 흠 없이 원만하며, 부분으로 분할할 수 없다. 여섯째, 본체가 변화하지 않는다고 한다면 이미 변화를

---

28) 예를 들어 네모난 것은 모든 네모난 모양의 共相이고, 네모난 것을 사유할 때 그 상과 비슷한 모습이 나타난다.

29) 마음에 나타난 상은 바로 마음이 스스로 만들어낸 대상의 형상이고, 이것이 바로 物化이다.

30) 여기에서 말하는 사유는 통상 사유 작용이라고 말하는 것이다. 따로 특수한 작용을 가진 사유가 있어서 실용적인 측면에서의 雜染을 모두 제거하고 진리와 계합하는 것을 나는 '冥思'라고 부른다. 이 사유로는 본체를 파악할 수 있다. 이 점에 대해서는 『양론』에서 더 자세히 다루겠다.

31) 여기에서 항구하다는 것은 시간적인 의미가 아니라 단지 항구함을 강조하여 말하는 것뿐이다.

함유한 것이고, 본체가 변화한다고 한다면 이미 불변을 함유한 것이다. 이것은 대단히 설명하기 어렵다. 본체는 끝없이 무한하고 무수한 공용, 즉 일체행으로 현현하므로 변화한다고 말할 수 있지만, 온갖 다양한 공용이나 일체행으로 현현하더라도 결국 그 자성(自性)을 바꾸지 않는다. 그 자성은 항상 깨끗하고 강건하고 막힘이 없으므로, 불변이라고 한다. 불변과 변화에 관한 문제는 지극히 심오하고 미묘해서 설명하기가 매우 어렵다. 여기에서 상세히 논의할 겨를이 없으므로, 나는 따로 책 한 권을 써서 밝히려고 한다. 대략 이상과 같은 여섯 가지 내용에서 본체의 의미가 분명해질 것이다.

여기까지 말하면, 앞에서 제기한 첫 번째 문제인 변화의 주체가 무엇인가 하는 문제에 답할 수 있을 것이다. 즉 일체행의 본체를 변화의 주체라고 가정할 수 있다. 그러나 이렇게 말하려면 논의를 조금 보충해야 한다. 여기에서 변화의 주체, 즉 능변(能變)이라고 할 때의 능(能) 자는 형용사일 뿐이고 변화되는 대상, 즉 소변(所變)과 상대적인 의미가 아니다.[32] 만약 변화하는 주체 외에 따로 변화되는 대상이 있다면, 이중세계로 양분되는 것이다. 또한 본체를 변화의 주체라고 하는 것은 공용의 측면에서 명명한 것임을 알아야 한다.[33] 본체는 전적으로 온갖 다양한 공용으로 현현하며, 공용 외에는 본체라고 할 것이 없기 때문이다. 우리는 헤아릴 수 없이 다양한 공용으로 현현한다는 사실에서 본체를 변화의 주체로 가정하였다. 이 능변의 능(能) 자는 본체가 공용으로 현현한 것을 형용한 것이고, 그와 같은 일을 할 수 있다고 본 것이다. 따라서 능 자는 형용사이다. 본체가 온갖 다양한 공용, 또는 일체행을 초월하여 만유를 창조하는 권능을 가진다고 오해하는 사람이 있을까 걱정된다. 이렇게

32) (역주) 能變을 所變에 대응하여 말하는 것은 所變이 변화되는 객체인 데 대하여 能變이 변화하는 주체라는 의미이다. 여기에서는 능변을 그 같은 주객 관계로 파악하는 것을 거부한다.
33) 공용은 用이라고 줄여 쓰기도 한다.

능 자의 의미를 오해하는 것은 크게 잘못된 것이다. 실제로 본체는 종교인들이 생각하듯 인격을 갖춘 신(神)으로 볼 수 없고, 또 사람이 사물을 조작하는 능력을 가진 것과 같다고 볼 수도 없다. 본체는 무능하지만 못하는 일이 없다. 본체는 온갖 다양한 공용이나 일체행으로 현현하기 때문에 못하는 일이 없다고 하고, 또한 그것들을 초월한 창조자가 아니기 때문에 무능하다고 말한다. 따라서 변화의 주체로 가설하였다.

앞에서 본체를 변화의 주체로 보았다. 변화한다는 측면에서 보면, 그것은 항상되지도 않고 단절되지도 않는다[非常非斷]. 이 때문에 마침내 본체에 하나의 명칭을 부여하여 '항전(恒轉)'이라고 부른다. 항(恒) 자는 단절되지 않는다는 뜻이고, 전(轉) 자는 항상되지 않다는 뜻이다. 항상되지도 않고 단절되지도 않으므로, 항전이라고 한다. 본체가 위대한 공용으로 현현하는 측면에서 보면[34] 그것이 머무르지 않고 변화하므로, 항상되지 않다고 한 것이다. 항상되다면 변화가 없어 공용을 이룰 수 없을 것이다. 또한 그것이 머무르지 않고 변화하므로, 단절되지 않는다고 한 것이다. 단절된다면 변화가 없어 공용을 이룰 수 없을 것이다. 항상되지도 않고 단절되지도 않아야 변화할 수 있고 위대한 공용의 흐름을 이룰 수 있으므로, 본체를 항전이라고 부른다.

이상에서 첫 번째 문제에 답하였다. 다음으로 두 번째 문제, 즉 어떻게 이러한 변화를 이룰 수 있는가 하는 문제를 살펴보기로 한다. 이 문제에 답하려면, 우리는 끝없는 온갖 변화 속에서 가장 근본적이고 보편적인 법칙을 찾아내야 한다. 이 법칙은 무엇인가? 우리는 그것이 '상반상성(相反相成)의 법칙'이라고 본다. 변화는 상대적이고, 매우 생동하며, 내재적인 모순을 지니고 있고, 모순 속에서 발전하는 것이기 때문이다. 우리는 변화가 결코 단순한 상황이 아님을 알아야 하는데, 이러한 이치

34) 공용이 위대하다고 하는 것은 찬미하는 말로서, 이 공용이 지극히 광대하여 헤아릴 수 없음을 형용한 것이다.

는 이해하기 어렵지 않다.[35] 단순한 상황이라고 한다면 변화가 없을 것인데, 죽은 세계가 아니라면 이럴 수 없다. 따라서 변화를 주장하려면 반드시 상반상성의 법칙에 따라야 한다. 우리는 이러한 법칙을 『대역(大易)』[36]의 괘효의 의미에 근거해서 다음과 같이 도표로 그려볼 수 있다.

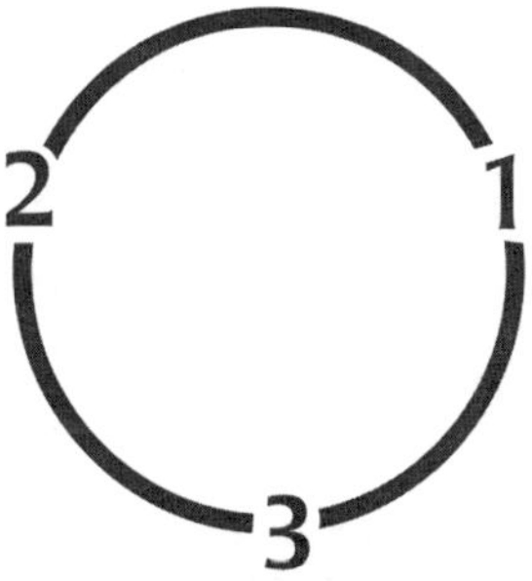

중국에서 가장 오래된 철학서는 『역』이다. 『역』의 최초의 작자는 괘를 그려서 우주 변화의 법칙을 표시하려고 하였다. 그들이 그린 괘는 모두 3효이다.[37] 왜 3효를 썼는가? 옛부터 『역』을 해설하는 이들 중 이 점에 주의를 기울인 이는 거의 없었다. 나는 그 이유를 노자의 책에서 찾는다. 노자는 『도덕경(道德經)』에서 "1은 2를 낳고, 2는 3을 낳는다"[38]라고 하였는데, 이 문장은 『역』의 각 괘가 3효로 된 의미를 서술한 것이다. 『역』은 본래 변화의 법칙을 나타내는 것으로, 실제로는 상반상성에 지나지 않는다. 그들[39]은 하나의 도식을 그려서[40] 상반상성의 법칙을

35) 여기 단순하다[單純]는 말에서 '單'은 단독자로 존재하여 상대적인 것이 없다는 것이고, '純'은 순일하여 모순이 없다는 것이다.

36) (역주) 熊十力은 『易』의 가치를 높이 평가하여 언제나 '대역(大易)', 즉 '위대한 역'이라고 불렀다. 역자는 이후 『易』을 언급할 때 '위대한'이라는 형용사를 생략하였다.

37) 각 괘는 3효로 나누어지는데, 초효·이효·삼효라고 부른다. 효의 의미는 그 해석이 번다하지만 대략적으로 말하자면 변화를 표시하는 것이다.

38) 여기에서 낳는다[生]는 자는 서로 원인이 되어 존재한다는 뜻이다.
(역주) 『道德經』 下篇 42章. " 生二, 二生三."

39) 『대역』의 작자.

표시하였다. 각 괘에 3효를 배열시킨 것이 '1이 2를 낳고, 2가 3을 낳는다'는 뜻이고, 바로 상반상성을 표시한다. 어떻게 이렇게 볼 수 있는가? 1이 있으면 곧 2가 있게 되는데, 이 2는 1과 상반되는 것이기 때문이다. 그와 동시에 3이 있는데, 이 3은 1에 근거하고 2와 상반되는 것이다.[41] 상반되는 것이 있어야 발전이 이루어지고, 그렇지 않으면 단순한 상황이 되어 변화와 발전이 없게 된다. 그러므로 각 괘가 3효로 되어 있다는 것은 변화의 법칙을 표시한 것이고, 핵심은 상반상성의 법칙에 지나지 않는다. 그러나 괘의 삼효는 아래에서 위로 올라가고, 삼효는 순서대로 배열된다. 예를 들어 건(乾)괘는 다음과 같은 도식으로 이루어져 있다.

우리는 앞에서 나열한 도식을 1·2·3으로 대략 그림을 그려 표시할 수 있다. 그 까닭은 무엇인가? 변화는 전체적인 성질이고, 생동하며, 약동하는 것이다. 그림 1·2·3의 부호는 다양하게 다르고 미묘한 공용을 표시하는 것뿐이고,[42] 서로 상대적이고 실재하는 사물을 표시하는 것은 결코 아니다. 그러므로 도표를 그려서 막히지 않는 신비한 뜻을 보여주는 것이니, 순환의 뜻으로 오해하면 결코 안 된다. 『역』의 괘에서 삼효를 차례로 배열하는 의미에 대해서는 여기서 언급하지 않겠다.

앞에서 상반상성의 법칙에 대하여 말하였으므로, 이제 흡벽(翕闢)과 생멸(生滅)에 대해 말해보겠다. 이 법칙은 모든 변화가 거기에서 함께 이루어진다는 것을 밝히는 것이다.[43] 우리는 변화라는 것은 한편에서 말

40) 괘를 말한다.
41) 3은 본래 1이 아니고 단지 1에 근거한다.
42) 상반상성하므로 서로 다양하게 다르다고 하고, 미묘하다고 한다.
43) 변화를 줄여서 變이라고 한다.

하자면 한 번 흡(翕)하고 한 번 벽(闢)하는 것[44]임을 알아야 한다. 이 말 중 '한 번'이라는 자는 활동하는 힘이 서로 다르게 나타난다는 의미일 뿐이다.[45] 벽은 활동하는 힘의 일종이고, 흡도 활동하는 힘의 일종일 뿐이다. 흡벽에 각각 자체가 있다고 할 수 없고, 흡이 앞서고 벽이 뒷선다고 할 수도 없다. 다른 한편에서 말하자면, 변화는 생겨나자마자 사라지는 것이다. 바꾸어 말해서 이 흡과 벽은 모두 일어나자마자 사라지므로, 오래된 힘이 절대 보존될 수 없고 시시각각 오래된 것이 사라지고 새로운 것이 생겨나게 된다. 변화의 내용을 이해하려면 반드시 이 두 측면을[46] 정밀하게 해석하고 깊이 체득해야 한다. 그렇지 않으면 결국 변화를 이해하지 못하게 된다.

이제 흡과 벽에 대해 이야기해보자. 무엇을 흡과 벽이라고 하는가? 앞에서 말하였듯이 본체는 온갖 다양한 공용으로 현현하므로, 본체를 변화의 주체[能變]라고 가정하고 항전(恒轉)이라고도 부른다. 우리는 항전이 지극한 무(無)이면서도 잘 활동하는 것임을 알아야 한다.[47] 그 활동은 끊이지 않고 계속 이어진다. 계속 이어진다는 것은 이전의 활동이 사라진 뒤 다음 활동이 생겨나는 것이 마치 번갯불이 번쩍번쩍하며 단절되지 않는 것과 같다는 의미이지, 이전의 활동이 다음 시간까지 연장되는 것을 말하는 것이 아니다. 끊이지 않는다는 것은 항상 서로 이어진다는 것이므로, 그렇게 표현한 것이다. 만약 끊어진다면 바로 소멸될 것이니, 그럴 리가 있겠는가? 이러한 끊임없는 활동은 단순한 힘이 아니다.[48] 한 번 활동할 때마다 항상 수렴하는 힘이 있게 되는데, 만약 수

---

44) (역주) 수렴과 확산을 반복한다는 의미이다.

45) 활동하는 힘을 勢用이라고도 한다.

46) 흡벽과 생멸을 말한다.

47) 無라는 것은 형체가 없다는 것[無形]이지 존재하지 않는 것이 아니다. '잘[善]'이라는 것은 찬사이고 활동이 미묘함을 형용한 것이다.

48) 단순하다는 것은 앞의 주에서 말하였다.

렴하려는 측면이 없다면 이리저리 떠돌며 근거 없이 될 것이다. 따라서 활동하는 힘이 일어날 때 바로 수렴하게 된다. 이 수렴하는 힘이 적극적인 응축이다. 이 때문에 기대하지 않아도 수렴하여, 무수한 형향(形向)을 이루게 된다. 형향은 형질이 처음 응집할 때의 지극히 미세한 것이다. 본래 형질을 가지지 않고 단지 형질을 이루려는 경향만 있을 뿐이므로, 형향이라고 부르는 것이다. 이리하여 물질 우주가 이루어진다. 이렇게 응집하여 형체를 이루려는 경향을 가지고 활동하는 힘을 '흡'이라고 부른다. 우리는 본체가 형상이 없고, 공간적 점유가 없으며, 온전하고, 깨끗하며, 강건한 것임을 알아야 한다. 그러나 본체는 온갖 다양한 공용으로 현현하므로, 흡이라는 것이 없을 수 없다. 이 흡은 형질을 이루려는 경향이 있다. 바꾸어 말하면, 흡에서부터 현상계에 존재하는 개별적인 사물들이 형성된다. 항전[49]이 흡의 힘으로 나타날 경우, 거의 완전히 대상화되어 그 자성을 지키지 못할 것 같이 된다. 이것은 일종의 반동(反動)이라고 할 수 있다.

그러나 흡하려는 힘이 일어날 때 또 다른 힘이 함께 일어난다.[50] 그것은 항전에 의거해서 일어나는 것이다. 이 힘의 작용으로 말하자면, 항전에 의거해서 일어난다고 할 수 있다. 항전의 측면에서 보면, 이 힘을 항전의 현현이라고 해야 한다. 항전은 원래 텅 비고 무위(無爲)하지만, 힘으로 나타날 때는 유위(有爲)하다. 이 때문에 이 힘은 항전을 체(體)로 삼기는 하지만, 결국 항전 그 자체는 아니라고 해야 한다. 예를 들어 얼음이 물을 체로 삼지만 물 자체는 아닌 것과 마찬가지이다. 이 힘은 강건하여 스스로 뛰어나고, 흡에 의해 변화되지 않는다.[51] 다시 말하면, 이 힘은 흡 중에서 활동하며 스스로 주재가 되고, 지극히 강건함을 드

49) 본체의 다른 이름이다.
50) 흡과 동시에 일어나므로, 함께 일어난다고 한다.
51) 즉 흡과는 반대된다.

러내어 흡이 자기를[52] 따라 활동하도록 한다. 이렇게 강건하고 대상화되지 않는 종류의 힘을 '벽'이라고 부른다.

이상에서 말하였듯이, 항전에 의거하므로 흡이 있고, 흡이 있자마자 벽이 있게 된다. 오직 상대적인 것이 있으므로 변화할 수 있다. 그렇지 않으면 변화라고 할 것이 없게 된다. 항전은 1이지만, 항전이 흡으로 현현하면 거의 자신의 자성을 지키지 못한다. 이 흡이 바로 2이고, 이것이 '1이 2를 낳는다'는 구절의 의미이다. 그러나 항전은 결국 자신의 본성을 지키고 결코 대상화되지 않는다. 따라서 흡이 일어날 때 벽의 힘도 함께 일어나는데,[53] 이 벽이 3이다. 이것이 '2가 3을 낳는다'는 구절의 의미이다. 앞에서 말하였듯이, 변화라는 것은 상반상성의 법칙을 따르는 것일 뿐임을 여기에서도 알 수 있다. 또 여기에서 1・2・3이라고 한 것은 변화를 표시하는 부호일 뿐이지 1・2・3이라는 분리할 수 있는 단계가 있는 것이 아니고, 또 1에서 2로 가고 2에서 3으로 가는 분리된 선후의 단계가 있는 것도 아니다. 1은 본체가 공용으로 현현하려는 것을 표시하는 부호이고[54] 2와 3도 모두 공용을 표시하는 부호일 뿐이므로, 흡과 벽은 모두 공용이라는 측면에서 지목한 것이다. 1로 말하자면, 여기에서 위대한 공용 전체를 인식하기는 아직 어렵다. 1은 본체가 공용으로 현현할 것임을 임시로 추정하는 데 지나지 않기 때문이다. 2에서도 위대한 공용 전체를 인식하기에는 충분치 못하다. 2는 위대한 공용의 유행을 표시할 뿐 내재적 모순이 없을 수 없어서 결코 단순하지 않기 때문이다. 이 때문에 거의 물화(物化)된 흡이 있게 된다.[55] 이 흡은 위대한 공용의

52) 자기는 闢이 스스로를 가리키는 말이다.
53) 함께 일어난다는 것은 앞의 주를 참조할 것.
54) 여기에서 '나타나려고' 한다는 것은 말할 때 찾는 말일 뿐, 사실상 장차 나타나려고 하지만 아직 나타나지 않을 때가 아니다.
55) 여기에서 '거의'라는 자에 주의해야 한다. 마침내 물화된다는 것이 아니라 그에 가까울 따름이기 때문이다.

유행인 듯하지만, 사물과 비슷한 양식으로 스스로를 나타내기 위해서는 자기를 변화의 도구로 삼아야 비로소 한 번의 흡이 있게 된다.[56] 따라서 흡의 측면에서 보면 물화된 것에 가깝고, 여기에서 위대한 공용 전체를 인식하기는 어렵다. 단지 3은 1에 의거해서 존재하고 또 2와 상반되어 2를 반대하므로, 3의 작용을 드러내서 2가 자기를[57] 따르도록 전환시킬 수 있다. 이로써 볼 때 3은 1과 2를 포함하는 것이다. 여기에서만 위대한 공용의 유행을 인식할 수 있고, 공용에서 본체를 인식할 수 있다.[58] 다시 말하면, 3에서 위대한 공용 전체를 인식할 수 있다. 3을 본체라고 말하는 것도 가능하다.[59] 3을 떠나서는 본체를 인식할 수 없다. 3이라는 물화되지 않는 곳에 가야 비로소 이 힘은[60] 변화하지만 그 본체는 불변임을 알게 된다. 3이 물화되지 않는 것도 본체가 이와 같기 때문이다. 바꾸어 말하면, 항전은 그 본성이 항상 여일함을 여기에서 볼 수 있다. 옛날 노자는 자신의 책에서 괘효(卦爻)의 의미를 서술하여 "1이 2를 낳고, 2가 3을 낳는다"라고 하였는데, 변화가 상반상성의 법칙을 따라야 일어난다는 것을 표시한 구절이라는 데 의심의 여지가 없다. 그러나 상세한 설명은 없다. 지금 우리의 설명이 『노자』와 『역』의 본지에 전적으로 부합하는가 하는 것은 자연히 문제가 되지만, 대체로 상통한다. 내가 궁구한 이치가 진리인가 여부는 옛사람이 나보다 먼저 말하였다는 사실로 기쁘게 서로 증명이 되며, 옛사람이 다른 말을 할 리가 없다. 그러나 옛사람에게 미진한 점이 있으면, 더 발전시키거나 수정해야 한다. 학문이란 옳은 이치를 구하는 것을 목표로 할 뿐이다.

---

56) 여기에서 자기라는 말은 위대한 공용 스스로를 가리키는 것이다.
57) 자기란 3 스스로를 가리킨다.
58) 본체라는 것은 본래 공용의 밖으로 초월하여 홀로 존재할 수 없으므로, 공용에서 본체를 인식할 수 있다.
59) 공용에서 본체를 인식하게 되면 본체라고만 말할 뿐이다. 이것은 끈에서 그것이 마라는 것을 보게 되면 단지 마라고 부르는 경우와 같다.
60) 즉 3이다.

앞의 설명에 따르면, 항전이 활동하는 힘은 한 번 흡하고 한 번 벽하는 것으로 나타나지만, 결코 단순한 것이 아니다. 흡의 힘은 응집하는 것이고 형질을 이루려는 경향이 있으므로, 흡에 의거한 것을 사물이라고 가정하고 물행(物行)이라고도 부른다.[61] 벽의 힘은 강건하고 흡 중에서 운행하면서 흡이 자기를 따라 전화하도록 할 수 있으므로, 벽에 의거한 것을 마음이라고 가정하고 심행(心行)이라고도 부른다. 이에 의하면 앞에서[62] 말하였듯이, 사물과 마음이[63] 한 전체의 서로 다른 두 측면이라는 것이 여기에서 분명해진다. 흡과 벽이 분리되는 두 가지 사물이 아니므로 전체라고 말한다.[64] 그러나 언어상의 방편으로 흡이 힘의 일종이고 벽도 힘의 일종이라고 말하는 때도 있다. 여기에서 일종이라고 한 것은 결코 각각 독립적이라는 뜻을 표시하는 것이 아니다. 흡과 벽의 힘이라는 측면에서 보면 실제로 자체를 가진 것이 아닌데, 어떻게 각각 독립적이라고 하겠는가? 여기에서 일종이라고 한 말은 다양하게 분화된 힘을 표시한 것뿐이다. 다양하게 분화되었다는 말은 단순한 의미가 아니지만, 두 조각으로 나눌 수 있다거나 완전히 구별된다는 의미는 결코 갖지 않는다. 이 점은 분명히 분별되어야 한다.

과거 우리나라 역학자(易學者)들은 사물을 아래로 향하는 것으로, 마음을 위로 향하는 것으로 여기는 경우가 많았다. 예컨대 한대(漢代) 유학자들은 "양(陽)은 움직여서 나아가고, 음(陰)은 움직여서 물러난다"[65]라고 하였다. 그들은 사물의 측면을 음으로, 마음의 측면을 양으로 표시하

---

61) 행(行)의 의미는 앞에서 보았다. 사물은 바로 行이므로, 物行이라고 부른다. 뒤에서 心行이라고 하는 것도 이에 의거한다.

62) 「유식」 장을 말한다.

63) 사물도 마음에 대해서 객관 대상이라고 부른다.

64) 여기에서 말하는 전체는 바로 흡과 벽이라는 힘에 나아가 말하는 것임을 주의할 것.

65) (역주) 『易緯乾鑿度』 卷上에 "陽動而進, 陰動而退"라고 되어 있다. 또 『易』 「繫辭傳(上)」. "變化者, 進退之象也"의 荀爽注에 "息卦를 進이라고 하고, 消卦를 退라고 한다"라는 구절이 있다.

였는데, 나아간다는 것은 위로 향한다는 의미이고 물러난다는 것은 아래로 향한다는 의미이다. 후대에 송명 유학자들도 이러한 견해를 견지하였다.[66] 이 때문에 내가 말하는 흡이 바로 아래로 향해 움직이는 힘이고, 벽이 위로 향해 움직이는 힘이라고 보는 사람이 있다. 그러나 이렇게 비교 설명하는 방식에는 아직 고칠 점이 있다. 벽이 위로 향하는 성질이 있다고 보는 점에서는 나의 견해와 다르지 않다. 흡이 아래로 향한다고 보는 것에는 이치상 미진한 점이 있다. 흡은 수렴 응축하는 힘일 뿐임을 알아야 한다. 이러한 수렴 응축은 기대하지 않아도 이루어지는 신비한 조화(造化)인데, 응집한 힘이 꼭 아래로 향하는 것은 아니다. 단지 응집하는 힘이 거짓으로 나타내는[詐現] 흔적의 형상[迹象]으로 말하면,[67] 아래로 향하는 경향이 있다고 할 수 있다. 그러나 이렇게 아래로 향하는 경향이 있어도, 반드시 그런 것은 아니다. 흡은 벽을 따르므로, 바꾸어 말하면 흡도 위로 향하는 성질을 가진다. 벽이 위로 향하므로, 흡이 벽을 따를 때 흡도 위로 향하게 되기 때문이다. 그러나 흡은 확실히 아래로 향하는 경향이 있고 벽의 측면과 서로 모순되므로, 벽의 힘과 대립되는 모습이 된다. 그러나 대립되기는 하지만, 결국 두 가지 사물이 아니고 서로 융합한다. 따라서 흡은 벽을 그대로 따르고 위로 향한다. 만약 아래로 향한다고 한쪽 측면에서만 편파적으로 말한다면, 흡과 벽은 상반되기만 할 뿐 상성하지 못할 것이다. 이러한 주장은 이치에 맞지 않는다.

종합하면, 흡과 벽은 본래 다른 체가 아니라 단지 힘이 다양하게 분화된 것에 불과하다. 벽은 반드시 흡에 기댄 뒤에야 운용의 대상을 얻을 수 있고, 흡도 반드시 벽에 기댄 뒤에야 유행을 보고 주재가 있음을

66) (역주) 「文言文本」(69면)에서 웅십력은 송명 유학자들이 陰陽을 昇降·上下·屈伸 등으로 보는 것도 내용적으로 동일하다고 말한다.
67) 흔적의 상[跡象]은 형질이 있는 것과 비슷하게 나타난 것을 말한다.

인식하게 된다. 벽만 있고 흡이 없다면, 망망하게 텅 비어서 어떤 사물도 존재하지 않게 될 것이다.[68] 이와 같으면, 벽의 힘은 부유하며 한쪽으로만 쏠려서 운용의 도구가 없게 되고, 바꾸어 말해서 벽의 힘을 드러낼 방법이 없게 된다. 그러므로 벽이 있을 때는 벽의 운용의 도구가 되는 흡이 반드시 있어야 한다. 그 도구가 없으면 벽도 볼 수 없다. 또한 흡만 있고 벽이 없다면 완전히 물질화되므로, 우주는 딱딱하게 죽은 사물에 지나지 않게 될 것이다. 죽은 사물에는 자유로운 작용, 즉 주재하는 뛰어난 기능이 없어서 기계가 되어버리고 말 것이다. 그러나 실제로 우주는 막힘없이 유행하는 하나의 통일체이다. 우리가 우주만상을 단편적으로 분리된 조각들로 본다면, 흡의 힘이 나타내는 흔적의 상에 의탁하여 잘못 분별하기 때문이다. 실제로 흡 가운데 가득 차 있으면서 이 흡을 운용하는 것은 오직 벽의 힘이다. 벽은 모습[相]은 있지만 정해진 형상[形]이 없고,[69] 존재하지 않는 곳이 없으며, 위로 향하고,[70] 펼쳐지고, 맹렬히 앞으로 나아간다. 흡은 형체를 이루고, 정해진 위치가 있고,[71] 아래로 떨어지는 경향이 있다. 이에 의거해 말하면, 흡의 힘은 본체와 상반되고,[72] 벽은 본체 그 자체는 아니지만[73] 물화되지 않고 본체에 의거해서 일어난다. 벽이 정해진 형상이 없고 존재하지 않는 곳이 없으며 위로 향하는 이유는 바로 본체의 자성의 현현이기 때문이다. 바꾸어 말해서, 본체가 '체를 들어서 용을 완성하는 것[擧體成用]'이다.[74]

---

68) 망망하다는 것은 텅 빈 모습이다. 텅 빈 것은 사물이 없는 모양이다.

69) 벽의 힘은 텅 비어 없는 것이 아니므로 이렇게 모습[相]이 있다고 하였다. 그러나 이 모습은 바탕이 없고 상대되는 것이 없으므로 또 형상[形]이 없다고 하였다.

70) 청정하고 막힘이 없는 것을 위로 향한다고 한다.

71) 형태를 이루게 되면 정해진 장소가 있어서 존재하지 않는 곳이 없게 된다.

72) 흡은 원래 본체의 현현이지만, 흡은 사물을 이루므로 그 본체와 상반된다. 본체는 실재하지만 사물은 아니다.

73) 벽은 원래 본체의 현현이므로, 본체 자체는 아니다. 물이 얼음을 이루고 얼음이 물의 성질을 잃지는 않지만, 얼음이 결국 물 자체는 아닌 경우에 비유할 수 있다.

74) '체를 든다[擧體]'는 것이 중요하다.

이것은 물이 그 전체를 들어서 얼음 덩어리를 이루는 것에 비유할 수 있는데, 이때 물은 얼음 덩어리와 분리하여 독립적으로 존재하는 것이 아니다. 본체가 공용으로 나타나는 것은 그 전체를 들어서 일체의 공용을 이루는 것이다. 이러한 공용은 막히지 않고 유행하며, 흡을 운용하고 흡의 주재가 될 수 있다.75) 이것이 벽이 특수한 이유이다.

어떤 사람은 "벽은 공용이라고 부르지만, 흡을 어떻게 공용이라고 부르겠는가?"라고 논박한다. 여기에 대한 답은 다음과 같다. 흡 자신이 공용이라는 것을 굳이 말할 필요가 있을까? 단지 본체가 공용으로 현현할 때 반드시 반작용이 일어나고, 그것이 흡이 되는 것뿐이다. 이 흡이 있으므로 벽의 힘이 그에 의거해서 나타날 수 있는데, 이때 흡은 대상화[物化]되므로 공용을 이루지 못할까 의심된다. 우리는 벽에서만 위대한 공용을 인식할 수 있다. 바꾸어 말하면 벽만 공용이라고 부를 수 있다. 흡도 공용이기는 하지만, 대상화된다는 점에서 거의 공용이라고 부를 수 없다. 앞에서 말한 것처럼, 반드시 벽이 있어야 위대한 공용의 유행을 볼 수 있고 유행에서 주재를 인식할 수 있다. 벽은 흡을 전화시키지만 흡을 따라 전화하지 않으므로,76) 주재한다는 것을 인식할 수 있다. 여기에서 다시 한 번 설명하면, 내가 말하는 주재한다는 뜻은 벽의 힘이 흡의 사물을 운행시키는 중 스스로 판단하고 결정하지 결코 어리석게 사물을 따라가지 않는다는 것이다. 바꾸어 말하면, 대상화되지 않으므로 주재한다고 말한 것이다. 이러한 주재의 의미는 본래 공용에 나아가야만 얻을 수 있는 것이고, 본체를 우주를 초월하는 조물주로 여겨서 주재한다고 말한 것이 아니다. 이 점을 혼동해서는 안 된다. 우리는 본

---

75) 벽은 마음이라고 부른다. 흡은 사물이라고 부른다. 지금 내 마음이 내 몸의 주인이 되고 일체의 사물과 교류하며 다르지 않게 재단할 수 있는 경우와 같다. 여기에서 벽이 주재임을 알게 된다.

76) 마음이 일체의 사물을 인식하고 운용하며, 일체 사물에 의해 유인되거나 빠지지 않는 것과 같다.

체가 일체의 공용으로 나타날 때,[77] 즉 이 막힘없이 유행하는 공용이 확실히 어지럽게 충돌하지 않을 때, 조건[緣]에 따라서 주재가 되는 것을 분명히 안다. 예를 들어 저급한 생물에서 고등한 인류까지 생물이 발전하는 과정에서, 우리는 벽의 힘이 점차 펼쳐져서 흡의 모든 사물을 주재하게 되는 것을 볼 수 있다. 우리가 공용상에서 주재의 의미를 인식하고 공용이 이와 같은 것을 알게 되는 까닭은 바로 공용의 본체가 강건하고 명철하며 불변하는 등의 덕성을 가지고 있기 때문이다. 그러므로 본체가 공용으로 나타날 때 이 공용이야말로 주재하는 힘을 갖추게 되는데, 이것은 맹목적인 충동이 아니다. 이와 같으므로, 본체상에서 꼭 주재의 의미를 갖추고 있는 것이 아니라는 말은 이치에 맞지 않는 주장이다. 단지 주재의 의미를 오해하여 본체가 우주의 밖을 초월하여 만유를 지배하는 조물주라고 보고 이를 주재라고 부른다면, 이러한 견해는 잘못되어도 크게 잘못된 것이다. 종합하면, 주재의 의미는 공용상에서 볼 수 있고, 반드시 상대적인 것이 있어야 볼 수 있다.[78] 우리가 공용을 거두어 본체로 되돌아가면[攝用歸體], 오직 절대만 있을 뿐 주재라는 명칭은 성립되지 않는다. 공용에서 본체가 나타나면[卽用顯體], 공용상이지만 주재의 의미가 드러나고 또 여기에서 공용의 본체를 인식하게 된다. 다시 말하면, 본체가 강건하며 불변하는 것임을 알게 된다. 따라서 본체를 주재라는 말로 지목할 수 있는 것은 공용에서 본체가 나타나기 때문이다.

이제 결론을 내리기 전에 몇 가지만 더 이야기하고자 한다. 본체가 위대한 공용으로 나타나려면 반드시 한 번 흡하고 한 번 벽하는 과정이 있어야 한다. 이때 흡이라는 것은 벽의 힘이 운용하는 도구에 불과하다.

---

77) 여기에서 '때'라는 것은 말할 때의 방편이지 실제로 말할 만한 시간이 있는 것이 아니다.

78) 공용은 상대하는 것이 있다. 예컨대 흡과 벽이 상대하는 것과 같다. 바꾸어 말해서 사물과 마음이 상대한다.

이 방면의 활동은 본체와 상반되는 것이다. 벽이라는 것은 '본체를 들어서 공용을 일으키는 것[稱體起用]'이다. 여기에서 '든다[稱]'는 글자가 아주 중요한데, 공용이 그 본체의 덕성을 잃지 않는 것을 말한다. 얼음이 끝내 물의 본성을 잃지 않는 데 비유할 수 있으므로, 든다고 말한 것이다. 벽은 흡과 상반되면서도 막힘없이 유행하며 흡을 운용할 수 있고, 또 흡의 주재가 된다. 그러나 흡이 사물을 형성하더라도 그 결과 꼭 고정된 죽은 사물을 형성하는 것은 아니다. 그것은 공간적 점유성을 가진 사물로 거짓 나타난 자취의 형상에 지나지 않는다. 우리는 흡과 벽이 상반상성하며, 결국 분리할 수 없는 혼일한 하나의 통일체임을 알아야 한다. 그러므로 마음과 사물을 이원적으로 보는 것은 참으로 잘못이다. 그러나 내가 말하는 흡벽을 이해하지 못하고 온갖 가지로 변화하는 우주가 내재적인 모순을 포함하여 발전한 것임을 명백히 하지 못한다면, 이러한 잘못은 더욱 크다.[79] 철학자들 중 많은 유심론자들이 자신의 학설에서 내가 말한 벽의 힘만 인정하고, 흡을 벽의 측면에 집어넣어 없애버렸다. 또 많은 유물론자들은 자신의 학설에서 내가 말한 흡의 힘만 인정하고, 벽을 흡의 측면에 집어넣어 없애버렸다. 그들 유심론자와 유물론자들은 모두 한 번 흡하고 한 번 벽하는 것이 상반상성하는 하나의 통일체임을 이해하지 못하였다. 내가 말하는 유심(唯心)이란 마음의 측면에 중점을 두는 것뿐이지, 흡의 힘을 완전히 벽의 측면에 집어넣어 없애는 것이 아니다. 현재 변증법적 유물론을 주장하는 이들은 벽을 흡 속에 집어넣어 없애버리고,[80] 사물과 마음은[81] 상반상성하므로 어느 한 측면만

79) 모순은 상반된 것을 말한다. 이 모순을 이용하지만 결국 융합하여 발전을 이루는 것을 相成이라고 한다. 우리나라 『周易』이라는 책은 전적으로 이러한 사상을 보여준다.
80) (역주) 辨證法的 唯物論(dialectical materialism)은 자연, 사회 및 사유의 일반적인 발전에 대한 법칙에 대한 연구로서, 유물론과 변증법이라는 두 영역으로 이루어진다. 유물론은 물질세계가 유일한 세계이고, 정신이란 뇌라는 물질적 기관의 산물에 불과하다고 본다. 물질과 의식을 대립시키는 것은 인식론상의 문제이며, 존재론적으로는 물질만 존재할 뿐이라는 것이다. 변증법은 물질이 끊임없이 발전하고 있으며 그 발전이 변증법

인정하고 다른 측면을 거기에 집어넣어 없애버리면 안 된다는 것을 모른다. 단지 우리는 이원론자의 주장처럼 흡과 벽을 두 조각으로 분리해서는 안 된다고 말할 수 있다. 그러나 전체 중에서 두 측면의 힘을 혼동하면 안 된다. 일체의 사물은 모두 상반상성의 법칙에서 벗어날 수 없다. 그런데 어떻게 심물(心物) 문제에 있어서만[82] 유독 이 법칙을 망각하고,[83] 마음을 사물의 측면에 집어넣어 없애버릴 수 있는가?

이야기가 여기까지 이르면, 어떤 사람은 다음과 같이 논박한다. "그대의 생각처럼 흡이 사물이고 벽이 마음이라고 한 이론을 잘 들었다. 그러나 내가 알기로 심리 현상은 동물이나 사람 같은 유기체가 탄생한 단계에서 비로소 발현한 것이고, 유기물은 무기물보다 앞서 존재할 수 없다. 한 번 생각해보자. 지구가 구성되기 이전에는 지구 땅의 응고와 천체들 상호 간의 관계 · 온도 · 공기 등 모든 것이 아직 생물, 또는 동물과 인류의 생육 단계에 도달하지 못하였다.[84] 이때 어디에 심리적 현상이라고 할 것이 있는가?[85] 저 마음은 사물 뒤에 일어나는 것인데도, 그대는 사물이 흡이고 마음이 벽이라고 말한다. 그렇다면 강건하게 활동하는 벽이 응축하는 흡 뒤에 일어나는 것이 된다. 그런데 어떻게 흡벽이 한 통일체의 서로 다른 두 측면이라고 하고, 또 벽이 흡 가운데에서 그것을 운용하고 주재한다고 할 수 있는가?" 논박자의 이러한 견해는 일상생활에서 사물에 집착하던 습관에 갇힌 것에 불과하므로, 더불어 신묘함[神]을 추구할 수 없다.[86] 논박자의 견해대로라면 사물을 그대로 본원으로

적 비약을 통해 가능하다고 보는 것이다. 이것은 사회주의철학 이론으로, 웅십력이 활동하던 당시 중국 공산당의 대표적인 철학 이론이었다.

81) 즉 흡과 벽을 말한다.

82) 이것은 철학의 근본적인 문제이다.

83) 상반상성의 법칙을 말한다.

84) 논란자는 이러한 가정이 합리적인 추론이고 결코 어지러운 발상이 아니라고 여긴다.

85) 심리적 현상을 이 뒤에서는 마음이라고 생략하여 말한다.

86) 사물이 그렇게 된 까닭을 신묘함[神]이라고 한다.

보는 것뿐, 모든 유(有)가 반드시 무(無)에서 시작하고[87] 형상을 가진 모든 것들이 반드시 허적(虛寂)을 궁극으로 삼고 있음을 모른다.[88] 형상에 집착하는 사람은 형상에서 허적을 깨달을 수 없다.[89] 유에 막히는 자는 유에서 무를 증득할 수 없다.[90] 이처럼 유물론의 견해를 견지하고 거기에 갇혀서 벗어나지 못하지만, 실제로 모든 사물은 고정되지도 실재하지도 않고 근본적인 사물, 즉 일체 사물의 실체에 의거하여 나타나는 흔적의 형상일 뿐이다. 어떤 사람은 만약 사물이 흔적의 형상이라면, 사물이란 텅텅 비어 아무 내용이 없을 것이라고 말한다. 실제로 모든 사물은 살아서 뛰어 움직이고 머물지 않는 과정 중에 발전하는데, 어떻게 모든 사물이 텅텅 빈 것이 될 수 있는가? 이러한 논란은 단지 가까운 습관에 가리워서 지극한 이치를 깨닫지 못하기 때문에 일어난 것이다. 세속적인 관점에서는 사물의 세계를 절대 비어 있지 않은 것, 실재하는 것으로 간주한다. 진리의 관점에서는 사물은 모두 진실에 의거한 것, 즉 본체가 현현한 흔적의 형상일 뿐이고 이것을 사물이라고 임시로 부를 뿐이라고 본다. 사물 자신으로 말하자면 모두 공(空)이고 존재하지 않지만, 진실의 현현이란 것에 의거해보면 사물이라고 임시로 불러도 무방하다. 이것은 얼음이 물의 현현이므로 물을 떠나서 따로 얼음 자신이 없는 것에 비유할 수 있다. 얼음 자신은 공이고 존재하지 않는다고 말해야 한다. 모든 사물이 진실의 현현인 것도 이와 같다.[91]

---

87) 존재하는 것[有]은 일체의 사물을 말한다. 無는 지극히 진실되고, 보거나 들을 수 있는 형상이나 소리가 없을 뿐, 텅 비어 없는 것이 아니다. 有가 無에서 시작된다는 것은 이 無가 여러 有의 실체임을 말한다.

88) 형상을 가진 것은 일체의 사물을 말한다. 텅 비고 고요하다는 것[虛寂]에서 지극히 항상되어 형체의 막힘이 없는 것을 텅 비었다[虛]고 하고, 지극히 미묘하여 어지러움이 없는 것을 고요하다[寂]고 한다. 일체 사물들의 실체는 오직 텅 비고 고요하므로, 텅 비고 고요함이 사물의 궁극이라고 하였다.

89) 얼음의 형상에 집착하는 자가 얼음의 형상에서 그 근본이 물임을 깨달을 수 없는 것과 같다. 사물에 집착하는 자는 사물에서 실체를 볼 수 없으므로, 그 폐단이 이와 같다.

90) 앞의 해석에 준한다.

우리는 실체가 다양하게 분화된 공용이나 일체행으로 현현할 때,[92] 한편으로 흡이라고 부르는 수렴 응축하는 힘이 있다는 것을 알아야 한다. 이 수렴 응축하는 흡은 그 단서가 매우 미세하지만, 대단히 깊고 은미하다. 은미한 데서 시작하여 밖으로 현저히 드러나는 데 이르면, 모든 사물, 또는 물질세계를 형성하게 된다. 그러나 흡이 사물을 형성할 때 다른 한편에는 벽이라는 강건하고 반드시 이기는 힘이 있게 된다. 이 벽은 흡과 동시에 나타나며, 흡 또는 모든 사물들 속을 운용하면서 주재한다. 벽은 모든 사물의 밖으로 초월하는 위대한 신(神)은 아니지만, 대단히 미묘하므로 신(神)이라고 불러도 무방하다. 벽은 본래 사물과 한 몸이지만, 한 몸에서 분화가 일어나서 마침내 사물과 대립하는 모양을 이룬다. 우리는 『역』의 건(乾)·곤(坤) 두 괘를 빌어서 다음과 같이 표시할 수 있다.

건(乾)괘 ☰

곤(坤)괘 ☷

건괘는 세 효가 모두 홀수이고, 나는 그것을 빌어서 벽을 표시한다. 곤괘는 세 효가 모두 짝수이고, 나는 그것을 빌어서 흡을 표시한다. 흡은 사물을 형성하는데, 물질세계는 상대적이므로 짝수를 쓴다. 벽은 정신이고 정신은 형체가 없어서 나눌 수 없으므로, 홀수를 사용한다. 흡과 벽은 서로 대립하면서도 융합한다. 벽은 흡을 포함하므로, 건괘를 써서 이렇게 표현할 수 있다: ䷊ 흡은 벽을 포함하므로, 곤괘를 써서 이렇게 표현할 수 있다: ䷋ 과거의 역학자들 중 어떤 이는 건괘의 세 효는 순전히 양이어서 음이 없고[93] 곤괘의 세 효는 순전히 음이어서 양이 없다

91) 다른 곳에서 비유하는 것도 모두 이에 준해 알 수 있다.

92) 이것은 본래 말할 만한 때는 없지만, 말하는 방편상 이 '때'라는 말을 사용하였다.

고 하였는데, 이것은 대단히 큰 착오이다. 실제로 건과 곤은 서로 상대적이면서도[錯] 융합하므로[綜],[94] 건곤을 이원론으로 이해해서는 안 된다. 건이 곤을 함축하고 곤이 건을 함축하는 것은 이처럼 신묘하다.

앞에서 말하였듯이, 흡과 벽은 분리할 수 없는 하나의 통일체이다. 그러나 이 통일체는 개별적인 것들이 혼합하여 일합상(一合相)을 이룬 것이 아니라[95] 하나의 통일체가 분화하여 나타난 것, 즉 내재적 모순이 있어서 발전된 것이다. 분화하므로, 흡과 벽이라고 말한다. 흡의 측면만 인정하고[96] 벽의 측면을 인정하지 않는다면,[97] 변화는 불가능할 것이다. 혼자서는 변화를 이룰 수 없기 때문이다. 우리는 태초부터 흡이 있으면 벽이 있고, 벽이 있으면 흡이 있다는 것을 알아야 한다. 변화의 내용은 단독적인 것이 아니고, 반드시 흡과 벽 두 측면이 있어야 가능하다. 이것은 의심할 여지가 없는 이치이다. 태초에 흡이 있었고, 태초에 또 벽이 있었다. 우리는 이 벽을 '우주의 마음[宇宙心]'이라고 부른다. 위대한 자연이나 물질 우주의 발전은 조물주가 따로 있어서 창조한 것이 아니지만, 자연이나 일체의 사물들은 무엇에 구애되는 존재가 아니다. 그들[98] 내부에는 확실히 위로 향하고 물질화되지 않는 힘, 즉 벽이 숨어 있다. 그러나 이 힘이 자신을 나타내기 위해서는 상당한 곤란을 겪어야 한다. 동물과 인류와 같은 유기체가 아직 출현하기 이전에 이 힘은 수만 길 깊은 물 속에 숨어 있는 것 같이 은미하고 겉으로 나타나지

---

93) 양은 건을 말하고, 음은 곤을 말한다. 뒤에서도 이에 의거한다.

94) 錯은 상대적이라는 뜻이고, 綜은 융합한다는 뜻이다.

95) '合相'이라는 말은 불교 『金剛經』에서 빌려 쓴 것이다.

(역주) 一合相(piṇḍa-grāha)은 여러 것들이 융합하여 하나의 상을 이루는 것, 또는 모든 것을 하나의 전체로 간주하고 그것이 실체라고 집착하는 것을 말한다. 『金剛般若波羅蜜經』(大8, 752b). "若世界實有者, 則是一合相. 如來說一合相則非一合相, 是名一合相."

96) 즉 사물의 측면이다.

97) 즉 마음의 측면이다.

98) 일체의 사물.

않아서 마치 없는 것처럼 보인다. 유기체가 발전한 단계가 되어서야 이 힘은 활발하게 나타나고, 비로소 사물을 주재하는 것을 보게 된다. 동물은 말할 것도 없고 식물에서도 이 힘을 분명히 볼 수 있다. 예를 들어 햇빛을 향해 기울어진다든가 영양소를 흡수한다든가 하는 것들은 모두 식물이 애매한 심리 상태를 소유하고 있음을 징험하는 증거가 될 수 있다. 식물의 마음이 은연중에 그 형태와 줄기를 주재하여 적당한 생활을 영위하게 하는 것을 부인할 수 없다. 따라서 벽, 또는 마음은 유기체의 발전 단계에 이르러서야 현저히 드러나지만, 그렇다고 유기체가 출현하기 이전에 벽, 또는 마음의 힘이 숨어 있지 않다고는 할 수 없다. 전자 하나는 결코 일정한 규칙을 따라 진동하지 않는다. 전자는 수많은 궤도 속에서 이리 저리 뛰어다니며 한 순간 이 궤도에서 소실되고 다음 한 순간 다른 궤도에서 생겨난다. 외부의 힘이 그렇게 만드는 것이 아니라, 그 내부에 벽, 또는 마음이라는 힘이 있어서 그것을 주재하기 때문이다. 그러나 이 힘이 모든 사물 속에 숨어 있다는 사실은 쉽게 알기 어렵다. 온 세상에서 오직 숨어 있는 힘이 가장 큰 힘이다. 천박한 견해를 가진 사람은 밖으로 드러난 것만 보고 은미한 것을 깊이 살피지 못하므로, 더불어 이치를 궁구하기 어렵다. 벽, 또는 마음의 힘이 숨어 있을 때, 예컨대 유기체가 출현하기 이전에 우리가 아직 벽, 또는 마음이 있음을 분명하게 알기 전에도, 그것은 확실히 흙 속에 두루 스며들어가 형상을 이루려는 사물 속에서 늘 존재하고 있었다. 단지 유기체가 구성되기 전에는 그 표현의 도구가 없었기 때문에 겉으로 드러나지 못하였을 뿐이다. 이 때문에 우주의 마음이라고 부른 것이다. 여기까지 말하면, 또 "뒤에 유기체에서 드러나는 마음은 사물마다 각각 하나의 마음을 가진 것이다. 이것과 우주의 마음이 하나인가, 둘인가?"라는 질문이 있게 된다. 이에 대한 답은 다음과 같다. 개별 사물이 각각 가지고 있는 마음이 바로 우주의 마음이고, 우주의 마음이 바로 개별 사물이 각각 가지고 있는 마음이다. 비유하자면, 큰 바닷물이 개별적인 하나하나의 파도로 나타나고 이 파도 하나하나가 모두 큰 바닷물 전체 양을 함유하는 것과 같다. 파도 하나하나는 모두 큰 바닷물과 둘이 아니고, 구별되지 않는다. 개별 사물이 각각 가지고 있는 마음과 우주의 마음도 이와 마찬가지로 둘이 아니고 구별되지 않는다.

우리는 어째서 벽이 마음이고 흡이 사물이라고 하는가? 구유식논사들은 마음이 대상세계의 사물을 분별할 수 있다고 여겼고, 마음은 단지 분별하는 주체일 뿐이라고 하였다. 실제로 마음이라는 것은 위로 향하고 열려있으며 사물화되지 않는 강건한 힘, 즉 벽에 의거하며, 이를 마음이라고 부른다. 이 힘을 떠나서 또 무엇을 마음이라고 하겠는가? 구유식논사들은 마음을 분별하는 주체로만 간주하였고, 대상이 나타내는 상을 식별하는 모습으로 보았다. 바꾸어 말해서 자취의 형상이라는 측면에서 그것을 정지한 사물로 보았지, 그 자체가 원래 대단히 미묘한 힘의 일종임을 인식하지 못하였다. 구 논사들이 마음을 파악한 관점은 지극히 천박하다. 나는 막히지 않고 유행하며, 나눌 수 없고, 강건하고, 위로 향하는 힘, 즉 벽만을 마음이라고 생각한다. 자신을 되돌이켜 깊고 절실하게 체험해야, 스스로 인식할 수 있다. 단지 자취의 형상에서만 보아 마음을 분별하는 주체로만 여긴다면, 이것은 마음을 거울과 똑같이 보는 것이어서[99] 잘못 중에서도 큰 잘못이 될 것이다. 마음은 활동하지만 고요하지 않을 때가 없다. 그렇다고 마음을 정지한 것으로 보면 안 된다.

사물에 대한 해석에서 호법 등 구 논사들은 일체의 사물에 따로 근원이 있다고 보아,[100] 결국 사물을 실재하는 것으로 보는 입장에서 벗어나지 못하였다. 이것은 근거 없는 생각이다. 실제로 사물이란 결코 실재하

---

99) 거울은 아름답고 못생긴 대상 등을 비추어 나타내고 또 분별하지만, 정지된 것이다.
100) 相分種子라고 부르지만 제8아라야식 속에 저장되어 있으므로, 唯識이라고 해도 무방하다.

는 것이 아니고, 단지 위대한 공용이 유행하는 중에 응집하는 힘이 잠깐 나타내는 자취의 형상을 사물이라고 가정하는 것에 불과하다. 응집하는 힘을 떠나서 또 무엇을 사물이라고 하겠는가? 우리는 조화(造化)의 시작에[101] 수렴 응집이 없을 수 없다고 생각한다. 이 수렴 응집은 단서는 매우 미미하지만, 분명히 형체를 형성하는 시작이다. 만물은 무에서 유가 시작하고[102] 미미한 데서 시작하여 밖으로 크게 드러나게 되는데, 이 과정이 바로 수렴 응집을 통해 이루어진다. 수렴 응집하는 것은 극한까지 모아서 저장하는 것[藏]이다. 모은다는 것은 작용을 모아들여 드러내지 않는 것이고, 저장한다는 것은 작용이 흩어지지 않게 축적하는 것이다. 조화의 작용은 수렴이 깊어지고 단단해질수록 무한히 축적할 수 있다. 여기에서 말하는 축적은 울창하게 쌓여서 막 형체를 이루려는 조짐이라는 의미이고, 바꾸어 말하면 사물이 형체를 형성하는 경향이 있다는 것이다. 이 때문에 '형향(形向)'이라고도 부른다. 하나의 축적이나 형향은 사물의 가장 극소의 요소라고 할 수 있다. 위대한 자연이나 물질 우주는 이 무수히 쌓인 것, 또는 형향이 맹아이다. 유물론자들은 물질을 본원으로 간주하고, 구유식논사들도 물질에 원인이 되는 요소가 있다고 보았다.[103] 이러한 사고방식은 모두 사물을 실재하는 것으로 간주하는 것으로, 대단히 큰 잘못이다. 실제로 사물은 결코 실재하지 않고, 또한 구유식논사들이 잘못 생각하듯 물질의 원인이 되는 요소도 없다. 사물이란 내가 말한, 수렴 응집하는 힘이 거짓으로 나타내는 흔적의 형상에 지나지 않는다. 수렴 응집하는 힘을 흡이라고 하는데, 이 흡이 사물을 형성

101) 여기에서 造化라는 말은 조물주가 창조한다는 의미는 결코 지니고 있지 않다. 본체가 현현한 것이 大用이므로, 위대한 공용의 흐름에 의거하여 그것을 조화라고 가정한 것이다. 이 점을 잘 인식해야 한다. 또 시작이라는 말도 잘못 해석하면 안 된다. 가장 최초의 시작이라고 보아서는 안 된다.

102) 여기에서 말하는 無는 만물이 아직 형태가 드러나기 전을 미루어서 무라고 말한 것이지, 앞의 글에서 無로 실체를 말한 것과는 다르다

103) 각각의 相分 종자를 말한다.

한다.[104] 그러므로 사물의 명칭은 흡에 의거하여 성립된다.

앞에서도 말하였듯이, 벽은 '우주의 마음'이라고 부른다. 우리는 또한 벽을 '우주정신'이라고 불러도 무방하다.[105] 이 우주정신은 자신이 의거할 대상이 없으면 발현하지 못한다. 반드시 한편에서는 극단까지 수렴 응집하여 사물, 즉 흡을 형성하고, 이를 정신, 즉 벽을 나타내는 도구로 삼아야 한다. 정신은 흡 속에서 운행하며 그 주재가 되는 것이다. 이 때문에 흡으로 벽을 나타내고, 벽으로 흡을 운용한다고 해야 한다. 흡의 측면은 오직 받는 것이 주이고, 벽의 측면은 오직 베푸는 것이 주이다. 받는다는 것은 그대로 따른다는 뜻이니, 벽을 그대로 따르는 것을 말한다. 베푼다는 것은 활동을 주재한다는 뜻이니, 흡을 운용하여 그 주인이 되는 것을 말한다. 흡은 사물을 형성하는데, 이 흡은 완성된 모양과 같지만[106] 단지 정신이 의거하는 도구일 뿐임을 알아야 한다. 흡이 없다면, 우주정신은 의거할 대상이 없어서 자신을 나타낼 수 없다. 정신이 자신을 나타내려면, 반드시 분화되고 또 분화되어 일체의 사물을 형성해야 한다. 그것이 모든 사물들에 흩어져 나타나야 개별적인 거점이 생기고, 그렇지 않으면 분화를 완수할 방법이 없다. 따라서 흡으로 벽을 나타낸다는 말은 이처럼 이치에 맞는다. 흡이 반드시 벽을 따르는 까닭도 흡이 벽의 도구가 될 뿐이기 때문이다. 이러한 이치는 뒤에서[107] 자세히 설명하겠다. 벽은 본래 대상화되지 않는 지극히 강건한 힘의 일종이다. 그것은 흡 밖까지 포함하지만 흡 속에서 관철되고, 흡을 전환시키지만 흡을 따라 전환되지는 않는다.[108] 그러므로 벽이 흡을 운용한다고

---

104) 흡은 잠깐 나타나는 흔적이 상이고, 이를 사물이라고 부른다.

105) (역주) 이러한 입장은 만물에 영혼이 있다는 만물영혼설이 아니라, 만물에 마음이 있다는 것을 주장하는 만물유심론이라고 할 만하다. 중국 현대신유가 賀麟은 이것이 서양철학의 우주영혼설(Anima Mundi)와 유사하다고 보아서 범심론이라고 부를 것을 제안하였다.

106) 이 의미는 바로 物化를 말하는 것뿐이다. 이 점이 극히 중요하다.

107) 「成物章」을 말한다.

하는 것이다. 벽이 베푼다는 말은 벽이 흡을 운용하여 그 주인이 된다는 의미이다. 흡과 벽이 본래 상반되면서도 결국 하나로 융합하는 것은 하나는 베풀고 다른 하나는 받는 것과 관련된다. 받는다는 의미는 흡이 벽을 따라 전환됨을 표시한다. 베푼다는 의미는 벽이 흡과 상반되지만 결국 흡이 자기를 따라 전환하게 함을 표시한다.[109] 따라서 흡벽 두 측면은 하나는 받고 하나는 베풀기 때문에 융합할 수 있다. 종합하면, 벽은 결국 흡을 포함하고 흡도 결국 벽에 종속된다. 이 내용은 다음과 같이 그림으로 표시할 수 있다.

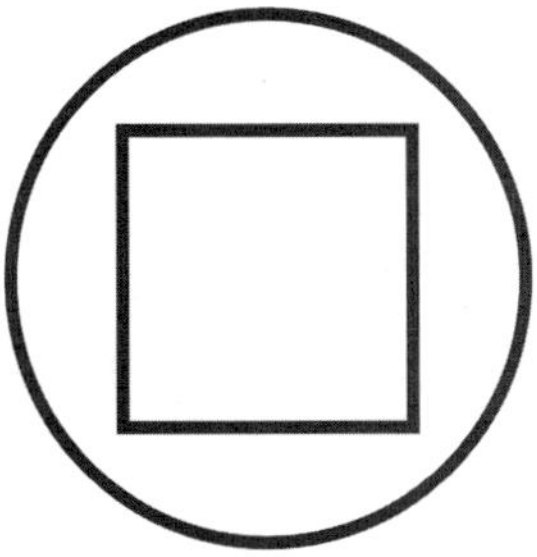

그림에서 사각형은 흡을 표시하는데, 사물은 형성되면 자리가 있기 때문이다. 원은 벽을 표시하는데, 마음이나 정신은 두루 편재하고 유행하며 막히거나 머무르지 않기 때문이다. 벽은 정해진 자리는 없지만 존재하지 않는 곳이 없고, 흡 밖까지 포함하고 흡 속에서 관철된다. 위의 그림을 보면, 이러한 의미를 알 수 있다.

앞의 내용에 의하면, 사물이란 수렴 응축하는 힘, 즉 흡이 거짓으로 나타난 것에 지나지 않고 결코 실재하는 물질이 아니지만, 공간적 점유성을 가진 대상처럼 나타나므로 사물이라고 불러도 무방하다. 그러나 사물이란 그 나타난 모양과 같다는 것을 알아야 한다. 이 사물을 포함하

108) 轉은 轉化한다는 의미이니, 예를 들면 갑이 을과 함께 변화하는 것이다.
109) 자기는 벽 자신을 가리킨다.

고 이 사물 속에 침투하여 운행하는 것은 강건하고 열려있고 대상화되지 않는 힘, 즉 벽이 따로 있다. 이 힘은 결코 사물 자신 속에서 생겨나는 것이 아니고, 사물의 형상과 비슷하게 나타나는, 수렴 응축하는 힘인 흡과 동시에 나타나서 분리할 수 없다.[110] 다시 말해서 흡과 벽은 항전이 전체를 들어 이 두 측면으로 현현한 것에 지나지 않는다.[111] 그러므로 흡과 벽을 개별적인 실제 사물로 간주해서는 안 된다. 흡이 사물을 형성한다고 해서 물질이 본원적이고 벽, 또는 마음이 종속적이라고 생각한다면, 이러한 생각은 더욱 잘못이다. 강건하고 대상화되지 않는 힘, 즉 벽은 모든 사물을 두루 함유하면서 포함하지 않는 것이 없고, 모든 사물에 편재해 있으면서 들어가지 못하는 곳이 없다. 이 힘은 흡으로써 형체를 형성한 사물과 똑같이 항전의 현현이지만, 벽은 분명히 항전의 자성을 잃지 않고 있다.[112] 그러므로 여기에서 본체를 인식하고, 본원을 말할 수 있다. 우리는 본체란 비고 고요하며 형체가 없는 것[虛寂無形]임을 알아야 한다.[113] 흡은 사물을 형성하므로, 본체와 서로 괴리되고 상반되는 경향이 있다.[114] 벽만이 지극히 강건하지만 소유하지 않고[115] 지극히 활동적이지만 항상 고요하여,[116] 본체와 전적으로 잘 어울린다.[117] 그러므로 벽이 본원적이라고 할 수 있고, 흡은 결국 종속적이다.

---

110) 여기에서 동시라는 말은 사람들이 흡이 앞서 있고 벽이 뒤에 있다거나, 오직 벽만이 앞서고 흡이 뒤에 있다거나 하고 오해하게 될까봐 동시라고 말하여 이를 방지한 것이다. 실제로 여기에서 이치를 따지자면, 말한 만한 시간은 없다.

111) 恒轉은 본체를 다르게 부른 명칭이다. 전체를 든다 운운한 것은 항전이 그 전체를 들어서 흡과 벽으로 현현한다는 것이다.

112) 얼음은 물이 나타난 것이어서 결국 물의 본성을 잃지 않은 것에 비유할 수 있다.

113) 형체가 없다는 것은 단지 형상이 없다는 것일 뿐 텅 비어 없는 것이 아니다.

114) 얼음에 비유하자면, 유동적인 물이 본질이고 얼음은 단단하게 응고되므로 그 본질과 서로 상반되는 것과 같다.

115) 소유하지 않는다는 것은 형상이 없고, 막히는 바가 없으며, 사람이 일반적으로 조작하는 일이 없다는 의미이다.

116) 활동적이지만 그 고요함을 잃지 않으므로, 활동적인 동시에 고요하다.

117) 벽은 강건하게 움직이지만 항상 정해진 형체가 없고 묵묵히 고요하므로, 그 본체와

유물론자들은 겉으로 드러난 자취의 형상만 보고 미묘한 점을 깊이 인식하지 못하여, 유물론의 주장을 단호하게 견지하는 것이다.

어떤 사람은 또 다음과 같이 논박한다. "그대의 말대로라면 벽은 강건한 힘이지만, 노자 철학에 따르면 온갖 변화가 무(無)에서 시작되었다고 한다. 『도덕경』 제5장에서는 무를 피리에 비유하였다.[118] 피리는 속이 완전히 비어 있으므로, 무에 비유할 수 있다. 그러나 노자가 말한 무는 비어 있으면서도 끝까지 굽히지 않고, 활동하면서도 다함이 없는 것이다.[119] 이것과 그대가 말하는 벽은 의미상 비슷한 점이 있다. 그러나 노자는 강건함을 말하지 않고 무라고만 하였고, 또 그것을 아무리 써도 수고롭지 않다고 하였다. 이러한 내용과 그대의 주장은 크게 다르다. 서로 같은 점과 다른 점을 들었으면 좋겠다." 그에 대한 답은 다음과 같다. 노자가 말하는 무는 형상이 없어서 무라고 한 것이지 진정한 무가 아니다. 아무리 써도 수고롭지 않다고 한 것은 묘용이 끝이 없고 만물에 두루 퍼져 있어서 수고로운 점이 없다는 의미이다. 노자는 아무리 써도 수고롭지 않다고 하였는데, 위대한 공용의 흐름에 대해 내가 어찌 수고롭다는 말을 쓸 수 있겠는가? 위대한 변화의 흐름에 수고로운 점이 있다면, 조화도 그쳐버릴 것이다. 그러나 수고롭다는 말과 강건하다는 말은 구별된다. 수고롭다는 것은 구애되거나 머문다는 뜻이다. 강건하다는 것은 깨끗하고, 순수하며, 견실하고, 용감하고, 위로 나아가며, 굽힐 수 없고, 다함이 없다는 뜻을 다 가지고 있다. 아무리 써도 수고롭지 않은 것은 바로 강건하기 때문임을 알아야 한다. 강건함이 뭇 신묘함의

어울린다.

118) (역주) 『道德經』 上篇, 第5章. "天地之間, 其猶橐籥乎. 虛而不屈, 動而愈出."

119) 王弼의 『老子』 제5장 주를 참조할 것.
(역주) 『道德經』 上篇, 第5章. "(王注) : 橐籥之中空洞, 無情無爲, 故虛而不得窮屈, 動而不可竭盡也. 天地之中, 蕩然任自然, 故不可得而窮, 猶若橐籥也. 愈爲之, 則愈失之矣."

문인데, 수고로울 리가 있겠는가? 노자는 아무리 써도 수고롭지 않다는 것만 보았지 써서 수고롭지 않은 까닭을 깊이 체득하지 못하였으니, 그에게는 아직 미진한 점이 있다. 노자는 도(道)가 무라고 하였는데, 내가 어찌 그가 말한 무에 한 오라기라도 집착하겠는가? 그러나 무가 진정한 무가 아니므로, 온갖 변화가 그곳에서 완성된다. 이 형상이 없는 사물이야말로 지극히 강건하므로 온갖 변화를 이룰 수 있다. 그렇지 않다면 일그러진 무가 될 텐데, 어떻게 신묘한 공용이라고 하겠는가? 노자는 무를 말하는 것만 좋아했을 뿐, 무라는 것이 지극히 강건하다는 것을 몰랐다. 나는 노자가 허무에 집착하는 상태에서 아직 벗어나지 못하였다고 생각한다. 벽이 강건한 힘이라는 나의 견해는 『역』에 근거한 것이기는 하지만, 나 스스로 깊이 체득한 뒤에 비로소 입 밖에 낸 것이다. 진리가 나에게서 멀어지지 않으려면, 자신을 되돌이켜 체득해야[返躬體認] 비로소 가능하다.

덧붙이는 말 : 노자의 시대는 공자보다 조금 뒤이고 맹자보다 앞선다. 그의 학문은 실은 공자의 「역전(易傳)」사상에서 나온 것인데, 결국 자기 견해를 다르게 펼쳐서 한 학파를 형성하였다. 생각건대, 노자는 공자의 방계이고 역학(易學)의 별파이다. 나는 『십력어요(十力語要)』 권2에서[120] 이러한 내용을 언급하였다.

흡벽의 측면에 대해서는 앞에서 대략 살펴보았으니, 이제 생멸(生滅)에 대해 말해보고자 한다. 우리는 변화를 말할 때 그 변화가 텅 비어 아무 것도 없는 것이 아님을 알므로, 한 번 흡하고 한 번 벽하는 것이라고

---

120) 『十力語要』 卷二 「答意國米蘭諾省大學教授書」.
(역주) 『十力語要』는 웅십력이 한 말이나 짧은 단상, 다른 학자들과 주고받은 편지글을 모아 낸 책이다. 그의 나이 63세인 1947년에 전4권으로 출간되었다.

하였다. 변화는 생동하는 활발한 힘이고, 내재적 모순을 갖추어 발전해 간 것이다. 우리나라 역학(易學)자들도 우주를 그침 없이 활동하는 과정으로 파악하였다.[121] 이러한 관점은 아주 정확한 것이다. 따라서 우리는 변화의 내용을 말할 때 흡과 벽만 가지고 설명해서는 안 되고, 반드시 흡과 벽이 신묘하게 생멸하는 측면을 파악해야 변화를 깊이 안다고 할 수 있을 것이다. 이제 생멸에 대해 살펴보기로 하자.

생멸에 대해 말하기 전에 먼저 찰나(刹那)의 의미에 대해 살펴보지 않을 수 없다. 인도 불교에서는 시간을 지극히 작은 양으로 쪼개어서 '찰나'라고 부른다.[122] 『대비바사론(大毘婆沙論)』 권136에서는 "힘센 사람이 손가락을 튕기는 데 64찰나 걸린다"[123]라고 하였고, 또 "세존께서 실제로 찰나의 양을 말하지 않았으니, 유정(有情)이 감히 알 수가 없다"[124]라고도 하였다. 『비바사론』의 구절은 찰나의 양을 말하고 있는 듯 보이지만, 힘센 사람이 손가락을 튕기는 시간은 매우 빠르다. 그가 손가락을 한 번 퉁기는 데 64찰나가 걸리는지 우리는 알아낼 방법이 없다. 찰나의 양이란 아주 작은 단위의 양이므로, 고대에는 그 양을 표시할 도구

---

121) (역주) 『易』 「乾卦」. "象曰, 天行健, 君子以自彊不息"의 구절 등을 근거로, 宋明 유학자들은 우주를 그침 없이 활동하는 과정으로 파악하였다. 정이천의 『程氏易傳』이 대표적인 경우이고, 주자와 이후 대부분의 유학자들이 이러한 입장을 취하고 있다.

122) (역주) 刹那(kṣaṇa)는 須臾・念頃이라고 漢譯하기도 한다. 한 생각[念]이 일어나는 시간처럼 지극히 짧은 시간이라는 의미로서, 순간, 또는 시간의 최소 단위를 표시한다. 손가락을 한 번 튀기는 사이에 65찰나가 된다고 하는데, 1찰나는 지금으로 보면 0.013초(1 / 75초)가 된다고 계산하는 경우도 있다. 120찰나가 1怛刹那(tat-kṣaṇa)가 되고, 60달찰나가 1臘縛(lava)이 되고, 30납박이 1牟呼栗多(muhūrta)가 되고, 30모호율다가 하루 밤낮이 된다고 한다(『俱舍論』 卷12). 이 외에도 한 찰나간의 생멸은 刹那生滅, 또는 刹那無常이라고 한다. 현재의 1찰나를 현재라고 하고, 전 찰나를 과거라고 하고, 후 찰나를 미래라고 한다. 이것이 刹那三世설이다(『阿毘達磨大毘婆沙論』 卷136).

123) (역주)『阿毘達磨大毘婆沙論』 卷136(大27, 701b). "如壯士彈指頃, 經六十四刹那."

124) 세존은 석가불의 명호이다. 有情은 사람을 다르게 부르는 것인데, 사람은 情識이 있기 때문이다.
(역주)『阿毘達磨大毘婆沙論』 卷136(大27, 701b). "問, 何故世尊不爲他說實刹那量. 答無有有情堪能知故."

가 없었고 현재의 측량기로도 표시할 수 없기 때문이다. 그러면 우리는 이 구절의 의미를 어떻게 이해해야 하는가? 어떤 사람은 『비바사론』의 이 말이 찰나의 양이라는 것이 말할 수 없을 정도로 작다는 것을 나타낼 뿐이라고 한다. 64라는 것은 많다는 말이다. 힘센 사람이 손가락을 빠르게 튕기는 데 64찰나가 걸린다면, 찰나의 양은 너무 작아서 말로 표현할 수 없을 것이다. 그러므로 그 글에서 "세존께서 실제로 찰나의 양을 말하지 않았다"고 한 것이다. 이렇게 보면, 찰나의 양을 수학의 무한소나 극미에 비하기도 어렵다. 보통 사람들이 찰나라고 할 때는 대개 더 이상 나눌 수 없을 정도로 시간이 극히 짧은 것을 말한다. 우리도 세속에 따라 그렇게 말해도 상관없다. 그러나 대승불교 논사들이 말하는 찰나의 의미를 세속의 시간관념으로 볼 수는 없다. 바꾸어 말해서 찰나는 시간의 의미가 아니다. 우리는 찰나가 지극히 짧아서 더 이상 나눌 수 없는 단위를 의미한다고 보아서는 안 된다. 규기(窺基)는 자신의 저서인 『성유식론술기(成唯識論述記)』[125] 권18에서 "생각[念]은 찰나의 다른 이름이다"라고 하였다.[126] 그의 주장에 따르면, 내 마음속에서 하나의 생각이 막 떠오르려고 하는 때가 바로 한 찰나이다. 이 한 생각은 떠오르자마자 바로 사라져서 결코 머무는 일이 없다. 이 생각이 바로 찰나의 다른 이름이다. 그러므로 찰나를 시간이라고 해서는 안 된다. 우리는 자기 마음속에서 생각이 재빨리 떠오르기만 할 뿐 한 순간도 머무르지 않는 것을 보게 되는데, 이것이 바로 한 찰나이다.[127] 이것은 찰나가 오직 자신의 마음에만 의거한다는 가정이다. 지금 내 생각을 말하자면, 이

125) (역주) 『成唯識論述記』는 唐 窺基가 659~682년 사이에 찬술한 것이다(大43). 玄奘이 번역한 護法(Dharmapāla)의 『成唯識論』을 주석한 것으로서, 法相宗의 근본 경전이다. 세친의 『唯識三十頌』을 찬탄하고, 이어서 護法의 『成唯識論』이 모든 논의 정수라고 칭송한 뒤, 10대 논사의 학설을 설명해나가고 있다. 唯識佛教의 필수적인 논서로서, 熊十力의 唯識불교에 대한 이해는 거의 玄奘, 窺基의 학설에 근거를 두고 있다.

126) (역주) 窺基, 『成唯識論述記』 卷18(大43, 340b). "念者, 刹那之異名."

127) 한 순간은 세속의 표현으로, 시간을 붙잡을 수 없고 붙잡아서는 안 됨을 형용한다.

장에서 변화를 말하는 관점상 찰나를 세속의 시간관념으로 설명하는 것을 인정할 수 없다는 대승불교 논사들의 주장에 크게 찬성한다. 세속에서 말하는 시간은 결국 공간이 변화한 상이기 때문이다. 공간은 구분되는 단락이 있고,[128] 시간도 구분되는 단락이 있다.[129] 핵심을 말하자면, 공간과 시간은 물질 우주의 존재방식이다. 우리가 물질 우주를 인식할 경우에 동쪽·서쪽 등 방위의 분포상이 있고 이를 공간이라고 부르는 한편, 과거·현재·미래의 연속상이 있고 이를 시간이라고 부른다. 그러므로 물질의 관념이 있으면, 시공간 관념이 함께 나타난다.[130] 따라서 시공간 관념은 아주 조악하게 만들어진 것이다. 예를 들어 공간상에서는 동쪽에서 서쪽까지 그 사이에 간격이 있다. 시간상에서도 과거에서 현재까지 그 사이에 간격이 있다. 이런 식으로 우리가 세속의 시간관념에 의거해서 찰나를 말한다면, 이전의 한 찰나에서 다음의 한 찰나까지 중간에 모두 간격이 있게 된다. 이렇게 찰나를 말하면 틀에 박힌 구도가 되어버릴 것이니, 어떤 방법으로 변화를 살필 수 있겠는가? 그러므로 나는 변화를 말하는 관점상 세속의 시간관념으로 찰나를 설명할 수 없다는 대승불교 논사들의 주장에 찬성하는 것이다. 앞에서 규기는 자기 마음에서 한 생각이 막 떠오르는 것을 찰나라고 하였는데, 이것은 마음이라는 측면에만 치우쳐서 말한 것이어서 타당하지 못한 듯하다. 우리는 철학상의 용어는 대단히 어렵다는 것을 알아야 한다. 언어와 문자는 본래 일상 경험의 이치를 표시하는 죽은 도구의 일종이다. 우리가 이러한 도구를 써서 일상 경험으로 도달할 수 없는 아주 신묘하고 신기한 조화(造化)의 이치를 표현하려고 한다면, 적지 않게 어려울 것을 예상할 수 있다. 예컨대 찰나라는 말은 원래의 의미가 지극히 작아

128) 동쪽·서쪽 등의 방향을 들 수 있다.
129) 과거·현재·미래의 구분을 들 수 있다.
130) 함께 나타난다는 것은 공간·시간과 물질이 동시에 드러난다는 것을 의미한다.

서 나눌 수 없는 시간을 의미한다. 우리가 변화를 말할 경우 이 찰나라는 말을 쓰지 않으면, 부단한 변화가 찰나마다 갑자기 일어난다는 것을 표현할 방법이 없다. 그렇다고 세속의 시간관념으로 여기에서 말하는 찰나를 이해하면, 대단히 미묘하고 헤아릴 수 없는 변화를 죽은 상자 안에 가두어버리는 것이 된다.131) 심지어 앞뒤 찰나 사이에 간격이 있게 되고, 변화도 중단되고 만다. 이와 같다면 변화를 인식할 방법이 없다. 이 책에서 말하는 찰나는 방편상의 가설에 불과하고, 찰나를 지극히 짧아서 더 이상 나눌 수 없는 시간이라고 보더라도 언어상의 방편으로 이 용어를 쓰는 것뿐이다. 배우는 이들은 여기에서 세속의 시간관념을 벗어나서 변화가 지극히 신묘하다는 것을 이해하고, 표현 때문에 의미를 해치지 말기를 바란다.

찰나에 대해 설명하였으니, 이제 생멸에 대해 언급하기로 하자.132) 어떤 대상[法]이 본래 없었는데 지금 갑자기 일어났다면, 그것을 생성[生]이라고 부른다.133) 예를 들어 내 눈앞에 나타난 한 생각이라는 마음 현상은 본래 이전 것이 지나간 것이 아니라 눈앞의 한 찰나에 갑자기 일어난 것이고, 이렇게 갑자기 일어난 것을 생성이라고 한다. 모든 대상은 생성되면 절대 머무르지 않고 다시 무로 돌아가는데, 이것을 소멸[滅]이라고 한다. 예를 들어 내 눈앞에 나타난 한 생각이라는 마음 현상은 결

131) 세속에서 말하는 시간과 공간의 두 계열 역시 죽은 상자에 속한다.

132) (역주) 불교는 일반적으로 순간마다 생멸이 반복된다는 刹那生滅을 받아들인다. 예컨대 『阿毘達磨俱舍論』(大29, 067c). “刹那何. 謂得體無間滅.有此刹那法名有刹那 (…중략…) 諸有爲法得自體, 從此無間必滅歸無. 若此處生卽此處滅, 無容從此轉至餘方 (…중략…) 若有爲法皆有刹那. 不至餘方義可成立.” 설일체유부에서 제법은 찰나적 존재(kṣaṇika)로서, 刹那는 사실상 法과 동의어라고 할 수 있다. 그러나 과거·현재·미래 三世에 걸쳐 實有하는 法體를 상정하는 설일체유부에서는 현상의 찰나생멸성은 일정해도 본질의 세계는 찰나생멸이 아니라고 본다. 유식불교에서 찰나생멸은 바로 마음의 흐름에 있어서의 찰나생멸이다.

133) 여기서의 대상[法]이라는 글자는 事情을 말한다. 이 뒤에서 법이라고 할 때도 이와 같다. 앞에서 말한 흙과 벽, 또는 마음과 사물을 여기에서는 일체법이라고 통칭한다.

코 굳은 상태로 지속되지 않고 결국 사라지므로, 소멸한다고 한다. 생성과 소멸은 세속에서 모두 아는 상황이므로 문제될 것이 없다. 그러나 세속에서는 모든 대상이 생겨나면 반드시 머무르고, 오래 지속된 뒤에야 사라진다고 생각한다. 바꾸어 말해서, 일체의 사물은 생겨나면 반드시 머물러 지속하는 시간이 있거나 상당한 시간을 머무르지, 갑자기 생겨나는 때 바로 사라지는 일은 결코 없다고 본다.[134] 또 아무리 빠르게 사라진다고 해도 이 사라지는 때와 생겨나는 때 사이에는 반드시 간격이 있어서, 눈 깜짝할 사이나 한 번 숨 쉬는 짧은 사이라도 머무르게 된다. 생겨나는 때가 바로 사라지는 때라고는 결코 말할 수 없다.[135] 세상에 이렇게 모순되는 상황은 없다는 것이다. 세속의 견해가 모두 이와 같으므로, 문제가 생겨난다. 모든 대상은 생겨나면 과연 계속 머무를 수 있는가? 이러한 문제에 대해 나는 인도 불교의 견해에 찬성하고, 일체의 대상이 모두 찰나에 사라진다고 주장한다. 어떻게 찰나에 사라진다고 하는가? 모든 대상은 이 한 찰나에 생겨나자마자 이 한 찰나에 바로 사라진다. 그러므로 생겨나는 때가 바로 사라지는 때이다. 모든 대상은 결코 한 순간의 시간도 머무를 수 없다.[136] 세속에서 항상 존재하는 사물이 있다고 보는 것은 일종의 전도된 견해[倒見][137]이다. 나는 『아함경(阿含經)』에 부처님이 제자들에게 한 일단의 말이 기록되어 있는 것을 기억한다.[138] 부처님 말씀에 따르면, “모든 대상은 환상과 같다. 한 찰나에

134) 갑자기[率爾]라는 말은 돌연히 일어나는 모양이다.

135) 여기에서 '바로 ―이다[卽是]'는 것은 그것이 둘이 아니라는 의미를 나타낸다. 다른 데서 이렇게 말한 것도 모두 이와 같다.

136) 한 순간은 앞에서 주를 달았다.

137) (역주) 倒見은 전도된 틀린 견해이다. 중생이 無常을 常으로, 苦를 樂으로, 無我를 我로, 不淨한 것을 淨으로 보는 네 가지 종류가 모두 倒見이다.

138) 인도 불교 경전은 대승불교의 경전만 위탁된 것이 아니라 소승에서 소의로 삼는 경전들도 후학들이 발전시켜 이루어진 것이 대체로 많아서, 경전이 꼭 석가모니가 직접 한 말들은 아니다. 그러니 여러 경전들 중 석가 제자가 직접 그 말씀을 받아서 기록한 것이 바로 『阿含經』이다. 위찬한 부분이 없는 것은 아니지만, 대체로 사실에 가깝다.

생겨나자마자 사라져서, 결코 찰나도 머무르지 않는다."[139] 석가의 이러한 말씀은 후대의 소승, 대승불교도들을 막론하고 모두 이견이 없다. 그러나 불교 밖의 학자들은 이러한 의미를 이해하지 못하고, 그 때문에 논박하는 이들이 적지 않다. 예를 들어 대승불교의 논서에는 이러한 논박에 대답하는 내용이 많이 포함되어 있다.[140] 현재 우리가 다른 이에게 찰나에 사라진다는 의미를 말하는 경우에도 때때로 비난을 받는다. 대개 고금의 철학자들은 변화를 깊이 관찰하고는 모두 우주의 온갖 현상이 시시각각 옛 모습을 버리고 새로운 모습으로 나아간다고 말한다. 그러나 그들 태반은 대충 말한 것이지 정말 생동하며 절실한 말로 사물이 이전의 일정한 상태를 유지하지 못함을 형용하지는 못한다. 요컨대, 모두가 아주 명료하고 긍정적이며 엄밀하게 찰나에 사라진다고 주장한 것이 아니다. 왜냐하면 찰나에 사라진다는 주장에 따르면, 모든 대상은 생성되는 때가 바로 소멸되는 때이고 그 사이에 한 순간도 머무르는 시간이 없기 때문이다. 일반인들은 이렇게 보면 공견(空見)에 떨어져서 근본적으로 사물의 존재를 인정하지 않게 되고, 심지어 자신의 몸과 마음이 모두 존재한다고 볼 수 없다고 생각하여, 찰나에 사라진다는 이론을 싫어한다. 이전에 옛 수도[141]에서 격렬하게 항의하는 사람을 만난 적이 있는데, 그는 이렇게 말하였다. "그대가 말한 대로라면, 대상은 모두 찰나에 사라진다. 지금 눈앞에 돌덩어리 하나가 있는데, 이 돌덩어리는 찰나에 사라지므로 존재하지 않는다. 내가 지금 이 돌덩어리를 들어 그대의 머리를 내리친다면, 아프지 않겠는가?" 이렇게 항의하는 사람과는 근본

이 부분은 따로 글을 써서 논하려고 한다.

139) (역주) 『大乘莊嚴經論』 卷11(大31, 646b)에서 『阿含經』의 말을 인용하고 있다. "佛語諸比丘. 諸行如幻, 是壞滅法. 是暫時法刹那不住."

140) 『莊嚴經論』 등을 들 수 있다.
(역주) 『大乘莊嚴經論』 권11에 의한다. 이하 제1항에서 제5항까지는 大31, 646b~c에 나온다.

141) 북경을 말한다.

적으로 함께 철학을 논할 수 없다. 그들은 단지 위대한 변화의 흐름이라는 자취의 형상에서 본 것뿐, 위대한 변화의 흐름이 지니는 미묘함을 이해하지 못하기 때문이다. 바꾸어 말해서, 그들은 단지 사물만 보고 사물이 그렇게 된 원인은 이해하지 못한다. 실제로 찰나에 사라진다는 이론은 반대자들이 의심하듯 그렇게 싫어할 만한 것이 아닌 듯하다. 이 이론은 오히려 실사구시(實事求是)라고 하는 편이 낫다. 나는 지금 인도 대승불교의 주장에 의거하고 아울러 나 자신의 견해도 보충하여 반대론자들이 의심하는 점에 대하여 다음과 같이 하나씩 대답하려고 한다.

① 그대는 "모든 법이 찰나에 생성되자마자 소멸되는 것이 아니다"라고 생각한다. 만약 그대의 생각과 같다면 우주의 온갖 형상은 모두 상주해야 하는데, 세간에 나타난 것들에는 상주하는 것이 없다. 만물은 형성되면 반드시 허물어지고,[142] 생겨나면 반드시 죽으며, 가득 차면 반드시 비고,[143] 모이면 반드시 흩어진다.[144] 이 제행무상(諸行無常)의 원칙은 아주 분명해서 부인할 수 없다.[145] 그대는 어째서 소멸이라는 말 한 마디 듣기를 두려워하는가?

②"모든 현상[諸行]이 일어나면 소멸된다는 것을 믿지 못하는 것이 아니라, 단지 일어나자마자 소멸된다는 것을 믿지 못하겠다"라고 그대는 말한다. 이러한 생각은 큰 잘못이다. 그대의 생각에 따르면, 모든 현상이 생성되자마자 소멸되는 것이 아니라는 것은 어떤 현상이 생겨나면 상주하지는 않더라도 적어도 잠시 머무른 뒤에 소멸된다는 것이다. 그대의 생각은 이와 같다. 이제 그대에게 묻겠다. 어떤 현상이 생겨나서

142) 형성된다는 것은 형태를 지닌 사물로 응집하여 이루어진 것을 말한다. 허물어지는 것은 괴멸되는 것을 말한다.

143) 가득 찬 것은 가득 들어차게 되는 것이고, 빈다는 것은 쇠잔하여 끊어지는 것이다.

144) 모든 사물은 많은 분자들이 서로 사랑하여 합치되어 이루므로, 모인다고 한다. 모든 사물을 파괴되므로, 흩어진다고 한다.

145) 諸行은 만물을 말한다. 行에 대해서는 이 장의 첫 단락에서 상세히 설명하였다.

잠시 머무를 수 있다면, 그 자신의 힘으로 머무는 것인가? 아니면 자기 힘으로 머무는 것이 아니라 반드시 다른 힘을 빌린 뒤에야 머물 수 있는가? 이 두 가지 생각은 모두 잘못이다. 왜인가? 모든 현상이 자기 힘으로 머문다고 한다면 그것은 당연히 상주하고 파괴되지 않아야 하는데, 무슨 까닭에 잠시만 머물고 상주하지 못하는가? 모든 현상이 다른 힘을 빌어서 머문다고 한다면 이 현상 외에 따로 조물주[作者]가 없는데,[146] 무엇이 이것들을 머물게 하는 원인이 되는가? 앞에서 한 말에 따르면, 모든 현상이 스스로 머물거나 다른 힘을 빌어서 머문다는 두 가지 생각은 모두 성립되지 않는다. 따라서 모든 현상은 생성되자마자 바로 소멸되고 잠시도 머물 이유가 없다.

③"현상을 머물게 하는 원인이 되는 조물주는 없지만, 모든 현상은 생성된 뒤 소멸의 원인을 만나지 않으면 그대로 머무를 수 있고 소멸의 원인을 만나면 소멸된다. 예를 들어 검은 강철은[147] 불이라는 소멸의 원인을 만나면 소멸되고 붉은 연철이[148] 새로 생겨난다. 소멸의 원인을[149] 만나지 않은 경우, 검은 강철은 잠시 머물 수 있다"라는 것이 그대의 생각이다. 그대가 이렇게 생각하고 원래의 주장을 견지하는 것은 피상적인 견해에 갇혀서 실제 이치를 보지 못하는 것이다. 세속에서는 모든 사물이 반드시 소멸 원인을 만난 뒤 소멸되고, 소멸 원인을 만나지 않으면 잠시 머물 수 있다고 생각한다. 이러한 생각은 실로 잘못이다. 사물로 말하자면, 모든 사물은 원인 없이는 생성되지 않는다는 것을 알아야 한다.[150] 그러나 사물은 원인이 있어야 소멸되는 것이 아니라, 자연히[法爾] 저절로 소멸되는 것이다.[151] 소멸에는 원인이 필요하다고

146) 作者는 조물주와 같다.
147) 이 뒤에는 검은 철이라고 줄여 말한다.
148) 이 뒤에는 붉은 철이라고 줄여 말한다.
149) 불을 말한다.
150) 즉 사물 자신은 스스로 力用이 나타나므로, 원인이라고 가정한다.

할 수 없다. 위대한 공용의 유행은 지극히 강건하고 신비하여, 그 흐름이 한 찰나에 갑자기 일어났다가[頓起] 갑자기 사라진다[頓滅]. 찰나마다 항상 갑자기 일어나고 갑자기 소멸되어, 절대 한 순간도 죽은 사물처럼 적체되는 일이 없다. 바꾸어 말하면, 낡은 세력이 남아 있는 일이 없고 모두 새롭게 갑자기 일어나므로, 사물의 소멸에 원인이 필요하지 않다는 것이다. 핵심을 말하면, 모든 사물은 위대한 변화의 흐름 속에 있을 뿐이다. 사물 자신이 본래 찰나에 소멸하는데, 또 무슨 원인이 필요한가? 세속에서는 검은 강철이 사라지는 것은 불이 소멸 원인이 되었기 때문이라고 본다. 검은 강철과 불이 만나는 때, 즉 검은 강철이 소멸되는 때가 바로 붉은 연철이 생성되는 때임을 모른다.[152] 실제로 이 불은 붉은 연철의 생성에 일종의 견인 역할을 하므로 불이 붉은 연철의 생성 원인이 된다고 할 수 있지만,[153] 검은 강철의 소멸 원인이 된다고는 할 수 없다. 검은 강철은 결국 저절로 사라진 것이므로 원인이 필요치 않기 때문이다. 바꾸어 말하면 불 때문에 소멸된 것이 아니라, 불이 일어날 때 붉은 연철도 함께 일어난 것뿐이다. 불이 없었다면, 붉은 연철은 생성되지 못했을 것이다. 따라서 불에 붉은 연철을 이끌어내는 기능이 있다고 해야 한다. 세속에서는 불이 붉은 연철의 생성 원인이 된다는 것을 모르고 검은 강철의 소멸 원인이 된다고 오해하는데, 참으로 전도된 견해이다. 어떤 사람은 또 이렇게 논박한다. "검은 강철은 불이 소멸 원인이 되어서 소멸한 것이 아니라고 하지만, 검은 강철이 불과 만나지 않으면 그대로 머무르고 불과 만나서야 소멸되는 현상이 나타난다. 이

151) '자연히[法爾]'라는 말은 불교 경전에 근본을 두었는데, 스스로 그러하다[自然]이라는 말과 같다.

152) 한 찰나 검은 강철이 사라지면, 이 한 찰나에 붉은 연철이 생겨난다. 생성되고 소멸하는 시각이 긴밀하게 서로 이어져있으므로, 다른 때가 아니다.

153) 불은 붉은 연철의 생성 원인이고 일종의 견인 역할만을 하였지, 불에서부터 이 붉은 연철이 창조되어 나온 것은 결코 아니다. 붉은 연철이 일어난 것은 실은 그 자신이 스스로 가진 역용에서 일어난 것이고, 불의 緣을 만나서 일어날 수 있었던 것뿐이다.

렇게 볼 때, 검은 강철이 불이 소멸 원인이 되어 소멸된 것이 아니라면, 불과 만나지 않을 경우에 왜 소멸되지 않는가?" 답은 이러하다. 검은 강철이 불과 만나지 않을 경우, 그대는 검은 강철이 사라지지 않는다고 보는가? 실제로는 검은 강철이 찰나에 사라진 것을 그대가 깨닫지 못하고 있을 뿐이다. 이전 찰나에 검은 강철이 사라지고 다음 찰나에 검은 강철이 새로 생겨나는데, 이 새로 생겨난 검은 강철은 이전의 검은 강철과 아주 비슷하다. 그대는 전후로 본 것이 다르지 않다고 생각하여, 이전의 강철이 뒤에까지 머물고 있다고 말하는 것뿐이다. 어떤 사람은 또 이렇게 질문한다. "그대의 말처럼 검은 강철이 찰나에 사라지는 것이 불이 소멸 원인이 되었기 때문이 아니라고 하자. 그런데 검은 강철과 불이 만나는 경우, 붉은 연철만 생기고 검은 강철이 다시 생겨나지 않는 현상이 지금 나타난다. 이로써 불이 검은 강철의 소멸 원인이 됨을 알 수 있다." 답은 이러하다. 불이 붉은 연철의 생성 원인이 되는 것은 앞에서 말한 것과 같다. 검은 강철이 소멸된 뒤 다시 생겨나지 않는 것은 붉은 연철은 불과 만난 것이 연(緣)이 되어서 새로 생겨나지만, 검은 강철은 그 때문에 다시 생겨나지 않기 때문이다. 두 대상은 서로 상이하므로, 동시에 한 곳에 있거나 함께 생겨날 수 없다.[154] 이전 찰나에 검은 강철이 소멸된 것이 한 가지 일이고, 이전 찰나에 검은 강철이 사라지고 난 다음 찰나에 검은 강철이 다시 생겨나지 않는 것도 한 가지 일이다. 이 두 가지 일을 한꺼번에 말하는 것은 부당하다. 지금 불이 연(緣)이 되어서 붉은 연철이 생성되도록 이끄는 동시에 이전의 검은 강철을 다시 생성하지 못하는 것은 당연한 일이다. 그러나 이전 찰나에서 검은 강철이 소멸된 것이 불이 소멸 원인이 된 것이라고 한다면, 이치에 어긋난다. 검은 강철은 본래 상주하는 사물이 아니어서 불이나 그

154) 두 대상은 붉은 연철과 검은 강철을 말한다.

밖의 다른 것을 연으로 만나지 않더라도 찰나마다 항상 저절로 사라지기 때문이다. 종합하면, 모든 사물은 소멸하는 데 원인이 필요하지 않다. 이러한 이치는 절실하게 체득한 뒤에야 그 의미를 깨달을 수 있을 것이다. 위대한 변화의 흐름은 찰나마다 낡은 것을 버리고 새 것을 창조한다. 모든 사물은 옛 것을 버리고 새로 창조되는 과정 속에 있으므로 자연히 소멸되지 않을 수 없는 것이지, 어떤 원인이 있은 뒤에야 비로소 소멸되는 것이 아니다. 소멸은 원인이 필요치 않으므로, 모든 사물은 한 찰나에 생성되자마자 소멸된다고 할 수 있다. 소멸에는 본래 원인이 필요 없기 때문이다.

④그대는 "모든 현상은 잠시 머물 수 있고, 생성되자마자 소멸되는 것이 결코 아니다"라고 말한다. 그렇다면 묻겠다. 그대의 생각에 따르면, 모든 사물은 잠시 머무는 것은 용납되지만 결국 소멸한다. 소멸되고 나서도 계속 일어날 수 있는가? 만약 모든 사물이 소멸되고도 계속 일어난다는 것을 인정하지 않는다면, 단견(斷見)[155]에 떨어진 것이다. 모든 사물이 소멸되고나서 계속 일어난다는 것을 인정한다면, 그대는 모든 사물이 잠시 머물 수 있다고 해서는 안 된다. 그 까닭은 무엇인가? 사물이 잠시라도 머무는 경우에는 옛 것을 버리고 새 것을 창조하는 조화(造化)의 작동이 중단되는데, 어떻게 계속 일어나는 사물이 있을 수 있겠는가? 이렇게 볼 때 모든 사물이 계속 일어난다는 것을 인정한다면, 이들이 생성되는 즉시 소멸된다는 것도 인정해야 한다. 찰나마다 이전 것이 소멸되면 다음 것이 새로 생겨나서 변화의 작동[化機]이 한 순간도 정지

155) (역주) 단견(斷見, uccheda-dṛṣṭi)은 斷滅論이라고 하며 二見 중 하나이다. 常見과 서로 대칭이 되며, 세계와 내가 결국 단멸한다는 邪見에 집착하는 것이다. 제법의 因果는 서로 이어져서 常도 아니고 斷도 아니지만, 斷見에 집착하면 한 변에만 집착하여 계속 이어지는 인과의 이치가 없다고 생각한다. 또 세상과 내가 삶의 이 한 시기만 겨우 존재할 뿐, 죽은 뒤에는 단멸하게 된다고 본다. 예컨대 富蘭那迦葉은 無善·無惡을 주장하고 善惡의 업보가 없다고 보았는데, 이를 斷見外道라고 한다. 外道 六宗의 하나이다. 허무주의의 주장도 단견에 속한다.

하지 않으므로, 만물은 계속 일어나고 단절되지 않는다.[156]

⑤ "모든 사물이 생성되자마자 소멸된다는 것은 소멸의 측면에 치우쳐서 본 것이다. 바꾸어 말해서 대상이 소멸되는 측면만 본 것이므로, 변견(邊見)에 빠졌다고 할 수 있다"[157]라고 그대는 생각한다. 그대의 이런 생각은 내 말뜻을 이해하지 못하였기 때문이다. 내 말은 찰나마다 머물지 않고 소멸하는 것이 바로 찰나마다 쉬지 않고 생성된다는 것이다. 생성과 소멸은 본래 서로를 함축한다. 생성을 말하면 소멸이 함축되어 있고, 소멸을 말하면 생성이 함축되어 있다. 앞에서 말하였듯이, 변화는 상반상성의 법칙에 따른다. 우리는 여기에서 이 법칙을 1·2·3이라는 숫자로 표시할 수 있다. 예컨대 이전의 한 찰나에서 새로 생겨난 대상이 1이다. 이 새로 생겨난 대상은 이 찰나에 갑자기 소멸되는데, 이렇게 소멸된 것이 2이다. 2는[158] 1과[159] 상반된다. 다음 찰나에 또 새로 생겨난 대상이 3이다. 이 3은 1이 아니지만 1에 근거해서 일어나고, 2와 상반된다. 그러나 3에 도달하고 난 뒤에는 이전의 1과 같이 되어서 앞의 2와 같이[160] 상반된 것이 저절로 있게 되고, 3과 같이 반대되는 것이 또 있게 된다. 이처럼 찰나마다 생성 소멸이 반복되어 끝이 없다. 생성되자마자 소멸하고 소멸하자마자 생성되어야 변화가 이루어지기 때문이다. 그러므로 생성과 소멸은 서로를 포함하고, 상반상성한다고 말한

---

156) 살펴보면, 인도 불교에서 말하는 찰나의 의미는 쉬지 않고 변화하는 작동을 결코 중시하지 않고 無常을 나타낼 뿐이다. 이 글에서는 변화의 작동이 활발하며, 이것이 일종의 정신이라는 점을 명시하고 있다.

157) 邊은 편견에 집착한다는 의미이다. 편견에 집착하는 것이 사라지므로, 편견에 집착한 견해라고 한다.

(역주) 邊見(antapari graha-dṛṣti)은 5가지 그릇된 견해인 五見 중의 하나이다. 내 몸이 있다고 아견(我見)을 일으킨 위에, 내가 죽은 뒤에도 항상 있다든가[常見] 아주 없어진다든가[斷見], 어느 한쪽에 치우친 견해를 말한다. 邊執見이라고도 한다. 오견은 ① 有身見, ② 邊見, ③ 邪見, ④ 見取見, ⑤ 戒禁取見이다.

158) 2는 사라진 것을 말한다.

159) 1은 생겨난 것을 말한다.

160) 즉 또 소멸되어 버리는 것이 있게 된다.

것이다. 생성을 말하면 소멸이 존재하고, 소멸을 말하면 생성이 존재한다. 그러나 우리가 소멸에 중점을 두어 말하는 것은 반드시 소멸을 안 뒤에야 '생성하지만 소유하지 않는 이치'를 알고, 그런 뒤에야 쉬지 않고 생성하는 신비를 볼 수 있기 때문이다. 생성되기만 하고 소멸하지 않으면, 변화의 작동이 정체되어 멈추게 된다. 어떤 사람은 또 "1·2·3의 공식에 의거하여 생성되면 바로 소멸하고 소멸하면 계속 생성되는 것은 순환이 아닌가?"라고 질문한다. 이에 대한 답은 다음과 같다. 위대한 변화의 흐름에는 실로 순환이라는 것이 없다. 찰나마다 생성되면 소멸하고 소멸하면 생성되므로, 찰나마다 모두 새로 창조하고 옛 것을 쓰지 않아서 근본적으로 반복을 중시하는 상황이 아니기 때문이다. 1·2·3 공식은 바로 옛 것을 고수하지 않는 조화(造化)를 표시한 것인데, 어떻게 순환이라고 할 수 있겠는가? 그러나 위대한 변화가 거짓으로 나타내는[詐現] 자취의 형상에서 말하면, 계속 새로 생겨난 대상은 이전 대상과 비슷한 점이 있으므로 순환이라고 할 수도 있을 듯하다. 실제로는 다음 대상이 이전 것과 비슷하기만 할 뿐이므로, 다음에 일어난 것이 이전 대상과 중첩된다고 해서는 안 된다.

⑥ 그대는 "모든 사물이 찰나마다 새로 생성되는 것이라면, 어째서 일반인들은 찰나에 새로 생성된 사물이 오래된 것이라는 관념을 가지게 되는가?"라고 생각한다. 그대가 이러한 의문을 가지는 까닭은 조악한 자취에만 집착하고 그 은미함을 탐구하지 않기 때문이다. 앞에서 말하였듯이, 모든 사물은 찰나마다 소멸되어야 계속 일어날 수 있다. 어떤 사물이 이전 것이 사라지고 다음 것이 일어나는 때에 다른 새 인연을 만나지 않으면, 다음 순간에 계속 일어나는 것이 항상 이전 사물과 비슷해진다. 예컨대 앞에서 나온 검은 강철이 불이라는 다른 인연을 만나지 않으면, 이전 찰나에 소멸되고 다음 찰나에 계속 일어난 검은 강철은 이전의 검은 강철과 아주 비슷할 것이다. 이러한 상황을 "상사수전

(相似隨轉)"이라고 한다.[161] 이전 것과 유사하게[相似] 수반하여 일어나므로[隨轉], 눈앞에 있는 한 찰나에 새로 생성된 사물을 당연히 오래된 것이라고 생각하게 된다. 실제로는 모든 사물이 딱딱하게 굳은 형태로 지속되지 않는다. 바꾸어 말하면, 독립된 자체가 있어서 과거에서 지금까지 한결같이 그대로 유지되는 것이 아니다. 모든 사물은 찰나마다 옛것을 버리고 새 것으로 창조된 것임을 알아야 한다. 이전 순간에 갑자기 일어났다가 바로 소멸되고, 다음 순간에 계속 생겨나서 머무르지 않는다. 예를 들어 나는 눈앞에 보이는 어떤 사물을[162] 과거부터 있었던 사물이라고 생각한다. 그러나 실제로 이 사물은 앞에서 모두 소멸되었고, 지금 이 순간에 새로 일어난 사물이 과거 사물과 지극히 유사하므로 과거의 사물이라고 생각하는 것뿐이다. 어떤 사람은 또 이렇게 의문을 표현한다. "만약 사물이 모두 찰나마다 생멸이 계속 이어지는 것이라면, 어찌 알아차리지 못하는가?" 그 답은 이러한 변화는 지극히 미묘하고 빨라서 알아차리지 못한다는 것이다. 그러나 그대가 알아차리지 못한다고 찰나마다 생멸이 계속 이어짐을 인정하지 않는다면, 나는 또 그대에게 묻겠다. 그대의 신체를 예로 들어보면, 순간마다 신진대사를 하지만 그대는 그것이 여전히 과거의 나라고 생각하지, 알아차리지 못한다고 신진대사 작용을 부인하지는 않는다. 모든 사물은 찰나마다 생멸이 계속 이어지지만, 이를 알아차리지 못한다고 무엇이 이상한가?[163]

⑦ 그대는 "모든 사물은 처음 일어나면 반드시 잠시 머무는 시간이 있다. 결코 처음 일어나자마자 변이(變異)하는 것이 아니다"라고 생각한

161) 불교 경전을 중국어로 번역할 때 轉을 起로 해석하는 경우가 많은데, 여기에서 차용하였다. 앞의 것과 비슷하게 일어나는 것을 相似隨轉이라고 부른다.
(역주) 相似는 서로 유사한 것, 닮은 것이라는 의미이고, 隨轉은 부수해서 일어나는 것, 또는 수반하여 일어나는 것을 말한다. 相似隨轉은 따라서 서로 유사하게 수반되어 일어나는 것을 의미한다.

162) 예를 들면 붓과 벼루 등이다.

163) (역주) 이 6항의 내용은 大31, 648b에 의거한 것이다.

다. 이러한 견해에는 이론적 근거가 없다. 그대의 생각대로라면, 모든 대상은 고정된 형태를 가져야 한다. 그 까닭은 무엇인가? 대상이 처음 일어나서 그대로 머무르고 소멸되지 않는다면, 고정된 형태가 있는 것이므로 한 상태에서 다른 상태로 전환할 수 없다.[164] 그러나 실제로 모든 대상은 찰나마다 옛 것이 소멸되고 새 것이 생성된 것이다. 이 새 것과 옛 것의 이동은 고요한 가운데 은밀히 운행될 뿐 최초의 단서를 찾을 수 없고 마지막 도착지도 찾을 수 없어서, 근본적으로 고정된 형태가 없다. 예를 들어 우유가 발효유(요쿠르트)로 변화할 때 우유에는 분명히 고정된 형태란 것이 없다. 만약 고정된 형태가 있다면, 결코 발효유로 변화할 수 없을 것이다. 우유에 고정된 형태가 없는 까닭은 우유는 처음 일어나면 바로 변화하므로, 근본적으로 잠시도 머물 수 없어 고정된 형태를 유지할 수 없기 때문이다. 어떤 사람은 또 이렇게 논박한다. "우유가 발효유가 되기 위해서는 먼저 상당한 열을 가한 뒤 차가운 공기 등 다른 조건[緣]들을 만나야 변화할 수 있다. 다른 조건들을 만나지 않으면, 우유는 잠시 머무를 수 있고 고정된 형태도 유지할 수 있을 것이다." 이러한 논박도 이치에 맞지 않는다. 열 등 다른 조건들은 우유가 발효유로 변화하는 데 필수적인 조건이다. 그러나 우유가 그 상태로 계속 머무르고 고정된 형태가 있는가, 또는 한 번 형성되면 변화할 수 없는가 하는 문제는 특히 중요하다. 우유가 잠시라도 그 상태로 계속 머무를 수 있다면, 이것은 고정된 형태를 가진 것이다. 우유가 자기의 고정된 형태를 유지하고 한 번 형성되면 변화할 수 없다면, 다른 어떤 조건을 만나더라도 다른 상태로 전환될 수 없다. 바꾸어 말하면, 발효유로 변화할 방법이 없다. 우유 자체는 일어나자마자 바로 사라진다. 바꾸어 말하면, 찰나마다 변화하므로 근본적으로 고정된 형태를 유지하지 않는

164) 전환[轉]은 바뀐다는 뜻이다.

다. 한 번 형성되었다고 변화하지 않는 일은 없다. 그러므로 우유가 다른 조건들을 만나면, 다른 상태로 전환될 수 있고 발효유가 될 수 있는 것이다. 우리는 우유가 발효유로 바뀌는 것이 결코 단번에 되는 일이 아니고 중간에 무수한 찰나의 생멸, 즉 상사수전(相似隨轉)을 거쳐야 됨을 알아야 한다. 그 유사한 정도는 찰나마다 열 등 우유가 만나는 조건에 따라서만 조금씩 달라질 것이다. 다음 찰나에 계속 생겨난 우유는 그 이전 찰나의 우유와 완전히 같지는 않다. 발효유가 되려면 앞의 수많은 찰나에서 조금씩 변화한 것이 모여서 그 특이한 점이 나타나는 단계에 이르면 발효유가 되는 것이다. 세속에서는 이 점을 잘 살피지 못하고, 우유가 처음 일어나면 계속 머물고 소멸되지 않다가 많은 시간이 경과한 뒤에 발효유가 되고나서야 우유의 상이 사라졌다고 생각한다. 발효유가 되기 이전의 우유가 이미 무수한 찰나의 생멸을 거쳤고, 이 우유가 원래 한 가지 사물이 아니라는 것을 모르는 것이다. 특히 발효유가 되기 이전에는 유사한 정도가 현저하여 다른 상태로 갑자기 변화하지 않으므로, 우유는 처음 일어나서 잠시 머물 수 있고 고정된 형태를 유지한다고 말한 것이다. 이러한 견해는 순전히 착오이다.[165]

⑧그대는 다음과 같이 생각한다. "사물을 이쪽에서 저쪽으로 옮기는 것을 이동한다[動]고 한다. 예를 들어 탁자를 방의 동쪽 모서리에서 서쪽 모서리로 옮긴다든가 천체의 운동, 추위와 더위의 왕복 및 헤아릴 수 없을 정도로 많은 이동 현상들은 모두 부정할 수 없이 명백하다. 모든 사물은 부동이 아니고, 따라서 생성되자마자 소멸하는 것이 아니다. 모든 사물이 생겨나서 잠시도 머물지 않는다면, 근본적으로 사물이 없는 것이다. 사물이 없는데, 어디에 의거해서 이동을 말하겠는가? 일반인들의 신념에 따르자면, 물질이 없는 이동은 상상할 수 없다. 이동이 없

165) (역주) 이 7항의 내용은 大31, 646c에 의거한 것이다.

는 물질도 있을 수 없다. 그러므로 사물이 있으면 이동이 있다. 이 때문에 사물의 존재를 부인할 방법이 없고, 모든 사물은 생성되는 즉시 소멸한다는 주장을 인정할 방법도 없다." 그대는 이러한 견해를 견지하고 진리를 깊이 탐구하지 않으므로, 오류에 빠지고도 깨닫지 못하는 것이다. 그대가 말하는 이동이란 단지 위치를 이전한다는 뜻임을 알아야 한다. 이러한 이전은 세속의 견지에서는 실물이 있어야 가능한 일이고, 또 시간적 · 공간적으로 경과하는 일이라고 여겨진다. 또 일단 이전되면, 사물의 상태는 이쪽과 저쪽이 다르다. 예를 들어 탁자를 어떤 시간에 동쪽에서 서쪽으로 옮겼다고 하자. 탁자의 상태는 옮겨졌기 때문에 원래의 모습과 동일하지 않다. 그대의 견해는 이러한 내용이다. 세간의 일반적 견해에 따른다면, 나는 그대의 주장을 결코 부인할 수 없다. 그러나 그대가 사물을 유일하고 실재하는 것으로 여긴다면, 잘못도 그런 큰 잘못이 없다. 앞에서 말하였듯이, 모든 유는 반드시 무를 근본으로 하고, 모든 형상은 반드시 허적(虛寂)을 궁극으로 삼는다. 비고 고요하므로 정체되지 않고, 온갖 형상으로 나타나지만 실제로는 고요하여 근본에서 벗어나지 않는다. 이것이 형상으로 나타나면서도[象] 고요하다[寂]는 뜻이다. 무이므로 애초에 막히는 일이 없고, 수많은 유로 나타나지만 실제로는 중심을 잃지 않는다. 이것이 유이면서 무라는 것[有而無]이다. 승조(僧肇)는[166] 『물불천론(物不遷論)』을[167] 지어서 모든 사물은 사물로 볼 수

---

166) (역주) 僧肇(374~414로 추정)는 중국 東晋시대 승려이자 불교철학자이다. 僧磐 · 道恒 · 僧敍와 함께 鳩摩羅什 문하의 四哲로 불리웠다. 처음에는 老莊의 학문을 좋아하였으나, 뒤에 支謙이 번역한 『維摩經』을 읽고 불교에 귀의하였다. 어려서부터 집안이 빈한하여 抄書하는 것을 생업으로 삼았기에 문장이 뛰어났고, 구마라습 문하에서 역경 사업에 종사하였다. 저서에 『般若無知論』 · 『涅槃無名論』 · 『不眞空論』 · 『物不遷論』 등이 있으며, 이것들은 梁陳 시기에 『肇論』이라는 제목으로 간행되었다. 승조는 중국의 언어문자로 불교 般若空宗사상을 소개함으로써 중국불교 발전에 중요한 영향을 미쳤다. 그의 사상은 眞諦와 俗諦의 二諦義를 기본 방법으로 하고, 『반야경』과 三論(『中論』 · 『百論』 · 『十二門論』)을 종지로 하였다. 鳩摩羅什과 그의 영향으로 隋代에 이르러 諸法性空을 종지로 하는 三論宗이 형성되었다.

없고 사물의 활동의 상으로도 볼 수 없다고 명시하였으니, 참으로 진리를 깨달은 주장이다. 그대가 일상생활의 경험에 의거하여 우주를 추측하고 물질만을 실재한다고 여긴다면, 사물에서 근본인 무를 깨달을 수 없고[168] 허적(虛寂)을 증득할 수도 없다.[169] 이렇게 사물이 있다고 보면 사물의 활동의 상을 보게 되므로, 진리를 파악할 방법이 없다. 우리가 세간의 일반적 견해를 초월하여 진리만을 구한다면, 모든 사물이 실재하는 것이 아님을 반드시 깨닫게 될 것이다. 세속에서 실재하는 사물이라고 보는 것은 거짓된 상[虛假相]에 불과하다. 실제로 모든 사물은 찰나마다 소멸되고 변화하는데, 어디에 실재하는 사물이 있겠는가? 이렇게 보면 모든 사물은 실재하는 것이 아니지만, 세속에서 사물의 이동이라고 보는 것은 또 어떻게 해석해야 하는가? 모든 사물은 실재하지 않지만 찰나마다 생멸이 계속 이어져서 상이 거짓으로 나타나고 완만하게 옮겨지므로, 사물이 이동한다고 보게 된다. 실제로 물질은 실질이 아니고, 활동하는 상 역시 저절로 거짓이 된다. 우리는 만물이 쉬지 않고 변화하는 과정에 의거한다는 점만 인정하고, 임시로 명명하였다. 실제로는 사물이라고 할 것이 없고, 더욱이 사물의 활동이라고 할 것도 없다.

---

167) (역주) 「物不遷論」은 僧肇의 대표적인 저작 중 하나로서, 『肇論』에 수록되어 있다(大45). 승조는 일체가 불변한다거나, 모두 변화한다거나 또는 본체는 불변하지만 현상은 변화한다는 관점에 반대하고, 遷과 不遷이 다르지 않다고 주장하였다. 體用一如를 주장하고, 動靜이 다르지 않다는 반야 중관학설을 말하였다. 일반인들은 과거의 사물이 지나가버린다는 데 근거하여 만물이 動하고 靜이 아니라고 생각하지만, 실제로는 과거의 사물은 과거에서 정지해있고 현재까지 올 수 없으므로 만물은 靜이지 動이 아니라고 논증하였다. 常에 집착하는 것을 막기 위해 '去'를 말하고, 無常에 집착하는 것을 막기 위해 '住'를 말하지만, 실제로 動靜과 去留는 不一不二라는 것이 이 논의 입장이다.

168) 無는 무형이지만 지극히 신묘한 것으로, 사물의 본체이다. 만약 사물에 대해 사물이라는 생각을 하지 않고 사물의 본체를 꿰뚫어 깨달으면, 사물에서 그 근본인 무를 깨닫게 된다.

169) 虛寂과 無는 둘이 아니다. 그것이 무형이므로 無라고 하고, 멀리까지 비어서 요동하는 상이 없으므로 虛寂이라고 한다.

따라서 그대가 이동을 가지고 사물이 생성되자마자 소멸하는 것이 아님을 증명하려 한다면, 이것은 세속의 미혹한 견해일 뿐이니 나는 인정할 수 없다.170)

⑨ 그대는 다음과 같이 생각한다. "모든 사물이 생성되자마자 소멸한다면, 찰나마다 갑자기 변화하는 것[頓變]이지 점진적인 과정을 거쳐 그렇게 되는 것이 아니다. 그러나 세상에는 사물들이 모두 점진적인 과정이 쌓여서 성대해진다는 것이 공통된 의견이다. 예를 들어 태초에는 허공에 원기(元氣)만이 분화되지 않은 혼돈 상태로 분포되어 있었던 것을 들 수 있다. 지금 태양계는 몇 겁인지 모를 긴 시간을 거쳐서 분화하고 응집된 뒤 이렇게 찬란한 기적을 나타내게 되었다. 또 생물의 감각기관도 모두 간단한 데서 복잡한 데로 발전해갔다. 이런 예들로 볼 때, 모든 사물이 점진적으로 변화해 나간 것을 충분히 알 수 있다." 그대의 이러한 주장은 바로 나의 학설을 증명해준다. 모든 사물이 처음 일어나서 그대로 머물고 소멸하지 않고 지속된다면 한 번 고정된 형태를 받아들인 뒤에 다시 변화하는 일이 없을 터인데, 어떻게 점진적으로 변화하여 성대해질 수 있는가? 생성되자마자 소멸하여야 지켜야할 고정된 형태가 없게 되므로, 사물은 찰나마다 갑자기 변화한다고 할 수 있다. 과거의 것이 현재까지 그대로 머무는 일은 없다. 현재의 것도 결코 미래까지 머무를 수 없다. 찰나마다 모두 갑자기 변화하니, 조화(造化)는 이렇게 머물지 않고 계속 새로워지는 것이다. 지극히 신기한 일이다! 그러나 사물은 찰나마다 갑자기 변화해야 그 변화가 점진적으로 쌓여서 성대하게 된다. 이전 찰나의 사물이 일어나자마자 소멸되고 다음 찰나의 사물이 이전에 소멸된 사물에 이어서 계속 일어나야, 앞으로 나아갈 수 있기 때문이다. 비유하자면, 강물의 흐름에서 앞쪽의 흐름이 사라지고

170) (역주) 이 8항의 내용은 大31, 647c에 의거한 것이다.

난 뒤 이어서 일어난 뒤쪽의 흐름이 더욱 광대해지는 것과 같다. 모든 사물은 생성 소멸이 끊임없이 계속되므로, 나아갈수록[進進] 더욱 성대해진다.[171] 만약 처음 일어난 그대로 머무르고 고정된 형태를 유지한다면, 어떻게 점진적으로 성대해지겠는가? 이로써 볼 때, 모든 사물의 점진적인 변화는 확실히 찰나마다의 갑작스러운 변화[刹那頓變]에 근거하여 나타나는 것임을 알 수 있다. 왕양명(王陽明)은 "천지의 변화에는 분명히 점진성이 있다"[172]라고 하였는데, 이 말은 옳다. 그러나 찰나마다 갑자기 변화하지 않으면 점진적인 변화라고 할 것도 없다는 점을 가볍게 보아서는 안 된다. 주자(朱子)는 "하늘·땅·산·강은 작은 것이 점진적으로 쌓여서 높고 크게 된 것이 아니다"[173]라고 하였는데, 이 말은 갑작스러운 변화[頓變]의 관점에서 변화를 깊이 파악한 것이라고 할 수 있다. 어떤 사람은 모든 사물이 반드시 옛 모습을 버리는 것이 아니고, 수시로 새로운 것을 덧붙일 수 있다고 말한다.[174] 예컨대 과거의 사물은 작은 것들이 하나하나 모여서 현재까지 지속된 것이고, 그 사이에 새로운 요소들을 수시로 덧붙인 것과 같다고 본다. 또 현재가 미래까지 전

---

171) 계속 나아간다[進進]는 것은 張橫渠의 말이다.
(역주) 『張子全書』 권11. "生生猶言進進也"; 권13. "進進不已."

172) (역주) 王陽明, 『王文成公全書』 「卷一 語錄一」. "造化生生不息之理, 雖彌漫周遍, 無處不是, 然其流行發生, 亦只有個漸."

173) 『中庸章句』에 나오는 말이다.
(역주) 朱熹, 『中庸章句』 下篇. "天地山川, 非積小以高大也."

174) (역주) 이와 같이 사물의 지속성을 주장한 대표적인 서양의 철학자는 베르그송이다. 19세기 말에서 20세기 초에 흥기한 서양의 비이성주의사상 중 베르그송 철학은 가장 중요한 사상으로 5·4운동 기간 동안 중국에 널리 받아들여졌다. 당시 중국에 들어온 서양사상 중 철학계에 가장 큰 영향을 미친 것은 실용주의와 베르그송 철학이다. 실용주의는 진보적인 科學派에게 주로 전파되었고, 베르그송 철학은 전통철학과의 유사성 때문에 玄學派에게 주로 전파되었다. 그리하여 현학파는 베르그송 철학을 중국 전통철학을 부흥시키는 이론적 무기로 활용하였고, 이것이 그대로 現代新儒學으로 이어졌다. 마르크스 철학이 중국 현대철학의 주류가 되는 과정에서 베르그송 철학은 그 사상적 성격이 마르크스와는 정반대였지만, 동양과 서양의 형이상학을 융합시킨다는 관점에서 본다면 특히 중요한 역할을 하였다.

개되는 것도 수시로 새로운 요소가 더해진 것이라고 여긴다. 비유하자면 눈덩이를 굴리면 굴릴수록 커지는 경우와 같아서, 과거의 눈덩이는 한 번씩 굴릴수록 점점 새로운 눈이 덧붙여지므로 굴릴수록 점차 커진다. 이러한 말들은 모두 과거의 사물이 사라지지 않는다는 주장을 견지하는 것이다. 그러나 이것은 과거의 사물이 소멸되지 않으면 새롭게 창조하는 작용이 정체되는데, 어떻게 새로운 것이 계속 일어날 수 있는가 하는 점을 모르는 말이다. 과거의 사물이 소멸되지 않으면 고정된 형태가 유지되므로, 결코 새로운 요소를 받아들이지 못할 것이다. 따라서 과거의 사물이 소멸하지 않는다는 주장은 전적으로 잘못된 생각이다.[175]

⑩ 그대는 이렇게 생각한다. "모든 사물은 항상 전변(轉變)한다. 사물의 양적인 변화가 그 사물의 질적인 변화를 일으킨다는 것은 많은 사실들에서 볼 때 분명하다. 예를 들어 물은 평상 기압에서는 섭씨 0도에서 액체가 고체로 변화하고, 섭씨 100도에서 액체가 기체로 변화한다. 이 두 전환점에서는 단순한 온도 수치의 변화가 물의 질적인 변화를 이끌어낸다. 거꾸로 말하면, 질적인 변화도 양적인 변화를 가져온다. 그러나 사물은 전변하더라도 물질이 한 상태에서 다른 한 상태로 변화하는 것뿐이지, 물질 자체가 소멸하는 것은 아니다. 만약 물질이 생성되자마자 소멸한다면 수많은 사물의 전변을 설명할 수 없다." 그대의 이러한 견해는 착오이다. 그대가 말하는 물질은 하나의 개념에 불과하다는 것을 알아야 한다. 실질을 말하자면, 전변하는 사물 외에 따로 물질이라고 할 것이 없는데, 무엇이 불멸하다고 하는가? 전변하는 모든 사물을 물질이라고 부른다. 이러한 물질은 생성되자마자 소멸하고 찰나마다 머무르지 않아야, 한 상태에서 다른 상태로 전변할 수 있다. 만약 물질이 처음 일어나서 그대로 머무른다면 딱딱하게 죽어버린 것일 텐데, 어떻게 전변

175) (역주) 이 9항의 내용은 大31, 647b에 의한다.

할 수 있겠는가? 우리나라 고대시에 "천(天)의 명령은 아! 끝이 없구나"라는 귀절이 있다.[176] 여기에서 말하는 '천'은 종교인들이 말하는 신(神)이나 천제(天帝)의 뜻이 아니라, 가장 궁극의 진실을 대신 표현한 것이다. '명령'은 흐른다는 뜻이고, '아!'라는 것은 심원하다는 뜻이다. '끝이 없다'는 것은 생성 소멸이 항상 계속되며 단절되지 않는다는 것이다. 진실(眞實)의 작용의 흐름은 항상 생멸이 끊임없이 계속되므로, 그 심원함을 감탄한 것이다. 모든 사물의 생멸이 끊임없이 계속되는 것이 진실의 작용의 흐름이다. 이러한 흐름은 『장자(莊子)』에 나오는 "운행하지만, 막히는 일이 없다"는 구절의 의미와 같다.[177] 운행한다는 것은 흐른다는 것이고, 막히는 일이 없다는 것은 찰나마다 생성되자마자 소멸하여 한오라기도 옛 것이 쌓여서 막히는 일이 없다는 의미이다. 위대한 변화의 흐름은 지극히 강건하므로, 찰나마다 옛 것이 소멸하고 새 것이 생겨난다. 오래된 사물이 정지하여 머물게 되면 조화는 쇠퇴하여 사라질 것이니, 이는 결코 있을 수 없는 일이다. 우리는 물질 불멸이라는 것이 결코 딱딱하게 굳은 상태로 상주하는 물질이 있다는 의미가 아니라는 것을 알아야 한다. 그러나 모든 사물은 생성 소멸이 계속되므로 단절될 수 없고, 한 상태에서 다른 상태로 전변할 수 있다. 물질 불멸을 이와 같이 가정하는 것에 나 역시 찬성한다.

⑪ 그대들은 사물에 대해 상견(常見)[178]을 일으킬 때도 있고 단견(斷見)[179]을 일으킬 때도 있다. 예를 들어 나무 한 그루를 현재나 과거에 늘 보면 항상되다고 생각하여 상견을 일으키고, 또 그 나무가 갑자기

---

176) (역주) 『詩經』「周頌」. "淸廟之什, 維天之命, 維天之命, 於穆不已."
177) (역주) 『莊子』「天道」. "天道運而无所積."
178) (역주) 常見(śaśvata-dṛṣti)은 상주를 주장하는 견해이다. 세계가 상주불멸함과 동시에 사람은 죽어서도 내(아트만)가 영구불멸한다고 집착하는 잘못된 견해이다.
179) (역주) 斷見(uccheda-dṛṣti)은 세계 및 자신의 단멸을 주장하여 因果를 인정하지 않고, 사람은 한 번 죽으면 소멸하여 다시 태어나는 일이 없다고 하는 그릇된 생각을 말한다. 사후의 운명을 부정하고, 선악과 그 인과응보를 무시하는 견해이다.

불에 타 없어진 것을 보면 단절되었다고 생각하여 단견을 일으킨다. 이러한 견해는 모두 잘못이다. 사물이 처음 일어나서 상주한다고 집착하면 다음 사물이 다시 생성되는 일이 없어야 하고, 사물이 소멸하여 단절된다고 집착해도 다음 사물이 다시 생성되는 일이 없어야 한다. 모든 사물은 생성되자마자 소멸한다는 것을 알아야 한다. 모든 사물은 찰나마다 이전의 것이 소멸되므로 항상되지 않다고 하고, 찰나마다 새로운 것이 갑자기 생겨나므로 단절되지 않는다고 한다. 한 찰나에 대지가 평평해지고 한 찰나에 강산이 변하는 것이 결코 희귀한 일이 아니다.

⑫ 그대들은 다음과 같이 논박한다. "일체의 사물을 법(法)이라고 부른다. 법이라고 부르는 까닭은 '법도[軌]'와 '지닌다[持]'는 두 가지 의미를 가지고 있기 때문이다. '지닌다[持]'는 것은 자체[體]를 버리지 않는다는 뜻이다. 예컨대 글씨를 쓰는 펜이 자체를 가지고 이전의 모습을 버리지 않는 경우, 지닌다는 뜻을 가졌다고 한다. '법도[軌]'는 모범인데, 이로 인해 사람[物]이 사물을 이해할 수 있다.[180] 우리나라 고대시에 "사물이 있으면 법칙이 있네"라는 귀절이 있다.[181] 이것은 형성된 사물 모두가 법칙을 가지고 있고, 혼란하여 질서가 없는 것이 아니라는 의미이다. 따라서 사람이 다른 사물을 이해할 수 있다. 이상의 법도와 지닌다는 두 가지 의미는 확실히 우리 지식이 성립하는 근거이자 과학이 성립하는 기반이기도 하다. 사물이 생성되자마자 소멸하고 찰나마다 머무르지 않으면, 모든 사물은 근본적으로 자체를 유지하지 못한다. 바꾸어 말하면, 근본적으로 사물이 없게 된다. 사물이 없으면, 법도도 저절로 없어진다. 법도는 반드시 사물에 의거해야 보이므로, 사물이 없으면 사람들이 이해할 법도도 없게 된다. 이렇게 되면 우리의 지식은 전혀 불

180) 여기에서 말하는 物은 사람이다. 일체의 사물이 법칙을 가지고 있어서, 사람이 이해할 수 있도록 한다는 말이다.

181) (역주) 『詩經』「大雅・蕩之什・烝民」. "有物有則."

가능하고, 과학도 입각점이 없게 될 것이다." 이러한 논박은 대단히 의미 있다. 나는 다음과 같이 그대의 의혹을 풀어주려고 한다. 첫째, 모든 사물은 찰나마다 계속 일어나는 것이다. 따라서 잠시 머물 수 있는 실물이 없더라도, 거짓으로 나타나는 형상은 조리가 있고[182] 완연하여[183] 텅 비어 없는 것이 아니다. 또 사물들의 형상은 뒤섞여 어지럽지만, 비록 거짓으로 나타난 것이라고 해도 사물이 나타나면 그 사물에 법칙이 있다는 것을 알아야 한다. 모든 사물의 형상은 텅 비어 전혀 없는 것이 아니므로,[184] 자연의 법칙[天則] 없이 혼란한 것이 아니다. 사물이 형체를 가진 것처럼 나타나면, 그 법칙도 질서정연하고 어지럽지 않다. 둘째, 우리는 일상생활의 필요에 따라 이지 작용을 통하여 항상 외부를 향해 사물을 찾지만, 이지 작용으로는 조화(造化)의 오묘한 의미를 이해하지 못한다. 바꾸어 말해서, 모든 사물이 찰나마다 생멸이 계속되는 활발한 내용임을 분명히 인식하지 못한다. 그는 찰나마다 생멸이 계속되어 거짓으로 나타나는 형상, 즉 본래 머무르지 않는 것을 존재하는 것으로 파악한다. 이에 모든 사물이 존재한다고 가정하고, 이것들 모두가 자체를 유지하고 법도도 있다고 사람들을 이해시킨다. 따라서 법도를 지닌다[軌持]는 것은 머무르지 않는 변화 속에서 사물의 존재를 억지로 끌어낸 것이므로, 이를 고정된 사실이라고 집착하면 안 된다. 그러나 이를 통해 지식이 성립하고 과학도 입각점을 가지게 된다. 이러한 내용은 『양론』에서 자세히 설명하려고 하므로, 여기에서는 더 말하지 않겠다. 그대는 사물이 '법도'와 '지닌다'는 두 가지 의미를 가진다는 사실을 가지고 사물이 생성되자마자 소멸한다는 주장을 논파하려고 하지만, 타당한 이유가 없다.

---

182) 서로 다르게 나뉘는 모양이다.
183) 사물이 존재하는 모양이다.
184) 번갯불이 번쩍번쩍하고 연속된 빛의 상이 잠깐씩 나타나는 것처럼, 실재하는 것은 아니지만 전적으로 없는 것도 아니다.

앞에서 말하였듯이, 모든 사물이 생성되자마자 소멸하고 잠시도 머무르지 않는다는 이치는 절대 의심의 여지가 없다. 어떤 사람은 우주에는 본래 영구한 것이 없고 잠시적인 것만 있는 것이 진실이라고 말한다.[185] 역학자 요배중(姚配中)은 모든 사물은 시시각각 변화하며 잠시 있는 존재에 불과하다고 한다.[186] 이러한 주장은 아직 참된 견해라고 할 수 없는데, 모든 사물은 근본적으로 잠시도 머무를 수 없기 때문이다. 공자(孔子) 문하에서 전수한 「역전(易傳)」에 "서두르지 않아도 빠르고, 가려하지 않아도 도착한다"[187]라는 귀절이 있는데, 심오한 이치를 깊이 파악한 말이라고 할 수 있다. 왜냐하면 모든 사물이 찰나마다 변화하는 것은 이처럼 자연스러운 일일 뿐,[188] 따로 위대한 신(神)의 힘이 있어 빠르게 변이하게 하는 것이 아니기 때문이다. 그리고 변이하는 것도 이상하게 빨라서 찰나마다 정지하지 못한다. 그러므로 '서두르지 않아도 빠르다'고 한 것이다. 또한 모든 사물은 찰나마다 변화하는 까닭에, 이전의 사물은 소멸되어 다음 순간까지 머물지 못하고 다음의 사물이 계속 일어나게 된다. 즉 다음까지 갈 수 있는 과거의 실물이 없더라도 찰나마다 사물이 계속 생겨나므로, 이전 사물이 다음까지 이르는 것처럼 보

---

185) 러셀이 중국에 와서 이렇게 강연하였다.
(역주) 러셀(Russel, 1872~1970)은 1920년 10월에서 다음해 7월까지 중국에 체류하였다. 웅십력이 말한 "잠시적인 것이 진실이다"라는 말은 중국 체류 때의 강연록 중 '哲學問題'라는 제목의 글에 나오는 말이다. 『羅素及勃拉克講演集』, 北京唯一新報社, 1921年, 11면에 "世界上最眞的莫過於暫時的東西"라는 구절이 있다.

186) 『姚氏易傳』「乾卦篇」을 볼 것. 여기에서 인용한 것은 그 의미에 근본을 두었지만 표현을 바꾸었다. 독자들이 爻象 등의 전문 용어를 편리하게 이용하게 하려는 것이다.
(역주) 姚配中(1792~1844)은 중국 淸代 경학가이다. 字는 仲虞이고, 安徽 旌德人이다. 道光時 諸生들은 여러 서적들을 널리 탐독하고 백가의 학설을 통하였지만, 특히 『易』에 뛰어났다. 惠言의 『虞氏義』의 뜻을 잘 펼치고 간략하게 하여 『周易言象』을 완성하였다. 또한 論十篇이 있었으나 후대에 3가지로 줄었고, 첫 머리 명칭을 따라 『周易姚氏學』이라고 하였다.

187) (역주) 『周易』「繫辭傳(上)」 10章. "不疾而速, 不行而至."

188) 자연스럽다[法爾]는 말은 앞에서 본 적이 있다. 그러나 자연(自然)이란 말을 직접 사용하지 않은 것은 그 의미가 더욱 깊기 때문이다.

인다. 그러므로 '가려하지 않아도 도착한다'고 한 것이다. 공자의 이 귀절은 변화를 정확히 파악한 것이고, 후대에는 오직 장자(莊子)가 그의 사상을 잘 발전시켰다. 『장자(莊子)』「대종사(大宗師)」편에 다음과 같은 이야기가 있다. "어떤 사람이 배가 뒤집힐 것이 두려워서 배를 험하고 깊은 골짜기 안에 숨겨 두었다. 산을 잃을 것이 두려워서 산을 깊은 연못 속에 숨겨 두었다. 이렇게 단단하게 숨겨 두었으므로, 배와 산을 잃어버리거나 무너뜨리지 않을 수 있었다. 그러나 한밤 중에[189] 힘센 괴물이 깊은 골짜기에 숨겨 놓은 배와 깊은 연못 속에 숨겨 놓은 산을 모두 어깨에 메고 빠르게 달아나서 좇아갈 수가 없었다.[190] 결국 배와 산이 모두 어디에 있는지 알 수 없게 되었다."[191] 이러한 이야기는 의미심장하고, 후대의 곽자현(郭子玄)[192]의 해석도 매우 훌륭하다. 곽자현에 의하면, 무력한 힘이야말로 가장 강대한 힘이라는 것이다. 이것이 바로 변화이다.[193] 변화의 힘은 천지 모두가 옛 것을 버리고 새롭게 나아가게 할 수 있다. 오래된 사물은 잠시도 정지해 머무를 수 없고, 갑자기 새롭게 일어난 사물이 된다. 천지 만물은 변천하지 않는 때가 없다. 세간에는 한 순간 새롭게 창조된 것을 오래된 것이라고 보는 사람도 있다. 배와 산이 순식간에 변하는데도, 사람들은 그것을 이전과 같다고 보기도 한다. 내가 어떤 거북이와 잠깐 어깨를 스치는 사이에도 그 거북이는 이미 사라지고 나 역시 이전의 내가 아니다. 그런데도 세상 사람들은 이를 깨

189) 아주 어두운 것을 비유한 것이다.
190) 변화가 신비하게 빨라서 그 단서를 얻을 수 없다.
191) 모든 사물이 찰나에 생겨나자마자 사라진다.
(역주) 『莊子』 第六 「大宗師」. "夫藏舟於壑, 藏山於澤, 謂之固矣. 然而夜半有力者, 負之而走, 昧者不知也."
192) (역주) 본문 「유식(하)」 주 107)번을 참조할 것.
193) 무력한 힘이라고 한 것은 조물주를 말하는 것이 아니다.
(역주) 『莊子』 第六 「大宗師」. "(郭註) : 夫無力之力, 莫大於變化者也 (…중략…) 天地萬物, 無時而不移也. 世皆新矣, 而自以爲故."

닫지 못하고 눈앞에서 만나는 것에 애착으로 매달려서 계속 존재한다고 여기니, 어찌 커다란 미혹이 아니겠는가! 앞에서 말하였듯이, 우리나라 과거 철학자들이 사물이 생성되자마자 소멸한다고 본 견해가 의도한 것은 아니지만 인도 불교학설과 정확히 합치된다고 할 수 있다. 어떤 사람은 이러한 이론을 증명할 수 없다고 하고, 다른 사람은 증명될 시기가 도래하여 서광이 밝았다고 말한다. 근대 물리학자들이 어찌 물질의 소멸을 인정하지 않겠는가?

앞의 내용을 종합하면, 우리는 변화의 내용을 설명하며 한편에서는 흡과 벽을 말하고, 다른 한편에서는 생성과 소멸을 말하였다. 벽은 막히지 않고 유행하는 힘의 일종이므로, 찰나에 생성되자마자 소멸하여 잠시도 머무르지 않는다. 흡은 수렴 응집하는 힘의 일종으로 비록 만물의 모습으로 잠깐 나타나기는 하지만 실제로 고정된 형태를 가진 것이 아니므로, 역시 찰나에 생성되자마자 소멸하고 잠시도 머무르지 않는다. 이와 같으므로, 흡과 벽이 모두 갑자기 생멸하는 것이 마치 공중에 핀 꽃과 같다. 이 때문에 많은 철학자들의 우주를 보는 관점이 일치하지 않는다. 인도 불교 같은 경우는 현상세계를 싫어서 떠나거나 초월하는 견해가 있기 때문에,[194] 생멸하는 세계를 무상하다고 보고 존재하는 것을 은근히 폄하한다. 그들 인도 불교에서는 생멸하는 온갖 법이 불생불멸하는 실체에 의거해서 존재한다고 본다. 생멸의 흐름에 그대로 따르면, 미혹과 괴로움에 복잡하게 얽혀진다.[195] 근본을 깨달으면, 일극(一極)이 되어 적막하고 고요해진다[寂靜].[196] 따라서 생멸을 초월하여 생멸하지 않는 실제(實際)에 안주하는 경향이 있다.[197] 우리나라 유학에서는 절대적인 변화(太易)는 그 전체가 다양하게 분화된 위대한 공용, 또는 생

194) 소승불교는 싫어서 떠나는 것이고, 대승불교는 그 외에 초월의 관념이 있다.
195) 그대로 따른다[順]는 것은 흐름이 생멸함을 말한다.
196) 근본과 하나의 극[一極]은 모두 실체를 가리킨다.
197) 實際는 실체를 다르게 부른 것이다.

멸하는 온갖 형상으로 현현한다고 본다.198) 즉 쉬지 않고 생성하는 데에서 지극한 정성[至誠]을 보고,199) 유행하는 데에서 주재(主宰)를 인식한다.200) 이 때문에 초월을 말하지 않고도 저절로 초월하고, 싫어서 떠나려고 생각하지 않으므로 싫어서 떠나는 일이 근본적으로 없다. 사물의 무상함을 인식하지만, 여기에서 날마다 새로워지는 성대한 덕도 본다.201) 옛 것이 사라지므로 새 것이 생겨나고, 위대한 변화가 끝이 없어서 빽빽하게 온갖 형상이 나타난다. 이 모든 것은 하나의 진리[一眞]가 나타난 것이다.202) 나는 공자사상을 잘 이해하면 인생이 최고의 숭고한 가치와 무한히 풍부한 의미를 가지고 있음을 알게 되고, 더욱이 세계에 대해 공허한 감상이 없어서 저절로 변혁의 용기를 가지게 된다고 말한 적이 있다.

어떤 사람은 내 철학이 유학을 불교로 끌어들인 것이라고 말한다. 이 말은 옳은 것처럼 보인다. 그러나 실제로 그 속의 즐겁고 괴로운 경험은 결코 다른 사람이 알 수 없는 것이다. 나는 이전에 인도 불교사상에 아주 기울어졌던 적이 있다. 내가 불교라는 학문을 연구한 것은 결코 박학다식해지려는 동기에서가 아니라, 진리를 탐구하여 안심입명의 경지에 도달하고 싶었기 때문이다. 나는 구양경무(歐陽竟無) 선생203)에게 무착과

198) 여기에서의 太易은 실체의 다른 이름이다. 생멸은 바로 흡과 벽을 말하는데, 모두 쉬지 않고 생겨나서 소멸하고, 소멸하고 생겨난다. 그러므로 생멸을 말하면 흡벽은 따로 거론할 필요도 없다.

199) 생겨나서 소멸하고, 소멸하고 생겨나는 것이 바로 쉬지 않고 생성하는 것이다. 지극한 정성[至誠]은 실체를 다르게 부른 것이다. 이것은 쉬지 않고 생성하는 온갖 형상을 초월하여 독립적으로 존재하는 것이 아니므로, 쉬지 않고 생성하는 온갖 현상에서 바로 지극한 정성을 보게 된다. 이것은 상대적인 것에서 절대를 본 것이다.

200) 앞의 내용에 의거하면 알 수 있다.

201) 공자는 「易傳」에서 "날마다 새로워지는 것을 성대한 덕[盛德]이라고 한다"라고 말한다. 위대한 변화의 흐름은 때마다 자꾸 새로워지므로, '날마다 새로워진다[日新]'라고 한다.

202) 하나[一]는 절대의 의미이지 둘과 대비되지 않는다. 하나의 진리[一眞]는 바로 본체를 말한다.

세친 학파의 학문을 배웠고, 그 내용을 잘 기억하여 잊지 않았다. 그 후 다양한 학파의 학설들을 점차 탐색하였는데, 불교와 그 밖의 학문이[204] 한결같이 다르지 않고 '자신을 반성하여 스스로에게 구하는[反己自求]' 한 가지 의미일 뿐임을 알게 되었다.[205] 나는 진리는 나에게서 먼 것이 아니고, 다른 사람의 말과 글로 전해 받아 진리에 도달할 수는 없다고 생각하였다. 그러므로 나 자신이 마음을 비우고 열성적으로, 때로 사사로운 욕심과 잘못된 견해가 자신을 속이지 않도록 하고, 진백사(陳白沙)[206]가 말한 '무(無)에 마음을 놓는 것', 즉 일체의 집착과 미혹한 지견

203) (역주) 歐陽漸(1871~1941)은 중국 근대의 불교학자로, 자가 竟無이다. 南京에서 楊文會에게 불교를 배웠고, 金陵刻經處를 물려받아 불교 연구에 몰두하였다. 1922년에 支那內學院을 창립하였고, 이후 불교의 전파와 발전에 힘썼다. 구양점은 처음에 法相唯識學에 몰두하였고, 계속해서 般若學을 연구하였으며, 결국 涅槃學을 찬양하였다. 무착의 법상학과 세친의 유식학을 두 종파로 나누고, 이로써 불교계에 일대 논쟁을 일으켰다. 『唯識抉擇談』이 나온 이후 특히 세인의 관심을 끌었으며, 저서에 『竟無內外學』 등 26종, 30여 권이 있다. 후학으로 熊十力·呂澂·蒙文通·王恩洋 등이 있고, 梁漱溟·梁啓超·湯用彤도 그에게 배웠다. 그들을 통해 현대신유학의 개창과 중국 근대 불교학의 발전에 지대한 영향을 미쳤다.

204) 공자의 학문도 이 속에 들어간다.

205) (역주) 1922년 梁任公·殷太如·蔣竹庄 등은 南京에서, 邱晞明·呂澂·熊十力·陳銘樞 등은 內學院에서 서로 논쟁하였다. 歐陽竟無는 『唯識抉擇論』을 지어 『大乘起信論』을 비판하였다. 그는 유식불교를 중심으로 인도 불교사상을 회복시키려 하였고, 중국 불교의 眞常心사상을 속학이라고 배척하였다. 그 근거는 法性의 세계와 法相의 세계, 즉 진여의 세계와 현상의 세계 사이에 분명한 분리가 있어야 한다는 것이다. 반면에 『대승기신론』를 옹호하는 이들은 그 두 가지 세계가 한 가지 같은 진리의 두 측면에 불과하다고 보았다. 본체와 현상은 진여의 두 측면이고, 단일성과 다양성은 존재의 두 가지 양식에 지나지 않는다는 것이다. 熊十力은 구양경무에게 유식불교를 배웠으나, 본체와 현상을 분리하는 입장에 반대하여 『新唯識論』을 썼다. 體用不二의 견해로 중국 불교를 긍정하였고, 現代新儒學을 창설함으로써 불교와 유학의 접근을 가능하게 하였다.

206) (역주) 陳獻章(1428~1500)은 中國 明代의 철학자이다. 廣東의 新會 白沙里에 살았으므로, 陳白沙 선생이라고 불린다. 진헌장은 처음에 주희를 종주로 삼다가, 뒤에는 吳與弼사상의 영향을 받아 점차 心學의 길로 나아가게 되었다. 그는 心을 철학의 출발점으로 삼고, 심에 無我無人·無古今·天地之間에 가득 찬 절대적 성질을 부여하였다. 그리하여 심이 천지의 운행을 제어할 뿐 아니라 만물을 생성하는 '생성 변화하는 신묘함'을 갖추고 있다고 생각하였다. 진헌장은 주희사상의 영향을 벗어나서 명대에 비교적 체계적인 사상 체계를 세웠으므로, 명대 사상사에서 중요한 위치를 차지한다. 그의 心學 관점은

(知見)을 제거하여 마음을 환히 비우고 집착하는 일이 없게 하였다. 이처럼 하면 어느 곳에서든 진리를 체득할 수 있다. 오래 지난 뒤에 내가 깨달은 내용과 공자 문하에서 전수된 위대한 『역(易)』의 사상이 합치된다는 사실을 갑자기 깨닫게 되었다. 이로 인하여 오래 전 무착과 세친 학파의 학설에 의거하여 쓴 『유식학개론(唯識學概論)』을 완전히 없애버리고, 다시 『신유식론(新唯識論)』을 써서 그 잘못을 구하기로 마음먹었다. 내가 공자의 학문에서 얻은 것은 독서를 통한 것이 아니라 나 자신이 직접 체득한 것이고, 그리고나서야 내 생각이 그가 책에서 말한 것과 서로 증험된다는 사실을 알게 되었다. 이 즐겁고 괴로운 경험을 보통 사람들에게 말할 방법이 없다. 내가 불교에서 가장 중요시하는 경전은 『아함경(阿含經)』[207] · 『대반야경(大般若經)』[208] · 『열반경(涅槃經)』[209] · 『화엄경(華嚴經)』[210]인데, 이 경전들은 모두 유학의 『역』과 서로 융합되고 상통되

왕양명사상의 형성에 큰 영향을 끼쳤다고 평가된다. 저서에 『白沙子全集』이 있다.

207) 涵養의 공부에서 공자 문하와 공통점이 있다.

208) 習染에 갇혀있는 일체의 知見을 제거하여 모든 사물에 대한 집착이 없도록 한다.

209) 일체의 집착을 타파하고, 모든 대상의 참되고 항상된[眞常] 본체를 나타낸다.
(역주) 『涅槃經』은 원명이 『대반열반경』(Mahā-parinirvāna-sūtra)이다. 소승의 『대반열반경』과 이름이 같아서 혼란을 피하기 위해 『열반경』이라고 줄여서 부른다. 『소승열반경』이 붓다의 입적을 사건 중심으로 서술한 것에 비해, 이 경은 그러한 사건의 철학적, 종교적 의미가 강조되고 있다. 붓다의 마지막 설교의 형식을 빌어서 佛身의 상주, 열반의 常 · 樂 · 我 · 淨, 일체중생이 모두 불성을 가지고 있다는 사상을 제시한다.

210) 이 경에서는 눈앞에 나타난 하나하나의 사물이 모두 神이라는 범신론적 주장을 한다.
(역주) 『華嚴經』은 원이름이 『大方廣佛華嚴經』인데 60권은 佛陀跋陀羅(Buddhahadra, 359~429)가 418~420년에 번역하였고(大9), 80권은 實叉難陀(Śikṣānanda, 652~710)가 695~699년에 번역하였고, (大10) 40권은 般若(Prajñā, 8~9세기)가 795~798년에 번역하였다(大10). 한역에서는 60권이나 80권 화엄경이 완경인데, 처음부터 이와 같이 정돈된 경전으로 등장했던 것이 아니고 각 장이 독립된 경전으로 조금씩 생겨나서 4세기경에 중앙아시아에서 『華嚴經』으로 집대성되었다. 그 중심 사상은 모든 존재가 여래 성품이 그대로 나타난 존재라는 如來性起說과 범부와 보살과 부처가 하나라는 一乘菩薩道, 세계가 상입상즉한다는 事事無碍의 法界緣起觀이라고 할 수 있다. 그리고 이 사사무애의 一眞法界는 一心으로 결론지어진다. 熊十力이 유식불교를 비판하고 중국불교를 칭찬한 것은 유식불교의 性寂 · 自性涅槃을 비판하고 중국 불교가 갖는 性覺 · 自性菩提를 긍정한 것이다. 『華嚴經』의 긍정도 바로 이러한 면과 관련된다.

는 점이 있다. 나는 앞으로 이 부분을 따로 논술하려고 하므로, 여기에서는 상세히 언급하지 않겠다. 보통 사람들이 내가 유학을 불교로 끌어들였다고 말하는 논조는 학문의 의미와 즐겁고 괴로운 경험을 전적으로 이해하지 못한 것이다. 이 이치는 편의대로 이 학파를 저 학파로 끌어들여 설명할 수 있는 것이 아니다. 나는 문하생들에게 다음과 같이 말한 적이 있다. 학자가 스스로 궁리(窮理) 공부를 하는 것은 근본 문제를 찾기 위한 것이고, 그 다음이 수많은 지엽적인 문제들을 무수히 끌어내는 것이다. 나는 이러한 문제를 해결하기 위하여 평소 읽는 온갖 학파의 책들에 의거하여 서로의 뜻을 밝히려고 하였고, 이 일이 오래되자 한 순간 모든 것을 깨닫게 되었다[豁然貫通]. 내 사상은 큰 체계를 이루었다. 또 내 사상은 다른 학파의 학설에 대하여 같은 점도 있고 다른 점도 있으며, 다른 점 속에 같은 점이 있기도 하고, 같은 점 속에 다른 점이 있기도 한다. 또 작은 부분은 일치하지만 큰 부분이 다르기도 하고, 작은 부분이 다르지만 큰 부분이 일치하기도 하다는 것을 알게 되었다. 그러나 어떤 점이 같고 다른가를 막론하고, 내 사상은 결국 보고 들은 것이 표피적으로 복잡하게 혼합되어 이루어진 것이 아니라[211] 깊은 속에서 스스로 얻어진 것이고 저절로 큰 체계를 이룬 것이다. 이러한 경지에서는 입에서 나오는 말이 저절로 여러 학파들의 사상을 관통하여 다른 점을 판별하고 같은 점을 취하며, 좌우에서 근원과 마주쳐서 너와 나의 구별이 없게 된다. 이것이야말로 회통한 것이고 위대한 영역에 도달한 것이며 진리에 계합한 것이므로, 개인적인 입장에서 좁게 보는 일이 없다. 그러나 이러한 경지는 매우 확실하므로, 세속의 학문에서 억지로 비교하는 것과는 전혀 다르다. 이러한 내용은 일반인들에게 말하기 어렵다. 유학과 불교 두 학파의 우주관이 꼭 같은 것이 아니라고 하여 이렇게 함

211) 이 점이 대단히 중요하다.

부로 말한다면, 지엽적인 부분만 무성해져서 상심하게 될 듯하다.[212]

어떤 사람은 또 이렇게 묻는다. "흡과 벽이 찰나마다 계속 생멸하는 것을 위대한 공용의 흐름[大用流行]이라고 한다.[213] 이 공용은 혼일(渾一)한 것인데, 어떻게 개별적인 개체를 형성할 수 있는가?" 그 답은 다음과 같다. 항전(恒轉)은 공용으로 현현하지만, 본래 혼일한 전체이다. 그러나 혼일하다는 것이 결코 일합상(一合相)을 의미하지는 않는다.[214] 다양하게 분화되고 끝없이 겹쳐지지만[重重無盡], 서로 포섭하여 혼일한 전체를 형성한다. 그림으로 표시하면 다음과 같다.

그림에서 하나의 ○은 하나의 공용을 표시한다. 이 공용은 한 번 흡하고 한 번 벽하는 두 측면을 가지고 있으므로, ○ 안에 (∫)가 있어 흡벽을 표시한다. Ⓢ과 Ⓢ이 서로 물린 것은 상호 연관을 나타내므로 분리하면 안 된다. 앞에서 말한 대로 공용이 다양하게 분화되더라도, 사물로 말하면 개체 각각이 무수한 공용을 갖추게 된다. 비유하자면 장씨나 이씨 성을 가진 사람과 책상·의자 등은 각각 무수한 공용이 한 군데에

212) 번역자가 보기에 웅십력 선생이 여기에서 말한 것은 애초에 이 글에 넣으려고 기록한 것은 아니었으나, 번역자는 여기에 기록하는 것도 좋다고 본다.

213) 위대한 공용[大用]은 공용을 말한다.

214) 一合相은 『금강경』에서 빌려온 말이다. 相은 모양이다. 一合은 하나로 합쳐진다는 것으로, 서로 딱 맞아서 분화되지 않는다.

모인 것이다. 이제 한 군데에 모인 무수한 공용이 어떻게 서로 유지하며 개체를 형성하는가 한 번 물어보자. 이 이치는 여기에서 설명하지 않고, 뒤에서[215] 다시 언급하겠다.

나는 이전에 쓴 논문에서 변화의 이치를 세 가지 관점에서 설명하였다. 그 내용은 다음과 같다. 첫째, 변화[變]는 이동한다[動]는 의미가 아니다.[216] 이동한다는 것은 이전한다는 의미로서, 먼저 공간과 시간이 있고 아울러 이동하는 개별적인 사물, 즉 질량을 가진 사물이 있어서 공간적으로 떨어진 거리와 시간적으로 지난 양에 의거하여 한 상태에서 다른 상태로 전환하는 것이다. 이와 같은 것을 이동한다고 한다. 지금 여기에서 말하는 변화는 위대한 공용의 흐름과 연관하여 말하자면, 시공을 초월한 것이다. 바꾸어 말해서 시공의 형식은 물질세계가 시간과 함께 현현한 것이고, 이렇게 위대한 공용이 유행한다는 관점에서 말하면 시공이란 완전히 존재하지 않는다. 위대한 공용의 흐름은 근본적으로 질량을 가진 것이 아니므로, 하나의 사물로 보고 헤아려서는 안 된다. 그러므로 변화는 이동한다는 뜻이 아니라고 한 것이다. 이 변화를 이동한다는 뜻으로 이해하면, 오리무중에 빠지고 말 것이다. 공자 문하에서 전수된 『중용(中庸)』에 "이동하지 않으면서도 변화한다"[217]는 구절이 있는데, 이 구절의 의미는 대단히 심원하다. 변화라는 것은 사물이 존재하지 않던 과거로부터 이해해야 한다.[218] 사물이 있어서 이전하는 것이 아니라, 이렇게 신묘한 변화가 저절로 있는 것이다.[219] 우리나라

---

215) 「成物章」을 말한다.

216) 변화를 생략하여 變이라고도 한다.

217) (역주) 『中庸章句』 第26章. "不動而變."

218) 이 말이 중요하다. 그러나 '사물이 존재하지 않던 과거'에서 과거[先]라는 글자는 시간의 의미가 아니다. 우주에 사물이 존재하지 않던 시간은 변화가 시작되기 전이었다는 의미가 아니라, 사물이 존재하다가 이전한다는 세간의 관념에 집착하는 것을 깨끗이 제거하려는 것뿐이다. 그리하여 의미 면에서 사물이 존재하지 않던 과거라고 표현하였다.

과거의 철학자들이 말한 '신묘한 변화[神化]'의 의미도 이와 같다.[220] 유물론자들은 변화가 이동한다는 뜻이 아니라는 내 말을 들으면, 모두 놀라고 이상하게 생각한다. 그들은 모두 물질계가 있다고 보고, 그 위에서 모든 사물의 질과 양이 이전·전환하는 것을 변화라고 부른다.[221] 이러한 주장은 사물의 전이, 즉 세속에서 말하는 이동만 본 것이고, 실제로는 변화라고 할 수 없다. 그들의 주장이 전적으로 과학적인 근거가 없는 것이 아니지만, 과학에서는 머물지 않고 유행하는 변화를 직접 체득하지 못하고 단지 그 변화가 거짓으로 나타내는 자취의 형상만을 붙잡아 그것을 존재하는 것으로 이해한다. 신중한 과학자들은 당연히 과학의 범위를 엄수하지, 과학을 만능의 견해로 삼아서 모든 것을 단정짓지는 않는다. 사물의 전이 또한 기계론의 일종임을 알아야 한다. 사물의 전이를 활발하게 살아 움직이는 변화라고 규정한다면, 감당할 수 없는 큰 오류가 된다. 비유하자면 기계의 움직임은 그 움직이는 모양에서 보면 활발하게 살아 움직이지만, 그 속을 꿰뚫어보면 기계에 부속되어 움직이는 것에 불과하고 죽어서 활기라고는 조금도 없는 것임을 알게 되는 것과 같다. 그런데도 이들 유물론자들은 이를 변화라고 크게 장담하고, 아울러 기계론으로 보는 것에도 반대한다. 그들은 사물이 전이한다는 관념이 있는데 어떻게 기계론이 아닌가, 또 어떻게 변화를 엿볼 수 있는가 하는 점을 모른다. 변화는 사물이 없는 과거로부터 이해해야 하므로, 변화가 이동한다는 뜻이 아니라고 말한 것이다.

둘째, 변화는 활동한다[活]는 의미이다. 변화가 세속에서 말하는 이동한다는 뜻이나 사물이 전이한다는 뜻이 아님을 알게 되면, 활동한다는 뜻일 뿐임을 알게 된다. 여기에서 활동한다는 말뜻은 지극히 심원하여

---

219) '저절로'[法爾]라는 것은 앞에서 살펴보았다.

220) 신묘하다[神]는 것은 이치로 탐구할 수 없고 신(神)을 헤아릴 수 없으므로 신묘하다고 하는 것이지, 종교가들이 말하는 上帝는 아니다.

221) 그들은 양이 질을 변환하고, 질이 양을 변환한다고 주장한다.

표현하기 어렵다. 다음 6가지 의미를 열거하여, 그 대략의 의미를 살펴보고자 한다.

① 활동한다는 것은 조물주가 없다는 의미이다.[222] 만약 조물주가 있다면, 그의 성품이 더러운지, 깨끗한지를 분별해야 한다. 조물주의 성품이 깨끗하다면, 그는 결코 더러운 사물들을 만들어낼 수 없을 것이다. 조물주의 성품이 더럽다면, 그는 결코 깨끗한 사물들을 만들어낼 수 없을 것이다. 그러나 세간에 나타난 중생들은 더러운 이도 있고 깨끗한 이도 있는데, 결국 누가 만들어낸 것인가? 또 만약 조물주가 있다면, 그가 항상된 존재인지 무상한 존재인지 분별해야 한다. 무상한 존재라면 그와 그가 만든 만물이 똑같이 무상한 대상일 것이므로, 조물주라고 불러서는 안 된다. 항상된 존재라면 그는 아무 것도 만드는 일이 없을 것이다. 그 체가 항상되므로 의도적으로 만들어내는 일이 없고 또 의도적으로 만들어내더라도 항상되지 않으므로, 앞에서 무상한 대상을 조물주라고 불러서는 안 된다고 한 잘못에 빠지게 될 것이다. 또 조물주를 세워서 만물을 완성한다면, 이 조물주를 완성하기 위해서 한층 더 높은 조물주를 세워야 할 것이다. 이렇게 계속 다른 것이 필요하므로, 논리학에서 말하는 '무한 소급의 오류'에 빠지게 된다. 또 조물주가 처음 만물을 창조했다면, 그는 모형을 미리 정하고 창조의 도구도 써야 한다. 이와 같다면, 조물주도 일정한 방식에 맞추어 만물을 만들어낸 것이 된다. 계속 미루어가다 보면, 조물주의 의미가 성립되지 않는다. 변화는 조물주가 있어서 만들어낸 것이 아니므로, 변화야말로 활동하는 것이어서 어떤 제한도 받지 않는다고 한다.

② 활동한다는 것은 환상으로 존재한다[幻有]는 의미이다. 무엇을 환

222) 作者는 조물주를 말한다. 인도 외도에서는 大梵天을 조물주라고 생각하거나 神我를 조물주라고 생각하기도 하였는데, 불교에서는 모두 인정하지 않았다. 중국 유학·도가 등 제가의 사상도 모두 神을 부정하는 가르침이고, 조물주의 존재를 인정하지 않았다.

상이라고 하는가? 앞에서 말하였듯이 변화란 조물주가 의도적으로 만들어낸 것이 아니지만, 조물주가 없는데 어떻게 변화를 일으킬 수 있는가? 변화는 텅 빈 무(無)에서 일어나지 못하는데, 무는 유를 생성하지 못하기 때문이다. 조물주가 없더라도 저절로 본래부터 존재하는 공능을 항전(恒轉)이라고 부른다는 것을 알아야 한다. 이 항전에서 위대한 공용의 흐름이 일어나고, 이것을 변화라고 한다. 지금 변화에 대해 말하자면, 그 활동은[223] 순전히 찰나마다 거짓으로 나타나고 잠시도 머물지 않는다. 이렇게 변화하는 활동의 본체가 항전이다. 항전을 떠나서는 활동에 자체(自體)가 없으므로, 변화나 변화의 활동이 환상으로 존재한다고 말한다.[224] 이 환상으로 존재한다는 말에는 본래 좋거나 나쁘다는 가치 판단의 의미가 없다. 이 말은 사실이 이렇다는 것을 표시할 뿐이다. 변화는 이렇게 환상으로 존재할 뿐이므로, 우리는 그것이 환상이라고 하여 좋거나 나쁘다는 가치 판단을 부여하지 않는다. 과거 성리학자들은 만유를 환상으로 보는 것을 가장 두려워하였다. 환상으로 존재한다는 것은 확실히 이같은 사실인데, 어째서 두려워할 필요가 있는가? 더욱이 환상으로 존재하는 것이야말로 활동한다는 뜻임을 몰랐다. 이것은 구름 봉우리가 환상처럼 찰나에 형체가 바뀌고, 갑자기 생겨났다 갑자기 소멸하는 것에 비유할 수 있다. 또 회오리바람이 갑자기 일어나서 산을 무너뜨리고 바다에 풍랑을 일으키는 큰 위세가 있는 것에 비유할 수 있다. 환상으로 존재하는 사물이 활발발하다면, 어찌 두려워하겠는가?

③ 활동한다는 것은 진실하다는 의미이다. 앞에서 변화나 변화의 활동으로 말하면, 환상으로 존재한다고 하였다. 이것은 한쪽 측면에서 본 관점이다. 그러나 이 변화, 또는 변화의 활동의 밑바닥을 깊이 투시해보

---

223) 흡과 벽을 말한다.

224) 세속에서 말하는 마음과 사물은 모두 이러한 움직임에 의거해서 그렇게 부르는 것이다. 그렇다면 어디에 실재하는 것이 있는가?

면, 그것은 절대적인 항전(恒轉)이 나타난 것이다. 바꾸어 말해서 항전은 변화의 실체이고, 이 때문에 우리가 변화의 실체라는 측면에서 이해하면 변화는 지극히 진실한 것이다. 우주에 진실한 사물이 있어야만 과거나 지금이나 항상 활발하게 살아 있을 여지가 있게 된다. 따라서 한 송이 꽃이 하나의 세계이고, 한 장의 나뭇잎이 한 명의 여래라고 말하였다.[225] 세상에서 지혜가 뛰어난 이가 아니라면 누가 이 무궁하고 영묘한 신비를 깨달을 수 있겠는가?[226]

④ 활동한다는 것은 원만하다는 의미이다. 다양하게 온갖 가지로 변화하는 것들은 모두 진실한 전체의 현현이다. 그러므로 사물 하나를 들어보면, 각각 원만하지 않은 것이 없고 모두 흠이 없다. 비유하자면 큰 바닷물이 파도로 현현하고, 파도 각각이 큰 바닷물 전체 양을 체로 삼아 조금도 흠이 없는 것과 같다. 장자(莊子)도 "터럭이 태산에 비해 작지 않고, 태산도 터럭에 비해 크지 않다"[227]라고 하였다. 태산의 실체는 절대적이고 온전하기 때문이다. 터럭의 실체도 절대적이고 온전하다. 터럭과 태산이 모두 원만한데, 어떻게 크고 작은 구분이 있겠는가? 크고 작다는 것은 나의 정견(情見)에 달린 것뿐이지 진리와 상응하지 않는다.[228] 왕선산(王船山)은 "위대한 변화는 두루 유행하니, 어디로 가든지 원만하지 않은 곳이 없다. 비유하자면 환약과 같다.[229] 환약 한 알을 던

---

225) (역주) 『佛海瞎堂禪師廣錄』 卷第一 「台州護國廣恩禪寺語錄」(續藏經, 564a)에 "一花一葉一如來." 「문언문본」(75면)에서는 "重重無盡한 因陀羅網이 모두 청정한 것이고, 눈으로 보는 모든 것이 진실이다"라고 표현한다.

226) 법계와 여래라는 두 말은 모두 절대 진실을 대신 말한 것이다. 한 송이 꽃과 나뭇잎 한 장은 전적으로 진실하며 지극히 신묘하다.

227) (역주) 『莊子』 「齊物論」. "天下莫大於秋毫之末, 而泰山爲小."

228) (역주) 이것은 華嚴 佛敎의 十玄緣起 중 「廣狹自在無礙門」에 해당한다고 볼 수 있다. 이 설명은 예컨대 澄觀, 『大方廣佛華嚴經隨疏演義鈔』 卷第二(大36, 010a). "第二廣狹自在無礙門. 上句大能入小, 下句小能容大. 無外是廣大之身刹. 卽入無內之塵毛, 故名廣狹無礙. 若卽若入, 皆得廣狹無礙. 經云, 金剛圍山數無量, 悉能安置一毛端. 欲知至大有小相, 菩薩以是初發心"과 유사한 것이라고 할 수 있다.

229) 환약은 온갖 맛의 약을 화합하여 만든 것이다.

져보면, 모든 맛이 다 갖추어져 있다"[230]라고 하였다. 이러한 주장은 아주 설득력이 있다. 이러한 이치는 어느 곳에서든 증명될 수 있으며, 문자로 말하면 한 글자가 모든 뜻을 다 나타내고 하나의 명칭이 전체 뜻을 다 표시한다. 예컨대 사람[人]이라는 글자는 사람과 사람 아닌 모든 것을 다 포함하고, 그렇지 않으면 이 글자는 성립하지 않는다. 그러므로 사람이라는 글자를 말할 경우 전 우주를 다 포함해서 표현하므로, 단편으로 나눌 수 없다. '이것만'이라는 것은 이것일 뿐 다른 것이 없다는 뜻이다. 단편으로 나눌 수 있다면 원만한 것이 아니다. 나눌 수 없어야 원만의 의미가 성립된다. 억만 겁이 한 찰나에 포섭되고 무한이 미세한 한 점에 함축된다는 것을 우리도 말하였다. 이러한 말은 조금도 희귀한 것이 아니고 어느 곳이든지 원만하지 않은 곳이 없으므로, 활동한다고 말한 것이다.

⑤ 활동한다는 것은 두루 퍼져있다[交徧]는 뜻이다. 항전은 전체를 들어서 다양한 묘용(妙用)으로 나타나는데, 겹겹이 짜여진 천제의 관면에 비유할 수 있다.[231] 그러므로 중생은 무량하고, 세계도 무량하다. 상식적인 관점에서 우주가 모든 사람들이 공동으로 가진 것이라고 해도 큰 잘못은 아니다. 사람은 개별적인 자신만의 우주가 있지만, 그렇다고 서로 방해하지는 않는다. 예를 들어 나와 갑, 을이 이 방 안에 함께 있다고 하자. 실제로 나는 나의 이 방에 있고, 갑은 갑의 이 방에 있고, 을은 을의 이 방에 있다. 우리 세 사람의 방은 결코 동일하지 않다. 예컨대 나는 이 방의 중간에 앉아 있고, 갑은 서쪽 구석에 앉아 있고, 을은 동

230) (역주) 인용된 "大化周流, 如藥丸然. 隨拋一丸, 味味具足"은 王船山, 『讀四書大全說』 卷二 「中庸」 第十二章에 "乾順五常, 和成一大料藥, 隨拋一丸. 味味具足"라고 되어 있다.

231) '천제의 관면'이라는 단어는 불교 경전 중에 전거가 있다. 천제의 관면은 구슬로 망을 짜서 겹겹으로 중복하여 만드니, 극히 여러 겹의 망이 서로 펼쳐져 만들어진 것이다. 이것을 무궁한 妙用이 다양하게 나타난 모습[分殊相]에 비유할 수 있다.

쪽 창문 아래 앉아 있다. 세 사람이 보는 이 방은 각각 다른 양식이다. 가령 세 사람이 가운데 자리잡더라도, 각각 보는 대상은 서로 일치하지 않는다. 예컨대 나는 이 방을 텅 비어서 고요하다고 느끼지만, 갑은 나와 정반대일 수 있고 을은 나나 갑하고 다르게 느낄 수 있다. 이처럼 세 사람이 보는 방은 모두 같지 않다. 어떤 사람은 이렇게 논박한다. "당신들 세 사람이 보는 방은 하나가 아니지만, 이 방의 본래의 모습은 하나일 수 있다. 당신들 각자의 인식에서만 이 방이 나타내는 모습이 다를 뿐이다. 그렇다면 이 방의 본래의 모습은 세 사람이 모두 일치한다고 해도 무방하다." 여기에 대한 답은 다음과 같다. 이 방의 본래의 모습이 하나라거나 많다고 말하기 어렵다. 많다고 하면, 세 사람이 보는 방의 모습 밖으로 나아가 그 본래의 모습이 다양하다는 것을 증명하거나 증거를 찾을 방법이 없다. 하나라고 하면, 세 사람이 보는 방의 모습은 확실히 하나가 아니다. 이 때문에 우리가 이 방에 본래 모습이 있다고 가정한다면, 하나이기도 하고 많기도 하다. 바꾸어 말해서, 그것은 많지만 하나인 것에 방해가 되지 않고, 하나이지만 많다는 것에 방해가 되지 않는다. 우리는 그 본래의 모습이 많거나 하나라고, 어느 한편에 치우쳐서 집착하지 말아야 한다. 우리 각자가 인식하는 모습으로 말하자면, 분명히 각자에게 각자의 방이 있으므로 하나라고 말할 수 없다. 그러나 각 사람의 방은 똑같이 한 곳에 있으므로 분명히 하나인 듯하지만, 많다고 해도 하나인 것에 방해가 되지 않는다. 종합하면, 중생이 무량하고 우주가 무량하다는 것은 헤아릴 수 없는 이치이고, 매우 신비하다. 즉 이 무량한 중생이나 무량한 우주는 한 법계(法界)에 두루 가득 차 있어서 서로 방해가 되지 않는다.[232] 비유하자면, 방 안에 천 개의 등불을 걸어두었을 때 천 개의 등불빛이 각각 방 안에 가득 차지만 서로 방해

232) 여기에서 빌려쓴 一法界라는 말은 대우주를 말하는데, 말하기 편하려고 가정한 말이다.

하지 않는 것과 같다.[233] 그러므로 두루 펴져있다고 한 것이다. 위대한 공용의 유행은 지극히 활동적이어서 헤아리기 어렵다는 뜻을 여기에서 볼 수 있다.

⑥ 활동한다는 것은 다함이 없다[無盡]는 의미이다. 무궁한 묘용은 절대적인 진실의 현현이다. 여기에는 결핍의 걱정이 없다. 「역전(易傳)」에 "쉬지 않고 생성한다"[234]라거나 "덕이 융성하고 변화가 신묘하다"[235]라는 구절이 있다. 후대의 유학자는 이것을 '그침이 없다[不容已]'고 표현하였다. '그침이 없다'는 것은 조화가 가장 신묘한 것을 형용한 것이다.[236] 진실의 유행은 자연히 그침이 없다. 온갖 덕을 저절로 충분히 갖추고 있으며 상대적인 것이 없는데, 어떻게 그치겠는가? 그 작용이 성대하여 그침이 없으므로, 다함이 없다고 말한 것이다. 다함이 없어야 비로소 활동적이 된다. 이와 같이 활동한다는 대강의 의미를 살펴보았다.

셋째, 변화는 불가사의(不可思議)하다는 뜻이다. 여기에서 불가하다[不可]는 것은 부정하는 말이지만, 하지 못한다[不能]는 의미와 다르고 꼭 그런 것은 아니다[不必]는 말과도 다르다. 가령 사의하지 못한다[不能思議]고 말한다면, 능력이 안 된다는 의미일 뿐 금지하는 말이 아니다. 꼭 사의해야 하는 것은 아니다[不必思議]고 말한다면, 그대로 두라는 말이고 금지하는 말이 아니다. 지금 불가사의하다는 말에서는 이 '불가'라는 두 글자가 아주 중요하다. 불가하다는 의미를 분명히 하기 위해 우선 사의(思議)가 무엇인지 설명하고자 한다. 사(思)는 심행(心行)을 말하고,[237]

233) (역주) 여기에 나오는 一多 관계의 설명은 華嚴 佛敎의 十玄緣起 중 특히 「一多相容不同門」에 해당한다고 볼 수 있다. 예컨대 『大方廣佛華嚴經疏』 卷第十三 「光明覺品」 第九(大35, 594c)에 자세하다. 천 개의 등불에 대한 비유는 澄觀, 『大方廣佛華嚴經疏』 卷第一(大35, 503a). "一多無礙, 等虛室之千燈."

234) (역주) 『周易集注』 卷六, 大過卦 九二. "生生不息."

235) (역주) 『大易通解』 卷二, 師卦, 上六. "德盛化神."

236) 造化라는 말은 앞에서 상세히 살펴보았다.

237) (역주) 원문은 '必行'으로 되어 있는데, 必을 心으로 보아야 문맥상 타당하다. 즉 必

의(議)는 논의하는 것을 말한다. 심행(心行)은 마음이 밟아가는 것을 뜻한다. 이 마음이 일체의 의리를 사유할 때 여러 측면에서 추론하는 것이 마치 발로 밟아가는 것과 같으므로, 심행이라고 부른다. 논의라는 것은 꼭 입 밖에 나오는 말뿐 아니라 글로 쓴 것도 해당한다. 사유하는 중의 일체의 추론, 분석 등도 모두 논의라고 불러야 한다. 종합하면, 사의는 양지(量智)에서 나온다.[238] 양지는 실용적인 일상생활에서 연마되어 나온 것이다. 따라서 양지에 의거하여 사의할 때 여러 가지 구상을 하게 되는데, 이러한 구상들은 자연히 수많은 억측과 의심에서 벗어나지 못한다. 즉 실측에 근거하여 현묘함에 노닐고 사의에 규칙이 있으면, 다소의 억측과 혼란된 사고를 피하게 된다. 그러나 양지로는 결국 사의하는 대상의 온축된 바닥으로 깊이 들어갈 수 없어서 그것이 대강 어떠하다는 개연적인 파악에 그치게 된다. 우리는 우리 자신의 사의하는 능력으로 많은 이치를 발견하였다는 점을 신뢰하지 않을 수 없지만, 사의하는 능력을 지나치게 높이 평가해서는 안 된다. 만물의 근본적인 참[本眞], 조화의 심오한 비밀은 결국 사의에 상응할 수 있는 것이 아니다. 우리가 허망하지 않은 사의를 가지고 변화를 궁구한다면, 대개 두 가지 원칙에 도달할 수 있을 것이다. 첫째는 '하나이므로 신묘하다'는 것이다. 여기에서 하나는 산술적인 의미가 아니라 절대적인 것, 즉 실체를 표시한다. 변화는 실체의 현현이고 절대적인 하나가 무수하게 다양한 변화로 현현한 것이므로, 신묘하다고 하였다. 하나가 아니라면 상대적인 것이 있게 되므로, 무수한 공용으로 현현될 수 없다. 둘째는 '둘이 있으므로, 헤아릴 수 없다'는 것이다. 여기에서 둘이 있다는 것은 변화로 현현하는 것이 단순한 힘이 아니라는 말이다. 예를 들어 흡과 벽, 생성과 소멸은 동시에 두 가지 측면으로 나타나고, 상반되면서도 서로를 완성한

行은 뒤에 바로 나오는 心行으로 보는 것이 옳다.
238) 量智는 「명종」 장에서 살펴보았다.

다[相反相成]. 오직 이처럼 특이하므로, 헤아릴 수 없다고 하였다. 우리가 사의를 통해 변화를 이해하면, 이 두 가지 원칙에 도달하게 된다. 그러나 이 두 가지 원칙도 개연적인 추측으로 대략 파악한 것에 불과하다. 변화의 실제는 사의에 상응할 수 있는 것이 아니다. 더욱이 진리의 극치까지 탐구해가면, 말로 표현할 수 있는 이치는 결코 없다는 것을 알아야 한다. 그러나 우리의 양지 작용은 한결같이 실용적인 측면에서 훈습을 받아 발전해왔고, 항상 외부를 향해 대상을 찾거나 여러 가지를 구상하는 태도를 지닌다. 표현할 수 있는 이치가 없다는 데 안주하지 않고, 여러 측면에서 이치를 찾으려고 한다. 사의(思議)에는 이러한 특성이 있다. 앞에서 서술한 첫 번째 원칙에 의하면, "실체는 절대적인데, 어째서 무수하게 다양한 공용, 또는 변화로 나타나는가?"라고 사의하게 된다. 이것은 말로 표현할 수 없는 이치이다. 사의하면 할수록 더 모호해질 것이다. 또 앞에서 서술한 두 번째 원칙에 의하면, "변화는 반드시 흡과 벽, 그리고 생성과 소멸이라는 두 측면의 상반상성으로 이루어진다. 저 변화는 따로 조물주가 있어서 만든 것이 아닌데, 무슨 까닭으로 그와 같이 될 수 있는가?"라고 사의하게 된다. 이것도 말로 표현할 수 없는 이치이다. 그것이 저절로 그렇게 나타나므로, 우리도 그와 같다고 말할 뿐이다. 한 단계 더 나아가 이치를 찾으려 해도, 결국 아무 이치도 없다는 데 귀결될 것이다. 사의하면 할수록 더 모호해질 것이다. 진리의 극치까지 탐구하는 것은 사의를 초월하여 깨달음[證會]으로 귀결하려는 것임을 알아야 한다.

깨달음이라는 말은 그 의미를 말하기가 지극히 어렵다. 깨닫는 주체와 깨닫는 대상이 고요히 계합하여 주관과 객관이 나누어지지 않는 것을 깨달음이라고 부른다. 이러한 경지는 반드시 모든 경험적 지식[情見]을 깨끗이 제거하고[239] 상대적인 것이 없는 고요한 성지[性智]에 직접 맡겨 항상 앞에 나타나도록 해야 비로소 도달할 수 있다.[240] 변화를 말할 경우, 만물의 본원과 조화(造化)의 심오한 비밀에까지 이르러야 참으로 진리의 극치까지 탐구한 것이 된다. 만약 이러한 방향으로 사의를 내달리거나 이치를 찾는다면, 실제(實際)를 뚫고 들어갈 방법이 없을 뿐 아니라 이와 관련 없는 무수히 많은 미망이 더해질 것이다. 그러므로 변화는 사의해서는 안 된다[不可思議]고 말한 것이고, 또 이러한 깨달음이 있을 때에만 비로소 상응할 수 있다. 과거 유학자들이 말한 천인합덕(天人合德)의 경지가 바로 깨달음의 경지이다.[241] 내가 천과 합일하면, 자신을 되돌이켜[反躬] 고요하고 형태가 없으며 환하게 홀로 밝은 경지에서 무궁한 조화의 신묘함을 저절로 깨닫게 된다. 이것은 자기가 상대를 함부로 억측한 것이 아니다. 사의로 변화를 추측하면 그것은 변화를 외재하는 이치로 보고 추측하는 것이므로, 자기가 상대를 함부로 억측하는 것이 된다. 지금 이 깨달음의 경지는 이 이치가 내 밖에 있는 것이 아님을 고요한 가운데 그 자리에서[當下] 저절로 알게 되는 것이므로, 자기가 상대를 함부로 억측하는 것과는 전혀 길이 다르다. 깨달음이야말로 학문의 궁극적인 목표이다. 사의는 결국 실질이 없고 피상적이다. 어떤 사람은 "그대의 말과 같다면, 사의는 결국 폐기되어야 하는가?"라고 묻는다. 이에 대한 답은 나는 결코 사의를 폐기해야 한다고 주장하지 않는다는 것이다. 만유는 지극히 다양하게 흩어져 있지만, 다른 점이

239) 궁극의 진리와 상응할 수 없는, 보고 아는 경험적 지식을 情見이라고 부른다.

240) 적막하다는 것은 형체가 없고 고요한 모양이다. 짝이 없다는 것은 절대의 의미이다. 性智가 바로 내 心體이므로, 짝이 없다고 한다.

241) 유학자들이 말한 天 자는 모두 실체를 다르게 부른 것이지, 조물주를 말하는 것이 아니다. (역주) 天人合德은 자연과 인간의 관계를 보는 관점의 하나로, 天人合一이라고도 한다. 즉 덕의 측면에서 天道와 人道, 自然과 人爲의 합일을 의미하며, 유학의 전형적인 견해이다. 전국시대 子思·孟子가 처음 이 이론을 제기하였다. 구체적인 전거로 漢代 董仲舒는 "天人之際, 合而爲一"(『春秋繁露』「深察名號」)라고 하였고, 宋代 張載, "天人異用, 不足以言誠"(『正蒙』); 程顥, "天人本無二, 不必言合"(『二程全書』「語錄」); 朱熹, "天人 物, 內外 理. 流通貫徹, 初無間隔"(『朱子語類』)라는 말을 들 수 있다. 天人分二와 대비되는 견해이다.

다하면[盡] 같은 점을 볼 수 있다.[242] 뭇 이치가 관통하는 것을 잘 살려서 간략한 것을 잡으면 번잡한 것을 제어할 수 있다. 세상의 기미를 탐구하면 그것이 커질 것을 추측할 수 있고, 세상의 은미함을 궁구하면 그것이 현현할 때를 짐작할 수 있다. 사의로 잘 해낼 수 있는 일은 이루 말할 수 없이 많다. 또 사의의 기술은 날이 갈수록 정치해지려고 한다. 증거를 잘 살펴서 가설의 타당성을 살피고 규칙을 찾아서 올바르게 선택하면 그 잘못이 점차 적어질 텐데, 우리가 왜 사의를 폐지하겠는가? 그러나 사의의 효용이 무한대로 확대될 수는 없다. 앞에서 말하였듯이, 사의로는 진리의 극치까지 궁구하지 못한다. 이것은 현묘함을 궁구하는 사람이라면 몰라서는 안 되는 사실이다. 어떤 사람은 또 이렇게 논박한다. "그대의 말처럼 변화가 불가사의하다면 그것이 이미 사의한 것인데, 어떻게 또 불가하다고 하는가?" 여기에 대한 답은 다음과 같다. 우리가 양지(量智)에 의거해서 변화를 사의할 때 허망하지 않은 사의라고 하더라도 개연적으로 추측하여 대략 어떻다고 파악하는 데 그친다면, 결국 그 온축된 밑바닥까지 직접 들어갈 수 없을 것이다. 바꾸어 말하면, 사의로 변화를 추측하는 것은 결국 피상적이다. 비유하자면 여기에 뜨거운 물 한 잔이 있을 때 우리는 그 물이 뜨겁다고 사의할 수 있지만, 그 뜨거운 정도를 알려면 직접 마셔본 사람이 아니면 모르는 경우와 같다. 이러한 비유에서 변화의 실제는 직접 깨달아야 참으로 이해되는 것임을 알 수 있다. 사의에만 맡기면 제대로 파악할 수 없다. 본래 깨달음은 사의의 공부를 거쳐서 점차 이 길로[243] 이끌려 돌아오는 것이다. 학자들이 사의의 영역에만 머무르고 향상의 계기가 있음을 모를까봐 불가사의(不可思議)라고 말한 것이다. 불가하다는 것은 금지하는 말이다. 여기에서 그치고 더 나아가지 않을 것을 경계하여 불가하다고 말함으로

242) 다한다[盡]는 것은 끝까지 다한다[窮盡]는 뜻이다.
243) 깨달음을 말한다.

써 분명히 끊는 뜻을 나타내었다. 보통 불가사의라고 쓰는 말은 그 미묘하고 신비한 말의 뉘앙스를 분명히 나타내지 못한다. 그렇게 이해한다면 내가 말한 뜻이 아니다. 종합하면, 우리가 유행하는 데에서 고요한 본체를 인식하고, 고요하고 텅 빈 속에서 흡벽의 맹아와 생성이 없는 생성, 소멸이 없는 소멸을 체험하고자 한다면, 자신을 되돌이켜 깨닫지 않고[反己證會] 무슨 방법이 있겠는가? 우리는 앞 장에서[244] 우주 만유가 내 마음과 분리하여 독립적으로 존재하는 것이 아니라는 것을 상세히 설명하였다. 바꾸어 말하면 나와 우주가 각각의 본원이 따로 있는 것이 아니다. 이로써 보건대, 만물이 생성되는 이치는 자신의 마음으로 되돌아가 깨닫는 데 있을 뿐이다.[245] 『아함경』의 '몸소 증험한다[身作證]'[246]는 말은 자기 자신이 이 이치를 실증한다는 뜻으로, 피상적인 사의와는 다르다. 그러나 깨달음의 내용은 다른 사람에게 말로 전달할 수 없다. 왕양명(王陽明)은 "벙어리는 쓴 오이를 먹을 때 써도 말하지 못한다. 쓴 맛을 알려면, 그대 자신이 직접 먹어보아야 한다"[247]라고 하였는데, 참 좋은 비유이다.[248]

이 장의 주요한 내용은 대략 이상과 같다. 이제 인도 유식불교의 대의를 차례로 언급해보려고 한다. 인도 불교의 학설은 대개 인생관이 뼈대를 이루고,[249] 본체론이나 우주론 및 인식론이 모두 인생관 안에 포함된다. 대승공종의 학자들은 『대반야경(大般若經)』을 소의 경전으로 삼아 『중관(中觀)』 등의 논서를 지었다. 그들은 모든 잘못된 지견(知見)[250]

244) 「유식」 장을 말한다.
245) 체득은 깨달음을 말한다.
246) (역주) 『阿含經』에 빈번히 나온다. 예컨대 『長阿含經』 卷第二(大2, 014c). "身作證."
247) (역주) 王守仁, 『王文成全書』 卷一. "啞子喫苦瓜, 與你說不得. 你要知此苦, 還須你自喫."
248) 어떻게 깨달을 수 있는가 하는 것은 『量論』에서 자세히 다루겠다.
249) 그들은 인생에 대해 특수한 感觸이 있다고 지우쳐서 본다.
250) (역주) 知見은 자기의 사려 분별로 세운 견해를 말한다. 智慧가 般若의 無分別智인 것

을 제거하여 사람들이 공(空)의 이치를 스스로 깨닫게 하였다.[251] 그들이 견지하는 학설은 본체론과 인식론 등 여러 방면에 걸쳐 있으며, 인식론적인 측면에서만 접근한 것이라고 보아도 좋다. 그들의 본의는 본체를 나타내 보이는 데 있지만, 다른 몽매한 철학자들이 본체를 함부로 구상한 것과 달리 일체의 미혹한 지견을 논파하여 깨끗이 제거되도록 하고 스스로 진리를 인식하기를 바랐다.[252] 따라서 그들이 인식론적인 관점에서만 말한 것이라고 해도 된다. 우주를 해석하는 외도(外道)의 수많은 견해들을 그들은 모두 폐기해버렸다. 이 때문에 우주를 해석하려 하지 않고, 단지 사람들이 일체의 지견을 제거하도록 하였다. 즉 우주 만상을 우주 만상으로 보지 않고, 직접 진여(眞如)를 보았다.[253] 이것이 공종의 핵심이다.

그 후 무착·세친 등 유종의 논사들이 유식론을 제창하였다. 무착은 『섭대승론(攝大乘論)』[254]을 지어 장식(藏識) 중의 종자를 모든 사물의 원인으로 삼았다.[255] 이것이야말로 우주를 해석하는 학설이다. 무착의 동생 세친이 『유식삼십론송(唯識三十論頌)』 등을 짓고 나서 비교적 정밀한 우주론이 있게 되었다. 이제 그 학설을 첫째, 현행계, 둘째, 종자계, 셋

과는 구별된다. 사려 분별을 떠난 心識은 佛知見이라고도 하며, 지혜와 같은 의미이다.

251) 空은 깨끗이 제거한다는 뜻이다. 일체의 미망과 분별이 모두 空이고 진리가 드러나므로, 이러한 의미를 통하여 眞理를 空理라고 부른다. 이것도 본체의 다른 이름이다.

252) 모두 사라진다는 것은 妄見이 단절되어 없어지는 것이다. 잘못된 견해가 없어진다는 것은 허망과 분별이 모두 사라지는 것이다. 진리는 바로 본체를 말한다.

253) 眞如는 바로 본체를 말한다.

254) (역주) 『攝大乘論[Mahāyānasaṃgraha]』은 대승을 포괄한 논서라는 제목으로, 無着(Asaṅga, 약 310~390)의 저술이다. 漢譯에 佛陀扇多[Buddhaśānta]가 531년에 번역한 2권본, 眞諦(Paramārtha)가 563년에 번역한 3권본, 玄奘이 647~649년에 번역한 8권본 등 여러 종류가 있다. 이 책은 般若불교를 계승하여 반야바라밀[無分別智]을 근본으로 삼고, 瑜伽불교를 수용하여 대승불교 전체를 하나의 정연한 조직으로 세우고 있다. 이 책에서는 三性說이 유식설의 기초가 되어, '境識俱泯'을 참된 唯識으로 본다. 이 책이 眞諦에 의해 중국에 전해지고난 뒤에 攝論宗이 일어났다.

255) 藏識에 대해서는 뒤에 자세히 설명하겠다.

째, 진여의 순서로 말해보겠다.

먼저 현행계에 대해 말해보면, 대략 두 가지 내용으로 요약된다. 그들의 학설에 따르면, 첫째, 현행계는 중생들이 각각 개별적으로 가지고 있는 것이지, 모든 사람에게 공통적인 것이 아니다. 둘째, 현행계는 하나의 통일체가 아니라 각각 독립적인 요소들로 나누어진 것이다. 팔식(八識)이 바로 그것이다.[256] 팔식이란 ① 안식(眼識)으로, 모습(色)을 식별하는 것이다. ② 이식(耳識)으로, 소리를 식별하는 것이다. ③ 비식(鼻識)으로, 냄새를 식별하는 것이다. ④ 설식(舌識)으로, 맛을 식별하는 것이다. ⑤ 신식(身識)으로, 감촉을 식별하는 것이다. ⑥ 의식(意識)으로, 법(法)을 식별하는 것이다. ⑦ 말나식으로, 안으로 장식(藏識)이 자아라고 생각하여 집착하는 것이다. ⑧ 장식으로, 무수한 종자를 함장하는 것이다. 사람이면 누구나 이 팔식을 가지고 있다. 그런데 하나의 식도 통일체가 아니라 심, 즉 마음과 심소, 즉 마음 작용으로 나뉘어진다.[257] 심은 하나이지만, 수많은 심소를 통섭한다. 심소는 다수지만, 똑같이 하나의 심에 의거하여 모임을 형성한다. 예컨대 안식은 심과 수많은 심소들이 하나로 모인 것을 말한다. 이식에서 제8식까지 모두 이와 같다. 앞에서 말한 것처럼 8개의 식은 각각 심과 심소로 나누어진다. 하나의 심은 상분(相分)과 견분(見分)이라는 두 부분으로 나뉘어진다.[258] 심 속의 개별적인 심소들을 두 부분으로 나누어 상분과 견분이라고 부른다. 종합하면, 팔식은 나누어 말하면 심과 심소가 있을 뿐이다. 또 심과 심소를 나누어 말하면, 무수한 견분과 상분이 있을 뿐이다. 결론적으로 이 무수한 견분

256) (역주) 識을 八識으로 나누는 외에, 護法의 四分說과 陳那의 三分說 등이 있다. 三分說은 식을 相分·見分·自證分으로 삼분하는 것이고, 사분설은 여기에 證自證分을 더한다. 『成唯識論』 卷2(大31, 10b) 및 『成唯識論述記』 卷3(大43, 318c)에 나온다.

257) 마음 위에서 각종 작용이 이루어지므로, 心所라고 부른다.

258) 相分은 세속에서 말하는 사물에 해당한다. 見分은 세속에서 말하는 마음에 해당한다. 다시 이분하는 학설이 있지만 모두 견분에 편입되므로, 따로 논하지 않겠다.

과 상분을 현행계라고 통칭한다.[259] 따라서 그들은 현행계를 각각 독립된 요소로 분석하였다.

다음은 종자계이다. 앞에서 말한 현행계, 또는 무수한 견분과 상분은 원인 없이 생겨날 수 없으므로, 종자를 세워 현행계의 원인으로 삼았다.[260] 개별 사람의 현행계가 하나의 완결된 전체가 아니라는 사실은 앞에서 이미 설명하였다. 현행계의 원인이 근본적으로 차별적임을 알 수 있다. 바꾸어 말해서 현행계는 수많은 독립적인 요소들로 이루어져 있는데, 직접 현행계를 낳는 종자들은 또 얼마나 번다하겠는가? 예를 들어 안식은 각각의 상분과 견분으로 나뉘어진다. 이 안식의 각각의 견분은 그 자신의 견분 종자에서 생겨나고, 각각의 상분, 즉 대상계는 그 자신의 상분 종자에서 생겨난다. 안식이 이와 같고, 이식에서 제8장식까지 모두 이처럼 유추할 수 있다. 이렇게 보면, 종자는 천차만별로 다양하다고 할 수 있다. 인도 경의(輕義) 보살의 『의업론(意業論)』에 "무수한 종자들이 빗방울처럼 많다"라는 구절이 있다.[261] 그들의 종자설은 확실히 다원론이다.

그 다음은 진여이다. 불교는 어떤 종파를 막론하고 모든 대상의 실체를 진여라고 부른다. 유식논사들도 다를 바가 없다. 그러나 유식학자들은 종자를 현행계의 원인으로 삼고, 또 종자에[262] 법이본유종(法爾本有種)이 있다고 말한다.[263] 그렇게 보면 이 법이종이 현행계의 근원인데,

259) 눈앞에 나타나므로 현행계라고 하고, 세속에서 말하는 현상계에 해당한다.

260) 종자라는 이름은 제3장에서 인연을 말한 부분을 참조할 것.

261) 『瑜伽論記』 51, 제7면에서 인용하였다.

(역주) 遁倫, 『瑜伽論記』「論本」第51(大42, 592b). "若輕意菩薩意業論云 (…중략…) 無量諸種子, 其數如雨滴." 『瑜伽論記』는 신라의 遁倫(또는 道倫)이 『瑜伽師地論』에 대한 대가들의 주석문을 채록한 것이다. 48권에 이르는 방대한 저술로서, 먼저 『유가사지론』 전문에 대한 귀중한 주소가 채록되어 있고, 드물게 자신의 견해도 제기하고 있다. 본문의 해석에서 圓測과 窺基의 어느 한쪽에 치우치지 않는 中正을 취하고 있다는 점에서 학계의 높은 평가를 받고 있다.

262) 種子는 種이라고도 줄여 말한다.

어떻게 진여를 따로 세울 수 있는가? 그들의 학설을 따른다고 해도, 진여가 법이종으로 현현한다고는 할 수 없다. 유식불교에서 진여는 불생불멸이고 항상적인 존재이므로, 변화하거나 활동할 수 없다고 보기 때문이다.[264]

결론적으로 인도 유식불교는 상당히 번쇄한 철학이다. 그들은 현행계가 있음을 인정하고 수많은 요소들로 나누었다.[265] 이 때문에 수많은 종자를 세우고 현행계 요소들의 원인이라고 보았다. 또 장식을 세워서 종자를 모두 포함하여, 유식(唯識)의 이론을 완성하였다. 그들의 이러한 우주론은 무어라 표현하기 어려운 천착이다. 더욱 기이한 것은 그들이 법이종을 현행계의 근원으로 세우면서도 불생불멸하거나 항상된 진여를 현행계의 실체라고 말하는 것이다. 유식불교가 두 가지 본체를 주장한다는 혐의를 어떻게 풀어야 할지 모르겠다. 나는 공종은 우주론을 언급하지 않고 단지 사람들이 잘못된 견해에서 벗어나 실체를 직접 깨닫게 하기를 좋아한다고 생각한다. 이러한 학설은 확실히 의미가 깊다. 반면에 무착학파 이후 유식논사들의 주장은 혼란만 더하였다. 이 장에서 나는 흡벽과 생멸에 의거하여 우주 만상을 가설하였는데, 이것은 공종에서 우주론을 언급하지 않은 것과는 성격이 전혀 다르다. 다른 한편, 흡벽과 생멸이 실제로 자체가 없고 항전이 현현한 것에 지나지 않음을 언급하였다. 바꾸어 말하면 나는 우주 만상에서 형상을 취하지 않고 모두 진실(眞實)이라고 보았는데,[266] 이 점에서 공종의 은미한 주장과 공통점이 있다. 이 부분은 좀 더 자세히 살펴보려고 한다.

---

263) 法爾種이라고도 줄여 말한다.
264) 『大般若經』 등의 경을 참고할 것.
265) 즉 8개의 식이 모인 것, 또는 무수한 견분과 상분들이다.
266) 恒轉과 眞實이라는 두 단어는 모두 실체를 다르게 부른 것이다.

제5장 「공능(功能)(상)」

본체와 공용(상)

앞 장에서[1] 변화에 대하여, 한 번 흡했다가 한 번 벽하며 끊임없이 생성 소멸하는 과정이라고 설명하였다. 끊임없이 전변하는 본체를 가리켜 항전(恒轉)이라고 부른다. 항전의 힘은 지극히 크고[2] 무한하며 끝이 없으므로,[3] 공능(功能)이라고도 부른다. 앞 장에서 상술하지 못한 부분을 이제 명확히 설명하려고 한다. 더욱이 인도 불교의 오류는 바르게 수정되어야 한다.[4]

---

1) 「전변」 장을 말한다.

2) 여기에서 크다는 것은 작다는 것과 상대되는 개념이 아니다.

3) 실제로 존재하기는 하지만, 공간적 점유성[質礙]이 없으므로 무한하다고 한다. 제한된 영역이 없으므로, 끝이 없다고 한다.

4) (역주) 護法에 의하면, 공능이라는 것은 아라야식 중에 있는 힘, 즉 종자를 말한다. 『成唯識論』 卷二. "一切種相應皆分別. 此中何法, 名謂種子. 謂本識中親生自果功能差別."(大31, 008a) 또한 『成唯識論述記』 卷二에서는 이 귀절을 "以功能顯種子相"이라고 해석하고 있다(大43, 302c). 웅십력은 호법의 이러한 견해를 '인도 불교의 오류'라고 본

이 장에서는 먼저 '체용(體用)'이라는 두 글자의 의미를 다시 한 번 설명하겠다. 앞 장에서 자주 썼던 용어지만 의미가 분명히 드러나지 않았으므로, 보충하고자 한다. 용(用)은 작용, 또는 공용(功用)이라는 말이다. 이 작용이나 공용은 그 자체로 일종의 활동력에 불과하며,[5] 실재성이나 고정성이 있는 사물이 아니다. 바꾸어 말하면, 공용에는 근본적으로 자성이 없다. 만약 공용에 자성이 있다면 독립적으로 실재하는 사물이 되므로, 공용 밖에서 다시 본체를 찾으면 안 될 것이다.

체(體)는 용(用)에 대응해서 부르는 명칭이다. 그러나 체는 자기 전체를 들어서 다양하게 분화된 위대한 공용으로 나타나므로, 공용의 본체이지 공용 밖으로 초월하여 독립적으로 존재하는 것이 결코 아니다. 본체는 공용의 본체이므로, 공용을 떠나 본체를 찾아서는 안 된다.

인도 불교에서는 우주 만상, 즉 법상(法相)이라고 통칭되는 물질 현상[色法]과 마음 현상[心法]에 대해, 물질은 비록 고정된 실체는 없지만 현상의 모습으로 거짓 나타나므로 법상이라고 부르고, 모든 법상의 실체는 법성(法性)이라고 부른다.[6] 인도 불교에서 말하는 법성이 내가 말하는 본체이고 법상이 바로 공용이지만, 나는 법상이라고 부르고 싶지 않다. 그러나 공용의 자취의 형상으로 말하자면, 때로는 법상이라고 불러도 무방하다.[7]

나는 왜 일체의 법상을 공용이라고 부르는가? 이 이치는 마음을 비우고 궁구하면 저절로 알게 될 것이다. 법상으로 말하자면, 예컨대 마음은

것이다.

5) 활동하는 힘은 세용(勢用)이라고도 부른다.

6) 性이 바로 體의 뜻이다.

(역주) 法性은 제법의 진실한 본성, 만유의 실체를 말하고, 진여·실상·법계 등의 다른 이름으로 사용된다. 法相은 모습의 뜻으로 색심제행, 즉 일반적인 의미의 현상을 가리킨다.

7) 서양철학자들은 현상과 실체를 분별하는데, 불교에서 法相·法性을 구분하는 것과 비슷하다.

찰나마다 개별적으로 갑자기 일어나므로 일종의 작용, 또는 공용이고, 머물지 않고 계속 새롭게 거짓으로 나타나는 것이라고 할 수 있다. 따라서 실재한다고 볼 이유가 없다. 구유식논사들은 마음의 자체(自體)가 바로 식별이라고 보았다.[8] 그들은 대상을 식별한다는 한 가지 징후로부터, 마음을 그와 같은 것으로 파악하였다. 그들의 생각을 따라가 보면, 마음이란 실질은 없지만 실재한다는 것을 인정하지 않을 수 없는데, 대상을 식별하는 어떤 것이 있음이 분명하기 때문이다. 그들은 식별하는 모습을 실재하는 것으로 보면 안 된다는 것을 모른다. 그것은 거짓으로 나타난 자취의 형상일 뿐이다. 우리가 이 자취의 형상에서 본래의 모습을 궁구해보면 단지 강건하게 활동하는 작용이나 공용이라고 할 수 있고, 이 작용이나 공용의 강건한 활동의 한 측면이라고도 할 수 있다.[9] 세속의 견해에 따라 이 마음의 현상이나 법상을 말하면, 강건하게 활동하는 힘을 임시로 가정한 것[假立]에 불과하다.[10] 강건하게 활동하는 힘은 실제로 한 찰나도 머무르지 않는 것이고, 따라서 세속에서 생각하는 실재하는 사물은 근본적으로 존재하지 않는다. 그러므로 우리는 마음이라는 법상이 실재한다고 보면 안 되고, 본체를 일으켜서[稱體] 현현한 공용이라고 말할 수 있을 뿐이다.[11]

또 불교 전적에서는 물질 현상을 색법(色法)이라고 부른다. 상식적인 견해로는 모든 사물이 당연히 실재한다. 예를 들어 탁자, 의자에서 산·

---

8) 窺基가 번역한 『成唯識論』에 이 내용이 상세히 나와 있다.

9) 하나의 작용, 또는 공용마다 翕闢 두 측면을 갖추고 있다. 강건한 활동은 바로 闢이고 이 벽은 일종의 작용인데 한 쪽 편만을 들어 한 말이라고 할 수 있다. 또한 작용 중의 한 측면이란 것은 전체를 모두 포함하여 이 한 부분으로 나타났다는 말이다.

10) 즉 闢에 의거해 가정한 것이다.

11) 體는 본래 고요하여 형체가 없고, 이것이 활동하는 힘으로 나타난 것을 用이라고 한다. 稱 자는 아주 중요하다. 체는 용으로 완성되지만 전적으로 그 체의 자성을 잃지는 않는데, 비유하자면 물이 얼음이 되지만 물의 성질을 잃지 않는 것과 같다. 그러므로 稱이라고 한 것이다.

강・대지와 항성들 중 어느 하나가 실재하는 사물이 아니겠는가? 그러나 인도 논사들 같은 철학자들은 물질을 극미까지 나누고, 과학자들은 원자・전자 등으로 나눈다. 이렇게 보면 탁자・의자에서 항성과 같은 커다란 사물들까지 모두 실재하는 사물이 아니다. 따라서 현재 보자면, 극미나 원자・전자 등이 물질 우주의 기본이다. 우리는 이렇게 세분된 것들이 실재한다고 보는데, 과연 그러한가?[12] 이러한 의문은 풀기 쉽다. 우리는 전자 등 세분된 것들이 모두 실재하지 않는다고 한 마디로 결론 내려도 무방하다. 전자보다 더 기본적이고 세분된 것이 발견된다고 해도, 나는 역시 실재하지 않는다고 감히 단언하겠다. 과학자들의 학설을 확인해보면, 전자 등을 입자의 일종으로 형용하는 것보다 파동으로 형용하는 것이 더 타당하다고 생각하는 사람들이 있다. 실제로 입자설은 전자 등을 탄알처럼 질량을 가진 작은 알갱이로 보는 것이다. 이러한 해석은 근본적으로 옳지 않지만, 전적으로 파동설만 주장하는 것도 실제와 꼭 부합하지는 않는다. 파동이기도 하고 입자이기도 하다고 말하는 것도 두 가지 의미를 함께 취하는 것에 불과하고, 더 나을 것이 없다.[13] 종합하면, 입자설과 파동설은 우리의 주관적인 측면에서 전자 등의 본래 모습을 모색해본 것에 불과한 것이지, 그 자체로 본래의 모습

---

12) 인도 勝論派 논사들은 극미를 '細分'이라고 부른다. 지금 원자, 전자라고 하는 것들도 細分이라고 부를 수 있다.

13) (역주) 빛의 입자설(particulate theory)은 빛이 미립자로 이루어져 있다는 학설이다. 뉴튼이 처음 제시하였는데, 그는 1704년 『광학』에서 빛의 본체는 물체에서 사출되는 미립자라는 견해를 발표하여 빛이 파동이라고 생각한 C. 호이겐스의 설에 대응하였다. 19세기에 T. 영이 입자설로 설명할 수 없는 빛의 간섭 현상을 발견하여 파동설(wave theory)을 수립하기까지 빛의 입자설이 일반적으로 받아들여졌다. 파동설은 빛이 물결파처럼 한 파면에서 다른 파면으로 전파될 때, 원래 파면의 각 지점에서 구면파가 발생하고 그 구면파가 중첩되어 모인 것이 다른 파면이 된다는 가설로부터 시작한다. 파동설은 17세기 C. 호이겐스에 의해 처음으로 기초가 다져졌는데, 당시에는 입자설과 대립했으나 19세기에 들어와서 T. 영과 A. J. 프레넬에 의해 파동설이 확립되었다. 그 후 1905년에는 A. 아인슈타인이 光量子說을 발표함으로써 입자설은 부활하였고, 오늘날 양자역학에서는 빛의 파동설과 입자설이 양립할 수 있는 것으로 보고 있다.

이라고 보는 것은 큰 잘못이다. 우리는 전자 등의 사물은 세속에 따라 가정한 것일 뿐, 실재하는 것이 결코 아님을 알아야 한다. 이치로 볼 때, 전자 등도 앞에서 말한 마음 현상처럼 거짓으로 나타난 자취의 형상에 불과하다. 우리는 이러한 자취의 형상에서 그 본래의 모습을 추구하여 응집의 작용이나 공용이라고만 말할 수 있을 뿐이고, 작용이나 공용 중 응집의 한 측면이라고도 할 수 있다.[14] 응집하는 힘이 성대해질수록, 내가 미세한 파동이나 수많은 파동군이라고 본 것처럼 완연히 환상으로 나타나거나 입자라고 본 것처럼 환상으로 나타난다. 우리는 이것을 전자 등이라고 부른다. 실제로 이러한 종류의 미세한 사물은 응집 작용으로 존재하는 자취의 형상일 뿐이다. 우리가 물질 현상에 고정된 실질이 있고 이러한 법상이 참으로 존재한다고 말한다면, 잘못 중에서도 큰 잘못이다. 결론적으로, 우리는 여기에서 물질 현상과[15] 마음 현상은[16] 본체를 일으켜서[體稱] 현현한 위대한 공용의 두 측면이라고 규정한다. 따라서 마음과 사물은 근본적으로 차별이 없고, 모두 실재하지 않는다.

용(用)이라는 용어는 그 의미를 해석할 것도 없이 말하는 바가 아주 명백하다. 그러나 해석하려고 하면, 도리어 더 애매해져서 설명하기 어렵다는 것을 알게 된다. 용은 작용이라고 하는데, 작(作)은 활동한다는 뜻이다. 공용이라고도 부르는데, 공(功)은 능력의 의미이다. 그러나 이 '활동한다'는 것과 '능력'의 의미는 설명하기 어렵다. 활동한다는 것은 머무는 일 없이 변동하고[17] 끝없이 생성하는 것[18]이다. 활동한다는 자체가 뛰어난 능력[勝能]일 뿐이다. 뛰어나다는 것은 남달리 우수하다는 것으로, 칭찬하는 말이다. 이 뛰어난 능력의 의미는 지극히 미묘해서 말

---

14) 응집이 바로 흡이고, 벽과 상반상성한다. 그 의미는 「전변」 장에서 상세하게 다루었다.
15) 물질 현상은 法相이다.
16) 마음의 현상은 心相이다.
17) 머물지 않으면 사물의 존재는 없다.
18) 생겨나자마자 사라지고 사라지자마자 생겨나므로, 끝이 없다.

로 표현하기 어렵다. 일반적으로[19] 능력은 실측할 수 있는 것이지만, 지금 여기에서 말하는 뛰어난 능력은 실측의 방법으로 도달할 수 없다. 이 뛰어난 능력은 무력한 힘이고, 무능하지만 못하는 일이 없는 것이라고 말할 수밖에 없다. 우리는 그것이 찰나마다 변화하여 한 순간도 머무르지 않고, 찰나마다 발생하여 고갈하거나 단절되는 일이 없다고 말한다. 이렇게 활동하는 뛰어난 힘은 객관적인 존재로 있는 것이 아니지만, 치열하게 활동하고 치열하게 발생하므로 없는 것이 아니다. 그러나 또한 어떤 객관적인 존재가 있는 것은 확실히 아니므로, 지극히 신묘하다. 따라서 무력한 힘이고 무능하지만 못하는 일이 없다고 하였다. 이 무력한 힘이자 무능하지만 못하는 일이 없는 힘이야말로 지극히 위대하고 강건하여 헤아릴 수 없는 것이고, 지극히 신묘하고 온갖 덕을 함장하며 뭇 이치를 갖추고 있어서 불가사의한 것이다. 이 뛰어난 능력은 시간성과 공간성이 없이 모든 곳에 원만하게 두루 존재하고, 조금도 부족한 점이 없으며,[20] 천차만별로 나타나고, 또 고정된 형상이 없다. 만약 이 뛰어난 능력을 있다고 한다면, 분명히 실질도, 형상도 없는 것인데 어떻게 있다고 할 수 있는가? 만약 없다고 한다면, 확실히 온갖 신묘함의 문[衆妙之門]이자 모든 선(善) 중 최고이고 머물지 않고 항상 새롭게 생성되는 것인데 어떻게 없다고 할 수 있는가? 그러므로 이 뛰어난 능력은 있다거나 없다는 상에서는 떨어져 있다. 물리학에서 말하는 능력이 이 뛰어난 능력과 완전히 일치하지는 않는다. 그들이[21] 말하는 능력은 실유하는 사정(事情)의 자취의 형상이지, 바로 실유하는 사정은 아니기 때문이다.[22] 실유하는 사정은 아무리 치열하게 활동하더라도 적막하

---

19) 물리학자와 같은 경우이다.

20) 여기에서 말하는 모든 곳은 단지 편리하게 말하기 위한 것으로, 이치로는 실제로 어떤 장소라는 뜻이 없다.

21) 물리학자를 말한다.

22) 여기에서 '실제로 있는 (실유하는) 사정'이란 바로 功用 중에서 翕의 측면의 활동을

여 어떤 사물도 지나간 적이 없고,[23] 아무리 치열하게 발생하더라도 담담하여 어떤 사물도 현재 머문 적이 없기 때문이다.[24] 그러므로 번다한 것들이 신묘하게 존재하지만[妙有], 결국 담박하여 아무 것도 존재하지 않는다[虛無]. 우리가 여기에서 말하는 뛰어난 능력의 의미를 깨달으면, 일반적으로 말하는 운동의 속도와 발산 등 조잡한 개념들을 모두 깨끗이 없애버리게 된다. 그러므로 물리학에서 말하는 능력은 우주의 자취의 형상을 모색하는 것에 불과하고,[25] 우주가 정말 이와 같은 것은 아니다. 비유하자면 손가락 하나를 펴서 맹렬한 속도로 쉬지 않고 돌리면 황홀하여 움직이는 바퀴가 있는 것처럼 보이지만, 이 움직이는 바퀴는 실재하는 것이 아니라 거짓된 자취의 상에 불과한 것과 같다. 물리학자들이 말하는 능력도 실측할 수 없는 것이고, 이 움직이는 바퀴와 똑같이 거짓된 것이다. 우리는 형이상학의 입장에서 우주 만상을 뛰어난 능력으로 환원한다. 이러한 능력의 의미는 본래 지극히 미묘해서 형용하기 어렵다. 우리는 이러한 능력을 물리학의 능력이라는 의미로 해석해서는 결코 안 된다. 이것은 수천만 번 엄밀히 구분해야 하고, 조금이라도 잘못 이해하면 안 된다. 이 뛰어난 능력에 비추면, 일체의 법상이나 우주 만상이 텅 비어 아무 것도 없다고 여겨진다고 말하는 사람이 있다. 실제로 이것은 결코 놀랄 일이 아니다. 원래 위대한 공용의 흐름만 있을 뿐이니, 어디에 고정된 현상의 모습[法相]이 있는가?

지목한 것이다. 자취의 형상을 실제로 있다고 하는 것일 뿐 세속에서 말하는 실재하는 사물 같은 것이 아니다. 다른 곳에서 실제로 있는 사정이라고 말하는 경우도 모두 이와 같다. 또 이 '실제로 있는 사정'은 宇宙라고 해도 무방하다. 이를 빼놓고 따로이 우주라고 부를 수 있는 물질세계가 있는 것이 아니다.

23) '－해본 적이 없다[曾]'는 것은 과거를 말한다. 모든 사물은 찰나에 사라지므로 과거에서 현재까지 이르는 것이 없다. 이것은 찰나마다 잠깐 나타나는 움직임이지 실제로 움직이는 사물이 있는 것이 아니다. 그러므로 활동하면서도 활동이 없다.

24) 모든 사물은 찰나에 사라지므로 현재에 머물 수 없다. 움직이는 사물이 없으므로 활동하면서도 활동이 없다는 의미는 앞에 의거하면 알 수 있다.

25) 宇宙에 대해서는 앞의 주에서 설명하였다.

법상(法相)은 가설해도 무방하지만, 본론에서는 실제로 법상을 세우지 않고 공용만 말한다. 이것이 인도 대승불교와 근본적으로 다른 점이다. 대승공종과 유종 두 종파의 법상에 대한 주장은 두 가지임을 알아야 한다. 공종은 법상을 공으로 하려고 하는데, 여기에서 말하는 공은 막고 뽑아버린다는 의미이다. 그들 공종은 사람들이 공의 이치를 스스로 깨닫기를 바라기 때문에,[26] 일체의 법상을 막고 뽑아버리지 않을 수 없다. 예를 들면 3장에서 든 비유처럼[27] 새끼줄의 모습이 실재하는 것이라고 집착하면, 새끼줄이라는 생각만 일으킬 뿐 그것이 본래 마라는 것을 바로 보지 못하게 된다. 지금 법상에 대하여 실재하는 것이라고 집착하면, 법상이라는 생각만 일으킬 뿐 그것이 본래 진여임을 바로 보지 못하게 된다. 바꾸어 말하면, 법상을 공으로 하지 않으면 본체를 직접 꿰뚫어볼 수 없다.[28] 따라서 공종에서는 법상을 막고 뽑아버림으로써 실제(實際)를 깨달으려 하였다.[29] 이러한 이치는 지극히 심오하고 미묘하니, 종래 몇 사람이나 깨달을 수 있었겠는가?

---

26) 공의 이치[空理]는 모든 사물의 본체이고 眞如라고도 부른다. 망상으로 집착하는 모습을 공으로 하여 나타나는 진리이므로 공의 이치라고 부르는 것이지 理體가 전혀 없다[空無]는 것이 아니니, 잘 깨달아야 한다.

27) (역주) 三性에 해당하는 설명으로서, 인도 유식불교와 중국 법상종의 근본 교의이다. 모든 존재의 본성과 상태가 3가지 종류로 나누어진다고 보는 학설이다. 3가지 모두 '無自性空'의 이치를 따르므로 三無性이라고도 한다. ① 변계소집성(遍計所執性, parikalpita-svabhāva) : 虛妄分別相·分別性이라고 하고 無實體의 존재를 實我·實法이라고 생각하여 허망한 마음을 일으키는 것을 '能遍計'라고 하고. 그렇게 인식되는 대상을 所遍計라고 한다. ② 의타기성(依他起性, para-tantra-svabhāva) : 因緣相·依他性이라고 하고, 他는 각종 연에 의거하여 생기한 법을 가리킨다. 고정되고 영원불변한 실재가 아니므로 '如幻假有'·'假有實無'라고 한다. ③ 원성실성(圓成實性, parinișpanna -svabhāva) : 第一義相·眞實相이라고 하고, 의타기성의 진실한 체[眞如]로서 두루 원만하게 펼쳐지며 不生不滅·體性眞實한 것을 圓成實이라고 부른다. 새끼줄을 뱀으로 보고 깜짝 놀라는 것은 변계소집성이고, 새끼줄을 줄로 보는 것은 의타기성이며, 새끼줄을 마로 파악하는 것은 원성실성의 비유이다.

28) 꿰뚫어본다는 것은 깨닫는다는 뜻이고, 대충 이해하는 것과는 다르다.

29) 實際는 진여, 또는 본체를 다르게 부른 것이다.

『반야심경(般若心經)』은[30] 『대반야경(大般若經)』[31] 중 가장 핵심적인 부분만 모아 작은 책자로 만든 것이다. 『대반야경』은 공종의 소의 경전으로서 뭇 불경의 어머니라고 불리는 책이고, 『반야심경』은 『대반야경』의 주요 부분만 모았으므로 그것에서 법문의 총지를 충분히 볼 수 있다. 『반야심경』에서 보여주는 종지는 '오온이 모두 공[五蘊皆空]'이라는 학설이다. 이 구절의 의미는 넓고도 깊은데, 『대반야경』 전체에서 이러한 의미를 나타내지 않는 부분은 없다. 오온[32]은 법상의 별칭이다. 일체의 법상을 통합하여 숫자로 계산하면 5가 된다고 보고, 이들 법상을 나누어서 따로 모은 것을 온이라고 부른다.[33] 오온에서 첫 번째 색온(色蘊)은 모든 물질 현상을 통섭하는 것으로, 세속의 견해와 같이 안으로

---

30) (역주) 『般若波羅蜜多心經』(Prajñāpāramitā-hṛdayṁa'-sūtra) 1卷으로서 唐의 玄奘이 649년에 번역하였다(大8). 원전의 梵本은 大本과 小本의 2종이 전해지는데, 小本이 이에 해당한다. 般若部의 여러 경전들이 주장하는 근본적인 중심 사상을 간략하게 압축하여 제시한 지극히 짧은 經이다. 다루고 있는 주요 내용은 般若·五蘊·諸法·6根·6塵·界·12因緣·四諦·無所得·涅槃·반야바라밀다·아뇩다라삼먁삼보리·呪이다. 한역으로는 鳩摩羅什·法月(738)·般若·利言(790)·智慧輪(?~859)·法成·施護 등이 한 번역이 있다.

31) (역주) 『大般若波羅蜜多經』(Mahāprajñāpāpāramitā-sūtra)는 『대반야경』·『대품반야경』이라고도 한다. 반야바라밀다란 지혜로 저 언덕에 이른다는 뜻으로, 이 경에서는 모든 법이 空하여 얻을 수 없는 실상을 바르게 관찰하기를 강조하였다. 그래야 2승의 미혹한 집착을 깨뜨리고, 대승의 지위에 안정할 수 있다는 것이다. 원래 반야 바라밀다는 여섯 가지 바라밀다의 하나였지만 이러한 의미에서 온갖 불법을 총괄하는 것이 되므로, 대승불교의 근본 경전으로 추앙되고 있다. 분량이 방대하여 전체 600권(390품) 460만여 자로 이루어져 있고, 대승불교의 5대 경전(『화엄경』·『방등경』·『법화경』·『열반경』·『반야경』) 중에서 가장 방대한 내용을 가진 경전이다. 唐대 660~663년까지 玄奘이 한역하였다.

32) (역주) 五蘊은 각 존재의 5가지 구성 요소, 또는 집합(skandha)을 말한다. 불교에서 물질과 정신을 5개의 카테고리로 분류한 것을 의미한다. 오온 중 色(rūpa)은 물질 일반, 또는 신체 및 물질성을 말하고, 受(vendanā)는 감수 작용으로 감각, 단순 감정에 해당한다. 想(saṃjña)은 마음에 떠오르는 像으로 표상 작용을 말하고, 行(saṃskāra)은 의지, 또는 충동적 욕구에 해당되는 마음 작용, 잠재적 형상력을 의미하고, 識(vijñāna)은 인식 작용, 식별 작용에 해당한다. 따라서 오온은 물질성, 감각, 표상, 의지적 형성력, 인식 작용의 5가지이다. 우리들 개인 존재는 물질 측면(色)과 정신 측면(受·想·行·識)으로 이루어져 있고, 이 5개의 집합 외에 독립된 자아는 없다고 본다.

33) 蘊은 모였다는 뜻이다.

근신(根身)과 밖으로 물질 우주가 모두 색온에 통섭된다.[34] 수온(受蘊)·상온(想蘊)·행온(行蘊)·식온(識蘊)의 4가지 온은 모든 마음 현상을 그처럼 나누어서 가정한 것이다. 대승공종에서 보는 마음의 명칭과 수는 원래 소승불교에 근거를 둔다. 소승불교에서는 처음에 안식·이식·비식·설식·신식·의식이라는 6식을 말하였고,[35] 제7식과 제8식에 대해서는 의미만 있었을 뿐 명칭이 없었다.[36] 대승불교에서 무착이 유교(有教)를 창시하면서 비로소 8식이라는 명목을 분명히 하였다. 그러나 6식, 또는 8식이라는 것이 각각 독립적인 6개, 8개인가? 아니면 단지 여섯 측면, 여덟 측면이 있다는 주장인가? 소승불교에서는 이 문제에 대해 명확한 의견 표명을 하지 않았고, 이러한 입장은 대승불교의 무착학파가 8식을 각각 독립적인 것으로 나눈 것과 다르다. 그러나 대승공종에서는 세속에 따라서 심식을 말할 때 여러 묶음으로 나누어진 것으로 가정하였다. 예를 들면 안식이 한 묶음이고, 이식이 또 한 묶음이며, 제6식까지 각각의 식을 한 묶음씩으로 하였고, 또 하나의 식을 마음과 마음 작용, 즉 심과 심소로 나누었다. 이러한 논법은 소승불교 이래 계속 이어져온 것이다. 안식을 예로 들면, 안식이라는 묶음은 심과 심에서의 모든 심소법들로 나누어야 한다. 심이 주가 되고, 심소법은 심에 의탁하되 심과 상응하여 대상을 취하는 각종 작용이다. 이러한 작용은 심이 아니라 단지 심에 속하는 것일 뿐, 이 때문에 심에서의 모든 법이라고 부르고

---

34) 色蘊은 본래 나눌 수 있는 안팎의 경계가 없지만, 세속에서는 안과 밖이 있다고 생각할 뿐이다.

35) 意識은 마음을 다르게 부른 것이고, 다른 곳에서도 이에 준한다.
(역주) 六識은 眼·耳·鼻·舌·身·意이라는 六根의 인식 작용을 말한다. 6근은 색(형체가 있는 것)·소리·향기·맛·촉감·지에 대한 요별 작용을 하는 眼識·耳識·鼻識·舌識·身識·意識을 말한다. 이들 識과 境·根의 3가지가 동시에 존재하는 것이 필요하다. 아비달마불교에서는 이들 6식이 심작용의 기능이고 그 체는 오직 마음에 있으므로, 6식이 동시에 작용할 수 없다고 하였다. 유식학에서는 6식 외에 다시 근본적인 정신 작용으로서 2식을 세우고 6식이 동시에 작용하는 것을 인정하였다.

36) 『成唯識論』에서 상세히 나온다.

심소라고 줄여서 부른다. 심은 하나이고 심소법들의 주가 되므로, 많다는 것이 용납되지 않는다. 심소법은 수가 많은데, 수(受)·상(想) 등의 작용이 본래 차별된 것이기 때문이다.[37] 안식의 묶음은 이처럼 심과 심소로 나누어지고, 이식에서 제6식까지 모두 이와 같다. 심·심소의 뜻을 대략 설명하였으므로, 다시 수온 등 4가지 온에 대해 설명해보겠다. 수(受)는 심소의 하나이다. 수라고 부르는 것은 외부 대상[境]에서 괴롭고 즐거운 등의 감정을 받아들이기 때문이다.[38] 이것은 감정 작용이므로, 수온이라고 가정한 것이다. 상(想)도 심소의 하나이다. 상이라고 부르는 것은 외부 대상에서 형상을 취하기 때문이다. 예를 들어 푸른색에 접할 때, 이것이 푸른색이고 푸르지 않은 것이 아니라는 등 대상에서 형상을 취하여 사물을 분별하고 이치를 분석하는 지식을 형성한다. 이것은 지적 작용이므로, 상온이라고 가정한 것이다. 행(行)도 심소의 하나이다. 행이라고 부르는 것은 대상에 대해 조작을 일으키기 때문이다.[39] 이것은 의지 작용이므로, 행온이라고 가정한다. 그러나 행온 중에는 행이라는 하나의 심소만 있는 것이 아니라 여전히 수많은 심소법들이 있고, 이것들 모두가 행온에 포섭된다. 여기에 대해서는 자세히 언급하지 않겠다.[40] 앞의 수온·상온·행온, 이 세 가지 온이 심소의 전부이다. 맨 뒤의 식온(識蘊)은 심소법이 아니라 심법일 뿐이므로, 안식 등 6식의 묶

---

37) '본래[法爾]'는 '저절로[自然]'라고 말하는 것과 같다.

38) 受는 받아들인다는 뜻이다.

39) 行은 조작의 의미이다.

40) 나의 저서인 『佛家名相通釋』을 참고할 것.

(역주) 구사종의 경우에는 일체의 유위·무위법을 75법으로 분류하고, 그중 44종의 心所와 14종의 不相應法 등 모두 58법을 모두 行蘊이라고 불렀다. 전체 오온 중 色·受·想·識 등 사온을 제외한 나머지 일체제행이 모두 행온에 속한다. 일체유위법이 모두 조작하고 흐른다는 의미에서 보자면 行蘊뿐 아니라 나머지 사온도 모두 행온이라고 부를 수 있겠지만, 구사종에서는 이러한 학설에 극력 반대하였다. 經部와 大乘佛教의 경우에는 六思身을 行蘊이라고 보았는데, 六思身이란 六識에 상응하는 '思'를 의미하고 이렇게 보면 그 범위가 매우 방대하게 된다.

음 중 각각의 심법을 모두 식온이라고 세운 것이다. 이상의 오온은 전체적으로 말해서, 마음과 물질이라는 두 가지 현상에 지나지 않는다. 수온 등 4가지 온이 마음 현상에 속하고, 색온이 바로 물질 현상이다. 따라서 오온을 총괄해 말하면, 마음과 물질 두 측면에 지나지 않는다.

앞에서 오온의 명칭에 대해 설명하였으므로, 이제 경전의 뜻을 풀이해보겠다. 경전에서 오온이 모두 공이라고 말한 것은 일체의 법상에 실재하는 자성(自性)이 없으므로 모두 공이라는 의미이다. 색온을 예로 들면, 물질 현상은 독립적으로 실재하는 자체(自體)가 없으므로 본래 공이고 결국 존재하지 않는다. 수온을 예로 들면, 이 수라는 마음 작용은 독립적으로 실재하는 자체가 없으므로 본래 공이고 결국 존재하지 않는다. 똑같은 방식으로 식온까지 말하면, 이 마음 작용은 독립적으로 실재하는 자체가 없으므로 본래 공이고 결국 존재하지 않는다.[41) 『대반야경』 권 556에 "나 등이 결국 생겨나지 않아서, 가명(假名)만 있을 뿐 모두 자성이 없는 것과 같다.[42) 제법도 이와 마찬가지로, 가명만 있을 뿐 모두 자성이 없다. 어떤 것이 색(色)이기에 취할 수도 없고[43) 생겨날 수도 없는가?"[44)라는 귀절이 있다.[45) 어떤 수(受)·상(想)·행(行)·식(識)도 취할 수도 없고 생겨날 수도 없다는 것이 『대반야경』의 전체 요지이다. 이러한 어구는 인용할 수 없을 정도로 많고, 앞에서 말한 『반야심경』의 뜻과 서로 잘 부합된다. 공종은 오직 법상, 또는 오온의 모습[五蘊相]을 공으로

---

41) 여기에서 '-까지'라고 한 말은 중간을 생략하고 거론하지 않은 것이다.

42) 사람들은 모두 我相이 있다고 스스로 집착하고, 내가 단지 오온에 의거하여 일어난 妄執에 불과함을 깨닫지 못한다. 오온을 떠나면, 나는 과연 어디에 있는가? 그러므로 나라고 하는 것은 단지 가명일 뿐이지 그 자성을 구하면 얻을 수 없다.

43) 현상[色]은 본래 존재하지 않으므로, 어찌 취할 수 있겠는가?

44) 현상이 본래 존재하지 않는데, 어떻게 존재하겠는가?

45) (역주) 『大般若波羅蜜多經』 卷五百五十六(大7, 865c). "如說我等, 畢竟不生. 但有假名, 都無自性. 諸法亦爾, 畢竟不生. 但有假名, 都無自性. 世尊, 何等色, 畢竟不生. 何等受想行識, 畢竟不生."

하므로, 법상이나 오온의 모습에서 공의 이치(空理)를 깨달을 수 있음을 알아야 한다.[46] 바꾸어 말하면, 현상의 모습 하나하나, 또는 온의 모습 하나하나에 대하여 취하고 집착하는 일이 없고, 직접 그 본체를 꿰뚫어 보게 된다. 『반야심경』에서 오온이 모두 공이라고 할 때 공 자는 실제로 두 가지 의미를 함축한다. 한 가지는 오온의 대상이 모두 자성이 없으므로, 공이라고 부른다는 의미이다.[47] 다른 한 가지는 오온의 대상이 모두 자성이 없으므로, 온의 모습 하나하나에 대해 선입견과 집착을 배제하고 희론에서 벗어나 깨끗한 본연(本然)을 직접 깨달아가는 것도 공이라고 부른다는 것이다.[48] 이 두 가지 의미는 본래 서로 관련된다. 만약 대상에 실재하는 자성이 있어서 공하지 않다면, 현상의 모습을 통하여 공의 이치를 볼 방법이 없을 것이다.[49]

『반야심경』에서는 또 "색[色]이 공(空)과 다르지 않고, 공이 색과 다르지 않다. 색이 바로 공이고, 공이 바로 색이다. 수·상·행·식 또한 이와 같다"[50]라고 말한다. 여기에서의 공 역시 두 가지 의미를 모두 함축하고 있다는 점에서, 앞의 해석과 일치한다. 첫째, 세속에서 생각하듯이 텅 비어서 아무 사물도 없는 상태를 공이라고 한다면, 이 공은 색과 다르다. 세간의 상식적인 견해[情見]에서는 현상이 존재한다고 집착한다. 이제 진제의 이치에 의거해서 이 현상을 극미까지 나누고 없는 것에 가깝게[隣虛][51] 또 나누면, 현상이 본래 텅 비어 아무 것도 없는 것인데 어

---

46) 공의 이치는 앞의 주에서 상세히 설명하였다. 空이라고 줄여서 말하기도 한다.

47) 여기에서 空이라고 하는 것은 바로 없다는 의미이다.

48) 여기에서 空이라고 하는 것은 공의 이치[空理]를 말하는 것이지, 텅 비어 없다는 뜻이 아니다. 깨끗한 본연 역시 공의 이치를 다른 말로 표현한 것이다.

49) 『心經』은 窺基 대사가 은밀히 칭찬하였지만, 護法의 견지에 따라 해석하면 의거할 데가 없다.

50) (역주) 『般若波羅蜜多心經』(大8, 848c). "色不異空, 空不異色. 色卽是空, 空卽是色. 受想行識亦復如是."

51) 극미를 또 쪼개면 사물이 존재하지 않는데, 그것을 '없는 것에 가까운 것[隣虛]'이라고 한다. 없는 것에 가까운 것은 텅 빈 것에 가까워 존재하는 것이 없다.

떻게 실재하겠는가 하는 것을 알게 된다. 따라서 『심경』에서 "색이 공과 다르지 않고, 공이 색과 다르지 않다"고 한 것이다. 만약 색이 공과 서로 다르다면, 색에 실재하는 자성이 있어야 한다. 지금 그렇지 않으므로, 색과 공이 서로 다르지 않음을 알 수 있다. 색과 공이 서로 다르지 않으므로, "색이 바로 공이고, 공이 바로 색이다"고 한 것이다. 이 말은 색과 공이 하나이고 둘이 아니라는 사실을 분명히 보여주는데, 색에는 실재하는 자성이 없기 때문이다. 색과 공은 명칭은 하나가 아니지만, 실질을 살펴보면 결국 차별이 없음을 알 수 있다. 색은 본래 텅 비어 없는 것이 의미상 분명하다. 수·상·행·식은 또 어떠한가? 소승불교 이래로 수·상·행·식의 사온법은 단지 중생의 허망 분별의 측면에 의거하여 말한 것일 뿐이다.[52] 이 허망한 마음을 본래의 진실한 마음과 뒤섞어서 말하면 안 되고, 구별해서 보아야 한다. 허망한 마음은 인연·차제연·소연연과 증상연에 의거해서 마음의 모습[心相]으로 환상으로 나타난 것[幻現]임을 알아야 한다. 앞 3장에서 연생에 대해 설명한 내용을 다시 살펴보자. 이 마음을 여러 연들로 분석하면, 이 마음에 자성이 없게 된다. 자성이 없으므로 결국 공이고 존재하지 않는다. 따라서 『심경』에서 색이 공과 다르지 않다는 것과 서로 같다는 네 구에 이어 "수·상·행·식도 이와 같다"고 하였던 것이다. 이것은 마음 현상도 물질 현상과 똑같이 본래 텅 비어 없음[空無]을 나타낸 것이다. 이상의 언급은 모두 법상을 막고 뽑아버린 것이다.

둘째, 공은 공의 이치[空理]를 말한다. 법상이 공이므로, 법상에서 공의 이치를 인식하게 된다. 예를 들어 현상[色法]은 공의 이치 외에 따로 자성이 있는 것이 아니므로, '색이 공과 다르지 않다'고 하였다. 이 공의 이치는 현상과 떨어져 독립적으로 존재하는 것이 아니므로, '공이 색과

52) 여기에서 분별이라는 말은 명사로 사용된 말이므로, 心, 또는 識을 다르게 부른 것이다.

다르지 않다'고 하였다. 색과 공의 이치가 서로 다르지 않으므로 다시 '색이 바로 공이다'라고 규정하였는데, 이것은 이 색이 상을 떠나 고요한 진리임을 의미한다.[53] 또 '공이 바로 색이다'고 한 것은 상을 떠나 고요한 진리가 색의 실상(實相)이기 때문이다.[54] 앞에서 말한 것과 같이, 색과 공의 이치가 서로 다르지 않다는 것과 서로 일치한다[相卽]는 네 구절은 수·상·행·식의 예에서도 동일하다. 따라서 '이와 같다'고 하였다. 앞의 내용을 종합하면, 물질과 마음의 여러 법상이 모두 공이므로[55] 법상 하나하나에서 모두 공의 이치를 보게 된다.

법상에서 고요하고 상이 없는 본체를 직접 꿰뚫어 깨닫게 되므로, 『심경』에서 다시 "이 제법의 공상(空相)은 생겨나지도 않고, 소멸하지도 않고, 더럽지도 않고, 깨끗하지도 않고, 늘어나지도 않고, 줄어들지도 않는다. 공 속에는 색(色)이 없고, 수·상·행·식이 없다"[56]라고 하였다. 이 문장은 윗글에 이어서 말한 것이다. 제법의 공상은 물질 현상[色法]과 마음 현상[心法]을 합하여 말한 것이므로, 제법(諸法)이라고 표현하였다. 공상(空相)에서 상은 실상(實相[57])을 가리킨다. 즉 제법의 본체는 허망한 집착에 의해 나타난 것을 공으로 하므로, 공상이라고 하였다.[58] 모든 대상은 본질적으로는 없지만 현재는 있으므로, '생겨난다'고 하였다. 생겨났다가 없어지는 것을 '소멸한다'고 하였다. 공상은 언어를 떠난 절대이고,[59] 저

---

53) 진리는 공의 이치[空理]를 다르게 부른 것이다. 모습을 떠났다[離相]는 것은 진리 자체가 내가 허망하게 추측하고 집착하는 모든 상을 멀리 벗어난 것이기 때문이다.

54) 여기에서 실상이라고 하는 것은 本體를 다르게 부른 것이다.

55) 여기에서 공이라고 하는 것은 텅 비어 없다는 것이다. 물질과 마음 등의 모습이 존재한다고 생각하지 않기 때문이다.

56) (역주) 『般若波羅蜜多心經』(大8, 848c). "是諸法空相, 不生不滅, 不垢不淨, 不增不減. 是故空中無色, 無受想行識."

57) 實相은 앞에서 주를 달아 설명하였다.

58) 예컨대 현상[色法]에 대해 이와 같은 현상이 실재한다고 함부로 집착하지 않고 그 고요하고 상이 없는 본체를 바로 꿰뚫어서 깨닫는다. 즉 이 본체가 나타난 대상에 대해 함부로 집착하는 것을 공으로 하여 얻게 되는 실상이다. 나타난 대상에 함부로 집착하는 것을 공으로 하기 때문에, '공의 모습[空相]'이라고 한다.

절로[60] 본래부터 존재하며, 이전에는 없다가 지금 비로소 생겨난 것이 아니므로, '생겨나지 않는다'고 하였다. 모든 대상은 생겨나면 소멸하고 생겨나지 않으면 소멸하는 일도 없으므로, '소멸하지 않는다'고 하였다. 막히고 오염된 것을 '더럽다'고 하고, 이와 반대되는 것을 '깨끗하다'고 하였다. 공상이란 그 성질이 항상 일정하고, 더럽지 않다. 비유하자면 안개와 구름이 사방을 막아도 비어 있는 성질이 항상 그대로 유지되고 안개와 구름의 장애를 받지 않는 허공과 같다. 따라서 '더럽지 않다'고 하였다. 그러나 또 '깨끗하지 않다'고 한 것은 깨끗하다는 말은 반드시 더럽다는 말에 상대해 쓰는 것이기 때문이다. 공은 본래 청정하고 항상 더럽지 않으므로, 깨끗하다는 말을 상대적으로 쓸 근거가 없어서 깨끗하지 않다고 한 것이다. 본체의 모습이 더 넓어지는 것을 '늘어난다'고 하고, 이와 반대되는 것을 '줄어든다'고 한다. 공상은 밖이 없을 정도로 지극히 커서 더하지 않아도 처음부터 넓으므로, '늘어나지 않는다'고 하였다. 모든 대상은 늘어나면 줄어들고 늘어나지 않으면 줄어드는 일도 없으므로, '줄어들지 않는다'고 하였다. 이상에서 제법의 공상이 생성과 소멸, 더럽고 깨끗함, 늘어나고 줄어드는 등의 상에서 멀리 떠나 있음을 밝혔다. 그리하여 상대적이고 차별적인 법상을 없애고, 절대적이고 무차별적인 실상을 직접 깨닫게 하였다. 따라서 『심경』에서 "그러므로 공 속에는 색이 없고, 수·상·행·식이 없다"라고 한 것이다. '공 속'이라고 한 것은 공상이나 실상 중에는 오직 하나의 참된 절대[一眞絶對]만 있고,[61] 상을 떠나 고요하다는 의미이다.[62] 그러므로 실상에 집약해 말하자면, '색법이

---

59) 언어는 사물, 또는 어떤 물건을 표시하는 것이다. 그리고 공의 모습은 결코 외부의 사물이나 물건으로 간주해서 상상해서는 안 된다. 언어는 그것과 상응할 수 없으므로 언어를 떠났다고 하는 것이다. 그것은 함께 짝이 될 수 있는 사물이 있는 것이 아니므로, 無對라고 한다.

60) '저절로[法爾]'는 그에 상대되는 것이 없음을 말한다. 본래부터 존재한다는 것은 본래 존재하므로, 옛날에는 없고 지금 있는 것이 아니다.

61) 一眞의 一은 상대되는 것이 없다는 뜻이지 산술의 하나가 아니다.

없고, 수·상·행·식도 없다.' 『반야심경』의 이러한 내용은 『대반야경』 전체 사상을 종합하여 간략한 말로 표현한 것이다.

나는 여기에 인용된 『반야심경』의 귀절을 해석하여 독자들이 공종의 근본 사상을 분명히 파악하도록 하였다. 이것이 "고기 한 점의 맛을 보고 솥 전체의 맛을 알고, 오동나무 한 잎이 떨어지는 것을 보고 온 세상에 가을이 왔음을 안다"[63]는 것이다. 독자들은 『심경』의 이 귀절에서 공종의 요지를 분명히 알 수 있을 것이다. 나는 공종의 인식론은 우리의 지식이나 정견 등을 있는 힘껏 깨끗이 쓸어낸 것이라고 말한 적이 있다. 바꾸어 말해서, 태초부터 실용적인 측면에서 외부를 향해 무언가를 찾는 양지(量智) 작용의 습관을 배척해 없애고,[64] 더러움을 떠난 본래의 고유한 성지(性智)로 되돌아가는 것이다.[65] 오직 이와 같이 공종이 양지가 행해지는 경지, 즉 정견에 따라 법상이 실재한다고 보는 집착을 모조리 다 없애버리면, 밖으로는 좇을 대상이 없게 되고 안으로는 함부로 치닫는 정견도 그와 함께 그치게 된다. 정견은 본래 뿌리가 없으므로, 정견이 붙잡거나 그려내는 것들을 하나하나 막아 없애면 정견도 남지 않을 것임을 알아야 한다. 정견만 없어지면, 법상에 집착하지 않고 제법의 실상으로 뚫고 들어갈 수 있다. 인식론 측면에서의 공종의 주장을 나는 형이상학적인 측면에서 극히 찬성한다. 그러나 우리는 또 형이

---

62) 實相이라는 것은 본래는 실재하지만 세속에서 생각하듯 외부세계의 사물이 아니고 즉 형체와 장소 등이 없으므로 모습을 떠났다고 한 것이다. 고요하다는 것은 오직 텅 비어 적막하여 형용할 말이 없는 것이다. 내가 한 모든 허망한 생각과 우스운 논의는 단지 애매한 속에서 스스로 서술한 것일 뿐 다른 것과 서로 관련이 없다.

63) (역주) 『呂氏春秋』 「愼大覽」 第三. "嘗一脟肉, 而知一鑊之味, 一鼎之調"; 『山西通志』 卷四十七. "詩云, 梧桐一葉落, 知天下之秋." 작은 부분을 보고 전체를 파악한다는 뜻이다.

64) 없앤다는 것은 그것이 다시 머물러 존재하지 않게 하는 것이다. 量智에 대해서는 「명종」 장에서 설명하였다.

65) 공종에서 말하는 般若가 바로 지혜[智]라는 의미이다. 그런데 지혜라고 해석하지 않는 것은 그 의미가 극히 미묘해서 보통 말하는 지식과 혼동할까 두려워해서이다.

상학 영역에 속하지 않는[66] 외부세계나 경험세계를 가정할 수 있는데, 이 영역에서는 정견이나 지식에 상당한 가치가 있다고 보아도 무방하다. 단지 이 정견과 지식을 단련하고 발전시키려면, 미혹과 오류에 빠지지 말아야 한다.[67] 더욱 중요한 것은 정견을 바른 견해[正見]로 전환시켜야 한다는 점이다. 바꾸어 말해서 정견이 성지의 발용이 되도록 전환되어야 한다. 그 무한하고 심오한 의미에 대해서는 더 설명하기 어려우니 여기까지만 말하고, 『양론』에서 다시 논의하기로 하겠다.

공종의 전체 사상은 한 마디로 '법상을 깨뜨려서 본성을 드러내는 것[破相顯性]'이라고 할 수 있다.[68] 공종이 온 힘을 다해 법상을 깨뜨려 없애는 것이 바로 본성을 드러내는 방법이다. 공종의 인식론은 모든 사람의 지식과 정견을[69] 치유하는 데 주력하기 때문이다. 따라서 법상을 깨뜨린다는 것은 바로 지식과 정견을 배척하자마자 확연히 실성(實性)을 깨닫는다는 것이다. 지식과 정견은 현실의 일상생활에서 훈습되어 나오고 사물의 이치를 구하려 밖으로 치달리므로, 결코 천지만물과 한 몸을 이루는 내재하는 실성을 되돌이켜 파악하지 못한다.[70] 그러니 지식과 정견을 배척하지 않으면 안 된다. 이러한 이치는 『양론』에서 자세히 언급하겠다. 나와 공종이 특히 계합하는 점도 바로 여기에 있다. 고금의 수많은 철학자들은 각자의 생각에 따라 체계적인 학설을 만들어서 한 학파의 학문으로 명성을 떨치고, 스스로 진리에 들어맞는다고 생각한다. 그 생각이 바로 분별적 견해[情計]임을 알지 못한다. 허망한 분별로 생각하는 것을 분별적 견해라고 한다. 그러나 정견(情見)이나 분별적 견해[情

66) 본래 외부세계가 없으므로 단지 가설일 뿐이다.

67) 미혹이란 사물에 대해 무지한 것이다. 오류란 보고 아는 것이 잘못된 것이다.

68) 여기에서 말하는 모습[相]이란 대상의 모습[法相]이다. 본성[性]은 실성(實性), 즉 본체를 달리 부른 것이다.

69) 이하 지식과 정견은 知見이라고 생략해서 말한다.

70) 여기에서 내재한다는 말은 외부세계가 있고 그와 상대한다는 의미를 가지는 것이 아니다. 잘 깨달아야 한다.

計]의 정(情) 자는 의미심장하여 설명하기 어렵다. 이지 작용은 외부를 향해 사물을 좇아서 발전해온 것이므로, 취하거나 얻는 것이 있다. 취하는 것은 추구하고 집착하는 것이다. 얻는 것은 획득하는 것으로, 어떤 물건을 얻는 경우와 같다. 이와 같으면, 상을 완전히 잊고 고요한 가운데 내적으로 깨달을 수[內證] 없다.[71] 이것은 진리에 맞는[如理][72] 사유인 명사(冥思)[73]나 사현관(思現觀)[74]이 결코 아니다. 진리에 맞는 사유라는 말은 『해심밀경(解深密經)』[75] 등의 경전에 나온다.[76] '맞다[如]'는 상응한다는

---

71) 이 의미는 심오해서 말하기 어렵다. 취하거나 얻는 것이 있는 모든 것을 情見, 또는 情計라고 부른다. 이 말을 사용하는 다른 곳에서도 모두 이에 의거한다.
(역주) 內證(pratyātṇādhigama)은 自內證이라고도 한다. 자기 마음속에서 진리를 깨닫는 것, 마음속의 내면적인 깨달음을 말한다. 內證을 기초로 외부 활동으로 표현되는 것을 外用이라고 하고, 자기 홀로의 깨달음과 관련되는 것을 己證이라고 한다.

72) (역주) 如理(yathārtha)는 뜻대로 설하거나 올바르다, 또는 진리에 맞는 것을 말한다. 如理師는 如實한 가르침으로 중생을 구제하는 大師로서, 부처님에 대한 경칭이다.

73) (역주) 冥思는 부처님과 보살의 생각을 말한다. 미루어 알 수가 없으므로, 이같이 말하였다.

74) (역주) 思現觀은 6現觀의 하나이다. 六現觀은 유식불교에서 有漏·無漏의 지혜를 가지고 명료하게 눈앞의 대상을 觀하는 방법을 6종류로 분류한 것이다. ① 思現觀: 喜受와 함께 발생하고 생각에서 생기는 지혜. ② 信現觀: 三寶에 대한 유루, 무루를 결정짓는 믿음. ③ 戒現觀: 무루의 戒가 觀을 명료하게 함. ④ 智諦現觀: 견도와 수도에서 眞如를 관하는 根本智와 後得智의 두 가지 지혜. ⑤ 邊智諦現觀: 모든 진여의 相을 緣하는 세간·출세간의 지혜. ⑥ 究竟現觀: 究竟位에 있어서의 무루의 열 가지 지혜를 말한다.

75) (역주) 『解深密經』은 唐의 玄奘이 한역하였고(大16), 범본은 전하지 않으나 티벳역은 현존한다. 성립 연대가 기원 300년경이라고 추정되는 중기 대승경전으로, 법상종의 근본 경전 중 하나이다. 「제1序品」에서는 부처님이 受用身을 내보이신 일을 말하고, 「제2勝義諦品」에서는 승의제가 名言의 상과 有無라는 두 상을 떠난 것을 말하였다. 「제3心意識相品」에서는 아타나식·아라야식·일체종자심식·심을 논하였고, 「제4一切法相品」에서는 변계소집성·의타기성·원성실성의 三性을 말하였다. 「제5無自性品」에서는 유 공 중의 삼시교판을 설하였고, 「제6分別瑜伽品」에서는 식의 所緣을 唯識의 所現으로 설명하였다. 「제7地波羅蜜多品」은 10波羅蜜多行을 말하였고, 「제8如來所作事品」에서는 여래법신의 相 및 化身의 작업을 설하고 있다. 서품을 제외한 나머지 7품은 『瑜伽師地論』에도 전문이 인용되어 있고, 『攝大乘論』·『成唯識論』에도 인용되어 후세에 큰 영향을 끼쳤다.

76) (역주) 예컨대 『解深密經』 「一切法相品」 第四(大16, 693a). "如理作意無倒思惟, 爲因緣故乃能通達. 於此通達漸漸修集."

의미이다. 생각이 오직 진리에 딱 맞아서, 전도되거나 추측하는 일이 없다는 것이다. 유학의 『대학(大學)』에 "그쳐야 할 곳을 안 뒤에야 안정될 수 있고, 안정된 뒤에야 고요할 수 있고, 고요한 뒤에야 편안할 수 있고, 편안한 뒤에야 사려할 수 있고, 사려한 뒤에야 얻을 수 있다"[77]라는 귀절이 있다. 이때의 사려는 안정되고 고요한 가운데 이루어져서 전도되고 허망한 것이 없으므로, '얻을 수 있다'고 한 것이다. 이 '얻는다'는 것이 바로 진리에 맞는다는 말이다. '명사'는 허망한 분별에서 벗어나 있으므로, 명(冥)이라고 하였다. '사현관'이라는 용어는 『대론(大論)』 등에 나온다.[78] 현(現)은 눈앞에서 분명히 체득하는 것으로, 상상으로 추측하는 것이 아니다. 관(觀)은 분명하게 살펴서 미혹한 부분이 없는 것이다. 진리에 맞는 사유를 현관(現觀)이라고 부른다. 이 사현관이라는 명칭이 성립하는 이유는 미혹과 오염이 깨끗이 치유되는 신지(神智)[79]의 초월이 아니면 사현관을 얻을 방법이 없기 때문이다. 철학자가 이러한 경지에 도달하기 어려운 것은 수많은 학자들이 완성한 체계적인 학설들이 누에가 고치를 지어 스스로를 속박하는 것과 같아서 진리를 엿볼 조건이 되지 못하기 때문이다. 종래 철학자들은 자신의 지식과 분별적인 견해로 우주를 해석하였다. 결국 지식과 분별적인 견해가 나올수록 해석도 더 많이 나오고, 나와 만물이 혼연히 한 몸이 되고[80] 형체에 제한받지 않는 본원(本原)이 더욱 막혀서 뚫고 들어갈 수 없게 된다.[81] 나는 철학이나

---

77) (역주) 『四書章句集註』『大學章句』. "知止而後能定, 定而後能淨, 淨而後能安, 安而後能慮, 慮而後能得."

78) (역주) 예컨대 『大論』은 『大智度論』을 말한다. 특히 천태종에서는 같은 용수의 저작인 『中論』과 비교하여 『大智度論』을 『大論』이라고 부른다. 思現觀에 대한 내용은 예컨대 『瑜伽師地論』 卷第十(大30, 328b). "修六種現觀, 應知何等爲六. 謂思現觀, 信現觀, 戒現觀, 現觀智諦現觀, 現觀邊智諦現觀, 究竟現觀."

79) (역주) 神智는 불가사의한 지혜, 뛰어난 지혜, 또는 신통과 지혜를 말한다.

80) (역주) 程明道의 말이다. 『河南程氏遺書』 卷二上 第28條「識仁篇」. "仁者渾然與物一體." 본문「유식(상)」 주 96)번에 이미 나온 구절이다.

81) 이 중의 본원은 본체를 형용한 말이다. 본체로 말하자면, 사물과 나의 구분이 없으므

형이상학이 희론으로 치달리지 않고 진리를 발견하려면, 바로 여기에서[82] 자신의 지식과 분별적인 견해를 믿지 말고 그 문을 닫아버려야 한다고[83] 본다. 그래야 현묘함을 보는 길[玄覽之路]이 열린다.[84] 더욱이 철학계나 고금의 철학자들 대부분이 어지럽게 복잡한 지식과 분별적인 견해를 주장하는 것에 대해, 공종의 크게 쓸어버리는 수단을 써서 복잡하게 얽힌 것을 한 번에 잘라버리면 향상하는[85] 기회를 만날 수 있다. 복잡한 지식과 분별적인 견해에 일임하고 그곳에 먼저 들어가는 것이 위주가 되면, 진리의 영역[眞理分]으로는 들어가지 못한다.[86] 종합하면, 우리는 본체론 측면에서 공종이 지식과 분별적인 견해를 깨끗이 쓸어버리려는 의도에 극히 찬성할 뿐 아니라 동일하게 주장한다. 그러나 한 마디 덧붙이고 싶은 것은 내가 지식과 분별적인 견해를 깨끗이 쓸어버린다고 한 것은 세간의 모든 지식을 전혀 이해하지 못하겠다는 뜻이 아니라 단지 그것을 따라 활동하지 않겠다는 의미이다.[87]

공종의 인식론의 주장은 지식과 분별적인 견해를 깨끗이 쓸어버리려는 것이므로, 법상이나 우주 만상이 모두 공(空)이라고 말한다. 법상을 공으로 해야만 실성(實性)을 깊이 꿰뚫을 수 있지, 그렇지 않으면 거짓된 자취의 형상에 구애되어 진리를 궁구하지 못하게 된다는 것이 그 의도

로 한 몸이라고 하였다. 모든 형체를 가진 것들은 나누어지는 경계가 있다. 본체는 형체를 가진 사물들로 나타나기는 하지만 그 자신은 형체로 제한되지 않으므로, 형제의 제한에 속하지 않는다고 한 것이다.

82) 형이상학(玄學)을 말한다.

83) 지식과 분별적인 견해[知見]를 말한다.

84) 현묘함을 본다[玄覽]는 말은 『老子』에서 빌려 쓴 말인데, 여기에서는 진리를 궁구한다는 의미로 쓰였다. 본다[覽]는 것은 궁구한다는 의미이고, 현묘함[玄]은 진리를 말한다. 『노자』의 본래의 뜻과 꼭 들어맞지는 않는다.

(역주) 불교에서 '玄覽'은 깊은 이치를 보는 것, 지혜로 내면을 비추어 보는 것을 말한다.

85) 향상한다[向上]는 것은 본원을 직접 꿰뚫는다는 것이다. 앞 주에 나왔다.

86) 分은 분으로 읽는다.

87) 여기에서 '이해한다'는 말은 단지 지식만을 구한다는 뜻이지만 때로는 그것이 깨닫는다는 뜻으로 쓰이기도 하므로, 그 함의가 심원하다.

이다.[88] 이러한 말은 앞에서 여러 번 하였다. 공종의 학설에 의거하면, 우주론이라고 할 것이 없음을 알아야 한다. 공종에서 끝없이 많은 말들을 하지만 학문이 앞선 이가 그 요지를 궁구해보면, 앞에서 말한 '법상을 깨뜨려서 본성을 드러낸다[破相顯性]'는 주장에 지나지 않는다. 공종은 인식론의 관점에서 법상을 깨뜨려 없애기만 할 뿐, 법상이 형체로 나타나는 과정에 대해서는 결코 궁구하지 않는다.[89] 바꾸어 말하면, 진여 실성[眞如實性]이 일체의 법상으로 나타난다는 것을 인정하지 않는다.[90] 공종이 주장하는 말의 뉘앙스를 깊이 음미해보면, 공종에서는 진여가 바로 제법의 실성이라고 볼 뿐 진여가 일체법으로 현현한다고는 결코 말하지 않고 있음을 알게 된다. 이 두 내용을 다음과 같이 나열해 보겠다.

갑 : 진여는 제법의 실성이다.
을 : 진여는 일체법으로 현현한다.

갑 · 을 두 사람이 한 말을 비교해보면, 그 의미가 분명히 다르다. 갑의 말을 깊이 새겨보면, 제법은 모두 자성이 없으므로 공이라고 해야 한다. 제법의 실성이 바로 진여이므로, 진여를 떠나서 따로 제법의 자성을 얻을 수는 없다.[91] 따라서 제법은 가명(假名)만 있을 뿐, 실제로는 텅 비어 존재하지 않는다.

을의 말을 살펴보면, 제법은 자성이 없지만 그렇다고 법상이 없는 것은 아니다. 법상이 바로 진여의 현현이므로, 일체법은 진여 실성과 만나는 측면이 있어야 한다. 이것이 바로 '법상을 모아서 법성으로 되돌아

88) 거짓된 자취의 현상은 모두 현상의 모습을 말한다. 참[眞]은 實性을 의미한다.
89) 여기에서 見 자는 現으로 읽는다. 형체로 나타난다[形見]는 것은 현현의 의미이다.
90) 여기에서의 眞如가 바로 實性인데, 특히 겹쳐서 반복해서 썼다.
91) 여기에서 아니다[非]는 말은 한 숨에 여기까지 꿰뚫는다.

간다[攝相歸性]’는 의미이다. 예를 들면 새끼줄을 보고 그것이 마라는 것을 아는 것이 새끼줄의 모습에서 마를 만나는 것이다. 『대반야경』 권562에 “일체법은 모두 법성을 만난다. 어떤 일도 법성 밖으로 벗어나는 것을 보지 못하였다”[92]는 구절이 있다. 법성은 진여를 다르게 부르는 명칭이다. 이러한 주장은 결국 갑의 말[93]과 잘 들어맞는다. 다른 한편 법상은 진여의 현현이므로,[94] 아무리 그것에 자성이 없더라도[95] 공용이 거짓으로 나타나고 자취의 형상이 완연히 존재하게 된다.[96] 따라서 일체의 법상을 가설하게 되니,[97] 이로써 현상계,[98] 또는 물질세계나 외부세계가 임시로 성립한다[假立]고 해도 무방하다. 이러한 주장은 앞에서 ‘법상을 모아서 법성으로 되돌아간다’고 한 말과 표면적으로 상반되는 것처럼 보이지만, 실제로는 상통한다. 후자의 이러한 주장은 세간의 견해를 그대로 따라가지만, 법상을 파괴하지 않고 실성을 말하는 데 귀결되기 때문이다. 갑의 말이 법상을 완전히 파괴하는 데 비해서, 을의 말은 그렇지 않아서 법상이 여전히 인정된다. 단지 법상이 자성이 없고 진여의 현현임을 분명히 하므로, 법상에서 진여를 보게 되는 것뿐이다. 선불교에서 옛 고승은 “손 닿는 것들이 모두 진여이다”라고 하였다.[99] 유학자인 맹자(孟子)가 “형체가 바로 천성이다”[100]라고 한 말도 같은 의미이다. 따라서 법상을 파괴하지 않고 실성을 말한 것과 ‘법상을 모아

92) (역주) 『大般若波羅蜜多經』(大7, 900c). “一切法, 皆會入法性. 不見一事出法性外.”
93) 그것이 바로 공종의 주장이다.
94) 비유하자면 새끼줄의 모습이 바로 마가 나타난 것에 비유할 수 있다.
95) 마의 모습에 비유하자면, 본래 마를 떠나서 따로이 새끼줄이라는 자성이 있는 것이 아니다.
96) 진여가 공용으로 나타난다. 이 공용은 진여를 떠나서 따로이 자성이 있는 것이 아니고 원래 찰나도 머무르지 않으므로, 잠깐 나타난다[詐現]고 하였다.
97) 法相은 공용이 잠깐 자취의 형상으로 나타난 것을 가리키는 명칭이다.
98) 現이란 드러난다는 뜻이므로, 세속에서 현상계라고 부르는 것을 줄여서 말한 것이다.
99) (역주) “信手所捫, 皆是眞如.” 정확한 전거는 알 수 없지만, 비슷한 내용이 선불교 문헌에 많이 나온다. 예컨대, 『正法眼藏』(大67, 586c). “隨處作主, 入處皆眞.”
100) (역주) 『孟子』 「盡心(上)」. “形色天性也.”

서 법성으로 되돌아간다'는 말은 결국 모순되지 않는다.

앞에서 말했듯이 갑과 을 두 사람이 한 말의 뉘앙스를 살펴보면, 갑은 공종의 학설을 설명한 것이고, 을은 본론이 공종과 다른 점이 있음을 은근히 보여준 것이다.[101] 공종의 근본 경전에는 경에 『대반야경(大般若經)』 등이 있고, 논서에 『대지도론(大智度論)』·『중론(中論)』·『백론(百論)』[102]·『십이문론(十二門論)』[103] 등 네 종류가 있다. 이들 경론의 전체 의미를 종합해볼 때, 그 요점은 앞에서 상술한 갑의 주장에 지나지 않는다. 눈이 있는 사람이라면 나의 이러한 관점이 잘못이 아님을 알 것이다. 공종의 은밀한 의도가 법상을 깨뜨려서 본성을 드러내기 위한 것임을 앞에서 이미 말하였기 때문이다. 공종에서는 법상을 깨뜨리기만 하고 인정하지 않으므로, 그에 의거하면 우주론이라고 할 것이 없다. 고대 인도 외도에는 도식적인 우주론들이 있었다. 예를 들어 범천(梵天)[104]과 대자재천(大自在天)[105] 등을 두어 우주 만유는 조물주가 원인이 되어

---

101) 은밀하게 나타냈다는 것은 을의 말은 실제 본론과 관련되지만 글 속에서 직접 본론을 거론하고 있지는 않으므로, 은밀하게 나타냈다고 표현한 것이다.

102) (역주) 『百論』은 아랴데바(提婆, 170~270경)의 저술로서 鳩摩羅什이 404년 한역하였다(大30－168). 『中論』에 표현된 나가르주나의 설을 받아들여, 다른 철학이나 종교의 제파가 주장하는 내용을 논파함으로써 대승불교의 空·無我說을 명확히 하였다. 수론파·승론파의 학설을 많이 언급하고 또 승론파의 주장으로 『니야야 수트라』의 본문을 언급하고 있으므로, 3세기 경 인도의 철학 제 파의 형세, 특히 正理學派의 성립 시기에 대하여 중요한 자료를 제공한다. 중국에서는 龍樹의 『중론』·『십이문론』과 함께 '三論'으로 불리고, 삼론종의 근본 경전으로 중시되었다. 주석으로는 隋의 吉藏이 지은 『百論疏』 3권(大42~232)만이 현존한다.

103) (역주) 『十二門論』은 龍樹(약 150~250경)의 저작이고, 鳩摩羅什이 409년에 한역하였다(大25－1). 산스크리트 원전과 티벳역 모두 전해지지 않는다. 내용은 대승의 空觀을 12門에 걸쳐 해석한 것인데, 저자의 주저인 『中論』의 개요서이다. 26개의 게송과 주석문으로 이루어져 있으며, 『百論』과 함께 三論으로서 옛부터 중국에서 널리 읽혔다.

104) (역주) 인도사상에서 만유의 근원 브라흐만(brahman 梵)을 신격화한 것으로, 梵衆天(brahma-kāyika)·梵補天(Brahma-purohita)·大梵天(Mahā-brahman)의 크게 세 종류의 범천이 있는데 보통 대범천을 가리킨다. 이 외에 범천은 불교에 들어와서 色界의 初禪天에 배당되었으며, 帝釋天과 나란히 호법신으로 간주되었다.

105) (역주) 大自在天(Maheśvara)은 세계의 주재신, 특히 시바(Śiva)신을 가리켜 말한다. 自

생겨난다고 보았다. 수론(數論)에서는 마음과 물질 현상이 자성(自性)과 신아(神我)·삼덕(三德) 등이 원인이 되어 생겨난다고 보았다.[106] 순세외도(順世外道)[107]에서는 극미를 모든 사물의 본원이라고 보았다.[108] 승론(勝論)에서는 우주가 실(實)·덕(德)·업(業) 등이 서로 의존하여 존재한다고 보았는데,[109] 이러한 학설은 일원론이나 이원론과는 다르다. 승론에서는 모든 사물을 구실(九實)로 나누었다.[110] 실(實)은 실재하는 것을 의

在天外道의 主神으로, 色界의 여러 하늘의 가장 꼭대기가 되는 色究竟天에 머무른다고 한다. 밀교에서는 이 대자재천을 大日如來의 응현이라고도 한다.

106) 내 저서인『佛家名相通釋』甲부를 참조할 것.

(역주) 數論學派(Sāṃkhya)는 상키야학파라고도 부르는데, 인도 육파철학 중 가장 오래된 학파로서 카필라(Kapila) 선인이 창시하였다고 한다. 초기에는 정신과 물질을 통일한 最高我를 상정하여 有神論과 일원론의 입장을 취하였고, 후기에는 最高我를 부정하고 無神論과 이원론으로 전개되었다. 수론학파에서 일체의 법은 모두 二十五諦로 통섭된다. 二十五諦는 神我(puruṣa)와 自性(prakṛti)을 2대 원리로 삼고, 自性이 覺(buddhi)과 我慢(ahaṃkāra)으로 전개되고, 我慢이 意根(manas)과 五知根(buddhīndriya, 感覺機能), 五作根(karmendriya, 運動機能), 五唯(tanmātra, 色聲香味觸)로 전개되며, 五唯가 또한 五大(mahābhūta, 地水火風空)로 전개된 것이다. 자성의 본질은 純質(sattva)·激質(rajas)·質(tamas)의 三德이고, 三德의 활동과 변화가 일체의 현상을 낳는다고 보았다. 神我는 순수의식이고 작용하지 않으며 단지 자성을 관조할 뿐이라고 한다. 자성과 신아의 본질적 차이를 깨닫게 되면 자성은 활동을 정지하여 해탈하게 된다. 가장 오래된 경전으로『金七十論』이 있다.

107) (역주) 順世外道(Lokāyata)는 고대 인도 바라문교의 한 지파로서, 세속을 그대로 따를 것을 주장하고 유물론의 쾌락주의를 창도하였다. 고대 인도 자유사상의 대표적인 학파로서 유물론의 입장에서 地·水·火·風의 四大가 우리의 몸과 마음을 이루었다가, 죽으면 사대도 그에 따라 흩어지고 만다고 보았다. 정신이나 사후의 영혼도 존재하지 않는다고 보았고, 업과 윤회를 부정하고 제사와 보시의 의미를 부정하였다. 인식론상에서는 감각론을, 실천 생활 면에서는 극단적인 쾌락주의를 주장하였다.

108) 여기에서 일체 사물들이라고 하는 것은 마음의 현상에 해당하는 말이다.

109) (역주) 勝論學派(Vaiśeṣika)는 인도 六派哲學 중의 하나로서, 外道 四執, 外道 十六宗에 속한다. 기원전 150~50년 경 우루카(Ulūka)가 창시하였고, 그의 저술인『勝鬘經(Vaiśeṣika-sutra)』이 근본 성전으로 꼽힌다. 실재론의 경향을 가지고 모든 개념 그 자체를 모두 실체로 간주하고, 일체의 사물에 실체가 있으며 세계의 모든 현상을 6대 범주로 나눌 수 있다고 보았다. 그것이 실체(實, dravya)·속성(德, guṇa)·운동(業, karma)·보편(同, sāmānya)·특수(異, viśeṣa)·고유성(和合, samavāya) 등의 六句義(6범주, padārtha)이다. 이 학파의 학설은 우주 만유를 분석한 공간적 유물적 다원론으로서, 특히 極微說·實我論·三世實有論·因中無果說 등이 포함된다.

110) (역주) 九實(navadravyāṇi)은 승론학파가 세운 학설로, 6범주의 하나인 실체의 9가지

미하는데, 우주를 아홉 가지 종류의 실재로 나눌 수 있다는 것이다. 예컨대 딱딱한 정강이와 흐르는 액체 등 물질 현상을 모두 실이라고 부르고, 나와 마음도 실이라고 부른다. 덕은 개별적인 실이 갖추고 있는 덕이다. 업은 작용의 의미로서, 얻고·버리고·굽히고·펴는 등의 활동이 실덕의 작용에 속한다. 실·덕·업 등은 서로 분리되지 않고 서로에게 속해 있다. 그 학설은 대개 이와 같고, 방법은 분석을 중시한다. 나머지 학파들의 주장에 대해서는 여기에서 상세히 언급하지 않겠다. 종합하면, 외도에서는 모두 내 마음과 분리되어 독립적으로 존재하는 우주가 있다고 본다. 그 해석에는 각각 다른 점이 있지만, 외부세계가 실재한다고 집착한다는 점에서는[111] 모두 일치한다. 외도의 이러한 미혹한 집착 때문에 생기는 환난은 헤아릴 수 없이 많다. 외재하는 우주가 실재한다고 지나치게 집착하므로, 절대적이고 밖이 없으며 텅 비고 고요한(空寂) 본성을 반증(返證)할 방법이 없다.[112] 스스로 본성을 보지 못하여 진리에 무지하므로,[113] 미혹이 치열하게 일어난다.[114] 그 마음은 항상 복잡하고 미친 듯이 내달리며[115] 외부를 향해 여러 가지 욕망과 즐거움의 대상을 추구하게 된다.[116] 끊임없이 추구하고 오래되어도 만족하지 못하며, 인

종류를 가리킨다. 즉 地·水·火·風·허공·시간·方角·我·意 등을 말한다. 가장 현실적인 이 철학학파에서 我·意와 같은 인식 주체의 내부적 여건이 되는 것을 실체시하는 데서 인도철학의 한 특징을 엿볼 수 있다.

111) 즉 독립적으로 존재하는 우주를 말한다.

112) 本性은 본체를 말한다. 그러나 나에게 나아가 말하면 내가 생겨난 이치가 되므로 性이라고 한다. 이것은 본래부터 있으며 뒤에 생겨난 것이 아니므로, 本性이라고 한다. 텅 비어 고요하다[空寂]는 것은 여러 오염된 집착을 떠난 것을 비었다[空]고 하고, 참되고 깨끗한 것을 고요하다[寂]라고 한다. 밖이 없다는 것은 만물의 실체로 두루 존재하며 또 그 밖이 없는 것이다. 절대는 알 만하다. 반증(反證)은 안으로 살피는 것을 返이라 하고 고요히 스스로 인식하는 것을 證이라 한다.

113) 진리와 본성은 둘이 아니다. 그것이 사람에게 있는 것을 말하여 本性이라고 한다. 그것이 만유의 근원이라는 점을 말하여 眞理라고 한다.

114) 비유하자면 짙은 안개가 허공을 막고 미혹한 힘이 이처럼 성대한 것과 같다.

115) 여기에서 마음이라고 말한 것은 미혹한 習氣에 의거하여 마음이라고 부른다.

116) 눈은 대상에 대해, 입은 맛에 대해, 사지는 안일에 대해 그리고 생각은 각종 이권과

생이 순전히 괴로움 덩어리가 되어버린다.117) 인생이 만물과 한 몸이 되는 공적(空寂)한 본성을 잃어버렸기 때문에 이러한 지경에 이른 것이다.

공종은 외도의 잘못된 견해를 치유하기 위하여118) 근본적으로 우주론을 말하지 않았다. 공종은 마음과 물질의 모든 현상을 공이라고 말하기 때문에, 우주라고 할 것이 없다. 예컨대 『대반야경』 제일회(第一會)에서는 내공(內空) · 외공(外空) 등 이십 개의 공을 언급한다.119) 이 이십공은 명칭과 내용이 복잡한데, 종합해 말하면 일체의 물행(物行)과120) 심행(心行)을 하나하나 진리의 입장에서 살펴보면[諦觀]121) 모두 텅 비어 있으

세력 등에 대해 모두가 욕망과 즐거움의 대상이라고 본다.

117) 뭇 괴로움들이 모인 것을 괴로움의 덩어리라고 한다.

118) 견해가 바르지 않은 것을 악이라고 부른다. 중생은 올바르지 않은 견해 때문에 끝없이 고통에 빠지므로, 잘못된 견해[惡見]이라고 폄하한 것이다.

119) 內空은 마음[心法]과 같다. 생각마다 끊이지 않고 일어나며 실질이 없는 것이 內空이다. 몸은 실질이 없이 부유하는 물거품과 같으므로 이 역시 內空이다. 外空은 세속에서 외부 물질세계라고 집착하지만 원래 실재하는 것이 아니다.

(역주) 二十空은 일체법이 모두 공이라는 이치를 20가지 空으로 나타낸 것이다. ① 內空 : 내법인 眼 · 耳 · 鼻 · 舌 · 身 · 意 6근이 無常하고 無我이므로 空이다. ② 外空 : 외법인 色 · 聲 · 香 · 味 · 觸 · 法 六境이 無常하고 無我이므로 空이다. ③ 內外空 : 六根 · 六境이 모두 공이다. ④ 空空 : 공도 공이므로, 내외의 일체법이 공이라는 데 집착하지 않는다. 非常非壞이므로 本性은 스스로 그러할 뿐이다. ⑤ 大空 : 東 · 西 · 南 · 北 · 四維 · 上 · 下 등 十方이 모두 공이다. ⑥ 勝義空 : 勝義의 涅槃도 공이다. ⑦ 有爲空 : 유위인 欲界 · 色界 · 無色界가 모두 공이다. ⑧ 無爲空 : 無生 · 住 · 異 · 滅의 무위도 공이므로, 집착하지 않는다. ⑨ 畢竟空 : 집착하지 않는 제법은 결국 얻을 수 없다. ⑩ 無際空 : 無初 · 中 · 後際, 無往來際는 얻을 수 있으나 집착하지 않는다. ⑪ 散空 : 제법은 흩어져 버리므로 공이다. ⑫ 無變異空 : 제법은 산일되어 버리지 않고 변이하지 않는데, 이 변화하지 않는 것도 공이어서 얻을 수 없다. ⑬ 本性空 : 일체법의 본성은 유위법이나 무위법이나 모두 聲聞獨覺 등의 所作이 아니므로, 본성은 본래 공이다. ⑭ 自相空 : 一切法의 自相은 모두 공이다. ⑮ 共相空 : 共相은 모두 공이다. 예컨대 苦는 유루법의 共相이고, 無常은 유위법의 共相이다. 空 · 無我는 일체법의 共相이다. ⑯ 一切法空 : 五蘊 · 十二處 · 十八界 · 有色無色 · 有見無見 · 有對無對 · 有漏無漏 · 有爲無爲 등 일체 제법이 모두 공이다. ⑰ 不可得空 : 삼세의 일체법은 모두 얻을 수 없고 집착할 수 없다. ⑱ 無性空 : 無性도 空이다. ⑲ 自性空 : 제법이 화합한 자성은 실체가 없으므로 공이다. ⑳ 無性自性空 : 무성과 자성이 모두 공이다(『大般若波羅蜜多經』 卷3 「學觀品」; 卷51 「辯大乘品」; 卷40 「三觀照品」).

120) 行 자에 대해서는 「전변」 장에서 다루었다.

며 존재하지 않음을 알게 된다는 것이다. 그리고 마지막에 생각을 되돌이켜 보면[反觀] 공의 모습을 얻게 되는데,[122] 이 공의 모습도 버려야 한다. 이것이 '공을 공으로 한다[空空]'는 내용이다. 공의 모습도 공인데, 또 무엇이 존재하겠는가? 열반, 법성, 지극한 진실[123]이라도 사람들이 열반에서 집착을 일으키므로, 무위공(無爲空)이라고 부른다.[124]

『대반야경』 556권에 다음과 같은 내용이 나온다. "시제 천자가 선현에게 '어떻게 열반도 환상과 같은가?'라고 물었다. 선현은 '법승열반(法勝涅槃)이 있더라도 환상과 같은데, 하물며 열반이야 어떻겠습니까?'라고 대답하였다."[125] 법상에 집착하면 안 되지만 만약 법성(法性)에 집착한다면 법성도 상이 되므로, 둘 다 버려야 하고 모두 공이라는 말이다.[126] 온 세상 고금의 형이상학 중 극단까지 공으로 벗어난 학설은 공종만한 것이 없다. 깊고도 은미하여, 그 관점에 탄복하게 된다.[127] 공종

121) 諦는 實의 뜻이다. 허망한 생각을 멀리 떠나 이치로 관조하는 것과 같은 것을 諦觀이라고 부른다.

122) 예컨대 의식 중에서 모든 것이 공이라는 생각이 일어나면 공의 모습[空相]이 존재하는 것이므로, 공의 모습을 얻는다[取]고 하였다. 얻는다는 것은 집착의 의미이다.

123) 열반이라는 말은 참됨[眞]・항상됨[常]・적멸 등의 의미를 가지고 있으므로, 法性을 다르게 부른 것이다. 여기에서는 법성이라는 말과 함께 사용되었으므로, 겹쳐서 쓰인 것이다.

124) 無爲는 法性을 다르게 부른 것이다.

(역주) 無爲(asaṃskṛta)는 작위적인 조작이 없다는 의미로, 여러 가지 원인・인연에 의해 생성되지 않는 것, 생멸 변화를 초월한 절대의 진실을 말한다. 無爲空은 무위법을 의미한다. 無爲法(asaṃskṛta-dharma)은 원래 열반의 다른 명칭이고, 후세에는 열반 이외에도 여러 가지 무위를 상정하여 三無爲・六無爲・九無爲 등의 학설이 있다. 열반으로 말하자면 三無爲 중의 擇滅無爲, 六無爲 중의 眞如無爲가 바로 열반이다. 열반이 모든 무위법 중 가장 뛰어난 것이다.

125) (역주) 『大般若波羅蜜多經』 卷556(大7, 871a). "時諸天子問善現言, 豈可涅槃亦幻. 善現答言, 設更有法勝涅槃者亦復如幻, 何況涅槃."

126) (역주) 「文言文本」(78면)에는 護法이 般若사상에 대하여 "無所得에 융합한다"라고 하지만, 실제로는 집착을 제거하는 데 지나지 않는다고 말한다. 『成唯識論』 卷9의 第27頌에 "如是住內心, 知所取非有. 次能取亦無, 後觸無所得"(大31, 049c)이라고 되어 있다. 궁극적으로 所取・能取 어느 것도 실재하지 않는다는 말이다.

127) 이십공의 의미를 깨닫는 것은 『반야경』 전체에 해당한다. 그러나 『반야경』 전체를 읽지 않으면 이십공에 대해 문자상으로만 대략 알게 되어 결국은 이해하지 못한다.

의 견지에서 볼 때, 인도 외도와 그 밖의 철학들은 각각 도식적인 우주론을 견지하고 자신의 억측과 정견으로 함부로 구상한 것일 뿐, 실제로 그런 것은 없다. 공종의 학설은 세속의 진리[世諦]로 볼 때[128] 이상한 듯하지만, 실제로는 결코 희귀한 일이 아니다. 현대 물리학 학설에 의하면, 물질을 전기로 환원할 수는 있어도 물질 우주가 실재한다는 사실은 인정할 수 없다.[129] 전기도 물질이기는 하지만, 공종의 이치로 따져볼 때 멀리 떨어져 있다. 그러나 대략적인 실질(實質)의 관념과 외재하는 물리세계, 즉 물질 우주의 관념을 견주어보면, 공종의 이치를 따라서 깊이 들어갈 수 있다는 점에 의심의 여지가 없다. 그러나 한 걸음 더 나아가 우리가 알아야 할 것은 공종에서 말하는 공이 결국 공견(空見)이 아니라는 점이다.[130] 공종의 은미한 의도는 일체의 법상을 공으로 하려는 것뿐이다. 바꾸어 말해서, 사람들이 일체의 법상에서 멀리 벗어나 그 진실한 본성을 깊이 꿰뚫어 인식하게 하려는 것이다.[131] 천차만별인 법상에 집착하지 않고 진실한 본성을 깨달을 수 있다면, 차별의 모습[差別相]에

---

128) 世는 세속이고, 諦는 實의 뜻이다. 세속에서 모두 실재한다고 인정하는 것을 世諦, 또는 俗諦라고 한다.

129) (역주) 현대물리학의 양자역학과 전기양자론에 의하면, 플랑크는 1900년 열복사의 스펙트럼을 설명하기 위하여 처음으로 에너지양자라는 생각을 제창하였다. 종래 에너지는 연속성이 있다고 여겨졌으나, 에너지는 불연속성을 가지고 있다는 가설을 세웠던 것이다. 그것이 量子假說이다. 1905년 A. 아인슈타인이 지금까지의 이론으로는 설명이 불가능한 현상, 즉 고체의 비열 및 광전효과(光電效果)를 해석하는 데 이 양자가설을 적용함으로써 훌륭한 성과를 거두었다. 양자가설은 그 후 보어에 의하여 러더퍼드의 원자모형에도 적용되고, 원자의 안정성과 원자가 흡수·방출하는 빛의 스펙트럼선의 공식을 설명하는 이론을 만들었다. 원자 속에서 보통 전자는 최저 에너지상태를 유지하고 있으므로 이 상태에 머무르는 한, 전자는 연속적으로 에너지를 외부에 방출할 수 없게 되어 안정성을 유지한다. 그러나 어떤 원인으로 전자가 한 궤도에서 다른 궤도로 뛰어오르거나 멀어지면 이 궤도들의 에너지 차에 해당하는 불연속적인 에너지가 빛으로 되어 원자에서 방출된다고 설명하였다. 이처럼 물질의 상태 변화로 에너지가 생성되므로, 과거 원자설과 같은 물질의 고정된 실재성은 부정된다고 할 수 있다.

130) 空見은 일체의 것이 모두 공이라고 생각하고 그 견해가 한결같이 공에만 치우쳐 머물므로, 공견이라고 한다.

131) 여기에서 멀리 떠난다 등으로 말한 것은 대상의 모습에 집착하지 않는다는 뜻이다.

서 떠난 것이다. 무상하게 생성 소멸하는 법상에 집착하지 않고 진실한 본성을 깨달을 수 있다면, 생멸하는 모습[生滅相]에서 떠난 것이다. 머물지 않고 계속 변동하는 법상에 집착하지 않고 진실한 본성을 깨달을 수 있다면, 변동하는 모습[變動相]에서 떠난 것이다. 끝없이 말하면 너무 번거로우므로, 여기에서 그치겠다. 종합하면, 공종의 은미한 의도는 오직 일체법의 본성을 나타내 보이는 데 있다.[132] 따라서 공종에서는 일체의 법상, 또는 우주 만상을 막고 뽑아버려서 법상 하나하나가 진여가 아닌 것이 없음을 한 순간 확연히 깨닫게 한다. '법상을 깨뜨려서 본성을 드러내는[破相顯性]' 공종의 이러한 주장에 나는 대단히 찬성한다. 과거에서 현재까지 본체를 말한 이들 중 공종만이 희론에서 멀리 벗어나 있다. 공종은 외도부터 철학자들까지 상상이나 분별적 견해로 만든 우주론을 날카로운 칼날로 어지럽게 엉긴 실뭉치를 잘라버리듯 단칼로 한 번에 없애버리고, 사람들이 그 자리에서 바로 일진법계(一眞法界)를 깨닫게 한다.[133] 이 얼마나 신비한 예지이며, 얼마나 희귀한 업적인가!

나와 공종이 신기하게 계합하는 점에 대해서는 앞에서 대략 말하였다. 그러나 나는 공종에 대해 찬성할 수 없는 점도 있다. 이 부분이 아주 중요한데, 이제부터 말해보겠다.

공종의 은밀한 의도는 근본적으로 본성을 드러내기 위한 것이다. 법상을 깨뜨리는 이유도 본성을 드러내기 위해서이다. 공종이 근본 경론에서 반복해서 말하는 것도 모두 이러한 내용이다. 그러나 나는 공종에 대해 한 가지 큰 의문이 있는데, 그것은 공종이 본성의 덕[性德] 전체를 깨달았는가 여부를 판정하기 어렵다는 것이다.[134] 공종에서는 본성의

---

132) 여기에서 말하는 모든 대상[一切法]은 일체의 사물을 말하는 것과 같다. 여기에서 法자를 쓴 것에서 모두 미루어 알 수 있다.

133) 모든 대상들의 본체를 法界라고 한다. 眞은 허망하지 않다는 뜻이다. 一은 절대의 의미이다.

134) 여기에서 깨닫는다는 말은 스스로 안다는 뜻이다. 그러나 이러한 知는 의미가 아주

핵심[性體]을 진실하고 한결같으며 맑고 깨끗한 덕이라고 해석한다. 지극히 참되고 허망하지 않은 것을 '진실하다[眞]'고 한다. 그 본성이 항상 일정하고 변화가 없는 것을 '한결같다[如]'고 한다. 한 극[一極]까지 담담하고 고요하며 밝은 것을 '맑고 깨끗하다[淸淨]'고 한다.135) 공종은 이와 같은 덕들에서 특히 적막하고 고요하다는 점을 중시한다. 예컨대 범부의 지위에서 고요히 사려하는 공부[靜慮工夫]136)를 하지 않으면, 고요한 경지에 도달할 조건이 없어서 오래 허망해지고 그 진실함과 한결같음, 밝음을 막게 된다. 따라서 소승불교에서 대승불교까지 모두 삼법인(三法印)을 교설하였다.137) 인(印)이란 부처님이 말한 설법이라는 뜻으로, 불법(佛法)에 해당한다.138) 그중 세 번째 인을 열반적정(涅槃寂靜)이라고 한다.139) 여기에서 인도 불교는 어떤 종파든지 모두 본성의 핵심을 '적막

깊어서 能知와 所知의 모습이 없다. 性德은 본성의 덕이므로 性德이라고 부른다. 혹은 본성이 바로 덕이므로 성덕이라고 한다. 본성이란 형상이나 장소가 없고 본래 드러낼 방법이 없으므로, 마음으로 깨닫고 말로 표현할 수 있는 것은 오직 그 덕일 뿐이다. 덕이란 얻은 것이니, 본성이 얻어진 것이 그 본성이다. 덕을 제외하면, 본성이라고 할 것이 없다. 全德이라고 할 때의 全은 아주 중요하다. 본성은 본래 온갖 덕이 갖추어져 있고 조금도 모자람이 없다. 그러나 사람들은 그 습관에 가리워지지 않을 수 없어서 그 성덕 전체를 깨닫는 것이 어렵다.

135) 一極은 절대의 의미이다. 담담하다는 것은 깊고 충만하며 미묘하다는 뜻이다. 고요하다는 것은 어지러움이 없고 의도적인 행위가 없는 것이다. 밝다는 것은 어리석음이 없다는 것이다.

136) (역주) 精慮는 禪定을 말한다. 조용히 진리를 생각하고, 마음을 산란하지 않도록 통일하는 것을 말한다. 禪을 가리키며, 定慧의 통칭이다.

137) (역주) 三法印은 불교사상의 3가지 특징을 말한다. 諸行無常・諸法無我・涅槃寂靜을 말함. 印은 인신・표장이란 뜻으로, 일정불변하는 진리라는 표지이다. 諸行無常(anityāḥ sarva-saṃskārāḥ)은 모든 物・心의 현상은 모두 생멸 변화하여 항상 불변하는 것이 아니지만 사람들이 이를 항상된 존재인 것처럼 생각하므로, 이 그릇된 견해를 없애기 위하여 무상하다고 말한 것이다. 諸法無我(nirātmānaḥ sarva-dharmāḥ)는 만유의 모든 법은 인연으로 생긴 것이어서 자아인 실체가 없지만, 사람들이 我에 집착하는 그릇된 견해를 일으키므로, 이를 없애기 위하여 無我라고 한 것이다. 涅槃寂靜(śantaṃ nirvāṇam)은 생사에 윤회하는 고통을 벗어난 理想境인 열반적정의 참된 상을 말한 것이다.

138) 여기에서의 法 자는 대략적으로 해석한 것으로, 부처님이 말씀하신 모든 의리를 말한다.

139) 涅槃에 대해서는 앞의 주에서 살펴보았다.

하고 고요함[寂靜]'으로 보고 있음을 알 수 있다. 바꾸어 말하면, 본성의 핵심은 적막하고 고요하다.

본성의 핵심은 본래 적막하고 고요하다고 하지 않을 수 없다. 그러나 지극한 적막[至寂]은 신묘한 변화로서, 변화하지만 의도적이지 않은 변화를 가리킨다.[140] 어찌 신묘한 변화를 버리고 따로 적막함이 있겠는가? 지극한 고요[至靜]는 헤아릴 수 없이 신기한 변화로서, 변화하지만 활동하지 않는 것을 가리킨다.[141] 어찌 헤아릴 수 없이 신기한 변화를 버리고 따로 고요함이 있겠는가? 지극히 적막하면서도 변화하고 지극히 고요하면서도 변화하는 것이야말로 그 적막함이 말라비틀어진 적막함이 아니라 강건한 덕[健德]을 갖추고 있고, 그 고요함이 말라죽은 고요함이 아니라 인한 덕[仁德]을 갖추고 있다는 의미이다. 강건함은 생성하는 덕이고, 인(仁)도 생성하는 덕이다.[142] 강건하다고 하고 인하다고 하는 것은 명칭은 다르지만 실질이 같다. 성대하게 생성하고 또 생성하여 그침이 없는 것을 강건하다고 하고,[143] 화창하게 생성하고 또 생성하여 간격이 없는 것을 인이라고 한다.[144] 『역』에서는 천(天)의 덕을 강건하다고 하고,[145] 원(元)이라고도 부른다.[146] 원(元)은 인이고 온갖 덕 중 으뜸이

---

140) 모든 의도적인 행위는 적막하지 않다. 왜냐하면 변화의 본체는 텅 비어 적막하고 생각을 일으키지 않는 것이므로 의도적인 행위가 없다. 온갖 변화는 모두 적막하다.

141) 변화의 본체는 텅 비어 고요하고 형체가 없는 것이므로, 사물의 움직임으로써 변화를 측정할 수 없다. 세속에서는 사물이 움직이는 것을 고요하지 않다고 보는데, 여기에서의 변화는 달라서 실제로 만 번 변화하여도 모두가 고요하다.

142) 생성하는 것이 바로 덕이므로, '생성하는 덕[生德]'이라고 한다.

143) 지극히 크고 지극히 강건하다는 것이다. 성하다[盛]는 것은 강건하고 강하다는 의미이다.

144) 和는 생명의 의지가 잘 조화되어 있는 모습이다. 暢은 생명의 작동이 질서 있는 모습이다.

145) 여기에서 天이라고 하는 것은 본성, 또는 본체를 다르게 부른 것이다. 천덕은 앞에서 본성의 덕이라고 말한 것과 같다.

146) 『易』의 乾卦篇에서 乾은 강건하다는 의미로서, 강건한 덕으로 본성의 핵심을 나타냈다. 건은 또 근원[元]이라고도 하는데, 강건한 덕 외에 따로 근원의 덕이라고 할 만한 것이 없다. 여기에서의 해석은 과거 역학자들의 해석과 다른 점이 많은데, 이 점에 대

며,[147] 온갖 덕이 모두 인에서 벗어나지 않는다. 본성에 의지하여 온갖 변화가 시작되고[148] 어그러지지 않고 창성하는 것을 형덕(亨德)이라고 부른다. 형덕은 인과 통한다. 본성에 의지하여 온갖 변화가 시작되고 마땅한 이치(衆宜)를 함축하는 것을[149] 이덕(利德)이라고 한다. 이덕은 인을 제어한다.[150] 본성에 의지하여 온갖 변화가 시작되고 영원히 바르고 굳건한 것을[151] 정덕(貞德)이라고 한다. 정덕은 인을 항상되게 한다. 『역』에서는 천이나 본성을 말할 때 원・형・리・정의 사덕(四德)으로 나타낸다.[152] 사덕 중 원이 제일 첫머리에 온다. 형・리・정에서부터 수많은 덕들까지 모두 원덕(元德)에 의거해서 발현되고 차별된다. 노자(老子)도 "원덕은 심원하다"[153]라고 하였고, 또 "생성하면서도 소유하지 않고,[154] 행하면서도 자랑하지 않으며,[155] 키우면서도 주재하지 않는

해서는 따로이 논의하겠다.

147) 『역』에서는 뭇 선들 중의 으뜸이라고 한다.

148) 지(地)는 의지한다는 의미이다. 본성의 핵심[性體]에 온갖 변화가 의지한다고 가정하여 말하는 것이므로, 본성에 의지한다[性地]라고 한다.

149) 마땅한 도리들[衆宜]은 한 단서에 구애받지 않고, 반드시 어떤 일정한 마땅한 도리만을 고수하지 않는다.

150) 制는 제어하여 마땅하게 된다는 의미이다.

151) 바르다는 것은 미혹하고 어두움에서 벗어나고 전도되지 않은 것이다. 굳건하다는 것은 동요에서 떨어져 있으므로 옮기는 일이 없는 것이다.

152) (역주) 元亨利貞은 『周易』「乾卦」에 나오는 卦辭이다. 전통적으로 元은 始, 또는 大라고 해석하고, 亨은 通, 貞은 正으로 해석한다. 許愼의 『說文解字』에서는 貞을 卜問이라고 본다. 『左傳』, 襄公 9년 조에서는 隨卦의 괘사를 해석하면서, 元을 仁으로, 亨을 禮로, 利를 義로, 貞을 正으로 한다. 이것을 '四德'이라고 부르고, 도덕 규범의 의미를 부여한다. 唐 孔穎達의 『周易正義』에서는 "元은 始이고, 亨은 通이고, 利는 和이고, 貞은 正이다"라고 기록되어 있다. 건괘의 四德은 陽氣가 처음에 만물을 생성하고, 만물이 생성되고 통달하고, 화해스럽고 견고하게 만물이 완성되게 하는 것이다. 宋 정이천은 『易傳』중에서 "元은 만물의 시작이고, 亨은 만물의 성장이며, 利는 만물의 완수이고, 貞은 만물의 완성이다"라고 말하였고, 천도가 만물을 생성하는 4종류의 덕행이라고 해석하였다. 朱熹는 四德을 원령리정의 理라고 해석하고, 만물이 성장하여 성숙하는 4단계로 표현하였다.

153) 왕필은 元을 玄으로 해석하는데, 실로 잘못이다.
(역주) 『道德經』 65章. "元德, 深矣遠矣."

154) 元德은 생성하는 덕이다. 생성은 본래 진실하고 끊임이 없으므로, 마음이 고의로 생

다.[156] 이것을 원덕이라고 한다"라고 하였다.[157] 원덕은 생성하는 덕이다. 끊임없이 생성하는 것은 본래 참되고 여일하기 때문이다. 생성하면서도 오염이 없는 것은 본래 원만하고 밝기 때문이다. 생성하면서도 소유하지 않는 것은 본래 적막하고 고요하기 때문이다. 이것을 참되다고 하고 여일하다고 하는 것은 생성의 실질을 말한 것이다.[158] 원만하고 밝다는 것은 곧게 생성함을 말한다.[159] 적막하고 고요하다는 것은 생성의 기미를 말한다.[160] 그러므로 나의 생성을 보게 되면[觀我生],[161] 그로 인하여 공종과 『역』의 주장이 회통하게 된다. 나는 여기에서 생성을 알고 근원의 덕을 보았다. 이것이 이 글을 지은 이유이다.[162]

겨나게 하는 것이 아니다. 마음이 고의로 생겨나게 하는 것이 아니므로, 생성해도 얻을 수 있는 것이 없다. 생성은 생기하는 사물과 같으니, 근본적으로 생기하는 사물이 없으면 생성해도 생성함이 없게 된다. 그러므로 생성하면서도 소유하지 않는다고 한 것이다.

155) 끊임없는 생성과 변화는 그 德用이 끝이 없어서 애초에 無爲란 없다. 생성하면서도 소유하지 않고 변화하면서도 머무름이 없는데, 또 어떻게 행함이 있겠는가? 행하면서도 무위하므로, 자랑하지 않는다고 한 것이다.

156) 여러 덕들을 함장하므로, 키운다고 하였다. 형태가 없고 의도가 없어서 종교적인 조물주와 같다고 할 수 없으므로, 주재하지 않는다고 한 것이다. 왕필은 덕이 있지만 그것이 주인이 되는 바를 알지 못하므로, 주재라고 할 만한 것이 없다고 하였다.

157) 노자의 학문은 『주역』에서 출발한다. 그 책은 실제로 『역』의 의미를 밝히는데, 여기에 대해서는 따로이 논하겠다.

(역주) 『道德經』 51章. "生而不有, 爲而不恃, 長而不宰, 是謂元德."

158) '실질적으로[實]'라는 말은 허망함이 없는 것을 말한다.

159) 곧다는 것[直]은 미혹됨이 없음을 말한다. 우주 인생은 맹목적인 의지에서 발전해온 것이 아니다.

160) 지극히 적막하고 지극히 고요한 중에서 생성의 기미가 싹트고 움직인다. 적막함에 정체되면 그 기미를 막게 된다.

161) 나의 생성을 본다[觀我生]는 말은 『周易』 「觀卦」에서 빈 것이다. 나와 천지만물이 끊임없이 생성하는 이치를 어찌 밖에서 구하겠는가? 이 또한 나 자신에게 되돌아가 스스로 보고, 스스로 비유한 것일 뿐이다.

162) 스스로 보고 스스로 깨달은 뒤에 각 학파의 견해를 깨닫고 회통할 수 있다. 스스로 깨닫지 않고 여러 사람들의 의견을 잡다하게 모아들여 이 도에 통달할 수는 없다. 程子는 "나의 학문은 가르침을 받은 일이 없지만, 天理라는 두 글자만은 확실히 스스로 체득해서 나온 것이다"라고 하였다.

덧붙이는 말 : 옛날 고승은 "달이 맑고 밝게 비치니, 만물이 고요하다"[163]라고 하였다. 이것은 단지 심체(心體)가 적막하고 고요하다는 측면을 형용한 것이다.[164] 도연명의 시에 "날이 저물고 하늘에 구름이 없는데, 봄바람이 조용히 화창하게 부네"[165]라는 구절이 있다. 이것은 심체가 그 실질을 얻어서 적막에 머무는 병폐에 치우치지 않음을 표현한 것이다. '날이 저물고 하늘에 구름이 없다'는 것은 적막하고 고요한 것이고, '봄바람이 조용히 화창하게 부네'라는 것은 끊임없이 생성하는 참된 메카니즘으로, 원덕이 유행하는 것이다.

여기까지 이르면, 공종이 본성의 덕 전체를 깨달았는가 하는 의문이 없을 수 없음을 알게 된다. 공종이 적막하고 고요한[寂靜] 측면에 대해서는 깨달음이 깊고 절실하다는 점에 의심의 여지가 없다. 그러나 적막에 정체되고 고요에 빠져버리는 뜻이 조금이라도 있다면, 끊임없이 생성하는 참된 메카니즘이 막혀서 끊어질 것이다. 그 결과 반드시 악취공(惡取空)에 떨어지거나,[166] 적어도 그러한 경향이 있게 될 것이다. 내가 아무리 공종의 크게 쓸어버리는 방식에 찬성하더라도, 이러한 수단도 적당해야지 지나치면 근본적으로 잘못될 것이다.[167] 공종에서는 열반도

---

163) "月到上方諸品靜"에서 諸品은 만물을 말하는 것과 같다. 月到上方은 극히 맑고 밝은 현상이다. 만물이 모두 고요하고 적막하여 움직이지 않는다.
(역주) 『紫柏尊者全集』「卍續藏」「諸宗著述部」 73卷(151a). "月在上方, 諸品靜."

164) 心體는 性體를 다르게 부르는 말이다. 그것이 우주 만유의 근원이므로, 성체라고 하였다. 그것이 나 자신을 주재하므로, 심체라고 하였다.

165) (역주) 『陶淵明集』 卷四 「詩五言」 '擬古'. "日暮天無雲, 春風扇微和."

166) 공(空)은 텅 비어 없는 것이다. 취(取)는 취하여 집착하는 것이다. 악(惡)은 훼손된 것을 책망하는 말이다. 일체의 것이 모두 공이라고 함부로 생각하여 집착하고 올바르지 못한 견해를 이루게 된다. 그러므로 악한 것을 취하였다고 나무랐다.
(역주) 惡取空(dur-gṛhītā śūnyatā)은 僻取空이라고도 부른다. 만유가 실재한다는 견해를 고집하는 이에게 그 잘못된 소견을 없애기 위하여 공하다고 한 말을 듣고, 그것을 空無하다는 뜻으로 잘못 해석하여 斷空의 견해에 집착하는 것을 말한다.

167) 근본상에서 어긋나게 된다는 것은 온전한 본성의 덕을 보지 못하였음을 말한다.

환상과 같다고 하고, 또 승의공(勝義空),[168] 무위공(無爲空)[169]에 대해 말한다. 승의와 무위는 모두 성체(性體)를 다르게 호칭하는 용어이다. 열반도 성체를 다르게 부르는 명칭이다. 성체를 공이라고 하고 환상과 같다고 할 수 있을까? 공종의 은밀한 의도는 사람들이 적막하고 고요한 성체에 대해 실재하는 사물이 그렇다고 생각하여 집착할까봐 공이고 환상이라고 말하여 집착을 깨뜨리고자 한 것이지, 성체가 참으로 공이고 환상과 같다고 말한 것은 아니다. 그러나 이와 같은 논파는 결국 지나쳤다. 성체가 텅 비고 적막하다고 말하여 사물이 실재한다는 사실에 집착하면 안 된다고 한 것은 괜찮지만, 그것이 바로 공이고 환상과 같다고 말하는 것은 끊임없이 생성하는 본성을 부정하는 일에 가깝다. 후대에 청변(淸辯) 보살[170]은 『장진론(掌珍論)』[171]을 지어서 다음과 같은 논식을 세웠다[立量].[172]

---

168) 의미가 남달리 뛰어나기[殊勝] 때문에, 勝義라고 하였다. 空은 텅 비어 없는 것이다. (역주) 勝義가 涅槃의 의미이므로, 勝義空은 열반의 공성을 가리킨다. 十六空, 또는 十八空의 하나이다.

169) 의도적인 조작이 없는 것을 無爲라고 한다. 空의 의미는 앞과 같다.
(역주) 無爲空은 無爲法, 즉 生・住・異・滅이 없는 것이 空이라는 것, 불가득한 것을 가리킨다. 十八空의 하나이다.

170) 淸辯은 후대에 나온 공종의 논사이다. 보살은 큰 지혜를 가진 사람을 말한다.
(역주) 淸辨(Bhāvaviveka)은 明辯이라고도 부르는 6세기 남인도 대승불교 중관학파의 논사이다. 중인도에서 僧護를 사사하였고, 대승 경전과 龍樹의 교설을 따랐다. 뒤에 남인도로 돌아가서 空의 학설을 선양하고 護法의 瑜伽宗과 '空有 논쟁'을 벌였다. 호법은 무착・세친의 학설을 계승하여 '盡空之有'를 주장하였던 반면에, 淸辨은 용수의 학설을 주로 하여 '盡有之空'을 주장하여 서로 논쟁하였다. 또한 청변은 『中論釋』을 지어서 같은 中觀學派에 속하는 佛護의 학설을 논박하였다. 주요 저서에 『大乘掌珍論』 2권, 『般若燈論釋』 15권 등이 있다.

171) (역주) 『掌珍論』(大 30)은 모두 2卷으로, 『大乘掌珍論』의 약칭이다. 인도의 淸辯이 저술하고, 唐의 玄奘이 번역하였다. 空의 의미에 관한 내용을 논술하고 因明의 논법을 사용하여 외도・소승불교・대승불교의 잘못된 견해를 논파하고 대승공종의 實義를 강조하였다. 특히 護法의 諸法有相의 주장을 논파하고, 無分別空智로 8정도, 6바라밀을 완성하였다. 논서에 나오는 "眞性有爲空, 如幻緣生故. 無爲無有實, 不起似空華"(大30, 268)의 논식이 掌珍比量, 또는 淸辯比量이라고 칭하여진다. 破相宗의 근본 논서가 된다. 주석서에 『掌珍論料簡』 1권(元曉), 『掌珍論疏』 1권(神泰) 등 다수가 있다.

무위는 실질이 없다: 종(宗)
일어나지 않기 때문이다: 인(因)
공중에 핀 꽃과 같다: 유(喩)

이 논식은 무위라는 성체[173]가 공중에 핀 꽃과 같다는 내용인데, 유종은 이를 지극히 불만스럽게 여겼다. 예를 들어 호법과 중국의 규기는 모두 있는 힘을 다해 청변의 논의를 공박하였다.[174] 일반적인 정황으로 말해서 청변이 언급한 공은 악취공에서 벗어나지 못하였지만, 그의 견해는 실제로 『대반야경』에 근본을 둔 것이다. 『반야경』에서 법상을 논파한 것은 괜찮지만[175] 법성까지 논파한다면, 완전히 텅 비었는데 어디로 돌아가겠는가? 청변은 그 종지를 계승한 것이니 나무랄 것이 없다. 나는 성체가 적막하고 고요하다고 본 공종의 학설을 본성을 제대로 모르는 것으로 판단하면 안 된다고 말한 적이 있다. 성체에서 한 터럭의 집착도 용인하지 않고 공종이 여러 가지를 논파한 것은 모두 이러한 의도에서이다. 이 점에서 내가 어떻게 다른 견해를 받아들이겠는가? 그러나 적막하고 고요한 중에 생명의 작동[生機]이 유행하고 있고, 생명의 작동이 유행하는 것이 결국 적막하고 고요한 것이다. 이것이 진정한 주재의 미묘한 측면이므로,[176] 말로 표현하기 어렵다. 이점을 인식하면, 본성의 덕[性德] 전체를 파악하게 된다. 공종은 성체에서 적막하고 고요한 측면만 알 뿐 유행하는 측면을 몰랐다. 내가 공종이 온전한 본성의 덕을 모른다고 의심하는 것은 바로 이 때문이다. 정견으로 성체를 추측해서 실제 사물에 집착하는 사고방식은 공으로 하지 않으면 안 된다.

172) 量은 세 가지 논식이다. 세 가지 논식(三支)은 宗 · 因 · 喩를 말한다. 因明(불교 논리학)에서 상세하다.
173) 같은 의미가 겹친 말이다.
174) 窺基의 『成唯識論述記』에 자세하게 나온다.
175) 대상의 모습을 훼손하지 않고 實性을 말하는 것도 가능하다.
176) 眞宗은 진정한 주재를 말하는데, 性體를 다르게 부른 것이다.

그러나 성체가 공이라고 하면 안 된다. 성체가 공이라고 하면, 그 본의가 없다는 뜻이 아니더라도 성체가 유행하며 쉬지 않고 생성하는 것임을 결코 인정하지 않게 된다. 공종의 경전과 논서들 중 성체나 진여를 말한 곳에서 유행한다거나 쉬지 않고 생성한다는 측면을 인정하고 받아들인 곳이 있는가? 성체를 이렇게 서술하면, 반드시 큰 잘못이라고 비판당하고 조금도 관대히 받아들여지지 못할 것이다. 공종뿐 아니라 인도의 모든 불교 종파가 다 마찬가지이다. 그러나 공종에서는 열반도 단지 환상과 같다고 말하고 있고 더욱이 법승열반(法勝涅槃)이 있다고 하더라도 나 역시 환상과 같다고 말할 것인데, 하물며 열반에 있어서이겠는가? 공에 대해 이처럼 말하는 것은 아무리 집착을 깨뜨리려는 의도가 절실해도 결국 공견(空見)에 빠졌다는 의심을 받게 된다.[177] 나는 진리를 말할 때는 반드시 실질과 상응해야 하며, 격동시키는 말은 중요하지 않다고 말한 적이 있다. 진리는 잘 듣도록 말하는 것이 중요한 것이 아니라, 있는 그대로의 모습을 평이한 말로 형용하면 된다.[178] 말을 할 때 점점 격렬해져서 지나치게 되면, 진리와 상응하지 못하게 된다. 인도불교는 결국 출세간의 인생관이다.[179] 그러므로 본체의 핵심에 생성이

177) 門人인 樓霞 牟宗三은 공종에서 본체를 규정한 내용은 空에 빠져버리는 약점에서 벗어나지 못한 것이라고 의심한다. 일리가 있는 말이다.

(역주) 牟宗三(1909~1992)은 대표적인 現代新儒家로서, 熊十力의 제자이다. 초기에는 논리학의 해석에 전념하고 또 칸트의 『순수이성비판』을 연구하여 『認識心之批判』을 출판하였다. 1949년 대만으로 건너가 중화문화의 생명 본질을 주제로 하여 『道德的理想主義』·『歷史哲學』·『政道與治道』를 저술하였다. 1960년에는 대만을 떠나 홍콩 중문대학 신아서원 철학과 주임으로 부임하였다. 중국 전통문화에 근본을 두고, 유학·불교·도가 세 학파의 핵심을 파악하는 데 역점을 두었다. 주요 저서에 『才性與玄理』·『心體與性體』·『佛性與般若』·『智的直覺與中國哲學』·『現象與物自體』 등이 있다.

178) 형용한다는 말에 주의해야 한다. 진리가 하나의 사물이 아닌 것은 다음에서 바로 나온다.

179) 出世에서 世는 흐른다는 의미이고 또 덮어서 숨긴다는 의미도 된다. 세상 중에 떨어져서 진리를 덮어서 숨기게 되므로, 덮어서 숨긴다는 뜻이 있게 된다. 出은 나와서 떠난다는 것이니 중생이 미혹되고 오염되었음을 의미한다. 세간에 떨어져서 생사의 윤회

없어 생성의 참된 메카니즘을 깨닫지 못하고, 공적하다는 것[空寂]만 본다. 공종은 본성의 덕 전체를 인식하지 못하고 있다고 해도 지나친 말이 아니다. 나는 항상 내가 깨달은 것을 공자의 화두와 비교해보는데, 두 가지가 서로를 징험한다는 것을 깊이 깨닫게 된다. 공자는 "인한 사람은 고요하다. 인한 사람은 오래 산다"라고 하고, 또 "인한 사람은 산을 좋아한다"라고도 하였다.[180] 공자가 말하는 인(仁)은 심체(心體)를 지목한 것이다.[181] 인한 사람은 인체(仁體)를 깨달은 사람이다.[182] 고요하다는 것은 혼미하고 요동치는 데서 멀리 떠난 모습이다. 오래 산다는 것은 항구하다는 의미이다.[183] 산은 맑게 정지한 모습이다. 성체가 적막하고 고요하다는 것을 공자가 똑같이 깨달은 것이다. 그러나 공자는 적막하고 고요함을 말하는 데 그치지 않고, "천(天)이 무슨 말을 하던가? 사계절이 흘러가고 만물이 생성하는데, 천이 무슨 말을 하던가?"[184]라고 하였다. 여기에서 공자가 말한 천은 성체를 다르게 명명한 것임을 알 수 있다. 말이 없다는 것은 적막함을 형용한 것이다. 지극히 적막하지만 사계절이 흘러가고 만물이 생성하며, 사계절이 흘러가고 만물이 생성하지만 지극한 적막함으로 돌아가는 것이 천이 천인 까닭이다. 무위공(無爲空)이 어찌 이것과 다르겠는가? 『중용(中庸)』은 공자가 남긴 말을 적은 책인데, 본성의 덕을 찬양하는 다음과 같은 구절이 있다. "『시경』에 '덕은 털같이 가볍고, 털에는 결이 있다. 위의 하늘[上天]이 싣는 것은 소리도 없고 냄새도 없다'라는 구절이 있는데, 지극하구나!"[185] 여

를 전전하므로 수도하여 미혹을 끊고 생사를 벗어나는 것을 出世라고 한다.

180) (역주) 『論語』 「雍也第六」. "子曰, 仁者樂山. 仁者靜. 仁者壽."

181) 心體는 性體의 다른 이름이다.

182) 깨달았다[證]는 것은 깨달아 아는 것이다. 仁體가 드러나는 때, 즉 이 인의 핵심이 아주 환하게 자명해지는 것을 깨닫는다고 한다. 얻었다[得]는 것은 이 仁體가 항상 그 속에서 주인이 되어 잃어버리지 않는 것을 말한다.

183) 여기에서 항구하다는 말은 참되고 항상되다는 의미로서, 잠시와 대조되는 것이 아니다.

184) (역주) 『論語』 「陽貨」 第十七. "子曰, 天何言哉? 四時行焉, 百物生焉, 天何言哉?"

기에서 가볍다는 것은 작다는 뜻으로, 털이 가볍고 작다는 것이다. 결은 자취이고, 위라는 것은 절대의 의미이다. 위의 하늘은 성체를 가리킨다. 싣는다는 것은 보존한다는 의미이다. 여기에서 『시경』 구절을 인용한 것은 성체가 은미하며 형체가 없음을 밝히기 위한 것이다. 털처럼 가볍고 작다는 데 비긴 것으로, 털은 결의 자취는 있지만 비길 모양이 없다. 이치로 볼 때 성체가 보존되는 것을 눈으로 볼 수는 없지만, 실제로는 항상 보존된다. 그 보존되는 것이 형체가 없고 소리와 냄새도 함께 사라지고 없는데, 어떻게 사물이 있다고 집착할 수 있는가? 소리도 없고 냄새도 없어서 텅 비고 적막하지만, 그래도 존재한다. 그러므로 공이라고 할 때 상에 집착하는 것을 공으로 하는 것일 뿐, 아무 것도 없는 것이 아니다. 열반이 환상과 같다는 말이 어찌 이것과 아주 다르겠는가?

종합하면, 공종은 인식론의 측면에서 지식과 정견을 깨끗이 제거하기 위해 법상을 깨뜨리지 않을 수 없었다. 법상을 깨뜨리는 것만이 지식과 정견을 제거하여 대상의 본성[法性]을 깨달을 수 있는 방법이다. 이러한 주장에서 나와 공종은 일치한다. 그러나 나는 법상을 가설해도 무방하다고 본다. 앞 장에서 나는 위대한 공용의 유행이 한 번 흡하고 한 번 벽한 것이 마음과 물질이라고 가정하였다. 이것이 나와 공종의 다른 점이다. 이러한 차이점은 많은 부분과 관련된다. 본체론의 측면에서 공종은 사람들이 본성의 핵심에 함부로 집착하는 것만 두려워한다. 예를 들어 인도 외도와 서양철학자들은 대개 본체를 외재하는 사물로 생각하는데, 이렇게 보면 진리를 파악할 방법이 없게 된다. 그리하여 공종은 크게 쓸어버리는 방법을 써서 함부로 이리저리 추측하지 못하도록 한 것이다. 당신이 어떠한 상상을 하든지 공종은 그것들을 하나하나 논파하여 '없는 것이어서 얻을 수 없다[無所有, 不可得]'는 결론에 귀결시킨

185) (역주) 『中庸』 三十三章. "詩云, 德輶如毛, 毛猶有倫. 上天之載, 無聲無臭, 至矣."

다.[186] 그렇게 하여 지식과 정견을 바로 끊어버려야 본성의 핵심이 갖는 메카니즘을 꿰뚫을 수 있다. 이러한 주장에 대해서 나 역시 어떻게 찬성하지 않겠는가? 그러나 공종은 지식과 정견만 논파해야지, 열반 성체가 바로 공이라고 하거나 환상과 같다고 해서는 안 된다. 이처럼 다 논파하게 되면, 논파하는 것 역시 집착이 된다. 이것이 내가 공종에 동의할 수 없는 점이다. 옛날 어떤 선사가 마조(馬祖)에게[187] '마음이 바로 부처[心卽佛]'라는 학설을 들었다.[188] 그는 뒤에 마조와 떨어져서 민 지방의 매령에서 10여년을 살았다. 마조의 문도들 중 그곳까지 방문한 사람이 있어 선사는 마조 대사가 근래 어떤 설교를 하느냐고 물었다. 방문자는 "대사께서는 처음에 마음이 바로 부처라고 하시더니, 근래에는 '마음도 아니고 부처도 아니라[非心非佛]'고 하십니다"라고 하였다.[189] 선사는 "이 늙은이가 또 세상 사람들을 속이고 있구나! 그가 마음이 아니고 부처가 아니라고 하여도, 나만은 마음이 바로 부처라는 것을 안다"라고 비난하였다. 그 뒤 마조는 그 말을 듣고 "매실이 익었구나"[190]라고 말하였다.[191] 이 공안은 깊이 음미해볼 필요가 있다. 우리는 공종의 학설을 듣

186) '無所有 · 不可得'은 『般若經』에서 항상 나오는 구절이다. 독자들은 일반적으로 해석하지 말기를 바란다.
(역주) 예컨대 『大般若波羅蜜多經』 卷第三十八 「初分般若行相品」(大5, 210a). "如是菩薩摩訶薩修行般若波羅蜜多時, 審諦觀察, 若法無所有不可得, 是爲般若波羅蜜多."

187) (역주) 馬祖道一(709~788)은 唐代 禪宗의 승려이다. 南嶽 懷讓의 법을 이었고, 馬大師 · 馬祖라고 불리웠다. 개원 연간에 회양은 曹溪禪法을 익히고 心法을 은밀히 전해주었다. 마조는 "평상심이 도이다[平常心是道]", "마음이 바로 부처이다[卽心是佛]"는 주장으로 선불교의 이치를 해석하였다. 제자로 百丈懷海 · 南泉普願 · 大梅法常 등 139인이 있다. 입멸 후 당헌종이 '大寂禪師'라는 시호를 내려주었고, 그 이후 학맥이 더욱 발전하여 洪州宗이 되었다. 江西禪이라고 불리운다. 여기에 나오는 선사는 大梅山 法常(752~839) 선사이다.

188) 여기에서 부처라고 하는 것은 본성의 핵심[性體]이다. 마음은 本心이지 妄識이 아니다. 본심이 바로 본성의 핵심이므로, 이렇게 말한 것이다.

189) 사람들이 그 처음에 한 말을 듣고 실재하는 마음의 모습이나 실재하는 부처의 모습이 있다고 집착할까 보아서, 다시 둘 다 아니라고 하여 그것을 버린 것이다.

190) 그 선사가 매령에 살았으므로, 매 선생이라고 불렀다.

고 모든 것이 공이라고 생각해서는 안 되고, 생성 변화하며 쉬지 않고 유행하는 메카니즘에서 본성의 핵심을 인식해야 한다. 본성의 핵심이 적막하고 고요할 뿐이라고 생각해서는 안 되고, 오히려 유행하는 데에서 적막하고 고요함을 인식해야 본체를 볼 수 있다. 본문 상권 제3장에서 이미 '공용에서 본체가 드러난다[卽用顯體]'는 학설을 반복하여 강조하였다. 이것이 나와 공종이 근본적으로 다른 점이다.

어떤 사람은 또 이렇게 논박한다. "비고 고요한 것[空寂]이 본체이고, 끊임없이 생성 변화하는 메카니즘이 공용이다. 인도 불교학에서는[192] 본체를 인식하는 것[見體]이 궁극의 목표이지만, 중국 유학에서는 공용만 말한다. 지금 그대의 학문은 중국과 인도를 넘나들며 유학과 불교를 하나로 녹여서 합치하려고 한다. 합치할 수 없는 내용을 억지로 자기 의도대로 받아들이거나 거부한다. 그대가 논의하는 불교는 정통 해석이라고 하기에는 부족하지 않은가?" 이에 대한 답은 다음과 같다. 이것이 무슨 말인가? 그대 생각대로라면, 본체는 본체일 뿐이고 공용은 공용일 뿐이어서 완전히 두 조각의 사물로 단절되어 버린다. 공용은 생성 변화의 메카니즘인데, 본체로부터 현현되지 않는다면 어떻게 아무 것도 없는 데서 공용이 일어날 수 있겠는가? 본체가 텅 비고 고요할 뿐 생성 변화하지 않는다면, 죽은 것일 뿐만 아니라 쓸모없는 것이 될 것이다. 본체와 공용은 분리할 수는 있지만 분리하면 안 된다는 것을 알아야 한다. 분리할 수 있는 것은 본체는 차별이 없지만 공용이 온갖 가지로 다양하게 나타나기 때문이다. 온갖 다양하게 나타난 중에서 무차별한 본체를

191) (역주) 『四家語錄』 卷一 「江西馬祖道一禪師語錄」(續藏經 69, 004a). "大梅山法常禪師, 初參祖問, 如何是佛. 祖云, 心是佛, 常卽大悟, 後居大梅山, 祖聞師住山. 乃令一僧到問云. 和尙見馬師. 得箇什麼. 便住此山. 常云. 馬師向我道. 卽心是佛. 我便向這裏住. 僧云. 馬師近日佛法又別. 常云. 作麼生別. 僧云. 近日又道. 非心非佛. 常云. 這老漢惑亂人. 未有了日. 任汝非心非佛. 我只管卽心卽佛. 其僧回擧似祖. 祖云. 梅子熟也."

192) 공종도 여기에 포함되므로, 따로이 거론하지 않는다.

지목해내어서 황극(皇極)을 크게 세우면, 온갖 변화가 진정한 주재[眞宰]에서 나오고 온갖 이치에 통합의 중심이 있게 된다. 무차별한 본체에 근본을 두면서도 온갖 다양한 공용으로 현현한다. 비어 있지만 굽히지 않는 것은 인(仁)이 온갖 덕을 함장하기 때문이고,[193] 움직일수록 더욱 나오는 것은 인이 현현하기 때문이다.[194] 따라서 번다한 것들이 신묘하게 존재하지만 결국 얻을 수 없는 것을 공용이라고 가설한다.[195] 지극한 무(無)는 고요하여 무위하지만 못 하는 일이 없는데, 이것이 공용의 본체이다.[196] 공용은 본체에 의거하여 나타나고,[197] 본체는 공용을 기다려서 존재한다.[198] 따라서 본체와 공용을 어쩔 수 없이 나누기는 한다. 그러나 한 마디로 공용이라고 하지만, 그 본체는 전체가 공용이 되므로 공용 밖에서 본체를 찾아서는 안 된다. 한 마디로 본체라고 하지

---

193) 仁은 본체를 말하고, 그 뒤도 이와 같다. 藏은 함장한다는 것이다. 본체는 지극한 허무에 근본을 두지만 끊임없는 생성 변화로 나타나므로, 다하거나 굽힘이 없다. 지극한 인이 온갖 덕을 함장하고 있기 때문이다.

194) 움직이지만 잠시도 머물지 않고 계속 새롭게 일어나므로, 그럴수록 더욱 나온다고 하였다. 이것이 바로 仁體가 현현하는 것이다.

(역주)『道德經』第五章. "天地之間, 其猶橐籥乎. 虛而不屈, 動而愈出." 熊十力은 천지간을 가운데가 비어 있는 피리로 본 노자의 비유와 仁을 生生之德으로 파악하는 유학의 개념을 빌어서, 본체의 空寂하면서도 생성 변화하는 양면성을 설명하고 있다.

195) 만유는 일정하지 않으므로, 번다하다고 하였다. '신묘하게 존재한다[妙有]'는 것은 만유의 본체가 원래 空寂하여 지극한 虛이자 지극한 寂이지만 만유로 현현한다는 의미이다. 이러한 이치는 사유로 접근할 수 없으므로, 신묘하다고 표현한다. 그러나 만유에 나아가 말하자면, 이 만유는 모두 自體가 없으므로 결국 얻을 수가 없다. 무슨 까닭인가? 만유는 그 본체를 떠나 따로이 만유의 자체가 있는 것이 아니기 때문이고, 또 모두가 찰나마다 잠시 나타나는 것이지 사물로서 잠시라도 머무르지 않기 때문이다.

196) 고요하다는 것은 텅 비어 조용한 모습니다. 지극한 無는 형상과 장소와 작의와 어지러운 모습 등이 없으므로 그렇게 부른 것이다. 無爲는 의도적인 조작이 없는 것이다. 못하는 일이 없다는 것은 의도적인 조작이 없지만 본래 온갖 덕을 함장하여 위대한 공용으로 나타나기 때문에, 신묘하게 존재한다는 것이다.

197) 무수한 물방울들에서 각 하나의 물방울이 모두 큰 바닷물 전체가 나타난 것이라는 사실에 비유할 수 있다.

198) 큰 바닷물이 무수한 물방울들을 초월하여 독립적으로 존재하는 것이 아니라는 사실에 비유할 수 있다.

만, 끝없이 신묘한 공용이 모두 본래 갖추어져 있는데 그것이 어찌 딱딱하게 빈[頑空] 죽은 사물이겠는가? 그래서야 홀연히 공용이 될 수 있겠는가?[199] 이것은 마치 공중에 핀 꽃이 열매를 맺을 리가 없다고 말하는 것과 같다. 왕양명(王陽明)은 "본체에서 말하면, 공용은 본체에 있다. 공용에서 말하면, 본체는 공용에 있다"[200]라고 하였는데, 이 말은 확실히 진리를 깨달은 말이다. 자신이 직접 이 사실을 깨닫지 못하면, 양명의 말을 이해할 방법이 없다. 그러므로 본체와 공용은 분리할 수는 있지만, 분리하면 안 된다. 사람들을 이해시키기 위해 이렇게 말하지만, 모르는 사람을 깨우치기는 참으로 어렵다.

앞에서 논박한 사람의 주장이 바로 인도 불교의 견해이다. 그들 인도 불교의 광대한 전적인 삼장(三藏)에서는[201] 중심 논지가 한결같이 제법의 실상(實相)을 깨닫는 데로 귀결된다. 『법화현의(法華玄義)』[202]에서는 석론(釋論)[203]을 인용하여 "대승불교는 제법의 실상을 말하는 하나의 진리만 있다"[204]라고 한다. 『승만경(勝鬘經)』[205] 등의 경에서도 "모든 대상

---

199) 딱딱하게 비었다[頑空]는 것은 그 전체에 존재하는 것이 없으므로, 딱딱하고 둔하다고 형용한 것이다. 딱딱하고 둔하다는 말뜻은 무용하다는 것이다.

200) (역주) 『王文成全書』 卷一. "卽體而言, 用在體. 卽用而言, 體在用."

201) 불교 전적은 經・論・律이라는 三藏으로 나뉜다.

202) (역주) 『法華玄義』(大33)는 본래 『妙法蓮華經玄義』라고 하며 智顗(538~597)의 저술이다. 『摩訶止觀』・『法華文句』와 더불어 '天台의 3대부'로 불리는 천태종의 중요한 전적이다. 智顗가 만년에 '妙法蓮華經' 다섯 자를 여러 가지 관점에서 해석하여 천태 교학의 교리적 원리를 전개한 것을 문인인 灌頂이 기록한 것이다. 여기에 서술된 교판은 그의 사교의와 더불어 10세기 고려 승려 諦觀의 『천태사교의』의 근거가 되어 널리 유통되었으며, 五時八教 教判은 불교의 대표적인 교상판석으로 여겨지고 있다.

203) (역주) 釋論은 경전을 해석한 논서를 말한다. 예컨대 『大品般若經』을 해석한 『大智度論』을 들 수 있다.

204) (역주) 『妙法蓮華經玄義』 卷第八(大33, 779a). "大乘經但有一法印, 謂諸法實相."

205) (역주) 『勝鬘經』(大12)은 求那跋陀羅(Guṇabhadra, 394~468)가 436년에 번역한 『勝鬘獅子吼一乘大方廣方便經』(ŚRīmālādevī-siṃhanāda-sūtra) 1권이다. 이 경전은 대승경전 중에서 如來藏 思想을 설하는 대표적 경전 중의 하나이다. 三乘의 가르침이 모두 大乘의 一乘에 귀일한다는 것, 중생이 모두 번뇌에 싸여 있지만 본성은 청정무구하여 여래의 성품(佛性・如來藏)을 갖추고 있다는 이론을 제시한다. 이 경전의 一乘사상은 『法

의 근원을 꿰뚫었다"[206]라고 말하는데, 이는 모든 대상의 실상을 꿰뚫었다는 말이다. 근원은 실상을 형용한 말이다. 대승불교만 그런 것이 아니라 『아함경(阿含經)』에서도 진여를 말하고 있고, 소승불교도 어느 하나 열반으로 귀착되지 않는 것이 없다. 논박자가 말하듯 '본체를 인식하는 것[見體]'이 궁극의 목표이다. 중국의 현장 법사는 인도 대승불교의 유종(有宗)에서 저명한 학자인데, 그는 「상당태종황제표(上唐太宗皇帝表)」라는 글에서 공자의 학문에 대하여 불만을 표시하였다. 표 중에 "육효(六爻)에 심오한 뜻이 있다고 들었지만, 생멸의 영역에 제한된다.[207] 만물이 명칭을 바르게 하였지만,[208] 진여의 경지와는 관련이 없다"[209]라는 구절이 있다. 논박자가 유학이 공용만 말할 뿐이라고 한 것은 실제로 현장의 주장에 근거한 말이다. 현장은 공자가 본체를 보지 못하였

華經』의 요지를 계승한 것인데, 在家의 부인으로 하여금 그 법을 설하게 하고 있다는 점에서 유마 거사가 설한 『維摩經』과 더불어 대승불교의 재가주의를 표방하는 대표작으로 여겨져서 널리 보급되었다.

206) (역주) 『勝鬘獅子吼一乘大方廣方便經』(大12). "澈法源底."

207) 공자의 철학사상은 「易傳」에 있다. 『易』의 각 괘가 6효인 것은 머물지 않고 변화한다는 의미를 분명히 보여준 것이니, 지극히 은미하면서도 심오하다. 그러나 그것이 밝힌 것은 생멸의 영역에 제한된다. 바꾸어 말하면, 法相을 말한 것일 뿐 모든 대상의 본체를 깨닫지는 못하였다. 생멸은 법상의 측면에서 말한 것이다. 현장의 주장은 이러하다.

208) '명칭을 바르게 한다[正名]'는 것은 孔子가 『春秋』에서 한 말이다. 『春秋』는 사물의 이치와 인사의 변화를 미루어가는 것이 正名에서 시작하고, 혼란을 용납하지 않는 것이 만세의 위대한 법이라고 하였다. 그러나 아직 眞如에 도달하지 못한 것은 그 잘못이 『易』의 경우와 같다. 玄奘 대사는 공자가 아직 본체를 제대로 인식하지 못하였다고 본다.

(역주) 『春秋穀梁傳』 卷九 「僖公」. "正名而已矣." 正名은 명칭, 명분을 바르게 판정하는 것을 말한다. 孔子는 『論語』에서 "必也正名乎. 名不正, 則言不順, 言不順, 則事不成, 事不成, 則禮樂不興, 禮樂不興, 則刑罰不中, 刑罰不中, 則民無所錯手足"(「子路」 第十三)라고 正名을 주장하였다. 또한 "君君, 臣臣, 父父, 子子"(「顔淵」 第十二)라고 하여, 명분을 엄격히 준수함으로써 통치 질서를 유지할 것을 주장하였다.

209) (역주) 玄奘 「謝太宗文皇帝製三藏聖教序表」(『玄奘三藏師資伝叢書』 卷上 「續藏經」 第150冊, 086a). "蓋聞六爻深賾, 拘於生滅之場. 百物正名, 未涉眞如之境."; 『續高僧傳』 卷4 「玄奘傳」. "百物正名, 未涉眞如之境"(大50, 456c). 이 上表는 貞觀22年(648년)에 작성되었다.

다고 하찮게 여기고 진여를 깨닫는 고명한 석가의 종교로 되돌아갈 것을 말하였지만, 의도적으로 학파의 문호를 지키기 위한 것은 아니었다. 현장은 본래 인도 불교의 학설을 계승하였다. 인도 불교에서 말하는 진여 성체(眞如性體)가 본래 공적한 것이다. 그들이 말하는 공적함은 텅 비어 아무 것도 없는 것이 아니라, 허망한 감정과 더러운 집착에서 멀리 떨어진 것을 의미한다. 그렇게 나타난 적막하고 고요한 이체(理體)를 공적하다고 한다. 그러나 그들은 이처럼 공적하다는 말에 그칠 뿐, 공적한 것이 바로 생성 변화하는 것이고 생성 변화하는 것이 바로 공적한 것이라고는 결코 말하지 않았다. 다시 말하면, 본체는 비어 있는 덕[孔德]으로 말할 수 있을 뿐이지[210] 생성하는 덕[生德]으로 말해서는 안 된다는 것이다.[211] 본체는 간괘(艮卦)의 '활동하지 않는 곳에 머무는 형상'으로 형용할 수 있을 뿐,[212] 활동으로 가득 찬 진괘(震卦)의 '번개치고 비오는 형상'으로 형용할 수 없다는 것이다.[213] 그들 인도 불교에서는 본체가 공적하다는 측면만 보고 다른 견해를 절대 용납하지 않기 때문이다. 그들 내부는 여러 종파로 나뉘어져 있지만, 이러한 근본적인 견해에서는

---

210) "비어 있는 덕[孔德]"이라는 말은 노자에서 차용한 말이다. 왕필은 "孔은 空이다. 空이 덕이 되는 것을 孔德이라고 한다"라고 하였다.

211) 생성하는 덕에 대해서는 앞에서 자세히 살펴보았다.

212) 『易』의 「艮卦」에서 艮背의 의미는 艮은 머문다는 것이고, 背는 활동하지 않는 곳을 말한다. 활동하지 않는 곳에 머무는 것을 '艮背'라고 한다. 불교 전적에서 본체를 말할 때는 '그대로의 모습으로[如如] 활동하지 않는다'라고 표현한다.

(역주) 「艮卦」(䷳)의 象傳에 "象其背"라는 구절이 있다. 등은 인간의 신체 기능이 가장 둔한 곳이다. 따라서 '등에 머문다'는 것은 사리를 추구함도 없고 아무런 욕망도 없는 상태를 가리킨다. 이것이 불교에서 보는 眞如本體의 본성이다.

213) 『易』의 「辰卦」의 상은 번개가 치고 비가 오는, 활동이 가득 찬 모양이다. 유학에서는 이러한 말로 본체의 유행을 형용한다. 너무나 성대하여 생각하기 어려운 것을 비유에서 잘 취하였다고 할 수 있다. 그러나 인도 불교에서는 '流行'이라는 말로 본체를 말할 수 없다.

(역주) 『易』 「辰卦」(䷲)는 우뢰를 상징하는 震(☳)이 두 개 겹쳐서 이루어진 모양이다. 우레 소리가 거듭되는 상태를 나타내며, 번개와 비가 계속되는 대단히 활동적인 모습이다. 이것을 유학 본체의 '生生之德'을 형용하는 것이라고 해석할 수도 있겠다.

대개 동일한 입장이다. 현장은 자기 종교의 관점에서 당연히 공자가 본체를 인식하지 못하였다고 판단하였다. 공자가 말하는 본체는 분명히 인도 불교와 아주 달랐기 때문이다.

공자는 『역』 「계사전(繫辭傳)」에서 "역에 태극(太極)이 있다"라고 말하였다.[214] 64괘의 의미는[215] 이 하나의 극[一極]이 흩어져서 나타난 것이고[216] 또 이 하나의 극으로 되돌아가지 않는 것이 없는데, 『역』에서 본체를 인식하지 못하였다고 할 수 있는가? 『춘추(春秋)』에서는 원(元)에 근거하여 변화를 설명하였고, 동중서(董仲舒)[217]는 『춘추번로(春秋繁露)』 「중정(重政)」편에서 "원(元)은 근원이다"[218]라고 하였다. 이러한 견해와 『역』의 의미는 서로 부합한다. 『역』에서는 "위대하구나! 천의 근원(乾元)이여! 만물이 이에 의거하여 시작된다"[219]라고 하고 있다. 『춘추』에서 근원(元)을 세운 것은 이러한 내용에 근본을 둔 것이다. 한 학파의 학문에서 주된 핵심은 다르지 않다.[220] 『춘추』에서는 사람 마음에 숨겨진 사특함을 바로잡고[221] 변화에 따라서 옮겨 간다고 하였는데,[222] 그 의미

214) '太'는 지극히 높아서 더 이상이 없는 것을 말한다. 찬탄하는 말이다. '極'은 지극하다는 의미로서, 지극한 이치를 말한다.
(역주) 『周易』 「繫辭傳(上)」, 十一章. "易有太極."

215) 『大易』 전체 책은 64괘로 나뉜다.

216) 한 극이란 바로 太極이다. 하나라는 것은 절대라는 뜻이고, 아래에 나오는 것도 이와 같다.

217) (역주) 董仲舒(B.C.179~B.C.104)는 중국 漢代 철학자이자 정치가이다. 한무제 원광 원년(B.C.134)에 「擧賢良對策」이라는 글에서, "온갖 학파를 배제하고, 오직 유학만 존숭할 것"을 주장하였다. 저작은 현재 『春秋繁露』와 엄가균이 편집한 『全漢文』에 수록된 문장 두 권만이 남아 있다. 동중서는 『公羊春秋』를 근거로 하여 주대 이래의 종교 천도관과 음양오행설을 결합하고 법가 · 도가 · 음양가사상을 흡수하여 새로운 사상 체계를 형성하였다. 天人感應說을 제기하여 군주 봉건 제도를 옹호하는 목적으로 활용하였고, 三綱五倫을 체계화하여 윤리사상을 체계화하였다. 그를 통해 중국 봉건 제도에 중요한 이론적 근거를 제공하였고, 이후 유학이 주도적인 사상으로 등장하는 계기가 되었다.

218) (역주) 『春秋繁露』 「重政」 第十三. "元猶原也."

219) (역주) 『周易』 「乾卦 · 彖傳」. "大哉乾元! 萬物資始."

220) 핵심[宗要]에서 종(宗)은 주된 뜻이고, 요(要)는 이치의 핵심을 말한다.

는 한결같이 근원(元)에 근본을 둔 것이다.223) 그런데도 『춘추』에서 본체를 인식하지 못하였다고 할 수 있겠는가? 현장이 『주역』·『춘추』에서 본체를 분명히 하지 못하였다고 한 까닭은 공자가 공용에서만 본체를 인식하고 유행하는 데에서만 본체를 파악하였기 때문이다. 그러므로 『주역』·『춘추』를 잘 배운 이들은 그 의미를 마음으로 이해해야 한다. 인도 불교에서는 본체를 말할 때 반드시 공용을 버리고, 유행하는 것과 관련을 갖지 않는다. 현장은 자기 종교의 잘못을 깨닫지 못하고, 도리어 공자가 본체를 인식하지 못하였다고 비판한 것이다. 이것은 "한 학파의 학설을 지키느라 진리를 가린다"는 경우에 속한다. 나는 위대한 공용의 유행[大用流行]은 아무리 머물지 않고 변화해도 그 속에 항상 생성하고 항상 고요한, 진실한 사물이 존재한다고 말한 적이 있다. 위대한 공용이 유행하는 모습으로 말하자면, 이것들 각각은 분명히 찰나마다 거짓으로 나타난 것[詐現]이고 모두 자성이 없다. 그러나 이를 통하여 위대한 공용으로 유행하는 본체를 인식할 수 있다. 공용상에서 아무리 자성이 없다고 해도 이 공용을 이루는 것은 공용의 실성(實性)이고, 이것은 절대적으로 진실하고 항상 생성하면서 항상 고요한 것이기 때문이다. 공용의 유행이224) 아무리 천만번 변화하고 일정하지 않더라도, 이 유행을 완성하는 것은 바로 유행의 주재이다. 유행에 모순이 있지만,225) 유행에서 인

221) 사특함[慝]은 사악하거나 어리석어 망령된 것을 말한다. 숨겨져 있는 것[隱]은 악습이 잠재되어 있는 것이다. 『春秋』에서는 아주 엄격하게 옳고 그른 것을 명백히 가르고 선악을 바르게 한다.

222) 『春秋』에서는 三世의 뜻을 밝혔다. 인류가 據亂世에서 升平世로 나아갈 때는 아직 국가의 경계가 있지만, 升平世에서 太平世로 나아갈 때는 세계가 위대한 합일[大同]을 이루되 경제 제도와 문화 등은 모두 세대에 따라 달라진다.

223) 근원으로 말하면, 만물은 일체이다. 그러므로 세계는 결국 대동으로 가게 된다. 근원[元]이란 만물의 참된 근본으로, 순수하고 지극히 선한 것이다. 그것이 사람에게 있으면 본래의 마음[本心]이 되고, 옳고 그르거나 선하고 악한 것을 선택하는 것은 이 마음의 내재적인 역량이다.

224) 실은 流行이 바로 공용을 다르게 부른 것이다. 그러나 말할 때는 주어가 필요하기 때문에 공용의 유행이라고 하였다.

식되는 주재가 바로 '위대한 조화[太和]'이다.[226] 유행은 변화하며 조금씩 옮겨가지만, 유행에서 인식되는 주재는 항상되다. 유행은 온갖 가지로 다르지만, 유행에서 인식되는 주재는 차별이 없다. 유행은 헛된 환상이지만, 유행에서 인식되는 주재는 진실하다. 유행은 자유롭지 않지만, 유행에서 인식되는 주재는 모든 것이 자유롭다. 우리는 공용이 바로 본체는 아니지만, 공용을 떠나서는 본체를 찾을 수 없다는 것을 알아야 한다. 본체는 전체가 온갖 다양한 공용을 이루므로, 하나의 공용 위에 전체를 다 갖추고 있다. 그러므로 공용에서 본체가 드러난다[卽用顯體]. 이는 밖으로 드러난 것[見]을 은미한 것[隱]에까지 미루어 간 것이다.[227] 공

225) 상세한 것은「전변」장에서 다루었다.

226) 流行이라는 측면에서 말하면, 사물과 마음은 모순된다. 그러나 마음은 사물에 의해 결국 대상화[物化]되지 않고 사물이 마음을 따라 전환되도록 한다. 그것은 마음의 작용이 끝내 그 본체의 덕성을 잃지 않아서 사물을 주재할 수 있기 때문이다. 이 때문에 마음이 바로 본체라고 할 수 있다. 마음이 바로 본체이므로, 사물을 주재할 수 있고 사물에 의해서 전환되지 않는다. 따라서 모순을 풀어버릴 수 있고, 본연의 위대한 조화를 회복하게 된다. 위대한 조화[太和]는 지극히 조화로운 것이다. 위대하다[太]는 것은 찬양하는 말로서, 말로 형용할 수 없으므로 위대하다고 한 것이다. 孔子가 말하는 仁이 바로 위대한 조화이다. 이것은 본체를 불 보듯 분명하게 보는 사람이 아니라면 말할 수 없는 것이다. 그러나 이것은 매우 의미심장하므로, 속계의 학자와 논의하기 어렵다. 玄奘의 지혜도 이러한 경지에 미치기에 부족한데, 하물며 다른 사람이야 어떠하겠는가? 헤겔 같은 서양철학자는 단지 모순의 의미만 알았을 뿐, 결국 인의 본체[仁體]를 엿볼 방법이 없다.

(역주) 헤겔(Hegel, G. W. Friedrich, 1770~1831)은 칸트 철학을 계승한 독일 관념론의 대성자이다. 저서에『精神現象學(Phanomenologie des Geistes)』(1807년),『논리학(Wissenschaft der Logik)』(1812~1816),『법철학 강요(Grundlinien der Philosophie des Rechts)』(1821) 등이 있다. 헤겔 철학의 역사적 의미는 18세기의 합리주의적 계몽사상의 한계를 통찰하고 역사가 지니는 의미에 눈을 돌렸다는 데 있다. 역사를 지배하는 법칙에 대해 헤겔은 관념론적, 형이상학적인 견해를 가졌으며, 역사는 절대자인 神이 점차 자기를 실현해가는 과정이라 생각하였다. 이러한 근본 사상을 바탕으로 논리학・자연철학・정신철학의 3부 체계를 지닌 장대한 철학을 제기하였고, 이 체계를 일관하는 방법이 모든 사물의 전개를 정반합 3단계로 나누는 辨證法이었다. 헤겔에 의하면 정신이야말로 절대자이며, 자연은 절대자가 자기를 外化한 것에 불과하다. 그런데 熊十力이 보기에 헤겔의 이 절대정신은 현상계를 초월하여 존재하며, 따라서 플라톤 등 다른 서양철학자처럼 현상계와 본체계가 완전히 구분되는 특징을 가진다. 그 때문에 이 부분에서 웅십력은 헤겔 철학에서 본체가 생성의 힘, 생명력[仁]을 가지지 못하고 있음을 비판한다.

용을 떠나 본체를 말하면, 은미한 것만 찾는 괴상한 행동에서 벗어나지 못하게 된다.[228] 이러한 잘못은 인도 불교학의 근본에서 비롯된다.

논박자는 "그대는 인도 불교에서 공용을 떠나 본체를 말한다고 하였는데, 그것이 불교의 본뜻은 아닌 듯하다"라고 하였다. 그에 대한 답은 다음과 같다. 그대가 불교를 위해 변명하고자 한다면, 나는 또 그대에게 묻겠다. 나는 앞에서 "지극한 무(無)는 고요하여 무위하지만 못 하는 일이 없는데, 이것이 공용의 본체이다"라고 말한 적이 있다. 이 중 가장 중요한 것이 '무위하지만 못하는 일이 없다'는 구절인데, 이 못하는 일이 없다는 것이 바로 인도 불교와 천양지차로 다른 점이다. 나는 본체의 측면에서 못하는 일이 없다는 것과 왕양명이 "본체에 나아가 말하면, 공용은 본체에 있다"고 말한 의미가 동일하다고 본다. 그러므로 우리는 공용을 떠나서 본체를 말하지 않는다. 인도 불교의 삼장(三藏) 십이부경(十二部經[229])을 한 번 깊이 생각해보라. 그들이 말하는 진여 성체에 '못하는 일이 없다'는 구절을 덧붙일 수 있는가? 그들은 본체의 측면에서 무위하다는 것만 받아들일 뿐, '무위하지만 못하는 일이 없다'는 것은 결코 인정하지 않는다. 소승불교 이래 삶과 죽음에서 벗어나는 것을 궁극의 목적으로 삼고 있으므로, 그들이 추구하는 본체는[230] 지극히 적

---

227) 見은 現으로 읽는다. 공용은 현현하고, 본체는 은미하다. 현현한 것[現]은 은미한 것이 나타난 것이므로, 둘이 아니다.

228) 은미한 것은 본체를 말한다. 본체를 오직 공적하다고만 하고 끊임없이 생성 변화하는 위대한 공용을 언급하지 않는 것을 '은미함만 찾는다[索隱]'고 한다. 한편으로 치우치고 세속에서 벗어난[出世] 행동이므로, 괴이한 행동에서 벗어나지 못한다.

229) (역주) 三藏은 불교 경전을 經藏·律藏·論藏의 3종류로 분류해 부르는 호칭이다. 十二部經(dvādaśāṅga-buddha-vacana)은 부처의 교설을 형식과 내용에 따라 12종류로 서술한 것이다. ①契經(sūtra), ②應頌(eya), ③記別(vyākaraṇa), ④諷頌(gāthā), ⑤自說(udāna), ⑥因緣(nidāna), ⑦譬喩(avadāna), ⑧本事(itivṛttaka), ⑨本生(jātaka), ⑩方廣 (vaipulya), ⑪希法(adbhuta-dharma), ⑫論議(upadeśa). 이 십이부는 대승과 소승불교 모두 공통이다. 따라서 三藏 十二部經은 모든 종류의 불교 경전·문서를 가리킨다.

230) 여기 '趣入' 두 자에서 趣는 투합한다는 의미이다. 투입해 들어가서 그와 합치된다는 것이다. 入은 고요한 가운데 안으로 저절로 깨닫는 것이다.

막하고 고요해서 조작이나 생성이 없는 경지일 뿐이기 때문이다. 또 대승공종에서는 승조(僧肇)가 나온 이후 중생을 버리지 않는 것을 서원으로 삼아 생사(生死)와 열반(涅槃) 두 곳에 다 머무르지 않는 것을 대승(大乘)의 행위로 여긴다.[231] 대승공종은 지극히 광대하여 열등한 체계를 뛰어넘지만,[232] 결국 일체 중생을 모두 생사에서 벗어나는 방향으로 이끌고 간다. 단지 차마 자기 혼자만 열반으로 나아가지 못하는 것뿐이다.[233] 공종도 출세간사상이므로, 그들 공종이 깨닫는 본체도 형상이 없고 무위하며 조작이 없고 생성도 없어 고요한 중에서도 최고로 고요하고 심원한 중에서도 최고로 심원한 것이다.[234] 그러나 끊임없이 생성 변화하며 쉬지 않고 유행하는 참된 메카니즘에서 본다면, 그것은 주로 한편에만 치우친 것이어서 깨달음에 이르지 못한다.[235] 따라서 무위하다고만 말할 뿐 무위하지만 못하는 일이 없다는 것을 인정하지 않기 때문에, 공용을 떠나 본체를 말하는 잘못을 저지르게 된다. 무위하다고 한 것은 조물주[作者]가 있어서 의도적으로 조작하는 것이 아니라는 말이다.[236] 못하는 일이 없다는 것은 무량하고 끝없는 신묘한 덕을 갖추고 있다는 것이고,[237] 끝없이 생성 변화하며 쉬지 않고 유행하는 참된 메

---

231) 소승불교에서는 生死를 두려워하므로 열반에 나아가면 생사에 머물지 않는다. 이것을 自了主義라고 한다. 儒學에서는 불교가 자기의 개인적인 이익만 찾고 자신만 이롭게 한다고 비판한다. 소승불교는 그러하다. 그러나 대승불교는 생사에 머무르지 않을 뿐 아니라 열반에도 머무르지 않는다. 미혹한 染着이 다 사라지므로 생사에 머무르지 않고, 기회를 타서 사물을 변화시키지만 자신만 적막으로 나아가지는 않으므로 열반에 머무르지 않는다. 이것이 大乘의 행동이며, 따라서 '위대하다(大)'라고 표현한다.

232) 열등한 체계는 소승불교를 말한다.

233) 대승불교는 중생과 열반을 거부하지도 않고 거기에 머무르지는 않는다는 점에서 말하자면, 유학의 인생관에 접근한다고 할 수 있을 듯하다. 그러나 결국 출세사상의 테두리에서 벗어나지 않으므로, 유학과는 길이 다르다.

234) 형상이 없다는 데에서 여기까지는 『般若經』에 나오는 말이다.

235) 한편에만 치우쳤다는 것은 出世思想을 말한다.

236) 作者는 인격을 가진 神을 말한다. 종교가들이 말하는 조물주가 여기에 해당된다.

237) 덕을 신묘하다고 말한 것은 형용할 수 없기 때문이다.

카니즘이라는 것은 성대한 덕을 말한다. 성대한 덕을 무궁하게 갖추고 있으므로, 온갖 다양한 공용으로 현현한다. 따라서 지극한 무(無)이면서도 신묘하게 존재한다[妙有].[238] 이 때문에 무위하지만 못하는 일이 없다고 한 것이다. 우리는 본체를 말하면서 공용을 벗어나지 않는다는 점에서 인도 불교와 전적으로 상반된다.

어떤 사람은 또 이렇게 논박한다. "소승불교에서는 적막함에 나아가는 것[趣寂]만 주로 하니, 참으로 본체는 있지만 공용이 없다. 그러나 대승불교의 수행에는[239] 육도(六度)·만행(萬行)에서[240] 법운지(法雲地)까지 뛰어난 공용[勝用]이 무수히 있는데,[241] 어떻게 대승불교에 본체만 있고

---

238) (역주) '眞空妙有'와 같은 개념으로, 유식불교에서 말하는 三性 중 '圓成實性'에 해당한다. 원성실성은 我執과 法執을 멀리 떠난 진리이다. 아집과 법집을 멀리 떠났으므로 眞空이라고 하지만, 상주불변하고 현실을 성립시키는 眞實의 有는 있으므로 妙有라고 한다.

239) 修行에서 修는 수양이고, 行은 의지가 되는 행위[行持], 또는 行履이다. 이 행동은 의지가 되므로 멀리 부처의 위치에까지 도달할 수 있다. 따라서 의지가 되는 행위[行持]라고 부른다. 수행자가 수행하는 행위를 修行이라고 한다. 또는 수행이 바로 행위이므로 修行이라고 한다.

240) 行을 萬이라고 한 것은 그 行이 하나의 단서가 아님을 말한 것이다. 六度는 첫째는 보시로서, 자기가 가진 것을 다른 사람들에게 베풀어주면서도 준다는 생각을 하지 않으며 탐욕을 치료하는 것이다. 둘째는 淨戒로서, 올바른 계를 유지하고 항상 방일하지 않는 것이다. 셋째는 安忍으로서, 일체의 곤욕을 참고 받으면 짐은 무겁고 길은 먼 상태를 감당할 수 있게 된다. 넷째는 精進인데, 깨끗한 행동을 일으켜서 물러서지 않고 용감하게 나아가는 것이다. 다섯째는 靜慮로서, 어두움과 어지러움에서 멀리 떨어지는 것을 靜이라고 하고, 모든 대상을 밝게 관찰하는 것을 慮라고 한다. 항상 안정된 곳에 머무른다. 여섯째는 般若로서, 지혜의 의미가 반야의 의미이다. 일체의 대상에 대해 함부로 생각하거나 망령되이 집착하는 일이 없고 모든 대상의 實性을 깨닫는 것을 반야라고 한다. 이 여섯 가지 법을 써서 생사의 차안을 떠나서 피안에 도달하는 것을 열반이라고 하고, 度라고 부른다.

(역주) 보시·지계·인욕·정진·선정·지혜의 六度, 즉 六波羅蜜은 모든 선행이 근본이기 때문에, 넓게 말하면 萬行이 되고 합치면 여섯이 된다는 것을 가리킨다. 淨土門에서는 염불 이외의 모든 선행을 말한다.

241) 대승불교의 수행은 見道에서부터 시작하여 모두 十地가 있다. 열 번째 地를 法雲地라고 하는데, 진여 실성을 깨닫기 때문에 法身이라고 할 수 있다. 구름이 물을 머금어서 뛰어난 작용을 일으키듯이 이처럼 모두 갖추고 있으며 自在하므로, 이 地를 法雲이라고 부른다.

공용이 없다고 할 수 있는가?" 이러한 의문에도 대답해야 한다. 이제 내 말뜻을 다시 분명히 해서 그들의 지리한 학설을 바로잡아 보겠다.242) 내가 공용이라고 한 것은 원래 본체의 유행에 의거해서 말한 것으로, 진정한 본성[眞性]의 유행은 '본체에서 공용을 이루고[卽體成用]' '공용에서 본체를 드러내는 것[卽用呈體]'이다. 그러므로 본체와 공용은 나누어 말해도 무방하지만, 실제로는 나눌 수 없는 것이다. 이러한 이치는 제멋대로 추측한 것이 아니다. 세속에서 말하는 우주에서 우리는 삼라만상이 모두 위대한 공용의 찬란한 모습이고 진리의 깨끗한 모습임을 분명히 보게 되는데, 어떻게 본체와 공용을 나눌 수 있겠는가? 또 인생살이에서도 온전한 본성이 행동을 이루고243) 온전한 행동이 바로 본성이 되므로,244) 본체와 공용을 나눌 수 없다는 점을 알게 된다.245) 우리가 깨달은

(역주) 十地는 보살이 수행해야 하는 52단계 중에서 특히 제41위에서 제50위까지를 말한다. 이 10위는 佛智를 생성하고 주지하여 움직이지 않으며 온갖 중생을 짊어지고 교화하는 것이 마치 대지가 만물을 싣고 이익을 주는 것과 같으므로 地라고 부른다. ① 歡喜地 : 처음 中道智를 내어 불성의 이치를 보고, 見惑을 끊으며 자리이타하여 진실한 기쁨에 가득한 단계, ② 離垢地 : 修惑을 끊고 계를 범하는 더러움을 제거하여 자신을 깨끗이 하는 단계, ③ 發光地 : 수혹을 끊어 지혜의 광명이 나타나는 단계, ④ 焰慧地 : 수혹을 끊어 지혜가 더욱 치열해지는 단계, ⑤ 難勝地 : 수혹을 끊고 眞智, 俗智를 조화시키는 단계, ⑥ 現前地 : 수혹을 끊고 最勝智를 내어 무위진여의 모양이 나타나는 단계, ⑦ 遠行地 : 수혹을 끊고 대비심을 일으켜서 2승의 깨달음을 초월하고 광대무변한 진리세계에 다다르는 단계, ⑧ 不動地 : 수혹을 끊고 이미 全眞如를 얻었으므로, 다시 동요되지 않는 단계, ⑨ 善彗地 : 수혹을 끊어 부처님의 10力을 얻고, 機類에 대하여 교화의 가부를 알아 공교하게 설법하는 단계, ⑩ 法雲地 : 수혹을 끊고 끝없는 공덕을 구비하고서 사람에게 이익이 되는 일을 행하여 大慈雲이 되는 단계이다.

242) 그들이란 대승불교를 말한다.

243) 본성이 바로 본체이다. 온전하다는 것은 부족함이 없는 것이다. 우리가 하는 순수하게 참되고 선하고 아름다운 행동은 모두 성체가 드러난 것이다. 따라서 온전한 본성이 행동을 이룬다고 한 것이다.

244) 이러한 마음은 수시로 일에 따라 모두 수렴될 수 있다. 혼미하지 않고 어지럽지 않은 것이 바로 行이고 또 이러한 行에 따라 본래의 청정한 性體를 인식하므로, 온전한 행동이 바로 본성이라고 한 것이다.

245) 行은 공용을 다르게 부른 것일 뿐이다. 온전한 본성이 행동을 이루고 온전한 행동이 본성이므로, 본체와 공용을 나눌 수 없는 것이 분명하다.

것은 이러한 내용이다. 지금 대승불교에서 말하는 본체를 보면, 단지 무위하고 조작이 없으며 끊임없는 생성이 없고 신묘한 변화가 없다.[246] 불교에서는 본체상에서 신묘한 변화를 말하지 않고 유행도 없으며, 심지어 본체를 태양의 불꽃 내지는 꿈에 비유할 수 있다고 한다. 『대반야경(大般若經)』「법용보살품(法涌菩薩品)」에 "모든 대상의 진여는 수량과 관계없고 본성이 없으므로, 태양의 불꽃이나 꿈에 비유할 수 있다"[247] 운운하는 구절이 있다. 여기에서 진여라는 것은 사물의 본체를 다르게 호칭한 말이다. 이것은 본래 형상이 없고 상대적인 것이 없으며 수량도 없지만, 그렇다고 불꽃이나 꿈과 같이 본성이 없다고 말하는 것은 이치에 맞지 않는다. 진여가 아무리 형상이 없다고 해도 실제로 없는 것이 아닌데, 어떻게 본성이 없겠는가? 불꽃과 꿈은 모두 공허한 환상이고 존재하지 않는 것인데, 어떻게 진여에 비길 수 있겠는가? 경전의 의도가 아무리 집착을 깨뜨리는 것이 위주라고 해도, 잘못을 고치는 방법이 이렇게 지나치면 결국 그 견해에 미진한 점이 있게 된다. 그 학설을 잘 살펴보면, 본체는 공적하지만 공용을 이룰 수 있는 본체가 아니고, 수행(修行)을 통하여 뛰어난 공용이 생겨나지만 소승불교의 생사(生死) 인식과 구별하기 위해서 어쩔 수 없이 대승불교의 이러한 수행[大行]을 닦는 것뿐이다.[248] 그러나 저들 대승불교에서 말하는 '자유로운 뛰어난 공용[自在勝用]'이 결국 참된 본성[眞性]의 발현이라는 견해는 인정할 수 없다. 그들은 참된 본성의 측면에서 유행한다는 의미를 배제하기 때문이다. 만약 참된 본성이 유행하는 것이라고 말한다면, 그 '자유로운 뛰어난 공용'이 참된 본성의 발현이라고 인정할 수 있다. 바꾸어 말해서 공용이 바로 본체가

246) 신묘한 변화[神化]라는 말은 변화가 헤아릴 수 없이 미묘한 것을 말하므로, 신묘하다고 한 것이다.

247) (역주) 『大般若波羅蜜多經』 卷四百 「初分法涌菩薩品」(大6, 1067c~1068a). "諸法眞如, 離數量故, 非有性故.. 譬如有人熱際後分遊於曠野. 日中渴乏見陽焰動. 諸像非實."

248) 대승의 수행[大行]이 바로 뛰어난 공용이다.

된다. 그러나 지금 그들이 말하는 참된 본성은 오직 무위하고 조작이 없을 뿐이므로,[249] 자유로운 뛰어난 공용은 단지 참된 본성에 의거해 일어나기만 할 뿐 참된 본성이 드러난 그 자체는 아니라는 점을 인정해야 한다. 이 경우에 본체와 공용이 둘이 아니라고 할 수 없다. 이렇게 보면, 대승불교는 공종 시기부터 실천의 측면에서 소위 대승 수행[大行]의 뛰어난 공용과 진여 성체가 결코 하나로 융합된 적이 없다. 나는 앞에서 온전한 본성이 행위를 이루고 온전한 행위가 바로 본성이라고 말하여, '본체와 공용이 둘이 아님[體用不二]'을 분명히 하였다. 공종의 학설을 자세히 살펴보면, 이와 다르다. 이러한 지리함은 후대에 무착·세친 일파의 유종까지 이어졌고, 갈수록 더욱 감당하기 어렵게 되었다. 이러한 내용은 다음에 자세히 언급하도록 하겠다. 종합하면, 대승불교가 스스로를 소승불교와 구별하는 근본적인 이유는 무주열반(無住涅槃)[250]이 출세간 사상보다 낫다는 생각을 바꾸지 않았다는 것뿐이다. 따라서 그들이 진여 성체에서 깨달은 것은 공적하고 무위한 경지를 보았다는 것뿐이다. 이러한 근본 사상은 대승불교나 소승불교가 크게 구별되지 않는다.

어떤 사람은 또 이렇게 묻는다. "그대의 말대로 인도 불교가 공용을 떠나서 본체를 말한다면, 그들이 체득한 공적하거나 고요하다는 등의 덕이 모두 성체(性體)의 본연이 아니라[251] 정견으로 함부로 만들어낸 것인가?" 여기에 대한 답은 다음과 같다. 그대의 생각은 옳지 않다. 불교는 미혹과 염착을 끊어버리고, 붙잡는 일을 그치며,[252] 외부의 연을 모

---

249) '오직'이라는 말에 주의해야 한다.

250) 生死와 涅槃 둘 다에 머무르지 않으므로, 無主涅槃이라고 한다. 이 의미는 충만하고도 심원하므로, 학자들은 가슴에 품고 깊이 완미해보기 바란다.

(역주) 無住處涅槃, 또는 無住涅槃은 四種涅槃의 하나로서, 智의 장애를 끊어서 生死·涅槃을 무차별로 보는 깊은 지혜를 얻는 것이다. 생사와 열반 둘을 모두 싫어하지 않고, 생사에 머물지도 열반에 머물지도 않는다. 오직 大智大悲와 서로 보완할 뿐이다. 四種涅槃은 이 외에 無餘涅槃·有餘涅槃·本來自性清淨涅槃이 있다.

251) 그러나 본래 이와 같은 것을 本然이라고 한다.

두 없애고, 상대적인 것이 없는 경지로 들어간다.[253] 묵묵한 가운데 홀로 서서 환하게 알고,[254] 밝은 가운데 한결같이 적막하고 깨끗하다.[255] 불교는 여기에서 공하고 적막하고 참되고 항상됨(空寂眞常)을 직접 깨닫는다. 모든 형상을 떠나므로 공하다고 하고, 미혹과 염착을 끊어버리므로 적막하다고 한다. 본래 허망하지 않으므로 참되다고 하고, 본래 변화하지 않으므로 항상되다고 한다. 불교는 이처럼 직접 깨닫고 말한 것이다. 우리도 여기까지 체득하면, 이처럼 자신할 수 있다. 다시 유학의 학설을 살펴보면, 소리가 없고 냄새가 없다는 것은[256] 공적하다는 뜻이다. 성(誠)[257]이나 항성(恒性)이라는 것은[258] 참되고 항상되다는 뜻이다. 나

252) 마음에 생각의 대상이 있을 때는 반드시 대상의 상[境相]을 마음대로 그려내게 된다. 예를 들어 개념이나 共相 등이 바로 마음에서 그려낸 대상의 상이다. 이렇게 그려내는 것을 '붙잡는다[攀援]'고 하였다.

253) 붙잡는 것을 그치면 외재하는 대상이 있다고 보지 않게 되므로, 외부의 緣을 없앤다고 하였나. 세속에서 말하는 지식은 반드시 마음에 소연이 있어야 생겨난다. 이러한 소연의 相은 상대적인 상[待對相]이고 외부 대상의 상과 비슷하게 나타나는 것이므로, 이 지식은 참된 지식이 아니다. 참된 지식은 혼연히 내적으로 깨달아 아는 것으로서, 주관[能]과 객관[所]이 없고 상대적인 것이 없으며 안팎이 없어서 일체의 분별상에서 멀리 벗어난다. 그러므로 외부의 연을 없애면 상대적인 것이 없는 경지로 들어가게 된다. 이것은 의도적인 생각으로 세울 수 있는 경지가 아니다.

254) 이 앎의 體는 짝하는 대상이 없이 독립적이며, 항상 고요하고, 항상 잘 안다. 상대적인 대상이 없는 것이다.

255) 밝다는 것은 앞에서 홀로 잘 안다고 한 데 이어서 한 말이다. 항상 잘 알고 항상 적막하여 움직이는 상이 없다. 體가 이처럼 신묘하다.

256) (역주)『中庸』三十三章. "上天之載, 無聲無臭, 至矣."

257) (역주) 誠은『中庸』과『孟子』이후 유학의 주요한 철학 범주로 대두되었다. 예컨대『中庸』二十章. "誠者, 天之道也. 誠之者, 人之道也.";『孟子』. "誠者天之道也, 思誠者, 人之道也." 誠을 天의 道이자 성인의 경지로 해석하였고, 천의 도인 誠과 인간의 도인 誠은 서로 다르지만 하나로 통일된다고 하였다. 인간의 도는 '思誠'·'至誠'의 극기적이고 자율적인 수양을 거쳐야 천인합일의 誠의 도덕 경지에 도달할 수 있다고 보았다. 荀子는 이를 계승하여 誠이 수신양심의 근본 원칙이면서 자연의 운행와 변화의 규칙이기도 하다고 해석하였다. 성리학에서도 朱熹가 "誠者眞實无妄之謂, 天理之本然也"로 해석하여, 자연 규칙과 도덕 원칙을 하나로 합하여 보았다.

258) 恒에는 세 가지 뜻이 있다. 첫째는 바뀌지 않는다는 뜻으로, 본성은 항상 선하고 바뀌지 않기 때문이다. 둘째는 증감하지 않는다는 뜻으로, 한결같이 평등하기 때문이다. 셋째는 쉬지 않는다는 뜻으로, 간격이 없기 때문이다.

는 실제로 유학과 불교가 본체를 증득한다는 점에서 일치하고 다른 점이 없으며, 대략적으로 말해서 이러한 일치가 결코 견강부회가 아님을 늘 말하였다. 그러나 나아가 유학과 불교 두 학파의 학설을 자세히 비교해보면, 그들 두 학파는 하늘과 땅만큼의 큰 차이가 있음을 알 수 있다. 불교에서 증득한 본체는 공적(空寂)한 것으로, 불교는 특히 이 공적하다는 점에 중점을 두는 듯하다.[259] 바꾸어 말하면, 불교는 공에 빠지고 적막에 갇히는 약점에서 벗어나지 못하였다. 학문이 뛰어난 이들이 초탈한 눈으로 불교의 주요 경전들을[260] 하나하나 이해하고 전체를 요약해본다면, 불교에서 공을 파악하는 방식[觀空]이 아무리 신묘해도 공에 빠져서 벗어나지 못하고, 적막으로 돌아가는 것[歸寂]이 아무리 옳아도 적막에 갇혀 있다는[261] 사실을 인정해야 할 것이다. 적막한 데 머무르면 성대한 생성을 깨닫지 못하고, 텅 빈 공에 빠져버리면 미묘한 변화를 인식하지 못한다. 따라서 이들 불교도들은 본체를 말하면서 공용을 놓치게 된다. 유학은 이와 다르다. 유학에서 말하는 공은 막힘이 없다는 뜻이고,[262] 막힘이 없으므로 신묘하다. 신묘하다는 것은 변화불측하다는 말이다. 적막하다는 것은 머물지 않는다는 뜻이고,[263] 머물지

(역주) 恒은 유학에서 제창한 도덕적 품성을 말하며, '恒心'을 의미한다. 유학에서는 仁을 실천하고 도덕을 수양하는 오랜 과정에서 恒心이 없어서는 안 됨을 강조하였다. 예컨대, 『尙書』「湯誥」第三. "惟皇上帝, 降衷于下民, 若有恒性, 克綏厥猷惟后"; 『論語』「子路」. "南人有言曰, 人而無恒, 不可以作巫醫. 善夫! 不恒其德, 或承之羞."

259) 중점을 둔다는 말이 특히 중요하다.

260) 경전이라는 것은 그 속에 존재하는 논적을 모두 포괄한다.

261) 여기에서 공을 본다[觀空]는 말이 있다. 본다는 것[觀]은 이치로 잘 관찰한다는 뜻이다. 공을 보는 것은 일체의 대상이 자성이 없으므로 모두가 공임을 본다는 뜻이다. 이로써 일체 대상의 본체를 깨달을 수 있다. 또 본체는 무상하고 무위하며, 또 실재하는 사물이 있다고 집착하지 않는다. 이 본체는 순전히 깨끗하고 모든 집착을 공으로 하므로, 空理라고 한다. 이와 같이 여러 가지로 여러 대상들의 공의 의미를 관찰하여, 공을 본다[觀空]라고 하였다. 적막으로 돌아간다는 것은 불교의 각 종파가 모두 열반적정에 귀의하고, 여러 어지러운 모습들에서 벗어나기 때문이다.

262) 부피가 없을 뿐 아니라 얻을 수 있는 미세한 상도 없으므로, 막힘[礙]이 없다고 한다. 머무르지 않는 것은 이와 상반된다.

않으므로 인(仁)하다. 인은 생성이 마르지 않는 것을 말한다.[264] 따라서 공을 잘 파악한 사람은 공에 빠지지 않으므로, 공에서 변화를 인식하게 된다. 적막을 신묘하게 깨달은 사람은 적막에 머물지 않으므로, 적막에서 인을 인식하게 된다. 우리는 유학의 주된 경전인 『역(易)』에서, 그들 유학자들이 끊임없이 생성 변화하는 참된 메카니즘이라는 부분에서 특히 힘을 발휘하고 있음을 알게 된다. 그들도 확실히 공적, 즉 텅 비고 적막함을 보았다. 예컨대 "신묘함에는 일정한 방식이 없고, 변화에는 형체가 없다"[265]라거나, "적막하여 활동하지 않는다"[266]라고 하였다. 적막하다는 의미는 이미 설명하였고, 일정한 방식과 형체가 없다는 것은 바로 공의 모습을 나타낸다.[267] 공하지 않으면 막히는데, 어떤 변화가 있겠는가? 적막하지 않으면 머물게 되니, 어떤 생성이 있겠는가? 우리는 이러한 점을 알아야 한다. 오직 비고 적막해야 생성 변화하게 되고, 생성 변화하면 저절로 비고 적막하게 된다.[268] 『역』에서는 생성 변화하는 곳에서 공적함을 보여줄 뿐이니, 이 점이 신묘하다. 불교는 공에 빠지고 적막에 정체되는 상태에서 벗어나지 못하였으므로, 생성 변화를 거스르면서도 스스로 그 사실을 알지 못한다. 불교는 석가가 처음에 도를 구하겠다는 마음을 낸 데 의거하므로 출세간사상이 되고, 그로 인하여 공에 빠지고 적막에 정체되어 생성 변화를 알지 못한다. 그러나 불

263) 머물게 되면 혼탁하고 침몰하여 모든 곳에 두루 존재하지 못하고 自在하지 못하게 된다.

264) 무궁무진한 것을 마르지 않는다고 한다.

265) 神은 변화의 신묘함을 평용한 것이다. 易은 쉬지 않고 생성함을 말한다.
(역주) 『周易』 「繫辭傳(上)」. "神無方, 易無體."

266) 움직이지 않는다는 것은 함부로 시끄럽게 동요하는 등의 모습이 없음을 말한다. 적막하다는 것은 그 속이 텅 비어 있는 모습이다.
(역주) 『周易』 「繫辭傳(上)」. "寂然不動."

267) 아무 것도 없는 것을 空이라고 하는 것이 아니라, 일정한 장소와 自體가 없는 것을 공이라고 한다. 이것은 『般若經』의 종지와 전적으로 부합한다.

268) 이 말이 아주 중요하다. 무궁하게 반복해서 생성 변화하더라도 애초에 사물이 쌓이는 것은 아니다.

교가 깨달은 본체가 공하고 적막하며 참되고 항상된 것임을 의심한다면 바른 견해가 아니다. 정견으로 함부로 만들어낸 것이라고 의심한다면 큰 잘못이다. 본체는 참되고 항상되고 절대적이므로 참(眞)이라고 하고, 덕은 한결같으므로 상(常)이라고 한다.[269] 공적(空寂)은 모든 형상을 떠나고,[270] 모든 오염을 벗어나며,[271] 깨끗하고 미묘한 것이다.[272] 그 덕이 지극히 성대해서 말로 하기 어렵지만, 억지로 표현하자면 공적하다고 한다.[273] 본체는 본래 항상되지만,[274] 보통 사람들은 순전히 정견에 맡기고 그것만을 위주로 하므로 본체를 깨닫지 못한다. 불교는 오직 고요하게 사려한[精慮] 효과로 궁극까지 이르므로,[275] 공적한 본체를 실증할 수 있다. 이러한 깨달음은 정견으로 함부로 만들어낸 것이 아니고, 이치와 은연중에 일치한다는 데 의심의 여지가 없다.

어떤 사람은 또 다음과 같이 논박한다. "본체는 오직 공적하므로, 생성 변화한다. 만약 생성 변화를 모른다면, 공적하다고 본 것은 결국 정견으로 함부로 만들어낸 생각이어서 공적의 본래 모습[本相]을 파악하지 못할 듯하다. 참으로 공적함을 보았다면, 어떻게 생성 변화를 인식하지 못하겠는가? 어떻게 생성 변화 없는 공적한 본체가 있을 수 있는가? 공적함만 보고 생성 변화를 모른다면, 이 공적함은 분명히 정견으로 만들어진 것이어서 결코 공적의 본래 모습을 파악할 수 없음을 알 수 있다. 이러한 의심이 이치에 맞지 않는다고 보기는 어렵다. 정견으로 마음

269) 덕이 항상되다는 것은 그 덕이 진실되고 항상되어 바뀔 수가 없다는 것이다.
270) 그 때문에 막히는 데가 없다고 한다.
271) 그 때문에 정체되는 바가 없다고 한다.
272) 깨끗한 것은 적막하다고 하고, 미묘한 것은 空이라고 한다.
273) 空과 寂은 모두 억지로 붙인 이름이지만, 말없는 조용한 상태에서 비로소 계합될 수 있음을 바로 가리킨다.
274) 항상된다는 것은 옛날이나 지금이나 한결같이 空寂하다는 것이다.
275) 고요하게 사려한다는 것은 禪定을 다르게 부른 것이다. 혼탁하게 복잡한 것을 멀리 벗어나 항상 안정되고 존재하므로, 고요하다고 부른다. 허망한 생각을 멀리 벗어나 모든 대상을 이치로 관조하므로, 사려한다고 부른다.

대로 만들어냈을 때는 궁극이 공적하지 않다. 어떻게 정견으로 공적한 상을 함부로 만들어냈다고 인정할 수 있는가?" 이러한 문제는 양지(量智)로 따져서 판단할 수 없는 것임을 알아야 한다.[276] 우리는 적어도 자신에게 있는 맑고 깨끗한 정신과 비범한 의지로 생활해 나가야 한다. 이처럼 항상됨을 변질시키지 않으려면, 이러한 생활을 많은 경우 지켜 나가고 항상 이 마음이 얽매인 데서 확연히 벗어나고 갖가지 정견의 그물망에서 빠져나오게 해야[277] 공적한 참된 본체가 드러나게 될 것이다. 이렇게 되면 본체의 밝음을 저절로 인식하고 저절로 깨닫게 된다. 바꾸어 말하면 자기가 자기의 공적한 측면을 인식하게 된다.[278] 우리는 이러한 경지에 가야만 근거가 있음을 인식하게 되므로, 불교가 증득한 공적한 본체가 확실히 깨달은 것인지, 아니면 정견으로 함부로 구성한 것인지의 문제를 판단할 수 있을 것이다.[279] 자기에게 근거도 없이 단지 정견에 맡겨서 이러한 문제를 판단한다면, 그만 말하라고 하는 것과 무슨 차이가 있는가? 종합하면, 우리는 성체(性體)가[280] 원래 공한 것임을 확신한다. 제법의 하나의 상[一相]은 본래 상이 없는 것[無相]이기 때문이다.[281] 성체는 본래 적막하고 청정한 것이어서, 더하거나 덜어낼 여

---

276) 여기에서 말하는 양지는 이지 작용이나 지식으로서, 바로 情見에 해당한다.

277) 情見으로 일어나는 모든 추구나 지식·견해 등을 見이라고 하고, 見網이라고도 한다. 網은 그물이니, 연다고 해석할 수 없다. 일체의 見이 모두 그물이므로, 見網이라고 부른다.

278) 여기에서 두 번 사용한 자기라는 말은 모두 본체를 가리켜 말한 것이니, 즉 본래의 마음[本心]이다. 이는 또한 「명종」 장에서 말한 性智에 해당한다.

279) '우리가'에서 여기까지가 한 문장이다.

280) 性體는 본체를 말한다.

281) 諸法 운운한 것은 『大般若經』의 말을 활용한 것이다. 제법의 측면에서 말하면, 천차만별의 상이 환상으로 나타난 것이다. 제법의 본체의 측면에서 말하자면, 분명히 하나의 상일 뿐이다. 하나는 無差別의 의미이다. 여기에서 나온 하나의 상[一相]은 실제로는 상이 없는 것[無相]이다. 없다는 것은 존재하지 않는다는 뜻이 아니라, 실유하지만 얻을 수 있는 상이 없다는 것이다. 상이 없다는 것이 바로 空이다. 모든 상을 공으로 하는 것이지, 존재하지 않는 것을 공이라고 하는 것이 아니다.

지가 없다.[282] 불교 경전의 학설을 잘 음미해보면, 불교가 성체의 공적한 측면에 대해서는 확실히 깨달았지만, 공에 빠지고 적막함에 침체되는 내용이 있어서 생성 변화를 파악하지 못하고 있음을 알게 된다. 또는 그들[283]은 생성 변화를 결코 모르지 않지만, 생성 변화를 거슬러서 출세간사상을 실현시키려고만 한다. 그들의 본래 의도를 추적해보면, 생성 변화에서 생겨나는 부산물들을 제거하기 위한 것이다.[284] 이러한 부산물들은 본래 무수하고, 분명히 성체에 장애가 된다. 그들은 이 부산물들을 제거하기 위하여 의도적인 것은 아니지만 생성 변화를 거슬러 막아버렸다. 어떤 사람은 소승불교는 확실히 성체가 유행하는 것을[285] 거슬러 막지만, 대승불교는 그렇지 않다고 본다. 이러한 견해도 옳지 않다. 대승불교가 소승불교와 다른 점은 단지 자신만 이롭게 하는 입장을 취하지 않고, 서원이 넓고 커서 모든 중생을 해탈시키려 하고 또 중생이 모두 해탈하지 않으면 오랜 겁의 긴 시간 동안 세간과 중생을 버리지 않으려 한다는 점뿐이다. 대승불교의 위대한 점이 바로 여기에 있다. 나는 이전에 『화엄경(華嚴經)』 등의 경전에 의거하여 불교가 꼭 출세간사상인 것만은 아니라고 말하곤 하였다. 실제로 대승불교는 세간을 버리지 않지만, 결국 출세간을 지향한다. 우리가 만약 융합하는 입장을 취한다면 이치에는 어긋나지 않겠지만, 그것이 불교의 본의가 아니라는 점만은 알지 않으면 안 된다.

어떤 사람은 "불교는 무슨 까닭에 출세간사상에 치우치는가?"라고 질문한다. 나의 대답은 다음과 같다. 고대 인도에는 출세간사상이 풍부한 민족이 많았다.[286] 현장은 "96학파[287] 모두 삶을 초탈하려고 하였지

---

282) 더할 수 있고 덜어낼 수 있는 모든 대상은 自在하지 않아서 그 적막함을 잃어버린다. 성체는 항상 원만 자재하므로, 증감할 수 없다. 따라서 항상 적막하다.

283) 불교를 말한다.

284) 부산물은 중생이 최초 이래 가진 미혹한 집착의 習氣이다.

285) 流行은 생성 변화를 말한다.

만,[288] 사승 관계에 구속되어 뭇 유(有)에 빠져버렸다[289]"라고 말하였다. 이렇게 볼 때 고대 인도인들은 대체로 출세간사상을 가지고 있었고, 이것은 불교뿐만이 아니었다. 어떤 사람은 불교가 본체의 유행을 거슬러서 '생성하지 않고 변화하지 않는 것[不生不化]'에 귀의하려 한다고 말한다. 이러한 이상에 도달할 수 있다면 우주에는 어떤 사물도 존재하지 않게 될 것이고, 억지로 표현하자면 불가사의한 적멸세계에 합치하게 될 것이다. 이렇게 청정한 극치는 사람과 사물이 있는 세계에 비하여 얼마나 좋겠는가? 어떤 사람은 또 이렇게 말한다. "불교는 결코 사람과 사물을 없애려는 것이 아니라, 생성 변화로 인해 생기는 온갖 미혹한 집착과 습기 같은 부산물을 제거하려는 것뿐이다. 중생이 모두 성불한다면, 온갖 미혹한 집착이 다 소멸되고 성체도 장애에서 벗어나게 될 것이다. 불교에서 추구하는 것은 이와 같을 뿐이다." 이상의 두 견해는 모두 타당성이 있다. 이 책에서 깊이 논의하지는 않겠지만, 내가 명백하게 단언할 수 있는 것은 불교 경전에 의거해볼 때[290] 불교에서 말하는 성체는 생성 변화와 절대 관련이 없다는 사실이다. 이것이 특히 주의해야 할 점이고, 또 우리 마음대로 곡해한 것도 아니다. 어떤 사람은 불교 학설마다 사처(四處)[291]로 지지되는 것이 아니므로, 그 내용을 한 가지

---

286) 그 원인에 대해서는 여기에서 언급하지 않겠다.

287) 인도 外道의 학파에는 96종류가 있다.

288) 生死를 초탈하는 것을 말한다.

289) 有는 三有로서, 三界를 다르게 부른 말이다. 불교에서는 欲界·色界·無色界가 있다고 본다. 欲界는 인간과 동물들의 세계이다. 色界는 미묘한 色이 있는 것이다. 無色界는 미묘한 色도 얻을 수 없다. 그러나 색계·무색계는 모두 諸天이 있다고 한다. 삼계 중생에 속하는 것들은 모두 생사를 벗어나지 못한다. 玄奘의 말뜻은 外道가 자기 종파에 구애되어 正法을 듣지 못하기 때문에, 생사를 초월하려고 해도 결국 삼계 중에 빠져버린다는 것이다.

(역주) 『續高僧傳』 卷第四 「譯經篇」 四(大50, 455c). "師承有滯, 致淪諸有."

290) 불교의 각 종파를 포괄하여 말한다.

291) (역주) 四處는 慧處·諦處·捨處·寂靜處를 말한다. 處는 執持하고 依處해야 할 것이라는 뜻이다.

로 정론화하기 어렵다고 말한다. 그러나 그 전반적인 사상 체계를 회통시켜 보면, 모두 출세간사상으로 귀착됨에 의심의 여지가 없다. 그들이 성체가 생성 변화와 관계없다고 한 말도 분명히 확정적인 것이다.

여기까지 말하고, 또 앞에서 한 말로 되돌아가야겠다. 불교에서 성체를 공적하다고 본 것이 직접 깨달은 것이라는 사실에는 의심의 여지가 없다. 또 그들 불교는 공에 빠지고 적막에 갇혀 있기 때문에, 공적에 대해서 유독 깊이 있게 깨달았다고 할 수 있다. 그러나 생성 변화라는 덕용의 측면에서는 소홀함을 면치 못하거나, 혹 깨달은 점이 있더라도 출세간사상이 생성 변화를 거꾸로 막아버리는 것을 도(道)로 여긴다고 보아도 무방하다. 이와 같으면, 결국 한쪽으로 치우치는 폐단이 있게 된다. 내가 앞에서 대승공종이 본성의 덕 전체를 깨닫고 있는지 의심했던 이유도 바로 여기에 있다. 저 성체는 광대하고[292] 온갖 덕을 갖추고 있으며 고요한 가운데 깨달아지는 것이므로, 무어라고 말로 표현할 방법이 없다.[293] 직접 지각[證量]을 따르지만 생각[知慮]을 일으키면,[294] 혼일한 전체에서 벗어나 특히 중시하는 점을 살피게 된다. 명칭을 부여할 수 없는 것에서 시작하여 명칭을 부여할 수 있는 것에 이르게 된다.[295] 따라

292) 여기에서 광대하다는 것은 협소하다는 것과 상대되는 것이 아니다. 크다는 것은 작다는 것과 상대되는 의미가 아니라, 지극히 광대하여 짝할 바가 없다는 것이다.

293) 고요하다[冥冥]는 것은 분별이 없다는 의미이다. 깨닫는다는 것은 직접 깨닫는다는 것이다. 직접 깨닫는다는 것은 성체 상에서 밝게 저절로 밝아지고 저절로 이해되는 공용이 있다는 것이니, 본심의 밝음이라고 하는 것이 바로 이것이다. 그러나 직접 깨달을 때 한 오라기라도 분별된 상이 없어야 말로 하는 경지에서 벗어나게 된다. 말로 언급할 수 없다는 것이 바로 성체를 무어라고 이름 붙일 수 없다는 것이다. 이름 붙인다는 것은 수많은 덕 중에서 특히 중요한 점을 지목한다는 것이다. 분별이 일어나지 않으면 특히 중시해서 지목할 것이 없다.

294) 證量[직접 지각]은 現量을 달리 부르는 명칭이고, 앞에서 '직접 깨닫는다[親證]'고 한 것과 같은 의미이다. 證量은 無分別相이지만, 생각[知慮]이 일어나면 분별이 나타난다.

295) 性德의 혼일한 전체는 명칭을 부여할 수 없다. 혼일한 전체의 온갖 덕 중 특히 중시하는 점을 표시하면 비로소 명칭을 부여할 수 있게 된다.

서 본성의 덕이 공적하다는 말은 가장 중시하는 점을 나타내는 표현일 뿐, 성체에 생성과 변화가 없다는 의미가 아니다. 생성이 없고 변화가 없다면, 성체는 죽은 사물일 것이다! 따라서 공적하다고 말하면서 생성 변화를 모른다면, 본성의 덕 전체를 아는 것이 못 된다. 그러나 꼭 알아야 할 점은 생성 변화를 주장하는 이들도 공적을 바르게 보아야 생성 변화를 깊이 이해할 수 있다는 사실이다. 성체는 일체의 형상을 떠나 있으므로 비었다[空]고 하고, 일체의 오염을 떠나 있으므로 적막하다[寂]고 한다. 그 적막함에서 신묘하게 변화하는 진리를 파악할 수 있고, 그 빈 곳에서 끊임없이 생성하는 신묘함을 인식할 수 있다. 생성 변화를 주장한 과거 철학자들은 생성 변화를 이미 형태가 있는 것에서 추측할 줄만 알고, 참된 생성 변화는 아직 형태를 갖지 못한 것에서 체득해야 한다는 것을 몰랐다. 생성 변화를 이미 형태가 있는 것에서 추측한다는 관점은 생성 변화를 계속 이어지거나 지속되는 생명력의 흐름으로 간주한 것인 듯하다. 실제로 생성 변화를 이미 형태가 있는 것에서 본다는 의미는 이와 같다. 그러나 이들은 생성 변화의 본체가 원래 공적하다는 점을 몰랐다.[296] 생성은 생성하지 않음에 근본을 두고 있고, 변화는 변화하지 않음에 근본을 두고 있다. 왜냐하면 생성 변화의 작용은 일어나면 바로 소멸되고, 일어났다 소멸되는 중간에 머무는 시간이 있는 것이 아니기 때문이다. 또 베르그송이 말하듯[297] 굴리면 굴릴수록 점점 커지는 눈덩이처럼 지속되거나 확장되는 생명력의 흐름이 아니기 때문이다. 눈덩이의 비유로 보자면, 아무리 시시각각 새로운 눈송이가 더해진다고 해도 과

296) 이 점이 아주 중요하다.

297) (역주) 베르그송(Henri Bergson, 1859~1941)은 생명철학과 직관주의를 주장한 대표적인 프랑스 철학자이다. 생명 현상을 신비화하여 생명의 충동이 바로 '지속'이고 진정한 시간이며 유일한 실재라고 보았다. 생물의 진화 과정은 의지적 창조 과정이 되고, 물질은 지속이 정체되거나 쇠약한 결과라고 보았다. 과학에 반대하고, 직관을 중시하는 '직관주의'를 택하였다. 저서에 『물질과 기억』, 『창조적 진화』, 『도덕과 종교의 두 가지 내원』 등이 있다.

거의 눈은 소멸되지 않는다. 만약 생성 변화가 이와 같다면, 그 생성은 '생성하면서도 소유하지 않는 것'이 아니고, 그 변화는 '변화하면서도 머무르지 않는 것'이 아니다. 실제로 생성 변화의 신묘함은 번갯불이 번쩍번쩍하는 것처럼 찰나마다 새롭게 일어나고 찰나마다 공이 되어 존재하지 않는 것이다. 그러므로 생성은 생성하지 않음에 근본을 두고 있고, 변화는 변화하지 않음에 근본을 두고 있다고 말한 것이다. 그러나 생성하지 않는 생성, 변화하지 않는 변화는 찰나마다 계속 새롭게 일어나며 완연한 상으로 계속 이어진다.[298] 또 번갯불이 번쩍번쩍하는 것 같이, 본래 실재하는 사물은 없지만 상이 거짓으로 나타난다. 이 때문에 어떤 사람은 계속 이어지거나 지속되는 생명력의 흐름이 있다고 잘못 생각한다. 이러한 오해는 생성 변화를 이미 형태가 있는 것에서 추측하여 참된 생성 변화를 이해하지 못하기 때문에 생겨난다. 더욱이 지극히 조야한 생각으로 물질이 있어야 생성 변화가 있다고 생각하고, 물질이 단지 생성 변화를 통하여 거짓 나타나는 자취의 형상에 지나지 않고 실제로 물질이란 없다는 것을 깨닫지 못한다. 유물론자들은 그 신묘한 지혜를 현실세계, 또는 자연계에 가두고, 물질이 있어야만 생성 변화한다고 멋대로 생각해버린다. 물질이 있으면 막혀버리는데, 어떻게 생성 변화할 수 있는가 하는 점을 모른다. 오직 비어 있어야 끊임없이 생성할 수 있고,[299] 오직 적막해야 쉬지 않고 변화할 수 있다. 이러한 이치는 확연해서 알기 쉽지만, 사람들의 심리가 습관에 얽매어 있어서 결국 깨닫지 못하는 것이다. 이 점은 참으로 어쩔 수가 없다. 또 우주가 일종의 어둡고 미혹한 힘을 통해 형성되고 그것이 생성 변화의 근원이 된다고 함부로 생각하는 이들이 있다. 예를 들어 고대 인도의 수론(數論)에서는 자성(自性)을 본원으로 세우면서도, 반드시 세 가지 덕에 합치해야 생성 변화할

298) 아주 중요하다.
299) 여러 모습들을 空으로 하므로, 비어 있다[虛]고 한 것이다.

수 있다고 주장하였다. 이 세 가지 덕은 용기[勇][300]・물질[塵][301]・어두움(闇)[302]이다. 수론학파는 생성 변화가 반드시 용기와 물질에 의거해야 가능하다고 보았는데, 이것은 유물론자들과 똑같은 잘못을 저지른 것이다. 그러나 그들은 여기에서 어두움의 덕을 특히 중시한 듯하다. 실제로 이 어두움의 힘이 세 가지 덕 중에서 가장 중요하다. 수론학파의 학설에 의하면, 우주가 끊임없이 생성 변화하는 까닭은 본래 어떤 의미나 목적이 있어서가 아니며, 어두움을 통해서만 비로소 가능한 일이다. 후대에 쇼펜하우어[303] 같은 서양인 학자가 맹목적 의지를 주장한 것이 수론에서 말하는 어두움과 거의 일치한다. 이 학파의 사상에 타당성이 없다고 할 것인가? 이 학파에서는 인생에서 뒤에 일어난, 미친 듯이 추구하는 습기를 확실히 인식하였다. 사람은 태어나서 이러한 습기를 자신의 본래 면목으로 간주한다. 사람이 애초부터 그 참됨을 잃는 것은 피할 수 없는 비극이다. 그러나 그들 수론학파 등은 이러한 경험에 근거하여[304] 쉬지 않고 생성 변화하는 우주의 참된 메카니즘을 추측하는 잘못을 저질렀다. 이것은 완전히 뒤집힌 견해(倒見)이다.[305] 어떻게 해도 이보다 큰 잘못을 저지르기는 쉽지 않을 것이다.

---

300) 능력에 해당하는 말이다.

301) 물질에 해당하는 뜻이다.

302) 일종의 미혹으로, 불교에서는 이를 無明이라고 한다.

303) (역주) 쇼펜하우어(Arthur Schopenhaur, 1788~1860)는 19세기 독일의 철학자로서 唯意志論의 창시자이다. 이성적 낙관주의 체계인 헤겔주의에 반대하고, 실재를 맹목적, 비이성적 의지로 보고 생을 사악한 것으로 보았다. 칸트의 선험적 관념주의를 받아들여 현상이 바로 관념이라고 여기고, 그 본질로서의 意志를 강조하였다. 의지가 스스로를 표출하는 세 영역으로 물리적 자연, 동식물적 본성, 인간 본성이 있는데, 이때 의지는 힘, 비이성적 충동, 본능으로 화하며 인생의 극심한 고통을 불러일으키게 된다는 비관주의를 취하였다. 주요 저작에 『의지와 표상으로서의 세계』(1819), 『자연의 의지를 논함』(1836) 등이 있다.

304) 미친 듯이 미혹하게 추구하는 習氣를 말한다.

305) (역주) 倒見은 이치와 참된 모습이 뒤집혀진 妄見이다. 중생이 無常을 常으로, 苦를 樂으로, 無我를 我로, 不淨을 淨으로 여기는 것들이 모두 倒見에 속한다.

생성 변화는 공적하고 참되고 항상된 본체 속에 멈추지 않는 이 작동(機)이 있는 것에 불과하다.[306] 참되므로[眞], 온갖 덕이 충분히 갖추어져 있어서 생성 변화하지 않을 수 없다. 항상되므로[常], 온갖 덕이 쉬지 않아서 생성 변화하지 않을 수 없다.[307] 비어 있으므로[空], 최상의 덕이 덕스럽지 않아서 생성 변화도 무심하게 이루어진다.[308] 적막하므로[寂], 고요한 덕이 원만하게 두루 갖추어져서 생성 변화가 멈출 수 없다. 우리가 성체가 공적하고 참되고 항상되다는 것을 안다면, 그것이 또 끊임없이 생성 변화한다는 것도 안다. 생성 변화는 덕이 그치지 않고 왕성한 것뿐이지,[309] 인위적인 행위가 있는 것이 아니며[310] 맹목적이고 어두운 세력의 혼란한 충돌이 아니다.[311] 덕이 그치지 않고 왕성하므로, 저절로 밝은 지혜가 되고[312] 자연히 법칙이 있게 되어 혼란스럽지 않다.[313] 온갖 단서로 일어났다 소멸하고 머물지 않고 변동하지만, 끝내 그 항상성을 잃지 않는다.[314] 유행하여 사물들을 형성하고 사물을 각각

---

306) 이 말이 아주 중요하다.

307) 항상되므로 쉬지 않는다. 쉬지 않으므로, 생성 변화가 끝이 없다. 이 이치는 마음 깊이 이해해야 한다.

308) 덕은 지극히 성대하면 무어라 이름 붙이기가 어려우므로, 최상[上]이라고 한 것이다. 덕이 성대하면 저절로 생성 변화하는 것은 생성 변화에 의도적인 마음을 내기 때문이 아니고, 단지 이치가 이처럼 합치되는 것뿐이다. 사람이 의도적인 마음으로 조작하는 것과 다르다.

309) 이 말은 아주 중요하며, 더 이상의 말이 필요 없다.

310) 사람의 심리에서 함부로 추구하는 것을 의도적인 행위라고 한다. 생성 변화는 단지 이처럼 진리에 합치하는 것일 뿐이지, 의도적인 마음으로 무엇을 추구하는 것이 아니다. 그러므로 우리가 함부로 추측해서는 안 된다.

311) 의도적인 행위가 있어야 맹목적이고 어두운 세력이 함부로 충돌하게 된다. 맹목적인 행위가 없는 것은 이와 반대이다.

312) 의도적인 마음으로 조작하지 않아야만, 어지럽게 충돌하지 않는다. 따라서 밝은 지혜[明智]라고 한 것이다.

313) 物理와 人事에서 징험하면, 아무리 번쇄하고 복잡한 궤변이라도 찾아볼 만한 규칙은 있게 된다.

314) 항상성[恒性]에서 恒은 항상된다는 것이고, 性은 덕성이다. 이러한 이치는 사물에서 막히면 이해할 수 없고, 확연히 신묘하게 깨달아야 얻을 수 있는 것이다. 우주 본체는 끝없이 생성 변화하는 것이어서 진실하고 강건하며 공적하고 청정하며 밝은 등 변화하

바르게 하지만,[315] 유행하는 중에도 주재함이 있다.[316] 그러므로 우주가 끊임없이 생성 변화하는 참된 메카니즘은 결코 미혹하고 어두운 것이 아니라 밝은 지혜이다. 자신의 미혹한 습기에 의거하여 생성 변화를 추측한다면 삿된 견해라는 함정에 빠져버리게 될 것이니, 실제(實際) 이치와[317] 전혀 부합하지 않는다. 이 점은 학자들이 마음을 비우고 깊이 탐구해야 할 것이다. 종합하면, 인도 불교에서 성체를 공적하다고 본 것은 공에 빠지고 적막에 막혀서 거꾸로 생성 변화를 막아버리는 지경까지 이른 것으로, 지식인의 잘못에서 벗어나지 못한 것이다. 그러나 생성 변화를 말하는 사람이 참으로 공적한 본체를 인식하고 오염된 습기(染習)를 다 없애지 못하면, 생성이 없는 생성, 소유하지 않는 생성, 변화하지 않는 변화, 머물지 않는 변화의 신비를 끝내 엿볼 방법이 없을 것이다. 또한 태어난 이래로 사물을 좇는 오염된 습기에 의거하는 희론을

지 않는 덕성을 저절로 갖추고 있는데, 이를 恒性이라고 부른다. 물이 얼음이 되거나 기화하는 등 생성 변화는 고정되지 않지만, 물이 젖는다는 항상된 성질은 시종 변화하지 않는다는 것에 비유할 수 있다. 이러한 비유에서 끝없이 생성 변화하는 중에 항상성이 있다는 이치를 깨달을 수 있다. 따라서 생성 변화가 실질이 없이 임시로 나타난 것이라는 견해를 배척하게 된다. 생성 변화가 항상된 덕성을 가진다면, 본체가 진실되고 항상된 것임을 꿰뚫어볼 수 있다. 오직 항상성이 있고 생성 변화하므로, 완고한 空이 아니게 된다. 오직 생성 변화하고 항상성이 있으므로, 한결같이 흩어져버리는 것이 아니고 '활동하면서 고요한 것[卽動卽靜]'이 된다. 가까운 시기의 사람인 베르그송의 '창조적 진화론'은 항상성을 잘 파악하지 못하고, 단지 맹목적인 활동의 일종이라고 억측하여 진정한 생성 변화를 이해하지 못하였다.

315) 생성 변화의 신묘함은 각 찰나로 말해서 일어나자마자 사라지는 것이다. 많은 경우 찰나라고 한 것은 뒤에 일어난 것이 앞의 것을 잇는 것이다. 그러므로 유행이라고 가정하고, 유행하기 때문에 만물을 형성하고 만물이 각각 올바르게 될 수 있게 한다고 하였다. 예를 들어 하늘이 넓고 땅이 두터우며 인간이 良知와 良能을 가지고 있는 것이 모두 진실이 현현한 것으로, 모든 것이 바르지 않은 것이 없다. 유행하는 본체는 만물 각각이 전부를 갖추게 되기 때문에, 각각 바르게 된다. 「명종」 장 제1절에 나오는 큰 바닷물과 파도의 비유를 참고할 것.

316) 예컨대 나의 마음은 쉬지 않고 유행하지만, 온갖 유혹에 응하여 항상 주재하는 것이 있어서 어지럽지 않다. 여기에서 생성 변화하고 유행하는 중에 저절로 주재가 있음을 알 수 있다.

317) 생성 변화를 말한다.

추측하고 고집하게 될 것이다. 집착하는 마음[有取心]으로 생성 변화의 근원을 억측하면, 그에 상응하지 못할 것이라는 데 어떤 의심이 있겠는가?[318] 그러므로 학문에서 지극히 공적한 곳까지 이르지 못하면, 미혹한 습기가 잠재해 있다가 멋대로 헤아려서 바른 지혜가 없게 되고, 함부로 추구하여 진리의 핵심을 파악하기 어렵고, 진리의 문을 막고 사람 살리는 지혜가 끊기게 된다. 사람이 살면서 지극한 도에 어긋나고 타락에 안주한다면, 참으로 슬픈 일이다![319] 그러나 공적함을 파악할 때에는 공에 빠지고 적막에 침체되는 병폐에서 반드시 벗어나려고 해야 한다. 그런 뒤에야 공(空)이라는 것이 쉬지 않고 생성하고, 생성하면서도 소유하지 않으며, 공의 본연을 잃지 않는 것일 뿐임을 알게 된다. 또한 적막하다는 것이 쉬지 않고 변화하고, 변화하면서도 머무르지 않으며, 적막의 본연을 잃지 않는 것일 뿐임을 알게 된다. 그러므로 최상의 지혜를 가진 사람은 생성의 이치를 다하므로 어그러지는 일이 없고, 변화의 이치를 체화하여 막힘이 없다. 어그러지지 않고 막히지 않으므로 그 덕이 날마다 쉼 없이 새로워진다. 그 변화의 내용을 체득하고 생성의 원인을 파악하면, 법계와 하나가 되어 처음부터 끝이 없게 된다.[320] 학문이 여기에 이르면, 궁극의 경지일 것이다.

본문의 원본이 세상에 간행되었을 때, 독자들은 다음과 같이 질문하였다. "이 책의 「전변」 장에 실제로 책 전체의 요지가 실려 있다. 즉 위대한 공용의 유행에서 그 본체가 드러난 것을 진여(眞如)라고 하고, 항전(恒轉)이나 공능 등으로도 부른다.[321] 쉬지 않고 생성 변화하는 참된 메카니즘에서 본체가 위대한 공용으로 현현하는 것은 상반상성의 과정을

318) 어떤 것을 구하려는 마음을 習心이라고 한다. 습심은 항상 추구하는 바가 있고 항상 집착하는 바가 있으므로, 이렇게 말한 것이다.
319) 타락해버린다는 것은 타락하여 빠져버려서 거의 그 생명을 잃을 지경에 가는 것이다.
320) 法界는 본체를 다르게 부른 명칭이다.
321) 다르게 부르는 말이 수없이 많으므로, 일단 이렇게만 말한다.

통해서이므로, 흡벽이라고 부른다.[322] 흡벽은 갑자기 변화하고 찰나도 머무르지 않으므로, 생멸한다고 한다.[323] 진여 본체는 본래 항존하는 것이지, 다른 것에 의지하여 존재하거나 본래는 없는데 현재만 있는 것이 아니다. 이 본체는 본래 항상되므로, 생성되지 않는다고 하고[324] 변화하지 않는다고 말한다.[325] 그러나 이 본체 자신은 생성 변화하는 것이지 결코 뻣뻣하게 죽어 있는 사물이 아니다. 그러므로 온갖 다양한 공용으로 현현한다. 이 때문에 생성이 없는 생성, 변화하지 않는 변화를 말하는 것이다. 또 무한히 생성 변화하지만 흡벽으로 나타나는 것들은 모두 실물이 아니어서, 찰나마다 생멸하며 잠시도 머무르지 않는다. 따라서 생성되면서도 소유하지 않고 변화하면서도 머무르지 않아, 결국 본래부터 공적하다는 것을 알게 된다. 『신유식론』의 논지는 생성 변화를 언급한다는 점에서 분명히 『역(易)』을 포함하지만, 궁극의 경지가 공적(空寂)이므로 『반야경(般若經)』으로 완연히 귀착한다. 세상에서는 그대의 학문이 유학과 불교사상을 뒤섞은 것이라고 평가한다. 그대도 인정하는지 모르겠다." 나는 다음과 같이 대답한다. 『신유식론』 초판이 세상에 나온 이래, 세상에서 나의 학설이 유학과 불교사상이 뒤섞인 것이라고 평가하는 말을 나는 익히 들었다. 세상에서는 유학과 불교라는 두 학파의 좁은 견지에 집착한다. 내가 궁구하는 것은 진리이다. 진리는 지극히 쉽고 간단하면서도 무궁무진한 것이고, 무궁무진하면서도 지극히 쉽고 간단한 것이다. 쉽고 간단하다는 것은 차별상이 없으며 만법의 본체가 된다는 말이다. 무궁무진하다는 것은 공용이 온갖 가지로 다양하

---

322) 본체는 죽어 뻣뻣한 사물이 아니고, 모두가 끊임없이 생성 변화하는 사물이다. 즉 이 생성 변화를 위대한 공용이라고 부르는데, 이 위대한 공용은 실제로 상반상성으로 말미암으므로, '한 번 흡하고 한 번 벽한다[一翕一闢]'라고 한다. 상세한 것은 상권 「전변」 장에 나와 있다.

323) 역시 「전변」 장에 상세하게 나온다.

324) 항상 스스로 존재하므로 생성되지 않는다고 한다.

325) 변화하지 않는다는 것은 그 덕이 항상 바르고 항상되어서 바뀔 수 없기 때문이다.

다는 말이다. 철학의 핵심은 온갖 다양한 것에서 본체를 깨닫는 데 있으므로, 수많은 이치의 종합이자 뭇 학문의 귀결점이 된다. 이 본체는 희론이 발붙일 수 없는 곳이고, 단지 철학자들 각자가 정견(情見)을 깨끗이 없애야 여기에[326] 도달해서 서로 일치하는 깨달음을 갖게 된다. 불교 경전에서 여러 부처들이 똑같이 깨달았다고 하는 말을 우리는 이론적인 면에서 인정해야 한다.[327] 어떤 사람은 똑같이 깨달았다는 말을 부정한다. 철학자들 개개인은 서로 어긋나기도 하고 서로 통하기도 하며, 비슷하게 보기도 하고 진실을 보기도 하며, 천박하기도 하고 심오하기도 하며, 부분적으로 보기도 하고 전체적으로 보기도 하여, 결코 똑같이 깨닫지 못한다고 생각하기 때문이다. 이 때문에 철학에서는 개별적인 학설이 주장하는 개별적인 진리를 들을 수 있을 뿐, 회통하는 일은 볼 수 없다. 이러한 이론을 나는 들은 적이 있다. 철학계에서 이와 같은 현상은 틀린 말이 아니다. 실제로 철학계의 이와 같은 현상은 철학자들이 정견에 가리워서 진리를 똑같이 깨닫지 못하기 때문이다. 비유하자면 눈이 안 보이는 맹인들이 하늘의 해를 함께 바라볼 방법이 없는 것과 같다. 정견을 깨끗이 쓸어버리는 것은 반드시 최상의 지혜로운 자[上智]라야 가능하다. 과거나 지금이나 최상의 지혜로운 자는 극히 드물고, 보통의 자질을 가진 사람은 많다. 보통의 자질을 가진 사람은 이 이치에 대해[328] 어긋나기도 하고 통하기도 하며 비슷하게 보기도 하고 진실을 보기도 하며 천박하기도 하고 심오하기도 하며 부분적으로 보기도 하고 전체적으로 보기도 하여, 서로 구별된다. 따라서 그에게 정견을 깨끗이 없애는 공부가 있는가와 그 공용이 순일한가 여부로 단정을 내리게 된다.[329] 그러나 한 걸음 더 나아가 볼 때 인생은 형기(形氣)에 얽매

326) 본체를 말한다.
327) 사실상 철학자들이 情見을 깨끗이 없애기는 어렵다.
328) 본체를 말한다.
329) 純一하다는 것은 틈이 없는 것을 一이라고 하고, 뒤섞이지 않는 것을 純이라고 한다.

이고[330] 오염된 습기에 속박되므로, 정견을 없애고 싶어도 그렇게 하기가 대단히 어렵다. 하물며 깨끗이 없앤다는 것이 어찌 쉽겠는가?[331] 그러므로 서로 완전히 똑같이 깨닫는 진리가 있다고 보고 그것을 찾으려는 몇몇의 철학자들에게 상응하는 점이 조금이라도 있는 경우는 결국 없을 듯하다. 이러한 상황은 결코 진리가 아주 특이하거나 고의로 숨어 있어서가 아니라, 단지 사람들이 각각 정견에 가리워서 똑같은 깨달음을 얻지 못하기 때문에 생겨난다. 그러나 이 진리는 본래 사람마다 똑같이 갖추고 있는 것이다. 그것이 사람에게 있는 것을 '성지(性智)'라고 부르고, 그것이 모여서 밖으로 드러나는 것을 '지혜의 빛[智光]'이라고 임시로 명명한다. 철학자가 이 지혜의 빛을 잘 보존하여 정견을 치유하면, 자연히 진리와 상응하게 될 것이다. 바꾸어 말하면, 이 지혜의 빛이 저절로 비추게 될 것이다.[332] 철학자들 모두 이 지혜의 빛을 항상 보존할 수 있으면,[333] 서로 똑같이 깨닫는 것에 결코 문제가 없다. 항상 보존하지 못하기 때문에 똑같이 깨닫지 못하는 것뿐이다. 그러나 항상 보존하지는 못하더라도, 그들에게 지혜의 빛이 비추는 일이 전혀 없다고는 할 수 없다. 이로 인하여 그들은 진리를 받아들이지만, 정견이 그 밝음을 가리워서 결국 희론을 만들어내고 그 밝은 한 점은 어두워져 빛나지 못하게 된다. 이것이 가려져서 통하지 못하고, 혹 비슷하게 보더라도 진실이 아니며, 천박하고 심오하지 못하며, 부분적인 것만 보고 전체를 보지 못하는 이유이다. 이 모든 경우가 잠깐 드러나는 밝음이 무겁고 단단한 폐단을 이기지 못한 결과이다. 따라서 철학자들은 개별적인 자기 학설을 주장하기에 분분할 뿐 정론이 없다. 희론이 이미 많은데, 그

---

330) 形氣는 신체와 환경을 말한다.
331) 情見은 형기와 오염된 습기를 조건으로 하여 존재한다.
332) 지혜의 빛의 體가 바로 진리이다. 지혜의 빛과 떨어져 따로이 진리라는 사물이 있는 것이 아니다.
333) 항상이라는 말에 주의해야 한다.

대가 어떻게 여기에 머물겠는가? 평범한 사람의 정견은 아무리 복잡해도 그 견해나 취향을 헤아려보면 대략 몇 가지로 구분된다.[334] 철학도 견해나 취향이 다소 다른 몇몇 학파로 구분된다. 철학사나 철학개론을 한 번 열어보면 그 대강을 알 수 있으므로, 여기에서 상술하지는 않겠다. 철학을 연구하는 사람들은 견해나 취향이 가까운 사람이 있으면 무리를 지어서 더 확장시키고,[335] 견해나 취향이 다른 사람을 온 힘을 다해 공격한다. 여기에서 학파의 견해라는 것이 생긴다. 삼류 철학자는 학파의 견해에 속박되어 철학의 본래 임무가 진리를 구하는 데 있음을 망각해버린다.[336] 이것이 철학에 진보가 없는 큰 이유 중의 하나이다.

이렇게 보면 철학상에서는 자기 학파만을 위해 학설을 제기하고 각자의 정견(情見)에 집착하여 희론을 이루므로 회통하는 일이 없는데, 그렇게 하여 진리의 영역에 도달할 수 있겠는가? 그러나 이러한 관점도 잘못이다. 나는 앞에서 성지가 사람마다 본래 똑같이 갖추고 있는 것이라고 말하였다. 정견이 가리기는 하지만, 지혜의 빛이 미약하게나마 비추지 않는 때가 없다. 따라서 어떤 철학자도 희론에서 벗어나지 못했다고 보는 것은 전혀 옳은 견해가 아님을 알아야 한다. 또한 고금 이래 진리를 확실히 파악한 철학자가 어떻게 전혀 없겠는가? 우리는 한 학파의 좁은 소견에 갇히거나 동양철학의 수양 방법을 무시해서는 안 된다.[337] 정견을 극복하고 항상 가슴을 열어서 막히지 않도록 오래 노력하면, 신

---

334) 見趣에서 趣는 취향을 말한다. 사람들이 가진 견해는 어떤 경우는 저와 같고 어떤 경우는 이와 같아서, 서로 지향하는 바가 있다. 예를 들어 유물론과 유심론에 속하는 논의들은 그 견해가 다른데, 이는 그 취향이 다르기 때문이다. 견해가 바로 취향이므로, 見趣라고 부른다.

335) 각 사람의 정견은 결코 완전히 같을 수 없고, 비교적 접근할 뿐이다.

336) 결국 망각한다는 글자는 한숨에 아래까지 꿰뚫는다.

337) 예를 들면 중국의 儒學・道家사상과 인도 불교 등을 들 수 있다.
(역주) 儒學에서는 孔子의 '求己'・'默識', 孟子의 '反身'・'思誠', 송명 유학의 방법들을, 도가에서는 '玄覽'의 방법을, 불교에서는 '般若智'나 '止觀'의 방법을 예로 들 수 있다.

묘하게 해탈하여 참된 본성(性眞)에 저절로 통달하게 될 것이다.[338] 자기 학파에 바른 견해가 있고 다른 철학자들의 학설과 비교해서 진리를 분명히 깨달은 점이 있으면, 내가 그를 통하여 똑같이 깨달을 수 있고 나아가 오류가 없다는 데 의심의 여지가 없다. 혹시 막히는 점이 있더라도, 그 막힌 점을 없애서 회통하도록 유도한다. 그 견해가 진리와 비슷하기만 한 잘못이 있으면, 그 비슷한 점이 진리로 발전하도록 이끈다.[339] 그 견해가 천박하다는 잘못이 있으면, 그 천박한 부분이 깊이를 가지도록 유도한다.[340] 그 견해가 한쪽에 치우치는 잘못이 있으면, 그 치우친 바를 융합하여 온전히 되도록 확대한다.[341] 이렇게 학문 연구를 해야 회통하고 진리에서 벗어나지 않게 된다. 회통한다는 것은 깨달은 뒤 그것을 뛰어넘어 요지를 상세히 밝히고, 한 학파의 학설이나 한 개인의 견해만을 고수하지 않고 널리 통할 것을 구하는 일이다. 자신에게 판단 근거가 있으므로 여러 학파들 중 선택할 대상을 알고 다양한 방법으로 널리 구하여 길을 통하게 하는 것이지, 함부로 합하고 복잡하게 뒤섞는 것이 아니다. 철학자가 걱정할 것은 자신의 학파에 정견을 이겨낼 공부가 없어서 근본적으로 바른 견해가 없게 되는 상황이다. 이런 상태에서 철학을 추구하는 것은 주인으로 들어가서 노예로 나오는 것과 같이 옳지 못하다. 즉 온갖 학파를 섭렵하여 천박하게 어지러운 학설을 형성하고 나아가 독 묻은 공격적인 마음으로 함부로 지론을 통하게 한다면, 자신에게나 남에게나 크게 잘못하는 것이다. 따라서 철학에

338) 性眞에서 이 이치는 태어나면서부터 본래 갖추고 있는 것을 性이라고 하고, 허망함이 없는 것을 眞이라고 한다. 즉 나와 만물이 함께 갖추고 있는 본체를 말한다.

339) 유사함[似]이 해로운 것은 막힌 것[蔽]보다 더하다.

340) 천박하다는 것과 유사하다는 것은 조금 다르다. 유사한 것이 어지럽다는 잘못을 저지르고 천박한 것이 얕다는 잘못을 저지르므로, 진리를 가린다는 점에서는 같다.

341) 한편으로 치우친다는 자는 가장 해로운 일이다. 그 견해가 조금이라도 한쪽으로 치우치면 걸음마다 갈래길로 나아가게 되어 진리와 완전히 등을 돌리게 된다. 실 한 오라기의 차이가 천리의 차이로 나타난다는 말이 바로 이 의미이다.

서 중요한 것은 회통과 관련된다. 요컨대 학문을 하는 사람은 반드시 스스로 정견을 제거하고 바른 견해를 얻은 뒤에야 여러 학파를 넘나들며 회통할 수 있다. 회통이라는 용어가 이상할 정도로 엄밀하다는 것을 알아야 한다. 회통은 모든 정견과 희론을 뛰어넘는 경지이다. 회통해야만 비로소 진리를 밝힐 수 있다. 한 학파의 좁은 견해를 조금이라도 보존하면, 그 학파의 정견에 빠져서 매번 진리의 장애가 된다.

이 시대 사람들 중에 학문의 의미를 아는 자가 아주 적으므로, 『신유식론』에 대해 유학과 불교사상을 섞어놓았다고 함부로 비방하는 것도 이상할 것이 없다. 실제로 『신유식론』은 유학의 『역』사상을 포함할 뿐 아니라 서양철학도 참조하였다. 서양에서 형이상학을 말하는 자들은 모두 양지(量智), 또는 지식에 의거하여 구상한다. 명대(明代) 유학자들은 외부를 향해 리(理)를 구하는 것이 주자 후학들의 근본적인 잘못이라고 보았다. 실제로는 주자학파뿐만 아니라 서양에서 특히 본체를 주장하는 이들이 이러한 잘못을 저질렀다. 『신유식론』에서는 본체론의 영역을 구분하여, 이 리가 상대적인 것이 아니고, 외재하는 것이 아니며, 양지로 추구할 수 없는 것임을 분명히 하였다.[342] 이것은 바로 서양철학의 잘못을 구한 것이다. 인도 불교는 유종의 유식논사들을 제외하고는 모두 법상을 제거하였으므로, 우주론이라고 할 것이 없을 듯하고[343] 과학 지식을 위한 여지를 남겨 두지 않았다는 혐의가 있다.[344] 『신유식론』에서는 위대한 공용의 흐름을 분명히 설명하였다. 예컨대 신묘한 흡벽과 생성 소멸의 메카니즘에 의거하여 우주 만상을 가정하였으므로, 우주론이 존재한다. 우주에 대한 해석에서는 서양철학과 의도가 다르지만, 우주론을 말한다는 점에서 서로 통하는 정신이 있다. 『신유식론』은 서양 학

342) 量智는 물리세계에서만 겨우 통용되고, 본체를 깨달을 수 없다.

343) 뒤에서 상세히 논의할 것이다.

344) 근본적으로 우주론을 말하지 않는다면, 즉 물리세계, 또는 외부세계를 둘 방법이 없다면, 과학은 발 둘 곳이 없게 된다.

문의 근본 사상을 참조하였지만, 자신의 지론을 경시하지 않는다. 유학과 불교라는 두 학파는 서로 다르다고 하지만, 그 현묘한 궁극의 경지를 탐구해보면 서로 일치한다고 보아도 무방하다. 본체가 공적하고 참되며 항상된 것이라는 사실은 불교도 깨달았고 유학도 스스로 체득하였다.[345] 단지 불교는 공적하다는 의미에 특히 강조점을 두었고, 유학은 이를 받아들이기만 하고 분명히 표현하지 않았을 뿐이다.[346] 본체는 생성 변화하고 쉬지 않고 흐르는 것이다. 유학은 『역』에서 이 점을 특히 강조하였다. 불교는 본체상에서 무위(無爲)하다고 할 뿐 생성 변화를 결코 말하지 않는다.[347] 본체론에서 두 학파의 주장에는 분명히 다른 점이 있는데, 결국 누가 옳은가? 나는 두 학파가 모두 실증에 근본을 두고 있고, 모두 옳다고 본다. 이것은 앞에서도 이미 말하였다. 그러나 두 학파에는 각각 편중된 측면이 있고, 여기에서 큰 차이가 생겨난다. 유학에는 본래 출세간사상이라는 것이 없으므로 본체를 말할 때 생성 변화의 측면에 특히 중점을 두었고, 공적(空寂)을 말하더라도 분명히 강조하지 않았다. 이것이 혹 공적에 빠지는 폐단을 예방하기 위한 것인지는 잘 모르겠다. 불교는 인도에서 일어났는데, 인도인들은 태반이 출세간사상을 가지고 있다.[348] 불교 경론에서는 생사(生死)의 바다에 빠지는 것을 달갑게 여기지 않는 정신을 여러 곳에서 표현하고 있다. 그들 불

---

345) 앞의 글을 참조할 것.

346) 예를 들어 "고요하며 움직이지 않는다"(『易』「繫辭傳(上)」. "寂然不動")라거나 "소리도 없고 냄새도 없으니, 지극하다!"(『中書』 33章. "無聲無臭, 至矣")라는 구절들은 과거를 가볍게 묘사한 것이다. 불교에서 수천만 말들로 반복해서 밝히는 것은 모두 사람들로 하여금 空을 보고 寂으로 나아가게 하는 것이다.

347) 儒學에서는 생성 변화를 말하며, 어떻게 '고요하여 움직이지 않는다[寂然不動]'고 하는가를 질문한다. 그 답은 다음과 같다. 형체가 없으므로, 고요하다. 어지럽게 흩어지고 혼란된 모습이 없으므로, '움직이지 않는다'고 한다. 이것은 바로 空寂함을 말한 것이다. 공적하므로, 지극히 신묘하여 헤아릴 수 없이 생성 변화한다. 누가 空寂이 죽은 것이라고 하는가? 어찌 이를 의심하는가?

348) 앞의 글을 잘 살펴볼 것.

교에는 본래 출세간의 요구가 있으므로, 부지런히 수행하여 미혹을 끊어버리는 것이 공(空)을 파악하고 적막(寂)에 나아가는 것이 된다. 따라서 본체를 규정할 때 공적하다는 측면에 특히 중점을 두어서 생성 변화를 언급하지 않거나,[349] 생성 변화를 거슬러 막기 위하여 언급하지 않았을 뿐이다. 불교는 모든 정견을 깨끗이 없애려고 하지만 한 가지 정견이 무의식중에 계속 존재하고 있으며, 그것이 바로 출세간의 관념이라고 나는 말한 적이 있다. 나의 이러한 말은 매번 불교학자들의 상반되는 주장을 해결한다. 가령 우리는 대승불교 경전 중 수많은 예들을 인용하여 불교에 출세간사상이 결코 없다는 사실을 증명할 수 있다. 실제로 대승불교는 소승불교에서 변화 발전되어 나온 것이다. 대승불교의 주장은 모두 소승불교의 잘못을 치유하기 위한 것이다.[350] 소승불교는 자신만을 생사(生死)에서 구하려고 하지만, 대승불교는 중생을 버리지 않을 것을 서원한다. 소승불교는 열반에 욕심껏 집착하여 깨달음을 구하고 나아가 세간을 싫어하여 떠날 생각을 하지만, 대승불교는 본래부터 세간을 버리지 않을 것을 제시하여 소승불교의 집착을 깨뜨린다. 예컨대 『화엄경(華嚴經)』·『유마경(維摩經)』[351] 등의 경전이 모두 이러한 깊은 뜻을 가지고 있다. 우리는 장구의 해석에 얽매여 대승불교가 일체 중생을 구하려 하는 본래의 뜻을 잃어서는 안 되고, 반드시 불교 각 종파

349) 대승불교는 참으로 중요한 悲願이 있다. 그것은 중생이 空寂을 깨닫지 못하므로 처음으로 悲願을 일으킨 것이고, 그렇지 않으면 悲願이라고 할 만한 것이 없다.

350) 그에 대해 치유한다[對治]는 것은 예컨대 의사가 약을 써서 증상을 치유하는 것과 같다.

351) (역주) 『維摩經(Vimalakīrti-nirdeśa-sūtra)』은 『반야경』 다음에 나타난 초기 대승경전 중에서도 그 성립이 오래된 것 중의 하나인데, 현재 산스크리트본은 전하지 않는다. 漢譯으로는 鳩摩羅什·支謙·玄奘 번역의 3본이 있으나, 구마라십(344~413)이 번역한 『維摩詰所說經』이 가장 널리 이용된다. 『반야경』에서 말하는 空의 사상에 기초한 윤회와 열반, 번뇌와 보리, 穢土와 淨土 등의 구별을 떠나, 일상생활 속에서 해탈의 경지를 체득하여야 함을 유마힐이라는 주인공을 내세워서 설학식으로 말하였다. 般若皆空의 사상에 의해 대승 보살의 실천도를 앙양하고, 다른 한편으로 淨土敎의 이론에 의한 재가신자의 종교적 덕목을 천명하고 있는 점이 두드러진 특색으로 주목된다.

의 중요 경론들을 회통하고 전체 의미를 종합하여 불교는 결국 출세간사상임을 분명히 해야 한다.[352] 따라서 불교에서는 본체를 말할 때 생성 변화에 대해 언급하지 않는다. 이러한 태도는 결코 우연이 아니고, 출세간사상과 관련된다. 나는 이 역시 불교의 한 측면이라고 생각한다.

그러나 유학과 불교 두 학파의 학설은 모두 실증에 근본을 둔 것이고 희론이 아니며, 각각 한 측면에서 파악한 내용을 언급한 것이다. 회통하면 전체를 인식할 수 있다. 불교에서 말하는 공적(空寂)에서 공이 아무것도 없다거나 적막이 죽어 있는 고요함이라는 뜻이 아니므로, 이 본체가 공적하다는 뜻이 쉬지 않고 생성 변화하는 참된 메카니즘을 의미함을 알게 된다. 공적하지 않으면 사물을 막게 되는데, 어떻게 생성 변화하는가? 유학에서 말하는 생성 변화는 공적을 파악하지 못한 것이 아니라 깊이 있게 표현하지 않은 것뿐이다. 따라서 두 학파의 학설은 원래 하나의 이치이므로 자연히 관통되는 것이지, 의도적으로 뒤섞어서 합친 것이 아니다. 나는 유학과 불교 두 학파를 합치면 둘 모두 완전해지지만, 분리하면 각각 약점이 있게 된다고 말한 적이 있다. 유학이 정밀하기는 하지만 불교사상을 통합하지 않으면, 그 말류는 활동하거나 유행하는 중에 집착하게 된다. 예를 들면 후기 정주학파가 외부에서 리를 구하는 혐의가 있다거나,[353] 양명학파에서 발용(發用)상에서 양지(良知)를 말하여 미친 행위에 빠지게 된 경우를 들 수 있다.[354] 또한 서양철학 중 변화나

---

352) 그러나 대승불교에서 소승불교의 잘못을 치유하려는 것은 확실히 일대 전환이다. 이 때문에 점차 출세간사상을 버리고 우리나라의 유학사상에 접근하게 된다.

353) (역주) 주자학은 理와 氣, 太極과 陰陽, 道와 器, 道心과 人心, 天理와 人慾, 天命之性과 氣質之性 등 개념을 이분하여 보는 방식으로 이루어져 있다. 양명은 주자학의 이분된 이론 구조로 인하여 性의 활동성이 떨어지고 心도 理가 아닌 氣에 불과하여, 心과 理, 즉 心과 性이 이분된다는 점을 주로 비판하였다. 이렇게 보면 理는 외부에서 더 분명히 나타나므로, 외부에서 理를 구하는 입장으로 가게 된다. 웅십력 역시 이 부분을 비판한 것이다.

354) (역주) 양명 후학들은 양명의 '치양지설'의 학문적 종지가 어디에 있는가를 두고 두 파로 나누어져 논쟁을 벌였다. 그 대표적인 예가 未發 상태에서 마음의 수렴 공부를

생명을 주장하는 학설은 대개 맹목적인 충동을 생성 변화의 본연으로 파악하고, 공적하고 신묘한 본체를 인식하지 못하여 결국 근본에 세우는 도가 없게 된다. 불교가 중국에 들어오기 이전에 노자가 『역』을 연구하여 무(無)를 높이 평가한 것은 앞에서 이미 살펴보았다. 불교는 매우 심오하고 미묘하지만 유학사상을 통합하지 않으면, 전적으로 출세간으로 나아가고 공에 빠지고 적막에 막혀서 인생이 아닌 길로 달려가게 되므로 이치에 맞지 않을 듯하다.[355] 따라서 공을 깨닫고도 생성을 인식하면, 생성하면서도 소유하지 않는 신묘함이 유연히 솟아올라 자득하게 된다. 적막으로 귀착하면서도 변화를 인식하면, 변화하면서도 머물지 않는 신묘함이 끝없이 펼쳐진다. 이 의미는 참으로 심원하다! 나는 누구와 더불어 이것을 말할 수 있는가? 어떤 사람은 "그렇다면 과거의 삼교합일론(三敎合一論)과 같지 않은가?"라고 묻는다.[356] 나의 대답은 이러하다. 진실을 어지럽히면 안 된다는 것은 내가 앞에서 이미 말하였다. 삼교합일론을 주장하는 사람들은 근거나 체계도 없이 잡다하게 뒤섞어서 합일을 말하지만, 이것은 혼란이다. 회통(會通)의 의미는 다르다. 참된 궁극(眞極)을 줄기로 삼아 여러 학설들을 변별하고, 근거가 확실하고 체계가 분명한 것을 참된 궁극으로 모은 것을 회통이라고 부른다. 혼란은 비슷한 문구를 찾아서 골라내는 것이지만, 이것은 학문을 모르는 사람이나 하는 일이다. 회통은 반드시 자신에게 바른 견해가 있어야 여러 학파를 종합하고 각각의 옳은 점을 변별할 수 있다. 즉 각자의 옳은 점을 회통시키는 것이다. 이치를 탐구하는 일은 서로 다른 점을 변별하는 것이 어려

중시하는 攝雙江 등 양명우파와 오로지 未發과 已發의 구별이 없는 致良知만을 주장하는 王龍溪 등 양명좌파와의 논쟁이다. 왕명좌파는 결국 본체의 추구가 없이 발용상에서만 양지를 추구하려 한다는 점에서 웅십력의 비판을 받았다.

355) 이것은 불교의 본의를 요약하여 발한 것이다. 근대에 불교를 연구하는 학자들은 스스로 허위에 습관이 되어서 오히려 출세간으로 나아가지 않음을 말한다.

356) 여기에서 三敎는 유학·불교·도가사상을 말한다.

운데, 회통은 더 어렵다. 다른 점을 변별하는 것은 사물을 두루 관찰하는 것과 관련되며, 지식이 조금 있는 사람[小知]이면 가능하다. 회통은 반드시 신묘한 지혜가 사물에 막히지 않아야 하므로, 지식이 조금 있는 사람 정도로는 불가능하다. 학파라는 파벌을 중시하고 회통을 가볍게 여기는 것이 큰 도가 막히고 학문이 죽는 이유이다. 시속에서 함께 학문을 논할 만한 사람이 있는가? 어떤 사람은 또 "그대의 학문은 불교와 다르다. 그런데 어떻게 불교라고 부를 수 있는가?"라고 반박한다. 나의 대답은 이러하다. 나는 처음에 불교 유식론을 연구하고 저술하였다. 그 뒤 갑자기 구유식논사들의 주장이 옳지 못하다고 여겨져서 스스로 이전의 원고를 없애버렸다. 한참 지난 뒤에 『신유식론』을 지었다. 나는 본래 진리를 귀의처로 삼을 뿐 학파에 구애되지 않지만, 『신유식론』은 실제로 불교에서 발전되어 나온 것이므로 나를 '새로운 불교도[新佛家]'라고 해도 안 될 것은 없다. 그러나 나는 결국 불교와 유학 사이에서 노닐고 있으므로, 불교도도 되고 유학자도 되며 불교도도 아니고 유학자도 아니다. 나는 나일 뿐이다.

앞의 논의를 종합하면, 나와 인도 불교, 특히 대승공종과의 차이점과 일치점을 대략 살펴보았다. 유종[357]의 학설은 본래 공종의 잘못을 바로잡으려다가 공종의 정밀한 핵심 사상을 잃어버렸다. 이것은 나쁘게 바뀐 것이라고 할 수 있다. 이제 다음과 같이 그 대략을 논해보겠다.

유종의 학문은 원래 공종에 근본을 두었지만, 뒤에 유교(有教)로 발전되었으므로 공종과 반대된다.[358] 유종의 소의 경전인 『해심밀경(解深密經)』에서는 석가의 설교를 3시(時)로 나누는데,[359] 이때 초시(初時)가 소

---

357) 大乘有宗이라고도 한다.

358) 유종을 발전시켰다는 말은 소승불교가 대개 유종의 입장을 견지하고 있었다는 것을 말한다. 뒤의 주를 살펴볼 것. 대승유종은 유종이라고 하지만 소승불교와는 그 내용이 다르므로, 발전시켰다고 하였다.

359) 『解深密經』「無自性相品」을 참조할 것. 그러나 이 이하의 설명은 표현은 좀 바꾸었

승불교에서 말하는 유교(有教)이다. 소승불교에서는 대개 '인공(人空)'을 주장하였다. 바꾸어 말하면, 세속에서 실제로 있다고 집착하는 사람이나 나는 존재하지 않고, 단지 오온(五蘊), 즉 색심(色心)의 제법을 사람이나 나라고 잘못 생각할 뿐이라는 것이다. 그러나 '법공(法空)'의 이치는 아직 드러내지 못하였다. 예컨대 오온의 제법이 실제로 있다고 집착하고 법상이 본래 없음을 모르므로, 법공의 이치를 아직 깨닫지 못하였다고 보아 유교(有教)라고 부른다. 제2시는 대승불교로 발전한 공교(空教)이다. 대승공종의 소의 경전인 『반야경(般若經)』에서는 일체법이 자성이 없다고 본다. 즉 법상이 본래 공이므로, 공교라고 부른다. 그러나 그 위도 있고, 받아들일 것도 있다. 아직 완전한 내용이 못 된다는 것은 승교(勝教)가 그 위에 있다는 뜻이므로, 그 위가 있다고 말하였다. 이때 승교를 받아들여야 하므로, 받아들일 것이 있다고 말하였다. 승교는 그 다음의 제3시를 말한다. 제3시는 일체승(一切乘)을 발전시킨 것으로, 대승유종에서 말하는 '유도 아니고 공도 아닌[非有非空] 중도교(中道教)'이다. 망식이 집착하는 실재하는 나, 실재하는 사물은 본래 없는 것이므로, 유가 아니라고 해야 한다. 그러나 마음이나 물질 같은 제법은 형상으로 나타나고 뭇 연에 의해 생겨나므로, 무라고 하면 안 된다. 또 이 법상은 모두 진여 실성을 가지고 있으므로, 더욱이 공이라고 하면 안 된다. 따라서 망식이 집착하는 대상은 유가 아니지만, 법성과 법상은 공이 아니다. 이러한 내용과 『반야경』에서 말하는 공은 그 의미가 다르므로, 유도 아니고 공도 아닌 중도교라고 부르는 것이다. 여기에서 말한 삼시교는 유

지만 그 의미에 변화가 없다.

(역주) 『解深密經』에 근거한 법상종의 학설로서, 석존 일생의 설교를 有教·空教·中道教의 세 시기로 나누었다. 有教는 소승불교로서, 실재하는 내가 있다는 외도의 망집을 깨뜨리기 위하여 '我空法有'를 말한다. 『阿含經』 등이 해당한다. 空教는 심물의 온갖 현상을 만드는 변치 않는 실체가 있다고 믿는 이에 대하여, 모든 법이 다 空하다고 말한 『般若經』에 해당한다. 中道教는 有나 空, 어느 한쪽만을 믿는 사람에 대하여 유에도 공에도 치우치지 않는 中道의 이치를 말한 『解深密經』·『華嚴經』을 말한다.

종이 석가의 설법에 가탁한 것으로, 근기에 따라 대응이 다르고 가르침에도 차별이 있다고 하여 자기 종파에 근거가 있다는 사실을 보여서 반대자의 입을 막으려 한 것뿐이다.[360] 그러나 여기에서 주의를 기울여야 할 점은 유종은 공종이 제대로 깨닫지 못하였다고 판정하고, 공종의 주장에 명백히 반대하고 있다는 사실이다. 이 점을 가볍게 보아넘겨서는 안 된다. 그러나 유종이 유도 아니고 공도 아닌 학설로 공종의 말류가 가진 폐단을 치유하려 한 것은 의도는 좋았지만, 유종 자신이 발전시킨 이론도 정견(情見)이라는 함정에 빠져버리고 말았다. 그러니 어떻게 공종을 굴복시키겠는가? 우리는 이제 유종의 장단점을 판별하기 위하여, 두 가지 측면에서 살펴보려고 한다. 하나는 본체론의 관점에서 보는 것이고, 다른 하나는 우주론의 관점에서 보는 것이다. 유종의 장단점을 정확히 판별해야 이 글의 의미가 잘 드러나게 된다. 서론에서 유종의 학설을 설명할 때 독자들이 쉽게 이해하도록 지나치게 전문적인 용어는 피하려고 노력하였지만, 빠지거나 잘못된 내용은 없을 것이다. 여기에서 다시 분명히 설명하려고 한다.[361]

먼저 본체론의 관점에서 유종의 학설을 살펴보기로 한다. 유종은 확실히 공종과 다른 점이 있다. 우리는 이 다른 점의 증거를 『보성론(寶性論)』에서[362] 찾을 수 있다. 이 논서의 제7 「위하의설품(爲何義說品)」에는

---

360) 나는 평소에 判教의 학설을 취하지 않는다. 석가의 입적 이후 불교는 수많은 종파로 나누어졌는데, 이것은 학술 사상이라면 벗어날 수 없는 자연스런 변천 과정이다. 그런데 이것들 하나하나를 모두 석가에게 돌려서 그것이 어떤 때 어떤 설교를 한 것이라고 보고, 또 그를 위해 그 사이에 변화를 주기도 한다. 이것이 가탁한 상황임은 숨길 수 없는 사실이다. 당시에 결집된 경전의 문구들은 원래 다른 학파에 반대하기 위하여 만들어진 것이다. 그런데 후대 사람들은 그것들이 모두 참말이라고 믿으니, 큰 잘못이다.

361) 이전의 저서인 『佛家名相通釋』 乙에서 유종의 주장을 극히 상세하게 설명하고 있는데, 본론과 함께 참고할 만하다.

362) 『寶性論』은 원래 魏 天竺의 三藏 勒那靡提 번역과 관련된다.

(역주) 『寶性論』(Ratnagotravibhāgamahāyānottarantraśatra)은 『究竟一乘寶性論』이라고 한다(大31). 저자는 원전에 기재되어 있지 않으나, 중국에서는 사라마티(Sāramati)라고 전하고 4세기 말에서 5세기 초에 성립된 것으로 추정한다. 번역자는 勒那摩提가 511년에

"나머지 수다라 중에서는[363] 모든 것이 공이라고 말한다"[364]라는 구절이 나온다. 그런데 여기에서는 어째서 진여 불성(眞如佛性)이 있다고 하는가?[365] 게송은 이어서 "불경 곳곳에서 안팎의 모든 것이 공이라고 말한다.[366] 유위법(有爲法)은 구름과 같고, 꿈과 같고, 환상과 같다고[367]" 노래한다. 그런데 여기에서는 어째서 모든 중생이 진여의 성품을 가지고 있다고 하고, 공적(空寂)을 말하지 않는가?[368] 이에 대한 답은 다음과 같다. "겁약한 마음이 있으므로,[369] 중생을 업수이 여기고[370] 허망한 법에 집착하며[371] 진여 실성을 비방하고[372] 자신에게 신아(神我)가 있다고 생각한다.[373] 이와 같이 하면 다섯 가지 잘못과 멀리 떨어지므로, 불성

번역하였다. 인도 대승불교 중 如來藏사상을 체계적으로 설한 대표적인 저작이다. 여래장이란 佛性, 즉 佛이 갖추어야 할 성질을 뜻하는 것으로, 그것이 因이 되어 三寶를 낳으므로 寶性이라고 불린다. 이 여래성이 중생 속에 있으면서 번뇌에 얽히어 있을 때, 如來藏이라고 부른다. 이 책은 이것을 自性·因·果·業[활동]·相應·行[현상]·時差別·遍一切處·不變·無差別이라는 10종의 관점 및 法身·眞如·性이라는 3종의 의의에 의해 서술하고 9종의 비유를 통해 설명한다. 唯識불교와의 깊은 관계를 엿볼 수 있다.

363) 修多羅는 불경 전적들을 말한다.

364) 공종이 중심으로 삼는 경전을 말한다.
(역주) 『究竟一乘寶性論』 「爲何義說品」 第七(大31, 840c). "諸修多羅中, 說有爲諸法."

365) 『寶性論』은 바로 유종에 속한다. 佛性도 진여를 다르게 부른 것이다.

366) 內空·外空 등은 앞에서 반복해서 살펴보았다.

367) 이상은 공종을 말한다.

368) 이상은 유종을 말한다.

369) 이것이 첫 번째 잘못이다. 공종은 모든 것이 공이라고 하므로, 중생은 이 말을 듣고 두려워한다. 일체가 공인데 귀의처가 없으므로, 겁나고 약한 마음이 있게 되는 것이다.

370) 이것이 두 번째 잘못이다. 예컨대 모든 것이 공이라는 말은 바로 중생에게 진여 불성이 없다는 것이어서 본래 스스로를 열등하게 보는 것이다. 따라서 중생을 업수이 여기게 된다.

371) 이것이 세 번째 잘못이다. 진여가 있음을 믿지 않으므로, 일체법이 모두 허망할 뿐이라는 데 집착한다. 또 모든 곳이 공이라고 하고 다른 사람에게 보일만한 진실이 없으므로, 外道 등에서는 허망한 법에 집착하고 바른 이치로 이끌어 들이지 못한다.

372) 이것이 네 번째 잘못이다. 허망한 법에 집착하는 이들은 모두 진여성이 있음을 모르므로, 함부로 비방하게 된다.

373) 이것이 다섯 번째 잘못이다. 예컨대 外道 등에서는 진여를 보지 못하므로, 자신에게 神我가 있다고 잘못 생각한다.

(佛性)이 있다고 말한 것이다."[374]

『보성론』의 내용에 의하면, 과거 공종에서 전수한 경전에서는 여러 곳에서 공적(空寂)을 말하는 반면에 유종이 일어나면서 소의로 삼은 경전에서는 진여 실상을 말하므로,[375] 과거에 공종에서 강조하였던 공적의 의미가 달라진 것 같다는 것이다. 특히 『보성론』에서 제기한 이러한 관점에서 보면, 유종의 경론에서 말하는 본체와 공종에서 말하는 본체가 강조점이 다르다는 점에 주의를 기울여야 한다.

『대반야경(大般若經)』에서는 7공(七空)에서 20공(二十空)까지 말하고,[376] 일체법을 공으로 보는 관점에 의거하여 법상을 제거하였다. 뒤에 유종은 진여를 광범위하게 해석하였다. 예를 들어 유종의 소의 경전인 『해심밀경(解深密經)』과 『유가사지론(瑜伽師地論)』,[377] 『중론(中論)』 등의 논서

---

374) (역주) 『究竟一乘寶性論』 「爲何義說品」 第七(大31, 840c). "偈言, 處處經中說, 內外一切空. 有爲法如雲, 及如夢幻等. 此中何故說, 一切諸衆生, 皆有如來性, 而不說空寂. 以有怯弱心, 輕慢諸衆生, 執著虛妄法, 謗眞如實性, 計身有神我. 爲令如是等, 遠離五種過, 故說有佛性."

375) 實相은 제법의 실체를 말하는 것과 같다. 眞如와 함께 쓴 것은 중복된 말이다.

376) (역주) 七空은 『능가경』에서 말한 7가지 空이다. ①相空 : 生相을 구하여도 얻지 못하는 공이다. ②性自性空 : 性이 스스로 공한 것이다. ③行空 : 三業이 짓는 것을 얻지 못한다는 뜻이다. ④無行空 : 연기한 자성이 공하므로 행은 곧 無行이 된다. ⑤一切法離言說空 : 일체법을 말로서는 할 수 없다는 것. ⑥第一義聖智大空 : 부처의 聖智는 見思가 공하며 能空의 智도 공하다. ⑦彼彼空 : 이는 假空이며 空舍의 공과 같다. 또한 『지도론』에 7공이 있는데, 넓게 말하면 18공이 되고 줄여서 말하면 7공이다. 즉 性空 · 自相空 · 諸法空 · 不可得空 · 無法空 · 有法空 · 無法有法空이라고 한다.

二十空은 『大般若經』 卷三 「學觀品」에 나온다. ①內空 ②外空 ③內外空 ④空空 ⑤大空 ⑥勝義空 ⑦有爲空 ⑧無爲空 ⑨畢竟空 ⑩無際空 ⑪散空 ⑫無變異空 ⑬本性空 ⑭自相空 ⑮共相空 ⑯一切法空 ⑰不可得空 ⑱無性空 ⑲自性空 ⑳無性自性空.

377) (역주) 『瑜伽師地論』(Yogācāra-bhūmi)은 300~350년경에 성립된 瑜伽行派의 기본 논서이다. 현재 범본 · 한역 · 티벳역이 모두 전해지는데, 한역에서는 唐의 玄奘이 완역한 것을 줄여서 『瑜伽論』이라고 부른다(大30). 648년 현장은 완역을 통해 유가행파의 境 · 行 · 果를 명확히 하고, 阿賴耶識說 · 三性三無性說 · 唯識說 등 다양한 문제를 상세히 논구하였다. 특히 三乘의 사상을 17地로 나누어 설명한 것이 특색이다. 인도에서 다수의 논서가 이 영향을 받았고, 중국에서도 『瑜伽論』 연구가 唐代에 성행하여 註疏도 많이 저술되었으나 窺基의 『瑜伽論略纂』, 신라 遁倫의 『瑜伽論記』가 남아 있다.

에서는 7진여(七眞如)[378]에서 10진실(十眞實)까지 말한다.[379] 7진여는 진여의 체(體)를 7가지 종류로 구별한 것이 아니라 문맥에 따라 7가지 뜻으로 달리 해석한 것뿐이다. 예를 들어 첫 번째인 유전진여(流轉眞如)는 진여가 유전하는 대상의 실성(實性)임을 말한 것이지, 유전(流轉)을 바로 진여라고 명명한 것이 아니다.[380] 일곱 번째인 정행진여(正行眞如)는[381] 진여가 바른 행동이 의거하는 실성이 되거나 바른 지혜가 통하는 경지가 된다는 말로서 지혜가 의거하는 실성이라는 뜻이지, 바른 행동이 바로 진여라는 말이 아니다. 10진실도 문맥에 따라 해석이 달라지는 것을 10가지로 말한 것으로,[382] 활용하는 방식은 앞과 같으므로 상술하지 않겠다. 종합하면, 공종은 한 번에 상을 버렸으므로 진여 실상도 버리는

378) (역주) 7眞如는 진여가 본래 차별이 없고 평등한 것이지만, 여러 가지 측면에서 7종류로 나눈 것이다. ①流轉眞如(pravṛtti-tathatā)는 생명 변화하는 것들의 實性으로서의 진여를 말한다. ②實相眞如(lakṣaṇa-tathat1)는 我執·法執을 끊은 자리에 나타내는 진여이다. ③唯識眞如(vijnapti-tathatā)는 유식의 실성으로서의 진여를 말한다. 無漏唯識의 觀智를 말한다. ④安立眞如(saṃniveśa-tathatā)는 四諦 가운데 古諦의 실성으로서의 진여를 말한다. ⑤邪行眞如(mithyā-pratipatti-tathatā)는 四諦 가운데 集諦의 실성으로서의 진여를 말한다. ⑥淸淨眞如는 사제 가운데 滅諦의 실성으로서의 진여를 말한다. ⑦正行眞如(samyak-pratipatti-tathata)는 四諦 가운데 道聖의 실성으로서의 진여를 말한다(『解深密經』 卷3·卷6).

379) 眞實도 眞如의 다른 이름이다.

380) 流轉法은 色心法이 찰나에 생멸하고 서로 계속 흐르므로, 유전이라고 하였다.

381) 正行은 聖子가 수도할 때 바른 행동을 일으키는 것이다. 이 중의 경전 문구에 '道諦'라는 말이 나오지만 지금 인용하지 않은 것은 해설이 너무 번잡할까 우려해서이다.

382) (역주) 10眞如, 또는 10眞實은 우주 만유에 가득한 본체인 진여는 본래 절대이므로 나눌 수 없는 것이나, 그 德相을 나타내고 또 이를 깨닫는 과정에 구별이 있으므로 이처럼 분류하는 경우도 있다. 10진여는 보살이 10地에서 진여를 分證하는 승덕으로 보아서 가립한 것이다. ①遍行眞如 : 初地에 들어갈 때 我執·法執을 끊고 깨닫는 진여, ②最勝眞如 : 제2지에서 邪行障을 끊고 깨닫는 진여, ③勝流眞如 : 제3지에서 暗鈍障을 끊고 깨닫는 진여, ④無攝受眞如 : 제4지에서 微細煩惱現行障을 끊고 깨닫는 진여, ⑤類無別眞如 : 제5지에서 於下勝般涅槃障을 끊고 깨닫는 진여, ⑥無染淨眞如 : 제6地에서 麁相現行障을 끊고 깨닫는 진여, ⑦法無別眞如 : 제7지에서 細相現行障을 끊고 깨닫는 진여, ⑧不增減眞如 : 제8지에서 無相增作加行障을 끊고 깨닫는 진여, ⑨智自在所依眞如 : 제9지에서 利他中不欲行障을 끊고 깨닫는 진여, ⑩業自在等所依眞如 : 제10지에서 제법 중에 未得自在障을 끊고 깨닫는 진여.

대상이 된다. 유종은 공종의 편견을 바로잡는다고 자평하였다. 따라서 모든 법상에는 진여가 있어서 대상이 의거하는 실성이 되고, 법상을 거두어서 법성을 따르고 일체가 진실이 된다고 말한다. 공종과 유종 두 파는 그 차이가 분명하다.

어떤 사람은 또 "『대반야경』에서도 곳곳마다 진여를 말하는데, 어떻게 유종만 진여를 제시하였다고 할 수 있는가?"라고 반박한다. 그에 대한 답은 다음과 같다. "잘 배우는 이는 각 학파의 학문을 궁구하여 대의에 통해야지,383) 장구에 얽매여 전체 뜻을 잃어서는 안 된다. 『대반야경』에서도 진여를 언급하지 않은 것은 아니지만, 주된 의도는 완전히 상을 없애는 데[破相] 맞추어져 있다. 진여가 실물로 존재한다고 집착하면384) 상을 취하는 것이므로, 대단히 큰 미망이 된다. 따라서 『반야경』의 대의는 일체의 상을 공으로 하여 말하지 않고도[言外]385) 사람들이 진여를 꿰뚫어 깨닫게 하려는 것뿐이다. 상을 떠나 고요한 것이야말로 진리의 경지이다. 공종은386) 결국 공적(空寂)을 나타내는 데 강조점을 둔다. 이러한 강조점이 공종 전체 사상의 출발점이자 귀결점이다. 우리는 이 범위 내에서 이해해야지 장구에 얽매이는 잘못에 빠져서는 안 된다. 그렇지 않으면 『반야경』에서도 진여를 언급하는데, 유종과 어떤 차이가 있는가 라고 묻게 된다. 공종에 그러한 강조점이 있다는 것이 분명한 공종만의 독자적인 특색임을 모르기 때문이다.

다시 한 번 유종에 대해 설명하겠다. 그들이 진실(眞實)을 매우 강조하기는 하지만, 어찌 공적(空寂)을 말하지 않겠는가? 예를 들어 『해심밀

---

383) 각각이라는 말에 주의해야 한다.

384) 실재하는 사물로서 있다는 것은 인정상 경험계의 사물을 실재한다고 집착하고 이 때문에 마음이 습관이 되어서, 진여가 있다고 들으면 실재하는 사물로 간주한다는 것이다. 예를 들어 외부세계가 독립적으로 존재한다거나 실재하는 사물이라고 보는 것은 상상에 의한 것이다.

385) '말하지 않고도[言外]'라는 표현에 주의해야 한다.

386) '강조하는 점'이라는 말이 극히 중요하다. 다음에 나오는 강조점도 이에 의거한다.

경』과 『유가사지론』[387]에서는 17공(空)을 언급하고, 『현양론(顯揚論)』[388]에서는 16공을 말하였고 『중변(中邊)』[389]에서도 마찬가지이다. 이 외에 진제(眞諦)[390] 역에 18공이 있다.[391] 이처럼 유종도 공적을 말하지만, 그 강조점이 진실을 드러내는 데 있으므로 결국 다른 측면을 따로 가지게 된다. 배우는 이들이 유종의 주요 경론 중 한 권을 임의로 선택하여 탐독해본다면, 유종의 학설이 공종과 정반대라는 것을 알게 될 것이다. 본체가 참되고 항상되므로 진여(眞如)라고 명명하였다는 사실을 알아야 한다.[392] 이것은 상이 없고 오염을 떠나 있으므로, 공적하다고도 한다. 공

---

387) 권17. (역주) 주 377)번을 참조할 것.

388) 권15.

(역주) 『顯揚聖教論』(Prakaraṇāryavācā-śāstra) 20권은 인도 無着이 저술하고 唐의 玄奘이 번역한 책이다. 유가론 10支 중의 하나이고 법상종 11론의 하나로서, 『成唯識論』이 의거한 주요한 자료이다. 『瑜伽師地論』 중에서 가장 중요한 부분을 뽑아서 엮었다. 현장이 현양론과 현양성교론의 송을 분별하여 번역하였기 때문에, 학계에서는 논과 송의 작자가 동일인물인가 여부에 관한 논쟁이 있다.

389) 『中邊述記』 권1을 참고할 만하다.

(역주) 『中邊分別論』(Madhyānta-vibhāga-ṭīkā)은 모두 2권인데, 본론의 게송 부분은 彌勒(Maitreya, 4세기 후반)의 저작이고 산문 부분은 世親(Vasubandhu, 5세기)의 저작이다. 한역으로는 558년에 眞諦(Paramārtha, 546~569년 중국 거주)가 번역하였고, 玄奘이 번역한 『辯中邊論』이 있다. 제목의 '中'은 대승 근본의 中道이고, '邊'은 상호 대립하는 극단적인 관념의 의미이다. 양극단의 대립을 떠나 中道로 되돌아간다는 뜻이다. '分別'은 여러 가지 입장을 분별하여 教義의 개념을 파악한다는 의미이다. 주석서로는 唐代 窺基의 『辯中邊論述記』와 新羅 元曉의 『中邊分別論疏』 등이 있다. 여기에서 熊十力이 지칭한 것은 窺基의 『辯中邊論述記』이다.

390) (역주) 眞諦(Paramārtha, 499~569)는 인도의 저명한 역경승으로, 중국 攝論宗의 개조이다. 서인도 우선니국 출신이다. 양나라 무제가 부남에 사신을 보내 고승과 대승 경전들을 구하니 진제가 548년에 南京으로 가서 武帝를 알현하였다. 侯景의 난을 만나 여러 진역을 전전하며 역경을 계속하였다. 共譯한 경론은 六十四部 二七八卷에 이른다고 전해지나, 현재 三十部만 전한다. 대다수가 불교 연구에 중요한 전적으로, 鳩摩羅什 · 玄奘 · 義淨과 함께 4대 번역가로 칭하여진다. 주요 역서에 『轉識論』 · 『大乘唯識論』 등의 유식논전 외에도 『金光明經』 · 『攝大乘論』 · 『攝大乘論釋』 · 『律二十二明了論』 · 『中邊分別論』 · 『十七地論』 · 『俱舍論釋』 · 『大乘起信論』 등이 있다.

391) 이상의 여러 공의 의미는 유종의 경론 중에 보이는데, 실제로 유종은 모두 공종 『반야경』의 20공론의 의미에 근거하여 탐구한 것이다. 학자들은 그 대강의 뜻만 알면 될 뿐이므로, 하나하나의 이름에 대해서는 상세하게 언급하지 않겠다.

적함을 인식하지 못하면서 진여를 말하면, 상을 취하는 데 떨어져버릴까 우려되며 진리를 깨달은 것이 못된다. 공적함에 편중하면, 그 말류가 공에 빠지고 적막에 막혀버리는 근심이 있게 된다. 공종이 제일 먼저 나와서, 상을 깨뜨리고 공적함을 드러내었다. 유종이 뒤를 이어 일어나서 법상을 무너뜨리고 진실을 말하였다.[393] 강조점이 각각 다르고, 그렇게 주장하는 이유도 따로 있다.

앞의 내용을 종합하면, 공종과 유종 두 파가 말하는 본체는 당연히 강조점이 다르다. 그러나 불교는 소승불교 이래 본체상에서 무위만 말할 뿐 '무위하지만 못하는 일이 없다[無爲而無不爲]'는 것을 결코 인정하지 않았다. 따라서 그들 불교는 공용을 떠나서 본체를 말한다. 이러한 내용은 앞에서 이미 말하였다. 불교에는 한 가지 공통점이 있는데, 그것은 본체가 위대한 공용으로 현현하는 것을 인정하지 않는다는 점이다.[394] 바꾸어 말해서, 진여가 우주 만상으로 현현하는 것을 인정하지 않는다. 우주라는 말은 위대한 공용의 측면에 '붙인 말'이지, 위대한 공용을 떠나서 우주라고 부르는 물질세계가 따로 있는 것이 아니다. 붙인 말에서 말이란 명칭이다. 명칭은 형체를 규정하는 방식이다. 예컨대 희다는 명칭이 흰 색의 형상을 규정하므로, 흰 색이 파란색 등과 달라지는 것이다. 형체는 본래 실질이 없으므로, 명칭이 의미를 결정하고 형체를 만든다. 예를 들어 흰 색이라는 것은 실질을 구해도 얻을 수 없고, 빛의 입자나 전자를 말하더라도 실질이 없다. 따라서 흰 색은 의식 중에 생각이 일어나서 형상을 만들어낸 것일 뿐임을 알게 된다. 생각[想]은 형상을 취한다는 뜻이지만, 의거하는 대상이 전혀 없는 것은 아니다. 위대한 공용의 흐름에 의거해야 생각이 일어나고 명칭을 가정하게 된

392) 절대적 진실을 眞이라고 부른다. 그 본성이 항상된 것을 如라고 부른다.

393) 眞實은 진여를 말하며, 다른 곳에서도 이와 같다.

394) 예컨대 본론에서 말하듯 흡벽으로 나타나고 생멸하며 쉬지 않고 유행하는 것이 바로 위대한 공용이다.

다. 그러나 이 명칭과 상응하는 실물은 존재하지 않으며, 단지 위대한 공용의 흐름이 있을 뿐이다. 즉 사물이 존재할 여지가 본래 없고 우주 만상이라고 부르는 수많은 명칭을 붙일 단서도 없으므로, 붙인 말이라고 표현한 것이다. 요약하면, 본체가 위대한 공용으로 현현한 것이야말로 우주 만상이라고 가정할 수 있다. 바꾸어 말하면 진여 본체로부터 전적으로 공용이 이루어지므로, 차별적인 공용의 상에 의거하여 붙인 말이 있게 된다는 것이다.[395] 진여가 공용으로 현현하는 것을 인정하지 않으면, 우주론이 성립되지 않는다. 인도 불교는 소승불교 각 종파들에서 대승공종과 유종 두 파까지 본체상에서 무위만 말할 뿐, 무위하면서도 못하는 일이 없다는 사실은 인정하지 않는다. 바꾸어 말해서 이 본체가 쉬지 않고 생성 변화하는 사물이라는 것, 즉 이 본체가 위대한 공용으로 현현한다는 것을 모두 인정하지 않는다.[396] 따라서 그들 인도 불교는 본체론의 견지에서 볼 때 순전히 우주론을 막아버리는 태도를 취하는 것을 가장 좋아한다. 소승불교 이래 모두 석가가 말한 오온법(五蘊法) 등에 근거한다. 이것은 일종의 분석의 방법, 또는 파괴의 기술로 물질 현상과 정신 현상을 전부 쪼개어 흩어버리는 것이므로, 우주라고 할 것이 없게 된다. 예를 들어 파초의 잎을 하나씩 벗겨버리면 파초라고 할 것이 없게 되는 경우와 같다. 그러나 소승불교에서는 분석의 방법을 쓰더라도, 모든 것이 결국 공이며 존재하지 않는다고는 말하지 않는다. 대승공종에 이르면 그러한 주장이 철저해진다. 그들이 우주 만상을 막고 뽑아버리는 이유는 법상의 속박을 깨뜨려서 진여를 드러내고자 하는 의도에서이지만,[397] 본체가 끊임없이 생성 변화하는 것임을 인

395) 예를 들면 우주 만상이라는 말이다.

396) 생성 변화의 유행은 본체의 현현이고, 위대한 공용이라고 부른다. 본체상에서 無爲만을 인정하고 無不爲를 인정하지 않으며, 항상 불변함만을 말하고 생성 변화의 유행을 인정하지 않는다면, 이 본체는 현현하지 못하고 단지 완고한 空이 되어 위대한 공용이라고 할 것이 없게 된다.

정하지 않고 무위하고 활동성이 없다는 점만 인정하기 때문이다. 따라서 우주 만상을 있는 힘껏 막고 뽑아버린다. 그러나 그들이 한 번에 상을 깨뜨린 것은 이론적인 측면에서 아무 잘못이 없다.

대승유종은 공종의 잘못을 바로잡고 우주론을 말하였지만, 그와 동시에 우주 본체를 진여 본체와 함께[398] 두 조각으로 만들었다. 이 근본적인 잘못에 대해서는 뒤에 상세히 논의하겠다. 유종이 이러한 잘못에 빠져서 벗어나지 못하는 까닭은 유종에서는 본체가 진실이라고 선언하여 공종 말류의 잘못을 바로잡으려 하지만, 본체를 생성 변화하는 것으로 파악하지 않고 무위하며 활동성이 없다고만 보기 때문이다. 이 때문에 그들 유종에서 말하는 우주에는 따로 근원이 있게 된다.[399]

어떤 사람은 『열반경(涅槃經)』에서는 본체를 상(常)·락(樂)·아(我)·정(淨)의 사덕(四德)으로 나타낸다고 말한다.[400] 변화가 없으므로 항상되다[常]고 하고, 모든 고통을 끊으므로 즐거움[樂]이라고 말하며, 내재적인 주재이므로 나[我]라고 하고, 일체의 오염을 벗어나므로 깨끗하다[淨]고 부른다. 『열반경』에서는 본체를 이 사덕으로 나타내는데, 분명한 것은 공종에서 편중되게 강조한 공적(空寂)의 의미와 다르다는 사실이다. 나는 『열반경』이 유종의 경전이라고 본다. 그러나 사덕에서는 진여가 불변하고 자유로우며 오염을 떠나 있다는 것만 분명히 할 뿐,[401] 진여 본체가 끊임없이 생성 변화한다고는 말하지 않는다. 이 점은 아주 주의해

---

397) 相에 속박된다는 말을 깊이 완미해야 한다. 相이 바로 속박이므로, 상의 속박이라고 부른다. 예를 들어 우주 만상이 실재한다는 데 집착하면 이것이 바로 상의 속박이다. 이 때문에 만상에 대해 그 본체, 즉 진여를 꿰뚫어서 깨달을 수 없다.

398) 眞如 本體는 복합사이다. 다른 곳에서도 이에 의거한다.

399) 예를 들어 種子를 들 수 있다.

400) (역주) 『大般涅槃經』 곳곳에 四德에 대한 언급이 나온다. 예컨대 卷第二 「壽命品」(大12, 377b). "世尊. 如佛所說離四倒者, 則得了知常樂我淨. 如來今者永無四倒, 則已了知常樂我淨."

401) 常이 불변한다는 뜻이고, 我가 자재한다는 뜻이다. 樂과 淨이 오염을 떠난다는 뜻이다.

야 한다.

앞에서 말한 내용을 종합하면, 유종은 본체론의 측면에서 소승불교 이래 계속 일관되게 이어져온 근본적인 사상, 즉 본체를 끊임없이 생성 변화하는 것으로 볼 수 없다는 입장을 엄격히 고수하였다. 유종은 스스로 공종과 다르다고 표방하지만, 이러한 근본 사상에서는 공종과 다를 것이 없다. 따라서 본론과 유종은 본체론에서도 서로 견해가 다르다. 본체를 절대적인 진실이라고 보는 것은 유종이나 본론이나 마찬가지이다. 그러나 본론에서 진실이라고 보는 것은 결코 딱딱하게 굳어서 머무르는 것이 아니라 항상 생성 변화하는 것이다. 오직 지극히 진실하므로, 생성 변화가 그치지 않는다. 오직 생성 변화가 그치지 않으므로, 지극히 진실하다. 생성 변화의 신비는 형용하기 어렵지만 억지로 비유를 써 본다면, 바로 순간순간 번쩍이는 번갯불과 같이 찰나에 머무르지 않으므로 생성 변화가 항상 존재하며 항상 공하다고 할 수 있다. 그러나 번갯불의 순간순간 번쩍임은 계속 새롭게 일어나므로, 항상 공하며 항상 존재한다고 해야 한다. 항상 존재하며 항상 공한 것은 결국 유가 아니다[非有]. 항상 공하며 항상 존재하는 것은 결국 무가 아니다[非無]. 유도 아니고 무도 아닌 것[非有非無]은 중국의 노자(老子)가 "황홀하여 그 사이에 형상이 있다. 황홀하여 그 사이에 사물이 있다. 깊고 그윽하여 그 속에 정(精)이 있고, 그 정은 참되어서 그 속에 신(信)이 있다"[402]고 말한 것이 아니겠는가? 우리는 생성 변화를 버리고 본체를 말할 수 없다. 생

---

402) 황홀하다는 것은 본체에 형상이 없음을 형용한 것이다. 형상이 있고 사물이 있다는 것은 그것이 생성 변화하며 空이 아님을 형용한 것이지, 실재하는 사물이나 참된 형상이 있음을 말하는 것이 아니다. 고요하고 그윽하다는 것은 심원하다는 감탄사이고, 본체가 상이 없어 그 심원함을 볼 수 없음을 말하는 것이다. 精은 생성 변화의 작용이 지극히 신비하여 마르지 않고, 지극히 신묘하여 나무랄 데가 없음을 말하는 것이다. 참되고 信이 있다는 것은 眞極의 이치가 생성 변화에서 징험된다는 것이다. 信은 징험이다. (역주) 『道德經』 上篇, 第二十一章. "惚兮恍兮, 其中有象. 恍兮惚兮, 其中有物. 窈兮冥兮, 其中有精. 其中有信."

성 변화가 없으면 일어나지도 현현하지도 않으므로, 완고한 공이 된다. 어떻게 이 본체의 참된 궁극이 무가 아님을 징험하겠는가?

어떤 사람은 "생성 변화는 공용이므로, 본체 상에서 말하는 것이 부당하다. 본체는 생성 변화가 없기 때문이다"라고 논박한다. 이에 대한 답은 다음과 같다. 이 말을 믿는 것은 본체와 공용을 완전히 분리하는 것이고, 이것이 바로 인도 불교의 오류이다. 그대는 어째서 모르는가? 본체는 공용에 상대하여 부르는 명칭이다. 공용의 본체는 본체와 공용이 서로 분리되지 않는다는 의미이다. 공용이 본체 자신이 현현한 것이 아니라면, 본체는 본래부터 공용의 본체가 아니고 공용과 떨어져서 따로 존재하는, 어떤 텅 빈 경지가 될 뿐이다. 이렇다면 본체의 의미가 성립하지 않는다.[403] 불교에서는 항상 진여 본체를 허공에 비유한다. 예를 들어 『불지경론(佛地經論)』[404]에서는 "청정 법계(清淨法界)는[405] 허공에 비유할 수 있다. 다양한 대상들의 형상 중에 널리 퍼져 있지만, 여러 가지 형상이 있다고 말할 수 없다. 본체는 오직 하나이다"[406] 등으로 말한다. 불교는 소승불교 이래로 본체를 말하는 경우 모두 무위하고 활동성이 없는 것, 즉 생성 변화하지 않는 것으로 본다. 이러한 본체는 허공과 똑같다. 허공은 활동하지도 않고 생성 변화하지도 않는다. 우주 만상, 또는 다양한 대상들의 형상이 아무리 허공에 의거해 존재하더라도,

---

403) 본래 비어 있으므로 공용을 일으키지 않는데, 무엇에 의거하여 본체라고 하는가?

404) (역주) 『佛地經論』(Buddhabhūṇi-sūtra-śāstra)은 모두 7권으로 인도 親光이 지은 것을 唐代의 玄奘이 번역하였다(大26). 작자는 경 전체를 教起因緣分 · 聖教所說分 · 依教奉行分으로 삼분하여 해석하였는데, 清淨法界 · 大圓鏡智 · 平等性智 · 妙觀察智 · 成所作智 등의 5가지 법은 大覺地에 포섭된다. 친광 논사는 중인도 마게타국의 나란타사의 학자로서 護法의 門人이었다. 이 때문에 호법 계통의 유식사상으로 해석하는 경우가 많았다. 그중 「四智心品」의 해석은 '五性各別說' 로 이루어졌다. 주소에 당대 靖邁의 『佛地經論疏』 6권, 신라 智仁의 『佛地論疏』 4권 등이 있다.

405) 진여 본체를 다르게 부른 말이다.

406) (역주) 『佛地經論』 卷第三(大26, 304b). "清淨法界者, 譬如虛空. 雖復遍諸色種種相中, 而不可說有種種相, 體唯一味."

결국 허공 자신의 현현이 아니다. 허공은 생성 변화가 없기 때문이다. 진여 본체도 허공과 같으므로 진여는 여러 대상들의 형상 중에 두루 펼쳐진 것에 지나지 않으며,407) 진여가 여러 대상들의 형상으로 나타났다고 할 수 없다. 이렇게 보면 형이상의 본체계와 형이하의 현행계는 대립되는 듯하므로, 하나로 융합될 수 없다.408)

---

407) 두루 펼쳐졌다[徧]는 말에 주의해야 한다. 곳곳마다 모두 존재하며 비어 있는 곳이 없는 곳이 없어서 우주 만상이 의탁하는 하나의 세계인 듯하다.

408) 현행계는 현상계라는 것과 같고, 우주 만상, 또는 여러 가지 대상들의 상을 말한다. 形而上・形而下 두 단어는 『易』「繫辭傳」에 근본을 둔다. 지극한 理를 上이라고 부르고, 形은 밝게 드러난다는 뜻이다. 참된 궁극의 이치는 밝게 드러나서 없지 않으므로, 形而上이라고 한다. 형이하는 만유가 복잡하고 자취의 상[迹象]이 밝게 드러나므로, 形이라고 한다. 또 자취의 상으로 나아가는 것을 지목하여 下라고 한다. 그러나 자취의 상은 참된 궁극과 달리 실제하는 것이 아니라 참된 궁극의 흐름일 따름이다. 따라서 『역』에서 대략 나누어서 말한 것이지 본래 두 세계가 아니다. 세상의 철학하는 이들은 매번 『역』의 의도와 어긋난다.

웅십력(1885~1968) 연표

1885년 (1세)	湖北省 黃岡縣에서 6남매의 셋째로 태어나다.
1899년 (15세)	아버지 친구인 何聖木(정주학을 종주로 함) 문하에서 반 년간 공부하다.
1902년 (18세)	동료들과 공모하여 혁명을 도모하다. 武昌 凱字營에 병졸로 들어가 군대에서 운동을 모색하려 하다.
1904년 (20세)	華興會를 성립하다. 武昌에 과학보습소를 세워 혁명을 도우려 하다.
1906년 (25세)	馬一浮,謝无量,馬敍倫과 함께 잡지를 창간하여 청나라에 반대하다.
1911년 (27세)	무창의 봉기가 성공하다. 武昌都督府의 참모로 부임하다.
1913년 (29세)	이차혁명이 실패하여 절에 들어가다. 선진 제자학과 서양철학 번역본 읽다.
1916년 (32세)	『船山學自記』 출간.
1918년 (34세)	혁명에 회의를 느끼고 학문의 길을 갈 것을 결심하다.
1919년 (35세)	천진 남개중학교에서 교편을 잡다.
1920년 (36세)	梁漱溟의 소개로 歐陽竟無의 南京內學院에 들어가다.
1922년 (38세)	채원배가 북경대학 교수로 초빙하다. 『唯識學概論』을 저술하여 제1종 강의본으로 삼다.
1925년 (41세)	窺基의 『因明入正論論疏』 6권을 줄여 『因明大疏刪注』를 편집하여 강의에 사용하다.
1926년 (42세)	북경대에서 『唯識學概論』을 재간행하여 제2종 강의본으로 삼다. 이 책이 사실상 신유식론의 근본이 되다. 출간 후 윤회설에 대한 내용 삭제
1930년 (46세)	『唯識論稿』, 『尊聞錄』 출간하다(『尊聞錄』은 뒤에 『十力語要』 卷4

에 포함).

1932년 (48세)	10월에 『新唯識論』(文言本) 출간하다. 12월에 내학원 劉定權이 「破新唯識論」 발표하여 반대 의사를 표명하다.
1933년 (49세)	2월에 「破破新唯識論」을 써서 반박하다.
1935년 (51세)	중국본위문화선언에 접하여 새로운 철학을 만드는 것이 급선무임을 강조. 「十力論學語輯略」 출간(뒤에 『十力語要』 권1에 편입됨).
1937년 (53세)	『佛家名相通釋』 출간.
1938년 (54세)	『中國歷史講話』 출간.
1940년 (56세)	『新唯識論』(語體本) 上卷 출간.
1942년 (58세)	『新唯識論』(語體本) 上中 두 권 출판.
1944년 (60세)	『新唯識論』(語體本) 上中下 전권 출판.
1945년 (61세)	『讀經示要』 전 3권 출간.
1947년 (63세)	『十力語要』 전 4권 출간.
1948년 (64세)	黃艮庸의 집에 머무르다. 印順 「評雄十力的新唯識論」에 대한 답변의 글을 부탁하다(뒤에 『十力語要初讀』에 편입되고, 2년 뒤 『摧惑顯宗記』로 출간하다).
1949년 (65세)	『十力語要初讀』 출간. 『韓非子評論』 출간.
1950년 (66세)	『摧惑顯宗記』, 『與友人論張江陵』 출간.
1951년 (67세)	『論六經』 출간.
1952년 (68세)	『新唯識論』(語體本)을 2/3 정도로 분량을 줄여 완성하다(壬辰刪定本).
1956년 (72세)	『原儒』 상하권 재간행(55년 상권, 56년 하권 출판).
1958년 (74세)	『體用論』 출간("이 책을 완성하였으니, 신론을 없애는 것이 마땅하다").
1959년 (75세)	『明心篇』 출간.
1961년 (77세)	『乾坤衍』 출간.
1963년 (79세)	『存齋隨筆』을 시작하였으나, 중도에 그만두다.
1965년 (81세)	『先世述要』을 시작하였으나, 완성되지 못하다.
1968년 (84세)	폐렴으로 사망하다.

신유식론(상) | 찾아보기

ㅇ

ㅌ

ㅍ

ㅎ

신유식론(하) | 찾아보기

ㄱ

ㄴ

ㄷ

ㄹ